« *Quelques articles de dictionnaires et d'encyclopédies, certaines notices bibliographiques, me font naître à Pirangi. En fait, c'est le contraire : j'ai vu naître et grandir Pirangi. Quand je suis passé par là pour la première fois, juché sur la selle de mon père, il y avait tout juste trois maisons isolées. La gare du chemin de fer se trouvait loin de là à Sequeiro de Espinho.* »

J. A., *O Menino Grapiúna*.

« *Le cacao — suprême fruit de tes tourments, le cacao — vivre pour rien, mourir sans phrases.*

Hélio Pólvora,
Sonetos para o meu pai morto.

« *L'inondation et la peste, on a pu s'en tirer ; la loi, rien à faire : tout le monde y est passé.* »

Lupiscínio, survivant.

TOCAIA GRANDE

Jorge Amado est né en 1912 dans une plantation de cacao de l'Etat de Bahia et c'est à Bahia qu'il fit ses premières études. A treize ans il s'enfuit pour courir la campagne et deux ans plus tard on le retrouve travaillant dans un journal. A dix-neuf ans il publie son premier roman, Le Pays du Carnaval, *puis* Cacao *le second, qui le classent parmi les écrivains les plus populaires du Brésil. Il devient docteur en droit. Il publie ensuite* Bahia de tous les saints, *traduit à la N.R.F.,* Mar Morto *et* Capitaines des sables *où il raconte la vie des Noirs, celle des pêcheurs et celle des enfants abandonnés.*
Militant du Front Populaire brésilien, il connut la prison et l'exil, ses livres furent interdits. En 1943, quand le Brésil se range aux côtés des Alliés contre l'Axe, il peut rejoindre Bahia et reprendre son activité politique et littéraire. En 1945 membre du parti communiste, il est élu député à São Paulo.
Parmi les œuvres publiées en français de cet écrivain, l'un des plus grands d'Amérique latine, citons : Tereza Batista, Tieta d'Agreste, La Bataille du Petit Trianon, Les Pâtres de la nuit, Gabriela, girofle et cannelle, Dona Flor et ses deux maris, La Boutique aux miracles, Tocaia Grande *et* Yansan des orages.

Tocaia Grande, c'est d'abord un lieu-dit, dans la région des grandes plantations de cacao, au sud de l'Etat de Bahia, où se trouve un gîte d'étape fréquenté par les muletiers qui circulent entre les fazendas avoisinantes, ce qui ne manque pas d'attirer un certain nombre de prostituées. À partir de là, on construit l'épicerie-buvette de Fadul et bientôt la forge du nègre Castor, dit « Tison ».
Tocaia Grande, c'est aussi la « grande embuscade », montée par Natario da Fonseca, garde du corps et homme de confiance d'un riche et puissant propriétaire, le « colonel » Andrade, pour liquider politiquement son seul rival dans le district et rester maître de toute la contrée.
A Tocaia Grande enfin, le marchand ambulant Fadul Abdala fait halte une nuit, à la recherche d'un endroit propice pour y installer un commerce. Ces divers et pittoresques personnages ont en commun la volonté d'être et de rester libres, ce qui ne sera pas toujours facile tandis que Tocaia Grande devient peu à peu un village, puis une bourgade de plus en plus importante. A travers une succession d'épisodes hauts en couleur, c'est la face cachée de la naissance d'une ville que nous raconte superbement Jorge Amado et le drame d'une communauté de marginaux que la loi veut un jour récupérer.

Paru dans Le Livre de Poche :

TEREZA BATISTA
GABRIELA, GIROFLE ET CANNELLE
DONA FLOR ET SES DEUX MARIS
LA BOUTIQUE AUX MIRACLES
LES PÂTRES DE LA NUIT

JORGE AMADO

Tocaia Grande

La face cachée

Roman

TRADUIT DU PORTUGAIS
PAR JEAN ORECCHIONI

STOCK

Ce roman a paru sous le titre original :

TOCAIA GRANDE : A FACE OBSCURA
(Distribuidora Record, Rio de Janeiro)

Pour Zélia, par monts et par vaux.

Pour Alice et Georges Raillard,
Anny-Claude Basset et Antoinette Hallery,
à Paris.

Pour Lygia et Fernando Sabino.
Pour Itassucê et Raymundo Sá Barreto,
à la mémoire de Basílio de Oliveira.

Les commémorations du soixante-dixième anniversaire de la fondation d'Irisopolis et du cinquantenaire de son accession à la catégorie de chef-lieu de circonscription administrative et judiciaire ont eu un certain retentissement dans la presse nationale. Que le dynamique maire de la ville ait engagé à cet effet des dépenses considérables, on ne saurait le lui reprocher : tout ce qui peut être fait pour chanter publiquement les louanges d'Irisopolis, l'épopée du passé, la splendeur du présent, mérite approbation et applaudissements. Outre les articles de commande, les journaux de Rio et de São Paulo ont publié un certain nombre d'informations sur les principales manifestations qui ont marqué les festivités, en donnant un relief particulier aux cérémonies, toutes deux solennelles, d'inauguration des bustes du colonel Prudencio de Aguiar et du Dr Inacio Pereira sur chacune des deux places, celle de l'Hôtel-de-Ville et celle de la Cathédrale.

Après le renversement de la situation politique et la chute de la clique qui avait exercé le pouvoir depuis la mort des Andrade, père et fils, le colonel fit la loi à la mairie durant des lustres, en assumant personnellement la charge ou en la confiant à un mandataire de son choix, parent ou allié. Les preuves de la capacité administrative du grand fazendeiro et de son zèle à la direction des affaires peuvent être constatées et admirées aujourd'hui encore à l'intérieur du périmètre urbain, y compris la rue empierrée en pavés anglais — importés d'Angleterre, parfaitement ! — qui fait l'orgueil de la population d'Irisopolis ; tandis que les accusations de détournement de fonds publics ont été oubliées au fil des années.

Quant à notre esculape, en sa qualité de beau-frère et de conseiller, de citoyen doué d'éminentes vertus, il exerça les charges les plus élevées, assuma les plus hautes responsabilités, et présida notamment la commission nommée dans le but méritoire de réunir les fonds nécessaires à l'édification de la cathédrale, magnifique temple catholique, autre orgueil de la communauté : symbole de la foi et de l'idéalisme de ces nobles cœurs qui, partageant l'enthousiasme des deux valeureux pionniers, contribuèrent à la pose de la première pierre de la cité. Administrateur compétent, le docteur trouva moyen de faire construire à la fois l'église et l'élégante villa où résident toujours certains de ses descendants ; et jamais, même au plus fort des remous politiques, on ne réussit à étayer la moindre des multiples allégations qui mettaient en doute sa probité. Il est facile d'accuser, difficile de prouver.

Des articles dithyrambiques ont été écrits pour rappeler, avec l'emphase et la rhétorique voulues, les hauts faits du colonel et du docteur, pages de civisme, leçons d'histoire, exemples pour les générations à venir. Tout dans les règles de l'art, pour le plus grand régal des notabilités, de l'élite intellectuelle, de la jeunesse — espérance de la patrie —, enfin de tous ceux qui sont capables de reconnaître et applaudir l'héroïsme et le dévouement à la cause publique de nos immortels aînés.

Ainsi, le Brésil entier, de l'Oyapoc au Chui, a pu contempler, à la lumière des feux d'artifice commémoratifs, la face resplendissante d'Irisopolis, communauté née de l'arc-en-ciel, écharpe d'Iris, en un jour lointain de sérénité, de paix et de fraternité entre les hommes, ainsi que l'a proclamé en vers libres le plus glorieux chantre de la région — dont le lecteur, sans aucun doute, a déjà entendu prononcer le nom au milieu d'un concert de louanges.

Dans leurs textes de commémoration, littérateurs, politiciens et journalistes ont presque toujours omis le nom primitif de l'agglomération; des motifs évidents l'ont condamné à l'oubli. Avant d'être Irisopolis, ce fut Tocaia Grande[1].

1. Grande Embuscade.

Je dis non quand tout le monde dit oui en chœur. Je veux découvrir et révéler la face cachée. Celle qui, prétendue infâme et dégradante, a été évacuée des manuels d'histoire. Je veux remonter au commencement renié, éprouver la consistance de la glaise pétrie de boue et de sang, capable de résister victorieusement à la violence, à l'ambition, à la petitesse, aux lois de l'homme civilisé. Je veux conter l'amour impur, avant que n'ait élevé un autel à la vertu. Je dis non quand ils disent oui, c'est là mon seul engagement.

Le site

Natario da Fonseca, homme de confiance, dresse une embuscade dans un site splendide

1

Avant que n'existât la moindre maison, c'est le cimetière qui fut creusé au pied de la colline, sur la rive gauche du cours d'eau. Les premières pierres servirent à marquer les fosses où furent enterrés les cadavres en fin de matinée, à l'heure de midi, quand le colonel Elias Daltro finit par arriver à cheval suivi de quelques hommes — quatre gardes du corps en tout et pour tout, ceux qu'il avait gardés à la fazenda — et put mesurer l'étendue du désastre. Pas un survivant pour raconter ce qui s'était passé.

Le colonel contempla les corps ensanglantés. Berilo était mort le revolver à la main, sans avoir eu seulement l'occasion de s'en servir: la balle lui avait fait sauter le crâne; le colonel détourna les yeux. Il comprit que ce massacre marquait la fin de tout, il n'avait plus les moyens de continuer. Il enferma son chagrin dans son cœur, ne laissa rien paraître, rien soupçonner aux autres. Prit son ton de commandement, donna ses ordres.

En dépit de l'orage — averse violente, nuages noirs, coups de tonnerre dans la forêt — quelques urubus, attirés par le sang et les tripes à l'air, se mirent à tournoyer au-dessus des hommes occupés à transporter les cadavres et à creuser les tombes.

— Dépêchons, ça pue déjà bien assez.

2

Ils chevauchèrent en silence jusqu'au petit pont ; là, Natario, en tête de l'escorte qui était allée chercher le colonel à la station de chemin de fer de Taquaras, ralentit le pas de sa mule, se mit à la hauteur du patron et dit d'un ton tranquille :

— Je connais un endroit parfait, colonel. Je peux vous montrer, si vous voulez faire un petit détour, affaire d'une demi-lieue. C'est un tout petit peu plus loin, en amont.

Un endroit parfait ? Parfait pour quoi ? Ce que disait le métis venait si bien à propos que le colonel Boaventura Andrade sursauta. Dona Ernestina, sa digne épouse, qui s'entendait un peu en spiritisme, affirmait que certaines personnes avaient le don de lire dans les pensées d'autrui. En compagnie de son fils Venturinha, étudiant en droit, le fazendeiro avait une fois assisté dans un théâtre de Bahia à un spectacle de prestidigitation et télépathie, et il était resté ébaubi, bouche bée devant le fameux fakir et sa femme, une grande blonde qui aurait bien mérité un homme d'un autre calibre que ce maigrichon à la barbiche en pointe. Efflanqué, les joues creuses, le teint cireux, une vraie carcasse, mais un as de la divination, qui lisait les pensées enfouies dans la tête des gens comme s'il les avait lues sur un bout de papier. Venturinha, avec sa suffisance de futur licencié, assura que tout était truqué, mais fut incapable de rien prouver, ne put donner une explication convaincante. Le colonel préférait ne point trop approfondir ces mystères : d'un courage quasi légendaire, il n'avait peur de rien en ce monde, mais ressentait une crainte insurmontable devant les forces surnaturelles. Un endroit parfait, c'était bien ce dont il avait besoin, comment Natario avait-il pu deviner ?

Il examina le visage du contremaître, perplexe. Natario ébaucha un sourire. Large face d'Indien, cheveux noirs et lisses, pommettes saillantes, petits yeux malins. Il arborait le titre de contremaître et, tout en donnant pleine satisfaction dans l'exercice de ses fonctions, comme responsable du travail dans les cacaoyères, c'était surtout du conflit qu'il s'occupait depuis quelque temps, de cette lutte à mort qui mettait aux prises les propriétaires tout-puissants. Il avait l'expérience, acquise en de précédentes occasions, toujours au service du colonel Boaventura. A l'origine jeune délinquant en cavale, il avait gravi les échelons : homme de main, contremaître, chef de *jagunços*[1], homme de confiance, exécuteur des hautes et basses œuvres. Il pesait les faits, tirait ses conclusions.

Soucieux des convenances, le colonel évitait de parler de lutte armée, d'échanges de coups de feu, d'embuscades, de rencontres sanglantes faisant des morts et des blessés. Si durs que fussent les heurts, il employait pour les désigner un mot qui lui semblait plus civilisé, moins violent : politique.

— Il y a de l'orage en politique, Natario, il faut se méfier, autrement ils nous auront. Bien risqué, tout ça !

Il n'en avait guère dit plus en bavardant avec le contremaître, une semaine plus tôt, sur la terrasse de sa maison, à la fazenda da Atalaia, à propos des nouvelles confirmées de préparatifs faits par le colonel Elias Daltro, chef politique, propriétaire de la fazenda Cascavel, dont les cacaoyères jouxtaient celles de l'Atalaia. D'amis et alliés, les deux colonels étaient devenus ennemis jurés, chacun d'eux se considérant maître exclusif de ces immenses étendues de terres vierges, couvertes d'épaisses forêts, qui allaient de l'entrée du sertão à la Rivière-aux-serpents.

— Le voisin a perdu la tête, il a fait venir des *jagunços* d'Alagoas même. Du Sergipe, n'en parlons pas, il y en a des masses. Ecoute-moi bien, Natario...

— Je vous écoute, colonel.

— Ou bien on prend nos précautions, on fait un plan, on monte un coup bien comme il faut, ou alors on y passe. Il

1. *Jagunços:* mercenaires constituant la milice privée d'un « colonel ».

faut que je me méfie : en rase campagne, le voisin gagne à tous les coups. – Il disait « le voisin » pour n'avoir pas à prononcer le nom de l'adversaire.

Et c'en était resté à ces vagues allusions, car il n'avait pas encore conçu de plan, imaginé de traquenard ; c'est seulement à Ilhéus qu'il avait pensé aux détails. Comment le contremaître, dans ces conditions, avait-il bien pu songer à un endroit précis pour répondre à ce qui le préoccupait, à une question qui n'avait pas encore été formulée ?

Un endroit parfait. Le colonel Boaventura sentit son cœur battre plus fort : Natario avait-il par hasard le don de lire dans les pensées ? Avec ces gens d'origine indienne on ne sait jamais. Le contremaître avait dit cela juste au moment où le colonel réfléchissait à l'urgente nécessité de trouver le lieu propice à l'embuscade, opération clef du plan élaboré en secret. Natario répondait directement à son souci, avant que le colonel n'eût ouvert la bouche pour annoncer la décision prise :

– Parfait pour quoi, Natario ?

Le sourire s'élargit sur le visage calme du métis. N'eussent été les yeux perçants, il aurait pu passer pour un individu docile et paisible, presque niais. Seuls ceux qui le connaissaient bien, qui l'avaient vu agir dans les moments critiques, savaient quelle capacité de décision et de jugement, de bravoure et de commandement, se cachait sous cette physionomie impassible.

– Pour une grande embuscade, colonel. Un endroit comme ça, j'en connais pas de meilleur.

Coïncidence, sans aucun doute, il n'y avait pas d'autre explication. Heureusement car, si Natario devinait les pensées d'autrui, il ne restait plus au colonel qu'à le faire supprimer. Ce qui serait dommage : des gars de cette trempe ne couraient pas les routes. Natario servait le colonel Boaventura depuis plus de quinze ans, avec une loyauté éprouvée en mainte occasion : dans les conflits précédents, il lui avait sauvé la vie par deux fois. A son arrivée à l'Atalaia — il venait demander asile après avoir tué un commerçant dans un bordel à Propriá — c'était un adolescent imberbe, personne ne lui aurait prêté attention. Aujourd'hui, Natario est un nom fameux, respecté, estimé par les uns, haï par d'autres, craint par tout le monde : quand il ouvre la bouche, on fait silence pour l'écouter, s'il sort son arme c'est la panique, le sauve-qui-peut.

En échange de son dévouement et de ses bon services, le patron lui avait promis un lopin de terre, dûment enregistré devant notaire, pour y planter des cacaoyers, y monter une fazenda. Dès que le calme reviendrait. Le colonel ne regrette pas sa promesse : devin ou non, Natario mérite.

— Tout endroit est bon pour monter un coup — le colonel évitait d'employer le mot embuscade —, il suffit d'un arbre bien placé et d'un gars qui vise bien.

Natario élargit encore son sourire :

— Sûr, patron, mais moi je cause d'une bonne embuscade, une grande, comme on a besoin. A ce qu'on raconte, les types que le colonel Elias a engagés vont aller à Itabuna ces jours-ci, ça va pas tarder. Plus d'une vingtaine... — Son ton se fit plus ferme : Suffira pas d'un tronc d'arbre et d'un bonhomme, dame non.

Ils étaient au courant des mouvements du colonel Elias, du recrutement de jagunços, certains venus de loin, triés sur le volet pour assurer la prise de fonctions d'une espèce de petit avocat élu à la mairie avec la caution du gouverneur de l'Etat. Pourquoi diable ce dernier prenait-il parti dans une querelle qui ne regardait qu'eux-mêmes, les seigneurs de la région ? Pourquoi se mêlait-il de trancher sans avoir compétence en la matière ? Le colonel Boaventura ne souhaitait pas se brouiller avec le gouverneur, mais la mairie d'Itabuna était domaine réservé des colonels ; à eux seuls de décider, d'une façon ou d'une autre, à l'amiable ou par les armes ; au plus fort, ou plus habile, de désigner le candidat. La farce de l'élection, dont la seule utilité était de légaliser le fait accompli, devait suivre la décision, non la précéder. Le voisin, se croyant astucieux, avait pris les devants, proclamé l'avocaillon vainqueur, et prétendait l'installer. Combines d'hommes de loi, dont le colonel Boaventura avait horreur.

La parade légale était l'annulation du scrutin — scrutin mon œil, en fait désignation par un jeu d'écriture, les hommes de main remplaçant les électeurs — mais, pour l'obtenir, il ne suffisait pas d'en faire la requête au juge : comme l'élection, l'annulation devait suivre le fait accompli. Pendant son séjour à Ilhéus, d'où il revenait maintenant, le colonel Boaventura avait renforcé ses alliances, fait des promesses, proféré des menaces, huilé des rouages grippés dans les bureaux et, comme à l'accoutumée, s'étalait satisfait dans le lit moelleux et les bras accueillants d'Adriana, la fille qu'il entretenait pour son usage apparemment exclusif à la pension de Loreta. Une fois le plan conçu dans ses moindres détails, les mesures indispensables prises pour garantir son succès complet, il ne restait plus qu'à découvrir l'endroit idéal et s'assurer du jour où les hommes du voisin prendraient la direction d'Itabuna. A malin, malin et demi.

Après la courbe de la rivière, Natario retint sa mule :

— On ne peut pas monter à cheval, colonel, les bêtes ne passent pas.

Ils laissèrent les montures aux mains des deux gardes du corps et Natario tira sa machette ; il coupait des branchages, ouvrait une sente. Le lourd fazendeiro s'accrochait aux arbustes, trébuchait sur les cailloux : pareil effort en valait-il la peine ? Mais quand ils parvinrent au sommet de la colline, il ne put retenir une exclamation en découvrant l'immensité déserte, la vallée qui s'étalait de part et d'autre de la rivière, un panorama superbe, une vraie merveille.

— Magnifique !

Natario approuva d'un hochement de tête :

— C'est là que je vais m'installer, colonel, quand la bagarre sera finie et que vous ferez comme vous avez promis. Ça deviendra une vraie ville, ici. Sûr et certain, comme si je l'avais sous les yeux. — Il regardait au loin, semblait voir au-delà de l'horizon, au-delà du temps.

De nouveau, le colonel sentit poindre le doute : le métis avait-il le don de clairvoyance ? Peut-être bien, sans le savoir lui-même : il y avait des cas, dona Ernestina en avait connu plus d'un. Adriana aussi croyait à la télépathie et à la voyance, en cela l'épouse et la maîtresse se ressemblaient : pour le reste, quelle différence !

Natario reprit :

— J'ai su que les types du colonel Elias vont venir par ici pour rejoindre la rivière sans passer par l'Atalaia. Vous voyez cette piste, colonel ? Y en a pas d'autre. Si ça vous plaît, y a qu'à donner l'ordre, je me poste ici avec quelques hommes et je vous promets que pas un seul de chez eux n'arrivera à Itabuna. De meilleur endroit pour une belle embuscade, y en a point, colonel. De cette hauteur, y a qu'à viser et expédier les salopards en enfer. — Il sourit. — C'est comme si le bon Dieu avait fait ce coin-là exprès, colonel.

Le colonel Boaventura sentit son cœur battre plus vite. En plus des forces surnaturelles, Natario aussi, parfois, lui faisait peur : avec quelle tranquillité il faisait de Dieu son complice, l'allié du colonel ! Heureusement qu'il l'avait à son service ; il en valait dix, par l'intrépidité et par l'imagination.

— Tu étais fait pour être militaire, Natario. Si tu étais dans l'armée, et qu'il y ait la guerre, tu finirais officier.

— Si c'est votre idée, colonel, et si vous croyez que je le mérite, achetez-moi donc un brevet de capitaine.

— Capitaine de la garde nationale ?

— Vous aurez pas à le regretter.

— C'est entendu, et pour tout de suite. Tu peux te considérer capitaine à partir d'aujourd'hui.

— Capitaine Natario da Fonseca, à vos ordres, colonel.

De meilleur emplacement que celui-là, il ne pouvait pas y en avoir.

3

Avant de quitter la fazenda, Natario avait examiné rifles et mousquetons, carabines et revolvers : armes de première qualité, choisies avec le plus grand soin, achetées à prix d'or ; bien graissées, parfaitement au point. Il avait fait et refait ses calculs, bien décidé à éviter tout imprévu. Pas question de faire une erreur, de se trouver à la merci d'un incident. Il avait affirmé au colonel Boaventura que pas un seul jagunço parti de la fazenda Cascavel n'arriverait à Itabuna, c'étaient sa parole et son brevet de capitaine qui étaient en jeu. Le fazendeiro était allé à Ilhéus attendre la nouvelle.

La pluie durait depuis plus d'une semaine. Sur les chemins transformés en bourbiers, on avançait difficilement, péniblement, les lieues comptaient double. Pour réduire au minimum la durée de l'affût, Natario n'avait mis ses hommes en route qu'après avoir reçu confirmation du départ de la bande armée par le colonel Elias Daltro.

La nouvelle tarda, car les condamnés ne sortirent du repaire de la fazenda Cascavel qu'avec deux jours de retard, dans le vain espoir d'une accalmie. Mais, les pluies redoublant, il fallut bien se mettre en route dans ces conditions effroyables : il n'y avait plus de temps à perdre, ils devaient arriver au jour fixé. Impatient — la matinée était déjà avancée —, le colonel Elias assista au départ, donna ses dernières instructions à Berilo : à Itabuna, il devait se présenter au Dr Castro, se mettre à ses ordres. Quant au parcours, Coroinha les guiderait : trimardeur et braconnier, marcheur infatigable, il connaissait le pays comme sa poche, et passerait bien à l'écart de la fazenda da Atalaia. L'expédition avait été préparée dans le plus grand secret pour que rien ne transpirât et surtout ne vînt aux oreilles du colonel Boaventura et de ses gens. A l'exception de Berilo et Coroinha, personne ne connaissait la destination. Jagunços payés pour se battre, ils n'étaient ni confidents ni responsables, moins ils en sauraient mieux ce serait.

— Qu'est-ce qui te prend, bon Dieu ? demanda Berilo à Coroinha quand, à la tombée du soir, ils quittèrent le chemin pour s'engager sur la piste. Tu m'as un drôle d'air ! C'est-i' que t'as peur de quelque chose ? De quoi ?

— J'fais gaffe, pour pas perdre la route.

Possible. La gadoue faisait disparaître les ornières creusées par les bêtes en direction de la rivière. Coroinha se baissait, flairait le sol, repartait. Chaque pas était un effort ; la fatigue pesait sur les reins. Des pécaris et des agoutis traversaient au galop, des serpents sifflaient, crotales de toutes sortes. Berilo s'était entendu avec le colonel Elias pour la halte de nuit, de l'autre côté du ponceau ; il allait être difficile de faire ce qui était prévu : la nuit tombait et ils étaient encore perdus dans cette forêt vierge, à la merci du savoir-faire de Coroinha, de plus en plus incertain. Berilo se tint sur ses gardes, l'œil sur le bougre.

Pendant ce temps, les hommes du colonel Boaventura descendirent par la grand-route ; cheminement pénible, malgré tout. Mais ils arrivèrent à temps pour dresser l'embuscade et se mettre à attendre.

4

L'oreille aux aguets, essayant de distinguer un bruit de pas au milieu des grondements de la tempête — hurlements du vent, craquements du tonnerre, fracas effrayant de la chute d'un arbre frappé par la foudre —, trempés, couverts de boue, les hommes, disséminés derrière les arbres à la crête de la colline, attendent, nerfs tendus. Habitués aux longs affûts, rompus au danger et au combat, familiers de la mort, ils ne parviennent pourtant pas à surmonter une désagréable sensation d'angoisse devant la fureur de la nature, cette atmosphère de fin du monde. Ils cherchent à garder leur calme, à maîtriser leur frayeur, ils ont encore plus peur de Natario : l'orage, ils pourront s'en sortir ; une balle du contremaître, il faudrait un miracle, et encore...

L'embuscade dressée, chacun à son poste, Natario indique quand et comment entrer en action, exige le silence, souligne l'importance de l'entreprise : malheur à qui ne toucherait pas la cible. Ensuite, lui-même se place à l'extrême bord du ravin, contre le tronc du mulungu, d'où il domine toute la vallée.

Pistolet en main, Natario reste immobile, aux aguets. Il doit tirer le premier, signal pour que les autres ouvrent le feu, arrêt de mort pour ce fameux Berilo qui commande l'expédition, un tueur recruté en Alagoas, assassin bien connu pour sa perversité. Après quoi, il s'occupera de Coroinha, le guide, si le misérable a échappé à la première rafale ou s'il n'a pas déjà décampé. Il n'arrive pas à avoir pitié de Coroinha, bien qu'il le connaisse depuis nombre d'années : un individu qui sert deux patrons, qui se vend, ne mérite aucune compassion. Né sur les terres du colonel Elias Daltro, qui le traite bien et lui fait confiance, le vagabond a fourni à l'ennemi, pour trois fois rien, des renseignements précieux : le nombre exact des membres de la troupe, vingt-sept hommes — une armée ! — leur armement, le jour et l'heure du départ, et il s'est engagé à faire le cri de la chouette quand ils approcheront. Il tiendra peut-être sa promesse, peut-être pas.

Natario s'efforce de percevoir tout bruit suspect : une branche cassée pour ouvrir le passage, un faux pas dans la boue, une voix, un chuchotement... En venant par la piste, les jagunços seront sans méfiance, bien sûrs d'avoir laissé le péril derrière eux, aux lointaines limites de l'Atalaia. Peut-être même pourra-t-il entendre le ululement de la chouette, mais il en doute. Le plus probable est que Coroinha, en arrivant à proximité, gagnera le large ; chasseur invétéré, il connaît détours et cachettes. C'est ainsi qu'il voit les choses, et c'est ainsi qu'elles se passent. S'il s'était fié à ce Judas, il aurait manqué l'instant précis de l'attaque : le salaud n'a pas tenu sa promesse.

Avec son ouïe fine, le métis distingue, devine plutôt le bruissement léger des pieds dans la boue, en enjambées prudentes ; de la main, il fait signe à ses hommes. Sa vue s'aiguise, à la lueur de l'éclair il reconnaît Berilo. Il ajuste son arme, mais ne se presse pas, laissant avancer le mulâtre pour que le reste de la troupe soit bien dans la ligne de mire. Pourquoi diable ce fils de pute a-t-il le revolver au poing et marche-t-il avec tant de précaution, examinant les alentours ?

Berilo lève les yeux, scrutant l'obscurité. Natario tend le bras, assure la visée — vous permettez, colonel ? —, tire pour toucher à la tête. La fusillade éclate au sommet de la colline et là, en bas, c'est l'affolement dans le bourbier ; les jagunços répondent à l'aveuglette, sans savoir dans quelle direction pointer leurs armes.

Un massacre, comme le constata le colonel Elias Daltro. On n'avait pas souvenir d'une embuscade de cette envergure, même à l'époque des premières luttes, celles de Basilio de Oliveira et des Badaró. Celle-ci allait rester dans l'histoire : la grande embuscade.

5

Personne n'échappa, des jagunços du colonel Elias, mercenaires de renom, venus du sertão, de Sergipe d'El-Rey, terre de braves, quelques-uns même d'Alagoas, des professionnels. Quand les hommes de Natario descendirent la colline derrière lui, il ne leur resta pas grand-chose à faire : achever les blessés, en abattre quelques-uns qui essayaient de monter chercher refuge entre les arbres pour y vendre chèrement leur vie, en pourchasser deux ou trois qui tentaient de fuir par où ils étaient venus.

En les poursuivant, le nègre Espiridião trouva le corps de Coroinha près d'un rocher derrière lequel il avait sans doute voulu se cacher : Natario comprit alors pourquoi Berilo avait le revolver au poing et avançait si précautionneusement.

Coroinha avait été liquidé à l'arme blanche. On lui avait

arraché le cœur et les testicules, procédé fort apprécié, à ce qu'il semblait, du défunt tueur d'Alagoas. Natario trouva normal qu'il ait été exécuté. Si Berilo ne l'avait pas fait, il se serait chargé lui-même de la besogne. Il approuva également le choix du couteau : un type qui joue double jeu ne vaut pas le prix d'une balle. Mais il n'était pas d'accord avec la cruauté : abattre un traître d'un coup de fusil ou de couteau est une chose, avilir le misérable en est une autre, bien différente.

Les armes trouvées, butin sans valeur, Natario ne les fit pas ramasser. En pleine obscurité encore, ils quittèrent la place. Sous le commandement du nègre Espiridião, les hommes regagnèrent la fazenda da Atalaia. Natario traversa le petit pont, alla jusqu'à la station de chemin de fer pour expédier le télégramme dans les termes convenus. Avec un petit changement pour la signature : au lieu de Natario, capitaine Natario.

En arrivant à la boucle de la rivière, Natario regarda en arrière, et sourit de satisfaction. Il ne revoyait pas, cependant, la fusillade, les corps abattus, Berilo le crâne ouvert, Coroinha émasculé, lardé de coups de couteau, le cœur arraché. Ce qu'il avait dans les yeux et dans la mémoire, c'était la vision du paysage nocturne, sous l'orage : les collines et la vallée balayées par la pluie, la rivière grosse comme une femelle pleine, toute cette splendeur. De plus beau site, de jour ou de nuit, sous le soleil ou sous la pluie, il n'en existait pas dans les parages ; de meilleur pour y vivre, pas un seul.

L'aspirant licencié Venturinha fait ses débuts dans la vie publique

1

La physionomie rayonnante, riant de contentement sans retenue, Venturinha, qui était venu passer les fêtes de la Saint-Jean, s'exclama, en donnant l'accolade à Natario à la gare de Taquaras :

— Alors, le colonel Elias a failli faire dans son froc...

Le métis corrigea :

— Un homme de la trempe du colonel Elias ne fait pas dans son froc, Venturinha, il fait une demande d'armistice.

Il ne se gênait pas avec le fils du patron. Venturinha n'avait pas encore neuf ans quand il avait demandé et obtenu le droit d'asile à la fazenda. Le gamin s'était pris d'attachement pour le jeune garde du corps, qui le prenait en selle avec lui, lui apprenait à reconnaître les cris des oiseaux et à se servir des armes. La première fille avec qui coucha Venturinha lui fut amenée par Natario : la Julia Sauê, avec ses taches de rousseur, une putain ambulante qui exerçait de plantation en plantation, spécialiste des dépucelages. Seule à pouvoir rivaliser avec elle, la jument Belle-Fleur.

— N'importe comment, poursuivit l'étudiant une fois à cheval sur la route, Elias, comme chef politique, est fini. Sa chance, c'est d'avoir affaire au Vieux, qui a le cœur tendre. Moi, j'aurais liquidé cette canaille une bonne fois pour toutes : je foutais la fazenda par terre, je mettais le feu aux plantations, et je le laissais la sébile à la main, à demander l'aumône. Mais le papa a eu pitié, il a molli. Tu ne crois pas que le Vieux aurait dû aller jusqu'au bout, profiter de l'aubaine ?

Natario garda son calme, il était habitué aux éclats du jeune homme :

— P't-êt' ben qu' oui, p't-êt' ben qu' non. Mais si tu t'imagines que le colonel l'a pas liquidé par faiblesse, tu te goures : c'est pas de la faiblesse, c'est de l'astuce. On a besoin de tranquillité pour défricher et planter ; y a de la terre, Venturinha. Si le colonel Boaventura avait mis le feu aux plantations du colonel Elias, on serait en train de se bagarrer avec un paquet de gens, dans une lutte à mort. Brûler le cacao, c'est comme brûler des billets de banque ; ce temps-là, c'est fini. Ton père sait ce qu'il fait, et c'est pour ça que c'est lui qui commande. Quand il a fallu se battre, il a pas flanché, il a pas été question de discuter. Mais faut faire la guerre que quand y a pas moyen de rester en paix.

— C'est toi qui me dis ça ? Toi qui as passé ton existence le doigt sur la détente ? Le Natario du colonel Boaventura ?

Natario sourit, ses petits yeux se fermèrent presque :

— T'es pas loin de sortir de la faculté, avec ton diplôme et ton titre, mais tu as encore pas mal à apprendre. Y a une heure pour tout : l'heure du fusil, l'heure de l'arrangement. Le colonel veut que tu fasses le médiateur avec les gens d'Itabuna. Il m'a dit comme ça : « Venturinha a besoin de commencer à se débrouiller seul. Cette fois, c'est lui qui va tout mettre au point, on va voir comment il s'en tire. » Faut pas oublier qu'à Itabuna tout le monde était aux ordres du colonel Elias, les uns filleuls, les autres compères ; y a des gens qu'ont accepté de laisser les fusils au clou que parce qu'il le leur a dit. Va pas parler de mettre le feu aux plantations du colonel Elias par là-bas, sinon tu vas tout foutre en l'air. T'as le sang trop chaud, garde plutôt ça pour les filles...

— En parlant de filles, tiens, tu ne sais pas la dernière...
Et il se mit à raconter.

Natario n'expliqua pas que le colonel avait décidé d'envoyer son fils au lieu d'aller personnellement à Itabuna parce que le plus difficile était déjà fait, les principaux points de l'accord définis et réglés. Les relevés d'arpentage seraient enregistrés, l'élection annulée, on ferait choix d'une nouvelle date et d'un nouveau candidat. Lequel, d'ailleurs, pourrait être finalement ce même petit avocat que protégeait le gouvernement. Le colonel plaisantait avec Natario en évoquant les candidatures possibles :

— Tu ne veux pas être maire d'Itabuna, Natario ? — Et il riait de cette idée saugrenue.

Natario ne riait pas et, toujours du même ton tranquille :

— D'Itabuna, que non pas. Celui qui commande le moins à Itabuna, c'est le maire ; le vrai patron, hier c'était le colonel Elias, aujourd'hui c'est vous. Le jour où je serai quelque chose quelque part, même si c'est le dernier des bleds, c'est moi qui serai le patron. Moi et personne d'autre.

2

Le brevet, commandé à Rio, n'était pas encore arrivé, mais, tandis qu'il s'acquittait de sa mission pacifique à Itabuna, Natario, en tout temps et en tout lieu, était déjà salué comme capitaine. Non seulement par les petits paysans, mais aussi par les commerçants, les fazendeiros, les hommes de loi, les fonctionnaires, à commencer par le juge de paix. Avec tout le respect dû au grade et à la réputation.

Dans sa lettre au magistrat, rédigée avec l'aide de Venturinha, le colonel Boaventura Andrade avait fait valoir les hauts mérites de ses représentants. Il lisait à haute voix tout en écrivant, Venturinha et Natario écoutaient :

— « ...mon fils, étudiant en droit... »

Interruption du jeune homme :

— Pas « étudiant en droit », père. Je suis en dernière année de faculté, j'aurai mon diplôme en décembre, je suis « aspirant licencié ».

— « ...l'aspirant licencié Boaventura Andrade fils... »

— Pas « fils », mettez plutôt « junior », c'est le nom que j'utilise officiellement, ça fait plus moderne.

— Pour moi, c'est « fils », et ça suffit ; j'ai déjà écrit, je ne vais pas raturer, et je n'aime pas ces modes étrangères : tu n'es pas un bâtard d'Anglais ou de Suisse ! — Il tenait la discussion pour close, poursuivait la rédaction et la lecture :

— « ...et le capitaine Natario da Fonseca, propriétaire terrien, mon bras droit... »

Capitaine et propriétaire ! Le colonel ne se montrait ni ingrat ni mesquin. A l'occasion du métrage des nouvelles parcelles en vue de leur enregistrement en bonne et due forme, il avait fait mettre un certain nombre d'arpents au nom de Natario, ce qu'il fallait pour quelques plantations de cacao. Rien de comparable avec la fortune du colonel, l'un des plus grands propriétaires de la région, sinon le plus grand, mais c'était déjà un bon commencement. Il n'avait pas été mesquin, mais pas non plus généreux ; en fait, le relevé et l'inscription de cette immensité de forêt vierge s'étaient effectués la nuit de la grande embuscade, et le véritable greffier avait été Natario. A l'étude notariale d'Itabuna, on irait simplement légaliser l'appropriation, le fait accompli, selon l'ordre correct des choses, tel qu'il plaisait tant au colonel. D'abord l'embuscade, ensuite l'enregistrement ; ou, pour mieux dire, d'abord le coup de force, ensuite la loi.

On aurait plutôt dit une expédition de commando qu'une mission de paix : quinze hommes armés de pied en cap, sous les ordres du nègre Espiridião. En réalité, ce n'était pas nécessaire, puisque le colonel Elias Daltro s'était retiré de la lice et, à ce qu'on disait, de la politique, en rendant leur parole à de vieux compagnons. Hommes et armes n'étaient rien de plus qu'une démonstration de force du maître de l'Atalaia, une exhibition de richesse et de puissance. Indispensable, selon, lui, pour garantir la paix qui venait d'être négociée.

Capitaine par-ci, capitaine par-là, une vraie fête à Itabuna. Tout se passa le mieux du monde, le juge était tout miel, appelait Venturinha « cher collègue », lui passait de la pommade. L'avocaillon, ce même Castro à qui Berilo aurait dû se présenter, aurait inspiré la pitié s'il n'avait inspiré le dégoût et allait être exactement le maire souhaité. Venturinha réussit à garder la mesure, sans faire trop d'esbroufe ni se proclamer le brave des braves, sans menacer la terre et le ciel de son pistolet allemand, une arme magnifique, un vrai bijou. Même lorsqu'il s'enivra à la boîte de nuit et voulut entraîner de force la petite Doralice, une fille de Pernambouc, maîtresse du colonel Hermenegildo Cabuçu, heureusement absent ce soir-là. Natario le convainquit de renoncer, et l'emmena.

Chez le notaire, où le colonel avait graissé les pattes qu'il fallait, il n'y eut pas la moindre difficulté pour l'enregistrement des métrés et la remise des titres de propriété qui légitimaient la possession de l'immense domaine du colonel Boaventura Andrade et du bout de terre du capitaine Natario da Fonseca.

Dans tous les bordels, ce fut la grande ribouldingue, de jour comme de nuit. Les jagunços de la fazenda da Atalaia déversaient l'argent à flot ; on voyait grandir le prestige du nouveau chef politique, il y avait Dieu au ciel, le colonel Boaventura sur la terre.

Voyant Natario traverser la rue de l'Umbuzeiro, Maria das Dores, assise sur le seuil de sa porte, le désigna du doigt et informa Zezinha do Butiá, une nouvelle qui venait de Lagarto :

— Çui-là c'est Natario, homme de main du colonel Boaventura, un malfaisant, plus vache que lui y a pas. Combien qu'il en a descendus, il sait même pas. Tu me croiras pas, mais y a quand même des bonnes femmes qui en sont cinglées, le bon Dieu m'en préserve.

Et elle cracha de mépris.

Mulâtresse lascive, croupe avantageuse, gorge pigeonnante, Zezinha do Butiá, en dépit de son arrivée récente, semblait bien informée :

— C'est pas ce qu'on m'a dit. Que c'est le capitaine Natario, qu'il a des sous, qu'il est pas manchot et qu'il a bon cœur. Paraît qu'il a jamais fait de mal à une femme.

Elle poussa un soupir et, toute guillerette, suivit Natario du regard. Zezinha était, comme on dit, dans la fleur de l'âge et de la beauté, les hommes se la disputaient. Elle cria au gamin qui était là à manger de la terre :

— Manu, cours après le monsieur qui s'en va là-bas. Demande-lui sa bénédiction et dis-y que je l'attends, quand il voudra. Qu'y a pas besoin d'argent.

Pour les uns, criminel, sale type, bandit sans cœur ; pour d'autres, vaillant capitaine, brave homme, chéri de ces dames.

3

Avant de quitter la fazenda pour passer les derniers jours de vacances à Ilhéus avec sa mère dona Ernestina, modèle de toutes les vertus, Venturinha voulut connaître l'endroit où les choses s'étaient passées. Il souhaitait voir de ses propres yeux, savoir de science sûre, pour raconter aux camarades de faculté et de bamboche, à Bahia, en donnant de l'importance à tous les détails. Natario le conduisit.

— Tu vas voir un coin de paradis.

Entre les pierres du cimetière improvisé, l'herbe poussait dru, des arbustes grandissaient, des papayers croissaient, il y avait des fleurs écloses. Le bruit du haut fait, qui s'amplifiait en passant de bouche en bouche, attirait des curieux qui, de la grand-route, faisaient un détour. La piste ouverte par les animaux commençait à s'élargir avec le passage des hommes, se transformait en chemin. Prenant le raccourci, un convoi de mulets chargés de sacs de cacao s'était engagé par là. Le premier.

Venturinha tint à se hisser jusqu'au faîte de la colline, non sans effort : massif comme son père, gras comme sa mère. Il prit position derrière le mulungu alors en fleur, tira son pistolet allemand, visa un caméléon, tira. Le coup de feu se répercuta dans les anfractuosités de la chaîne montagneuse.

— Ça a dû être saisissant, non ? J'en ai le frisson.

Natario avait-il entendu ? Son regard se perdait au-delà de l'horizon et du temps. Tout homme a besoin de bâtir sa maison pour y vivre avec sa femme et ses enfants, à l'endroit qui lui plaît le mieux. Natario avait une femme et quatre enfants.

— Le Vieux devrait faire mettre une plaque ici, comme on fait sur les champs de bataille.

A quoi bon ? Ne suffisait-il pas que le nom soit sur toutes les lèvres ? L'endroit de la grande embuscade. Avec le temps, le peuplement, Grande-Embuscade, c'est tout : Tocaia Grande.

Le gîte d'étape

Le dieu des maronites conduit le marchand ambulant Fadul Abdala à un site paradisiaque

1

Les papayers, nés sur les tombes du cimetière improvisé, donnaient leurs premiers fruits quand Fadul Abdala, s'étant fourvoyé, découvrit ce lieu enchanteur. Avec sa stature de géant — tout en lui était de taille supérieure à la moyenne, pieds et mains, torse et tête — le Libanais avait reçu dans les boîtes d'Ilhéus et d'Itabuna le surnom de Grand Turc, mais sur les routes du cacao il était connu comme le Turc Fadul ou, plus simplement « M'sieu Fadu » dans la bouche des ouvriers agricoles qui voyaient en lui la providence divine. Emerveillé par le panorama, il crût être arrivé dans les plaines de l'éden, décrites dans le livre sacré qu'il portait dans sa malle de colporteur car, en cas de besoin, M'sieu Fadu baptisait les enfants au prix de solde.

Il se déchargea de la lourde malle, plus lourde de jour en jour, posa par terre le mètre plié en deux dont il se servait comme d'une crécelle pour annoncer à riches et pauvres la présence du commerce et de la mode dans ces bleds perdus. Dans la malle, il y avait un peu de tout, le nécessaire et le superflu : étoffes, soieries et cotonnades, toiles pour doublure, bottines et brodequins, fil, aiguilles et dés, rubans et dentelles, savonnettes, miroirs, parfums, tisanes, images pieuses en couleurs et prières contre les fièvres.

Il ôta sa veste et sa chemise, son pantalon et son caleçon — sur le dos, les marques laissées par les courroies de la malle, des callosités sur les épaules —, déchaussa ses sandales et se plongea dans la rivière qui s'étalait à cet endroit pour former un bassin d'eau limpide ruisselant sur des pierres noires. Il nagea, s'amusa à s'asperger comme il le faisait au temps de son enfance quand il se baignait au ruisseau, dans son village natal. Il trouva une ressemblance entre les deux paysages, à cette différence près que les palmiers qui poussaient ici, sur les collines et dans le val, n'étaient pas des dattiers. Il apaisa sa faim, de papayes doux et parfumés, manne du paradis, don de Dieu, du Dieu des maronites.

Des mombins mûrs parsemaient le sol au pied de l'arbre, à l'ombre duquel il s'abrita du soleil. Il ramassa les fruits, riant de lui-même, ce colosse tout nu ; se revit gamin en djellaba qui cueillait des dattes : déjà fort et dégingandé. Quinze années s'étaient écoulées depuis son départ. Saveur acide des mombins, si différente de la délicieuse douceur des dattes mûres, fruits créés par Dieu, les uns comme les autres, pour le régal des humains.

Fadul avait appris à croire et avoir foi en Dieu avec son oncle Saïd Abdallah, prêtre maronite renommé pour sa sagesse et son appétit. On venait de loin le consulter, en lui portant dattes et raisins qu'il mangeait à pleines mains tout en résolvant des différends, en prédisant la qualité des récoltes ; le suc des fruits coulait dans sa grande barbe noire.

Il avait bien changé au cours de ces quinze années, l'oncle ne le reconnaîtrait plus, constata Fadul en savourant les mombins un à un ; extérieurement et intérieurement : il préfère maintenant les mombins aux dattes et le raisin ne lui manque pas, car les jaques lui suffisent, de préférence les molles. Il est né une deuxième fois dans ce pays-ci, l'enfant en djellaba est resté pour toujours de l'autre côté des mers.

Dieu a partagé la vie des hommes entre le devoir et le

plaisir, le rire et les pleurs. Le plaisir sans bornes de se trouver là à sucer des mombins dans la brise d'une fin de journée, à écouter les oiseaux, les regarder voler, joyaux de l'écrin du Seigneur. A se reposer des fatigues de ces dernières semaines, du long cheminement, des dangers constants ; pour un marchand ambulant, ni dimanche ni jour férié. Mais Dieu lui a fait perdre sa route pour qu'il jouisse d'un jour de repos, de délassement du corps et de l'âme.

Et pourquoi ne pas rester là pour toujours, dans cette vallée idyllique, comme ces animaux qui se chauffaient sur les pierres au soleil, petits iguanes et tupinambis — il avait appris avec les paysans à en manger et à s'en régaler. Il y avait là de quoi se rassasier, abondance de gibier et de fruits, jaques parfumées, eau pure jaillissant des sources, le paradis. Fadul éclata d'un grand rire sonore, à la mesure de sa taille de géant, effrayant perroquets et lézards : un paradis où manquait le principal, la femme.

En fait de femmes, il pensa à Zezinha do Butiá, qui à cette heure devait lui faire porter des cornes à Itabuna. Il ne pouvait tout de même pas exiger qu'elle garde sous clef son bijou — un gouffre ! — pour la simple raison qu'il lui avait laissé, dans un instant d'égarement, deux billets de dix milréis et un miroir encadré pour s'y contempler, rêveuse. Rêveuse ? Elle lui riait au nez :

— Turc à la noix, mangeur d'oignon cru !

— Turc, je t'en prie, attention à ce que tu dis. Grand Turc, mon odalisque, ton maître et ton esclave... — Il était porté à la galanterie, mais la prononciation, malheureusement, ne facilitait pas les choses.

2

L'endroit lui plut tellement qu'il y fit halte pour la nuit. Il ramassa des brindilles, alluma un feu pour éloigner les serpents, remit son caleçon et sa chemise, s'allongea sur les feuilles sèches. Il mit du temps à s'endormir, réfléchissant. Au bord de la rivière, précédant l'apparition de la lune, un crapaud géant se mit à coasser.

Arrivé au Brésil quinze ans plus tôt, Fadul était venu pour travailler et s'enrichir. Faire fortune est l'objectif de tout homme : pour l'atteindre, il a reçu de Dieu âme et intelligence. Certains exécutent à la lettre la volonté du Seigneur, gagnent de l'argent, s'établissent, d'autres n'y parviennent pas ; petitesse d'âme, intelligence courte, ou tout simplement manque de disposition au travail, paresse, fumisterie. Il avait un bel exemple sous les yeux à la table de poker de l'hôtel Coelho, à Ilhéus : intrépide, audacieux, intelligent comme pas un, Alvaro Faria, s'il l'avait voulu, aurait pu être un colonel comme son frère, propriétaire de fazendas et d'immeubles, millionnaire. Au lieu de cela, ce n'était qu'un aventurier, un vagabond sans feu ni lieu, vivant d'expédients. Sans la table bien garnie de son frère João et sa chance au jeu, qui n'était pas sans susciter des doutes et des soupçons, sans son habileté à concevoir et exécuter toutes sortes de filouteries, il n'aurait pas mangé tous les jours à sa faim.

Jusqu'à ce jour, Fadul n'avait fait que travailler avec l'énergie du désespoir comme une bête de somme, parcourant sans relâche les bleds perdus, affrontant les dangers, les serpents, les fièvres, les menaces de bandits impitoyables. Dans ce commerce ambulant, l'arme à feu dont lui avait fait cadeau le capitaine Natario avait autant de valeur que la malle pleine à craquer de tout un bric-à-brac.

Il était encore loin d'avoir fait fortune. Il n'avait même pas encore pu s'installer, comme il avait décidé de le faire, en montant un établissement de commerce dans l'une des multiples bourgades qui surgissaient dans le sillage du cacao, aux carrefours de fazendas, aux points de passage des convois de muletiers. Malgré tout, il ne pouvait se plaindre : il arrondissait sa pelote. Surtout depuis qu'il s'était lancé dans la spéculation.

Il y avait de plus en plus d'étoiles au firmament. Fuad Karan qui, à Itabuna, lisait des livres en arabe et en portugais, personnage instruit, plus instruit que bien des avocats, à qui revenait l'invention du sobriquet de Grand Turc inspirée par le spectacle de Fadul entouré de filles au cabaret, lui avait affirmé que ce n'étaient pas les mêmes étoiles qui scintillaient dans les cieux de l'Orient de leur naissance. Le Grand Turc veut bien le croire, mais ne réussit pas à faire la différence : les étoiles sont toutes semblables, belles et lointaines pierres précieuses, il en suffirait d'une pour faire la fortune d'un fils de Dieu. Quant à la lune, qui se reflète dans les eaux de la rivière, c'est la même, ici et là-bas : médaille d'or terni, jaune et toute ronde, avec saint George chevauchant son destrier pour affronter le dragon. L'Orient évoqué par Fuad, son pays natal, s'était perdu dans la distance ; pour le retrouver il faudrait traverser la mer de bout en bout à bord d'un navire. Les étoiles sont autres, les fruits aussi, qu'importe ? Il préfère les mombins aux dattes et les étoiles ne manquent pas.

Distante et oubliée, la terre natale. Fadul Abdala, le Grand Turc des bordels, Turc Fadul des maisons de maîtres, M'sieu Fadu des misérables cahutes sait qu'il est venu pour rester là, qu'il n'a pas pris de billet de retour. Sur le lougre d'émigrants il a versé toutes les larmes de son corps, il ne lui en reste plus une. Il n'a pas seulement changé de pays et de paysage, il a changé de patrie. Libanais de naissance et de sang, c'est par ignorance qu'on l'appelle le Turc : si l'on savait voir les choses de plus près, on clamerait à tous les échos sa qualité de Grapiuna[1].

La patrie d'un homme, c'est là où il sue, pleure et rit, se tue au travail pour gagner sa vie et bâtir sa maison et sa boutique. Seul avec la nuit et les étoiles en ce gîte inconnu où l'a conduit la main de Dieu, Fadul Abdala reconnaît et adopte sa nouvelle patrie. Il n'y a pas vu le jour, n'y a pas

1. Grapiuna : nom donné aux gens de la région d'Ilhéus, au sud de Bahia.

été baptisé. Vétilles, détails sans intérêt : plus importante que le berceau est la tombe, et la sienne sera creusée dans la terre du cacao. Non pas une simple fosse, comme celles du cimetière qui est là — qui l'a fait, quand, pour qui ? Non ! Ce sera un tombeau de grand seigneur, en marbre, avec l'inscription en lettres dorées : Ci-gît... En ces quinze années, l'adolescent venu d'Orient, en se faisant homme, s'est fait brésilien.

C'est si vrai qu'il a déjà tout combiné avec le greffier Ubaldo Madureira, un compagnon de bamboche, pour un prix d'ami. Authentique Brésilien, commerçant ayant pignon sur rue, marié et père de famille, les affaires en expansion, l'argent appelle l'argent : tout cela est pour bientôt, si Dieu le veut. Il accomplira sa destinée, comme l'avait dit le père Saïd en le bénissant à l'instant à la fois triste et joyeux du départ, quand rires et pleurs s'entremêlent :

— Va suivre la volonté de Dieu, Fadul, fils de ma défunte sœur Marama, va gagner de l'argent au Brésil, qu'ici c'est bien difficile et je n'ai plus les moyens de t'entretenir. Va t'enrichir, l'homme riche est respecté de ses semblables et chéri de Dieu.

Il traça dans les airs le signe de la croix, lui donna sa main à baiser. Prenant son bâton de berger, l'adolescent descendit la montagne, se mit en chemin. Le Dieu des maronites est partout le même, ici et là-bas.

3

Fadul ne revint pas de sitôt sur les lieux, plusieurs mois s'écoulèrent. Il continuait cette existence épuisante de brocanteur ambulant, plié sous le poids de la malle, par tous les temps. Accueilli par la clientèle avec enthousiasme et amitié, car il était, de surcroît, d'un commerce agréable. Il aimait écouter et raconter des histoires, qu'il entrecoupait d'exclamations étonnées, de grands gestes persuasifs et de bruyants éclats de rire. Il s'était acquis une réputation de menteur, mais les hâbleries qu'il débitait étaient pleines de drôlerie et de sentiment, suscitaient toutes sortes d'émotions dans ce pauvre auditoire insatiable au fond de ces contrées dépourvues de toute distraction :

— C'est tout pareil qu'un conte de fées. J'en ai eu la larme à l'œil...

— Moi j'en ai pissé dans ma culotte, de rigoler, au coup de la bonne femme avec le singe. Ce voleur de Turc a de ces inventions...

La clientèle de Fadul était nombreuse et diverse : fazendeiros, avec leurs épouses et leurs enfants, gens fortunés et orgueilleux ; travailleurs des plantations, quasiment sans le sou ; jagunços, avec leurs compagnes, toujours prêts à dire des fanfaronnades ; filles de joie, et c'étaient elles qui achetaient le plus. Le colporteur ne faisait pas de distinction de classe ou de caste. Il acceptait avec le même plaisir les invitations aux tables de maîtres et dans les cabanes de petits paysans, raffolant d'un plat de viande sèche grillée sur la braise, accompagnée de farine de manioc et de cassonade.

Chez les femmes de mauvaise vie, il était populaire. Il ne refusait pas un paiement en nature pour une boîte de poudre de riz, un pot de brillantine ou un flacon d'eau de Cologne, voire les intérêts d'un petit emprunt. Il y avait des cas, rares il est vrai, de petits cadeaux offerts dans des moments de folie, quand le Grand Turc, tombant amoureux, perdait la tête : bagues de métal ornées d'une pierre en verroterie, étincelantes ; boucles d'oreilles de fantaisie, magnifiques parures. Toute une pacotille reçue avec émotion, plus appréciée qu'un malheureux billet de cinq milréis, comme témoignage de reconnaissance, signe de bonne amitié, et non vulgaire paiement. Grand sentimental, Fadul s'amourachait assez fréquemment. Il avait une prédilection pour les femmes bien en chair, à la poitrine généreuse : seins volumineux, bons à remplir sa main énorme. Les maigres ne l'intéressaient pas, les squelettes c'est bon pour les fossoyeurs, comme on dit avec juste raison.

Connu et apprécié dans les fazendas et les bourgades, il y avait compères et filleuls. Il faisait crédit assez facilement mais, au moment de l'échéance, à quelques jours près, on le voyait venir chercher son dû. Si le bonhomme avait déménagé, il allait le retrouver n'importe où, à des lieues de là s'il le fallait, implacable. Il consentait des délais mais, pour compenser les retards, introduisit la norme des intérêts bancaires dans les terres sauvages du cacao : avec les marchandises, il amenait le progrès dans sa malle de colporteur.

Prudent, conciliateur, il était parfois pris pour timoré — si froussard, avec une pareille carcasse ! — mais ce préjugé ne subsista pas longtemps : armé d'un simple couteau de poche, M'sieu Fadu fit payer sa dette à Terencio, un professionnel du tromblon qui n'était pourtant pas commode. Fadul saisit le fier-à-bras au collet, lui chatouilla la pomme d'Adam de sa lame affûtée — qui servait à peler les oranges et ouvrir les furoncles — et reçut sur l'heure ses trois milréis, avec intérêts et excuses. En apprenant l'affaire, le capitaine Natario, qui la trouva particulièrement comique, faillit s'étrangler de rire. Quoi qu'il en soit, comme il tenait le marchand en grande estime, il lui fit cadeau d'un revolver : il arrive que la force des mains et un petit couteau ne suffisent pas. Un feu impose le respect, mon compère.

Il se débarrassa de l'accusation de poltronnerie, jamais de celle de filouterie. Cette dernière s'amplifia et se répandit, partout et sans restriction. Sur le marché improvisé à son passage dans les fazendas, on le traitait de voleur de Turc tout en discutant le prix des marchandises en montre, attirantes et convoitées. Feignant d'être atteint dans son amour-propre, M'sieu Fadu menaçait de remballer coupons et épingles, peignes et broches, ceintures et cartouchières, irrésistibles attraits de son commerce, et d'aller vendre plus loin. La négociation se poursuivait au milieu d'exclamations et d'invectives, de rires et de soupirs, d'insultes et d'amabilités : de « voleur » à « petit-Turc-de-mon-cœur ».

On le traitait de forban sans se gêner, mais sans colère, sans intention d'offenser, cela faisait partie du jeu, du marchandage, du plaisir de l'achat et de la vente. Voleur, bien sûr, mais brave homme, ainsi qu'il ne cessait de le proclamer lui-même à grands cris :

— Voleur de Turc, mes fesses. Je voudrais bien savoir, si y avait pas Fadul, brave type, bon chrétien, qui c'est qui viendrait dans ce trou pourri pour vous faire plaisir ? Au lieu de m'injurier, devriez me dire merci et m'offrir un coup de gnôle, bande d'ingrats ! — Il ne refusait pas un verre de tafia, mais au cabaret il buvait du vermouth additionné de cognac.

Dans les fazendas, les colonels avaient beau être riches à millions, ils ne réclamaient pas moins :

— Oh ! le Turc, tu y vas fort. Où a-t-on jamais vu un oignon minable, en nickel — ça ne risque pas d'être de l'argent —, coûter une somme pareille ? C'est du vol qualifié, il n'y aura jamais assez de cacao...

Fadul jurait qu'à Ilhéus une montre de cette qualité, argent poinçonné, valait le double. La malle ouverte sous les yeux pleins de convoitise des patronnes, il demeurait attentif à ce qui se passait à la cuisine, d'où venait le fumet des ragoûts, l'arôme sublime de la potée aux haricots noirs — un mets sans égal pour lui : le gros lard, les viandes salées et fumées, les jambonneaux et les saucisses ; en matière d'appétit, c'était bien le neveu du patriarche maronite.

Brave gars, et serviable. Capable au besoin d'assister un moribond, en l'aidant à franchir le grand pas, vite fait bien fait. En des circonstances aussi douloureuses, il était de grand secours : pas d'attachement à la vie, si obstiné qu'il fût, qui résistât à la voix de stentor et à la prononciation de Fadul. Ce plain-chant funèbre arrachait des larmes aux plus féroces jagunços.

Dans la brousse, si l'on voulait faire de l'argent sans avoir de plantation sur une terre à soi, il fallait avoir plus d'une corde à son arc. Marchant ambulant, transportant sa boutique sur son dos, le Turc Fadul exerçait bien souvent la médecine, le sacerdoce en cas de nécessité. Il ouvrait des abcès, opérait des anthrax, lavait les blessures à l'eau oxygénée, les brûlait à la teinture d'iode. Dans la malle, quatre remèdes souverains : Drogue miracle, Santé féminine, Pommade de saint Lazare, huile de ricin. Avec cela, il soignait n'importe quelle maladie — à l'exception de la petite vérole et de la fièvre maligne, pour lesquelles il n'y avait rien à faire. Il traita et guérit bien des gens dans ce sertão sans médecins ni pharmacies, privé de tout secours.

Sacristain dans son village du Liban, ayant servi le père Saïd aux offices, il n'hésitait pas à baptiser des enfants qui, sans lui, seraient morts sans pouvoir prétendre au royaume des cieux. Il bénit des couples irréguliers, les arrachant au péché dans lequel ils vivaient, leur octroyant un nouveau statut et leur donnant l'occasion de faire la fête, avec bouteilles de tafia et bal populaire. M'sieu Fadu aimait bien une bonne gambille à l'accordéon ; danseur de première, selon les jeunesses du pays.

Une fois armé, Fadul Abdala décida d'étendre le champ de ses activités et se mit à prêter à intérêt. Il le faisait avec prudence, choisissant à qui confier ses modestes capitaux, ses chers picaillons ; à courte échéance et avec un système d'agios assez compliqué. Visible sous le pan de la veste, le calibre, cadeau, nul ne l'ignorait, du capitaine Natario ; témoignage d'amitié.

Avec la spéculation, il fit arrondir son pécule et vit approcher le jour de mettre à terre une bonne fois la malle de colporteur, de construire une baraque pour y vendre un peu de tout. Il n'y avait plus qu'à choisir l'emplacement le plus prometteur, quelque bourgade nouvelle où il n'y eût pas encore de concurrence.

4

En décrivant le site où, s'étant égaré, il avait fait halte, il apprit que l'endroit portait le nom de Tocaia Grande, à cause de la ténébreuse embuscade et de la tuerie délibérée qui avaient eu lieu quelques années auparavant, lors des luttes implacables des colonels pour l'appropriation des dernières forêts. Maintenant, dans cette zone de la Rivière-aux-serpents, il n'y avait plus un pouce de terrain sans propriétaire.

Dans la chaleur du récit, des gens de mauvaise foi, langues de vipère, citaient des noms à propos de la fameuse embuscade, mais Fadul savait donner l'importance qu'il fallait aux ragots et aux médisances : tout cela entrait par une oreille, sortait par l'autre. Il est de certaines versions qu'il vaut mieux ignorer.

D'autres renseignements — intéressants, ceux-là —, le Turc Fadul les glana chez les ouvriers agricoles, sur les terrasses des colonels, dans la bouche des voyageurs, au fil des interminables trajets, durant des semaines et des mois. Les convois qui venaient des fazendas pour amener le cacao à la station de chemin de fer, à Taquaras, abandonnaient peu à peu le vieil itinéraire pour passer par Tocaia Grande, étape idéale pour la nuit. A partir d'un certain moment, la piste se trouva plus fréquentée que la grand-route.

Un jour, un muletier de sa connaissance, un borgne nommé Lazaro, insistait sur les avantages de la halte à Tocaia Grande — les bêtes pouvaient s'abreuver sans risque au bassin naturel formé là par le cours d'eau, paître à loisir une herbe abondante, et ne risquaient pas de s'échapper — et il regretta qu'il n'y eût encore, en un lieu si favorable, pas la moindre cahute où trouver un verre de tafia, une carotte de tabac, un biscuit, un bout de cassonade, du sel et du sucre. Le dégourdi qui s'installerait à Tocaia Grande ferait fortune du jour au lendemain.

Fadul écouta attentivement, poursuivit ses ventes et ses

recouvrements. Mais, en revenant à Itabuna à la fois pour reconstituer son stock et revoir Zezinha — plus qu'une amourette, une fatalité, puisqu'elle n'était même pas vraiment bien en chair — il s'arrangea pour passer par là en suivant un convoi de bétail. Quelle ne fut pas sa surprise en constatant que Tocaia Grande n'était déjà plus un désert. En sus de la grande baraque en bois qui servait d'entrepôt pour le cacao sec, on voyait s'élever quelques maisons de terre battue, d'autres en cours de construction. Des prostituées s'étaient établies, la clientèle ne manquait pas, travailleurs des plus proches plantations — défricheurs et cultivateurs — jagunços de passage, muletiers qui faisaient étape. Musiques d'accordéon, chansons, lueurs de lampions, halètements de corps dans les cahutes. Au matin, avec le départ des convois, le mouvement diminuait, pour reprendre en fin de journée.

Il se rendit compte qu'en venant là, la fois précédente, il avait été conduit par la main de Dieu. Alors qu'il se croyait perdu, c'était le Seigneur qui avait guidé ses pas. Non pour le faire jouir d'un jour de repos, comme il l'avait cru alors. Mais bien pour lui montrer l'endroit où il devait honorer sa promesse, accomplir sa destinée. Il ne pouvait balancer. Avant de se mettre en route, Fadul Abdala prit les dispositions nécessaires.

Le capitaine Natario da Fonseca visite ses domaines

1

Accord verbal, plus que suffisant. Entre eux, une convention écrite et signée n'était pas seulement inutile, elle eût signifié défiance insultante, preuve de déconsidération. Selon les conventions, Natario reçut le titre de régisseur de la fazenda da Atalaia — contremaître n'est pas un nom pour un capitaine de la garde nationale — avec le droit de consacrer quelques jours par mois à la propriété qu'il avait commencé à installer sur les terres reçues en paiement de ses bons services, ceux qu'aucun salaire ne peut rémunérer. Bonhomme, le colonel Boaventura avait déclaré pour finir :

— Maintenant, Natario, plus question de patron et employé entre nous, on est gens de même espèce.

— Tant que vous vivrez, je reste à vos ordres quoi qu'il arrive.

— Je le sais, je suis sûr de ton dévouement et j'ai essayé de ne pas être en reste.

Natario, l'air grave, avait encore un mot à dire :

— Y a autre chose que j' voudrais vous demander, colonel, si vous permettez.

Quoi d'autre ? Surpris, le colonel fixa le métis :

— Parle, je t'écoute.

— Zilda a pris le gros ventre, encore un coup. Je voudrais que dona Ernestina et vous soyez les parrains, quand le petit viendra au monde.

— C'était donc ça? — Il tendit la main. — Tope là, compère. On va faire une belle fête le jour du baptême. C'est le cinquième, pas vrai?

— Exactement. Y a déjà deux gars et deux pisseuses.

— Et de la main gauche, Natario?

— Un paquet, colonel, j' sais plus le compte. Et tous mon vrai portrait, comme des images de saint.

D'habitude, le séjour du capitaine sur ses terres durait trois ou quatre jours, ce qu'il fallait pour payer la demi-douzaine de salariés, contrôler la marche du travail, se rassasier les yeux du spectacle des plantations en pleine croissance. Une fois, pourtant, il resta là-bas près de trois semaines, pour diriger les ouvriers qui devaient nettoyer un restant de forêt encore à défricher. Si on les laissait faire à leur guise, Dieu seul savait quand pourrait s'effectuer le brûlage. Sous son autorité, il n'était question pour personne de s'endormir sur l'ouvrage.

Petite propriété, qui, au dire des connaisseurs, ne ferait guère que cinq cents arrobes par an, cueillette supplémentaire hors saison comprise, et encore. Etant d'un avis différent, le capitaine n'hésita pas à la baptiser comme une vraie fazenda : fazenda da Boa Vista. Selon le propriétaire, Boa Vista, deux ans après la première floraison, produirait au moins le double des cinq cents arrobes prévues par les envieux. Etablie sur un sol fertile, traitée avec amour par quelqu'un qui, tant d'années durant, avait pris soin — et prenait encore soin — du fonds d'un autre, et qui s'entendait comme personne à tout ce qui est propre à cette culture du cacao, c'était bien une fazenda de mille arrobes garanties, Natario était prêt à parier avec n'importe qui. Cela sans compter avec les futures cacaoyères à planter sur les pièces de terre qu'il venait de déboiser.

C'était un plaisir que de contempler les plants de cacaoyers qui se développaient vigoureusement à l'ombre fraîche des arbres. Les petits yeux du capitaine brillaient avec une tendresse d'amoureux lorsqu'il vérifiait avec quel soin minutieux ils avaient été disposés, avec quel respect de la distance entre chaque pied, les trous creusés dans les règles, si bien qu'il n'avait pour ainsi dire pas eu de pertes. Il n'y avait pas de discussion : aucune culture au monde ne se compare à celle du cacao, aucune n'est aussi rentable, et si rapidement. Planter du cacao, c'est semer de l'or en paillettes pour le récolter en barres. Vérité bien établie. Le sourire entrouvrait les lèvres, plissait les yeux du patron de Boa Vista. Il n'y avait plus qu'à attendre patiemment.

Les arpents que le colonel Boaventura Andrade avait fait enregistrer au nom de l'ancien garde du corps étaient situés près de Tocaia Grande, nul ne sut si c'était par un fait exprès ou par coïncidence. Des mal avisés se livrèrent à des spéculations sur le nom donné par Natario à la propriété, insinuant qu'il se serait inspiré du panorama de la vallée découvert alors que, pendant la lointaine nuit d'orage, il était resté à l'affût, le pistolet au poing : belle vue et bonne vue malgré l'obscurité. Les gens ont la langue bien pendue et bien affilée, et l'imagination pire encore. Les mises en garde répétées d'une majorité plus prudente ne servaient pas à grand-chose : avec ces on-dit et des cancans on ne ramasse pas une pièce de cinq sous, mais on peut ramasser une balle perdue sans avoir le temps de se retourner. A quoi bon remuer des cendres froides, alors qu'il n'y avait plus par là un garde du corps mais un capitaine, un fazendeiro ?

Tocaia Grande se trouvait à mi-chemin entre Atalaia et Boa Vista, et la distance entre les deux points n'était guère que d'une lieue et demie, deux au plus ; avec une bonne monture, autant dire deux pas. A l'aller ou au retour, le capitaine prenait toujours le raccourci par le sentier. De sorte qu'il put suivre avec intérêt les transformations qui s'opéraient, éventuellement y prêter la main.

Ayant eu connaissance des projets du colonel Robustiano de Araujo, Natario lui conseilla de construire son dépôt à Tocaia Grande. La fazenda Santa Mariana, une énorme propriété où le colonel faisait non seulement la culture du cacao mais aussi l'élevage de bovins, se trouvait du côté des sources de la rivière aux Serpents, à la lisière de la caatinga, très loin de la voie de chemin de fer. Raison pour laquelle le colonel avait décidé de faire bâtir en un lieu propice un magasin de stockage du cacao sec, à livrer sur place aux exportateurs ; à ceux-ci de se débrouiller pour transporter la marchandise à Ilhéus. Le site plut au fazendeiro, qui jugea bonne la suggestion et, comme la chose allait bien, il prévoyait déjà de monter également un corral pour permettre une halte au bétail qu'il faisait mener aux abattoirs d'Ilhéus et d'Itabuna. Pour marquer sa reconnaissance, à la suite de ce conseil judicieux, le colonel fit cadeau d'une génisse au capitaine.

Ce dernier se trouvait sur place quand les ouvriers envoyés par le colonel commencèrent à préparer le pisé et couper des perches pour construire les premières cahutes ; il assista à l'arrivée de la première prostituée, Jacinta, plus connue sous le nom de Coroca en raison de son âge, qui ne lui permettait plus d'aller de plantation en plantation chercher des clients ; elle s'installa donc là, comptant sur les muletiers de passage, dont le nombre croissait sans cesse car Tocaia Grande était devenu un gîte d'étape très fréquenté.

En lui recommandant l'endroit, Natario avait fait part au colonel Robustiano de son intention, arrêtée depuis longtemps, de construire bientôt sa propre maison sur la colline qui dominait la vallée, sitôt qu'il se trouverait un peu plus à l'aise ; le peu d'argent qu'il possédait, il l'avait investi dans la fazenda Boa Vista.

2

En excellentes dispositions, le capitaine Natario arriva au milieu de l'après-midi à Tocaia Grande. Etant resté absent d'Atalaia plus longtemps que prévu, il était assez pressé et n'avait pas l'intention de s'attarder dans la vallée. Mais le mouvement inhabituel, le nombre d'hommes occupés à abattre et transporter des troncs d'arbres firent qu'il s'arrêta devant la baraque de Jacinta. Le colonel Robustiano avait-il résolu de hâter la construction du corral ? La prostituée, vieille et flétrie, vint sur le seuil ; ses seins flasques paraissaient au travers de sa combinaison déchirée.

— Salut, Coroca. — Natario dit bonjour sans descendre de sa mule.

— Salut, Natario... — Elle reprit vivement : — ... Capitaine Natario. Autrefois, quand il était tout jeune, ils avaient couché ensemble des dizaines de fois, éventuellement à crédit, quand Coroca le voyait en manque et sans le sou ; mais, dernièrement, les femmes s'offraient à lui plus qu'il n'en avait besoin.

— Tu t'en retournes ? T'es resté un bout de temps. T'en as une nouvelle ?

— A moins que tu parles de machette... Dis-moi, si t'es au courant : qu'est-ce que c'est que tout ce tintouin ? Le corral du colonel Robustiano, ou quoi ?

— C'est M'sieu Fadu qu'a engagé un paquet de gars pour se faire construire une maison. En bois, hein, pas une bicoque comme moi. Ils sont en plein boulot là-dedans, on voit par l'ouverture.

— Fadul le Turc ? Il va monter un commerce ? — Il réfléchit. — Où ça ? Fais-moi voir l'endroit.

— Bernarda doit le savoir, c'est avec elle qu'il est resté la nuit qu'il a passée ici et qu'il s'est décidé.

— Bernarda ? La fille de Florencio ?

— Tout juste. Elle est arrivée ça fait dans les quinze jours. Elle a quitté son vieux cochon. Elle est venue avec un convoi de mulets de Boca do Rio. C'est de la nouveauté, les hommes veulent plus qu'elle.

Avant de remettre sa bête en marche, Natario demanda :

— T'es raide, Coroca ?

— J' tends pas la main. J'aimerais mieux crever de faim.

Le capitaine rit, ses yeux se plissèrent, sacrée vieille dure à cuire :

— J' te dois encore quelque chose, du bon vieux temps. Tu te rappelles ?

— Comme ça, d'accord.

Il lui donna quelques pièces, partit voir les ouvriers, se renseigna auprès d'eux sur les projets de Fadul. Le colporteur avait laissé quelque argent à Bastião da Rosa avec ses instructions, pour faire abattre et préparer le bois nécessaire à la construction d'une maison à deux portes en façade et trois chambres sur l'arrière. Quelque chose d'aussi cossu, dans les parages, il n'y avait guère qu'à Taquaras, près de la ligne de chemin de fer, et encore ! D'ailleurs, Lupiscinio, le charpentier, était venu de Taquaras, à la demande de M'sieu Fadu, pour faire le comptoir et les étagères. Gros chantier, et sans traîner. Bastião da Rosa donna son opinion :

— Le Turc est devenu fou, capitaine. Tocaia Grande est pas fait pour tout ce chiqué.

Natario hocha la tête, il n'était pas du même avis. Fou, le Turc ? Il n'en croyait rien. Il avait la certitude absolue que, tôt ou tard, Tocaia Grande serait un jour une ville auprès de laquelle Taquaras n'aurait plus l'air que d'un minable trou de teigneux.

3

Un petit palais aussi, la baraque de Jacinta, si on la comparait à la cahute de paille qui servait d'abri à Bernarda : une demi-douzaine de palmes mal assemblées, quatre bouts de bois plantés en terre. A l'intérieur, un grabat, une marmite en terre sur trois pierres, rien d'autre.

Natario mit pied à terre, parcourut du regard les alentours. La jeune fille revenait de la rivière, mouillée de la tête aux pieds, à la main le linge qu'elle était allée laver :

une petite culotte et un jupon. Sa robe de grosse toile, trempée à même sa peau, collait à son corps brun, le montrait à nu ; l'eau ruisselait des cheveux défaits, gouttait sur la nuque. En reconnaissant le visiteur, elle marqua un temps d'arrêt, pour s'élancer aussitôt en courant, les bras tendus vers lui. Les yeux de Natario voyaient courir une gosse de deux ans qui, de la flaque boueuse où elle jouait, venait se pendre à son cou, sale et nue. Quand il avait trouvé refuge à la fazenda da Atalaia, il avait vécu assez longtemps chez Florencio et Ana, sa compagne. Florencio ne travaillait pas dans les cacaoyères, employé qu'il était à des tâches plus reluisantes : il s'occupait d'armes et de jagunços.

Quel âge pouvait avoir Bernarda ? se demanda-t-il quand l'image de l'enfant se matérialisa dans ce corps de jeune fille baigné d'eau et de soleil. Il l'avait connue bébé, accrochée aux hanches de sa mère ; d'une certaine façon, Natario avait aidé à l'élever. Dans la petite salle de la masure de deux pièces, Ana avait installé un hamac pour l'hôte ; par terre, dans une caisse transformée en berceau, l'enfant dormait. Elle se réveillait en pleurant au milieu de la nuit, mais Ana se levait rarement pour lui donner le sein. Morte de fatigue, dormant d'un sommeil de plomb dans la chambre contiguë, elle n'entendait même pas les pleurnichements de sa fille. Natario la sortait de la caisse, la mettait avec lui dans le hamac, et le balancement la faisait rendormir sur sa poitrine.

Elle devait avoir au plus cinq ans environ le jour où le colonel Boaventura ramena le père Afonso pour bénir la chapelle que dona Ernestina avait fait élever à la fazenda en vertu d'une promesse à saint Joseph, son protecteur, à qui le colonel devait la vie — à saint Joseph et à Natario, qui avait appuyé à temps sur la détente : sauf vot' respect, colonel. La fête dura deux jours, avec une foule d'invités ; il en vint jusque de Bahia. Le prêtre célébra une messe, consacra l'image du saint, maria les concubins, baptisa quantité d'enfants et un certain nombre d'hommes faits qui n'avaient encore jamais reçu le sacrement. Grandes ripailles, boissons à gogo, le tafia coula à flots chez les travailleurs de la plantation ; une vraie bombance. Modeste serviteur de Dieu, électeur inconditionnel du colonel, parangon de foi chrétienne et de civisme grapiuna, le père Afonso cédait au péché de gourmandise, mangeait comme quatre.

Natario profita de l'occasion pour épouser Zilda, avec qui il vivait en concubinage depuis plus d'un an. Il l'avait rencontrée errant sur la route d'Agua Preta, pâle, rachitique et apeurée, orpheline de père et mère, victimes de la variole. Toute une horde était sur ses talons, meute de chiens derrière une chienne sans maître, chacun avec sa pétoire. Pour se désennuyer plutôt que par inclination, Natario se mit sur les rangs, et envoya Mané Bragado ad patres : le matamore l'avait méjugé et avait tiré son arme. La maigriotte ayant été à l'origine d'une mort d'homme, il l'emmena avec lui et lui fit un enfant sans plus tarder.

Silencieuse et soumise, travailleuse et soignée — La masure de torchis était impeccable —, Zilda prit des couleurs et des formes, se fit estimer et aimer, resta pour de bon. Où trouva-t-elle le courage de dire à son homme l'envie qu'elle avait d'être mariée avec lui ? Devant le curé, pour ne pas désobéir au bon Dieu ; devant le juge, pas besoin.

Quand il l'avait recueillie, Natario vivait encore chez Florencio ; c'est dans son petit hamac qu'il l'engrossa, sous les yeux de Bernarda, pour ainsi dire. Bernarda continuait à dormir dans la petite pièce, mais avec la présence de Zilda elle perdit sa place dans le hamac, le bercement et la poitrine accueillante.

A l'occasion du baptême collectif, Ana leur demanda d'être parrain et marraine. Zilda, toujours adroite, fabriqua avec de vieux chiffons une poupée pour sa petite filleule. Natario ne lui donna rien de plus que ce qu'elle souhaitait par-dessus tout : pouvoir l'appeler « parrain », lui baiser la main et recevoir sa bénédiction.

Aussi longtemps que Florencio resta à l'Atalaia, Bernarda vécut plus chez ses parrains que chez ses parents. Elle était dans sa dixième année quand Florencio, s'étant brouillé avec le colonel pour une vétille, arrogance de jagunço qui se refusait aux travaux pénibles, s'en fut à la fazenda da Boca do Mato — où le colonel Benvindo avait besoin d'un bon fusil pour faire marcher les salariés comme il faut. Natario et Zilda proposèrent de garder leur filleule avec eux ; Florencio ne voulut pas en entendre parler. Ils avaient besoin de Bernarda pour aider à élever la petite sœur : entre-temps, Ana avait en effet mis au monde une autre fille, Irará, qu'on appelait simplement Irá. Plus tard, quand la chose arriva, Zilda dit qu'à son avis Florencio avait déjà l'œil sur la petite dès ce moment-là.

Après leur départ, Natario n'avait plus vu Bernarda que de loin en loin. A l'âge de treize ans elle était déjà formée, mignonnette, convoitée. L'appétit de femelle, dans ces terres perdues du cacao, était sans frein ni mesure, il n'y avait de femmes que pour quelques veinards ; tout ce qui portait jupon avait de l'intérêt. Sans parler des juments, mules et ânesses viciées.

Une attaque mit Ana au lit, sourde et muette, paralysée à jamais. Débris inutile qui n'occasionnait plus que travail et dépense, tandis que Bernarda gagnait de plus en plus d'attraits qui sautaient aux yeux. De la chambre, allongé aux côtés de l'invalide, Florencio entendait la respiration sonore de la fille, puissant appel. Que pouvait faire le vieux poivrot ? Il culbuta la petite, avant qu'un autre ne s'en chargeât. Personne ne voulut s'en mêler, à quoi bon ? Ancien bandit de grand chemin du sertão du São Francisco, engagé comme homme de main quand avaient commencé les luttes pour les terres à cacao, Florencio s'y était fait de macabres états de service. C'était sa fille, à lui de gouverner sa propre famille selon ce qu'il avait dans le ciboulot. Ou dans les rognons.

4

Ayant fait ses calculs tout en desserrant la ventrière de sa mule, le capitaine arriva à la conclusion que Bernarda devait avoir entre quatorze et quinze ans. A Ilhéus, ce serait encore une petite oiselle, jouant à la poupée ; dans cette brousse, c'était une femme faite, prostituée en exercice.

Elle s'était précipitée les bras tendus, avait laissé tomber le linge qui venait d'être lavé, mais, en approchant, elle demeura sur place et baissa les yeux. Appuyé contre sa bête, Natario la regarda et, sans y penser, promena son regard sur tout le corps de sa filleule : souple et élancée, parfait moulage de bronze. En lui, sentiments et émotions se bousculaient confusément, se heurtaient comme s'il se dédoublait. La voix chaude venait encore du passé :

— Bénissez-moi, parrain.

Mais, aussitôt, la réalité présente s'imposait :

— On vous a fait ma commission ?

— Quelle commission ? Je viens juste d'apprendre que tu es là, par Coroca. Qu'est-ce qui s'est passé ?

Il lâcha la mule, qui s'en alla paître, mais elle n'irait pas bien loin. Sans attendre la réponse, il franchit le seuil de la cahute, s'assit sur le grabat fait de deux planches. Bernarda l'accompagna et resta debout devant lui : l'espace était si étroit qu'elle touchait presque ses genoux.

— Raconte : qu'est-ce qu'y a eu ? — Dans le ton apparemment froid et neutre perçait une pointe d'inquiétude.

Bernarda releva la tête et regarda en face son parrain :

— J'en pouvais p'us. Le père, quand il revient des champs, il sait rien faire que boire et nous fout' des raclées. — Les mots sortaient lentement, avec peine. — Vous savez, quoi.

Elle froissait sa jupe de la main, seul signe de sa gêne :

— De quoi bouffer, à la maison, y a rien. A part la gnôle... Si on a pas crevé de faim, c'est pasque les voisins ont aidé, et aussi pasque j' suis allée avec tous ceux qu'ont voulu payer, mais c'était risqué : si le père l'apprenait, il m' tue.

Natario écoutait sans rien dire. Bernarda renifla, retint au fond de sa gorge le sanglot qui montait ; l'épreuve l'avait endurcie. Elle remonta un coin de sa robe pour essuyer ses yeux qui brûlaient. Le capitaine remarqua la cuisse ferme, devina la courbe des fesses ; la petite filleule en avait bavé. Plein de pitié — pauvre gosse ! —, il sentit son cœur se serrer, mais son regard demeurait fixe, embué de désir ; elle finit par lâcher son bout de jupe et reprit :

— Le père il a fait de moi, sa fille, une bonne amie, tout le monde est au courant. Tant que la mère a vécu, j'ai rien dit, rien fait, j'allais pas la laisser mourir toute seule. Mais après qu'on l'a enterrée, j'ai foutu le camp. — A nouveau, elle regarda son parrain en face pour affirmer : — Si y en a qu'ont pensé que j'étais d'accord, ils s' ont gourés. Avec la mère dans l'état qu'elle était, y avait pas moyen d' faire autrement, c'est tout.

C'était bien vrai, que faire d'autre ? Mais Natario se contenta de dire :

— J'avais pas su, pour la mort d'Ana.

— Ça fait une vingtaine de jours qu'elle a passé. Je vous ai fait prévenir à l'Atalaia. On vous a rien dit ?

— J'y étais pas, je reviens juste maintenant. Et Irá ?

— Elle est restée avec le père.

— Et s'il fait avec elle comme il a fait avec toi ?

— Irá, parrain ? Mais elle est trop petite, elle a même pas onze ans, elle a pas encore vu le sang.

— Et tu crois qu'il fait attention à ça ? A Rio do Braço, chez la Luiza Mocotó, y en a une de dix ans qui fait la pute. Paraît que c'est son père qui l'a dépucelée. Ce qu'on trouve le plus par ici, c'est des cacaoyers et des vieux vicelards.

Il constatait, sans commentaire : c'était ainsi, et c'est tout. Dans le silence lourd d'intentions et de pensées, le capitaine poussa du pied les palmes qui faisaient office de porte. Il tendit la main, toucha la robe de toile qui collait à la peau de sa filleule. Bernarda ne bougea pas, ne baissa pas les yeux.

Sa filleule. Toute petite, elle venait en courant, nue et sale, se pendre à son cou. Natario lui donnait une pièce de deux sous, mais elle refusait. Ce qu'elle voulait, c'était grimper sur ses épaules, s'accrocher aux rebords de son chapeau de cuir, jouer. Elle avait grandi en s'endormant dans son hamac, ronflant sur sa poitrine, riant quand il lui chatouillait la plante des pieds. L'univers de l'enfant se résumait à son parrain, en dehors de lui il n'y avait qu'un désert d'indifférence et de solitude.

Plus que parrain, père ou presque. Et après? Le vrai père était Florencio, et elle ne s'était pas refusée quand il l'avait voulue. Elle avait couché avec lui pendant plus d'un an, non par plaisir, mais sans révolte. Natario passa la main sur le ventre de Bernarda ; elle demeura immobile mais, quand ses doigts effleurèrent sa poitrine, elle ébaucha un sourire et baissa les yeux. Le capitaine l'entraîna sur le grabat.

Après le sanglot étranglé, le soupir d'impatience et de plaisir, le cri de volupté, Bernarda passa doucement sa main sur le visage de son parrain, frissonna et dit en souriant :

— J'ai toujours pensé qu'un jour ça serait comme ça...

Elle se blottit contre la poitrine en sueur, comme autrefois dans le hamac :

— En rêve, c'est déjà arrivé, des tas de fois. Quand j'ai envie de quelque chose, je le fais en rêve. Parrain aussi?

Elle parlait pour le retenir là, tout contre elle.

— Le rêve c'est de la blague, ça vaut pas le coup. Quand je veux quelque chose, je le fais ou je le prends. — Sa voix se fit plus douce pour conclure : — C'est mieux d'avoir que de rêver. Moi aussi j'en avais envie.

Bienheureuses paroles : le parrain avait éprouvé le même désir, la même soif de coucher avec elle, de la posséder. La désolation et la saleté de la vie s'effacèrent, n'avaient plus leur place dans le monde lumineux du baiser et de la caresse où corps et âmes se dévêtaient et s'offraient sans honte et sans retenue. Ah! Parrain, c'est merveilleux, nous allons nous rassasier, j'en ai besoin pour compenser les jours interminables, les nuits de peur et d'écœurement. Ah! Parrain, toute cette pourriture! Toute cette tristesse! Nous allons nous rassasier, ne t'en va pas!

— Parrain s'en va pas tout de suite, non? Il est pas tard. — Elle s'excusait : — J'ai rien à vous offrir. Rien que moi, si vous avez encore envie.

Envie l'un et l'autre. La fête dura jusqu'au moment où le soleil descendit du ciel sur la rivière; dehors, la mule se mit à braire. Tout en chaussant ses bottes, le capitaine voulut savoir :

— Qu'est-ce qu'il a dit, le Turc?

— Il va ouvrir un commerce ici. Paraît qu'y a de l'avenir. Il doit être sur le chemin du retour.

— Quand il arrivera, dis-lui de venir me voir à l'Atalaia. Mais dis-lui aussi tout de suite que le morne de la boucle, là, le plus haut, il est à moi, y a un bout d' temps.

Ce que disait le parrain était parole d'évangile; Bernarda ne posa la question que pour prolonger d'une minute le bonheur d'être ensemble et de bavarder :

— Vous l'avez acheté avec la plantation?

— La plantation, je l'ai eue du colonel, en remerciement de ce que j'ai fait. Le piton, ça doit être pareil, mais j' sais pas qui c'est qui m'en a fait cadeau : Dieu ou le diable. Tout ce que j' sais, c'est qu'il est à moi et personne n'y mettra les pieds, ni les mains.

Il ne lui offrit pas d'argent en partant : il l'eût peinée; au lieu d'une pièce, la petite voulait plutôt un peu de tendresse. Mais, avant de s'engager sur la piste, le capitaine combina avec Bastião da Rosa et Lupiscinio qu'ils profiteraient des restes du bois coupé pour Fadul pour construire, à son compte, une petite maison de trois pièces où sa filleule et Coroca pourraient habiter et exercer leur métier. Quand on conquiert puissance et autorité, on contracte également des obligations. Et on doit les assumer.

Le nègre Castor Abduim da Assunção rosse un seigneur de plantation après l'avoir doublement cocufié

1

Le nègre Castor Abduim da Assunção, en venant du Recôncavo, avait amené avec lui, et conservait plus ou moins, le surnom de Tison brûlant ; son vrai nom rarement employé, il devint simplement Tison, un joyeux drille. Lors de sa fuite, il avait du même coup laissé derrière lui, une fois pour toutes, le sobriquet de prince d'Ebène, repris par Adroaldo Muniz Saraiva de Albuquerque, baron d'Itauaçu, sur un ton de moquerie évident, mais que « Madame », c'est-à-dire la baronne Marie-Claude Duclos Saraiva de Albuquerque, prononçait avec un renversement de prunelle, un claquement du bout de la langue et un tortillement du cul.

Du cul, et non de la croupe, du popotin, du baba ou des miches, selon l'opinion autorisée encore que partiale de la mulâtresse Rufina, qui l'énonçait hautement à la cuisine, déclenchant rires et railleries : la Madame se trouvant dépourvue de tels avantages ne pouvait les tortiller. En revanche, elle écarquillait des yeux immenses, quémandeurs, troublants, exhibait sous les dentelles d'un chemisier d'organdi transparent, avec une impudence de *gringa*, des seins menus mais fermes, altiers, mieux que d'un blanc immaculé : couleur de rose. Un ravissement. Quand le jeune Castor, dans son éclatante livrée, faisait son entrée dans la salle à manger, apportant les verres de cristal sur le plateau d'argent, Madame susurrait d'une voix mourante : Mon prince...

La voix de Rufina, aussi, mourait de plaisir, à l'office, quand elle le voyait, jaune et vert des pieds à la tête avec des mouchetures rouges sur les manches bouffantes ; elle soupirait : Tison brûlant, ah ! Mon Tison ! Un corps digne des attentions d'un fastueux seigneur de plantation ou d'un révérend et généreux chanoine, jambes nues, épaules nues, seins dressés, couleur de miel ambré, opulents, se laissant deviner dans l'échancrure du corsage de coton, mais sans impudence ni effronterie. Fessier roulant comme une poupe de goélette en haute mer, elle voguait fièrement sous le nez de Castor, tison de feu qui embrasait ses entrailles.

Castor ne se sentait pas très à l'aise dans cette livrée de domestique, confectionnée sous l'œil vigilant de Madame, qui l'avait recopiée sur un livre d'estampes. Il préférait le bout de chiffon passant entre les jambes et attaché à la taille, et aussi la chaleur de la forge où s'activait l'oncle Cristovão, son seul parent. La baronne l'avait tiré de l'enclume pour faire de l'apprenti forgeron un page, un palefrenier, un favori : un serf n'a pas à choisir ce qu'il veut être. En dépit de son accoutrement burlesque et de sa condition de valet, Castor conservait son port altier, son rire communicatif en toute circonstance. Avec l'insouciance de la jeunesse, Tison brûlant ou *prince noir*[1], il faisait perdre la tête à Rufina, prête à faire face aux pires conséquences, et donnait la fièvre à la Madame.

2

De l'incomparable valeur des nègres à l'exercice de la *bagatelle*, Marie-Claude avait été mise au fait par Madeleine Camus, née Burnet, compagne de collège, son *aînée*.

1. Dans tout ce passage, les mots et phrases en italiques sont en français dans le texte.

Au Sacré-Cœur, aimables et frivoles élèves des bonnes sœurs, *amies intimes,* elles échangeaient des renseignements, se confiaient rêves et projets, parlaient religion et dévergondage, en l'attente impatiente du jour de leur libération.

En revenant de la Guadeloupe, où son époux lieutenant-colonel d'artillerie, avait commandé la garnison, Madeleine avait fait deux déclarations péremptoires : a) tous les lieutenants-colonels ont, par nature, irrévocable vocation à être cocus, et la plus sotte des épouses ne peut faire qu'ils échappent à leur destin ; b) les nègres, au lit, sont absolument insurpassables. Pas de meilleure preuve de la première affirmation que le propre mari de Madeleine : c'est lui qui avait introduit à la maison, en qualité d'ordonnance, le nègre Dodum, précisément la meilleure et plus éclatante preuve de la seconde révélation.

Faite baronne par la grâce d'un heureux mariage avec un planteur titré, plus ou moins créole, plus ou moins sang-mêlé et richissime — quant à la fortune pas de plus ou moins, uniquement du plus et plus — Marie-Claude embarqua pour les lointains et mystérieux tropiques où s'étendait son doux et vert royaume de canne à sucre et d'esclaves noirs. Elle emportait dans ses bagages des robes du dernier chic, une montagne de médicaments, les recommandations angoissées de sa maman et les informations excitantes de Madeleine. Au début, tout ne fut que nouveauté et enthousiasme, occasion de réjouissance et d'allégresse, mais la monotonie ne tarda guère à prévaloir.

Lasse des bals provinciaux où, en raison de son élégance et de ses manières européennes, elle excitait la jalousie et s'attirait des inimitiés dans ce monde attardé de femmes médisantes, lasse surtout de l'outrecuidance et de la sottise du seigneur d'Itauaçu, dont la fatuité n'avait d'égale que l'insignifiance, Marie-Claude, pour réprimer ses bâillements et supporter son exil, s'adonna à l'équitation et à la coucherie. Fougueuse pouliche, seule ou en compagnie du baron, elle battait les chemins sur des chevaux de race, les plus fiers du Recôncavo.

Epouse attentionnée, elle vérifia dans la pratique que, comme les lieutenants-colonels, tous les barons ont fatalement vocation de naissance au cocuage : impossible d'aller là contre. Cela étant, une épouse dévouée doit être prête à s'acquitter de la part qui lui incombe dans l'accomplissement de la destinée de son conjoint. Un jour qu'ils causaient de la pureté et de la beauté des races chevalines et autres, en se promenant aux alentours du vieux moulin à sucre, le baron Adroaldo désigna un adolescent noir, au milieu de gerbes d'étincelles, dans l'atelier du forgeron, et attira l'attention de *Madame la baronne* sur ce magnifique spécimen d'animal de race :

— Remarquez le torse, les jambes, les biceps, la tête, *ma chère :* un superbe animal. Exemplaire parfait. Observez les dents.

Elle remarqua, obéissante et intéressée. Attarda son regard sur l'exemplaire parfait, le superbe animal. Observa les dents blanches, le sourire hardi. *Malheur !* Une bande d'étoffe cachait le plus beau.

Le baron était véritablement une autorité en matière de races, ayant hérité la compétence de son père, expert à choisir et acheter chevaux et esclaves. Mais Marie-Claude avait appris chez les religieuses du Sacré-Cœur que les nègres ont aussi une âme, qu'ils acquièrent avec le baptême. Ame coloniale, de deuxième classe, mais qui suffit à les distinguer des animaux : la bonté de Dieu est infinie, expliquait sœur Dominique, en dissertant sur l'héroïsme des missionnaires au cœur de l'Afrique sauvage.

— *Mais, pas du tout, mon ami, ce n'est pas un animal. C'est un homme, il possède une âme immortelle que le missionnaire lui a donnée avec le baptême.*

— *Un homme !* — Le baron éclata de rire.

Quand le seigneur d'Itauaçu riait en français, jouant à l'aristocrate ironique et cultivé qui s'amuse de la bêtise humaine, il devenait insupportable d'affectation et d'arrogance. Un certain Adroaldo (comme lui) Ribeiro da Costa, licencié et homme de lettres de Santo Amaro, l'entendant hennir en massacrant sans pitié la langue de Baudelaire, le maître bien-aimé, s'était mis à le nommer *Monsieur le franciou,* à la grande joie de l'auditoire, mais derrière le dos du baron : si le poète vivait dans la lune, ce n'était pas au point de s'exposer aux foudres du manitou.

— Pardonnez-moi, *ma chère,* mais votre affirmation est une sottise. Où s'est-il jamais pu dire qu'un nègre est un homme ? Un bel animal, je le répète, et sans doute moins intelligent que votre cheval Diamant Bleu.

— *Très beau, oui. Un homme très beau, un prince. Un prince d'ébène !*

— Prince d'Ebène ! *Vous êtes drôle, madame.* Laissez-moi rire. Et il poussa son rire hennissant de supériorité souveraine.

La raillerie grossière, la suffisance, *le ricanement sardonique* du baron achevèrent de la convaincre : le destin est le destin, tracé là- haut. La baronne adopta Castor et ne le regretta point. Si le planteur se rendit compte de l'intérêt qui avait été à l'origine du changement de condition de l'apprenti forgeron, qui maintenant le servait à table, il ferma les yeux, occupé qu'il était de son côté à culbuter les petites métisses de la plantation, usant et abusant d'elles comme si l'on eût encore été au temps de l'esclavage.

Seigneur féodal, il en dépucela plus d'une, mais c'est seulement avec Rufina qu'il maintint des relations durables ; à la cuisine de la maison de maître, elle affichait de grands airs de dame, concubine couverte d'or et d'argent — *balangandas*[1], bracelets, boucles d'oreilles, colliers, sautoirs, outre la croix en nacre donnée par le révérendissime chanoine. La générosité du baron était sans bornes : comme si n'eussent pas suffi les somptueux cadeaux, il s'entêtait à former la mulâtresse à la pratique de raffinements exotiques, sans succès car elle préférait la gaudriole nature : son appétit insatiable n'avait nul besoin d'assaisonnements piquants.

1. Bijou caractéristique du costume traditionnel de la Bahianaise, fait de divers objets de métal (fruits tropicaux, amulettes, breloques) qui se porte en sautoir ou à la ceinture.

Pour abréger le récit, car la chronique détaillée du double cocuage du seigneur d'Itauaçu outrepasse les limites qui doivent être les siennes dans l'histoire de Tocaia Grande, consignons tout de suite ce qui fut bientôt de notoriété publique : à savoir que, combattant sur deux champs de bataille, celui de Madame tout en or, celui de Rufina tout en cuivre, avec la force et l'innocence de ses dix-huit ans, Castor Abduim orna de puissantes et gracieuses cornes l'aristocratique front de Monsieur le baron.

3

Le joli petit ventre parfumé de *Madame la baronne* se serrait de gourmande impatience, humide de rosée, quand, dans la solitude du boudoir troublée par les grognements du baron, elle pensait au prince d'Ebène et le détaillait avec appétit : les lèvres épaisses, les dents faites pour mordre, la langue rugueuse, la poitrine large, les jambes puissantes et le reste, ah ! mon Dieu !

Mille excuses pour un tel mot, qui n'appartient évidemment pas au vocabulaire de Madame. Jamais elle n'eût dit le « reste », jamais n'eût employé un terme aussi vulgaire et inélégant pour désigner cette unique et incomparable majesté dont la seule vue faisait s'obnubiler l'esprit de Rufina et s'humidifier les parties de la Madame. Parties : encore un mot malheureux, grossier mais d'usage courant à l'office, d'où il provient avec tout ce caquetage dont Dieu veuille nous garder et préserver.

En dépit de sa sensibilité à fleur de peau, la baronne conservait sa lucidité jusque dans les instants culminants, toujours soucieuse de la logique et de la précision françaises traditionnelles. Avec une parfaite pertinence, elle nommait la superbe et glorieuse puissance conformément à la circonstance et à l'usage du moment : des deux mains elle s'accrochait au *grand mât,* s'employait à téter le *biberon,* s'ouvrait pour accueillir par-devant et par-derrière l'*axe du monde*.

Ecœurée du tabac à priser et des caprices du baron, faisant fi des baumes du chanoine compatissant et généreux, Rufina trouva consolation et satisfaction sur cette même vaste poitrine où la délicate baronne reposait les boucles de sa blonde chevelure : la poitrine de Castor Abduim da Assunção, Tison brûlant, Prince d'Ebène, domestique de luxe, ex-apprenti *maréchal-ferrant* à la forge de son oncle Cristovão Abduim, l'un et l'autre fils confirmés de Xangô.

Dans les champs de canne, au vieux moulin à sucre, dans les grandes plantations du Recôncavo, dans les villes de São Félix, Cachoeira, Muritiba et Santo Amaro, à Maragogipe et jusque dans la capitale même de Bahia, on commentait la chose, et l'on disait que la confrérie de saint Cornélius, patron des encornés, avait désormais un illustre président, le baron d'Itauaçu, Monsieur le Franciou, maître cornard, cornissime cornu s'il en fut, roi de la complaisance. « *Un gentil cocu* » pour employer une définition qui avait un petit air de gracieuseté dans la bouche de la baronne son épouse. Ah ! — la bouche de la baronne, qui ne se pouvait comparer qu'au bijou de Rufina, deux chefs-d'œuvre, deux perfections, de l'avis concordant du baron Adroaldo Muniz Saraiva de Albuquerque, noble seigneur de plantation, et du nègre Castor, né serf au milieu des cannaies. Il est ainsi prouvé, une fois de plus, que la vérité s'impose au lettré et à l'ignorant, au riche et au pauvre, à l'aristocratie et à la canaille.

4

Il ne faudrait cependant pas aller mal juger Adroaldo Muniz Saraiva de Albuquerque, baron d'Itauaçu, et voir en lui, bien à tort, un de ces grands planteurs attardés, attaché à de tenaces préjugés, indigne d'une épouse européenne, civilisée. Aussi doit-on dire que l'incident avec Castor, motif de l'agression et de la fuite, n'eut pas pour cause immédiate l'intimité qui s'était instaurée entre la baronne et l'aide-forgeron. Selon toute apparence, le baron ne se souciait guère des cornes qui lui étaient venues des passe-temps bucoliques de Madame. Il les portait avec dignité et *nonchalance,* donnant ainsi une belle leçon aux barbares seigneurs du sucre qui pratiquaient une justice sommaire : ceux-ci tuaient les dames et demoiselles qui se commettaient avec des nègres ; quant aux nègres, ils les faisaient châtrer d'abord et tuer ensuite.

Ce qui poussa le baron à lever la cravache et mettre en sang le dos nu de Rufina, ce fut l'indignation provoquée par le comportement de la jeune mulâtresse : l'ingratitude, le manque de respect. Il se sentit blessé dans ce qu'il avait de plus sacré, le sentiment de la propriété. Il avait prodigué en pure perte sa science et son argent ; avait fait à l'ingrate l'honneur de la déflorer et de forniquer avec elle de manière assidue ; avait cherché à l'instruire de pratiques sexuelles raffinées, que la mauvaise bête se refusait à mettre en œuvre ; lui avait donné le statut de concubine en l'élevant au-dessus de sa condition de domestique, d'animal familier ; sans compter les présents, toilettes et parures, qui n'étaient pas peu de chose. La trahison de la mulâtresse l'affecta profondément : il ne s'agissait pas de simple caprice momentané d'épouse morfondue, d'enfantillage plaisant, de péché véniel, mais de grave affront, de basse injure, d'humiliante offense au maître et seigneur, faute impardonnable, péché mortel. Tolérer un tel outrage serait ébranler les fondements de la morale et de la société.

Ainsi donc, le jour où, revenant de sa promenade matinale à cheval, il surprit dans les dépendances de l'ancien quartier des esclaves Rufina en train de faire l'amour avec Castor à la façon primitive des gens incultes, la mulâtresse dessous le nègre par-dessus, le baron se mit en rage. Non sans raison, il faut bien en convenir. Le bougnoule décampa, mais revint en entendant presque aussitôt le hurlement de Rufina. Hors de lui, le baron la corrigeait sans retenue. Castor lui arracha la cravache des mains, la cassa en deux et jeta les morceaux au loin. En échange, il eut droit à la claque, à l'insulte et à la menace :

— Je vais te faire arracher les couilles, prince de merde, ordure de nègre.

La figure en feu, la vue brouillée, le prince — d'ébène ou de merde, peu importe — agrippa de la main gauche le baron par sa veste de cavalier, de la droite le bourra de coups à la figure. Il ne cessa de frapper qu'en voyant arriver du monde, de la maison de maître et du moulin, dans un tohu-bohu qui évoquait la fête : ce n'est pas tous les jours qu'on assiste au spectacle de la rossée d'un seigneur de plantation.

Sa tête et ses attributs mis à prix, Castor prit le large. Se fût-il attardé, Madame la baronne elle-même n'aurait pu le sauver, à supposer qu'elle eût voulu intercéder en sa faveur. Elle ne le voulait point : affectée par la trahison du nègre — *Aïe ! Madeleine, le plus beau Noir du monde, le plus vilain des hommes !* —, Madame était tombée malade, avait au lit des jours mélancoliques, mais avait réagi et se préparait à faire un voyage en Europe en compagnie du baron pour une seconde lune de miel, bien méritée.

Le fugitif arriva à Bahia après avoir descendu le Paraguaçu sur une barcasse chargée de sucre et de tafia. Mère Gertrudes d'Oxum, qui l'hébergea, jugeait la ville trop proche de Santo Amaro pour offrir un asile sûr à un nègre accusé de pareils forfaits : il avait osé lever les yeux sur la chaste et vertueuse épouse du maître ; repoussé par elle, il avait voulu violenter une pauvre servante sans défense ; empêché d'exécuter son infâme dessein, il avait enfin tenté d'assassiner le planteur. Des sbires étaient à ses trousses pour l'appréhender, des tueurs venus du Recôncavo fouillaient toutes les rues pour l'abattre.

Caché dans la cale d'un deux-mâts, il descendit de Bahia à Ilhéus. Dans une maison vouée au culte des orixás, au milieu d'une cocoteraie entre Pontal et Olivença, père Arolu lui donna l'hospitalité et le recommanda au colonel

Robustiano de Araujo, que sa richesse n'empêchait pas de rendre hommage aux esprits et de recevoir la bénédiction et les conseils du babalorixá. Dans l'eldorado du cacao, père Arolu avait autant ou plus de prestige que Mgr l'évêque : il était là depuis plus longtemps et possédait d'indiscutables pouvoirs sur le soleil et la pluie.

5

Il y avait cinq ans que Castor travaillait comme maréchal-ferrant à la fazenda Santa Mariana quand, accompagnant le convoi de mulets, il se trouva faire étape à Tocaia Grande. Sa destination finale était la ville d'Itabuna, ou plus exactement les rues écartées où étaient situés les bordels, afin d'y prendre un peu de bon temps. Pour qui avait été comblé de délices, avait pu savourer des mets succulents, se régaler de fines spécialités du pays et de l'étranger à la table de festin des plantations de sucre du Recôncavo, les fazendas de cacao du sud de l'Etat laissaient grandement à désirer en matière de femme.

Pour le reste, il n'avait pas à se plaindre, n'éprouvait aucun regret, si ce n'est lorsqu'il pensait à son oncle. Même s'il l'avait pu, il ne serait pas retourné là-bas, où il n'était finalement qu'un serf avec tout juste le droit d'obéir sans élever la voix. Il avait beau être appelé prince, planter des cornes sur la tête du baron dans le luxe des draps de pur fil, des couvertures de dentelle, des courtepointes de satin, même dans le lit de Madame il ne s'était jamais senti un homme libre. Pour en arriver là, il avait fallu casser la figure au maître, risquer sa vie, courir le monde et parvenir jusqu'aux terres du cacao où tout un chacun avait sa valeur et, bien ou mal était payé pour ce qu'il faisait.

Le manque de femmes sur la fazenda, il le compensait en accompagnant les convois : dans les entrepôts, les villages, les villes, il trouvait la chaleur des filles. Il était devenu un jeune Noir d'humeur égale, sympathique, avait conservé ses manières simples et son allure fière, son caractère cordial. Quand il tardait à se montrer, certaines se plaignaient de sa trop longue absence : pour donner de l'animation à une fête, il n'y avait pas comme lui.

Artisan habile et compétent, à la forge rudimentaire installée à Santa Mariana pour faire face aux besoins de la fazenda — marquer le bétail, ferrer les montures et les bêtes de somme, affûter les machettes, remettre en état les outils de travail, pelles, houes, faucilles —, Castor, pour se distraire, fabriquait des couteaux, des poignards, des grelots pour les harnais, des bagues à offrir aux petites amies, de la ferronnerie de candomblé dont il faisait présent à père Arolu : arc et flèche d'Oxossi, abebês d'Oxum et de Iemanjá, hachette à deux tranchants de Xangô. Le colonel ne ménageait pas ses éloges à la capacité et à l'adresse du forgeron, un artiste selon lui. Tison avait offert au fazendeiro une paire d'étriers, ciselés avec art et avec goût, une fort belle pièce.

Un bien brave homme, le colonel Robustiano de Araujo. Riche et puissant, il n'était pas fier pour autant, ne toisait pas les travailleurs de son haut. Malgré tout, le rêve de Castor était de monter une forge de maréchal dans l'un des nouveaux bourgs, de travailler à son compte, de ne plus être au service d'un patron, si bon qu'il fût.

Assisté par Coroca, Tison Abduim extrait une molaire à la bonne amie de Manuel Bernardes, célèbre professionnel du flingue

1

Tout à coup, des plaintes lancinantes couvrirent le brouhaha habituel du début de la nuit dans le vaste caravansérail qu'était devenu Tocaia Grande. Elles venaient de loin, en crescendo : des gémissements désespérés de douleur. Quelqu'un implorait une aide et parlait de mourir. L'accordéon se tut dans les mains de Pedro Cigano, qui vivait au jour le jour par les chemins, d'un peu tout et rien. Les acharnés du jeu de cartes suspendirent la donne, muletiers et journaliers se réveillèrent, se mirent debout, sortirent voir ce qui se passait. Allongé à côté de Caroca sur le lit de camp, le nègre Castor se dressa à demi, l'esprit en éveil.

— On dirait qu'on assassine quelqu'un, pour un peu, dit la prostituée.

— Je vais voir. — Le Noir enfila son pantalon. — Je reviens tout de suite.

— Je vais avec toi. — Coroca tendit l'oreille. — C'est une bonne femme qui pleure.

Il demeurait autour de Tocaia Grande une légende de violence et de danger — le nom du lieu-dit n'était pas un hasard — bien que, ces derniers temps, on n'eût pas entendu parler de rififi sérieux dans les parages. Par-ci, par-là, un coup de feu, un coup de couteau, des bagarres autour des jeux de cartes crasseux. Quelques jours auparavant, deux types avaient failli s'entre-tuer au poignard pour décider lequel des deux passerait la nuit avec Bernarda ; le sang coula, mais il n'y eut pas mort d'homme — incident sans conséquence. Malgré tout, ceux qui habitaient là et les gens de passage s'alarmaient quand on entendait des cris de douleur, des appels au secours.

Trois silhouettes apparurent derrière le hangar où s'entassait le cacao en provenance de la fazenda Santa Mariana et où s'abritaient les muletiers qui l'apportaient et les jagunços qui le gardaient. Coroca et Castor purent distinguer, grâce à la pleine lune, la femme, jeune encore, une mulâtresse assez foncée, épaisse chevelure crépue, un beau morceau sûrement, mais en plein désarroi : elle se tenait une moitié du visage avec la main, n'arrêtait pas de geindre. Auprès d'elle, un homme maigre, rouquin, d'âge mûr, et une vieille. Coroca s'était avancée vers eux : rien de grave, simplement une malade en route pour Itabuna, afin de s'y faire soigner. Ce ne devait pas être bien sérieux, puisqu'elle pouvait marcher, au lieu d'être transportée en hamac comme une moribonde. Coroca gouailla :

— Tout ce tapage pour une dent ! Réveiller le monde pour une couillonnade comme ça ? Faut du culot.

Hargneuse, la vieille rétorqua :

— J'voudrais ben vous y voir, tiens. Ça fait ben trois jours qu'elle souffre, la pauvre, sans une minute de repos, ça a commencé avant-hier et ça a p'us arrêté, au plus que ça va au plus que ça y fait mal, pour bien dire.

Elle avait élevé la voix pour être entendue des curieux qui se pressaient :

— On s'en va à Taquaras voir si y aurait pas un chrétien par là pour y arracher sa dent. Ou sinon, on ira jusqu'à Itabuna. C'est ma fille, la femme à çui-là.

Elle désigna l'homme, qui restait sans dire un mot. La vieille vidait son sac, elle avait certainement dû donner les explications plus d'une fois en route. Elle poursuivit :

— M'est avis que c'est un sort qu'on lui a jeté. Cette Aparecida, qui...

Elle ne put raconter l'histoire, la voix brusque de l'homme l'interrompit :

— Suffit ! Vous parlez d'trop.

Il avait un poignard à la ceinture et un fusil à répétition accroché à l'épaule. Même si la vieille ne l'avait pas précisé, on comprenait tout de suite que la fille était sa propriété, à voir l'attention inquiète reflétée par le visage rébarbatif qui s'attendrissait quand son regard se posait sur la pleurnicheuse. Il se plaça devant Castor quand le Noir s'approcha en souriant et proposa :

— Si c'est que vous voulez faire arracher cette dent, pas la peine d'aller jusqu'à Taquaras. Ça peut se faire ici même. Venez avec moi.

L'homme voulut savoir :

— Aller où ?

— A l'entrepôt du colonel Robustiano, pour que je voie dans quel état elle est, cette dent.

— T'y connais quelque chose, toi, au mal de dents ? — Le ton, plus que la question elle-même, traduisait suspicion et avertissement menaçant.

Castor ne broncha pas, élargit son sourire :

— J' m'y connais, parfaitement. Allons-y, m'ame.

Sur un signe de l'homme, ils se dirigèrent vers le magasin de cacao et les jagunços s'écartèrent pour laisser passer, également intéressés par la suite de l'histoire. Le public s'était accru de la présence de Pedro Cigano, de Bernarda, Lupiscinio, Bastião da Rosa, d'ouvriers et de muletiers. On échangeait des mots à voix basse, on lançait des regards en coin sur l'homme armé ; le charpentier fit un geste, Bastião da Rosa répondit par un autre, pour confirmer. Ils avaient reconnu le grincheux : vieilli, et avec une femme, d'autant plus dangereux, donc. Lupiscinio sentit comme un froid dans le dos, un frisson dans les parties : il pouvait arriver n'importe quoi.

Tison demanda à la femme de s'asseoir sur des sacs de cacao et d'ouvrir la bouche, mais elle resta immobile, continuant à geindre, en l'attente de la décision du rouquin, qui insista :

— Tu t'y connais pour de bon?

Le nègre rit de nouveau, jovial et courtois:

— C'est comme j'ai eu l'honneur de dire à Monsieur.

— J' suis pas « Monsieur ». J' suis Manuel Bernardes, d'Itacaré, et j'aime pas qu'on se paie ma tronche. J' vais y dire de s'asseoir, mais tu fais gaffe. — Sa voix s'adoucit quand il s'adressa à la femme: — Vas-y, assois-toi, Clorinda, ouvre la bouche et montre la dent au gars.

Lupiscinio et Bastião da Rosa l'avaient identifié avant qu'il n'eût proclamé le nom glorieux comme information et comme menace. Au service des Badaró lors des luttes entre eux et le colonel Basilio de Oliveira, il avait été du dernier combat; au moment de l'assaut final, les munitions épuisées, il se vit seul, avec une balle dans l'épaule, baigné de sang, et pourtant refusa de se rendre, blessant encore trois hommes avec son poignard. Capturé, ligoté, il allait être achevé sauvagement, mais le colonel Basilio s'opposa: on n'exécute pas de sang-froid un battant de cette trempe. Il le fit détacher et lui tendit la main. Manuel Bernardes vécut dès lors à Itacaré, où il cultivait du maïs et du manioc et possédait un pressoir à farine. De renom comparable, seul le capitaine Natario da Fonseca.

En la circonstance, tout le monde eut peur pour le nègre Tison, un gars travailleur et crâneur, sympathique. Maréchal-ferrant à la main sûre et ferme, forgeron adroit et ingénieux, il n'avait apparemment qu'un seul défaut: fouineur comme il n'est pas permis, il fourrait son nez partout, voulait se mêler de tout, le démon. Il allait payer cher son aplomb; qui lui avait demandé de se mettre en avant? Il n'avait bien évidemment ni compétence ni expérience en la matière, n'était finalement qu'un nègre dégourdi et rigolard.

Adolescent, il s'était intéressé de près aux bergères de Monsieur le baron, la légitime et la favorite. Par monts et par vaux, cannaies et moulins, dans les champs verdoyants et sous le ciel d'azur il avait chevauché les deux montures exclusives du planteur son maître, risquant sa tête et ses attributs. Il avait fait preuve d'expérience et de compétence, s'était une fois pour toutes libéré de la peur.

— Enchanté, m'sieu Manuel. Mon nom c'est Castor Abduim, on m'appelle Tison à cause que j' suis forgeron. On m'a appelé d'autres noms, dans l' temps, j' vous raconterai un jour, si vous voulez. Pour l'instant, on va soulager vot' dame. Y a pas plus pire au monde que le mal aux dents, à ce que j'ai toujours entendu dire. Moi j'ai jamais eu, Dieu merci. — Et il rit jusqu'aux oreilles, exhibant ses dents blanches.

2

— C'est en bas ou en haut? De quel côté, m'ame?

— En bas. Celle-là, là.

L'assistance s'approcha, tout le monde voulait voir, les regards allaient de l'homme au fusil à Tison, de la fille à la vieille. Le Noir demanda à Coroca de tenir le lumignon à la hauteur du visage de Clorinda. C'est à peine s'il y voyait à la lueur vacillante et fumeuse de la lanterne ; il se mit à palper à tâtons du côté droit jusqu'au moment où la patiente gémit plus fort ; il sentit le trou de la carie sur une molaire, et annonça :

— Une grosse du fond ! Si la dame veut bien, et si y a un gars pour trouver des tenailles, j' peux l'enlever.

La voix de Manuel Bernardes sonna de nouveau, encore chargée de doute et de menace :

— Tu l'as déjà fait?

Dans ce bled perdu, un maréchal-ferrant était aussi vétérinaire. Plus d'une fois, Castor avait arraché des dents à des mulets ou des chevaux. A des hommes ou des femmes, pas encore, mais quelle différence?

— J' saurais pas dire combien !

Dans la réserve du dépôt, on trouva les tenailles. Le nègre demanda un peu de tafia :

— Pour qu'elle en prenne un coup, que ça lui fasse moins mal.

Un muletier apporta une bouteille plus qu'à moitié pleine. Tison y goûta, approuva: c'est d' la bonne. Il expliqua à Clorinda:

— Ça va faire un p'tit peu mal, si vous voulez que j' l'enlève, faut supporter. — Le sourire donnait confiance. — Mais c'est qu'un mauvais moment, après ça passe, c'est fini.

— C'est bien d' la bonté, allez-y.

Aimable, le nègre tendit la bouteille au rouquin:

— Un p'tit coup? Ça aide à pas s'énerver.

— Pas la peine. — A côté de la femme, il gardait le fusil en main, impassible.

Castor ne s'avoua pas vaincu:

— Voulez pas? Vous aimez point, ou c'est-y que vous êtes protestant? La dame, elle peut pas refuser, qu'elle aime ou qu'elle aime pas.

De la façon dont elle prit la bouteille, on vit tout de suite que Clorinda n'était pas contre. Elle arrêta même de geindre.

— Maintenant, ouvrez la bouche, m'ame. La lumière, Coroca!

Il palpa les gencives de la patiente, qui s'agitait à chaque toucher de la main importune. Dans le silence lourd et tendu, une atmosphère d'alarme et d'appréhension enveloppait l'assistance attentive à chaque mot, à chaque geste. La vieille prit la bouteille des mains de sa fille, but une rasade à son tour. Tison plaisanta:

— Alors, grand-mère? Vous voulez vous en faire arracher une aussi? Tenez-moi ça.

Il lui donna les tenailles, se tourna vers le malotru:

— Prêtez-moi vot' poignard, m'sieu Manuel.

— Pour quoi faire?

— Vous allez voir. J'en ai besoin pour écarter la gencive, pour pouvoir attraper la dent avec les tenailles.

Il prit l'arme, ordonna une autre gorgée de tafia à Clorinda.

— Elle va être soûle, s'inquiéta la vieille.

— Plus elle le sera, mieux ça sera pour elle.

Pedro Cigano, d'un hochement de tête, apprécia à sa juste valeur le tempérament de la geignarde : elle avait renversé la bouteille comme une grande.

— Attention, ça va faire un p'tit peu mal, prévint Castor.

— Pire que c'est, ça s' peut pas. — La gnôle, à défaut de la soûler, lui avait donné du courage.

Ayant demandé à Coroca de déplacer le lumignon de manière qu'il pût voir à l'intérieur de la bouche grande ouverte, le nègre écarta la gencive de la dent, peu à peu, avec la pointe du poignard ; des filets de sang apparurent aux commissures des lèvres. Manuel Bernardes détourna les yeux, regarda devant lui. A l'exception des gémissements étouffés, on n'entendait pas le moindre bruit. Clorinda, par moments, s'agitait en sentant la piqûre du coutelas.

— Ça va, annonça Castor. Passez-lui la bouteille, grand-mère.

Il rendit le poignard à Manuel Bernardes, qui essuya le sang sur son pantalon kaki. Tison attendit que la femme eût fini de boire, lui fit ouvrir tout grand la bouche et eut cependant quelque difficulté encore à introduire les tenailles. Il ne fut pas aisé non plus de saisir la dent entre ses mâchoires : en dépit de la délicatesse et de l'habileté démontrées par le maréchal-ferrant avec les animaux, les tenailles mordirent deux ou trois fois la gencive blessée, ce qui fit réagir Clorinda. Profitant d'un instant où le nègre avait retiré l'instrument pour écarter la gencive avec les doigts, elle fit un mouvement brusque et se leva d'un bond. Sans même la regarder, Manuel Bernardes dit :

— Tu l'as voulu, maintenant faut supporter, le gars t'avait prévenue. Allez, assois-toi et te relève plus.

C'était un ordre, mais énoncé gentiment, il n'avait pas monté le ton, ne l'élevait jamais quand il s'adressait à Clorinda. Le rouquin était mordu, pensa Bernarda, inquiète pour Tison : si le nègre abîmait la bouche de la bonne femme et ne lui enlevait pas la dent, on allait voir du vilain. Elle promena son regard autour d'elle et lut la même angoisse sur tous les autres visages, aïe, aïe, aïe, sainte Vierge !

La femme se calma et Tison réussit finalement à serrer la molaire entre les mâchoires des tenailles. Il assura son équilibre, tira d'un coup, violemment, mais la patiente bougea, la dent résista, ne vint pas avec l'outil. Le nègre, patient, entreprit à nouveau la manœuvre délicate, minutes interminables. Les spectateurs se serraient tout autour. Quelqu'un, Bernarda peut-être, laissa échapper un soupir. La voix, maintenant dure et tendue de Manuel Bernardes, enjoignit :

— Faut en finir une bonne fois !

Castor, à la lueur du lampion, fit un sourire et continua tranquillement, jusqu'à sentir la dent bien prise dans les pinces qui la serraient à la racine. Il demanda l'aide de deux hommes pour maintenir Clorinda et l'empêcher de bouger. Prenant tout de suite les devants, Manuel Bernardes décida :

— Y a besoin de personne, avec moi c'est bon.

Il appuya son fusil sur les sacs de cacao, agrippa de ses deux mains les épaules de la femme. Le nègre alors se raidit, bien d'aplomb, tira de toutes ses forces : celles d'un forgeron habitué à ferrer les bêtes, à marteler le fer incandescent. Les tenailles réapparurent, souillées de sang, et Castor exhiba la molaire, une dent énorme qui faisait plaisir à voir.

— V'là votre quenotte, m'ame.

Clorinda lança un crachat épais, essuya de la main la bave sanguinolente. Elle saisit la bouteille de tafia, but ce qu'il en restait comme si c'eût été de l'eau, puis remercia :

— Dieu vous l' rendra, mon bon monsieur. Excusez les mauvaises manières.

Manuel Bernardes raccrocha son fusil à l'épaule. Il s'approcha :

— Touche là. — Main tendue : — 'Mande pardon si je m'étais trompé sur ton compte, je t'avais vu tellement jeunot. Foutu boulot. Combien que j' dois ?

— Rien du tout, c'est pas mon métier, d'arracher les dents.

Sortie on ne sait d'où, une autre bouteille de tafia avait fait son apparition, passait de main en main, arrivait jusqu'à eux. Manuel Bernardes la renversa en la tenant par le col, avala deux gorgées bien mesurées, essuya le goulot de la manche de sa veste ; il rit pour la première fois en passant la bouteille au nègre :

— J' suis pas protestant, dame non, Dieu me préserve, mais ça m' disait rien de boire avec toi tout à l'heure.

Il prit congé :

— Si t'as un jour besoin d' moi, tu sais où m' trouver.

Un motif mélodique se fit entendre, c'était l'accordéon de Pedro Cigano qui attaquait une danse d'Alagoas, on se sentit des fourmillements dans les veines et dans les pieds. La vieille ne put résister, esquissa les pas rapides et menus du *coco*[1] ; sacrée vieille enragée du tord-boyaux et de la gambille ! Autour d'elle, la ronde se forma, les mains marquant la cadence accélérée. Bastião da Rosa, un Blanc aux yeux bleus, entraîna Bernarda au centre, ils faisaient un couple sensationnel. Clorinda, soulagée, lança un regard d'invite au rouquin, à ses côtés, et Manuel Bernardes sourit de nouveau, intimement libéré de la souffrance de sa compagne et de l'envie de tuer. Il décrocha le fusil de son épaule. Des sacs pleins de cacao montait une odeur forte qui se mêlait à la senteur lourde des corps en transpiration, arômes familiers, arômes délectables l'un et l'autre.

— Docteur Tison... plaisanta Coroca en accrochant le falot à un clou de la porte d'entrée.

Ils quittèrent la fête ensemble, retournèrent au lit de camp. Coroca n'était point galante baronne parfumée, n'avait pas le corps svelte et jeune de Rufina ; mais, pour faire face à une nécessité urgente, elle en valait bien une autre : la science de la Madame, le feu de la mulâtresse. La plus chouette des chattes.

1. Danse traditionnelle des zones rurales de la région Nordeste.

3

Univers humide et torride. La boue et la poussière partageaient en deux le calendrier du cacao. Les pluies, aussi vitales que le soleil, duraient la moitié de l'année, lourdes, interminables, atteignaient facilement la violence d'orages tropicaux. En se prolongeant au-delà de la période normale, elles pouvaient devenir désastreuses, en faisant pourrir les bourgeons à fruits qui avaient besoin de lumière et de chaleur. Propriétaires et contremaîtres, jagunços et journaliers avaient sans cesse le regard tourné vers le ciel pour y chercher les signes annonciateurs tantôt de la pluie tantôt du beau temps ; pour que les fleurs des cacaoyers s'épanouissent avec la force des eaux, qu'avec l'éclat du soleil les bourgeons grossissent pleins de vigueur et resplendissent comme l'or. Pour que demeurât vivace la légende de cette région privilégiée dont, par tout le pays, on entendait tant parler, on contait tant d'histoires stupéfiantes.

En quête de travail et de réussite, descendait du nord, montait du sud, vers le nouvel eldorado, toute une humanité composite et fiévreuse : travailleurs, criminels, aventuriers, filles publiques, avocats, missionnaires pressés de convertir les païens. De l'autre côté des mers arrivaient aussi Arabes et Juifs, Italiens, Suisses et Allemands, sans oublier les Anglais du chemin de fer Ilhéus-Conquista et The State of Bahia South Western Railway Company, ceux aussi du consulat avec le drapeau britannique, un flegme inaltérable et une robuste intempérance. Le consul avait laissé sa famille à Londres, engagé à Ilhéus une Indienne silencieuse comme bonne à tout faire. Au lit, petite chose nue, on eût dit une déesse de la forêt vierge, et elle l'était peut-être. Monsieur le consul lui fit une enfant d'une grande beauté, *caboclo*[1] aux yeux bleus, *gringo* à la peau couleur de chocolat.

1. A l'origine, l'autochtone brésilien, puis le métis résultant des premiers croisements avec le colonisateur européen.

Les gens de cette nouvelle culture, florissante et impitoyable, avaient peu de religion, même s'ils invoquaient à tout propos le nom de Dieu, qu'ils prononçaient en vain, à l'occasion d'un guet-apens ou d'une fraude juridique. Prodigues de promesses, tous les ans les colonels reconduisaient leurs conventions, renouvelaient leurs engagements avec la cour céleste, en vue des pluies, en vue du soleil, cherchaient à acheter le bon vouloir des saints et l'absolution de leurs crimes — si tant est qu'on puisse qualifier de crimes les accidents de la conquête.

Au temps de la colonie, avant qu'il n'y eût le cacao, saint Georges, amené par les Blancs dans le tabernacle des caravelles, avait été proclamé patron de la capitainerie. Monté sur son cheval, la lance en arrêt, saint guerrier, protecteur au plein sens du terme. Au cœur de la selve, amené par les esclaves à fond de cale sur les navires négriers, Oxossi, maître de la forêt et des bêtes sauvages, chevauchait un porc-épic, un cochon de brousse, un pécari. Le saint européen et l'orixá africain se fondirent en une divinité unique pour commander au soleil et à la pluie, recevoir les prières et les chants, les messes et les offrandes païennes : sous le dais de procession, au maître-autel de la cathédrale d'Ilhéus ou dans la cahute de père Arolu qui était né esclave et s'était réfugié là pour être un homme libre. Dans le peji, côte à côte, l'arc et la flèche, emblème d'Oxossi forgé sur son enclume par Castor Tison Abduim, et l'image bariolée de saint Georges sur la lune pourfendant le dragon, offerte par l'Arabe Fadul Abdala, dévote créature dans les moments de loisir que pouvait lui laisser son commerce.

Les routes, chemins et pistes qui menaient des fazendas aux bourgs, aux entrepôts et aux gares du chemin de fer des Anglais, à la ville d'Itabuna et au port d'Ilhéus, n'étaient que menaces incessantes pour les bêtes et les hommes : succession d'horribles trous, bourbiers effroyables, ravins, précipices, dangers sous chaque pas. Pour circuler, mules et mulets, d'allure lente et précautionneuse, valaient mieux que les chevaux et juments au trot élégant, au galop rapide.

Certains colonels, infatués de leur richesse et bouffis de morgue, se plaisaient à exhiber d'énormes brillants à leurs doigts habitués à la détente du revolver, à faire ouvrir des comptes dans les magasins pour des filles légères, chics et ruineuses, amenées de Bahia, d'Aracaju, de Recife, voire de Rio de Janeiro, à caracoler dans les rues sur les magnifiques pur-sang qu'ils montaient en ville. Mais, pour rentrer à la fazenda, ils préféraient la sécurité des mules et des mulets, qui avaient parfois un trot tout aussi bon que le meilleur cheval.

Des convois muletiers transportaient le cacao sec des fazendas aux stations de chemin de fer ou à Ilhéus et Itabuna, où avaient leurs sièges les maisons d'exportation qui appartenaient à des Suisses et des Allemands. Les bêtes les plus vieilles restaient dans les fazendas pour amener le cacao frais des plantations aux séchoirs. Les muletiers, au cours de ces longs et pénibles voyages par des chemins malaisés et pleins d'embûches, choisissaient les endroits les plus propices pour les étapes de nuit. A la longue, avec le développement du transit, ces points de rencontre finissaient par donner naissance à un hameau. Quelques-uns prenaient de l'importance, devenaient villages et bourgs, futures villes, d'autres continuaient à végéter — une file de maisons avec une prostituée et un débit d'alcool de canne.

Avec le temps, Tocaia Grande se transforma en gîte d'étape préféré des conducteurs de convois qui venaient de la vaste zone de la rivière aux Serpents où étaient situés quantité de domaines d'exploitation, y compris certaines des plus grandes fazendas de toute la région. La nouvelle de l'installation d'une maison commerciale construite là par le Turc Fadul, habile homme, esprit entreprenant, contribua à l'apparition rapide d'autres habitations : cahutes, cabanes, baraques, les unes en pisé, d'autres en bois, les plus misérables en paille séchée.

La première maison de pierre fut bâtie par le nègre Castor pour y abriter sa masse et son enclume, quelques mois après l'histoire de la dent de Clorinda, la séduisante compagne de Manuel Bernardes. D'après les on-dit, le forgeron avait bénéficié d'une aide du colonel Robustiano de Araujo, qui lui avait avancé un peu d'argent sans demander d'intérêts et sans fixer de délai pour le remboursement :

— Ce nègre est dégourdi. S'il ne tombe pas sur un bec, il va gagner gros. C'est un déluré, il a été formé par les gringas, c'est ce qui l'a rendu effronté ; jamais vu un pareil culot.

[illegible]

— [illegible]

Le hameau

Au temps des vaches maigres, Fadul Abdala, en proie à des cauchemars, tente de se mettre en ménage

1

Le temps des vaches grasses tardait à venir, ce qui soumettait la patience et le cran de Fadul à de rudes épreuves, à de noirs tourments. Néanmoins, il demeura ferme, fidèle à l'engagement pris : il tenait sa parole, Dieu ne manquerait pas de tenir la sienne. Fadul ne perdait pas une occasion de rappeler — par une humble prière le plus souvent, par de furieux blasphèmes dans les moments de désespoir — l'accord solennel qui avait été conclu : le Seigneur l'avait conduit par la main en ce lieu pour qu'il s'y établît et s'y enrichît, dans l'accomplissement de sa destinée.

En diverses circonstances, pourtant, il vacilla et fut sur le point de capituler. D'autres horizons s'offraient à lui, avec des perspectives immédiates, des visions attrayantes, cependant qu'il besognait durement à la lente gestation de Tocaia Grande. Tout prêt à s'emparer de son âme, le démon mettait tout en œuvre pour le convaincre : échafaudait des plans mirobolants, avançait de séduisantes propositions, enflammait avec des mirages l'ardeur de l'ermite.

Pour le mettre à merci, le Malin usait et abusait de l'image fatale de Zezinha do Butiá. La cruelle faisait irruption dans sa chambre, impudique et insolente, pour perturber ses quelques pauvres heures d'indispensable repos. Il en était ainsi, invariablement, après les journées de travail les plus épuisantes quand, au terme d'un remue-ménage insensé, Fadul se jetait à corps perdu sur son lit pour y chercher le délassement nécessaire, le sommeil réparateur, le doux rêve aux péripéties réconfortantes où il pourrait se voir riche et considéré. Bien au contraire, il se retrouvait empêtré dans l'angoisse et la confusion. A peine était-il endormi qu'elle débarquait, dévêtue et fascinante.

Eblouissant ses yeux fermés, voilà que s'offrait le bijou de Zezinha, paradis de délices, manne et nectar. Offert et refusé. La diabolique créature se déchaînait, multipliait les provocations, perdait toute mesure, se livrait à toutes les extravagances, pour le détourner du droit chemin. Invite pressante, cajoleries, minauderies, câlineries ; refus brutal, mépris et injure — langue de serpent, vipérine. Que fais-tu au fond de ce trou immonde, dans ce bled perdu ? Turc ignorant, grand abruti ! Autrefois, du moins, tu venais à Itabuna et sur mes seins déposais ta fatigue de colporteur. Tu étais joyeux luron, on t'appelait le Grand Turc et tu avais l'embarras du choix. Aujourd'hui, bien rare le jour où tu sors un moment de ton repaire de serpents et de pouilleuses, à peine te montres-tu et te voilà reparti. Après les heures passées aux achats, la minute qui reste ne suffit même pas pour une petite satisfaction et un soupir, pauvre malheureux, idiot de Turc, âne bâté de Dieu.

Il cherchait à l'attraper, elle s'esquivait, sautait hors du lit ; de dérobade en dérobade, la vaine poursuite se prolongeait la nuit durant, sans qu'il parvînt à la toucher ou à l'attendrir. Au premier braiment, Zezinha s'évaporait dans le petit matin.

Fadul s'éveillait, épuisé, trempé de sueur, la gaule au zénith. Dans la clarté diffuse de l'aube, il entrevoyait encore seins et cuisses, la croupe hardie, le ventre de velours, le bijou évanescent ! Demain je laisse tout tomber et je m'en vais. Braiments et hennissements se multipliaient dans la vallée. Les muletiers ne tarderaient pas à apparaître pour la lampée matinale avant de se mettre en route.

Lorsqu'il allait à Itabuna, Fadul adjurait Zezinha de lui faire la charité d'une visite à Tocaia Grande, lui promettait monts et merveilles. Elle se faisait donner quelque chose pour les frais de voyage, assurait qu'elle ne tarderait pas à aller là-bas : sûrement un de ces jours, à la saint-glinglin.

2

Au misérable hameau, serpents et pouilleuses, c'était bien vrai. Danger permanent, les serpents, venimeux pour la plupart, venaient de la forêt et des basses terres du val, menace mortelle et banale. Déchets abandonnés sur les chemins, épaves échouées à Tocaia Grande, les filles publiques, peu nombreuses, décrépites, arrivaient tout juste à satisfaire l'impatience des muletiers en mal d'amour, la presse des défricheurs et journaliers en transit d'une fazenda à une autre. Même s'il n'y avait que deux ou trois jours d'abstinence à supporter avant d'arriver aux délices d'Ilhéus et d'Itabuna, l'urgence du besoin exigeait une solution immédiate. Le hameau n'offrait guère de choix, mais on ne fait pas le difficile quand on meurt de faim.

Seule exception, Bernarda se distinguait de toutes les autres. Belle fille, jeune, gracieuse et nette, respirant la santé, petite poupée resplendissante à la peau brune, à la noire crinière, pouliche sauvage. Avait-elle été poussée là par les aléas de l'existence, ou bien avait-elle choisi délibérément ? Elle ne faisait pas montre de vouloir partir, exercer dans ces localités plus importantes. L'eût-elle souhaité, il se serait certainement trouvé à Ilhéus ou à Itabuna, Agua Preta ou Itapira, quelque colonel pour la mettre dans ses meubles et lui ouvrir un compte en ville de manière à s'en réserver l'exclusivité. On lui suggéra bien de faire son balluchon et de tenter sa chance ailleurs. Je m'plais ici, dit-elle en souriant.

Après avoir pesé le pour et le contre, Fadul, récemment installé, lui avait proposé de venir se mettre en ménage avec lui, pour l'aider au magasin et partager son vaste lit. Il avait prévenu Lupiscinio quand il avait commandé sommier et matelas : fais attention à mes mesures, et n'oublie pas que la plupart du temps il va y avoir une bonne femme en plus, pour la partie de jambes en l'air.

Bernarda avait remercié et refusé. Elle était à la disposition de M'sieu Fadu quand il aurait besoin, sentirait l'envie de coucher avec elle, chez elle ou chez lui à son gré, dans le lit de son choix, il suffisait de lui faire signe. Il paierait si ça lui faisait plaisir : pour coucher avec un monsieur si bien élevé, chaud lapin et si bien monté, pas besoin de paiement. Mais quant à vivre en ménage, non, merci, excusez-moi. Ni Fadul ni personne au monde. Elle raconta l'affaire à Coroca :

— Tu sais pas ? M'sieu Fadu m'a donné un flacon de parfum. Il est brave, m'sieu Fadu. M'a demandé d'habiter avec lui.

— En ménage ?

— C'est comme j' te l'dis.

— Avec le Turc ? Te v'là tirée d'affaire, veinarde !

— J'ai pas voulu. J'veux pas m'coller avec lui ni avec personne.

— Et pourquoi ça ?

— Vivre ensemble, rien qu'avec un homme qu'on a l' béguin. L' béguin pour de bon.

— J'croyais que t'en pinçais pour le Turc.

— Ça s' peut. Mais j'vais pas habiter avec un type pour si peu, ou pour l'argent. — Pensive, les yeux baissés, elle expliqua : — Vivre ensemble, comme mari et femme, seulement si c'est par amour qui dure toute la vie, qui vous prend aux tripes et au cœur. Si c'est pas ça, pour moi rien à faire. Vaut mieux faire la pute.

Elles ne se connaissaient pas depuis bien longtemps, ne s'étaient pas encore beaucoup vues en raison de leur arrivée assez récente. Coroca ne fit pas de commentaires, ravala questions et conseils. Bernarda releva les yeux, rit, éluda :

— Tocaia Grande manque pas de beaux gars. M'sieu Fadul, Pedro Cigano, Bastião da Rosa, et le plus beau de tous, mon parrain.

Bernarda avait du succès, gagnait la préférence. Pour tous, elle était la séduction ; les soirs de passage des muletiers, on se la disputait ; elle n'était pas toujours disponible pour l'appétit de Fadul. De temps à autre, quand il se lassait du maigre choix offert, l'Arabe faisait venir une fille d'Itabuna, ce qui lui coûtait les yeux de la tête.

3

Il finissait de se réveiller au comptoir tout en servant la première tournée de tafia aux muletiers. Cet argent-là était celui qui lui coûtait le plus à gagner : au petit matin, avant le lever du soleil, sans avoir eu le temps de se soulager ni de se laver. Dès que possible, il laisserait à quelqu'un d'autre ce travail de gagne-petit pour se consacrer uniquement à des activités plus rémunératrices et moins éreintantes.

Il allait poser culotte dans la nature, en faisant attention aux serpents. Se plongeait dans la rivière pour se laver de la sueur, de la mauvaise odeur des punaises et de ses visions nocturnes. Se nettoyait les dents en les frottant avec une carotte de tabac pour les blanchir, soufflait sur les cendres pour ranimer les braises sous le trépied de fer, luxe oriental acquis pour peu de chose en recouvrement d'une dette à Taquaras. Il mettait de l'eau à bouillir pour le café dans un récipient en fer-blanc. Finalement à nouveau en paix avec lui-même, il réfléchissait à la vie et à ses incertitudes. La tâche, sans doute, n'était pas encore facile, mais il avait connu pire. Il était persuadé que, s'il renonçait, il le regretterait aussitôt : la grâce de Dieu n'est pas pour les hommes de peu de foi. Pour la mériter, et devenir un commerçant riche et respecté, il devait se montrer capable de relever le défi sans faiblesse.

Il déchirait de ses mains puissantes la jaque molle, jaune amphore de miel, retirait avec les doigts les grains succulents, et le jus lui coulait aux coins de la bouche. Il grillait sur la braise le morceau de viande sèche — il avait commandé une broche à Castor Abduim, maître forgeron expert, aussi fort pour taper sur l'enclume qu'adroit pour achever un ouvrage à petits coups de marteau. La graisse gouttait sur la farine de manioc, et il ne pouvait rien y avoir de plus savoureux, rien qui flattât davantage le palais gourmand d'un Grapiuna. Un bout de viande, une poignée de farine et, pour adoucir, de petites bananes bien mûres. Les saveurs et les senteurs se mêlaient, de jaque et de viande grillée, de banane et de cassonade, des mombins, des *mangabas, des umbus*. Les jours de grand appétit et de raffinement, il enfilait à la pointe d'une branchette taillée au canif une grosse banane qu'il faisait rôtir jusqu'à lui voir prendre la couleur de l'or, craquée par la chaleur. Pour éviter de se brûler, il la saupoudrait d'une couche de farine, après l'avoir épluchée : un régal.

La brise montait du cours d'eau, les prostituées se reposaient des fatigues de la nuit ; Tison partait relever le gibier et remplacer les pièges. Les hommes, à l'entrepôt de cacao, et les ouvriers qui construisaient le corral pour les bêtes du colonel Robustiano de Araujo n'avaient pas encore attaqué le travail de la journée. Le chant des oiseaux rompait seul le silence de Tocaia Grande. C'était l'heure préférée de Fadul : son café bu bien chaud, il s'asseyait sur le seuil de la porte, allumait le narguilé, parcourait du regard le magnifique panorama : la vallée, la rivière, les collines, les arbres et le petit groupe de maisons — le Grand Turc se délassant au sein de son empire.

Rien au monde ne le lui ferait quitter : ni conseil de docteur, ni menace de jagunço, ni manège de femme. Celle qui pourrait l'amener à renoncer et changer le cours de sa destinée n'était sûrement pas née encore. L'homme qui s'entiche d'une femelle au point d'en perdre l'usage de la raison finit dans la misère, objet de raillerie et de dérision, totalement discrédité. A supposer que Zezinha do Butiá arrivât en tête d'un cortège de carnaval formé des plus gracieuses personnes qu'on pût trouver dans les cabarets d'Ilhéus et d'Itabuna, cela même ne suffirait pas à lui faire commettre une bêtise. Aucun jupon, pas plus Zezinha, fille publique, aventure de coin de rue, que la virginale Aruza, un parti magnifique, ou Jussara Ramos Rabat, la riche veuve, fiancées offertes, la séduction et la tromperie en personne, l'une comme l'autre. Multiples et diverses sont les tentations auxquelles se trouve exposé un bon chrétien, toujours faites d'attraits illusoires et de péril bien réel.

Cependant qu'il raffermissait ses résolutions, il ne cessait de surveiller le bord de la rivière, surtout la partie où était situé le « bidet des dames », nom attribué par Castor, nègre qui donnait dans le parisianisme, au bassin naturel de pierres, en cascade, où les filles venaient se baigner et laver leur linge. Qui sait si Bernarda ne ferait pas une apparition et, remise à neuf par le bain, n'accepterait pas d'égayer de quelque batifolage le vide de la matinée ?

Bernarda, obscure énigme. Naguère, il avait quelquefois pensé qu'elle lui accordait une certaine préférence au milieu de toutes ses conquêtes, car elle restait des heures à écouter des histoires des Mille et Une Nuits, des contes de fées, des épisodes de la Bible, spécialités du Turc, et, aux joutes du lit, s'embrasait de fièvre, défaillait de rire. On alla jusqu'à parler de vrai béguin entre eux deux. Pourtant, Bernarda n'avait pas consenti à joindre ses hardes aux siennes pour cesser d'être une fille perdue et se hausser à la condition respectable de maîtresse en titre. Elle avait préféré rester pute, maison et cuisses ouvertes au premier venu. Fadul, ne comprenait pas : aussi indéchiffrable qu'un verset du Coran, livre abscons des infidèles.

Bavardant avec Coroca sur la vie et ses complications, il lui demanda en passant si elle voyait le moyen d'expliquer l'absurde conduite de Bernarda. Coroca biaisa :

— Va savoir ! Une caboche de femme c'est un puits qu'on n'en voit pas le fond. J'en suis restée baba quand j'ai su. Mais tu vas pas m'croire : à Itabuna j'ai connu une bonne femme qui a planté un mari plein aux as, patron d'un commerce, et fou d'elle avec ça, pour aller faire la vie dans une maison de passe. Elle s'appelait Valdelice, c'était un sacré beau brin de femme, et ça lui plaisait d'faire la pute. Le monde est plus tordu qu'on l'croit, m'sieu Fadul. C'est tout ce que j' peux dire, j'en sais pas plus.

Une troupe de gitans campe à Tocaia Grande par une nuit de pleine lune

1

En ces premiers temps d'existence du hameau, le passage de la caravane de gitans, en dépit de tout, laissa des regrets. On en garda longtemps le souvenir, bien qu'en l'espace d'un jour et d'une nuit il ne se fût pas passé grand-chose, en fait, qui méritât d'être relaté. Il demeura cependant la marque d'un sortilège ineffaçable, un mystère a déchiffrer.

Les romanichels firent leur apparition en milieu d'après-midi et campèrent dans la savane de l'autre rive. Ils avaient dû s'égarer au ponceau, ou se détournèrent délibérément, allez donc savoir.

Ils dételèrent les chariots tapissés d'étoffes de couleurs, recouverts de cuir, remplis de bric-à-brac. Les femmes s'occupèrent d'allumer le feu tandis que les hommes allaient faire boire les bêtes, chevaux et mulets, au bord de la rivière. Seul Josef, le plus âgé, chevelure blanche toute bouclée, anneaux aux oreilles, bagues aux doigts, poignard à la ceinture large, gilet en guise de veste, traversa immédiatement sur les pierres et se dirigea vers le magasin de Fadul. L'image d'un roi, se dit Coroca en le voyant.

A distance, ils paraissaient nombreux, mais en réalité ils n'étaient guère qu'une vingtaine, enfants compris. Bien assez, pensa le capitaine Natario da Fonseca, le lendemain, en découvrant cette espèce de horde qui campait en face de Tocaia Grande. Le capitaine mit pied à terre juste à temps pour empêcher le Turc de conclure l'achat du mulet, mais de ce qui était arrivé la veille il n'eut connaissance que par ouï-dire.

2

Ce qui se disait et répétait alors sur la côte comme dans l'intérieur du pays, tout le monde le sait : les gitans sont une engeance à part, des gens douteux. On ne peut les confondre avec la race grapiuna ou turque, portugaise ou métisse du Brésil, ou n'importe quel autre peuple. Qui a jamais assisté à un mariage de gitan avec quelqu'un du pays ? Personne jusqu'ici. Engeance à part, caste de sorciers et de voleurs, les gitans vivent de tromperies et d'impostures, de fourberie.

Montant des chevaux volés, les hommes ont l'air de seigneurs, comtes et barons, ducs et marquis. Allongées sur des paillasses crasseuses dans les roulottes où elles vivent, vêtues d'oripeaux à fleurs, grandes jupes à volants, couvertes de bracelets et de colliers, les femmes passeraient pour des reines et des princesses, si ce n'étaient la bonne aventure, le baragouin et les pieds nus. Se fiant aux apparences, d'aucuns ont pu dire et même écrire que les gitans sont ce qui reste de la cour royale de Babylone errant par le monde en accomplissement de sa destinée. Quoi qu'il en soit, mieux vaut se tenir à distance, ouvrir l'œil pour traiter une affaire, mettre en sûreté les objets précieux. Des gens sans terre, a-t-on jamais vu cela ? Nul ne peut s'y fier.

Même les Indiens, peuple persécuté s'il en est, ont une terre où s'arrêter ; il ne leur restait pas grand-chose, c'est vrai, dans ces coins où jadis, il y a bien longtemps, les tribus de Pataxós occupaient de vastes territoires. Maîtres des forêts et des fleuves, les Indiens pêchaient et chassaient, dansaient et guerroyaient. Ils furent tués pour la plupart, en fin de compte ils n'étaient d'aucune utilité pour la culture du cacao. Rendus farouches, les rescapés cherchaient à survivre dans un petit nombre de réduits, mais le moindre prétexte constituait une excellente raison pour les anéantir. Ils représentaient encore un certain danger, faible toutefois. Il y avait bien longtemps qu'on n'avait plus entendu parler de village victime d'une attaque d'Indiens. La chose s'était produite, sans doute, mais à une époque lointaine, bien avant la naissance de Tocaia Grande.

A Tocaia Grande, point perdu sur la carte inexistante de cette région de la rivière aux Serpents, les filles publiques se succédaient : nomades comme les gitans, elles ne faisaient pas long feu ; elles faisaient affaire avec les muletiers et autres gens de passage : il y avait de l'argent à gagner et des risques à courir au cours de nuits agitées. L'abri dressé sur la friche attirait prostituées, ouvriers agricoles et bûcherons. Les ouvriers venaient des petites plantations qui commençaient à se créer dans les clairières ouvertes par le premier travail de déboisement qu'effectuaient les bûcherons : d'abord la hache et le feu, et aussitôt après la bêche et la houe. Quelques rares filles se fixaient là, montaient une paillote ; elles avaient certainement de bonnes raisons pour décider de vivre dans un endroit si misérable.

Terre opprimée d'Indiens, terre indigente de filles. Terre de gitans — il n'y en a pas : c'est le dos des chevaux, le plancher des roulottes, la plante des pieds. Personne ne peut s'y fier. Mais qui ne cède au charme d'une paire de boucles d'oreilles scintillant au soleil, à un bijou vrai ou faux, qui ne voudrait savoir le sort que lui réserve le jour à venir ?

3

Pour que tout soit bien clair ou devienne encore plus obscur dans la relation du passage des gitans par Tocaia Grande, il est indispensable de faire référence, ne serait-ce que brièvement, au passé de Guta, tout imprégnée alors du doux arôme de tabac.

Guta, qui se targuait d'avoir beaucoup voyagé et beaucoup appris, n'avait jamais vu de ses yeux un vrai gitan durant toute son existence de femme légère. Pedro Cigano[1], dont elle s'était amourachée à peine arrivée d'Amargosa à Itapira — passade sans lendemain — n'avait de gitan que le nom et le goût du mensonge ; le sang, lui, était plutôt indien, d'où le teint cuivré et le cheveu plat. Abusée par le nom, Guta se lia avec l'accordéoniste, mais rompit l'engagement au bout de quelques lieues, au premier carrefour : à la prochaine, mon vieux, tout a une fin en ce bas monde. Vous fâchez pas, m'en veuillez pas. Et de se remettre en quête.

Tout a une fin, c'est ce que Guta avait appris au moment où la fête battait son plein. Une fête qui n'avait duré que quelques lunes, car Sô Nacinho était justement lunatique et s'était promptement lassé d'elle. Sô Nacinho disposait à Amargosa d'un vaste et large choix : aux champs où les jeunesses cueillaient les feuilles de tabac, au hangar où elles les faisaient sécher, à l'atelier où elles roulaient les cigares à la sueur de leurs cuisses.

Seigneur des terres, des plantations, des rouleaux de tabac en corde, des cigares odorants, Sô Nacinho — Inacio Beckmann da Silva — possédait encore, comme si la richesse ne suffisait pas, des yeux bleus hérités de Hollandais, une haute taille, un sourire enjôleur, des façons courtoises. Cavaleur au demeurant. Propriétaire soucieux de ses biens, il passait au milieu des filles l'attention en éveil, en remarquait une, bouton de fleur prêt à éclore. Les yeux bleus de Sô Nacinho se voilaient, il la faisait venir au bureau. Le temps que durait le caprice, pas d'homme plus gaillard et plein de feu, plus aimable et caressant. Jusqu'à la nouvelle lune, la fin de la toquade. Aussi soudaine que l'intérêt, tout d'un coup la lassitude : il renvoyait la petite à sa tâche routinière. Tout a une fin en ce bas monde.

1. Le « Gitan ».

Il ne vaut guère la peine de s'attarder sur l'histoire des amours de Guta et Sô Nacinho : pour l'essentiel, il n'y a rien à ajouter. Elle venait juste d'atteindre quatorze ans, formée, à point, une démangeaison au creux des cuisses avec l'odeur douce du tabac : elle attendait avec impatience que Sô Nacinho fît attention à elle. Non parce que c'était le patron, mais parce qu'il était bel homme. Quand elle reçut l'invitation à venir au bureau, Guta était prête et dispose, et accourut tout en émoi. Elle n'eut pas à se plaindre, ni plus ni moins que celles qui l'avaient précédée. Sô Nacinho savait se conduire avec une femme quand il la voulait et quand il ne la voulait plus. Bel homme et beau menteur comme un gitan, ainsi le définissait-on.

Si tout ou presque ne fit que répéter ce qui s'était passé avec les autres, Guta, par contre, n'accepta pas de retourner à l'atelier pour rouler des cigares au creux de ses cuisses, et préféra faire commerce de son corps. Mais elle ne voulut pas rester à Amargosa, pour éviter le chagrin de le voir passer sans qu'il la regardât. Elle ne se fâcha pas, ne lui en voulut pas, ne pleura ni ne maudit son sort, à quoi bon ? Elle fit son ballot, avisa la tante qui, tant bien que mal, lui avait tenu lieu de mère quand celle-ci avait disparu :

— Bénissez-moi, tante, je m'en vais.

— Pourquoi tu restes pas, petite bêtasse ? M'sieu Waldemar de la boulangerie a l'œil sur toi, il me l'a fait dire.

A Amargosa, pas plus Waldemar de la boulangerie que n'importe qui d'autre : elle ne pouvait plus se sentir là. Balluchon sur la tête, elle s'en fut pour Corta-Mão où elle s'établit, novice. Ensuite, elle repartit, dans le sillage du cacao : ce qu'on disait de l'opulence et de la prodigalité qui régnaient par là était bien alléchant, et mettait les putains en effervescence.

Elle apprit vite et plutôt bien et se tint pour avisée en ne se laissant dominer par aucun homme, en sachant éviter de faire comme les autres qui maudissaient dans leur coin l'inconstance des hommes dont elles tombaient amoureuses. Pas plus qu'elle n'accepta de propositions pour se mettre en ménage et vivre à son aise, esclave soumise aux étrivières d'un riche colonel. Elle préférait aller au gré des circonstances par les villes, les bourgades, les villages, même les trous perdus comme Tocaia Grande. Libre et souveraine. Tout en ayant cessé d'être novice, elle continuait d'éveiller la convoitise. La démangeaison au creux des cuisses était toujours là, ainsi que le doux arôme du tabac.

Elle en savait long, avait vu du pays, mais n'avait pas oublié pour autant la belle gueule de Sô Nacinho, ses yeux bleus de gringo, sa fougue et son intempérance. Pas davantage ses manières délicates, sa verve, ses belles paroles — tout ce qu'il faut pour vous faire marcher. Et après? C'était le patron, il pouvait aussi bien prendre de force, se servir comme on se sert d'un plat ou d'un pot de chambre. Au lieu de ça, il l'avait traitée comme une demoiselle de bonne famille, non comme une domestique à ses ordres, un objet à sa disposition. Un homme de cette vigueur, impétueux et galant à la fois, jamais elle n'en avait rencontré de semblable, et ce n'était pas faute d'avoir cherché jour et nuit. Elle avait connu des emballements, avait gémi de plaisir dans les bras d'autres hommes, mais aucun n'avait égalé Sô Nacinho, beau gosse et beau menteur. Comme un gitan, à ce qu'on disait.

A la nouvelle que des gitans campaient sur l'autre rive, Guta se précipita pour tirer au clair cette fameuse ressemblance. Qui sait si elle n'allait pas retrouver l'image perdue, entendre à nouveau les fallacieuses paroles de tendresse, revivre les nuits d'Amargosa fleurant le tabac?

Le premier gitan qu'elle vit, ce fut Josef, appuyé au comptoir de M'sieu Fadu, en train de bavarder. Elle l'aperçut de loin en descendant vers la rivière et s'approcha pour se faire une idée plus précise: en dehors de la taille, rien qui rappelât Sô Nacinho. Vieux, les cheveux bouclés couverts de poussière, vêtu de hardes élimées, un pauvre hère. Malgré tout, elle perçut ou devina en lui quelque chose d'autre sous les apparences, une espèce de fierté, de noblesse, qui le mettait au-dessus du nabab d'Amargosa. Au-dessus de Sô Nacinho? Quelle idée saugrenue!

Mais en voyant Miguel debout à côté de son cheval, plus rien ne lui sembla saugrenu. Elle ne s'inquiéta plus de ressemblance, de belle allure, de mensonge. Le souvenir de Sô Nacinho cessa de l'importuner, s'évanouit au même instant, ombre fugace, réminiscence lointaine.

La quête était terminée, Guta pouvait mourir. Mais il lui fallait d'abord dormir, ne serait-ce qu'une fois, avec le roi de Babylone, debout sur l'autre rive, qui lui souriait.

4

Les pièces de monnaie tintèrent sur le comptoir. Josef était prêt à payer les marchandises comptant si cela se révélait absolument nécessaire pour éviter méfiance et soupçons. Dans ces parages désolés, il valait mieux faire attention: il avait aperçu plus de croix au cimetière que de masures au hameau. Mais l'heure douloureuse du paiement n'avait pas encore sonné, le débat avait à peine commencé. Josef tenta de reprendre le discours sur la qualité des animaux:

— J'ai de ce qu'il y a de mieux. De la belle bête.

Fadul avait laissé entendre qu'il pouvait s'intéresser plus ou moins à l'acquisition d'un mulet, mais sans témoigner de hâte à discuter les conditions, laissant la question en suspens: une affaire avec un gitan, cela exige de l'astuce. Il parla donc d'autre chose:

— Vous pensez rester quelque temps?

— Ici? Pour faire quoi? Même pas de marmites à réparer. — Il cracha, montrant ses dents en or. — Faire des affaires avec qui? A part Vot' Seigneurie.

— Vous allez voir comme ça devient plus animé, un peu plus tard, avec l'arrivée des convois. Et des ouvriers qui viennent voir les filles. Y a du monde.

— Du monde ?

Josef porta son regard vers la friche, les quelques baraques, les cases de palmes pourries, remarqua la cahute de bois où vivaient Coroca et Bernarda, observa un moment le garde à la porte du dépôt de cacao sec. Son jugement arrêté, il conclut :

— C'est le plus beau coin de cette rivière. Mériterait un meilleur sort. Sans vous offenser.

Il ramassa ses achats, les mit dans le sac de grosse toile. Compta et recompta les pièces dans le creux de sa main, mais ne les remit pas à Fadul :

— Si Vot' Seigneurie le désire, je peux amener les animaux jusqu'ici. Je les amène tous, pour que Vot' Seigneurie fasse son choix. Tout de suite.

Fadul n'avait pas fait cas du titre désuet — Vot' Seigneurie par-ci, Vot' Seigneurie par-là — mais il s'en amusa : artifice de gitan. La flatterie n'était qu'une manœuvre indiscrète pour mieux vous embobiner. En revanche, il réagit à la proposition d'examiner tout de suite les mulets : accepter serait déjà un engagement tacite.

— Ça va pas ? Les amener ici, traverser la rivière ? Se donner ce mal pour quoi ?

— Vot' Seigneurie avait parlé d'un mulet...

— Histoire de causer. Pas la peine de vous en faire pour ça. J'irai voir là-bas, y a tout le temps.

— J'ai pas l'intention de rester longtemps.

— Vous allez bien passer la nuit, non ?

Josef ne dit ni oui ni non, biaisa :

— Pour voir si y a du monde ? J' suis pas sûr que ça vaille le coup, excusez de l'dire comme ça.

Il proposa une autre solution, plus facile :

— Vot' S'ieurie vient avec moi et choisit la bête tout de suite. Avant que quelqu'un d'autre fasse l'affaire.

Fadul resta intraitable :

— Pas maintenant. Les clients vont pas tarder. Revenez demain matin, si ça marche je donnerai un coup d'œil aux bourricots.

Inutile d'insister ; Josef avait l'habitude de ce jeu de feintes et de roublardise. Règles immuables avec tout le monde, à plus forte raison avec un Turc.

— Bon, alors je vais passer la nuit ici, pour être à la disposition de Vot' S'ieurie.

— Vous restez si ça vous fait plaisir. Pas pour moi.

Le gitan empila les piécettes sur le comptoir, fouilla dans la poche de son pantalon, en tira un mouchoir attaché par les quatre coins, défit les nœuds et déversa auprès de la pile de monnaie les dorures tentatrices des bijoux de fantaisie. Fadul dédaigna cette bimbeloterie :

— J'ai fait le colporteur pendant des années. Il me reste encore un peu de ce bazar. Vous voulez en acheter ? Je vous fais un bon prix.

— Colporteur ? — Tête baissée, Josef renoua le mouchoir, le rempocha, répéta : — Colporteur ?

Il se reprit vite, pourtant, et d'un geste vif posa sur le comptoir un petit paquet enveloppé de papier marron : d'où l'avait-il sorti sans que Fadul s'en aperçût ?

— Alors regardez-moi ça et dites-moi voir si vous avez ce genre d'article dans votre stock.

Il déplia le papier et fit voir un médaillon attaché à une chaîne. Le Turc eut du mal à retenir l'exclamation qui lui vint aux lèvres, du mal à détourner les yeux. Josef proclama :

— Même à Ilhéus on n'en trouve pas de pareil.

Prenant la chaîne du bout des doigts, il éleva le médaillon à la hauteur des yeux du commerçant : le soleil scintillait sur les ciselures, mettant en valeur le bijou.

— Qu'est-ce qu'en dit Vot' Seigneurie ?

Fadul avait beau feindre l'indifférence, Josef avait bien vu que son intérêt avait été éveillé, à la façon dont il tendit la main pour prendre le médaillon et s'en saisir délicatement : un bijou fait à la mesure exacte pour une gorge de femme.

— Regardez un peu ce cadeau à offrir à la dame de Vot' S'ieurie. Or massif. Voyez-moi cette finition.

— J' suis pas marié. J'ai pas d' bonne amie. — Aucune fille, pas même Zezinha do Butiá, ne valait pareil présent.

Il ne dénigra pas la pièce, ne prétendit pas qu'elle fût laide ou fausse. Colporteur chevronné, ayant l'expérience des métaux, Fadul savait reconnaître et estimer la valeur. Pour la chaîne, une babiole, il ne donnerait pas un sou. Le médaillon, par contre, était en or de bon aloi, une pièce de grand prix, volée à coup sûr. Il l'ouvrit pour en examiner l'intérieur, le soupesa dans sa main. Il ne dénigra pas, mais déclara n'en avoir pas l'usage :

— J' veux même pas savoir si c'est vraiment de l'or. J'ai personne à qui l' donner, rien à faire d' ce truc. Pour moi, ça vaut nib. Qu'est-ce que j'en ferais ?

— Pourriez toujours le revendre, tiens, gagner dessus. Vot' Seigneurie plaisante, elle sait bien que c'est de l'or, et du bon.

Selon le prix, ce pourrait être une sacrée affaire : un bijou à revendre à Itabuna ou Ilhéus pour une belle somme. Mais Fadul se maintint sur la réserve, n'ouvrit pas le jeu. Il reposa la merveille sur le comptoir, hocha la tête, haussa les épaules comme pour dire que la discussion était close. Il n'était pas pressé.

Le gitan ne l'était pas davantage ; indifférent aux dénégations du Turc, il observait le chemin : un homme approchait, un habitant de l'endroit. Fadul le vit également, c'était le charpentier Lupiscinio. Posé sur le comptoir poisseux, le médaillon brillait. Josef attendit que Lupiscinio fût entré, eût donné le bonsoir, et leva de nouveau la chaîne pour faire valoir la beauté du médaillon :

— Une pièce comme celle-là, Vot' Seigneurie n'en trouvera ni à Ilhéus ni même à Bahia. C'est mes grands-parents qui l'ont amenée d'Europe, et j'en ai hérité. — Pour étayer l'affirmation, il prononça une phrase dans sa propre langue, mais reprit le portugais pour s'adresser à Lupiscinio : Qu'est-ce que Monsieur en pense ?

Impressionné par le charabia incompréhensible et les manières du gitan, le charpentier, ne s'y connaissant guère, ne se prononça point sur l'or, mais ne put cacher son admiration quant au travail :

— Magnifique ! Du travail d'artiste. C'est de l'or ?

Offensé par l'interrogation, Josef désigna Fadul :

— Demandez-le-lui, si vous voulez vraiment savoir si c'est de l'or ou pas. Elle est bien bonne ! — Et il enroula le bijou dans le papier marron pour le remettre dans la poche de son gilet. — C'est pas à vendre.

Fadul se redressa, retira de l'étagère une bouteille à moitié pleine, la déboucha, mesura la lampée habituelle de Lupiscinio et, avant de se servir, offrit au gitan encore vexé :

— Un p'tit coup ?

Ils prirent leurs verres. Josef dégustait l'eau-de-vie à petites gorgées au lieu de la boire d'un coup comme les deux autres. Fadul, alors, demanda, d'une voix neutre, dénuée de tout sous-entendu :

— C'est pas que je veuille acheter, j'ai personne à qui donner ni vendre ça. Mais seulement pour savoir, par curiosité, combien vous demandez pour le médaillon ? Le médaillon, sans la chaîne.

Josef vida son verre lentement, apprécia le produit d'un claquement de langue. Il ressortit le paquet de la poche de son gilet et le défit à nouveau pour laisser le bijou en vue sur le comptoir. Un instant seulement, car d'un geste inattendu, il le plaça dans la main du Turc :

— Gardez-le jusqu'à demain, vérifiez l'or, le poids, les carats. Demain, en venant choisir le mulet, Vot' S'ieurie me le rendra, ou alors, si vous voulez le garder, vous direz vous-même votre prix, combien vous pensez que ça vaut.

Il lâcha la main de Fadul :

— Demain, on règle tout à la fois.

Avant que le bistrot eût pu discuter ou réagir, Josef attrapa le sac de ses provisions, ramassa et rempocha les pièces préparées pour le paiement et franchit la porte sans regarder derrière lui.

— Pas question ! cria Fadul, retrouvant sa voix. Venez là ! Emportez votre fourbi.

Trop tard : le gitan était loin. Lupiscinio, ahuri, ne comprenant rien à ce qui se passait, demandait des explications. Fadul se remit à examiner le bijou, longuement, minutieusement. Pour faire crédit à un gitan, il faut être un vrai jobard, un demeuré, mais l'objet, en mettant les choses au pis, valait plusieurs fois le prix des achats effectués et non payés : viande sèche, haricots noirs, sucre, une bouteille de tafia. Aucun risque de se faire carotter ; si quelqu'un pouvait y perdre, c'était le gitan. A tout hasard, au moment de faire les comptes, il aurait son revolver à la ceinture.

Coroca, qui venait d'arriver, battit des mains à la vue du médaillon :

— Que c'est beau ! Dona Marcelina, la femme du colonel Ilidio, en avait un, mais c'était rien à côté de ça. — Au Turc : — Vous l'avez acheté, M'sieu Fadul ? C'est pour donner à qui ? Vous allez vous marier ?

5

Tapant avec un morceau de fer sur le rebord de la bassine, le romano Mauricio, épaisse moustache, bras tatoués, tête ceinte d'un foulard, parcourut Tocaia Grande de bout en bout pour annoncer la présence de réparateurs qualifiés d'ustensiles métalliques, bouilloires et marmites. Annonce inutile, offre sans objet : pas une marmite à réparer ; les pots en terre, les quarts en fer-blanc n'exigeaient guère d'entretien. Maria Gina se trouva là pour voir Mauricio, alors qu'il retournait au campement, escamoter le soleil et le garder dans le fond de la bassine. Les ombres du crépuscule s'épaissirent, un crépuscule d'effroi et d'enchantement.

Petits démons infatigables, les gosses fouinèrent dans les masures en l'absence des occupants : personne ne fermait solidement sa porte en sortant. Il n'y avait rien à voler, rien de précieux, à l'exception des outils de travail de Lupiscinio et de Bastião da Rosa, de quelque objet appartenant au vieux Gerino ou aux gardes qui étaient avec lui, sous ses ordres, à l'entrepôt de cacao. Fadul avertit le charpentier ; quant à Bastião, le grand blond, il avait un chantier dans une fazenda voisine et avait emporté avec lui ses outils de maçon.

Le nombre exact d'enfants que comptait la caravane, on ne le sut jamais. Ils surgissaient tout à coup, les mioches et les plus grands, dégoûtants de saleté, chassieux, effrontés, des yeux de vif-argent toujours en quête de quelque chose à chaparder. Innocents, beaux, miséreux, pauvres gosses aux mains tendues, geignards. Il n'y avait rien à voler, mais on constata quand même quelques disparitions : un bout de miroir cassé, un couteau sans manche, la pipe en terre de Gerino, la poupée de chiffon de Nita Boa Bunda[1], des bricoles.

Jusqu'à la tombée de la nuit, à l'heure où le convoi de la fazenda dos Macacos apparut sur le terrain vague, conduit par Maninho et son auxiliaire Valério Cachorrão, les prostituées constituèrent la seule clientèle. Il y avait toujours dans la ceinture du jupon une piécette de cuivre ou de nickel pour se faire tirer les lignes de la main ou acheter de quoi satisfaire une envie irrésistible, une paire de pendants d'oreilles, une bague de verre. Ce commerce de bimbeloterie fut finalement peu de chose, car il y avait chez M'sieu Fadu des tas de pendeloques semblables, ou plus jolies, qui restaient invendues. Néanmoins, elles achetèrent quelques babioles, poussées par le bagou des gitanes, ensorcelées par les yeux des gitans, le regard pénétrant d'Alberto. En revenant de la rivière, Guta avertit ses compagnes et rivales :

— Ça y est, ils sont arrivés tous les quatre, les quatre rois de Babylone. Le plus jeune est à moi, attention, personne n'y touche.

Un crépuscule magique, de sortilège. Le soleil s'était

1. « Beau Baba. »

couché au fond de la bassine que promenait Mauricio, Alberto effeuillait des songeries. L'histoire de la cour royale de Babylone, qui ne la connaissait? Fascicules hebdomadaires, conte de fées courant de bouche en bouche, berceuse populaire:

Voici venir le roi de Babylone
Avec sa royale cour.
Voici venir le roi de Babylone
De lui vais tomber amoureuse
Avec lui me vais marier...

6

Clientèle en émoi pour la bonne aventure lue dans les lignes de la main, murmurée à l'oreille dans le charabia des bohémiennes. Elles ont, de naissance, le don de divination. Certaines crâneuses elles-mêmes, qui juraient ne pas croire à ces sornettes et ces attrape-nigauds, tendaient leur main avec la pièce de deux sous.

Pour dissiper tous les doutes, gagner la confiance dès l'abord, les voyantes commençaient par la relation véridique d'événements survenus dans le passé de l'intéressée, en parlaient comme si elles y avaient assisté. Pour un petit sou de plus, elles prédisaient l'avenir, garantissaient des amants de cœur, des concubinages avantageux, fazendeiros, colonels de haute volée, écartaient les rivales, annonçaient des amours exclusives et éternelles. Elles fournissaient rêve et amour au détail et à prix réduit.

A la foire des pythonisses au coucher du soleil, Bernarda tomba sur la plus vieille et la plus rusée des bohémiennes, l'ancêtre, fatiguée de répéter tant de fois de vagues et exactes prophéties. Prenant la main que lui tendait la gamine — ce n'était qu'une gamine —, elle parla d'un vieux qui lui voulait du mal; il y a toujours un vieux qui veut du mal à une gamine. En plein dans le mille : cette simple allusion prouva la parfaite connaissance de ce qui était arrivé, laissant Bernarda bouche bée :

— C'est ça tout juste. Je sais qui c'est, l' vieux.

Ce ne pouvait être que son père, mais ni lui ni ce temps-là elle ne voulait se les rappeler.

— C' que j' veux savoir, c'est après, à partir de maintenant. J' veux savoir si i' va m'aimer toute la vie.

— Ton homme ?

Elle leva les yeux de la main aux yeux de Bernarda, y lut l'anxiété et la passion.

— Tu veux qu'il soit à toi toute seule, c'est pas ça ? Qu'il aille avec aucune autre ? Mets encore deux sous dans la main, j' vais faire une prière pour qu'il s'intéresse jamais à une autre.

— Pourquoi que j' le voudrais à moi toute seule ? s'étonna Bernarda. Il peut bien en avoir autant qu'il voudra.

Surprise, la gitane scruta de nouveau le visage grave de la petite. Ce qu'elles voulaient toutes, sans exception, c'était être l'unique, la première sans seconde ; elles demandaient des maléfices à l'encontre des rivales, payaient des prières et des sortilèges. Elle chercha l'explication de cette extravagance sur la physionomie anxieuse de la gamine, demanda, éberluée :

— Alors, qu'est-ce que tu veux ?

— J' veux savoir si il va pas s' fatiguer d' moi, arrêter d' me voir. S'il en aura jamais marre de moi.

— Mets deux sous, et la bohémienne va tout raconter.

La pièce convoitée lui fit ajouter, pour la décider :

— Je vois du sang, la mort...

Bernarda chercha les deux sous :

— Allez-y, d'un coup. Il va m'aimer tout l' temps ?

Une telle angoisse dans ce que disait la petite toucha le cœur de la gitane, atteignit sa sensibilité émoussée ; laissant de côté les formules galvaudées, toujours les mêmes, elle prophétisa simplement ce que la pauvre gosse souhaitait entendre :

— Toute la vie.
— Vous avez parlé de mort...
— Tu mourras dans ses bras, annonça-t-elle.

7

Valério Cachorrão[1] montra les chariots de l'autre côté de la rivière :

— Des gitans... — Et, peut-être parce qu'il pensait aux filles à ce moment-là, il constata : — J'ai jamais sauté une gitane.

— Pas plus toi que personne. — Maninho avait passé toute sa vie à conduire des convois, avait acquis, en même temps que ses cheveux blancs, expérience et autorité, et ne parlait pas en l'air : — Y a pas comme les gitanes pour allumer les couillons. Et puis, au moment d'y aller, adieu j' t'ai vu. Avec elles, rien à faire.

— Vous rigolez, m'sieu Maninho.

— T'es encore trop jeune, tu sais rien du tout. T'as déjà vu une gitane pute de métier ? Où ça ? Moi qui te cause, à mon âge, j'en ai jamais vu en maison. Même pas à Ilhéus. Et attention : là-bas y en a de tous les pays du monde.

Valério Cachorrão n'était rien de plus qu'un aide-muletier, mais il faisait des rodomontades de jagunço :

— Ben moi, si une gitane me fait du gringue, faudra qu'elle y passe, j' vous l' dis.

— Tu causes sans savoir. Ce qu'il faut, c'est avoir l'œil sur les bourricots, ces gens-là, c'est moins que rien.

— Vous en faites pas.

Fadul avait promis à Josef de l'animation en soirée, avec les muletiers, les bûcherons et les ouvriers agricoles pour faire du monde sur le terrain vague, avec de l'argent à dépenser. Vot' Seigneurie m'excusera, mais j'en doute, avait rétorqué le romanichel. Il avait sans doute raison,

1. « Molosse. »

car ce fut justement l'un des soirs où il y eut le moins de passage à Tocaia Grande. Avec le convoi de la fazenda dos Macacos, conduit par Maninho et Valério Cachorrão, un autre seulement, qui venait de la fazenda Santa Mariana, fit halte dans le hameau ; il apportait un chargement de cacao sec au dépôt. Le conducteur, un métis trapu, taciturne, s'appelait Dorindo. Dudu Tramela[1], son auxiliaire, un gars d'une quinzaine d'années, dégourdi, parlait pour deux, un vrai moulin à paroles.

En dehors des deux convois, avec les trois hommes et le gamin, on compta trois bûcherons et un journalier, en quête de femmes. Il faut ajouter à ces huit personnes le mulâtre Pergentino, qui arriva à la tombée de la nuit avec deux bourricots chargés de provisions pour la fazenda da Atalaia, où commençaient des préparatifs de festin. Au foutoir du Turc — comme disaient les muletiers pour agacer Fadul et l'entendre pester —, Pergentino demanda si le commerçant pouvait le renseigner sur l'endroit où se trouvait le capitaine Natario da Fonseca. Le régisseur de l'Atalaia lui avait donné rendez-vous à Tocaia Grande :

— C'est rapport à une commission qu'il m'avait demandé de lui rapporter de Taquaras. Paraît qu'il devait passer ici aujourd'hui ou demain.

— Il est pas encore arrivé. Vous pouvez laisser le paquet, si vous voulez : je le donnerai au capitaine dès qu'il se montrera.

— D'accord, je vous le confie, et tout le chargement avec, si vous voulez bien. Faudrait être fou, pour laisser tout ça comme ça, sous le nez des gitans. Des achats que le colonel Boaventura a fait venir d'Ilhéus. — Il expliqua : — Il va donner une fête.

Le Turc voulut savoir ce qu'il en était des bruits qui couraient :

— Alors, cette fois, le docteur arrive pour de bon ?

— Sûr et certain.

1. « Bavard. »

— Quel docteur? — Valério Cachorrão vint se mêler à la conversation. Il était venu avec Maninho pour boire un coup et acheter une tranche de viande-du-sertão à griller sur la braise à l'abri de la paillote, pour manger avec de la farine de manioc et de la cassonade.

— Le fils du colonel, qui est docteur avocat. Ça fait bien six mois qu'il était pas là.

— Où qu'il était? A faire quoi?

— A Rio de Janeiro, à prendre du bon temps.

— Il a bien raison. J'ai entendu dire que c'est un type qui a de l'estomac, ajouta Valério Cachorrão, toujours prêt à parler de bagarres et de matamores.

— Il a de qui tenir, intervint Maninho, au fait des choses. Le colonel Boaventura a jamais su ce que c'est la peur.

— En plus qu'il a des couilles, c'est un drôle de baiseur.

A son tour, le mulâtre Pergentino confirma:

— Pour ça aussi, il tient de son père.

On vit apparaître à la porte la silhouette d'un gitan, le bras autour de la taille d'une fille. La fille, tous ceux qui se trouvaient là la connaissaient; Guta, la petite métisse qui était une bonne affaire au lit, une qui n'avait pas froid aux yeux et qui ne manquait pas d'aplomb.

8

Bien peu de voyageurs en route, mais un immense champ d'étoiles en cette nuit d'ensorcellement. La pleine lune immobilisée au-dessus de la rivière illumina sur toute son étendue la vallée de Tocaia Grande: les collines, la friche, les quelques masures, la halte des muletiers et, sur la rive opposée, les roulottes de gitans et le cercle des mulets et des chevaux.

Maria Gina reconnaissait la route des princes et des fées: elle marchait dans le clair de lune épandu sur les pierres tandis qu'elle traversait le cours d'eau à la recherche du gitan qui avait recueilli le soleil au fond de sa bassine. Pour sûr, c'était lui qui avait détaché la lune et semé les étoiles dans l'infini. Pourquoi ne lui avait-il pas demandé de venir l'aider au pré ? Elle devait le rencontrer, il le fallait, c'était écrit et depuis longtemps elle l'attendait.

Quelqu'un avait fait allusion à l'arrivée de la cour royale de Babylone et aux quatre rois échappés du tarot. Propos confus et contradictoires, devinettes tronquées, excitation subite embrasant l'après-midi. Rien ne troublait Maria Gina, habituée à voir des fantômes, à entendre des voix, à s'entretenir avec des ombres : le loup-garou, la mule-sans-tête[1], le géant Adamastor, la bienheureuse Dame Sancha toute couverte d'or et d'argent et le roi Salomon avec son manteau d'étoiles.

Timide et tranquille, l'air vieillot, elle vivait dans son coin, enveloppée de guenilles, aux lèvres un éternel sourire apeuré, parlant toute seule ou Dieu sait avec qui — sans doute le savait-elle aussi, mais elle n'en disait rien et, si on l'interrogeait, elle mettait un doigt sur sa bouche en signe de secret et le sourire s'accentuait. Au lit, de temps à autre, elle perdait l'esprit : était-ce pour cette raison que seuls les étrangers la choisissaient ? Ceux qui la connaissaient n'allaient avec elle qu'en dernier recours. Cramponnée à son partenaire, elle disait des choses incompréhensibles, éclatait en sanglots, se mettait à rire éperdument, refusait tout paiement. Comme si, tout à coup, elle avait retrouvé un amoureux perdu. Comme si le client inconnu avait été mari ou amant bien à elle, et qu'elle-même eût été autre, non l'inoffensive Maria Gina qui disparaissait dans la forêt et qui, lorsque tout le monde la croyait perdue à jamais, revenait vêtue de feuilles et de fleurs. Elle ne faisait de mal à personne.

La nuit des gitans, allant son chemin sur le tapis de clair

1. Sorte de loup-garou féminin des croyances populaires, qui représente la métamorphose subie par la concubine d'un ecclésiastique.

de lune, Maria Gina accomplissait sa destinée tout comme la cour royale de Babylone. A ses lèvres, le sourire épanoui.

On pouvait de loin reconnaître qui venait : la lune baignait les chemins, le noir de la nuit n'était plus. Et pourtant nul ne sut expliquer à Tocaia Grande la disparition du bohémien Manuel, des quatre filous le plus jeune, et de Guta, amoureuse et effrontée. Dans quelle cachette, dans quelles ténèbres s'étaient-ils enfoncés ?

Le dernier à les voir fut Dudu Tramela, à mi-chemin entre le dépôt de cacao et le magasin de Fadul. Ils se serraient l'un contre l'autre, si loin du monde qu'en dépit de la clarté ils passèrent près du jeune mulâtre sans remarquer sa présence.

— Seigneur Jésus ! murmura le jacasseur en pensant à ce qui risquait de se passer au moment où ils arriveraient à la paillote de la fille, où Dorindo devait l'attendre avec impatience. Fou de Guta, Dorindo jouait volontiers les terreurs.

Mais, selon toute apparence, les amoureux n'allèrent pas à la paillote et, contrairement à l'attente de Dudu, la rencontre n'eut pas lieu à ce moment-là. Tout comme Maria Gina, ils disparurent dans les ondoiements du clair de lune, tandis que le vieux Josef prenait la direction de la friche pour aller trouver les muletiers et leur proposer de la ferblanterie et des chevaux. Un concert assourdi de crapauds célébrait la pleine lune.

9

Pour dire la bonne aventure aux femmes, plus la voyante a l'air d'une vieille sorcière, plus on la croit. Mais, quand il s'agit de prendre la main d'un homme, de suivre de l'ongle la ligne de sa destinée, de regarder le client dans les yeux en lui parlant de passion désespérée, la bohémienne doit être jeune et attirante, et sa voix un murmure de promesse et de tentation.

Quand la vieille Julia, une harpie courbée par les ans, apparut au campement des muletiers pour leur dévoiler le passé et le futur, Maninho, occupé à faire griller la viande sèche, plaisanta avec son second :

— Cachorrão, voilà la gitane que tu attendais...

— Celle-là, même pour rien... grogna Valério Cachorrão.

Mais il livra sa main à Malena dès que la diablesse se montra dans l'ombre de Josef, celui-ci offrant des animaux de race à vendre ou échanger, ou pour toute autre forme de négoce, elle avec des propositions de prophéties. De prophéties seulement ? Valério Cachorrão, connaisseur, jugea que Malena suggérait bien davantage : il n'avait pas tort de le penser, et d'agir en conséquence, car la coquine n'avait cessé de se livrer à des provocations éhontées.

— Alors, beau gosse, on veut pas que la gitane lui lise dans la main ? dit-elle en s'adressant à l'aide muletier ; et, un sourire aguichant aux lèvres : — Allez, mon beau !

Flatté, le faraud présenta sa main après l'avoir essuyée sur son pantalon :

— Allons-y...

Dans l'échancrure de la robe on pouvait entrevoir les seins de Malena quand elle se penchait. Pendant une fraction de seconde, Valério Cachorrão avait la vision de deux beaux fruits pulpeux : aussitôt Malena se redressait, la gredine.

Jeune, grande et bien faite, un visage rond, des hanches de pouliche, Malena prit la main de Valério, serra ses doigts rudes, s'empara de la pièce, parcourut de l'ongle la ligne de chance en provocant un léger chatouillement énervant qui descendait de la paume de la main aux bourses du muletier.

Valério Cachorrão n'entendit pas grand-chose du verbiage rebattu, occupé qu'il était à se faire avec l'autre main une idée précise du corps de la gitane. A peine put-il évaluer, cependant, le volume de la croupe, que la diablesse, sans cesser de le provoquer du regard et des lèvres souriantes, se dérobait et demandait une autre pièce :

— Mets-en encore une, beau gosse, que je raconte la suite...

La suite, Valério Cachorrão voulait l'entendre, la sentir et la palper loin de là, dans l'obscurité de la forêt, hors de vue de Maninho et Josef qui bavardaient tranquillement. Josef maudissait l'endroit : et cette fameuse affluence promise par le Turc ? Maninho riait doucement :

— Restez encore quelques jours, vous allez voir.

— Jamais de la vie ! J' suis pas fou. Et j' suis pressé.

Valério aussi était pressé, il avait perdu bien assez de temps, sans compter les trois pièces escamotées par la gitane. Il voulut l'attraper par le poignet, elle fit une pirouette, lui rit au nez, le provoqua une fois de plus en tirant la langue, tout en relevant ses yeux noirs qui quémandaient :

— Encore une, beau gosse !

Le beau gosse se trouva désarmé devant de telles chatteries. Il finit par plonger la main dans sa sacoche, y chercha une pièce qu'il ramena entre ses doigts. Mais il ne la mit pas dans la paume de la main comme le voulait la petite teigne, pas si bête ! Il la garda, toute brillante, au bout des doigts et, reculant en direction de la forêt, défia :

— Viens la prendre.

Il n'avait pas fini sa phrase que la maudite créature, d'un mouvement de torsion aussi vif qu'imprévu, lui arrachait la piécette : une virevolte, un pas de danse, jamais Valério n'avait vu chose semblable, si gracieuse fourberie. Avant qu'il ait pu faire un geste, Malena s'était mise à courir. Quand il voulut la poursuivre, il ne la vit déjà plus ; il ne put distinguer que Josef en marche vers le magasin de Fadul, le fantôme s'était évanoui dans le clair de lune. Mais Valério put encore percevoir, au milieu des coassements de crapauds, l'écho du rire moqueur de la bohémienne.

La voix posée de Maninho, son rire placide, se firent entendre du côté du feu allumé pour griller la viande et chauffer le café :

— T'as pas voulu m'écouter, tu t'es fait avoir. C'est comme ça, avec les gitanes : des tas de manières pour vous rouler, et au bon moment, salut !

— Fille de pute ! aboya Valério Cachorrão.

10

Il ne se serait peut-être rien passé, si tant est qu'il se soit passé quelque chose d'intéressant, et Valério Cachorrão n'aurait pas mis à exécution ses menaces indignées, si n'était arrivé sur le terrain vague le muletier Dorindo. Il venait de chez Fadul, écumant de rage. Indignation et rage s'additionnèrent : solidaires, Cachorrão et Dorindo se sentirent victimes d'identiques maléfices dus à cette même maudite race de romanichels. Le summum fut atteint quand le mulâtre Pergentino, soutenu par les témoignages concordants du journalier et des trois bûcherons, annonça la fuite des filles de joie, toutes sans exception : on n'en trouvait pas une seule dans le hameau, en dépit des recherches, pour servir la clientèle. Une calamité, la fin des haricots.

Valério Cachorrão tentait de noyer dans le tafia la sensation inoubliable de l'ongle de la bohémienne lui gratouillant les parties. C'était la paume de sa main, qu'elle lui avait gratouillée, et non les parties, mais la caresse était venue se nicher au fond du scrotum de l'aide-muletier ; la chaleur de l'eau-de-vie ne parvenait pas à apaiser la légère chatouille, ce frisson à la racine des noix. Cette foutue gitane l'avait ensorcelé, possédé à fond, pour s'esbigner ensuite avec les sous que Cachorrão avait mis de côté en vue d'une nuit à Itabuna avec la négresse Flaviana, chez la Lidia. Il fallait absolument retrouver la sale bête, où qu'elle fût, pour lui reprendre les précieuses petites pièces et lui apprendre qu'on ne rigole pas avec un vrai mec et qu'on ne se paie pas sa tête. Quel pouvait bien être le goût d'une chatte de gitane ? Un coup de gnôle après l'autre, et l'ongle éraflant le fin fond des bourses.

Les raisons de Dorindo étaient différentes, mais avaient en commun avec celles de Valério la présence des gitans à Tocaia Grande. Dorindo lui aussi avait cru pouvoir calmer un insupportable mal d'amour en empoignant la bouteille au bistrot du Turc, où il avait appris l'envoûtement, puis en compagnie des muletiers : visage fermé, bouche cousue, muet. Cachorrão proférait injures et rodomontades, Dorindo, sans dire un mot, remâchait son humiliation. A sa place, on avait pu entendre, tant chez Fadul qu'avec les muletiers, son second Dudu Tramela, qui avait vu toute la sorcellerie et qui en rajoutait sur les contrariétés du patron.

Après avoir écouté en silence, à son habitude, le récit du garnement, Maninho avait fait des réserves sur un point, fondamental à ses yeux. Selon lui, Dorindo n'avait pas à se sentir cocu, trahi et humilié. Maninho connaissait la vie et ses problèmes : homme de jugement, ferme sur les principes.

Il est parfaitement connu que, pour voir éclore et s'épanouir la délicate marguerite, il faut l'intérêt mutuel et le commun accord des deux parties, l'homme et la femme. Rien ne sert que l'un des deux ait le béguin tout seul : s'il n'y a pas correspondance, il reste sur le sable, rongeant son frein, situation pénible, déprimante, plus que triste.

Ce sont des choses qui arrivent souvent — Maninho lui-même en avait l'expérience : embrasé par la chevelure rutilante de Zulmira Fogaréu[1], il avait vu la mulâtresse fauve lui tourner le dos, l'ignorer, refuser de l'écouter. Pour comble, l'autre était un nabot, une demi-portion : incroyable mais vrai. Peiné, Maninho l'avait été, bien sûr, mais il avait fait comme si de rien n'était, n'avait pas récriminé, ne s'était pas tenu pour cornard. Le pire, dans ce genre d'embêtements, c'est quand le soupirant éconduit prend la chose à cœur et décide de faire toute une histoire de son chagrin.

1. « La torche. »

Quoi qu'il en soit, s'il n'était pas tombé sur Valério Cachorrão en train d'écluser devant le feu de camp, Dorindo aurait peut-être digéré sa colère sans autre tapage. Maninho eut beau essayer de l'en empêcher, Cachorrão s'en alla sans vouloir rien entendre : le résultat ne se fit pas attendre. Il entraîna avec lui le pauvre Dorindo, assez bête pour se proclamer cocu. Pourquoi cocu, de quelle façon, puisque Guta n'avait jamais voulu de lui comme amoureux ?

11

Aussitôt après avoir confié son chargement au vieux Gerino, au dépôt de cacao sec, Dorindo avait filé en toute hâte vers la cahute de Guta : il était déjà arrivé qu'un autre se présentât le premier et la retînt pour toute la nuit. En pareil cas, Dorindo avait bien du mal à se retenir pour ne pas démanteler la paillote et se ruer sur le type qui avait osé prendre les devants et occuper une place qui lui appartenait. Qui lui appartenait ? Comment et pourquoi ? protestait Guta, qui n'était pas femme à tolérer semblables sauvageries de personne, et encore moins d'un individu pour qui elle n'avait jamais eu d'inclination, à qui elle n'avait jamais fait de promesse. A aucun moment elle ne s'était intéressée à lui ; si lui, de son côté, avait pour elle tant de goût, à en devenir enragé, qu'y pouvait-elle ? Elle le recevait avec amabilité, comme l'exige le métier, se donnait avec distinction, à lui comme aux autres : ceux qui couchaient avec elle n'avaient pas à se plaindre, Dieu merci. La preuve en est qu'ils revenaient presque toujours, car, en plus du bon accueil et des bonnes manières, ils étaient séduits par le doux arôme de tabac et la démangeaison au creux des cuisses.

Dans la cahute déserte, Dorindo avait longuement attendu le retour de Guta mais, l'attente s'étant prolongée excessivement, il finit par renoncer. Savoir si, lasse de

Tocaia Grande, elle n'était pas partie pour Taquaras, Ferradas, Macuco ou Agua Preta? Où donc s'était-elle enfuie, cette salope? Il la retrouverait bien, même si elle était à Itabuna, où fonctionnaient une bonne vingtaine de bordels.

Tout en ruminant ces tristes pensées, Dorindo prit la direction de la rue formée par la demi-douzaine de maisons et s'en fut calmer sa soif et son affliction au foutoir de Fadul. Il y retrouva son auxiliaire Dudu Tramela et apprit de la bouche du hâbleur que Guta n'avait en aucune façon quitté Tocaia Grande, bien qu'il fût impossible de dire où elle se trouvait présentement car elle avait disparu par enchantement. Elle et le gitan.

— Tout comme je vous vois, je les ai vus se transformer en ombres.

— En quoi?

— En ombres. — Il expliqua: — Je les regardais tous les deux bien serrés, je les ai pas perdus de vue, et hop! Plus personne. De la magie, ça peut pas être aut' chose.

Dorindo se sentit encore plus meurtri et outragé. La trouver avec un client, ça faisait mal, mais il n'y avait pas à réclamer et faire des reproches: Guta gagnait sa vie, sans plus. Tandis que de la savoir au bras du gitan, s'exhibant au clair de lune, loin de sa cahute et de sa paillasse, riant comme une folle, et disparaissant finalement dans la nuit noire, c'était bien plus grave: il ne s'agissait plus de gagne-pain, mais de vraie toquade. Le bâtard l'avait ensorcelée, il ne peut y avoir pire engeance que les gitans.

Le Turc, qui avait d'autres soucis, demanda machinalement:

— Et c'était du sérieux, toi et Guta?

— Merde alors! Vous saviez pas? — La réponse fut donnée par Dudu Tramela.

Dorindo ne dit pas un mot, paya ce qu'il avait bu et ce qui restait dans la bouteille: prenant celle-ci par le goulot, il s'en fut vers l'abri des muletiers, où il fut reçu avec les égards que mérite un compagnon de labeur affecté par la malchance. On était au courant de l'affaire, que Tramela avait déjà racontée avec force détails. Valério Cachorrão, dans l'intention louable de consoler Dorindo, confessa la supercherie dont il avait été victime. Pareillement, la diablesse de bohémienne s'était envolée en fumée devant lui-même et Maninho.

— Vous avez bien vu, non, m'sieu Maninho?

Le muletier ne démentit ni ne confirma, occupé qu'il était à grignoter un bout de cassonade et à enfourner une poignée de farine de manioc.

12

Le groupe réuni autour du feu et des bouteilles de tafia ne tarda pas à grossir. Le mulâtre Pergentino était allé à la combe aux Crapauds s'acquitter d'une commission du capitaine Natario da Fonseca pour Bernarda. Il était revenu sans avoir pu le faire, avec la nouvelle fantastique de la disparition des femmes, de toutes les femmes sans exception.

— Elles se sont toutes envolées! Envolées, j' vous dis! annonça-t-il en ouvrant les bras comme pour donner la mesure de la catastrophe. Toutes autant qu'elles sont!

Nouvelle immédiatement confirmée par l'ouvrier agricole et les trois bûcherons. Ils travaillaient pour le colonel Osmundo Rocha à l'établissement d'une fazenda quelques lieues plus loin; ils étaient venus de loin, une belle tirée, pour ces fameuses nanas qui faisaient le métier depuis quelque temps à Tocaia Grande. De nanas, aucune trace sur l'étendue du hameau.

Les muletiers y faisaient étape pour s'offrir une nuit en joyeuse compagnie: halte de muletiers veut dire repaire de filles, débit de tafia, entrain. Les cultivateurs et les bûcherons venaient à pied des plantations, par pistes et sentiers, pour éteindre le lumignon dans les paillotes et contenter la nature. A ce qu'on pouvait voir, il n'y avait ni lumignons à éteindre ni femmes avec qui prendre un peu de bon temps : pas une pute disponible pour la rigolade et le soulagement.

Pergentino avait été surpris par le silence incompréhensible qui régnait dans la combe aux Crapauds, habituellement si bruyante et si animée. Trois ou quatre pèlerins aussi désorientés que lui erraient de cahute en cahute pour constater l'envol des bécasses. Oiseaux de passage, disaient les clercs pour souligner la nature voyageuse des femmes de mauvaise vie : elles avaient émigré en bande et, à ce qu'il semblait, une bonne fois pour toutes.

La petite maison de bois étant vide, Bernarda et Coroca absentes, Pergentino n'avait pu faire la commission — le capitaine Natario voulait faire prévenir Bernarda qu'il passerait le lendemain par Tocaia Grande, c'était un homme qui savait s'organiser — et n'avait pas non plus trouvé de tordue avec qui passer la nuit. Faisant contre mauvaise fortune bon cœur, nécessité fait loi, il s'était appuyé tout le chemin qui menait à la paillote éloignée de Maria Gina, la moins demandée de toutes les putains du hameau. C'étaient vraiment toutes les prostituées de Tocaia Grande qui avaient décampé : il ne restait pas même la louftingue. Une catastrophe sans mesure et sans remède !

Au campement, vidant la bouteille de tafia sur l'invitation de Maninho, le mulâtre Pergentino, fou furieux, demandait en hurlant, à Dieu et à tout l'univers, ce qu'étaient devenues les bonnes femmes. Pourquoi se cachaient-elles, pourquoi avaient-elles fermé boutique alors qu'on n'était ni jeudi ni vendredi saint ? Connerie de gitans, il n'y avait que ça : des cinglés, race d'hérétiques.

Manquait plus maintenant que M'sieu Fadu ferme les portes de son foutoir et s'en aille faire sa pelote dans un autre bled : fini Tocaia Grande !

13

La frustration du journalier et des trois bûcherons força et précipita la décision prise par Valério Cachorrão avec l'aval de Dorindo et de Pergentino. Désappointés, les quatre compagnons retournaient aux pelles et aux pioches, aux haches et aux faucilles, au rude travail du lever au coucher du soleil, de défrichage de la forêt et de repiquage des pieds de cacao. Ils avaient fait un long trajet de plusieurs lieues en quête de femmes. Dans les bois et les cacaoyères, il y en avait bien peu, et toutes avaient leur homme, qui leur tenait la bride courte ; tout écart, toute hardiesse pouvaient coûter la vie : celle de l'imprudente ou celle de l'audacieux, sinon des deux. Ils étaient venus aux filles, il n'y avait plus de filles, ils maudissaient le dénuement de l'endroit.

Contrairement à Pergentino, les quatre hommes ne voulaient pas une femme pour la nuit complète, puisqu'ils devaient être de retour avant le lever du jour. Ils se seraient contentés d'une passe rapide ; cela même ils ne purent l'avoir. Où diable pouvait bien être la fameuse Jacinta Coroca, une vieille toute ridée mais encore capable, à ce qu'on disait, de les recevoir et de les servir tous les quatre. Chacun à son tour, faut-il encore préciser ; car, ayant sa dignité et sa fierté, elle n'était pas femme à tolérer inconvenances et cochonneries. A Ilhéus, certaines filles allaient avec deux ou trois hommes à la fois, à la mode des gringas, mais Jacinta, même du temps où, jeunette, elle avait exercé dans les bordels de luxe de la ville, ne s'était jamais prêtée à de telles dépravations : à aucun prix.

Après avoir ingurgité quelques lampées chez Fadul pour compenser leur déception, les quatre pauvres diables, voyant un feu allumé sur la friche, s'arrêtèrent bavarder un peu et purent ainsi confirmer les informations données par Pergentino sur la calamité qui avait frappé Tocaia Grande :

— D'mandez-leur si j' mens.

Valério Cachorrão s'exalta, se remit à cracher des menaces à odeur de tafia : on va aller délivrer les putes et montrer à cette bande de renégats que pas un salopard de vagabond au monde ne peut se payer impunément la tête de citoyens qui gagnent leur vie à la sueur de leur front à conduire des bourricots, abattre des arbres ou cultiver la terre. A quoi pouvait bien avoir goût la chatte d'une gitane ?

Le journalier et les bûcherons déclinèrent l'invitation : s'ils ne se pressaient pas, ils perdraient leur journée de paie. Voix sans écho, Maninho déconseilla l'opération punitive, y perdit sa salive et son latin, on ne l'écouta pas. Valério Cachorrão, Dorindo et Pergentino, trois durs, décidèrent de traverser la rivière et de donner une leçon à la clique des gitans. Maninho s'en fut avec eux, à toute éventualité.

Dudu Tramela ne prit pas part à l'expédition, il n'avait pas encore d'arme, hormis un vieux bout de coutelas. Maninho, à voix basse, le chargea d'un message pour M'sieu Fadu : va l'avertir du cirque qui se prépare. Fais vite, avant qu'il arrive malheur.

En allant vers la rivière, Maninho s'étonna du silence : les crapauds avaient mis fin à leur rauque cantilène. Dans la nuit ensorcelée, par les chemins du clair de lune, sous le ciel empli d'étoiles, où donc étaient les crapauds géants ? Ils avaient disparu, eux aussi, en même temps que les putes.

Maninho traversa la rivière en étant prêt au pire : une fois de plus, il allait voir se déchaîner la violence inique. Inique et inutile, il ne le savait que trop, pour l'avoir appris à mener des convois sur les chemins du cacao. Jadis, il avait perdu un autre auxiliaire au cours d'une bagarre fortuite : contrairement à Valério Cachorrão, Zé da Lia était un brave gars bien tranquille ; toute l'histoire avait eu pour origine une pièce de deux sous.

De Valério Cachorrão, il ne craignait pas grand-chose :

fanfaron, et soûl comme il l'était de surcroît, il n'aurait pas représenté grand danger s'il n'avait eu à la ceinture, pourtant, un de ces vieux pistolets qui se chargent par la gueule, arme désuète mais encore capable de tuer. Cachorrão l'avait gagnée au jeu à Tocaia Grande même, quelques mois auparavant, et ne s'en séparait plus. De Pergentino, Maninho savait peu de chose mais, s'agissant d'un homme du colonel Boaventura, il devait être aussi courageux que prudent, à l'instar du capitaine Natario da Fonseca. Celui qui lui faisait peur, c'était Dorindo, taciturne et outragé ; ce qu'ont d'inoffensif les cocus complaisants, individus méprisables mais sans méchanceté, c'est précisément ce qu'ont de dangereux et d'imprévisibles ces types qui, par tempérament, se refusent à admettre qu'ils puissent porter des cornes réelles ou imaginaires. Ils se rongent les sangs et, quand ils explosent, personne ne peut contrôler leur fureur. En passant la rivière sur les pierres glissantes, Maninho soutenait les pas vacillants de Valério Cachorrão, mais se préoccupait surtout de Dorindo.

Ils arrivèrent à la savane par-derrière les roulottes, de sorte qu'ils ne pouvaient voir ce qui se passait. Mais ils entendirent un son si extraordinaire que Maninho lui-même fut bien incapable de le définir, à plus forte raison les autres. Le son s'éleva, grandit, mélodieux : c'était de la musique, absolument, mais non d'accordéon ni de guitare, grande ou petite. Musique d'église, pas davantage : touchante et belle, mais rien de majestueux ; elle était douce et vibrante, allègre et mélancolique tout à la fois, et donnait envie de danser. Jamais Maninho n'avait entendu rien d'aussi joli, d'aussi émouvant, durant toute sa longue existence. Il n'avait aucune idée du nombre d'années qui lui pesaient sur le dos, de son âge exact, mais sa tignasse commençait à blanchir.

Les quatre hommes qui venaient du hameau, trois d'entre eux bien disposés à se venger et à châtier, à récupérer des biens précieux, argent et femmes, à chasser les gitans par la force des armes, suspendirent leur marche quand la mélodie monta jusqu'aux étoiles et se répandit dans la forêt. Les animaux de même, jaguars, serpents, grillons et chats-huants, s'arrêtèrent pour entendre. Maninho comprit alors pourquoi les crapauds géants, à l'ouïe fine, avaient interrompu leur chant.

Pour approcher, les matamores ralentirent le pas, circonspects ; ils passèrent de l'autre côté des roulottes et purent voir l'étrange scène. Immobiles, les disparues, toutes les huit, étaient là, assises les unes, les autres debout. Deux des étrangers – l'un était Mauricio, l'autre Miguel – avaient en main des instruments jamais vus auparavant dans ces parages et jouaient pour un auditoire de putes et de gitans. Maria Gina qui pleurait et riait, Josef, anneaux aux oreilles, bagues aux doigts, Bernarda tout près de l'aïeule qui lui avait dit la bonne aventure, Malena qui donnait le sein à un bébé, appuyée au bras d'Alberto, tous les autres, vieux, jeunes, enfants. Dans un silence figé, la cour royale de Babylone et la lune en son plein.

Qui ne ralentit pas l'allure, ce fut Fadul Abdala, qui venait en compagnie de Dudu Tramela : le gamin voulait voir pour pouvoir raconter. Le Turc courait pour ne pas arriver après la bataille. Au bruit des branchages cassés, la maigre silhouette de Coroca se détacha d'un tronc d'arbre. Elle fixa le groupe du regard, mit un doigt sur ses lèvres pour réclamer le silence : elle fut obéie. Fadul reconnut les violons.

Quasiment ivre mort, Valério Cachorrão avança d'un pas, fit un geste du bras pour inviter les autres à l'accompagner, en vain. Il tenta quand même d'empoigner son pistolet, mais Maninho lui prit l'arme, sans grand effort. Dorindo de son côté, en reconnaissant Guta assise par terre qui écoutait, extasiée, voulut crier son nom, la traiter de tout, parvint à ouvrir la bouche, mais le Turc la lui ferma de sa main énorme. Des trucs du démon ; le mulâtre Pergentino se signa. Et rien d'autre n'arriva.

Josef s'avança et rejoignit Mauricio et Miguel : il avait

l'air, non d'un roi, mais d'un dieu de la forêt vierge. Au chant suave des violons s'ajouta le divin mystère de la flûte de Pan dans le concert de czardas de cette nuit des gitans à Tocaia Grande.

De passage au hameau le licencié en droit Andrade junior se montre pessimiste sur le futur de Tocaia Grande

1

Comme il l'avait fait dire à Bernarda, le capitaine Natario da Fonseca, ainsi qu'il en était convenu avec le mulâtre Pergentino, s'arrêta à Tocaia Grande dans la matinée et, peu après avoir mis pied à terre, traversa le cours d'eau en voyant sur l'autre rive le campement des bohémiens. Juste à temps d'empêcher que Fadul Abdala ne se fît rouler par Josef en achetant un mulet dont le bel aspect l'avait séduit.

Le Turc, qui s'y connaissait en orfèvrerie, bijouterie et autres articles de colportage, mais pas en équidés, avait offert de payer l'animal exactement la moitié du prix demandé par le gitan au début des tractations. C'était un spectacle intéressant que celui de ce long marchandage, permettant d'admirer les feintes et les périphrases de ces pourparlers interminables menés par les deux roublards. Tantôt bruyante criaillerie de protestations et d'accusations, tantôt larmoyante pleurnicherie. Chacun se proclamait victime de la cupidité, de l'avarice et de la mauvaise foi de l'adversaire. Au milieu de la discussion il leur échappait des mots et des phrases en arabe et en romani — si du moins cette horde de gitans parlait vraiment le romani, selon ce que Fadul avait pu entendre de la bouche autorisée de Fuad Karan quand il lui avait relaté l'affaire au cabaret d'Itabuna.

Tout en se prétendant floué, dépouillé de son patrimoine, Josef était sur le point d'accepter la proposition du commerçant quand le capitaine, en venant les rejoindre, fit tout échouer. Après avoir serré la main à Fadul et salué les bohémiens d'un signe de tête — Mauricio et Miguel, à proximité, gardaient les animaux —, Natario demanda :

— Alors, compère Fadul, on achète le mulet ?

— Qu'est-ce que vous en pensez, capitaine ?

— Faut voir.

Il s'approcha de la bête, passa la main sur ses flancs, lui ouvrit la bouche, examina les dents sous le regard soupçonneux de Josef.

— Tu veux jeter ton argent par les fenêtres, compère ? Acheter un mulet écaniné ? Tu es tombé sur la tête ? Pareil que le docteur James, qui en a acheté deux à la fois, et qui a cru faire une bonne affaire ? — Il sourit en pensant à la naïveté de cet original qui s'était converti à l'agriculture et avait décidé de monter une plantation.

— Ecaniné ? Qu'est-ce que c'est que ça ? Jamais entendu parler.

— Ayant reconnu le capitaine Natario da Fonseca, Josef préféra passer pour ignorant plutôt que de le contredire.
— J'sais pas de quoi vous parlez.

Natario ne perdit pas son temps à lui répondre. En revanche, se montrant offensé par la tentative de supercherie du gitan, Fadul commença à faire du scandale, se mit en fureur, invectiva Josef qui n'en fut pas autrement ému : le Turc savait aussi bien que lui que faire prendre des vessies pour des lanternes est le propre des maquignons :

— Si celui-ci ne vous plaît pas, choisissez-en un autre.

Après avoir fait un tour au milieu des animaux que gardaient Mauricio et Miguel, le capitaine, parfait connaisseur de mulets et de chevaux, déconseilla de faire affaire. Tout ce qu'il avait pu remarquer d'intéressant, c'était un poulain qui pourrait faire plus tard une bonne bête de selle : Fadul n'en avait rien à faire. Pour transporter des marchandises sur le chemin défoncé de Tocaia Grande à Taquaras, il lui fallait plutôt un mulet sain et vigoureux, sans défauts.

— A la foire de Taquaras, tu trouveras une bête convenable. C'est plus sûr, recommanda Natario.

Il n'émit cependant aucune opinion dans la discussion sur le médaillon, dont le prix avait été convenu avant la querelle : en matière de bijoux, il n'était pas compétent. Josef essaya de tout remettre en question :

— Sans la bête, c'est un autre prix...

— Comment, un autre prix ? C'était bien d'accord, non ?

— Sans la bête... Vot' Seigneurie...

— Vot' Seigneurie mon cul... — Maintenant, oui, Fadul était furieux. — Une affaire n'a rien à voir avec l'autre. Je paie ce qui était convenu, pas un sou de plus.

Il avait l'avantage d'être en possession du bijou. Il sortit de la poche de son pantalon un rouleau de vieux billets rapiécés, se mouilla les doigts de salive, commença à compter.

— Je n'veux plus vendre, déclara Josef.

— Trop tard, j'ai acheté. — Fadul tendit la somme décidée, qu'il venait de mettre à part.

Josef, la main posée sur la garde du poignard, considéra la situation en silence ; Mauricio et Miguel s'approchèrent, se postèrent à ses côtés. Si l'Arabe avait été seul ils auraient tenté de l'intimider, malgré sa taille, son air mauvais et son revolver à la ceinture. Mais les gitans eux-mêmes connaissaient le nom et les hauts faits du capitaine Natario da Fonseca. Josef, finalement, prit les billets et, insolemment, les recompta : lui aussi avait son amour-propre à faire valoir. Il tourna les talons sans un mot, mais le capitaine ne le laissa pas partir :

— Et la cravache, voulez pas la vendre ?

Un fouet curieux, peu commun, une belle pièce, qui était accrochée au poignet du gitan. Cordon de crins tressés, tenu par des anneaux — argent ou métal ordinaire ? Manche travaillé — os ou ivoire ? — orné d'incrustations. Josef se retourna lentement :

— J'ai déjà perdu beaucoup aujourd'hui, ça suffit.

— Dites votre prix, si c'est correct je prends la cravache.

Argent et ivoire, os et métal, le gitan et l'Arabe s'engagèrent à nouveau avec un plaisir évident dans les palabres et le marchandage. Le capitaine interrompit la discussion et acheta la cravache sans autre forme de procès pour un prix que Fadul jugea excessif.

Presque aussitôt après les chariots des bohémiens se mirent en mouvement et prirent la direction du ponceau.

2

— Qu'est-ce que tu vas faire de ça, mon compère? Vendre? Faire cadeau? — Le capitaine Natario da Fonseca admirait le médaillon posé sur le papier marron que Fadul avait ouvert sur son comptoir.

Le commerçant rit de son bon rire satisfait tout en servant l'eau-de-vie d'une bouteille réservée:

— Ça a coûté gros, mais ça en vaut bien davantage. Là, je m'y connais. Où ce fils de putain allait me couillonner comme y faut, c'était sur le prix de l'animal, si ç'avait pas été vous, capitaine. C'est le bon Dieu qui vous a envoyé.

A travers la porte, il regarda vers l'autre rive; les chariots avaient déjà disparu au lointain.

— La Bible le dit bien: celui qui prendra l'épée périra par l'épée. Tout est écrit dans la Bible, capitaine. Le gitan a voulu m'avoir, c'est lui qui a été eu.

— Ça vaut tant que ça?

— J'peux le revendre bien plus que je l'ai payé, à Ilhéus ou à Itabuna. Suffit de le montrer au cabaret, y aura toujours bien un colonel pour vouloir acheter. — Il hocha la tête. — En faire cadeau? Je n'ai ni fiancée ni femme et, même que ça serait le cas, j'suis pas millionnaire, pour faire un cadeau de cette valeur. C'est une bonne affaire. Vous, capitaine, vous avez payé trop cher pour la cravache, en vous précipitant. Vous auriez tourné autour du pot, le gitan aurait fait moins cher.

— Ça s'peut, mais j'ai pas de patience pour marchander. J'ai acheté ça pour offrir, mon compère, et à un monsieur, en plus.

— Je sais. Le p'tit docteur, c'est ça ?

Appeler « p'tit docteur » un homme de cette envergure aurait pu passer pour une plaisanterie de mauvais goût, un manque d'égards, mais Natario l'avait connu gamin, Fadul l'avait vu tout jeune homme. La nouvelle du retour de Venturinha, après des vacances prolongées à Rio de Janeiro, faisait les frais des conversations dans les bars d'Itabuna et d'Ilhéus, dans les gares à Agua Preta, Sequeiro de Espinho et Taquaras, dans les bourgades et les villages, chez les propriétaires de fazendas.

— Venturinha va devoir en baver en allées et venues, à bouffer de la poussière et se crotter jusque-là : le colonel veut qu'en plus de faire l'avocat il s'occupe aussi de l'Atalaia. Il a déjà acheté un mulet de selle et une jument de race, c'est même moi qui ai aidé à les choisir. Deux bêtes superbes, et Venturinha sera le seul à les monter. — Ses petits yeux brillèrent. — Le colonel est fou de son fils, tu peux pas savoir, mon gars.

— Et il a raison. Fils unique, et docteur, maintenant. Quel est le papa qui n'aimerait pas ça ? — Ses yeux aussi se mirent à briller. — Quand j'aurai des gosses, ils seront docteurs, eux aussi. Mais j'veux pas d'avocat : y en aura un médecin et un autre curé.

— Et un curé c'est un docteur ?

— Et alors ? Encore plus que les autres, capitaine : c'est un docteur de Dieu, il a même la couronne sur la tête.

Un léger sourire vint aux lèvres de Natario, tandis qu'il se rappelait :

— Dire que je l'ai porté sur mes épaules... — Il fouetta l'air de la cravache. — Ça va lui plaire, elle est jolie et bien maniable.

Cravache magnifique, digne d'un élégant diplômé fils de millionnaire, fils d'un colonel du cacao qui avait le bras long en politique, dictait ses lois à la justice, donnait ses ordres dans les études notariales. Pour les litiges concernant les terres il n'y aurait pas, dans toute la zone grapiuna, d'avocat capable de la concurrencer, de l'affronter : Venturinha avait tous les atouts.

Natario connaissait les goûts du jeune homme, ses préférences, ses foucades. Il l'avait vu grandir et lui avait beaucoup appris, l'avait sorti de multiples embarras, surtout chez les femmes et dans les boîtes de nuit, et s'était permis de le réprimander quand, jeune étudiant, le cher fils à papa se mettait à passer la mesure. Mainte fois il avait dû le retenir : supportant mal la boisson, Venturinha perdait facilement la tête. A le voir diplômé, avocat en titre, Natario, comme le colonel, était fier de lui :

— Pour les tours de passe-passe, y en aura pas de comme lui.

— C'est maintenant que le colonel va être le maître absolu de tout le coin. Une chance que vous êtes de leur bord, capitaine, et qu'on est compères, vous et moi.

Ils renversèrent leur verre à la santé du Dr Andrade junior et à son retour — tel était le nom porté sur le parchemin de la faculté de droit : Licencié Boaventura da Costa Andrade junior. Le colonel Boaventura Andrade allait enfin pouvoir mener à bien les projets politiques ambitieux qu'il avait conçus au moment de la collation de grade de son fils au mois de décembre précédent. On était à la fin de mai, six mois plus tard.

3

Dans la rue du Commerce, à Itabuna, la porte d'un petit immeuble appartenant au colonel était ornée depuis décembre d'une plaque étincelante sur laquelle on lisait : Dr Boaventura da Costa Andrade fils, avocat. Andrade fils, conformément au certificat de baptême : « junior », était une invention de gringo et le fazendeiro avait en horreur tout ce qui sentait l'étranger. Le rez-de-chaussée servait de dépôt de cacao sec, c'était là que les convois de la fazenda da Atalaia déchargeaient les sacs, dans un va-et-vient continuel d'hommes et d'animaux. Bien qu'il résidât à Ilhéus, le colonel avait jugé que Venturinha devait installer un cabinet à Itabuna, chef-lieu de district récemment créé, en plein essor, les propriétés rurales qui seraient un jour à lui se situaient dans la circonscription. De toute façon, il pourrait exercer dans l'ensemble de la région. En mai, donc, le jeune juriste arrivait enfin pour ouvrir le cabinet, semblait-il, et s'acquitter des tâches qui l'attendaient, aussi ardues que nombreuses.

L'obtention par Venturinha de son diplôme final avait été un événement chanté en prose et en vers : les mois avaient passé, mais on se rappelait encore les commémorations grandioses qui l'avaient marquée. Les festivités, commencées à Bahia même, s'étaient poursuivies à Ilhéus et à Itabuna, pour s'achever à la fazenda.

Le matin du jour solennel de collation de grade, l'archevêque de Bahia, primat du Brésil, avait célébré la grand-messe à la basilique et, dans un sermon verbeux, exhorta les récipiendaires à la « défense intransigeante du droit et de la justice, mission sacrée de ceux qui embrassaient la noble carrière du barreau ». Dans le silence de la cathédrale, le colonel avait marmonné en entendant les mots prononcés par Son Eminence : belles paroles, mais fausses, dénuées de sens. Les hommes de loi n'étaient que des enquiquineurs prétentieux, utiles certes, voire indispensables, mais précisément pour légaliser les violations du droit et de la justice. Hors de prix, par-dessus le marché. Le colonel en avait maintenant un chez lui, à sa disposition.

La cérémonie universitaire se déroula en soirée dans le grand salon de la faculté, sous la présidence du gouverneur de l'Etat. Revêtus de la toge noire et du camail, toque à pompon sur la tête, les impétrants prêtèrent serment et reçurent des mains de Son Excellence les diplômes enroulés dans leurs étuis cylindriques. Dona Ernestina ne cessa pas de pleurer et le colonel Boaventura Andrade, âme et peau tannées par d'innombrables péripéties, renifla en dissimulant une larme dans la manche de sa veste. Complet neuf, bleu foncé, en cachemire anglais.

Le lendemain dimanche, eut lieu le bal offert par les nouveaux diplômés à leurs familles et à la bonne société de la ville, au club carnavalesque de la Croix-Rouge. Les dames et les demoiselles arborant de luxueuses toilettes, les hommes en tenue de soirée empesée, costumes blancs pur fil, d'importation. Le colonel et Dona Ernestina étaient là, sur leur trente et un. Elle, boudinée dans son corset à baleines ; lui, serré dans son col dur et ses souliers vernis : rayonnants malgré tout de satisfaction. On but du champagne français et du cognac Macieira en compagnie des Medauar et des Sá Barreto, les familles des deux autres jeunes Grapiunas de la même promotion : les plantations de cacao commençaient à donner des docteurs.

Au bal succéda, au petit matin, une ribouldingue colossale au lupanar de Madame Henriette, dont l'origine marseillaise était attestée par sa prononciation, sa compétence et ses prix. Noce offerte par Venturinha à quelques condisciples, les intimes : le colonel avait dénoué généreusement les cordons de sa bourse.

Madame Henriette était sans rivale pour l'organisation d'une bamboche de grande classe, d'une *féerie,* comme elle le proclamait elle-même. Lupanar discret, aristocratique maison de rendez-vous, « madames » chic recrutées à prix d'or parmi les cocottes et demi-mondaines entretenues par des messieurs de la haute société, nobliaux du Recôncavo, grossistes de la ville basse, négociants de la ville haute, membres éminents de la magistrature, des forces armées, de la politique, clergé, noblesse. Personnes distinguées et fastueuses, plus désirables les unes que les autres, à commencer par la galante patronne du bobinard, française et blonde. Femme d'affaires avisée, *La sage*[1] Henriette partageait son temps de travail entre trois clients de poids, cossus et dilapidateurs ; romantique, *la folle* Hen-

1. « Oiseau-mouche. »

riette réservait tout son temps de loisir au jeune et beau Jorge Medauar qui avait précisément reçu son diplôme ce même jour, avec son ami et confident Venturinha, camarade de pension d'étudiants ; Medauar était le poète de la bande, applaudi et adulé, la coqueluche des jeunes filles et des femmes légères. Il composait des vers que publiaient les journaux ; les demoiselles récitaient au cours des fêtes de famille le « Sonnet du clair de lune de tes cheveux », dédié à une anonyme « H., singulière fleur de feu méditerranéenne ». La rutilante chevelure d'Henriette — champ de blé baigné de lune, flamboiement doré du printemps, selon le sonnet —, dénouée et lumineuse, régnait donc sur la fête nocturne, qui lui rendait aussi hommage, on le voit. La maîtresse de céans ne pouvant ainsi avoir l'amphitryon pour cavalier, et se pâmer dans ses bras, Venturinha fut pris en main par la rousse Rebecca, à la touffe couleur de clairet, *soi-disant* exclusivité du capitaine de Port. *Soi-disant* exclusivités, toutes ces dames sans exception.

Messe et bal, collation de grade et nouba, réjouissances passées mais toujours présentes dans la mémoire du colonel Boaventura Andrade, qui se les rappelait avec une juste fierté et une certaine mélancolie. Il s'était agenouillé pendant la messe chantée, s'était amusé des balivernes du sermon, avait été ému lors de la cérémonie à la faculté, s'était distrait au bal en dépit du col cassé et des souliers vernis. Quant à la nouba, il en avait eu connaissance et l'avait approuvée alors qu'il était dans les bras de la brune Domingas Beija-Flor — *soi-disant*[1] exclusivité du R. P. Da Silva, doyen de la Collégiale, puits de vertus et grand homme de bien — à se reposer le septième jour de tant de fêtes, solennités et émotions.

4

En dépit de sa prévention bien connue à l'égard des manigances de juristes, chicaneries bien plus à craindre que toutes les armes à feu, le colonel Boaventura Andrade,

1. En français dans le texte.

en ce mois de décembre de consécration universitaire de son fils, ne cachait pas sa satisfaction. Un fils diplômé d'études supérieures, chose encore peu courante dans la zone grapiuna, ce n'était pas seulement une joie pour le cœur des parents, un motif d'orgueil et de considération, c'était aussi l'aboutissement prochain de projets longuement élaborés.

Les études coûtaient cher, les livres de droit et les jolies filles étaient hors de prix — à nous le cacao ! Ce n'était pas une plaisanterie que de subvenir aux dépenses d'un étudiant, de le faire vivre en ville dans l'aisance qui seyait à un rejeton du colonel Boaventura Andrade, fazendeiro dont la richesse jouissait d'une large renommée dans tout l'Etat de Bahia : immenses plantations, milliers d'arrobes de cacao à chaque récolte, rues entières de maisons de rapport à Ilhéus et à Itabuna, placements lucratifs.

Malgré tout, c'était encore une bonne affaire : le titre de docteur valait autant qu'une bonne fazenda, comme clef permettant d'ouvrir les portes de la politique et de réaliser un mariage fructueux. Avec son fils sous la main, le colonel n'aurait plus besoin d'avoir recours aux services d'autres hommes de loi pour veiller sur ses intérêts devant les tribunaux et dans les études notariales, de faire appel à des tiers pour placer quelqu'un à un poste de confiance ou déléguer des pouvoirs. Il était désormais à l'abri de manœuvres, de trahisons, de surprises : plus fallacieux que la politique, il n'y a que la justice. C'est bien pourquoi elles vont toujours ensemble, main dans la main.

Seulement, Venturinha avait d'autres plans pour les mois à venir. Après tant d'années d'études, d'examens écrits et oraux, de temps passé à s'user les yeux sur les manuels, il réclamait des vacances bien méritées. Non les vacances habituelles de fin d'année universitaire à Ilhéus et Itabuna, avec des filles de troisième catégorie recrutées dans les boîtes, mais des vacances de docteur frais émoulu de la faculté, à Rio de Janeiro. Il n'avait connu la capitale fédérale que très imparfaitement, et de façon minable —

ce sont les termes propres —, lors d'une excursion réalisée par un groupe d'étudiants quand il était en troisième année, une malheureuse quinzaine de jours. Cette fois, il voulait passer là-bas les mois de janvier et février, partir avant le nouvel an, revenir après carnaval. Quelqu'un qui avait fait si sérieusement ses études — une seule session de rattrapage tout au long du cursus — méritait bien une récompense proportionnée : Rio de Janeiro avec un portefeuille bourré.

Le colonel accéda à la demande : en fin de compte, deux mois de plus ou de moins, ce n'était pas grand-chose. Dans les plans qu'il avait tracés, plus que l'urgence, c'était le désir du colonel qui comptait, de voir son fils briller à la tête de son cabinet, plaider des causes, pérorer devant un jury, s'occuper de la fazenda, intervenir dans la politique, candidat à la Chambre des députés de l'Etat ou à la mairie d'Itabuna.

5

Avant le déjeuner, le capitaine Natario da Fonseca enfourcha sa mule devant la petite maison de bois, dit au revoir à Bernarda et à Coroca, fit de loin un signe d'adieu à Fadul et s'en fut attendre à la gare de Taquaras le licencié Andrade junior de retour dans ses pénates. Le jeune homme arrivait en compagnie de dona Ernestina qui l'avait accueilli à Ilhéus. Pour ne pas montrer l'émotion qui l'étreignait, le colonel, exprès, était resté à l'Atalaia. Mais Natario avait été témoin de cette émotion du fazendeiro quand celui-ci avait ouvert et lu le télégramme expédié par Venturinha — et transmis de Taquaras par porteur spécial — annonçant qu'il avait débarqué et donnant le jour de son arrivée à la fazenda : le temps pour le colonel de prendre ses dispositions en vue de recevoir comme il convenait le jeune docteur son fils, qui s'était enfin décidé à revenir de Rio de Janeiro ; il avait promis de rentrer aussitôt après carnaval, et on était à la veille de la Saint-Jean. La joie s'était manifestée sur la face large du colonel, qui était resté sans voix, à lire et relire le message télégraphique. Finalement, le sourire joyeux aux lèvres et dans les yeux, sur tout le visage, il avait annoncé la nouvelle :

— Il arrive, il est déjà à Ilhéus. Notre docteur, Natario.

Le capitaine songeait à tout cela, lorsqu'il aperçut plus loin sur la route une silhouette de femme. Elle chantait une cantilène qu'il avait entendue quand il était petit, à Propriá. Et aussi dans la bouche des porteuses d'eau sur les berges du São Francisco :

Voici venir le roi de Babylone
De lui vais tomber amoureuse
Avec lui me vais marier...

Un petit balluchon sur la tête, à la main un rameau de feuilles et de fleurs sauvages, fanées, à la bouche un sourire de jubilation, Maria Gina, pieds nus, errait sur le chemin.

— Où tu vas, Maria Gina ? demanda le capitaine.

— Je m'promène par là, m'sieu capitaine. — Elle n'allait pas raconter ses petits secrets à n'importe qui, mais Natario lui était venu en aide, une fois, et elle n'avait pas oublié :

— I' m'attend, il est parti d'vant pasqu'i' d'vait sortir le soleil de la bassine et l' mett' dans l' ciel pour que l' jour i' s' lève.

— Qui ça, si c'est pas indiscret ?

Maria Gina aimait bavarder avec le capitaine, une personne si importante, et bien honnête comme il n'y en avait pas sur ce versant de la vie : la vie avait deux versants, elle vivait sur l'un et sur l'autre et les confondait facilement.

— D'abord il a attrapé l' soleil et il l'a mis dans la bassine, tout au fond. Après, avec l'aut' roi, il a joué la musique de la lune. — Elle promit en souriant : — Vous en faites pas, quand j' saurai son nom, j' vous l' dirai. Mais rien qu'à vous.

Le soleil brûlant indiquait l'heure : si le train n'avait pas pris de retard, Venturinha allait bientôt descendre à Taquaras. Est-ce qu'il se souvenait encore de Maria Gina ?

Natario la connaissait de la fazenda da Atalaia, quand c'était une gamine, déjà détraquée, souriant aux anges, exhibant sa nudité. Venturinha venait juste de se déniaiser, il était constamment excité, ne pouvait se contenir à la vue d'un jupon.

— Tu t'souviens de Venturinha, Maria Gina ?

Elle s'arrêta, demeura immobile au milieu du chemin sans lâcher son bouquet, fit un effort ; la mémoire venait de loin, de l'autre versant, confuse, mêlée de songes et de visions :

— Qui ça, m'sieu capitaine ? — Le capitaine, oui, elle se le rappelait : quand le loup-garou avait commencé à la battre, il s'en était mêlé, avait pris le parti de la victime sans défense, taillé le loup-garou en trois morceaux, et le maudit ne l'avait plus jamais ennuyée.

— J'sais point qui c'est.

— Venturinha, le fils du colonel, à l'Atalaia. Ça fait un sacré bout de temps.

— Le fils, j' sais point, dame non. J' me rappelle rien qu' du colonel, même qu'il aimait bien coucher avec moi ; il était gentil.

Certains n'aimaient pas aller avec elle parce qu'elle avait l'esprit dérangé. Par crainte d'un châtiment du ciel, car ces créatures timbrées sont chéries de Dieu et celui qui abuse d'elles peut le payer cher, en ce monde ou qui sait où plus tard. Venturinha ne croyait pas aux mauvais présages, renversait Maria Gina sous la barcasse de séchage, dans l'odeur du cacao. Avec le colonel, Natario n'avait rien su, ne s'était jamais douté.

— Le colonel Boaventura ?

— 'avait la poitrine tout' poilue, c'était bon d'y caresser.

Elle reprit sa marche à pas lents, le regard perdu, de

nouveau, les lèvres entrouvertes en un sourire de jubilation : elle allait rejoindre le roi de Babylone, maître du soleil. Elle mit dans la ceinture de sa jupe les pièces de monnaie que le capitaine déposa dans sa main.

Le capitaine Natario da Fonseca éperonna sa mule, s'éloigna. Si le train était à l'heure, Venturinha n'allait pas tarder. Docteur en titre. Est-ce qu'il se souvenait encore de Maria Gina ?

6

Pas en décembre, pas davantage en mai : les plans du colonel s'étaient encore trouvés ajournés. Jusques à quand ? La question était restée sans réponse, Venturinha n'ayant pas fixé de date : le cours de spécialisation n'était pas prévu pour une durée déterminée. Il devait se prolonger encore quelques mois, cinq ou six, il ne pouvait dire exactement : jusqu'en décembre au maximum. Mais comment laisser passer pareille occasion ? Cela ne se présente pas tous les jours et les quelques places disponibles avaient été disputées par des candidats de tout le pays et même de l'étranger. Le colonel devait savoir que, parmi eux, on trouvait des Argentins. Des Argentins, parfaitement. Lui, Venturinha, avait pu se faire inscrire grâce aux bonnes relations qu'il avait nouées avec de grands professeurs durant son bref séjour à Rio. Bref ? Cinq mois, le colonel comptait sur ses doigts : janvier, février, mars, avril et mai.

Le colonel avait pris connaissance des intentions de Venturinha par une longue missive pleine d'attendus et de raisons démonstratives, dans laquelle le jeune homme informait ses parents de sa décision de prolonger ses études en assistant à un cours d'importance capitale sur le droit de propriété foncière, indispensable pour exercer avec succès dans la région ; il en tirerait le plus grand profit.

Aux prises avec le langage sibyllin employé dans la lettre, langage de juriste, le colonel, plongé dans un abîme de perplexités, ordonna à son fils de venir s'expliquer plus clairement à Ilhéus, car il n'avait pas l'intention, et ne jugeait guère possible, de décider d'une telle question par correspondance.

Selon lui, Venturinha, ayant achevé ses études à la faculté de droit, le rubis à l'annulaire, le diplôme et la photo officielle dûment encadrés et accrochés au mur du salon, était habilité à entrer dans la carrière et à s'avancer sur la route tracée : exercer au barreau, épouser une riche héritière — au moins aussi riche que lui —, faire de la politique, assumer les responsabilités et les charges qui lui revenaient. C'était pour cela que le colonel avait travaillé comme un nègre, avait lutté les armes à la main, avait versé le sang, avait mis sa vie en danger. Il ne voyait pas le besoin d'autres cours : n'était-il pas diplômé, n'avait-il pas reçu son parchemin ?

Mis au pied du mur, Venturinha n'eut d'autre ressource que d'interrompre la saison à Rio pour venir argumenter de vive voix :

— J'ai dû interrompre, je suis en train de manquer des cours ! se plaignait-il.

Attendrie, dona Ernestina venait au secours de son fils. En général, elle n'osait pas discuter les projets du mari quand il lui arrivait d'en avoir connaissance, ce qui était rare. Mais, en l'occurrence, elle sortit de sa placidité coutumière pour réclamer, avec une énergie inattendue, la compréhension et le financement indispensable du colonel afin que le cher enfant pût se bourrer de connaissances. Le petit voulait étudier davantage, prétention louable, comment l'en empêcher ?

— Un cours assuré par des maîtres étrangers, les plus éminents spécialistes, pérorait Venturinha au milieu du salon, les bras tendus vers le ciel.

Le colonel le voyait à la barre, la voix redondante, la riposte prête, le doigt dressé, Me Boaventura Andrade fils.

Il écouta en silence l'argumentation du jeune homme, les âneries de sa femme: illettrée comme père et mère, sachant à peine signer son nom, qu'est-ce que la pauvre Ernestina pouvait bien savoir de cours et de cursus? Finalement, excédé, le colonel s'était résigné de mauvais gré à donner son accord.

De grand poids, sur cette décision, avait été l'avis donné par le Dr Hernani Tavares, juge au tribunal civil d'Ilhéus; mis au courant de la lettre de Venturinha, il avait hautement loué l'idée de s'inscrire à un cours de droit de propriété foncière, nouveauté en matière d'études juridiques et d'utilité particulièrement évidente dans une région si fertile en conflits pour la possession des terres et en tours de passe-passe avec l'enregistrement. Il avait également été sensible au goût de l'étude montré par son fils au cours d'une conversation qui avait commencé en fin d'après-midi, après le départ des invités au déjeuner, et s'était poursuivie toute la soirée. Il ne suffisait pas, dit Venturinha durant la pause du dîner, d'avoir parchemin et rubis au doigt; il voulait se sentir réellement bien préparé à jouer son rôle comme il faut au palais et en politique. Il cherchait à se hisser au niveau de savoir des maîtres, ambitionnait de devenir l'un d'eux. Et qu'on n'oublie pas dans tout ce débat de tenir compte des Argentins, venus de si loin pour suivre un cours donné au Brésil: eux aussi pesèrent sur la sentence finale du colonel. Contraint, mais non fâché. Triste de voir son fils s'éloigner de nouveau:

— Jusqu'à la fin de l'année, soit! Je veux te voir ici pour le nouvel an, je commence à me faire vieux et à sentir la fatigue.

Le cours public sur le droit de propriété foncière, ouvert à tout licencié en droit désireux de s'y inscrire, avait pour principal objet de fournir un atout supplémentaire aux candidats à des emplois publics mis au concours dans les ministères de l'Agriculture et de la Justice, et dans la magistrature. Venturinha en avait eu connaissance par hasard, avait couru s'inscrire, mais y allait rarement. Quant aux avocats argentins, pas un, à la vérité, n'était venu profiter des lumières des éminents maîtres brésiliens.

Qui profitait du cours public, par des voies détournées, c'était l'Argentine Adela La Porteña, Adelita Chucha de Oro pour les intimes, « en provenance des théâtres de Buenos Aires, où elle recueillait applaudissements et ovations » — qui s'employait à massacrer des tangos dans les boîtes de nuit de Rio de Janeiro et avait des tarifs de chanteuse, non de tapineuse. Etrangère et artiste, c'était pour le jeune Grapiuna le chic suprême, le summum de la gloire. De surcroît, folle de lui, éperdument amoureuse : « Por vós yo me rompo toda! »

7

Les études transcendantes de Venturinha vinrent à la connaissance de Fadul Abdala grâce à l'intéressé lui-même lorsque celui-ci, quelques jours plus tard, s'arrêta en passant à Tocaia Grande, accompagné par le capitaine Natario da Fonseca et deux gardes du corps armés. Il devait en effet aller à Itabuna pour satisfaire une exigence du colonel — passe quelques jours là-bas, reçois nos amis à ton bureau, fais savoir qu'à la fin de l'année tu seras de retour avec un diplôme de plus, docteur ès terres ; et il ne pouvait se présenter comme un avocaillon en quête de dossier, un pauvre diable sans escorte. Il s'agissait de Me Andrade junior, fils du colonel Boaventura Andrade, chef politique de la circonscription, grand manitou du district. Ce qui ne pouvait aller sans le capitaine, les deux jagunços, la jument de race et la cravache.

Natario avait réussi à le faire passer par la piste en lui parlant du médaillon. Dans l'oisiveté de l'Atalaia, Venturinha, rongé de nostalgie, enflé de vanité, avait fait confidence au capitaine de ses amours argentines, selon sa vieille habitude en fait de conquêtes flatteuses : le métis lui avait toujours prêté une oreille attentive et intéressée. Cette fois, il ne s'agissait pas d'une traînée quelconque, maîtresse d'un généreux protecteur qu'elle cocufiait avec lui dans une maison de rendez-vous ou jeune fille de famille, vierge folle qui ne permettait pas d'aller plus haut que les cuisses et le masturbait à la porte du jardin. Non! C'était la sublime Adela, reine des spectacles du Rio de la Plata, « la patética interprete del tango arrabalero ». Une femme de rêve, grande, la peau blanche comme le lait, un corps sculptural : au repos, une statue, au lit un volcan. Un petit con couleur de rose — ah! le petit con d'Adelita, Natario, je ne t'en dis pas plus!

Il s'était plaint de n'avoir pu trouver à Ilhéus de cadeau digne de La Porteña : une bague, un collier, un bracelet, un brillant. Il avait couru les magasins — sans succès : rien que de la quincaillerie. Il allait se trouver dans une situation gênante vis-à-vis de la diva, alors qu'il avait promis de lui rapporter un beau bijou de Bahia. Le capitaine se souvint alors du médaillon acheté au gitan par le Turc : ce serait peut-être la solution.

Venturinha mit pied à terre tout contre le piquet planté à côté du magasin de Fadul. Celui-ci accourut précipitamment, se plia en deux pour saluer avec affabilité, heureux de la présence inattendue du fils chéri du colonel.

— J'ai appris votre retour par le capitaine, docteur. Comme ça, vous allez rester par ici avec nous...

— Je ne suis pas encore venu m'installer, Fadul ; les études me retiennent à Rio de Janeiro pour un certain temps.

N'avait-il pas fini la faculté, avec son diplôme? La surprise du commerçant, malgré lui, fut perçue par Venturinha, qui daigna expliquer. Exactement comme il se préparait à le faire pour répondre aux inévitables questions que ne manqueraient pas de poser, insidieusement, les amis et connaissances d'Itabuna :

— Un cours de spécialisation : droit de propriété. Un titre de plus à ajouter à celui que j'ai déjà.

— Deux fois docteur ! conclut Natario.

Eclaircissement incomplet, mais Fadul, avec une allégresse démonstrative, ne manqua pas d'applaudir, de ses mains énormes :

— Faut fêter ça : qu'est-ce que je vous sers ? De vraiment bon, ici, il n'y a que le tafia. J'ai bien du cognac, mais je le recommanderais pas.

Venturinha parcourut des yeux l'assortiment de boissons, alcools de canne divers, purs ou préparés avec des feuilles, des fruits, certains bois, dans l'une des bouteilles, un serpent corail enroulé sur lui-même. Tord-boyaux bon marché pour ouvriers agricoles et muletiers. Mais Fadul alla chercher derrière l'étagère, bien cachée, une bouteille presque pleine ; il la déboucha, essuya le goulot, hocha la tête, satisfait :

— Du spécial. De l'eau-de-vie de manioc fabriquée par le nègre Nicodemo à Ferradas. — Il exposait la bouteille à la clarté matinale : la *tiquira* avait des reflets bleutés. — Réservé à ceux qui en sont dignes. Le capitaine peut en parler.

— Fameuse, confirma Natario. Fort comme le diable.

— Pour ça, j'ai aussi ce qu'il faut... — Et le Turc sortit en riant.

Derrière la maison poussait un anacardier chargé de fruits mûrs, jaunes et rouges. Fadul en cueillit quatre ou cinq :

— Après avoir bu, vous en sucez un, ça arrange tout.

— Pas la peine... — Venturinha eut l'air presque vexé et avala d'un trait le verre qui venait d'être servi.

— Qu'est-ce que t'as fait du truc que t'as acheté au gitan, compère ? Le docteur voudrait voir ça. — Ayant vidé son verre, Natario suçait le cajou, dont le jus lui coulait aux coins de la bouche.

— J' vais l' chercher.

Venturinha se resservit : l'eau-de-vie de manioc était quelque chose de remarquable, sans odeur, mais du goût, et qui vous brûlait la poitrine. Quand Fadul montra le bijou dans un mouchoir, sur le comptoir, Natario lui donna la bouteille à ranger :

— Avant qu'on la finisse. Y a encore un bout de chemin jusqu'à Itabuna, et cette gnôle, ça vous tape sur le ciboulot. Pendant que vous bavardez et faites affaire, moi je m'en vais voir quelqu'un.

Il ne voulait pas servir d'intermédiaire dans la revente du bijou et savait que Bernarda l'attendait avec impatience. Bernarda, plus jolie de jour en jour.

8

Pour un prix d'ami, à peine plus du double de ce qu'il l'avait payé à Josef, Fadul céda le médaillon à Venturinha. A Ilhéus, dans un bar du port, ou au cabaret d'Itabuna, il en aurait sans doute tiré un meilleur prix. Mais, comme il l'expliqua, il avait pour le docteur la plus grande considération. Il avait donc laissé à Venturinha, qui se flattait d'être connaisseur, le soin de fixer le prix, employant à son tour le procédé du gitan :

— Votre prix sera le mien, docteur. Payez ce que vous voulez. Venturinha demanda un autre verre de tiquira, tout en comptant les billets neufs qui claquaient :

— Et le capitaine, où est-il passé ? Il a emmené la jument.

— Chez Bernarda, à coup sûr.

Ils sortirent tous deux, passèrent devant les bicoques du hameau ; Bastião da Rosa, à la porte de la masure qu'il habitait, souleva son chapeau :

— Bien l'bonjour, docteur. Dieu vous garde !

Ils traversèrent la friche : sous l'abri des muletiers, des braises fumaient encore sous la cendre des feux allumés la veille au soir. De petits oiseaux venaient picorer les restes de nourriture. Ils arrivèrent à la combe aux Crapauds. Les femmes, aux portes de cahutes, à moitié nues, les regardaient avec curiosité ; qui donc n'avait pas entendu parler de Venturinha, le fils du colonel, qui avait fait des études pour être docteur? Guta s'avança vers eux:

— Vous m'connaissez p'us, Venturinha?

Venturinha secoua la tête, il ne reconnaissait pas l'effrontée; il s'en était offert tellement, dans le coin.

— C'est Guta, informa le Turc.

La fille s'approcha, se planta devant le visiteur:

— T'aimais bien mon odeur, t'as oublié?

Doux parfum du tabac, il s'en souvint. Et, pour ce souvenir, il mit la main à la poche et remit à Guta un billet de cinq milréis, une fortune. Avec trois verres de tiquira qui montaient de l'estomac à la tête, le petit docteur — ce grand gaillard! — se sentait léger et magnanime. Tous les gens ici étaient ses serfs. Quant à Adela, elle fleurait le santal. Il palpa le médaillon dans la poche de sa veste de cavalier. Avant de l'offrir, il mettrait à l'intérieur une photo de lui pour qu'elle la portât sur sa gorge blanche, dans le sillon des seins: ah! les seins plantureux d'Adelita!

A la porte de la bicoque de bois, il retrouva sa jument. Il refusa le café offert par Coroca mais, débonnaire, plaisanta avec la vieille prostituée:

— Toujours en vie, Coroca? Et toujours à forniquer, vieille drôlesse? — Tous ici étaient ses serfs.

Coroca n'était serve de personne, et « forniquer » ne pouvait vouloir dire qu'une saloperie. Elle rendit la monnaie:

— Te v'là maintenant qui causes un charabia de docteur qu'on n'y comprend rien. Dans l' temps t' étais un gamin, tu v' nais coucher dans mon lit. Qui c'est qui t'a appris ce que tu sais des femmes, si c'est pas cette vieille drôlesse?

Encore cinq milréis de gaspillés. C'est avec elle qu'il avait appris à jouir avec la partenaire, à faire durer le plaisir: celles qu'il avait eues avant Coroca l'expédiaient en un clin d'œil. Tout ça, c'était le passé.

— Salut, Coroca.

Laissant promener son regard sur le hameau, ses constructions, ses habitants, du haut de sa fière jument sellée de cuir souple, harnachée d'argent, le licencié en droit Andrade junior tendit la main à l'Arabe Fadul Abdala pour prendre congé :

— Je ne sais pas ce que vous faites dans ce trou infect. Si vous voulez gagner de l'argent, pourquoi ne pas quitter ce bled et aller à Itabuna ? — Tous ici étaient ses serfs.

— Si ça vous dit, comptez sur moi. Il n'y a pas d'avenir, ici, ça ne sera jamais qu'une porcherie.

Le capitaine Natario da Fonseca ne l'entendit même pas exprimer ce jugement : il enfilait son pantalon, chaussait ses bottes. Nue sur le lit, Bernarda lui souriait.

De la prévision pessimiste du licencié, le capitaine n'eut connaissance que quelques jours plus tard, en repassant par Tocaia Grande. Venturinha était reparti pour Rio de Janeiro, où l'attendaient le cours public, le savoir des maîtres, les exposés fastidieux et Adela La Porteña, Adelita Chucha de Oro, le savoir des putes, les nuits de tango et de ribouldingue.

Tout en sirotant un petit verre d'alcool de manioc, Natario évoqua le séjour du jeune docteur à Itabuna, où il avait été reçu à bras ouverts :

— On aurait dit que c'était l'Enfant-Jésus qui était arrivé.

En dépit de sa discrétion coutumière, sachant que Fadul était l'ami de Fuad Karan, il raconta une anecdote amusante à propos de la soirée particulièrement joyeuse qu'il y avait eu au cabaret. Quand Venturinha avait répété pour la centième fois qu'il retournait à Rio pour un cours hautement spécialisé sur la propriété foncière, Fuad Karan avait clamé à qui voulait l'entendre :

— Pour quoi faire ? Pour quoi faire, Dieu du ciel ? Propriété foncière, qui est-ce qui connaît la question mieux que le colonel ton père, ton père et mon ami ? Les lois qui régissent ce droit par ici, ce n'est pas lui qui les a faites, par hasard ? Tu ne me la fais pas, Venturinha, ton histoire, ça sent la femme. Raconte, une bonne fois.

Sans rabaisser pour autant l'excellence du cours public,

Andrade junior, licencié et dandy, venu tout droit de la capitale, parla de façon enthousiaste et congrue de la vie de bohème à Rio, exalta le personnel féminin, cosmopolite et raffiné. Au cabaret d'Itabuna, parmi les rudes colonels et les avides docteurs, scintilla quelques instants l'étoile des salles de spectacle de Buenos Aires, la déesse des feux de la rampe, Adela l'Argentine.

Quant au futur de Tocaia Grande, l'opinion du licencié ne fit pas broncher le capitaine :

— Fais-moi confiance, compère, c'est le plus sûr. Venturinha peut bien s'y connaître en femmes et en lois, c'est pour ça qu'il a dépensé de l'argent. Mais la culture de cacao, et tout ce foutu pays d'ici, qu'est-ce qu'il en sait ? Rien du tout.

Natario, lui, savait de quoi il parlait :

— Tu peux m'croire, mon compère : Tocaia Grande, ça sera un jour une vraie ville.

Nuit après nuit, dans les solitudes de Tocaia Grande, Fadul Abdala déflore la demoiselle Aruza

1

Ma foi oui, on l'a dit et on le prouve, nombreuses et diverses sont les tentatives du démon auxquelles se trouve soumis un bon chrétien de rite maronite, à plus forte raison s'il s'agit d'un pauvre petit commerçant placé et oublié par Dieu au diable vauvert : au fond d'une porcherie, avait dit Venturinha. Commerçant ? Pour mieux dire, vulgaire bistrot.

Dans la veille et dans le sommeil, Fadul Abdala, ambitionnant une fortune rapide, affronta des tentations de toute sorte durant la triste époque des vaches maigres. Songeries à la lueur de la chandelle à propos d'affaires commerciales, de profits, de bénéfices, d'argent coulant à flots, de magasin d'ameublement ou de tissus. Dans le vaste lit solitaire du Turc, à Tocaia Grande, le pucelage de la fiancée proposée et les ardeurs de la veuve offerte, belles l'une et l'autre, fougueuses toutes deux, vinrent s'ajouter à la nudité dissolue des femmes de mauvaise vie, avec à leur tête Zezinha do Butiá.

La jeune Aruza, d'Ilhéus, fille de Jamil Skaf, de « La Préférence, mobilier et literie de luxe », élève de l'école normale et héritière, timide fiancée, chaste vierge : avec, en sus de la virginité, la dot. Pas si timide, pas si chaste non plus, les apparences sont souvent trompeuses, et il n'est pas de dot qui compense la fleur perdue.

Jussara, veuve récente et appétissante, à ne point dédaigner même comme restes d'un défunt. Feu Kalil Rabat lui avait laissé en héritage le « Magasin oriental » dans la rue du Commerce, à Itabuna, ainsi qu'une rare collection de cornes à offrir pour la nuit de noces à celui qui le remplacerait officiellement dans le lit conjugal et au comptoir du magasin.

Impatience de la demoiselle, impétuosité de la veuve, et, d'un côté comme de l'autre, cocuage par anticipation : holà ! boucher des trous, c'est affaire d'apprenti maçon.

Jamil Skaf, excellent père, et Jussara Ramos Rabat, veuve joyeuse, avaient leurs idées personnelles et bien précises à propos de mari et de mariage ; idées qui se rejoignaient quant à la vocation et la compétence commerciales des Arabes. Ils virent donc en Fadul le candidat idéal, meilleur que tout autre. Aidés par le démon de l'ambition, le pire de tous, l'un comme l'autre faillirent bien, presque coup sur coup, l'amener devant le curé et l'officier d'état civil. A chaque fois, il s'en fallut de peu.

A Ilhéus, Fadul sortit indemne des méandres de la virginité ; un licencié en droit avait pris les devants. A Itabuna, il découvrit juste à temps que le diable habite le corps des veuves : pour éteindre l'incendie dévorant il ne suffit pas d'un Libanais de stature gigantesque, servi par une matraque réputée dans tous les bobinards de la région.

De quelle façon Jussara, dame huppée et nantie, avait pu obtenir de précieux renseignements sur la capacité de Fadul Abdala à gérer n'importe quel commerce et sur la taille et la rigidité de sa matraque, c'est ce qu'on saura ou qu'on ne saura pas en temps utile ; mais on peut dès maintenant affirmer qu'un rôle de premier plan revint à Zezinha do Butiá dans toutes ces intrigues. Au milieu des complications et des embûches de l'existence, entre Aruza, issue de parents riches, dans son uniforme bleu et blanc du collège des Ursulines à Ilhéus, et Jussara, force de la nature toute de noir vêtue, en grand deuil strict, propriétaire d'un commerce florissant au centre d'Itabuna, voici que Zezinha do Butiá, femme perdue, liaison de rue mal famée, moins que rien, se révéla une planche de salut à toute épreuve.

2

De passage à Ilhéus où il était venu se réapprovisionner, effectuer quelques paiements et contempler la mer, Fadul Abdala fut invité à dîner, en compagnie d'Alvaro Faria, chez Jamil Skaf, un compatriote d'origine, qui avait réussi : il était propriétaire de « La Préférence », une affaire de meubles et literie en pleine prospérité.

Fadul s'étonna de l'invitation, faite au Bar chic, proche du port ; car, s'il connaissait Jamil depuis des années, il n'était nullement de ses intimes. Ils se voyaient une fois ou l'autre au bar, au cabaret, dans des maisons de rendez-vous, échangeaient une poignée de main, quelques amabilités, rien de plus. Au bar, buvant son apéritif à petites gorgées en attendant l'heure d'aller déjeuner à La Marmite de Bibi, à Pontal, d'un plat de *pitus* arrosé d'une bière, Fadul s'offrait de grands moments d'élévation spirituelle à écouter Alvaro Faria, homme de grand savoir et de petite ardeur au travail. De comparable à Alvaro Faria pour le plaisir de la conversation, il n'y avait que Fuad Karan, l'un à Ilhéus, l'autre à Itabuna, tous deux hommes de culture et d'esprit, véritables lumières.

La table est excellente chez Jamil — lui murmura Alvaro — et la fille est une beauté. Petit, moustachu, prodigue de gestes et de paroles, le Libanais, l'invitation faite, ajouta qu'après le repas ils pourraient aller ensemble chez Tilde, une maison qui venait d'ouvrir au quartier de l'Unhão, avec des Françaises : la classe.

3

Il n'y avait que deux invités, Alvaro et Fadul, mais le dîner n'en fut pas moins un véritable banquet, eu égard à la variété de mets arabes et brésiliens et à la qualité des desserts. Fadul se reput.

En faisant compliment de la succulence du kibbi et de la perfection du savoureux gâteau aux amandes et au miel, sa pâtisserie favorite, il apprit que la préparation du dîner était l'œuvre de la fille unique des amphitryons, l'élève-professeur Aruza, un cordon-bleu. Aidée, bien entendu, par un régiment de domestiques.

Pendant le repas, Aruza conserva une extrême réserve, sans prendre part à la conversation, ne répondant que par monosyllabes si on lui adressait la parole. Elle ne souriait même pas lorsque les autres convives riaient à gorge déployée aux facéties et bons mots d'Alvaro Faria. Avant qu'on ne prît place à table, Fadul avait entendu de la bouche de Jamil l'éloge des qualités de sa fille, dont il n'était pas peu fier :

— En décembre elle aura son diplôme d'institutrice, elle joue du piano, récite des vers par cœur. Très instruite. Je n'ai pas lésiné.

Il se tut, comme s'il calculait ce qu'il avait dépensé pour l'éducation de son héritière, mais reprit bien vite l'énumération de ses vertus :

— Pieuse et le cœur à l'ouvrage, obéissante.

Comme il n'avait pas fait allusion à la beauté, Fadul eut un choc quand il la vit entrer au salon. Jamil fit les présentations :

— Ma fille Aruza, mon cher Fadul.

Fadul tendit sa grosse main, sourit courtoisement. Alvaro Faria avait raison : Aruza était éblouissante. Cheveux ondulés, lèvres charnues, grands yeux allongés, taille fine, poitrine généreuse dans le chemisier blanc, hanches rondes dans la jupe bleue. Peu sensible aux corps menus et fluets, aux complexions délicates, Fadul se vit devant la personnification de son idéal de beauté. Heureux homme qui l'épouserait. Jamil compléta la présentation :

— Voici mon ami Fadul, dont je t'ai parlé.

Aruza ne lui accorda qu'un bref coup d'œil et c'est à peine si l'on entendit sa voix :

— Enchantée.

Absolument magnifique. Il ne pouvait y avoir à Ilhéus plus charmante jeune fille. Fadul chercha dans sa tête le mot propre pour la définir, le trouva dans le Coran : Bégum. Bégum, princesse musulmane.

4

Le repas terminé, après avoir roté de satisfaction, Jamil convia les invités à prendre le café au salon, ouvert pour la circonstance. L'on s'y rendit.

— Où vas-tu, Aruza ?

Aruza se faufilait dans le couloir. Elle s'arrêta et répondit sans regarder son père :

— Je vais chez Belinha, je reviens tout de suite.

— Certainement pas. Nous avons des invités, ta place est ici.

Aruza rebroussa chemin, vint s'asseoir. Une fois les tasses à café enlevées, Jamil ordonna à sa fille :

— Ouvre le piano et joue quelque chose pour nos amis.

La jeune fille obéit, résignée. Elle commença avec « La Prima Carezza ». Alvaro Faria battit des mains, l'air extasié, en fait il était gavé. Ce furent ensuite « Sur les ondes » et « Pour Elise ». Aruza voulut arrêter là le récital, mais Jamil exigea :

— Et mon air préféré ? Tu ne vas pas le jouer ?

Elle se remit au piano, attaqua « La Marche turque » ; ce fut un débordement d'enthousiasme. A la fin, tandis que Fadul et Alvaro applaudissaient, la jeune fille se leva, s'adressa à son père :

— Je peux y aller, maintenant ?

Têtue, se dit Fadul qui sentit l'atmosphère se tendre. La voix de Jamil laissa paraître une pointe de colère malgré le sourire sous les grosses moustaches :

— Ni maintenant ni plus tard. Assieds-toi là et bavarde avec Fadul.

Et il s'engagea aussitôt dans une discussion passionnée avec Alvaro Faria sur la politique locale. Aruza et Fadul échangèrent quelques mots, lui tenta de l'intéresser à la Bible et au Coran, sans succès. Elle ne faisait même pas semblant de l'écouter, se mordait les lèvres : collégienne en punition ou vierge effarouchée, menacée dans ses rêves et ses projets ?

La mine soucieuse, dona Jordana, la mère, était tout sourires pour l'invité ; elle ne laissa pas le silence s'installer, risquer d'attirer l'attention de Jamil. Et trouva un thème du goût de Fadul, les friandises arabes : elle expliqua des recettes, donna des détails sur l'utilisation du miel et du sésame.

Elle était plutôt forte, bien en chair, mais le visage conservait les traces de sa beauté. Vingt ans auparavant, quand son père Chafik l'avait obligée à épouser Jamil et qu'elle avait accepté par devoir d'obéissance, il n'y avait pas à Ilhéus de bégum plus séduisante. Aruza tenait d'elle à cet égard, mais avait hérité de son père la constance et la détermination.

Dehors, dans la rue, quelqu'un s'obstinait à siffler un passage bien enlevé de « La Marche turque ».

5

En allant chez Tilde voir les Françaises, fausses mais très chic quand même, le nec plus ultra en matière de raffinement selon Alvaro Faria, Jamil Skaf ralentit le pas et, prenant Fadul par le bras, tout excité, voulut savoir comment il avait trouvé Aruza.

— Une beauté, une bégum. Sans parler de son éducation.

Alors, ex abrupto, il demanda :

— Vous voulez l'épouser ?

Il ajouta, d'une voix précipitée, presque haletante :

— « La Préférence » a le vent en poupe, je vais ouvrir une succursale à Itabuna et j'ai commencé une plantation de cacao à Rio de Braço. Aruza est fille unique. Vous voulez l'épouser ? répéta-t-il.

La question était si imprévue qu'elle laissa Fadul interloqué ; au point même qu'il ne put prêter l'attention qu'il fallait aux bonnes manières de sa Française. Plus tard, cependant, dans sa chambre au petit hôtel de Mamede, il comprit que Jamil avait résolu de choisir un fiancé à Aruza.

Que Jamil choisît un fiancé pour sa fille et le lui imposât, c'était là honnête procédé, conforme aux usages, digne de louange. Bon père, soucieux de l'avenir et du bonheur d'Aruza, il faisait cela pour lui assurer un foyer béni, une existence paisible, un bien-être durable. La bonne tradition, affirmée et confirmée sans contestation possible, commandait que les pères, responsables du sort des filles, choisissent parmi les nobles du royaume encore garçons le meilleur de tous pour lui proposer alliance et dot. Quelques-uns, parfois, négligeaient leur devoir de pères pour laisser aux dolentes donzelles, insouciantes et irréfléchies, liberté de choix et de décision en matière de si grande conséquence. De telles imprudences provoquaient des mariages malheureux : épouses en larmes, foyers détruits, héritages dilapidés, fortunes dissipées ! Jamil Skaf, diligent et zélé, cherchant ce qu'il y avait de mieux au royaume du cacao, était allé dénicher Fadul Abdala aux confins de l'univers.

Fadul promit de réfléchir, pour donner sa réponse lors de sa prochaine venue à Ilhéus. Dès maintenant, en tout cas, il remerciait de l'honneur et de la marque de confiance.

6

Le lendemain matin, en allant à la gare reprendre son train, Fadul Abdala, par hasard ou de propos délibéré, emprunta un itinéraire inhabituel qui le fit passer au bas de la montée de la Conquête. Au sommet du morne, le collège Notre-Dame-de-Pitié, des sœurs ursulines, formait des institutrices en délivrant titre et diplôme à toutes les jeunes filles fortunées d'Ilhéus et de la région du cacao qui faisaient là leurs études en externat ou en internat. Le matin et l'après-midi, les externes montaient et descendaient la côte avec un joyeux entrain juvénile. En bas, des soupirants battaient le pavé, impatients et godiches.

A le voir, valise à la main, avec son allure bien reconnaissable de marchand ambulant, soulever son chapeau pour la saluer, Aruza ne put retenir un petit cri — ce pouvait être de désespoir ou d'émotion — et le désigna à une compagne qui n'était autre que Belinha, voisine et confidente. Elles parlaient justement de lui. Fadul poursuivit son chemin vers la gare, emportant la vision de la jeune fille en uniforme blanc et bleu.

A la récréation, dans leur recoin favori à l'ombre des manguiers, Aruza se répandit en pleurs. Belinha ne voyait pas de solution, mais Auta Rosa, une interne de deuxième année, vive et dégourdie, en trouva tout de suite une au problème de l'amoureuse infortunée, pour l'arracher au danger de devoir épouser le fiancé choisi par son père. Belinha l'avait vu en pied dans la montée, et confirmait : une espèce de gros balourd de cul-terreux, fichu comme l'as de pique, un butor, tout à fait l'opposé du délicat licencié pour qui soupirait Aruza et qui pour Aruza soupirait.

Sauter le pas, solution radicale, encore que plaisante, mais urgente surtout, il n'y avait qu'Auta Rosa pour le suggérer avec une telle franchise. Il y fallait courage et volonté : ils devraient affronter la famille et le monde. Auta Rosa, au dire de la mère Ana de Jésus, qui lui avait confisqué une correspondance clandestine, était le Malin en personne. Enfermée à double tour derrière les grands murs du collège, elle arrivait cependant à échanger des billets avec son flirt, le triste plumitif José Julio Calasans, et, plus encore, le rencontrait sans doute en cachette.

Autrement, comment le rédacteur et typographe de *La Gazette grapiuna*, dans les lettres qu'il lui écrivait et lui faisait parvenir par Belinha, aurait-il pu faire des allusions aussi précises, aussi enflammées et impudiques, à certains détails anatomiques habituellement cachés avec décence sous l'uniforme bleu et blanc de la jeune étudiante ? En lisant ces brûlantes missives, mère Ana de Jésus avait péché doublement : pour les avoir lues, et pour les avoir remises dans leur cachette sous le matelas sans rendre compte à la mère supérieure : elle avait un faible pour cette élève qui avait une tête de linotte mais un cœur d'or. Mère Ana de Jésus, avant de prendre le voile, avait elle aussi été jeune, avait elle aussi flirté.

Fine mouche et persuasive, Auta Rosa dictait la conduite à tenir. Aruza écoutait ses conseils diaboliques, fascinée.

7

Dans la solitude de Tocaia Grande, Fadul Abdala dépucela Aruza Skaf un nombre incalculable de fois, avec douceur ou brutalité, patiemment ou fiévreusement, en rêve ou tout éveillé.

Seul dans son lit ou montant une fille du hameau, Fadul la posséda, insatiable. La chose dura près de deux mois : le laps de temps qui s'écoula entre le voyage à Ilhéus, les chimères dans la tête, les charmes de la normalienne dans les yeux, le cœur et le reste, et la nouvelle apportée par le colonel Robustiano de Araujo. Certaines nuits, il la posséda et la déflora trois et quatre fois de suite.

Redoutant de l'effrayer ou de la choquer, Fadul faisait tout pour se montrer délicat et attentionné dans les préliminaires, en lui retirant l'uniforme blanc et bleu. Caresses craintives, baisers furtifs sur les épaules et la nuque, attouchement prudent s'insinuant à la découverte de trésors bien gardés : plaisir digne des dieux. Peu à peu, la pucelle s'abandonnait, la pudeur se muait en désir, Aruza consentait aux avances de Fadul, se laissait dévêtir.

Son corps nu allongé sur la maigre paillasse, sous la couverture de cotonnade, dans la puanteur des punaises, Aruza se donnait, dans l'isolement de Tocaia Grande. Seins généreux, propres à satisfaire une main d'homme, croupe puissante, hanches de poulinière, et l'écrin magnifique. Tout exactement conforme au goût et à l'appétit dévorant du Grand Turc. Dieu l'avait enfin pris en pitié.

Les positions pouvaient changer — il les essaya toutes —, le moment, le lieu, le rythme de l'assaut varier, le bijou d'Aruza n'était jamais le même. A l'instant crucial, Fadul entendait le cri, inéluctable comme le sang : cri et sang de Siroca. L'espace d'une seconde, brève mais atroce, Aruza était la petite Siroca se livrant sans défense au fond de la brousse à la force et à la rouerie du colporteur.

Il prenait et reprenait son pucelage intact, cueillait encore et encore la fleur convoitée. La fleur d'Aruza, la fleur toujours recommencée, toujours close, et belle, et chaude, et changeante au gré de la fantaisie. Tantôt garnie d'une épaisse toison, tantôt d'un tout léger duvet. Elle s'offrit, rose épanouie dans sa plénitude. Se cacha, timide bouton, dans les cuisses fermées. Le bourgeon pointait avec arrogance ou, craintif, se dissimulait.

Ce fut la chatte de Bernarda, celle de Dalida, de la petite Cotinha, de l'énorme Marieta Quinze-Arrobas, la chatte si chouette de Coroca, tant et tant d'autres, pures et sans tache. Ce fut le bijou inaccessible de Zezinha do Butiá, un gouffre. Seul le cri ne changea jamais, resta le lamento fatal, de douleur et de perdition, de la gamine Siroca.

Fadul Abdala s'éveillait avec de grands cernes aux yeux de tant savourer de délices. Il lui arriva de commencer à déshabiller et étreindre la jeune vierge en dormant, et de finir de la posséder éveillé, les yeux ouverts. A Tocaia Grande, plus de deux mois durant, le pucelage d'Aruza Skaf fut aussi l'énorme main rugueuse du Turc.

8

Les rêves, parfois, n'étaient pas seulement plaisir et jouissance, volupté d'un dépucelage. Trois personnages vinrent troubler les noces effrénées auxquelles se livra l'Arabe nuit après nuit, paillard vorace, insatiable étalon.

Comme on le sait, Aruza renouvelait, lorsqu'il la pénétrait, le cri de Siroca ; et c'était le sang de la petite métisse que Fadul sentait lui poisser les doigts. L'affaire remontait à ses débuts de marchand ambulant : pour obtenir le consentement de Siroca, il avait prodigué les cadeaux, promis monts et merveilles, et avait encore dû faire usage de ses mains pour la forcer à ouvrir les cuisses. Plus tard, il apprit qu'à la suite d'une tentative d'avortement Siroca était morte à Macuco, où elle avait échoué dans la prostitution. Des choses qui arrivent.

Certaines nuits, au moment précis où Fadul allait prendre le pucelage de la fiancée, Zezinha do Butiá, impudique et railleuse, apparaissait tout à coup dans son lit sans avoir été invitée. Tu t'imagines que tu vas t'offrir l'honneur d'une demoiselle, un berlingue en bon état, espèce d'idiot de Turc, grand couillon ? Elle montrait avec le doigt, et il voyait le trou grand ouvert, la déchirure béante : par là était déjà passé, à coup sûr, un licencié à la noix, beau parleur, qui sifflait « La Marche turque ». Au lieu d'une virginité immaculée, une paire de cornes.

Pourquoi Jamil Skaf lui proposait-il gracieusement la main de sa fille unique, la succursale de « La Préférence » à Itabuna, une association au magasin de meubles, la fortune tout de suite et sans effort ? Il fallait un motif grave, lequel donc ? Zezinha do Butiá lui riait au nez : tu vas couvrir de ta grande carcasse et de ton ambition le déshonneur de la fille, pauvre abruti de Turc, crétin, vendu. Pour de l'argent, tu ferais n'importe quoi, tu crois que j' le sais pas ?

Un beau jour, alors qu'il essayait désespérément de chasser Zezinha aux premières lueurs de l'aube, il se réveilla juste à temps pour reconnaître dans la clarté diffuse du jour naissant une belle *jararaca* verte à ventre rouge, le mortel serpent-épée, qui glissait au pied de son lit. Après l'avoir tuée, il resta un moment à réfléchir: Zezinha do Butiá était venue lui sauver la vie. Seulement cela ? Ou l'empêcher de se fourrer dans un guêpier, de se retrouver sans y avoir pensé en tête de la procession de saint Cornélius par les rues de la ville? Trop tard pour regretter et prendre les jambes à son cou.

De même, le Seigneur Dieu des maronites apparaissait, au milieu des éclairs, chevauchant les nuages noirs, par des nuits d'orage, pour réclamer l'exécution du contrat. Par des sentiers déserts il avait traversé la forêt pour conduire Fadul Abdala par la main jusqu'au lieu où devait s'accomplir sa destinée: gagner honnêtement son argent par le travail et la peine, s'enrichir sans avoir besoin de devenir un associé subalterne, l'homme de paille d'un gros richard, le mari d'une femme sujette à cancans.

Le serpent-épée vert. La fatigue de la nuit, le réveil des muletiers, la solitude. Rester ici, Seigneur, à trimer, à souffrir mille morts? A Ilhéus m'attendent table garnie et couche molle, vie facile et la belle des belles, pucelage de bégum, de princesse musulmane.

Immense nuée dans l'étendue des cieux, le Dieu des maronites se dissolvait en ondées aux premières lueurs de l'aube, laissant le Libanais tout seul en proie aux vierges et aux incertitudes.

9

Quand, après avoir tout retourné dans sa tête, pesé le pour et le contre, Fadul eut décidé de retourner à Ilhéus pour mener à bien le projet matrimonial proposé par Jamil Skaf, voilà que le colonel Robustiano de Araujo vint à passer par Tocaia Grande en se rendant à la fazenda Santa Mariana. Après un long entretien avec le vieux

Gerino, chef des vigiles qui gardaient le dépôt de cacao sec, il arrêta sa monture devant le magasin de Fadul. Il venait d'Ilhéus et lui apportait un message de l'ami Alvaro Faria, ce désinvolte bon vivant qui, dans les bars, les tripots, les boîtes de nuit, commentait l'actualité locale avec le mordant qui lui était propre. Il avait demandé au colonel de rapporter sans faute à Fadul les détails des noces de la jeune Aruza Skaf.

Qui ça? La fille de Jamil Skaf? Mariée sans crier gare, alors que deux mois plus tôt elle n'était même pas fiancée? Le colonel Robustiano de Araujo arrondit ses deux mains devant son ventre d'un geste expressif.

Enceinte? Si elle ne l'était pas, elle aurait dû l'être, d'après ce que murmuraient les mauvaises langues. Aruza et le Dr Epitacio Nascimento, avocat sans causes, avaient affronté les larmes de dona Jordana et la fureur de Jamil et avoué le faux pas, résultat d'un amour désespéré. Le jeune homme était arrivé peu de temps auparavant par un navire de la compagnie Bahiana, bien disposé à faire une carrière rapide: c'était bien parti.

Jérémiades et récriminations ne pouvant rien arranger, Jamil Skaf, esprit pratique, avait pressé le mariage pour que sa fille pût exhiber à l'autel voile et guirlande, virginales fleurs d'oranger. A vouloir attendre, le ventre risquait de s'arrondir car, comme le répéta en riant le colonel, ils avaient déjà fait le nécessaire. Demoiselle d'honneur, en compagnie de Belinha, Auta Rosa radieuse, reçut le bouquet lancé par la jeune mariée.

Fadul écouta, ne fit pas de commentaires. Il garda les invectives pour plus tard, quand la monture du colonel eut disparu sur la route: Kâss-am-abuk-charmuta! Plus jamais il ne rêva d'Aruza, plus jamais ne la dépucela. Zezinha do Butiá retrouva sa place de souveraine absolue dans l'immense lit durant les nuits solitaires de Tocaia Grande.

Jussara Ramos Rabat, veuve et héritière de Kalil Rabat, se rend à Tocaia Grande

1

Fadul Abdala fit la connaissance de Jussara Ramos Rabat, veuve et héritière de Kalil Rabat, à la foire de Taquaras, alors qu'il négociait l'achat de deux mulets nécessaires au transport de marchandises à Tocaia Grande et aussi pour lui servir de montures. Après avoir choisi les animaux avec le plus grand soin, en examinant dents et pattes comme le lui avait recommandé le capitaine Natario da Fonseca, il s'abandonna au plaisir du marchandage pour discuter le prix avec Manuel da Lapa, dénonçant des défauts imaginaires, mettant en doute des qualités évidentes.

— Ayez pitié de moi, m'sieu Fadu, arrondissez la somme, au moins.

— Pas un sou de plus.

Jussara était ce qu'on appelle un beau brin de femme, une de ces créatures à faire tourner la tête à n'importe quel enfant du bon Dieu : cabocla cuivrée, une carnation à laquelle le soleil donnait tout son éclat. A la voir venir vers lui au milieu des juments et des ânes, et le regarder avec insistance, Fadul se troubla, et la transaction faillit tomber à l'eau ; subitement ahuri, il se trouva incapable de la moindre réaction. Sentant le danger, Manuel da Lapa se résolut à accepter le prix proposé pour ne pas voir l'affaire dans le lac.

— C'est bien à Fadul Abdala que j'ai l'honneur? commença-t-elle par demander, avec tout de suite un rire fier et hardi, qui tintait comme un grelot.

Les yeux brillaient, contrastant avec la voix chaude et mourante qui chuchotait les mots comme si Jussara avait été sur le point de s'évanouir: languissante et pâmée, la sensualité en personne à la foire de Taquaras. Sans la connaître, en la rencontrant et en l'entendant pour la première fois on se sentait tout de suite prêt à la défendre contre pièges, tromperies et trahisons. Fadul ne la connaissait pas, ne l'avait jamais vue.

Non sans effort, le Turc réussit à ôter son chapeau pour la saluer avec déférence et courtoisie. Et, tout aussitôt, il la déshabilla du regard de la tête aux pieds, essayant à la dérobée de deviner ce qui se cachait sous ses vêtements. Jussara affichait aux quatre vents son état de veuve, moirages noirs de la jupe d'amazone, chemisier de soie, châle enveloppant la chevelure pour la protéger de la poussière. Elle était en grand deuil, mais dans les yeux de braise, sur les lèvres carminées, il n'y avait pas la moindre trace de larmes, le moindre vestige de chagrin. Si elle avait jamais pleuré un instant le défunt, elle ne le regrettait certainement plus: resplendissante de vie, elle respirait la langueur et le plaisir, irradiait au soleil du champ de foire comme une promesse et une invite. A la main, une cravache à manche d'argent; la bouche, aux lèvres pleines, s'entrouvrait sur des dents éblouissantes de blancheur, impeccables, des dents faites pour mordre.

— J'ai beaucoup entendu parler de vous. — Elle ne dit ni par qui ni ce qu'on lui avait dit, comme si l'affirmation cachait quelque secret. — Je m'appelle Jussara. Vous connaissiez Kalil Rabat, le propriétaire du « Magasin oriental »?

En la dévisageant, Fadul découvrit sous le châle à ramages une rose couleur de sang piquée derrière l'oreille et cette découverte le transporta. D'où venait-elle, cette cabocla? Des profondeurs de la forêt où luttaient encore des Indiens plus ou moins métissés, ou d'un campement de nomades gitans? Combien de sangs avaient dû se mélanger pour produire ce mystère, aboutir à cette fascination?

— Je l'ai connu. De vue, plutôt. J'ai appris qu'il était mort.

— Je suis sa veuve. Je n'entends rien au commerce. Pauvre de moi!

Elle tendit la cravache, effleura la poitrine du géant, tout à la fois insolente et soumise:

— Quand vous passerez à Itabuna, venez donc me voir. Je vous montrerai la boutique. Je cherche quelqu'un pour m'aider: personne ne prend au sérieux une pauvre veuve qui veut s'occuper d'affaires. Ah! pauvre de moi!

Elle lui tourna le dos, se dirigea vers le valet d'écurie qui l'attendait en tenant par la bride un cheval marqué en tête. Avant d'arriver à sa monture, Jussara rajusta son châle d'un geste soudain, laissant ses cheveux noirs — plus noirs que la jupe d'amazone, le chemisier, les dentelles et les volants — flotter librement sur ses épaules: ils descendaient jusqu'à la taille. Fadul, la bouche sèche, écarquilla les yeux. Aidée par le valet, Jussara mit le pied à l'étrier, se hissa en selle, s'installa. Tourna la tête vers le Turc, fit un signe d'adieu. La minute suivante, elle n'était plus là.

Manuel da Lapa tendit la main pour recevoir le paiement des deux bêtes et dit:

— De toute beauté, m'sieu Fadu! Quel morceau!

Monté sur l'un des mulets, tirant l'autre, Fadul reprit la direction de Tocaia Grande: pauvre malheureux! En exil, relégué au fin fond du trou du cul de la terre.

2

Durant les quinze jours qui suivirent la rencontre à la foire de Taquaras, Jussara Ramos Rabat, veuve et héritière, perturba les heures de loisir de Fadul Abdala. A quelles intentions cachées correspondaient gestes et paroles, regards insistants, inflexions langoureuses?

Sous le chemisier à broderies et festons, fermé au ras du cou comme l'exigent la modestie et la pudeur, sous la longue jupe ample d'amazone, le Turc devinait malgré tout de riches tétons, des seins gonflés comme il les aimait, bons à tenir en main, la courbe voluptueuse des hanches, la plaine du ventre cuivré et la colline moussue, bouche d'effroi, cri d'exigence. Il dépouillait Jussara de la jupe et du chemisier, des innombrables fanfreluches, inutiles affûtiaux, et la voyait nue au milieu des animaux dans le brouhaha de la foire: aucune jument n'avait cette fierté d'allure. Elle excitait son désir et son appétit au point qu'il n'arriva pas à la posséder en rêve, alors qu'en s'endormant il n'avait qu'elle en tête, sa lascivité sans égale, son incomparable distinction.

Pauvre de moi, avait dit et répété Jussara, se plaignant amèrement de son état de veuve et du commerce, deux graves problèmes: que cherchait-elle avec cette litanie? Dans quelle intention l'avait-elle invité à venir la voir à Itabuna? Pour lui offrir un emploi au comptoir du « Magasin oriental », lui proposer peut-être une participation, modeste, aux bénéfices? Travailler pour autrui ne le tentait guère, il préférait se donner du mal sans relâche mais pour lui seul, durant les soirées et dès le lever du jour à Tocaia Grande, sans avoir de comptes à rendre à personne, en restant son maître.

Ou bien alors, veuve et jeune, peut-être cherchait-elle un mari qui s'occupât d'elle et du commerce de tissus? Jeune, riche et si belle, il devait y avoir dans la ville d'Itabuna, dans le port d'Ilhéus, des files de candidats pour se traîner à ses pieds; pourquoi diable lui faudrait-il courir après un tenancier de bistrot à la foire de Taquaras, au milieu de mules et de bourricots, alors qu'elle pouvait choisir entre des fazendeiros, des négociants, des gens de loi, des universitaires? Très certainement, tout ce qu'elle voulait, c'était un commis digne de confiance. Eh bien! ce ne serait pas lui.

Il faut que cela soit dit et entendu une bonne fois, il ne se laissa pas vraiment aveugler par les perspectives qu'ouvraient la rencontre inattendue, la conversation brève et peu précise. Il rejetait les possibilités mesquines — emploi de vendeur, intéressement à l'affaire — et, d'un autre côté, celles qui étaient attrayantes lui apparaissaient comme des mirages inaccessibles. Lui, Fadul, n'était rien de plus qu'un Arabe solitaire à la tête chaude, qui s'enflammait pour tout et rien et voyait un incendie là où il n'y avait qu'un feu de paille. Mari de Jussara, patron du « Magasin oriental » ! Balivernes tout juste bonnes à tuer le temps pendant les après-midi vides de Tocaia Grande. De toute façon, il lui ferait une visite à Itabuna quand il passerait par là. Au moins pour la revoir, pour savourer des yeux ce régal de femme : une beauté, un sacré morceau, comme l'avait bien dit Manuel da Lapa.

Il s'endormait en pensant à elle et certaines nuits, mais rarement, il lui fit quand même quelques avances, quelques papouilles, mais jamais rien de plus ; la cabocla s'arrachait à ses bras : pudique, vertueuse, elle s'échappait du rêve. Quand Fadul comprenait, il reprenait l'éternel jeu de poursuite après Zezinha do Butiá, qui le provoquait en s'offrant et en s'enfuyant hors du lit. Jamais il ne parvint à mettre le fer au feu pour vérifier la chaleur du brasier dont les étincelles pailletaient les yeux ardents de Jussara. De veuve si décente et réservée, il n'en avait jamais vu.

3

Assis sur le seuil de la porte, il songeait à Jussara, vague chimère dans la fumée de narguilé, quand il la vit en chair et en os descendre de cheval et confier la bride au valet. Fadul revenait du bain à la rivière, la chaleur lourde pesait sur la nuque et sur les reins. Dans l'intense lumière du début d'après-midi, Tocaia Grande somnolait dans une torpeur silencieuse.

C'était arrivé si brusquement que Fadul n'éprouva ni surprise ni émerveillement, comme s'il assistait à la chose la plus naturelle du monde. Au point qu'il cessa d'observer Jussara pour accompagner du regard le valet d'écurie, un jeune mulâtre propre et bien mis, qui montait un mulet de selle et menait le cheval à l'ombre des arbres. Mais il se rendit compte subitement de l'insolite de la situation et, se frottant les yeux, dévisagea la cabocla qui venait dans sa direction. A peine eut-il le temps de se lever pour l'accueillir.

— Pourquoi n'êtes-vous pas venu me voir à Itabuna ? Je vous ai attendu en vain.

— Je ne suis pas encore allé là-bas. — Il avait du mal à se reprendre.

— Comme je ne vous ai pas vu, c'est moi qui suis venue, pauvre de moi.

Elle parcourut des yeux les environs :

— Quel triste endroit ! Qu'est-ce que vous faites dans ce trou ?

Elle hocha la tête, d'un air désapprobateur. Les cheveux étaient nattés et relevés en chignon, maintenu par un beau peigne d'écaille. Avant que le Turc ne répondît, elle enchaîna :

— Vous allez rester planté là ? Vous ne m'invitez pas à entrer ? Vous ne m'offrez rien à boire ? — Et elle entra.

Elle s'arrêta contre le comptoir, examina les articles en montre, peu nombreux et plutôt minables, hocha de nouveau la tête d'un air dégoûté, mais sans faire de commentaires.

Encore éberlué, Fadul l'accompagna. Dieu du ciel ! C'était vrai, ou est-ce que le soleil lui avait tapé sur le ciboulot pour lui faire voir des fantômes en plein jour ? Ne sachant que lui offrir — il n'avait rien qui fût digne d'elle —, il demanda :

— Qu'est-ce que vous prenez ?

— Je veux bien une gorgée d'eau, de la gargoulette. — Jussara montra la cruche sur l'appui de la fenêtre.

Elle fit le tour du comptoir, pénétra à l'intérieur de l'habitation, en jetant un coup d'œil sur la disposition des pièces, franchit l'entrée de la chambre à coucher :

— J'aime bien les grands lits, mais de cette dimension, je n'en avais jamais vu.

— Faut que je puisse y tenir, dit Fadul avec orgueil, en lui remettant le gobelet d'eau fraîche.

Jussara but à petites gorgées en claquant la langue, comme si elle dégustait un vin précieux, sans cesser de dévisager le Turc avec l'air de prendre sa mesure et d'être satisfaite de l'examen, les lèvres humides entrouvertes, les yeux embués :

— Il en tiendrait deux comme vous, et il y aurait encore de la place.

Elle eut un petit rire lourd de sous-entendus, lui rendit le gobelet :

— Merci. Quand vous irez à Itabuna, n'oubliez pas de passer me voir, que je vous montre le magasin. Je ne suis pas capable de m'en occuper toute seule, je n'y arrive pas.

Elle répétait ce qu'elle avait dit à la foire de Taquaras : elle lui offrait un emploi de vendeur ou, qui sait, peut-être sa main ?

— Quand est-ce que vous venez par là-bas ?

Sa voix se fit plus douce, devint tout miel ; elle ajouta, et c'était presque une prière :

— Ne tardez pas, venez dès que possible. Je ne peux pas attendre toute ma vie. Pauvre de moi.

Elle fit demi-tour, prête à sortir de la chambre et à quitter Tocaia Grande. Le Turc tressaillit :

— Vous partez déjà ?

— Qu'est-ce que je ferais de plus ici ? Je suis juste passée vous voir.

Les yeux de Fadul s'assombrirent sous l'effet du désir fiévreux qui montait. Sans même se donner la peine de fermer la porte, il avança vers Jussara et la prit dans ses bras. Elle ne se déroba pas, ne le repoussa pas, dit seulement, de cette voix mourante de quelqu'un qui a besoin d'appui et de protection :

— N'abusez pas, je vous en prie, ayez pitié de moi. Je suis veuve, il faut que je me remarie. Si je perds la tête, qu'est-ce qui va se passer? Pauvre de moi! je n'ai même pas le droit d'aimer...

Fadul ne répondit pas, garda le silence: la discussion pouvait attendre, lui non. Il était dans tous ses états, les yeux complètement brouillés, depuis qu'il sentait frémir le corps de la jeune femme. Il arracha le chemisier, le soutien-gorge — ah! ces seins opulents, bons à prendre dans les mains! Jussara gémit doucement. Fadul lui ôta sa jupe, les jupons, déchira les dentelles de la culotte serrée aux genoux par des rubans: la culotte elle aussi était noire.

Il renversa cette beauté, ce sacré morceau de femme, sur le matelas de paille et de punaises, vêtue seulement de ses grandes bottes de cheval. Fadul ne perdit pas de temps à se déshabiller: il ouvrit sa braguette, libérant la matraque, douloureuse à force de tension et d'impatience. Et se jeta sur Jussara.

Le chignon se défit au sommet de la tête, les cheveux libérés s'épandirent, drap de satin noir qui recouvrit la couche. Humide et goulue, la bouche du monde accueillit le sceptre du cacique libanais; la fête dura jusqu'au soir.

4

— Ah! Mon Dieu! qu'est-ce que j'ai fait? faut-il donc être bête! Pauvre veuve écervelée! Je venais chercher un mari et j'ai trouvé le déshonneur. Ah là là! Pauvre de moi!

En larmes, elle regarda le Turc allongé sur elle, qui lui écrasait les seins et les cuisses, quand ils revinrent, haletants, de la première traversée du désert et de l'océan. Avant qu'il ne lui ôtât ses bottes, se déshabillât lui-même et ne finît par fermer la porte. Jussara parlait d'abondance, soulignant ses propos de pleurs contrits, s'accusant et se lamentant, plainte déchirante:

— Maintenant que tu as obtenu ce que tu désirais, tu

peux bien te moquer de moi, me mépriser, me traiter de rien-du-tout, me jeter dehors. C'est ma faute, j'étais bien tranquille à Itabuna, qu'est-ce que je suis venue faire ici ? Me perdre, alors que j'ai besoin d'un mari pour veiller sur moi et s'occuper du magasin. Maudit le jour où je t'ai vu à Taquaras et perdu la tête. Je suis devenue folle, complètement tourneboulée, c'est plus fort que moi. Je n'ai pas eu la force de résister, je suis perdue. Perdue, malheureuse !

Elle ne cessa pas de s'accuser ainsi cependant que l'homme se levait du lit, fermait la porte et se déshabillait : nu, il paraissait encore plus grand et plus fort. Du lit, étendue de tout son long, elle le regardait en coulisse, quel mari ! Travailleur et ambitieux, vaniteux et naïf, pareil à Kalil Rabat, cet imbécile heureux qui était fait pour la corde au cou et la ramure au front. Avec l'avantage de la taille, de la belle allure, et de ce manche de pioche. Jussara venait à lui les mains pleines : l'éclat du visage, la séduction du corps, la grosse fortune, le magasin de tissus le mieux assorti d'Itabuna, l'insolence et la sensualité, le tempérament de feu. Que pouvait désirer de mieux un rustaud d'épicier perdu au fin fond de la brousse ?

Comme le moment ne lui semblait pas particulièrement bien choisi pour débattre de l'honneur perdu de la veuve et des moyens propres à le réparer, le Turc écoutait en silence l'interminable jérémiade, non sans impatience. Jussara ne l'interrompit même pas au moment où il la délivra de ses bottes, heureuse idée. Pathétique, elle assuma la responsabilité de l'erreur fatale :

— C'est ma faute, je n'ai pas fui à temps. Ça m'est égal, tout est fini.

Avant qu'elle ne décidât brusquement de mettre fin au festival à peine commencé, Fadul se recoucha à côté de la cabocla et, de sa main énorme et délicate, lui caressa les seins en les pressant tout doucement ; lui flatta le fessier en le pinçant légèrement, fit glisser ses doigts dans la raie. Jussara frémit et soupira, se pelotonna sur la poitrine velouteuse, sentit la matraque contre ses cuisses, poursuivit, défaillante :

— Tu as abusé de moi et je t'ai laissé faire, maintenant tu penses que je suis une mauvaise femme, comment pourras-tu vouloir m'épouser?

Elle haussa le ton pour affirmer d'une voix claire et précise ;

— Je te jure, sur la tête de ma pauvre mère, que c'est la première fois de ma vie que j'ai fauté. Je n'ai jamais eu d'autre homme que mon mari. J'ai perdu la tête, pauvre de moi !

Les jambes nues se croisèrent, les cuisses de Jussara s'entrouvrirent et la voix défaillit de nouveau ;

— J'ai perdu mon honneur... Je suis entre tes mains... — Elle caressa le visage de Fadul, sa voix prit une douceur de miel pour confesser : — Mais je ne regrette rien, pourtant, grand méchant ! Tu m'as rendue aveugle, tu m'as enjôlée !

Même déshonorée je ne regrette rien — des mots doux à entendre : de quoi gonfler la poitrine, enflammer le cœur, incendier les roupettes d'un mâle champion du pucier. En dépit de la prudence qui lui était coutumière en matière si délicate et de telle conséquence, Fadul se décida à promettre ; quant à tenir, c'était à voir, après examen et mise au clair de certains détails :

— Ne t'inquiète pas. Un de ces jours, je vais à Itabuna et on pourra discuter et prendre une décision. Ne te fais pas de souci pour le magasin.

— C'est vrai ? Tu vas t'en occuper ? Prendre soin de moi ?

— T'en fais pas. — Il ne dit rien de plus.

5

Elle était venue en quête de mari, Fadul s'en convainquit à l'entendre se désespérer. Un mari qui mît fin à l'état inconfortable de veuve et prît en main l'affaire commerciale pour assurer sa bonne marche. Pour le conquérir, elle jouait gros jeu, misait son corps et son honneur. Pure rouerie, ou sainte innocence? Droiture ou mauvaise foi? Passion dévorante ou traquenard prémédité?

Défaillante, Jussara, pleine de noblesse et de romantisme, jurait que c'était le coup de foudre :

— Je suis venue parce que du jour où je t'ai vu à la foire je n'ai plus eu ma tête à moi, je n'ai plus su que penser à toi, j'étais comme ensorcelée. Maintenant mon sort est entre tes mains, pour que tu me rendes heureuse ou que tu fasses à jamais ma perte.

Elle posa encore la question :

— Tu vas vouloir de moi ou bien me rejeter?

Le moment n'était pas favorable à la réflexion, ne se prêtait guère à éclaircir doutes, soupçons, incertitudes, encore moins à prendre des engagements. Au lieu de répondre à l'interrogation anxieuse, il la prit entre ses bras, ne pouvant attendre une minute de plus. Elle lui donna sa bouche, ses lèvres charnues, pulpeuses, langue indiscrète, dents faites pour mordre : il la parcourut, la traversa.

Etait-ce une réponse positive que cette faim désespérée, cette possession démente? Oui, sans doute ; comment, en effet, Fadul pourrait-il vivre désormais sans le souffle, la sueur, le parfum, le vertige de Jussara? Les corps soudés, confondus, parcoururent les sables du désert, fendirent les flots de l'océan, parvinrent au bout du monde dans l'ardeur du désir et du plaisir, deux forces, deux puissances, l'étalon sauvage, la poulinière en rut.

Quand, à la fin de l'après-midi, Jussara refit son chignon et remonta à cheval, le cheval marqué en tête amené par le valet d'écurie — un jeune mulâtre maniéré et parfumé — Fadul, finalement, promit en lui donnant un baiser d'adieu :

— Dans quelques jours on réglera tout, à Itabuna.

Avant de partir, Jussara avait mis son dernier atout sur la table, ou pour mieux dire sur le lit. Tout en remettant ce qui restait de la culotte à dentelle, les jupons et le bustier, la jupe et le chemisier noirs d'honnête veuve inconsolable, elle avertit que ce qui venait de se passer ne se reproduirait plus jamais : qui voudrait coucher avec elle pour jouer au jeu plaisant et dangereux de la bête à deux dos — ainsi s'exprimait-elle pudiquement, les yeux baissés — devrait auparavant la conduire devant le curé et l'officier d'état civil. Elle ne pouvait s'exposer, encourir les bavardages, en faisant porter des cornes à un défunt : n'ayant point cocufié Kalil Rabat de son vivant, elle s'estimait en devoir de respecter sa mémoire et elle éprouvait le besoin de procéder de cette façon pour ne pas donner prise aux médisances. Jamais elle n'avait connu d'autre homme que son mari, Fadul avait été le premier et le dernier, et pour une seule et unique fois quand, folle de passion, elle avait perdu la tête et s'était donnée à lui. Non, cela n'arriverait plus ! Au lit une autre fois, fût-ce dans ses bras à lui qu'elle aimait, ou avec n'importe quel autre homme, travailleur et correct, qui lui proposerait le mariage — et il y en aurait sûrement —, en aucun cas avant signature des actes, comme cela venait de se passer : seulement après. Epouse, oui, maîtresse, non. Ah ! Malheureuse que je suis, pauvre de moi !

Et elle piqua des deux, suivie du déluré, pressée d'arriver à Itabuna et de répandre la bonne nouvelle. Fadul n'avait peut-être pas pris explicitement d'engagement catégorique, mais Jussara savait lire entre les lignes, découvrir les intentions dans les inflexions de voix et ne doutait pas que le Turc se précipiterait dans son sillage. Elle lui avait laissé dans la peau, dans la bouche, la poitrine, la trique, son goût inoubliable, dorénavant indispensable : le pauvre homme ne pourrait plus vivre sans la posséder. Elle n'en doutait pas un instant, pouvait déjà retenir le curé et le magistrat.

Sur Fadul Abdala, fiancé à portée de main, elle avait obtenu antérieurement, au cours d'une conversation à bâtons rompus avec une amie d'enfance, deux renseignements précis : d'une part, ardeur au travail et aptitudes commerciales inégalables ; d'autre part, un manche de pioche auquel nul autre ne se pouvait comparer. Elle venait de vérifier l'exactitude de ces références. Pour faire de l'argent dans un trou minable comme Tocaia Grande, il fallait avoir le génie des affaires. Quant à la matraque, la veuve l'avait empoignée à deux mains, en avait pris la mesure dans sa propre chair, Dieu soit loué !

Le soleil n'avait pas encore disparu dans les eaux de la rivière quand Jussara se perdit dans la direction de Taquaras, bien avant l'arrivée du premier convoi de mulets. Personne ne l'avait vue, ni à l'aller ni au retour. Sauf Coroca qui, venue acheter du pétrole, remarqua :

— Vous avez fait venir une fille d'Itabuna, m'sieu Fadu ?

6

Par une tranquille fin d'après-midi dans la jeune et active cité d'Itabuna, après avoir déposé son sac de voyage dans la chambre de Zezinha do Butiá à l'accueillante pension de Xandu, et s'être baigné au baquet — Zezinha avait fait chauffer l'eau dans une bouilloire et lui avait frotté le dos avec une éponge végétale et une savonnette parfumée, merveilles de la civilisation ! —, Fadul Abdala se disposait, selon l'expression galante de la belle, à donner la becquée à la colombe.

— Oh ! La petite colombe qu'il a, je m' rappelais déjà plus comment qu'elle était.

Colombe de taille ! Impériale ! Tout en jouant avec l'oiseau en question. Zezinha do Butiá, nostalgique, fredonna une romantique chansonnette du Sergipe :

Colombe, petite colombe,
Amour de mon cœur,
Viens faire ton nid
Au creux de ma fleur...

Dans la chambre, après le bain, la colombe repue, Fadul trouva Zezinha d'humeur morose et taciturne, comme tracassée par quelque contrariété. Probablement de mauvaises nouvelles de la famille restée au Sergipe. Elle entretenait une nombreuse parenté dans la ville de Lagarto, tout près de Butiá où elle était née : un père souffrant de paludisme et de tafia, toute une quantité de femmes décrépites et plus ou moins dérangées, mère, grand-mère, tantes, toutes à sa charge, les pauvres.

Fadul éprouva quelque surprise à voir l'élan impétueux avec lequel Zezinha se donnait à lui : défaillant dans ses bras, langoureuse, passionnée. On aurait dit qu'elle se livrait, amoureuse, pour la première fois, ou comme si c'eût été la dernière. Non qu'elle eût habituellement une attitude distante et froide ; bien au contraire, c'était une femme volcanique. Tous deux s'entendaient le mieux du monde et se plaisaient bien. Aucune autre ne satisfaisait Fadul aussi pleinement quant à l'ardeur et l'enthousiasme, et aussi par la pointe de tendresse et d'affection qu'elle laissait paraître jusque dans la fougue et l'emportement du jeu amoureux. C'est en quoi elle différait pour lui des autres filles qu'il connaissait et fréquentait. Sans qu'elle eût cette poitrine plantureuse et cette croupe puissante que le Grand Turc préférait manifestement, c'était pourtant elle qui lui manquait le plus, elle qu'il désirait le plus fiévreusement, c'était Zezinha qui hantait ses rêves d'exilé.

Il se plongeait en elle, oubliant les vicissitudes, heureux et détendu : le bijou de Zezinha do Butiá, un gouffre, mais aussi un havre de paix, un refuge sûr. Leur liaison durait depuis longtemps déjà, elle avait commencé alors qu'il faisait encore le colporteur et qu'elle était novice à Itabuna.

Quand il bâtissait des châteaux en Espagne à Tocaia Grande, il se voyait millionnaire, gros richard nageant dans l'opulence, et son premier soin serait de retirer Zezinha de chez Xandu, de monter pour elle une maison et de la pourvoir de tout sans lésiner, confort, petits soins, luxe, domestique pour la servir, couturière pour l'habiller comme une reine. Il la voulait pour lui seul et personne d'autre, maîtresse entretenue en compagnie de qui il pourrait se délasser de la fatigue de ses multiples affaires, toutes florissantes, de l'ennui de la vie familiale — la famille n'étant pas un sujet sur lequel il s'attardait longuement : une épouse discrète et soumise, des enfants robustes.

Dans la pauvre chambre du bordel, le crépuscule entrait par l'œil-de-bœuf et se dissolvait en ombres sur les draps de coutil. Zezinha était différente, ce n'était plus la même. Il était arrivé quelque chose de grave, assez pour transformer sa vivacité habituelle. La bougresse ne lui décochait pas de quolibets en l'appelant Turc ceci, Turc cela, ne se moquait pas de lui, ne cherchait pas à le plumer en faisant valoir des dettes imaginaires, ne s'abandonnait pas à son rire insouciant. Ardente et impétueuse comme jamais, mais pleine de mélancolie, silencieuse, tourmentée par quelque chagrin secret. Soucis de famille, qu'est-ce que ce pouvait être d'autre ?

7

Les ombres se firent plus denses, c'était la fin de l'après-midi. S'arrachant à l'étreinte, Fadul sauta hors du lit tout essoufflé, craignant d'arriver en retard à sa rencontre avec Fuad Karan au café de Romulo Sampaio, où ce brave ami prodiguait tous les jours son érudition pour éclairer l'élite de la ville à l'heure sacrée de l'apéritif et du trictrac. Négligeant ses devoirs professionnels, Zezinha resta couchée sans venir l'aider :

— T'es en retard, non ?

— Pas mal. Faut que je fasse vite...

— Vas-y, cours, la fiancée pourrait n' pas attendre. Fais vite, avant qu'elle en trouve un autre et le mette dans son lit.

Drôle de phrase, voix insolente et railleuse. Surpris, méfiant, la puce à l'oreille, Fadul qui allait enfiler ses caleçons, s'arrêta :

— Fiancée? Qu'est-ce que c'est que cette histoire?

— Tu vas pas dire l' contraire. On parle que d' ça en ville...

— Ça quoi? Dis-le une bonne fois.

— Tout l' monde sait que t'as promis l' mariage à Jussa. Tu vas dire que c'est pas vrai?

Voilà que se confirmait la suspicion qui l'avait assailli: chausse-trape de la veuve qui avait transformé une promesse de visite, un vague début de liaison, en engagement formel. Jussa, diminutif de Jussara ; Zezinha lui lançait le petit nom familier en pleine figure: une insulte, une gifle. Retenant ses caleçons de la main, il demanda, pour être bien sûr:

— Jussa?

— Jussa pauvre-de-moi, ne m' dis pas que tu sais pas qui c'est... L'aut'jour, Fuad Karan était là, il m'a dit: « Tu sais pas, Zezinha, ton Fadul est devenu fou, il va épouser la veuve de Kalil Rabat. » J'en suis restée baba, j'y ai pas cru: « Ça s' peut pas, j'y crois pas. » Mais il a dit que c'était sûr, que t'allais être le nouveau roi... — Et elle se tut.

— Parle, bon Dieu! Accouche. Roi de quoi? — Il haussa le ton, contrarié de se voir dans de sales draps, en butte aux commentaires et aux commérages.

— Roi des cocus complaisants comme le pauvre Kalil, un brave homme qui est mort sous le poids de ses cornes.

Ça alors! Fadul ne s'attendait pas à pareille chose, n'était pas préparé à une révélation aussi brutale, un coup de massue en pleine tête: il écarquilla les yeux, resta bouche bée, la gorge sèche:

— Le défunt était cocu? Tu racontes pas d' blagues?

— Si tu m' crois pas, demande à Fuad, il est au courant. Demande à qui tu voudras. A Itabuna tout le monde connaît la réputation de Jussara.

Complètement brouillés, les yeux de Fadul revoyaient la cabocla en deuil, immaculée. Dans ses oreilles, la voix pleine de sensualité et de pudeur: c'est la première fois de ma vie que j'ai fauté, jamais je ne suis allée avec un autre homme que mon mari ; mais quand je t'ai vu, grand méchant, je n'ai pas eu la force de résister — que peut le sens de l'honneur contre la fatalité ? Jurant sur la tête de sa défunte mère tout en écartant les cuisses, la sale putain. Tout n'avait été que ruse, hypocrisie, saloperie : la chienne, la vache, la putain, la foutue putain de garce ! Comment avait-il pu y croire, lui qui se vantait d'être malin ? Orgueilleux, vaniteux, il avait bombé le torse : Fadul Abdala, étalon irrésistible. Et il avait accouru, langue pendante, comme elle l'avait prévu. Il éclata, en arabe :

— Allah ! Allah ! *Charmuta !*

— Toi, t'es aussi con que t'es grand. Tu vois une bonne femme bien roulée et une promesse de gros sous, ça y est, tu r'gardes plus rien, même pas la paire de cornes. — Elle dévisagea longuement le Turc confondu, stupéfait. — Ou c'est-y que t'es vraiment un zéro ? Que tu fermes les yeux pour pas voir ? C'est ce qu'on dit dans l' coin.

Colosse nu et désemparé, il avait un gros crapaud en travers de la gorge, n'arrivait pas à l'avaler. *Charmuta ! Arkut !* Fadul s'écroula sur le bord du lit, cherchant à reprendre le contrôle de sa voix, à dominer la colère et la honte :

— Qu'est-ce que c'est, qu'on dit dans l' coin ?

— Ça, tout juste... Que tu vas t' marier à cause du magasin, sans t'occuper du reste, en t' foutant de la réputation qu'elle a. Que tu vends ton âme pour le fric. Si tu t'imagines que Jussa va changer d' vie, tu sais pas ce que c'est qu'une bonne femme qu'a l' feu au cul, y a pas un homme qui peut l'éteindre.

Réduit à néant, Fadul était dans le trente-sixième dessous, tout au fond d'un puits, nageant dans la merde, vraie salope, *arkut* montré du doigt. Il secoua sa grosse tête :

— J' savais pas qu'elle était comme ça, j' vis dans la brousse.

— J' devrais m'en foutre, pas m'occuper d' ça, j'ai rien à y gagner, moi. Si j'étais futée, je m' tairais. Si tu t' maries avec elle, tu vas être plein aux as, tu peux m'installer, me tirer du ruisseau. Même que Fuad m'a félicitée, il a dit que tu vas être pourri de fric... — un sanglot involontaire échappa à Zezinha —... pourri, à puer la merde, c'est ça qu'il a dit, t'entends?

Une pause, pour essayer de retenir les pleurs, qui l'étouffaient:

— Si tu t' maries avec elle, j' veux plus jamais t' voir.

Elle se mit à pleurer, n'essaya plus de se retenir, d'arrêter les sanglots dans sa gorge, de résister: Zezinha do Butiá se couvrit le visage de ses mains, se laissa aller. Voyant briller les larmes sur ses joues, l'entendant sangloter à cause de lui, triste et indignée de le croire fiancé à Jussara, riche et cocu, Fadul retrouva courage et, délivré du dépit et de la mortification, se redressa, sortit indemne de la rage et de la honte.

Le bon Dieu des maronites était venu le secourir à temps. Peu importait désormais à Fadul que Jussara fût une honnête femme ou au contraire la plus foutue salope connue d'Itabuna, il ne songeait plus à l'épouser. Tout ce qui lui importait, sérieusement et exclusivement, c'étaient les larmes de Zezinha, ses pleurs convulsifs, le chagrin, l'amertume, la tristesse de la pauvre petite: signes d'amour.

— Alors c'est pour ça que tu étais embêtée? Pas une maladie ou une mort dans la famille?

— Tu crois que j'ai pas des sentiments?

La nuit était tombée tout à fait, grand manteau noir. Au salon, Xandu alluma un chandelier.

8

J'ai été tenté, c'est vrai — avoua Fadul en racontant à Zezinha do Butiá les péripéties de la courte et dangereuse hallucination qui, pour un peu, l'amenait à amarrer son destin à celui de Jussara Ramos Rabat, Jussa pauvre-de-moi : pour elle, mari et considération, pour lui le plus beau magasin de tissus d'Itabuna et le trône des cocus complaisants : Sa Majesté Fadul le complaisant. Il avait échappé à temps grâce au bon Dieu des maronites qui, pour le tirer d'affaire, avait une fois de plus eu recours aux bons offices de Zezinha, élevée à la condition d'ange gardien. Vu l'énormité du danger, elle ne s'était pas contentée de lui apparaître en rêve comme dans le cas d'Aruza, elle était venue en personne le sauver du déshonneur.

Zezinha en savait long et conta avec force détails les aventures de la veuve avant et après la mise au tombeau et les pleurs répandus sur les cornes. Avec noms à l'appui, toute une liste de bénéficiaires. Beaucoup d'entre eux étaient connus de lui, il serait donc facile, s'il le désirait, de vérifier l'authenticité des faits ; mais Fadul n'avait plus le moindre doute à éclaircir.

Plus tard, au cabaret, Fuad Karan avait ajouté de nouveaux éléments, rapporté des circonstances intéressantes, allongé le catalogue des conquêtes. Les personnages les plus divers se bousculaient dans la chronique torrentueuse de la cabocla. Personne ne pouvait reprocher à Jussara des préjugés en matière d'homme : quiconque portait pantalon et était capable de présenter les armes méritait son attention et, à la première occasion propice, était conduit à son lit. Fuad Karan, un érudit, avait tout résumé : Jussara souffre de fureur utérine, mon cher Fadul, il n'y a rien à faire. Le feu au cul, confirmait Zezinha, aucun mâle n'y suffit.

S'il est vrai que les amours de la jeune Aruza et du licencié en droit Epitacio do Nascimento pourraient donner matière à un récit hautement sentimental et quelque peu grivois, comme on l'a noté, le roman des dévergondages de Jussara exigerait un ouvrage copieux, digne de la plume de Boccace, selon l'opinion autorisée de Fuad Karan, dont le premier vice était la lecture, avant les femmes et le jeu. Livre divertissant et piquant, fait de sentiments faciles et de grasse paillardise, de mystifications et démystifications, auquel ne manqueraient pourtant pas d'émouvants épisodes, comme la pathétique tentative de suicide de Bebeto Passos, étudiant en vacances. Jussara appréciait le sexe masculin en général, mais révélait une préférence pour les tout jeunes gens, adorait les adolescents et ne pouvait se passer d'avoir près d'elle, constamment sous la main, un jeune valet d'écurie mis comme un page. *Kissimak!* — rugit Fadul en se souvenant du déluré qui l'accompagnait et Fuad partagea l'indignation, souscrivit à l'imprécation. De son temps, à lui Fuad, car il avait aussi vogué sur cette mer scabreuse, le page était une espèce de costaud insolent, un trou du cul qui faisait le malin. *Kissimak!* — maudirent-ils de concert.

Personnage secondaire que Jussara Ramos Rabat dans l'histoire de Tocaia Grande où elle passe à cheval et reste à peine quelques heures. La relation de ses innombrables aventures n'y trouve donc pas sa place : jeune demoiselle, femme mariée, veuve en quête d'un deuxième époux pour s'occuper du « Magasin oriental » et de l'enclos de bêtes à cornes, ah ! pauvre de moi ! Jussa pauvre-de-moi, consumée de fureur utérine, embrasée de feu au cul, un page sous la main, il s'en fallut d'un cheveu qu'elle ne devînt dona Jussara Ramos Abdala. Nous prenons congé d'elle une bonne fois pour toutes, mais non sans tristesse et regret : une beauté, un sacré morceau de femme, pour reprendre l'expression pertinente de Manuel da Lapa, expert ès juments, mules et ânesses.

Jussara, tentation dont se servit une fois encore le démon pour modifier le destin de Fadul et lui voler son âme en l'amenant à rompre l'engagement conclu avec le Seigneur. Alors, Fadul Abdala, pour une jolie femme et de l'argent facile tu vends ton âme au diable ! Que non pas ! Le bon Dieu des maronites était là pour veiller et déjouer le complot, avec pour émissaire et interprète Zezinha do Butiá, femme de mauvaise vie.

Fadul s'étonna que Zezinha fût si bien informée sur Jussara. Tout de même, il s'agissait en fin de compte d'une dame, veuve d'un honorable commerçant, cossue et de bonne famille, le dessus du panier, le gratin, alors que Zezinha était ce qu'on sait : une moins que rien. Et pourtant elle parlait de l'autre comme si elle la connaissait depuis toujours.

— Et alors ? Jussa est de Lagarto, on a grandi ensemble. Toute gamine, elle s'est tirée avec un voyageur de commerce. Je l'ai retrouvée ici, à Itabuna, mariée avec m'sieu Kalil, pour le faire cocu.

De tout ce qui était arrivé, le Turc avait gardé dans la bouche un goût amer qui l'empoisonnait : la cabocla l'avait berné, mystifié, l'avait exposé aux ricanements et aux railleries. Se contenter de rompre les prétendues fiançailles et de la laisser le bec dans l'eau ne lui donnait pas satisfaction, il sentait le besoin de lui témoigner tout son mépris. Il se souvint alors de la question posée par Coroca ce fameux après-midi de menteries et duperies : « Vous avez fait venir une fille d'Itabuna, m'sieu Fadu ? »

Il fit part à Zezinha de l'heureuse idée qui lui était venue : envoyer quelqu'un chez la veuve avec l'argent correspondant au prix habituel payé à une pute pour une couchée d'après-midi. Geste injurieux, qui lui purgeait l'âme. Zezinha approuva le plan, mais jugea la somme insuffisante, indigne d'un homme qui avait une réputation de générosité à l'égard des filles, inférieure à ce que méritait Jussara. La cabocla n'était pas une quelconque putain tenant chambre ouverte à un coin de rue. Elle avait eu de la chance, avait monté les échelons : étant veuve, elle avait donc été mariée, c'était de la fine fleur, la crème, avec femme de chambre et valet d'écurie à son service. Par-dessus le marché, elle s'était déplacée jusqu'à Tocaia Grande. Combien de fois Fadul l'avait-il tringlée au cours de l'après-midi ? Ça lui avait plu, oui ou non ? Une femme du tonnerre, un sacré morceau, le feu au cul.

Plus bas le salaire, plus fortes l'insulte et l'humiliation, argumenta le Turc, qui finit cependant par céder, car Zezinha ne se laissa pas convaincre ; elle voulait lui éviter de passer pour un radin, pour un micheton minable : tant qu'à payer, il fallait payer le tarif, et même un peu au-dessus. Fadul, sensible à cette éloquence démonstrative, se disposa finalement à envoyer le double de ce qu'empochaient les filles qu'il faisait venir d'Itabuna, eu égard au fait que Jussara était veuve et qu'elle n'exerçait pas le métier pour de l'argent.

Il voulut appeler Vadeco, le gamin qui faisait les courses et un peu tout chez Xandu, pour l'envoyer remettre l'argent en mains propres : m'sieu Fadul vous envoie ça en paiement. Zezinha s'en empara en riant :

— Gaspiller du fric pour Jussa, t'es pas bien ! C'est pareil que d' le j'ter par la fenêtre : elle va rigoler et en faire cadeau au larbin. Vaut mieux que j' le garde, j'en ai b'soin pour aider la famille.

Pendant une absence antérieure de Fadul Abdala, le fameux chef de bande Manezinho envahit Tocaia Grande

1

Il n'eut pas seulement à affronter des tentations du démon en rêvant tout éveillé, en souffrant le martyre dans son sommeil. Putes et demoiselles en chaleur s'offrant à ses étreintes, riche veuve, prétendues fiancées, magasins de tissus ou d'ameublement, promesses de fortune rapide, de joyeuse vie, fantaisies insensées ! Victime de la cruauté et de la convoitise humaines, il avait aussi dû faire face à d'autres épreuves, capables d'abattre et de mettre en fuite un individu moins opiniâtre. Avant de commencer à ramasser l'argent à la pelle, Fadul Abdala expia ses péchés à Tocaia Grande.

Autrefois, sa dure existence de colporteur le laissait du moins maître de son temps : il pouvait facilement s'attarder à Ilhéus et Itabuna, et bien en profiter. Conversations instructives avec Fuad Karan et Alvaro Faria, parties acharnées de dames et de tric-trac, jeux tentants et aventureux de poker et de canasta, boîtes de nuit — deux à Ilhéus, une à Itabuna —, maisons de prostitution, bref, les lumières de la civilisation. Tout ce qu'il faut pour la cervelle et pour la carcasse : Fadul satisfaisait les besoins de l'esprit et du corps.

Une clientèle de marchand ambulant ne connaît ni jour ni heure fixes, et se contente de surveiller la crécelle qui annonce l'arrivée du camelot, une fête. Mais le magasin, au début à peine plus qu'un bistrot, exigeait la présence permanente du patron pour offrir et servir, faire payer, encaisser, imposer le respect. Avec un établissement ouvert à tout le monde dans un hameau naissant, seul commerce existant pour les gens de passage, il ne pouvait plus se permettre la bonne vie du colportage : ramasser la marchandise, la charger sur son dos et s'en aller vendre par-ci par-là, où et quand bon lui semblait. Fadul, maintenant, n'avait plus le temps de respirer. S'éloigner de Tocaia Grande représentait un problème et un risque.

Il avait espacé les voyages, réduit les journées d'absence. Malgré tout, dans les débuts, il n'avait pas un instant de tranquillité quand il était à Ilhéus ou à Itabuna, le temps strictement nécessaire aux achats et aux paiements : acheter est un art, art de la filouterie et du marchandage, payer une science d'intérêts et d'échéances. Même les soirées, trop courtes pour la conversation, le jeu, le cabaret et les filles, étaient perturbées par le souci constant du magasin perdu dans la brousse sans garantie de sécurité. La chose s'était produite une fois à l'occasion de sa première absence, elle pouvait aussi bien se répéter — malgré la sollicitude de Coroca et l'ombre protectrice du capitaine Natario da Fonseca.

Il avait passé trois mois d'affilée sans sortir de Tocaia Grande après l'arrivée en grande fête du premier chargement amené à dos de mulet par un convoi qui revenait de Taquaras. Stock volumineux de marchandises diverses, de la viande séchée aux pantalons de grosse toile, du tafia aux bobines de fil, de la farine de manioc aux cartouches de fusil, une profusion de choses. Pour en acquérir une telle variété et une telle quantité, il avait dépensé toutes ses économies et s'était même endetté. Même modeste, une maison de commerce, à la fois alimentation générale et bazar, c'est autre chose qu'une malle de colporteur.

Tout le monde se précipita pour l'aider à décharger et ranger : hommes et femmes, le peu qui habitaient déjà là, et ceux qui se trouvaient à passer ; au total, une vingtaine de personnes en ce grand jour de l'inauguration. Fadul célébra la date par une demi-douzaine de pétards et une tournée gratis ; tout aussitôt, les ventes commencèrent.

C'est seulement quand le stock commença à s'épuiser qu'il décida de prendre quelques jours pour le reconstituer sur la place d'Ilhéus et celle d'Itabuna. Il avait acquis de l'expérience quant aux articles à acheter : ce qui se vendait le plus, les quantités exactes qu'il fallait, les marques préférées. Grande consommation de viande séchée, de tafia et de cassonade ; mais, sur la douzaine de pantalons de coutil, il n'en avait vendu que deux, et au rabais. En revanche, tous ceux de bougran étaient partis, et il en aurait fallu davantage.

Tard dans la nuit, bien enfermé pour n'être vu de personne, il recompta sous le lumignon la liasse de petits billets, sales, déchirés, recollés avec du savon. Il retira de son stock un grand foulard rouge et y mit les coupures comme il l'avait vu faire aux ouvriers agricoles du temps où il faisait le commerce ambulant. Noua les coins et accrocha le tout au fond de la poche droite de son pantalon avec une épingle de sûreté. Quant aux pièces de laiton et de nickel, une bonne quantité, il en fit de petites piles selon la valeur, les enroula dans des morceaux de papier et enferma ces rouleaux dans une bourse en cuir qu'il accrocherait à sa ceinture sous la chemise. Au long des pistes et des sentiers, des chemins et des routes, dans toute la vallée de la rivière aux Serpents, des bruits couraient, de bouche à oreille, sur la fortune du Turc Fadul : argent caché, bagues à brillants, pièces d'or. D'aucuns affirmaient avoir vu des livres sterling, scintillantes, qui éblouissaient les yeux. Jamais on n'eût pu supposer que le foulard et la bourse contenaient capital et bénéfices, son magot, tout ce qu'il possédait en dehors du reste de stock laissé en magasin.

Après avoir servi la clientèle du petit matin, il avait accroché, bien en vue sur la façade, une pancarte laborieusement dessinée en majuscules sur le couvercle d'une boîte de chaussures : Fermé pour cause d'absence. Bien fermées de l'intérieur, avec des barres de bois, les deux portes du magasin, et, à double tour, celle de derrière. Il mit son revolver dans sa ceinture et, de très bonne heure, profita de la compagnie de Zé Raimundo, qui conduisait un important convoi de la fazenda da Atalaia, pour agrémenter la route jusqu'à Taquaras, trois lieues et demie de bonne marche.

Coroca partait également avec eux, pour aller voir une commère qui exerçait aux abords de la gare, une certaine Zelita. Fluette, décharnée, elle ne pesait presque rien. Zé Raimundo la jucha entre deux sacs de cacao sur le bât de Pleine Lune, la mule robuste et douce qui marchait en tête, faisant tinter les grelots de son harnais. Toute fière, Coroca prenait des airs de femme de contremaître, de maîtresse de fazendeiro. Fadul, la sacoche à l'épaule, riait aux anges en pensant d'avance aux plaisirs qui l'attendaient à Itabuna. Dans le train seulement, en voulant éplucher une orange, il s'aperçut qu'il avait oublié à Tocaia Grande un couteau de poche auquel il tenait.

2

Les deux premiers jours de l'absence de Fadul, il ne s'était rien passé d'important. Après avoir déchargé les bêtes, les muletiers et leurs aides prenaient la direction du « foutoir du Turc ». C'est ainsi qu'ils désignaient le magasin de Fadul, construit en bois, matériau bon marché, à un bout de la rangée de bicoques de pisé qu'on appela d'abord le chemin des Mulets, puis, durant de longues années, la Grande-Rue. A l'époque, Tison Abduim n'habitait pas encore à Tocaia Grande, où il allait bientôt bâtir la première maison de pierre pour y installer sa forge ; le magasin était alors la principale construction du hameau.

Les muletiers et leurs aides arrivaient en sueur, couverts

de poussière et de boue, assoiffés, et avaient besoin d'un coup de tafia pour reprendre des forces et se réchauffer ou se rafraîchir selon le cas. Et ils tombaient sur la pancarte : si l'un d'eux savait lire et signer son nom, il déchiffrait l'avis pour les autres, sinon ils apprenaient la nouvelle par les filles. Avec des jurons et des éclats de rire, ils glosaient sur le tour que leur jouait le Turc en les laissant en panne pour aller approvisionner son bazar.

— Enfant d' garce de Turc ! Fallait ça aujourd'hui...

— Pourquoi qu'il a pas mis un remplaçant ?

— Ouais, mais qui ça ?

— Y a Pedro Cigano qu'est là sans rien fout ...

— Si c'était à toi, tu y confierais l' bazar ?

Le magasin faisait défaut. La vie avait changé, était devenue plus facile depuis que Fadul s'était installé à Tocaia Grande : inutile d'emporter des provisions de route maintenant qu'on trouvait là le nécessaire pour la halte de nuit. De plus, comme il le faisait au temps du commerce ambulant, Fadul avait l'habitude de faire crédit — sur gages et avec un petit intérêt — quand un gars revenait sans un des bourgades ou des villes après avoir laissé ses derniers sous dans les maisons de passe. Pour finir, on en venait toujours à rappeler les bons mots et les hauts faits de ce chenapan et filou de Turc, brave type au demeurant. Après quoi, ils s'en allaient voir les filles :

— Si ça s' trouve, les mômes ont décidé de fermer boutique...

Leur nombre variait, les unes partaient, d'autres arrivaient, les putes ne moisissent pas sur place. A demeure, une demi-douzaine, pas plus, dans des paillotes serrées devant le cours d'eau, à l'opposé du hangar où le colonel Robustiano de Araujo entreposait le cacao sec prêt à être livré aux exportateurs. Coroca, en choisissant l'emplacement de la bicoque que le capitaine Natario da Fonseca avait récemment fait construire par Bastião da Rosa et Lupiscinio, avait refusé de la laisser mettre sur le chemin des Mulets.

— J' préfère ici... une maison de pute dans la rue principale, ça marche pas. La rue principale, c'est pour les bonnes familles.

Lupiscinio s'étonna :

— Quelles familles, dona Coroca ?

Avec le respect dû aux personnes d'âge, il l'appelait « dona » et son gamin, Zinho, qui l'aidait comme apprenti menuisier, devait demander la bénédiction à dona Coroca.

— Ça viendra bien, et dans pas longtemps, tu verras.

— Sérieux ?

— Vaut mieux s' mettre tout de suite là, près des crapauds, que d'être foutue dehors après. Aujourd'hui, c'est tout pareil, ça y fait rien, mais va savoir, plus tard ?

Ainsi prit naissance la combe aux Crapauds, où se rendaient muletiers et auxiliaires en quête d'une caresse de femme. Ce jour-là, le magasin de Fadul fermé, ils y allaient plus tôt, dans l'espoir d'une gorgée de tafia ou d'un café. D'autres restaient sur la friche, cueillaient une jaque molle, bien mûre : pour se remplir la panse, rien de meilleur au goût, rien qui tienne mieux au corps.

3

Au soir du troisième jour, au milieu d'averses incessantes, le fameux Manezinho fit irruption à Tocaia Grande, suivi de deux autres jagunços, Chico Serra et Janjão. Ils montaient à cru, avec un simple nœud de corde tenant lieu de bride ou de licol, de beaux mulets au poil luisant, bien traités et bien nourris, montures soignées de colonels. Ils entrèrent en tirant des coups de feu, pour qu'on sût à quoi s'en tenir.

Ils firent halte sur le terrain vague où les conducteurs des premiers convois à s'arrêter là pour la nuit avaient édifié une sorte d'abri de paille pour se mettre un peu à couvert du soleil et de la pluie. C'était là qu'ils allumaient le feu, faisaient griller la viande sèche, cuire ignames et fruits d'arbre à pain, bouillir l'eau du café, et dissertaient sur la vie et la mort, autrement dit sur la culture du cacao, thème inépuisable et passionnant. Montrant fièrement son accordéon, Pedro Cigano venait de faire une proposition intéressante à la compagnie qui se trouvait là : ramasser deux ou trois frangines et organiser une petite partie de gambille, moyennant quelques piécettes. Dalila, une Noire pleine de vie qui cherchait des clients, avait approuvé : rien de mieux qu'un petit pince-fesses pour égayer la soirée. Frotti-frotta au lit, c'est encore mieux, soutenait de son côté un aide-muletier rouquin, qui fixait d'un œil concupiscent l'arrière-train de la négresse : beau cul insolent, mais comment se payer pareil luxe ? Le bruit de la cavalcade et des coups de feu mit fin à la discussion.

Les types demandèrent où se trouvait la maison du Turc. Là, un peu plus loin, mais, le propriétaire étant en voyage, les portes du bazar étaient fermées pour quelques jours.

— On ouvrira bien tout seuls. Pour ceux qui s'raient pas au courant, mon nom c'est Manezinho, dit-il ; et, après avoir balayé le groupe du regard, il partit dans la direction indiquée.

Sans doute pour montrer qu'il savait viser juste, Chico Serra fit feu, dans l'arbre à pain qui était là, sur le pédoncule d'un fruit, et celui-ci s'écrasa par terre. Du haut de sa monture, Janjão se pencha, tendit la main et soupesa le fessier de la fille :

— Bouge pas, moricaude, j' reviens tout d' suite.

Pedro Cigano avait compris qu'ils étaient au courant de l'absence de M'sieu Fadu, et qu'ils n'étaient pas venus par hasard : sûrement pas avec de bonnes intentions. Il renonça au projet de pince-fesses ; la nuit s'annonçait mal.

— Y vont s' faire la boutique !

— Ça s' pourrait... dit l'un des muletiers tout en remuant les braises avec le manche de son fouet. Ce Manezinho, c'est le diable en personne ; il a été garde du corps du colonel Teodoro das Baraunas, il a quelques macchabées sur l' dos. Y a pas un mois, il a tué un docteur à Agua Preta, il est en cavale. Les aut', j' connais pas.

Le gardien de troupeaux qui revenait d'Itabuna où il avait laissé un lot de bêtes du colonel Robustiano de Araujo, connaissait les deux autres de vue et de réputation: réputation exécrable, d'ailleurs. Chico Serra n'avait jamais été bon à rien, si ce n'est à faire tomber des gens dans un guet-apens; il n'avait plus aucune attache depuis que le colonel Maneca Sá, n'ayant plus rien à lui faire faire, l'avait renvoyé de la fazenda Morro Azul. Quant à la grande perche, sûr qu'ils avaient déjà entendu parler du Janjão Fanchão[1] : c'était justement lui. Pas seulement un criminel, mais un braque, qui tabassait les bonnes femmes, et n'appréciait que le spécial.

— Aïe, Seigneur Jésus! s'écria Dalila, qui partit en courant avertir les filles et se cacher dans les bois.

Ces informations données, l'homme proposa à tous ceux qui se trouvaient là d'aller se réfugier dans l'entrepôt où le colonel Robustiano avait en permanence trois gardes bien armés pour veiller nuit et jour sur le cacao. On y serait en sûreté, et à l'abri de la pluie qui tombait de plus belle. Il ne voulait pas risquer sa peau en restant sur le terrain vague et, ramassant son fusil, se leva.

— Alors, on va rien faire? — Pedro Cigano posa la question par acquit de conscience, lui-même n'ayant pas du tout l'intention d'affronter les bandits pour empêcher l'attaque.

— Qu'est-ce qu'on a à voir là-d'dans? — Et le vacher se mit en route vers le dépôt de cacao.

Qui c'est qui s'rait assez dingue pour risquer d'attraper du plomb à cause du Turc? C'est lui que ça r'garde, ce bordel, c'est pas nous.

S'éloignant de la chaleur du feu, le muletier éparpilla les braises avec le manche de son fouet et lui aussi se remit debout pour partir.

1. « Queue de billard. »

Les autres l'accompagnèrent, sans retenir la suggestion de Pedro Cigano d'aller au moins jeter un coup d'œil sur ce qui se passait : on aimait bien le Turc, grande gueule et estampeur, mais pas au point d'aller s'attaquer pour lui à de féroces jagunços, de sanguinaires assassins. Seul l'aide-muletier, un petit gars plutôt dégourdi et fureteur, s'en alla se poster avec le traîne-patins derrière le tronc de jaquier d'où ils pouvaient voir le magasin. La pluie s'était transformée en grosse ondée, le ciel était complètement bouché.

Pedro Cigano, à qui Fadul avait si souvent permis de manger à sa faim et surtout de boire à sa soif, n'était certainement pas venu là pour lui être de quelque utilité : s'il s'aventurait derrière le tronc d'arbre, c'est qu'il avait une intuition et voulait vérifier. Ce ne devait pas être pour voler des haricots, du tafia, de la viande séchée, du tabac en corde, que Manezinho, Chico Serra et Janjão étaient venus forcer les portes du magasin ; Pedro Cigano croyait deviner quel pouvait être le vrai motif.

Quant au rouquin, il n'était conduit que par la curiosité, par un désir ardent de voir et de s'instruire. Novice dans le métier de muletier, c'était la première fois qu'il tombait sur une bande de brigands en pleine action : son expérience se limitait encore à des bagarres chez les putes, de la broutille.

4

A la fin des luttes pour la conquête des forêts, lorsque les combines juridiques remplacèrent les embuscades dans les conflits encore récents entre colonels du cacao pour l'appropriation des terres vacantes, on vit des jagunços désœuvrés errer par les chemins et offrir leurs services pour tuer à prix réduit, ou tuer gratis pour voler. Parmi les centaines d'individus, originaires du sertão de trois Etats et des berges de Dieu sait combien de rivières, qui étaient venus dans la région méridionale de Bahia, armement et visée au service de riches fazendeiros, certains — le petit nombre — s'étaient installés sur des terres pour les cultiver et ne gardaient la pétoire que pour un cas d'absolue nécessité. La plupart trouvèrent dans les fazendas des emplois de chefs d'équipe, de gardes du corps de confiance, de contremaîtres. Quelques-uns, cependant, ne s'adaptèrent pas aux conditions nouvelles et couraient les routes en pratiquant des atrocités, semant la terreur.

Ils finirent par être éliminés les uns après les autres, mais pendant bien longtemps il y en eut des quantités, de sinistre renommée. Parmi ceux qu'on craignait le plus, il fallait compter notamment Manezinho : il avait participé aux combats légendaires entre Basilio de Oliveira et les Badaró. Homme de main de Teodoro das Baraunas, de funeste mémoire, il n'avait voulu servir aucun autre colonel, ni déposer les armes. Récemment, il s'était mis en tête de monter une bande pour mettre à sac fazendas, villages et bourgs. A lui seul, il mettait déjà tout sens dessus dessous ; à la tête de quelques bons professionnels du flingue, on pouvait imaginer ce que ce serait ! Pour commencer, il avait engagé Chico Serra et Janjão.

Dans les pâtis d'une fazenda par où ils étaient passés, ils firent main basse sur les mulets ; personne ne les avait vus — et quand bien même ! La mise en garde de Chico Serra, qui redoutait malgré tout le pouvoir des colonels, le fit ricaner :

— Si t'as les foies, dégage. J' veux qu' des vrais durs avec moi.

En prêtant par hasard l'oreille à des jacasseries de femmes, propos en l'air, dans le passage de la Valse à Taquaras, Manezinho avait appris le départ de Fadul Abdala au train d'Itabuna. Les créatures condamnaient le laisser-aller, l'imprudence, pis encore, le je-m'en-foutisme et la sottise du Turc : il fallait être idiot pour s'en aller en laissant caché chez lui, à Tocaia Grande, le magot qu'il avait constitué en faisant le marchand ambulant, un trésor offert au premier audacieux qui voudrait se mettre à sa découverte. Elles discutaient sur l'emplacement de la cachette. Dans l'habitation, sous le matelas ? Au magasin, au milieu des marchandises ? En tout cas, unanimes à proclamer l'importance de la fortune amassée, énorme sac de pièces d'or selon le témoignage de gens qu'on connaissait, absolument dignes de foi.

5

Ils attachèrent les bêtes aux pieux fichés en terre sur le côté de l'établissement et tentèrent, sans résultat, d'enfoncer les portes de la façade ; les traverses de bois résistèrent, preuve de la compétence de Bastião da Rosa. Ils firent le tour de la maison, trouvèrent l'entrée du fond, et ce fut beaucoup plus facile. Manezinho tira un coup de revolver sur la serrure, sans succès, puis Chico Serra, ayant pris du recul, se lança contre la porte, de toutes ses forces, et la fermeture commença à céder. Janjão acheva le travail.

A l'intérieur, ils allumèrent des bougies ; le vent et la pluie entraient par la porte béante. Ils jugèrent inutile de laisser l'un d'eux en sentinelle ; connus comme ils l'étaient tous trois, qui donc aurait l'audace de venir s'y frotter ? Ils se servirent de gnôle en buvant au goulot : une bouteille chacun, ils en avaient besoin. Manezinho pour s'éclaircir les idées, garder la tête froide pendant l'opération, laborieuse et délicate, de recherche du trésor : malgré ses airs de brute, il ne manquait pas de perspicacité. Janjão, lui, souffrait en permanence de la soif. Pour Chico Serra, il s'agissait de se donner du courage — sa spécialité était plutôt le guet-apens : se dissimuler derrière un arbre en l'attente de la victime désignée, pour l'abattre d'un coup précis ; il ne ratait jamais.

Ils fouillèrent la maison dans tous ses coins et recoins, explorant d'abord les pièces du fond. Dans la plus petite, qui servait de cuisine, ils ne trouvèrent rien en dehors du trépied et des ustensiles de fortune. Dans la chambre à coucher, sur la couverture sale du lit, traînait le couteau de Fadul. Avant de le mettre dans sa poche, Janjão examina avec intérêt et satisfaction la longue et fine lame d'acier : exactement ce qu'il lui fallait pour calmer les putes qui ne voulaient pas se laisser emmancher gentiment par-derrière.

En souriant, il siffla le restant d'eau-de-vie et projeta la bouteille vide contre le mur.

Manezinho et Chico Serra éventrèrent le matelas, répandirent partout la paille sèche. Janjão apporta une nouvelle provision de tafia et, à eux trois, ils mirent en pièces l'immense lit, chef-d'œuvre du charpentier Lupiscinio, tout en beau bois qui provenait de la forêt où croissaient jacarandas, *Vinbaticos, putumujus,* bois-d'arc, la grande selve à *peroba* et à brésillet. Ils cherchaient la cachette où pût se trouver le sac de pièces d'or. Ni cachette ni jaunets.

L'autre partie du logement servait de resserre. En intermède, ils passèrent un bon moment de distraction à bourrer leurs musettes de bric-à-brac, détruisant tout ce qui ne pouvait leur servir à rien dans l'immédiat. La découverte des pantalons de coutil fut saluée avec enthousiasme et quelques rasades de tord-boyaux. Ils ôtèrent ceux de bougran qu'ils portaient, vieux et rapiécés, enfilèrent ces merveilles en tissu coûteux. Chico Serra en mit deux l'un sur l'autre. Ils s'encombrèrent d'un tas de bricoles fascinantes, mais ne découvrirent pas davantage trace de trésor dans la réserve.

– C'est planqué dans l' magasin. On aurait dû commencer par-là, calcula Manezinho.

Sur ses gardes, il alla jusqu'à la porte, regarda dehors : la nuit noire, la violence de l'averse, aucun bruit hors le grondement de la bourrasque. Manezinho sourit, fier de sa réputation méritée : pas un seul fils de putain n'avait le courage de venir les déranger. Le nom et le renom de ceux qui en ont une belle paire entre les jambes les précèdent partout.

6

Bernarda avait essayé de faire quelque chose, elle seule. Quand Dalila, en pleine panique, était arrivée pour inviter les femmes à s'évanouir dans la nature, elle était occupée avec un muletier et les appels ne la troublèrent pas. Jurons, cris et menaces étaient monnaie courante dans les nuits du hameau : plus il y avait de monde, plus on entendait d'éclats. Mais le tohu-bohu croissait et s'étendait : ayant amené son partenaire à la satiété, Bernarda enfila sa combinaison et sortit voir ce qui se passait. Elle revint avec la nouvelle :

— Le magasin de m'sieu Fadu est attaqué par des jagunços.

Elle n'écouta pas la réponse, ne se soucia pas de recevoir sa paie ; telle qu'elle était, elle s'élança sous l'averse, arriva trempée à l'abri des muletiers : personne. Où pouvaient-ils être ? Disparus dans la brousse comme les femmes ? En train de défendre le magasin, sûrement pas, aucune rumeur ne venait de cette direction. Elle se dirigea vers le hangar, où elle trouverait du moins les trois types chargés de garder le cacao sec. Elle courut, fouettée par le vent ; tout était calme aux alentours — trop calme : inquiétant.

Une des portes du dépôt s'entrebâilla au bruit de ses pas. Les yeux habitués à voir dans l'obscurité, Bernarda distingua le canon du fusil. Elle cria son nom, la porte s'ouvrit tout à fait.

A l'intérieur, les vigiles et le conducteur de troupeaux montaient la garde, l'arme au poing. Assis par terre, les muletiers et leurs aides jouaient aux cartes : les uns misaient, d'autres se contentaient de regarder, mais tous, préoccupés par les jagunços, étaient peu attentifs. Ils jetèrent un coup d'œil sur Bernarda et continuèrent à jouer, sans un mot. Ils savaient qu'elle n'était pas venue racoler : elle était assez demandée pour n'avoir jamais à chasser le client. Elle ruisselait, et l'eau de pluie faisait des flaques par terre ; sa combinaison, collée à la peau, lui moulait la poitrine et le ventre, les cuisses et les hanches. A la lueur diffuse des bougies, on aurait dit une apparition de l'autre monde.

— Paraît que les jagunços sont en train d'attaquer la maison de m'sieu Fadu.

Il n'y eut pas de réponse. Le convoyeur de bétail voulut dire quelque chose, se retint, resta à la regarder comme s'il avait eu la vue brouillée : jamais il n'avait couché avec Bernarda !

— Alors, c'est vrai ou c'est pas vrai ?

Détournant son regard de l'ombre indiscrète que faisait le pubis mouillé, il hocha la tête et confirma :

— João Fanchão, Chico Serra et Manezinho, ces trois-là ensemble, pourrait pas y avoir rien d' pire.

— Y a quoi d' prévu ?

Le garde qui lui avait ouvert la porte s'étonna de la question ; d'une voix neutre, il expliqua :

— Comment ça ? I' sont venus pour l' magasin, quand ils auront fini de voler ils s'en iront.

A eux tous, ils étaient là neuf hommes, dont quatre avaient des armes à feu, en plus des machettes et des poignards que portaient naturellement tous ceux qui circulent par les chemins.

— I' sont que trois et rien qu'ici y en a déjà neuf...

Dans le silence, elle avança d'un pas, cracha par terre :

— Neuf types qui font dans leur froc.

— C'est pas une traînée qui va m' traiter de froussard... L'autre garde, qui n'avait encore rien dit, réagissait sous l'offense. Il marcha sur Bernarda, bien disposé à lui envoyer sa main à travers la figure pour lui apprendre la politesse et le respect, mais y renonça en entendant la mise en garde du vieux Gerino :

— T'es pas fou, Zé Pedro ?

Les joueurs, qui avaient interrompu la donne, se remirent à battre les cartes crasseuses, soulagés. Le vieux prit une voix plus douce pour s'adresser à Bernarda. Chef des hommes de main désignés pour monter la garde à l'entrepôt, il ne se montra pas offensé par l'accusation de la fille : personne, le connaissant, n'aurait l'idée de le taxer de poltronnerie. Au surplus, il n'oubliait pas que la rouspéteuse était une protégée du capitaine Natario : si le gars avait osé porter la main sur elle, Dieu lui-même n'aurait pu le tirer d'affaire. Gerino se tenait pour responsable du cacao, mais aussi des hommes placés sous ses ordres.

— Faire quoi, Bernarda ? Franchement, je vois pas. On n'est pas dans l' coup. Nous aut', on est payés pour garder le cacao du colonel ; si ces types viennent ici, i' seront reçus, c'est pour ça qu'on est là. Pas pour autre chose.

— Mais ils sont en train de tout faucher et paraîtrait qu'ils vont prendre les bonnes femmes de force et qu'on va toutes passer à la casserole l'une après l'autre.

— On n'est pas là pour s'occuper des marchandises d'un Turc ni des fesses des souris. Qu'est-ce que tu crois ? Que c'est une vraie ville, ici ? C'est rien qu'un trou avec un bistrot, quatre putes, et nous aut' au dépôt du colonel : alors chacun pour soi et Dieu pour tous. Si tu veux, tu restes ici avec nous, il s' passera rien.

Il alla auprès de Bernarda qui, à côté de la porte, restait contrariée, chagrine, et lui dit sans colère :

— Mais si c'est pas dans ton idée, si tu veux te faire tuer pour le Turc, vas-y. Nous, on sort pas d'ici. Si c'est eux qui viennent, on leur fera voir de quel bois on se chauffe. On vit qu'une fois, on meurt qu'une fois.

7

Pas plus les tiroirs que les étagères, et pas davantage les grosses planches du comptoir — où diable ce salopard de Turc avait-il bien pu fourrer son or ? Ils démontèrent tout pièce par pièce, un travail fatigant et sans résultat. Il faut pourtant que ça soit quelque part, ne cessait d'affirmer Manezinho, alors que ses compagnons avaient hâte d'en finir : Janjão, qui était soûl, ne pensait qu'à s'offrir le troufignard de la négresse ; Chico Serra, inquiet, craignait une attaque par surprise des gardiens de bétail.

Où, bon Dieu, où ? Dans les sacs de farine, de haricots, de maïs ? Ils ouvrirent en grand les portes de façade et, rageusement, commencèrent à jeter les marchandises dehors en les entassant sous la pluie. Ils déversèrent les haricots et le maïs, le riz et la farine de manioc, le sucre brut, déchiquetèrent à coups de poignard le quartier de viande sèche. Pour vaincre sa peur, Chico Serra décapita des bouteilles à coups de revolver. Dans les fourrés où elles avaient trouvé refuge, les filles, au bruit, étaient prises de coliques.

Ruisselants de pluie derrière le jaquier, Pedro Cigano et le rouquin s'efforçaient de voir et d'entendre, arrivaient tout juste à distinguer des silhouettes qui se déplaçaient dans le noir. Janjão et Chico amoncelèrent les produits les uns sur les autres, Manezinho versa du pétrole sur le tout et y mit le feu. Il y eut une altercation, des bruits de voix menaçantes. Janjão voulait incendier la maison, Manezinho s'y opposa en hurlant. Sûr que le sac de pièces d'or devait se trouver là, bien caché quelque part, le chef de bande projetait de revenir sans tarder, quand le Turc serait rentré de voyage. Avec les armes sur le ventre, ce serait Fadul lui-même qui les amènerait jusqu'au butin. Et en disant merci, encore.

Janjão, qui avait du fromage mou dans le crâne à la place de cervelle, tenta alors de faire retarder le départ, le temps d'encaldosser la négresse, mais Manezinho ne voulut rien entendre :

— Reste si ça t'chante, pour te faire descendre par les muletiers. On y va, ordonna-t-il à Chico Serra, qui ne demandait pas mieux.

Ils partirent tous deux au grand galop, en tirant en l'air en guise d'adieu. Janjão parcourut encore les alentours du regard, avec un entêtement d'obsédé : comment distinguer la moricaude dans cette obscurité, même si elle avait attendu le derrière sous la pluie ? Finalement, il renonça : après avoir déchargé son arme en direction du terrain où il l'avait rencontrée, il piqua des deux en jurant, pressé de rejoindre ses compagnons. Et jura encore : ni trésor ni trou du cul.

Les flammes ne résistèrent pas à la pluie dense, s'éteignirent peu à peu ; une odeur forte de maïs, de sucre et de haricots brûlés, de viande grillée, se répandit, emportée par le vent. Le traîne-patins et le métis roux quittèrent l'abri du jaquier et se rapprochèrent. Pedro Cigano passa sans s'arrêter devant le brasier, se mit à fouiller dans la maison, peut-être aurait-il plus de chance que les jagunços. Lui aussi croyait dur comme fer à l'existence du magot de pièces d'or entassées par le Turc : non pas un sac, mais un coffre. L'aide-muletier qui, encore débutant sur les routes, ne connaissait pas l'histoire, se contenta de ce qui avait échappé aux flammes. Bientôt se joignirent à eux des hommes venus de l'entrepôt, des femmes qui ressortaient des fourrés. On se disputa avidement les restes du pillage de l'habitation et du magasin et ce qu'on put sauver de l'incendie. Ainsi disparut une partie de la fameuse fortune de Fadul Abdala, ce qu'il ne portait pas sur lui, les marchandises laissées dans le foutoir.

Pedro Cigano, infatigable, passa la nuit à continuer de farfouiller partout même après le départ de tous les autres. Soutenu par deux bouteilles de gnôle sauvées miraculeusement de la fureur de Manezinho, de la chiasse de Chico Serra, de la soif de Janjão Fanchão et du vandalisme des profiteurs, une bande de fichus poltrons.

8

A en croire la version répandue à tous les échos par Pedro Cigano au cours de ses incessantes pérégrinations, les imprécations de Fadul Abdala firent trembler le ciel et la terre, ébranlèrent les cinq parties du monde tant elles furent épouvantables. Anous et hoccos, perroquets et aras s'enfuirent en troupes au plus profond de la forêt, les coendous se cachèrent dans les creux des arbres, les sajous somnolents s'éveillèrent en sursaut, les craintifs tupinambis se faufilèrent sous les pierres, pécaris et cochons sauvages déguerpirent au grand galop, et les serpents alarmés se tinrent prêts à frapper au moindre signe de danger. Bobards d'un blagueur connu de tous, d'un traîne-patins sans feu ni lieu.

Néanmoins, les comptes mis à jour et dûment vérifiés, les récits des autres témoins oculaires de l'arrivée du Turc à Tocaia Grande trois jours après l'événement se trouvèrent marqués d'un caractère tout aussi dramatique et grandiloquent. On le vit, hors de lui, se défoncer la poitrine à coups de poing ; puis, dans une crise de désespoir, dresser ses énormes mains ouvertes vers le ciel, en direction de l'inattentif, du négligent, de l'oublieux Dieu des maronites à qui, avant de partir, il avait confié la paix de sa maison, la sécurité de ses biens. Il ouvrit la bouche en un rugissement de fauve traîtreusement attaqué par son propre père. Il reprocha au Seigneur, en cris déchirants, de l'avoir abandonné à l'heure de la plus grande nécessité et du pire tourment et le fit en arabe, ajoutant encore au pathétique de la scène. Pour parler à Dieu, d'ailleurs, Fadul employait toujours sa langue maternelle, n'étant pas certain que le Tout-Puissant entendît le portugais. Mais c'est en portugais qu'il jura vengeance, serments en vérité vides de sens : où, comment, quand pourrait-il tenir de telles promesses ? Jamais.

Ce dialogue emporté avec le Très-Haut servit à soulager son cœur, soumis à si rude peine. Dieu ne l'avait pas abandonné, il avait simplement fait subir à son caractère et à sa foi une épreuve bien plus dure que les cauchemars peuplés de Zezinha nue et inaccessible. En même temps, il lui avait sauvé la vie en l'éloignant de Tocaia Grande au moment où s'effectuait l'attaque.

On le vit se taire, apaisé. Il considéra longuement le

désordre et la saleté comme s'il avait voulu garder cette image gravée dans les entrailles. Puis il appela Lupiscinio, qui se trouvait là, et lui donna des ordres précis : commencer le travail par le comptoir et les étagères, pour le lit ce n'était pas si pressé. Le jour même où il revint et constata la catastrophe, m'sieu Fadu recommença à servir la clientèle.

De lui-même, il ne parlait pas le premier de ce qui s'était passé. Quand on évoquait l'affaire, il n'esquivait pas la conversation, mais répondait avec prudence, apparemment calme et résigné. Il ne reprocha à personne de n'avoir rien fait pour défendre les portes de son logis et de son commerce, trouvant à cette attitude une excuse et une explication : seul un fou risquerait sa vie pour des sacs de sucre et des bobines de fil. Il sut par Gerino lui-même ce qu'avait voulu tenter Bernarda et comme il avait été difficile de la faire rester dans le hangar à l'abri de la mort et d'un viol collectif des jagunços. Si ceux-ci l'avaient vue, jolie comme elle l'était, à vouloir se mêler de leurs affaires, adieu Bernarda ! Avant d'en finir, ils se seraient servis comme prévu : tous les trois en même temps, et de force, sous le commandement de Janjão Fanchão, spécialiste de la tringle au panier. Le Turc avait approuvé la conduite du vieux : il avait fort bien fait, Bernarda était un peu fondue.

Il ne parla pas de quitter les lieux pour aller faire ses affaires dans un endroit moins dangereux ou reprendre la vie de marchand ambulant : comme si cette attaque avait renforcé sa décision de se fixer à Tocaia Grande. Mais il avait perdu son allégresse communicative, sa jovialité ; il ne plaisantait plus, ne blaguait plus comme avant avec la clientèle. On ne voyait plus un sourire à ses lèvres, quoi qu'on dît ou fît. Qu'était devenu ce grand farceur de Turc qui avait la langue si bien pendue et en racontait de si bonnes, qu'était devenu le bourreau des cœurs ? Les filles, inquiètes, se demandaient si m'sieu Fadu, un jour, se remettrait à rigoler et à les charrier.

Tout entier à sa tâche, avec l'acharnement et l'âpreté qui

le caractérisaient, il avait dominé son chagrin, sa colère devant l'ampleur du préjudice subi. Mais il lui restait au fond du cœur une tristesse douloureuse qui l'empêchait de dormir, le rongeait de l'intérieur, sans lui laisser de répit : l'impossibilité de se venger. Il avait mal de savoir en liberté les jagunços qui avaient violé sa propriété, détruit et volé des biens précieux : ils se la coulaient douce, hors de sa portée. Fadul se sentait malheureux, pestait contre la tristesse et la laideur de l'existence.

9

A peine plus d'une semaine avait passé depuis le retour de Fadul Abdala, il en avait assez d'entendre des plaisanteries et des lamentations, et s'était remis à la routine du labeur ; un jour, en fin de matinée, le capitaine Natario da Fonseca descendit de sa mule et l'attacha au pieu, à côté du magasin. Fadul, du fond de la maison, s'empressa de venir saluer et servir son ami, en se préparant à une longue conversation animée sur toutes les péripéties de l'événement.

Contrairement à son attente, le capitaine n'aborda pas ce sujet épineux. Il savoura à petites gorgées son verre de gnôle, parla de choses et d'autres. Donna des nouvelles du colonel Boaventura, toujours en pleine santé Dieu merci, mais un tantinet morose parce que le docteur Venturinha était retourné à Rio de Janeiro après les fêtes de collation de grade, et ne semblait pas avoir hâte de revenir ; et causa des cacaoyères que lui, Natario, avait commencé à planter à Boa Vista ; il allait justement voir si tout allait bien.

Surpris et déçu d'une telle indifférence, Fadul eut le plus grand mal à ne pas laisser paraître son désappointement, le chagrin que lui causait pareille attitude du capitaine, un homme dont il se flattait d'être l'ami.

Natario avait toujours témoigné de l'estime pour le Turc. Celui-ci faisait encore le colportage quand, en certaine occasion, il lui avait fait cadeau d'un revolver et s'était mis à l'appeler « compère ». Les liens s'étaient renforcés et resserrés depuis que le commerçant s'était établi à Tocaia Grande. Néanmoins, le capitaine ne fit aucune allusion à ce qui venait de se passer, qui n'était pourtant pas sans intérêt, n'offrit pas même ses services, ce qui eût été la moindre des politesses, bref, ne souffla pas mot de l'affaire.

Ayant haché son tabac pour rouler une cigarette, Natario prit le feu offert par Fadul, refusa un autre tafia, se disposa à repartir. S'écartant du comptoir où il était appuyé, il se redressa, mit la main à la poche de sa veste de toile kaki, en tira le couteau que le Turc avait oublié sur son lit au moment de partir pour Taquaras :

— C'est pas à toi, ça, compère Fadul ?

Il posa l'objet sur le comptoir ; Fadul ressentit comme un coup en pleine poitrine :

— Mais oui, capitaine, c'est à moi. Comment vous l'avez eu, sans indiscrétion ?

— Devine, mon compère. Qu'est-ce que t'en penses ?

Il sortit, alla chercher sa mule, mit le pied à l'étrier, lut dans les yeux de Fadul une interrogation anxieuse, monta en selle et répondit :

— J'étais au courant de l'affaire, j'ai pas mis longtemps à leur tomber dessus. Trois salopards, compère Fadul.

Le regard du Turc s'illumina, un large sourire lui vint aux lèvres, alors qu'il avait en même temps envie de pleurer ; il voulut encore une confirmation :

— Les trois, capitaine ?

— Les trois, dans le même trou. A la prochaine, mon compère.

10

Ce fut le retour du sourire facile, des éclats de rire tonitruants, de la blague et du madrigal, du goût de raconter et de discuter, de la trique en l'air et de l'appétit

— la belle vie, quoi. On entendit de nouveau à Tocaia Grande la voix de stentor du Fadul Abdala farceur et galéjeur et quand, pour finir, Pedro Cigano, moyennant quelques piécettes, reprit son accordéon, convoqua les nanas et mit la gambille en route, celui qui attira le plus les regards aux figures du quadrille, ce fut le patron du foutoir. Il était redevenu ce bon vieux Fadu d'autrefois, le cœur désormais libéré de la soif de vengeance.

Ce dont il ne se libéra pas, cependant, ce fut de ses soucis. Contraint de partir périodiquement en voyage pour refaire son assortiment, payer les créanciers, s'informer des nouveautés du commerce et se consacrer à ce que l'on sait, il lui faudrait toujours laisser le magasin fermé, point de mire d'individus de tout acabit susceptibles de passer par-là, cible tentante pour les voleurs et bandits de grand chemin, les associations de malfaiteurs.

La triste fin des trois jagunços, il est vrai, n'avait pas manqué de faire du bruit : outrances fantastiques, détails à donner la chair de poule. Cinq versions au moins circulaient, toutes différentes, mais toutes également horrifiques, sur la mort des trois gredins, et les colporteurs de ragots assuraient que le capitaine Natario da Fonseca avait une participation aux bénéfices du magasin, ni plus ni moins. Quand on le questionnait, m'sieu Fadu ne démentait pas : mieux que n'importe quelle arme à feu, ce bruit qui courait constituait une défense sacro-sainte des portes de l'établissement.

Malgré tout, à mesure que le stock de marchandises diminuait de volume dans la resserre, les marques de son inquiétude devenaient de plus en plus visibles sur la physionomie et dans les manières de Fadul. Si seulement il avait pu trouver un paroissien à la hauteur, résolu, digne de confiance, à qui confier le comptoir, la caisse et le revolver... ah ! il serait alors parti bien plus tranquille et le cœur léger. Les clients continueraient à être servis, les ventes ne seraient pas interrompues, et la présence d'un type déterminé au bistrot, couchant sur place, suffirait peut-être à empêcher une autre tentative de cambriolage — la présence du costaud et l'ombre protectrice de l'ami Natario da Fonseca. Malheureusement, il n'apercevait dans la solitude de Tocaia Grande aucun citoyen doué de telles qualités.

A la grande joie des uns, à la stupeur des autres, qui donc dénoua la situation et résolut le problème, qui endossa la responsabilité et assuma la lourde charge ? La vieille Jacinta Coroca. Elle était revenue de Taquaras avec le convoi de Zé Raimundo, juchée sur le bât de Pleine Lune qui faisait sonner ses grelots, le lendemain du pillage, et put ainsi constater les déprédations commises et mesurer l'étendue du préjudice. Elle hocha la tête en silence, et se garda d'aller embêter Fadul avec des questions et des suggestions.

Une nuit, percevant la détresse du Turc, assez grande pour l'avoir rendu silencieux tout au long de la partie de jambes en l'air, d'ordinaire plutôt bruyante et pleine d'entrain, Coroca, tout en lui faisant sa toilette avec un soin délicat, proposa ses services :

— Si vous voulez, m'sieu Fadu, vous pouvez partir tranquille, c'est moi qui m'occuperai de vos affaires. Vous en faites pas, j' peux vous remplacer. Vous faites pas de souci.

Debout, colosse nu, l'eau gouttant du zizi géant, le Turc stupéfait regarda Coroca qui, un bout de savon à la main, était penchée sur la petite cuvette de fer-blanc achetée à crédit à Fadul lui-même. Il resta un moment à la mesurer et à la peser comme s'il ne l'avait jamais vue.

— Tu veux dire que tu me proposes de partir en laissant le magasin ouvert et que tu t'occuperais de tout, vendre, encaisser, rendre la monnaie ?

Posant le savon à côté de la cuvette, Coroca prit un chiffon propre, essuya soigneusement l'imposante besace et le superbe gourdin :

— Y a qu'à m'donner les prix par écrit, j'en connais déjà un tas. J'dormirai su' l' comptoir en attendant vot' retour.

Elle se redressa : à la lueur de la bougie, le corps fripé, frêle, grandit de taille, les yeux scintillaient.

— Toi ? — Fadul la fixait bouche bée, interdit.

Une plaisanterie de mauvais goût du Dieu des maronites, qui l'abandonnait une fois de plus à son triste sort. Ecœuré, fou de rage, il éleva sa pensée vers les cieux : en cette heure d'adversité où je cherche désespérément l'aide d'un homme digne de ce nom, compétent et sérieux, tout ce que vous trouvez à m'offrir, Seigneur, c'est cette vieille pute décharnée ?

Alors, une lumière brilla dans l'esprit de Fadul Abdala et il comprit que bravoure, sagesse et tact ne sont pas le privilège des mâles, des riches et des forts, mais peuvent être l'apanage de n'importe quel mortel, fût-ce d'une vieille pute décharnée. Coroca, bonne affaire au lit, n'était-elle pas aussi de bon conseil ?

— Toi ? répéta-t-il sur un autre ton.

— Moi, pour sûr. Maria Jacinta da Imaculada Conceição, dite La Vioque par vous aut'. Je sais lire, signer mon nom et calculer, et j'ai d'jà tenu une petite épicerie à Rio de Braço. Pour ce qui est d'avoir peur, ça m'est arrivé une seule fois, quand j'ai eu l'béguin pour un homme, c'est lui qui m'a appris à lire.

Elle mit le chiffon à côté du savon et de la cuvette. Et, avec un sourire, elle conclut :

— Et j'ai jamais appris à voler, savoir pourquoi ?

Le village

Installé à Tocaia Grande, le nègre Castor Abduim y affronte la solitude

1

Le corps sanglant du pécari jeté sur son dos nu, la besace pleine accrochée à l'épaule, un morceau d'étoffe noué à la ceinture, Oxossi sortit de la forêt et se dirigea vers la rivière. Dans la lumière du soleil, Epifania reconnut la divinité à son port altier et à son gibier de prédilection : maître des forêts vierges et des bêtes sauvages. La veille, elle avait aperçu de loin Xangô à sa forge inventant le feu. Xangô ou Oxossi, le nègre Tison Abduim traversa l'étendue plane, armé du sabre d'abattis et de l'espingole.

Au Bidet des dames, large cuvette formée par le courant, Epifania se baignait d'eau et de brise, se délassant d'une nuit bien remplie ; sur une pierre, le peignoir jaune qu'elle venait de laver et le pain de savon. Dans la cité de Bahia où elle était venue au monde, c'est auprès de la iyalorixa Quequé, aux Sept Portes, qu'elle avait eu le crâne rasé, pour consacrer sa tête à Oxum la vaniteuse. Oxum, épouse d'Oxossi et de Xangô, mère des eaux douces : Epifania frissonna, ressentit le froid au tréfonds de son être, se raidit de tout son corps.

Le chasseur jeta sa charge à terre, un peu plus loin, où la rivière s'élargissait : de la blessure mortelle à la gorge du pécari le sang s'écoula, rougissant l'argile. Il dénoua le tissu à sa ceinture et le posa à côté de la besace, du coutelas et du fusil. Il avait fabriqué lui-même la longue et large lame, en avait aiguisé la pointe, affûté le tranchant. Son ouvrage aussi, la besace de cuir brut destinée au transport du petit gibier. Levant les bras, il plongea dans la rivière pour laver le sang qui couvrait son dos. Epifania avait dressé le buste pour mieux voir.

En revenant à la surface, Tison l'aperçut enfin, assise au milieu de la cascade: la figure d'une iyabá, Oxum en personne, à coup sûr, déesse des cours d'eau, qui visitait cette lointaine province de son royaume. Avant que la vision ne s'évanouît dans la réverbération de la lumière, il la salua en touchant son front du bout de ses doigts et en répétant la formule révérencielle: ora-yê-yêwo. Mais, comme le sortilège demeurait, il assura son regard, fit un signe du bras et, pour engager la conversation, demanda le morceau de savon. Elle se mit alors debout, laissant voir les pointes pourpres de ses seins, gorge épanouie, taille menue, hanches larges. La peau noire, au point de paraître bleutée. La noire Epifania, péril en liberté courant par les pistes du cacao de place en place, pour faire halte où il y avait du monde.

Elle vint lui apporter le savon, en faisant attention à ne pas glisser sur les pierres lisses. Son corps de jais brillait avec des reflets bleus sur le poli parfait de la peau. Puis elle s'accroupit, et resta là cependant qu'il se savonnait. L'eau naissait du ventre d'Epifania. Epifania de Oxum, épouse d'Oxossi et de Xangô.

En lui rendant ce qui restait du savon, le nègre la prit par le poignet et la regarda au fond des yeux.

— Tison... j'ai entendu causer... chuchota Epifania, qui se laissa emmener sans résistance, soumise.

Ils plongèrent ensemble, enlacés. Puis il la guida à contre-courant en la maintenant serrée contre sa poitrine, nageant lentement comme pour marquer la solennité de la rencontre. Epifania ne sentait plus la fatigue de la nuit de travail. Quand ils virent sur la berge le cadavre du pécari, elle demanda pour que de nouveau il entendît et remarquât la rauque langueur de la voix nocturne:

— C'est vous qui l'avez chassé, père?

Il fit oui de la tête, et son sourire témoigna de sa satisfaction: gros gibier attrapé opportunément, de bon augure. Don d'Oxossi ou de Xangô, présent d'Oxalá peut-être. Dans un recoin de la forge il avait dressé l'autel, installé les objets sacrés: l'arc et la flèche, le marteau à double panne, le paxorô. Il expliqua le pourquoi de son contentement:

— Demain c'est dimanche.

— Et alors? Dans ce trou, quelle différence ça fait avec les autres jours de la semaine?

Arrivée de peu, Epifania n'était pas encore au fait des habitudes et des usages. Il n'y en avait pas beaucoup, mais chacun de ces usages établis représentait un effort, avait exigé de l'habileté, de la patience surtout: Castor Abduim da Assunção, quand il prenait une affaire en main, n'était pas homme à renoncer ou à revenir en arrière.

— Plus tard je te raconterai.

Il allongea sur le lit de galets le corps consentant de la mère des eaux douces, contempla son visage, effleura son ventre marqué de longues stries, qu'il ne vit ni ne sentit. Il vit seulement la bouche entrouverte qui haletait doucement, les yeux alanguis qui se fermaient à moitié; sentit seulement le duvet soyeux, douce toison. Le courant de l'eau recouvrait et découvrait les déités; la rivière emporta le bout de savon qui restait.

2

Au long des jours, l'inertie, l'ennui. Habitué à la compagnie et à la fête, le nègre Castor Abduim da Assunção, plus communément Tison, éprouva mélancolie, vide et désarroi quand il déposa ses hardes en ce lointain canton pour y bâtir la première maison en pierre. Il se lava de ses péchés, s'il en avait à expier, mais ne put échapper au défi de la solitude.

Il avait décidé seul, unique responsable, maître de son destin. Il avait eu recours au colonel Robustiano de Araujo, obtenu de lui le prêt indispensable pour monter la forge, mais ne lui avait pas demandé conseil, ne lui avait pas rendu de comptes : ni à lui ni à personne d'autre. Ainsi agissait-il depuis qu'il avait échappé à une mort certaine en s'enfuyant, adolescent encore, des plantations de canne à sucre de Santo Amaro. Orphelin, né d'esclaves affranchis, voué par le caprice d'une gringa au rôle de bouffon et de laquais, il avait défié le pouvoir absolu, la police et les sbires, le despotisme seigneurial, avait brisé les chaînes de la servitude. Personne ne lui donnait d'ordres : en rossant le Baron, il avait à jamais vaincu la peur et la soumission.

Sa tête mise à prix, il avait quitté la fête perpétuelle du Recôncavo, laissant pour toujours derrière lui la splendeur ostentatoire du sucre : la maison de maître, la chapelle, les écuries, le moulin à sucre, les alambics, le dépôt de bagasse. Il n'accompagnerait plus les processions derrière le dais des saints, plus ornés les uns que les autres de dorures et d'argentures ; dans les recoins mystérieux de l'ancien quartier des esclaves, un autre ogan battrait le rumpi au milieu des tambours rituels pour le salut en hommage à Xangô la nuit des orixás, plus imposants les uns que les autres avec les eirus, les xaxarás, les abebês. Il avait tourné le dos aux grandes dames et à leurs suivantes, aux raffinements de patriciennes adultères, au luxe de mulâtresses parfumées de lavande. Abandonné sans retour, à tout jamais, les fastes d'Orope, France et Bahia, les cannaies, les barcasses sur les eaux du Paraguaçu, la civilisation des seigneurs du sucre édifiée sur les reins des esclaves.

De regret, il n'en avait qu'en pensant à son oncle Cristovão Abduim, maître forgeron qui lui avait appris le métier, incomparable alabê à la tête de l'orchestre pour l'appel des orixás, et qui l'avait initié aux tambours rituels. Tout le Recôncavo n'était qu'une grande fête.

Le Recôncavo n'était qu'une grande fête, mais Tison ne

sentait pas cette fête lui manquer vraiment. Il se contentait des quelques pauvres filles perdues qui avaient échoué là, aimait ce rude paysage grapiuna, les immenses étendues de forêt vierge et la beauté dorée des cacaoyères. Aux fêtes de la plantation du Recôncavo, son rôle avait été celui d'un obscur figurant : celui du larbin, de simple domestique, alors même qu'il besognait Madame la baronne dans l'alcôve de la maison de maître, sur les beaux draps de lin blanc de Monsieur le baron. A Tocaia Grande, un homme libre : défiant la solitude, il y mettait en terre les semences d'une autre fête.

Amoureux de la beauté du site, confiant en son avenir, il avait décidé de s'établir à ce carrefour naissant de convois muletiers. Clientèle assurée, qui devait donner de quoi vivre et de quoi rembourser le colonel. Libéré une fois pour toutes du besoin de louer la force de ses bras, la dextérité de ses mains, la substance grise de son crâne. Dans le Recôncavo, tout était accompli et achevé ; ici, tout était à faire.

Le jour où il alluma le foyer, actionna le soufflet et abattit le marteau sur l'enclume, où il souleva la patte du mulet Cigare pour y mettre un nouveau fer sous les vivats de l'assistance – putes, muletiers, jagunços, M'sieu Fadu et Pedro Cigano – Tocaia Grande, gîte d'étape fréquenté sur la route des convois de cacao sec, mais encore inhabité, commençait tout juste à se transformer en misérable hameau : dans la combe aux Crapauds, les paillotes des putes ; sur le chemin des Mulets, des masures de torchis, le hangar du colonel Robustiáno et la maison du Turc, commerce florissant de tafia, tabac et cassonade.

C'est après l'arrivée de Castor qu'à la rangée de masures, sur le chemin des Mulets, vinrent s'ajouter quelques maisons de brique à couverture de tuiles. Avec la construction de la forge, le hameau grandit, devint village, accueillit de nouveaux habitants : maçons, charpentiers, aides et apprentis des uns et des autres. Comme Lupiscinio et Bastião da Rosa, naguère engagés par Fadul, de même les maîtres d'œuvre Balbino et Guido, Zé Luiz avec sa femme Merencia, vinrent d'abord à titre provisoire, avec l'intention de limiter leur séjour à la durée des travaux à exécuter, et puis ils restèrent. Balbino, maître maçon de métier, Guido, menuisier: menuisier et non charpentier, comme il le précisait non sans une pointe de vanité. Zé Luiz et Merencia, lui, courtaud, un pochard; elle, une grande bringue crâneuse; ils avaient construit un four improvisé où ils faisaient cuire les tuiles pour la maison de Castor. Afin de satisfaire à une demande plus importante du colonel Robustiano de Araujo, ils agrandirent la petite briqueterie — l'argile était de toute première qualité.

Ayant décidé de rester pour de bon, Merencia, qui tenait les rênes dans le ménage, se mit en tête d'avoir une maison de maçonnerie pour y loger avec son mari : dans la paillote dressée à côté du four, Zé Luiz avait échappé par miracle à une morsure de serpent fer-de-lance. Il y avait des endroits magnifiques du côté de la rivière, dans la combe aux Crapauds, mais elle préféra construire sur le chemin des Mulets, près de la baraque de Lupiscinio, loin du quartier des putes, antre bruyant de débauche et de péché. Sa condition de femme mariée ne l'empêchait pas de parler aux filles, mais c'était bonjour bonsoir: pas question de voisiner avec les prostituées, on n'était pas du même monde. Ainsi, Coroca avait eu mille fois raison, se dit le charpentier: même tout au bout du monde, les rues du centre sont réservées aux bonnes familles.

Quand Tison arriva et alluma la forge, c'était chacun pour soi et Dieu pour tous, comme le vieux Gerino l'avait expliqué à Bernarda ce fameux soir de violence et de désolation. Si l'on ne voulait pas devenir de pauvres gens bilieux et moroses, il fallait au plus tôt changer d'habitudes et de façon d'être: développer la vie en commun au sein de cette population réduite où nul ne se souciait d'autrui. A Tocaia Grande, Castor Abduim affronta la solitude avec le même enjouement et la même détermination qu'il avait su montrer en des temps anciens, quand il s'était roulé dans la couche de la Madame, avait dégrafé la poitrine de Rufina et sauté à la gorge de Monsieur le baron. Si ce n'était pas un passé si lointain, tout cela paraissait pourtant bien vieux...

3

Plus que tout autre, c'est Fadul Abdala qui se réjouit de la présence de Tison à Tocaia Grande. Si heureux qu'il mit à part une bouteille de tafia pour offrir sa tournée l'après-midi où le nègre ferra le mulet Cigare au milieu des cris de joie de la petite foule rassemblée devant la forge.

Ils s'étaient connus à la fazenda du colonel Robustiano : le nègre au ferrage des bêtes, le Turc avec sa malle de colporteur bourrée de marchandises à vendre. Certaines fois, se trouvant tous deux de passage à Taquaras, ils eurent de nouveau l'occasion de se rencontrer au bordel de l'Indienne Alice, où avait lieu un joyeux pince-fesses : au moment où la fête battait son plein, voilà qu'apparut une bande de voyous, et la paisible ribouldingue s'acheva en ramdam, avec pugilat et coups de feu. Ils en sortirent indemnes et le nègre, non content d'avoir mis en compote un des fiers-à-bras, lui prit son pistolet : quand on ne sait pas manier correctement un pétard, on évite de le sortir de sa ceinture, sous peine de perdre à la fois son artillerie et son arrogance.

Fadul voyait en Tison une garantie supplémentaire contre d'éventuelles menaces, toujours à craindre, à la tranquillité de l'endroit. Bien sûr, Coroca était parfaitement à la hauteur pour s'occuper du magasin en cas d'absence du propriétaire, et aucun jagunço n'était venu mettre à nouveau en émoi les habitants de Tocaia Grande : tout malandrin devait y réfléchir à deux fois avant de se décider. Le danger s'était réduit. Mais, de toute façon, la présence du nègre devant son atelier ouvert constituait une raison de plus de décourager voleurs et malfaiteurs.

Le commerçant et le forgeron se mirent d'accord : ils ne s'éloigneraient pas tous les deux à la fois de Tocaia Grande ; quand l'un d'eux aurait besoin de partir en voyage, l'autre rester là, prêt à intervenir en cas d'histoire.

Entre le mouvement du matin et celui du soir, marqués par le départ et l'arrivée des convois, c'était le calme plat, insupportable : les deux exilés tuaient le temps en bavardages décousus, échangeaient des souvenirs, évoquaient des aventures en brodant plus ou moins, racontaient des histoires à dormir debout. Ou, tout simplement, se tenaient compagnie en silence : l'Arabe dans le bien-être du narguilé, le nègre à ciseler des objets de fer ou de laiton.

Fadul aimait bien voir travailler Castor, un travail à la fois rude et délicat, qui faisait d'un bout de fer inutile une bague ou une broche à offrir à une femme, d'un vieux bidon un ustensile de cuisine, marmite ou autre. En échange, point d'auditeur plus attentif que Tison à tout ce que pouvait raconter le Turc, épisodes de la Bible, histoires orientales peuplées de prophètes et de tétrarques, de mages prodigieux et d'aimables odalisques qui montraient leur nombril. Les yeux écarquillés, exclamations et éclats de rire à la bouche, le Noir accompagnait pas à pas luttes et intrigues, avec passion. Il ne perdait pas un détail, même si le Levantin, lors de tel épisode poignant, pour mieux expliquer expliquait en arabe.

Il arrivait parfois qu'une fille vînt s'asseoir par terre à côté d'eux pour écouter et bavarder ; une fois ou l'autre, il pouvait en venir deux ou trois. Castor entonnait alors une chanson, la ronde du coco se formait, on marquait le rythme avec les mains :

C'est le matin
Le jour qui se lève
Allons tous les deux,
Sœurette,
Traire la vache pie.

Les femmes riaient de la prononciation de M'sieu Fadul,

mais il ne faisait pas attention, reprenait en chœur avec entrain : au Liban, dans son enfance, il chantait à l'église du village. Si Pedro Cigano se trouvait là avec son accordéon, elles demandaient à Castor une chansonnette : le Noir en connaissait tout un répertoire traditionnel, d'origine ibérique et africaine, et ne se faisait pas prier :

Si le bon Dieu me demandait
Que veux-tu que l'on t'accorde
Je voudrais passer ma vie
Accroché à ta robe rouge.

Grave et chaude, la voix de Tison résonnait dans les bois, remuait les tripes. Extasiée, Zuleica, une petite poseuse romanesque au teint basané, assurait que les oiseaux faisaient silence dans les arbres pour l'écouter. Pouvoir et sortilèges de Castor Abduim, ferreur de mulets : il faisait taire les oiseaux, paralysait les serpents, s'emparait des cœurs. Nègre plein d'imagination et d'allégresse, magicien, qu'eût été sans lui Tocaia Grande ?

4

Au début, pour savoir la date et le jour de la semaine, il fallait consulter le seul calendrier existant à Tocaia Grande, accroché près de la porte du dépôt de cacao sec. Un chromo, d'ailleurs, plaisant à regarder : paysage hivernal de la campagne européenne, avec des montagnes couvertes de neige et un énorme chien à grands poils qui portait au cou un tonnelet, chose bien curieuse. Collé sous l'image, un petit bloc épais constitué de pages imprimées qui indiquaient le jour et la date, le calendrier proprement dit. Un cadeau de nouvel an du colonel Robustiano de Araujo au vieux Gerino, fidèle garde du corps.

Orgueilleux propriétaire d'un objet de pareille valeur, Gerino faisait admirer le tableau aux filles et aux muletiers, et répétait les explications entendues du colonel : dans ces pays étrangers il fait un froid épouvantable et le petit tonneau est rempli de gnôle pour secourir les pauvres malheureux dans le besoin. On ne pouvait rien imaginer de plus beau et de plus instructif comme almanach, mais il ne fallait pas trop s'y fier, car le vieux Gerino passait des jours et des jours sans penser à arracher les feuilles et, quand il s'en souvenait et voulait suivre les recommandations du colonel, il les enlevait au petit bonheur : une, deux, jamais plus de trois pour les économiser, lettres et chiffres étant incompréhensibles pour la quasi-totalité des habitants et des passants. La vie s'écoulait dans un retard permanent et personne n'aurait pu assurer de façon précise si l'on était à la fin du mois de mars ou au début d'avril, si c'était jeudi ou samedi. Et le dimanche, jour du Seigneur ? En ce temps-là le dimanche n'existait pas à Tocaia Grande.

Sans savoir si les pluies seraient précoces ou tardives, comment supputer le volume des récoltes de saison et hors saison, prévoir la quantité de cacao que produiraient les petites plantations et les grands domaines dans toute la zone de la rivière aux Serpents, la richesse qui en résulterait ?

Désordre et confusion : peu importait à certains, mais d'autres s'inquiétaient et se tourmentaient. Fadul le Turc avait de l'argent à recevoir de clients à qui il avait vendu à crédit ou prêté moyennant intérêts, des paiements à effectuer chez ses fournisseurs, avec des dates précises dans un cas comme dans l'autre, dates notées en arabe dans un carnet. Merencia tenait le dimanche pour un jour de repos obligatoire comme l'ordonne et l'exige la loi de Dieu — le Dieu, de la vaniteuse épouse du potier, car celui de Fadul, moins orthodoxe, permettait le commerce dominical, avec une juste plus-value, il va sans dire. Et Bernarda se rongeait à essayer de deviner les jours fastes des visites du parrain.

Les visites du parrain, sa raison de vivre. D'abord, halte

rapide — ah! trop rapide — sur le trajet d'aller et retour entre les fazendas d'Atalaia et de Boa Vista ; puis, dernièrement, il s'était mis à passer en compagnie de Bernarda la nuit tout entière — ah! nuit trop courte. Avec cet absurde calendrier de Gerino, le capitaine Natario da Fonseca lui-même se vit contraint de modifier habitudes et horaires.

5

Tel qui rit vendredi dimanche pleurera, et à quelque chose malheur est bon, affirment les putes en connaissance de cause. Bernarda vérifia la justesse des deux proverbes en l'espace, infime et infini, d'une seule nuit. C'est à la suite de la nuit ténébreuse du pire des abandons, quand elle le crut perdu à jamais, que le parrain décida de changer les horaires et d'élargir la mesure étroite de la félicité. Bernarda avait retenu ses pleurs au fond de sa gorge, habituée qu'elle était à ne laisser larmes ni sanglots échapper de son cœur ; elle ne rit que mieux quand, finalement, elle découvrit le mystérieux enchaînement des causes et des effets.

Lors du voyage mensuel à Boa Vista, le capitaine Natario da Fonseca faisait son apparition dans le milieu de la matinée ; à son retour à l'Atalaia, il sautait à bas de sa mule vers le milieu de l'après-midi. Occasion brève et partagée : tout le monde voulait le voir, faire un brin de causette, savoir ce qu'il y avait de neuf ; et il s'entretenait longuement seul à seul avec Fadul.

Que ce fût le matin ou l'après-midi, cependant que Bernarda et le capitaine s'en donnaient à cœur joie sur le lit de camp, Coroca préparait un café sucré à la cassonade, qu'elle servait tout chaud pendant les quelques minutes de conversation qui précédaient le départ. Quand il venait de l'Atalaia, Natario donnait des nouvelles de la famille, de Zilda et des enfants : ta marraine t'envoie sa bénédiction et ce bout d'étoffe pour t'en faire une jupe. Au retour de Boa Vista, le seul sujet était les cacaoyères nouvellement plantées. Il parlait avec enthousiasme de la croissance satisfaisante des pieds mis en terre, évoquait des perspectives optimistes : Bernarda, tout heureuse, battait des mains. Si au contraire il faisait des réflexions sur les pluies, dont la durée pouvait contrarier les prévisions en pourrissant les bourgeons, Bernarda conjurait le mauvais sort, prédisait le retour du soleil. Elle n'oubliait jamais, au moment des adieux, de faire demander sa bénédiction à la marraine. Moment douloureux, abominable : tout un mois interminable à attendre pour le serrer de nouveau dans ses bras, quelques misérables secondes pour la joie sans bornes. Quand resterait-il une nuit entière avec elle, des ombres du crépuscule aux premières lueurs du jour ? Quand, parrain ?

Et ne voilà-t-il pas que lors d'un de ces lointains après-midi d'autrefois, tout en savourant le petit café de Coroca, le parrain avait annoncé brusquement qu'en revenant du mariage d'une fille de Lourenço Batista, le chef de gare de Taquaras, à quinze jours de là, il passerait la nuit à Tocaia Grande et viendrait réchauffer le lit de sa filleule ? Toute la nuit auprès d'elle ? Ah ! merci, mon Dieu ! La plus heureuse, la plus souhaitée des nouvelles, presque impossible de la croire vraie. Tout excitée, folle de joie, elle demanda au parrain de répéter le jour exact. Il n'y avait pas à se tromper : pas le dimanche suivant, mais celui d'après, moins de deux semaines. La nuit entière.

Pas d'erreur possible, réaffirma Coroca quand Natario eut éperonné sa mule et gagné la route. Les feuillets imprimés en noir sur le bloc du calendrier indiquaient les jours de semaine, du lundi au samedi, mais le dimanche se détachait en rouge, pour bien marquer le jour du Seigneur, le jour de fête. Heureusement qu'il y avait le calendrier de Gerino, car à Tocaia Grande tous les jours se ressemblaient et il n'y avait de fête que lorsque Pedro Cigano avait l'idée d'un petit bal les soirs où il y avait affluence de muletiers et autres voyageurs.

L'indifférence de Bernarda pour l'almanach accroché au mur du hangar fit place à une attention extrême : elle se mit à aller tous les jours, dès le matin, constater le lent écoulement du temps. Elle vit apparaître puis disparaître la première page rouge, attendit la seconde avec une telle impatience, une telle fièvre que l'un des gardes ne put s'empêcher de remarquer :

— La gamine est tout émoustillée. Elle tient pas en place.

— Bernarda, elle a un grain, assura Gerino qui la revoyait, furieuse et l'insulte à la bouche, le soir des jagunços.

Comment eût-elle pu deviner que le magnifique calendrier était en retard de trois jours ? Retenue pour toute la nuit par un ouvrier agricole — quelques sous mis de côté l'un après l'autre, durement gagnés au maniement de la houe et de la machette, pour passer un bon moment, tout à loisir, avec la fameuse Bernarda —, elle était tout tranquillement au lit, sous le bonhomme, mais pensant à son parrain, quand elle perçut un léger bruit devant la maison. Elle prêta l'oreille : de l'extérieur, quelqu'un tentait de faire sauter la clenche avec un poignard glissé dans l'interstice de la porte. Bernarda sursauta ; le gars gémit de plaisir en sentant ce mouvement inattendu, accéléra le va-et-vient : quelle femme ! On le lui avait bien dit.

Bernarda sut tout de suite, d'une certitude absolue : c'était le parrain qui avait avancé la date de son déplacement. Elle voulut se lever, n'en eut pas le temps. A la flamme ténue de la bougie allumée dans la petite salle de devant, elle vit l'ombre envahir le lit de camp, la silhouette se poster à l'entrée de la chambre, et l'injonction tomba, sans un éclat de voix — l'autorité du ton suffisait :

— Fous l' camp, mon pote. En vitesse.

Dans l'obscurité, le paysan ne reconnut pas l'intrus. Mulâtre bien bâti, habitué aux rixes dans les bordels, il crut avoir affaire à un de ces ivrognes importuns, forts en gueule et rien dans le ventre. Toujours sur Bernarda, il parla sec :

— Fout' le camp, pourquoi? Fais pas l' con!

— Parce que j' te l' dis.

— Et qu'est-ce qui t' permet de m' donner des ordres?

Il se releva, bien disposé à corriger l'insolent.

— J'suis le capitaine Natario da Fonseca. — Il s'écarta, laissant le passage libre; l'acier du revolver brilla dans la faible lueur du lumignon.

— Pour l'amour de Dieu, tirez pas, capitaine!

Il ramassa pantalon et chemise, se rua dehors, disparut dans la nature, et ne s'arrêta de courir qu'au moment où il se jugea hors de portée. Une sacrée chance: il avait pu reconnaître le capitaine avant de commettre la folie de lui mettre la main sur la figure de se condamner à mort. Quant à coucher une autre fois avec cette piquée, elle avait beau être sensationnelle, on ne l'y reprendrait pas: même à l'œil, Dieu garde!

Bernarda se mit debout, muette de stupeur, ne demanda même pas la bénédiction. Natario remit son arme à la ceinture, l'air impénétrable, la voix sévère, dure:

— J'avais prévenu que je venais dormir ici aujourd'hui. T'as oublié?

— Parrain a dit qu'il venait dimanche. Ce matin encore j'ai regardé sur le calendrier de M'sieur Gerino.

De l'autre chambre, la voix de Coroca:

— C'est la vérité, j'y étais avec elle, ça disait jeudi.

Ayant dit, elle retourna à ses affaires: tranquilliser son client terrifié, qui proposait de payer et de s'en aller: — T'inquiète pas, mon gars, faut pas avoir peur.

Le capitaine s'assit sur le lit, retira son ceinturon, commença à ôter ses bottes:

— Va te laver.

Bernarda partit en toute hâte vers la rivière mais, à mi-chemin, revint, toujours courant, chercher le savon: l'eau seule ne suffirait à nettoyer sa peau de la sueur et du souvenir de l'autre foireux.

En revenant, encore mouillée, lavée de toute souillure, fin prête pour les noces avec le parrain, elle le trouva dormant apparemment à poings fermés ; il n'avait même pas enlevé son pantalon. Bernarda, déconcertée, ne sut que faire. Elle s'assit sur le rebord du lit, lui effleura le visage de ses doigts humides. Sans ouvrir les yeux, le parrain lui tourna le dos. Dormait-il vraiment, ou la repoussait-il sans pitié ? A travers la fumée de la bougie, il l'avait vue couchée sous un autre, s'était senti offensé, ne voulait plus d'elle.

Jamais il ne s'était montré jaloux, n'avait fait d'elle une maîtresse dont il se fût réservé l'exclusivité. En passant par Tocaia Grande, il la prenait dans ses bras avec fougue et tendresse comme s'il avait eu, du moins, un sentiment pour elle. Ils n'échangeaient pas de mots d'amour, de serments et de promesses, et ce n'était pas nécessaire, puisqu'ils étaient ensemble au lit. Cavalier et monture, ils chevauchaient de conserve ; chien et chienne, loups affamés se dévorant l'un l'autre. Dans les intervalles, ils bavardaient, causaient des plantations, de la famille, soucis et songeries, la maison qu'il allait faire construire pour Zilda et lui à la cime du morne. Quand, parrain ? Il n'était pas question d'argent entre eux, il ne la payait pas, est-ce que l'affection se paie ? Si par hasard Bernarda voulait quelque chose de plus, à aucun moment elle ne laissa entendre quoi que ce fût, ne suggéra ni ne demanda jamais rien, se contentant de ce qu'il donnait et accordait spontanément.

Assise de travers sur la barre de bois du lit de camp, elle veilla sur le sommeil de Natario durant cette nuit de disgrâce sans pouvoir fermer l'œil, malheureuse et maudite. Abandonnée. Elle avait tant rêvé, tant souhaité l'avoir auprès d'elle pour toute une nuit ! Sans qu'elle eût demandé ou imploré, c'était lui qui, de son propre mouvement, avait décidé de venir, lui aussi en avait éprouvé le désir : elle l'avait à ses côtés, et il aurait mieux valu qu'il ne fût pas là. Etranger, indifférent, perdu à jamais. Il lui avait tourné le dos, tout était fini. Un mépris pire que l'absence.

Quand elle l'entendit ronfler, enfin endormi pour de bon, elle se leva tout doucement, se pelotonna sur la poitrine du parrain comme elle le faisait autrefois: lui dans son hamac d'homme seul, elle toute gosse. Elle se rappela les bons et les mauvais moments, la bave du père dans sa bouche, la mère agonisant sans défense, la faim, la fuite, les retrouvailles, la première fois sur ce grabat de la cahute, et la paire de boucles d'oreilles dorées, dont il lui avait fait cadeau et qu'elle mettait quand ils étaient ensemble, toute fière de les porter. Ainsi, petit à petit, elle commença à distinguer apparence et réalité, comprit que la colère et le mépris n'étaient que feinte et déguisement, moyen de cacher la jalousie et la peine, la blessure au cœur. Signe qu'il l'aimait, ne la considérait pas comme une fille du ruisseau semblable à tant d'autres qu'il couvrait dans ce monde perdu du cacao. Pas davantage comme une passade qui donne du plaisir mais pour qui on ne souffre pas.

Avant l'aube, s'étant dégagé du corps de Bernarda, bien délicatement pour ne pas la réveiller, Natario se leva, sortit pour uriner et aller se baigner. Le cœur battant, elle sauta hors du lit, mit ses anneaux aux oreilles, courut derrière son parrain. Elle le vit de loin, accroupi dans les herbes. Ils se retrouvèrent au bord de la rivière, elle le regarda droit dans les yeux:

— C'était pas ma faute.

— Je sais. N'empêche, j'étais furieux:

Bernarda l'aida à ôter son pantalon; les ténèbres se dissipaient, les étoiles s'éteignaient, la nuit s'achevait. Il n'y avait eu ni offense ni indifférence, injustice ni menace. Peine de cœur, dépit amoureux: malgré tout, j'étais furieux. Tristesse et joie.

Au moment des adieux, il prévint:

— Je reviens passer la nuit d'ici à sept jours. Compte sur tes doigts pour ne pas te tromper encore.

S'il voulut donner à sa voix un ton de fâcherie et de mise en garde, il n'y parvint pas: de la main, il caressait les cheveux de sa filleule et, sur la face impassible du parrain, masque sculpté dans le bois, Bernarda distingua l'ombre timide d'un sourire.

6

Une fois installé à Tocaia Grande, le nègre Tison y institua le dimanche en marquant la fin de la semaine par quelque chose de particulier et de fixe : il réunit les habitants pour un repas en commun. Moyen d'éviter filouteries, péchés et ressentiments, de servir le commerce, la religion, les bonnes relations des gens entre eux.

Chasseur invétéré, il trouvait dans la forêt de quoi varier l'ordinaire. Toujours serviable, il offrait une partie du gibier qu'il avait pris, quand la chasse avait été bonne, à tel ou tel des habitants avec lesquels il était le plus lié. Une fille lui demanda un jour pourquoi il ne vendait pas plutôt que de donner — ce qui aurait pu lui rapporter pas mal — et il répondit que ce n'était pas là son métier, qu'il gagnait sa vie avec son travail à la forge. De même, il ne songea pas au profit et ne fut poussé par aucun esprit de lucre quand il décida de fabriquer de la viande séchée et se consacra ensuite à l'organisation du déjeuner dominical. Il pensa simplement à améliorer la chère et à rassembler le peu de gens qui vivaient au village.

Pour la fabrication de la viande séchée, il bénéficia immédiatement de l'appui de Fadul — ce pourrait être une bonne affaire, qui sait ? — et de la collaboration décisive de la négresse Dalila, de retour à Tocaia Grande. Collaboration offerte sans arrière-pensées par la superbe pétasse qui, pour être spécialiste de capacité reconnue en la matière, ne demanda pour autant ni salaire ni bénéfice : c'est de bon cœur qu'elle apporta son concours.

Après la frayeur que lui avait causée Janjão Fanchão en menaçant son troufignon, elle avait disparu, sans doute vers des horizons moins troublés où balancer en paix ces miches si prometteuses. Ayant parcouru des lieues et des lieues, elle s'aperçut qu'elle se retrouvait finalement dans ces mêmes dangereux parages. Mais constata que la localité avait grandi : davantage de monde, de nouvelles constructions, moins de risques, et le feu ronflant à la forge.

Informé des méfaits et des intentions des trois défunts, et notamment du dessein de Janjão, Fadul fit part à Dalila, avec une évidente satisfaction, de la mort du queutard. La fille était déjà au courant : l'événement avait fait quelque bruit, on en avait parlé ; les commentaires étaient allés bon train et elle en avait entendu les échos à Itapira, où elle avait séjourné dans l'intervalle des récoltes. Si loin que ça ? C'est comme on vous le dit.

— Paraît qu'on les lui a coupées. C'est bien fait. Dieu soit loué !

N'ayant aucun intérêt à démentir les détails cruels des versions contradictoires qui couraient sur la fin des bandits, Fadul détourna le cours de la conversation :

— C'est vrai, que t'es pucelle par-derrière ?

Dalila ne se laissa pas démonter, répondit aussi sec, de façon aussi catégorique qu'énigmatique :

— De force, m'sieu Fadu, rien à faire par-devant, alors encore moins par-derrière.

Elle n'ajouta rien, n'étant pas hypocrite comme tant d'autres. Sentimentale, elle ne savait rien refuser à qui lui plaisait ; quand elle était dans le besoin, elle ne repoussait pas une proposition alléchante : à qui la faute, si Dieu l'avait si bien pourvue ? Elle laissa le curieux sur sa faim : de force, m'sieu Fadul, plutôt crever.

Ainsi devisaient la fille et le Turc, jouant au plus fin, quand parut Castor avec une proposition : Fadul ne voulait-il pas s'associer à lui dans une entreprise à l'issue imprévisible ? Il songeait à fabriquer de la viande séchée, ce qu'il avait encore jamais fait, mais il ne coûtait rien d'essayer. A la fazenda du colonel Robustiano il avait vu les gens du sertáo saler la viande de bœuf les jours d'abattage et la faire sécher au soleil : c'était encore plus savoureux que le *jabá* à la mode du Sud. Lui fournirait le gibier, le Turc le sel — qu'en pensait-il ?

Dalila ondula de la croupe — spectacle toujours fascinant — et déclara que pareille affaire n'avait pas de secret pour elle. Dans le haut sertão où elle était née, en pleine terre d'élevage, c'était justement de quoi vivait le petit peuple : saler la viande fraîche pour la faire sécher au soleil, pour le compte du colonel Raul, celui-là même, soit dit en passant, qui avait eu son pucelage. On salait de même porcs et autres bestiaux de petite taille, volailles diverses, et on faisait frire des oiseaux pour les manger et les vendre sur le marché. Les petits oiseaux, tout se mangeait, y compris les os.

Constituée à l'origine de trois personnes — Tison avec le produit de la chasse, Fadul avec le sel, Dalila avec son savoir-faire —, l'association ne tarda pas à se développer, si tant est qu'on puisse ainsi qualifier cette petite affaire coopérative. Lupiscinio et Bastião da Rosa montèrent un bâti de perches pour suspendre la viande salée. D'autres femmes apportèrent leur concours et, durant la salaison, il y eut du mouvement au bord de la rivière. Quolibets, blagues, éclats de rire, une distraction. Beaucoup de travail pour peu de viande, assez cependant pour que chacun en eût sa part. Fadul constata qu'il ne restait pas de quoi en faire commerce, mais la chose en valait quand même la peine : il n'y a pas que l'argent en ce monde.

Un beau soleil collabora au succès de l'expérience ; il n'y eut pas de pluie au cours de ces journées d'affairement. Quand Dalila, du haut de ses galoches et de sa compétence, annonça que la viande séchée était à point pour être cuite et mangée, un véritable festin s'improvisa. Dans une marmite en terre Bernarda et Coroca cuisinèrent une partie de la viande avec les haricots noirs, Zuleica fit griller de la farine de manioc dans la graisse de friture, Cotinha fit de la marmelade de jaque — et dire que personne ne faisait cas de Cotinha ! On réunit quelques sous pour acheter à Fadul une bouteille de tafia, qu'il céda à prix réduit pour apporter également sa contribution. Et il y eut des chansons pour finir.

Ainsi naquit l'idée du déjeuner dominical. Enthousiaste comme personne, Tison lança la suggestion, qui reçut un accueil chaleureux de l'assistance : un déjeuner qu'on ferait ensemble une fois par semaine pour se remplir la panse, bavarder et s'amuser. Quelques personnes seulement pour commencer, auxquelles les autres se joignirent bientôt.

Sous l'abri dressé au milieu de la friche, tous les dimanches, quand le soleil était au zénith, la petite population se rassemblait. Tison et Fadul, Gerino et les gardes du dépôt, Guido et Bastião da Rosa, Balbino et Lupiscinio, Coroca et Bernarda, Zé Luiz et Merencia, Zuleica et Dalila, Cotinha la confiseuse. En victuailles ou en travaux de préparation, presque tous apportaient leur quote-part, et tous participaient au gueuleton. Lorsqu'il était là, Pedro Cigano faisait de la musique, et il y avait alors non seulement chants mais aussi danse.

Merencia rendait grâces au Seigneur pour la célébration du jour férié, Fadul se joignait à la prière en murmurant en arabe, les putes disaient amen. Des muletiers retardaient le départ des convois pour manger et boire avec la compagnie.

A la demande d'Epifania, le nègre Castor Abduim organise la fête de la Saint-Jean

1

Un matin de bonne heure, le nègre Castor Abduim était en train de ferrer le mulet Piassava quand, détournant les yeux vers l'intérieur de l'atelier, il remarqua le chien couché au pied de la forge. Il pensa que le cabot devait appartenir à Lazaro, vétéran des sentiers de Tocaia Grande, ou à son fils et auxiliaire Cosme, un garnement assez insolent. Ils ne l'avaient sans doute pas depuis bien longtemps, car il ne se souvenait pas d'avoir vu l'animal avec le convoi. Tout trempé, il profitait de la chaleur du foyer avant de se remettre en route. Tison n'enviait pas son sort : un vrai temps de cochon.

En raison du mauvais état des chemins — de chemin digne de ce nom, à vrai dire, il n'y en avait plus, car tout était transformé en un immense bourbier rempli d'embûches — Lazaro était arrivé en pleine nuit, pestant et jurant : à mi-parcours, Piassava avait perdu un fer et s'était mis à boiter, ce qui avait encore retardé la marche déjà bien lente. Putain de route de merde, avec un temps pareil !

Ils arrivèrent au petit matin chez le maréchal-ferrant, souhaitaient être à Taquaras avant le départ du train. Tandis que Cosme resserrait les nœuds pour assurer les bâches qui protégeaient le chargement de la pluie fine et persistante, Lazaro ne se lassait pas d'admirer la précision et l'adresse de Castor. Tête et épaules couvertes de grosse toile de sac faisant office de capes et de capuchons, pieds nus, jambes de pantalons retroussées, le père et le fils patinaient dans la gadoue, maudissaient le ciel complètement bouché, lugubre.

Il ne s'agissait pas de nuées soudaines, d'averse brusque et rapide, d'une de ces ondées d'été qui ne laissent pas de trace, n'arrivent pas à masquer le soleil. Non, l'hiver avait commencé, avec la pluie incessante, les jours gris, les nuits froides, l'horizon assombri, la boue et le cafard.

Dans les hameaux et les villages, aux gîtes d'étape, muletiers et aides-muletiers cherchaient le réconfort auprès des filles de joie ; dans les épiceries-débits de boissons, ils se rinçaient le gosier, se réchauffaient les tripes avec une rasade de gnôle. Avant de reprendre la route, Lazaro et Cosme iraient tuer le ver au foutoir de Fadul. La veille, ils étaient arrivés trop tard pour aller aux putes. En matière de femmes et en d'autres domaines ils avaient à peu près les mêmes goûts, tout naturellement ; en chemin, muets, attentifs aux ravins et aux précipices, tous deux pensaient à Bernarda. La songerie atténuait la fatigue, raccourcissait les lieues qui n'en finissaient pas. A défaut de Bernarda, si demandée, une autre quelconque ferait l'affaire.

Ferré convenablement, Piassava se mit à braire, lança une ruade, rejoignit les autres bêtes. Au moment de payer, Lazaro plaisanta :

— Il est content, l'enfant d' pute, avec son brodequin neuf.

Cosme mit la troupe en marche, Castor souhaita bonne route, rentra dans l'atelier — il irait plus tard relever le gibier, quand la pluie se ferait moins forte. Près de la forge, le chien leva la tête, remua la queue. Le nègre, mettant ses mains en conque devant sa bouche, cria :

— Lazaro ! Le chien !

Lazaro s'arrêta :

— Quel chien?

— Ç'ui qui est venu avec vous aut'.

— 'l est v'nu aucun chien avec nous, t'as des visions.

S'il n'était pas venu avec le convoi de Lazaro, avec qui alors? Son maître viendra bien, pensa le forgeron. Pour tirer l'affaire au clair, il s'assit sur la chaise de Xangô: ainsi avait-il baptisé un bloc de pierre carré qu'il avait apporté de la forêt et placé à côté du petit sanctuaire. Il tendit la main, le cabot essaya de se mettre debout, réussit difficilement à tenir sur ses pattes. Il s'approcha non sans mal, déhanché, remuant la queue. L'observant de plus près, décharné, épuisé, transi et tout crotté, les os trouant la peau, Tison en vint à la conclusion qu'il s'agissait d'un chien sans maître, errant en quête de restes de nourriture et de chienne en chaleur. Il partirait comme il était venu.

Il le caressa doucement en lui grattant la tête, puis le palpa avec précaution: il avait reçu un coup violent sur le train arrière, qui l'avait estropié. Il geignit en sentant la main du nègre au bas de son dos fléchi, aboya quand la pression s'accentua, mais il n'avait rien de cassé. Tout le temps que dura l'examen, il ne cessa de faire fête à Castor en balançant sa queue souillée de boue, pelée, pitoyable. Il était de taille moyenne.

2

Les aboiements firent sortir Epifania, curieuse de savoir ce qui se passait. Un morceau de cotonnade à fleurs autour de la taille, la poitrine nue, elle semblait ne pas sentir le froid du petit matin. Elle fut surprise de voir le chien, sale et quémandeur. Compatissante, elle demanda:

— Il sort d'où, cette âme en peine?

— De nulle part. Il s'est trouvé là comme ça.

Comment était-il arrivé, d'où était-il venu, Castor ne sut répondre: tout d'un coup, il était là à se réchauffer. Tout d'un coup? Epifania n'avait pas l'habitude de se laisser surprendre: elle trouvait toujours le moyen d'expliquer les choses les plus mystérieuses. Rien ne lui paraissait confus, ambigu ni obscur; pour elle, tout était clair, facile à comprendre. Tout, sauf le nègre Castor Abduim.

— Une blague du Compère.

Elle faisait allusion à Exu, le farceur, l'amateur de bons tours.

— Ecoute ce que j' te dis, fais marcher ta cervelle et tu vas voir. Tu lui fais pas une offrande tous les lundis? Et la première gorgée de gnôle que tu t' paies, c'est pour qui? Pour lui, non? Maintenant, dis-moi voir: est-ce qu'on a jamais vu un chasseur aller à la chasse sans chien? Exu laisse pas tomber ceux-là qu'il aime bien.

Elle alla chercher de l'eau dans une calebasse. Le chien but avidement. Quant aux restes de viande et de haricots, qui étaient de la veille, il les considéra avec suspicion, les flaira longuement, indécis, doutant d'avoir droit à pareille aubaine. Ses yeux apeurés allaient de Castor à Epifania comme pour demander la permission et l'assurance qu'il n'y avait pas de risque. En d'autres occasions, les choses avaient mal tourné.

Pleine de pitié, Epifania poussa le tesson de poterie sous le museau de la pauvre bête: alors seulement il avala en une bouchée la boule de pâtée — ils n'allaient pas changer d'idée, au moins? Puis il sortit la langue et lécha la main de la négresse, qui s'était accroupie à côté de Tison.

— I' mourait d' faim, le pauvre.

— On y a fait du mal, il a l'arrière-train en compote. On l'a chassé à coups de bâton.

— Avec toute cette boue on voit même pas de quelle couleur il est, savoir s'il est blanc ou marron; quand même, il a une tache noire sur la poitrine, une autre sur la tête, regarde. Si ça s' trouve, il est même beau.

— Beau?

Castor se mit à rire, incrédule. Un cœur d'or comme Epifania, ça ne pouvait pas exister: orgueilleuse, capable de vous faire marcher, ça oui, mais généreuse et serviable comme pas une. Il claqua des doigts pour appeler cette âme en peine — comme elle avait dit, compatissante — qui était venue se réfugier là :

— Viens ici, âme en peine.

Avec effort, le chien réussit à se tenir debout, approcha en titubant. Il aboya avec force, la queue dressée ; c'était bon signe : il s'était chauffé au feu, avait eu de l'eau, de quoi manger, un peu de tendresse. De ce moment, il répondit au nom d'Ame-en-peine.

A l'exception d'Epifania, autorité en matière de sacré, histoires de sorcellerie et pratiques de magie, jamais personne ne sut d'où était venu ce chien et comment il avait échoué dans ces parages. Aucune information sûre, nul racontar, pas le moindre « ça s' pourrait ». Personne ne le reconnut, personne ne le réclama. Il ne disparut pas non plus comme l'avait prédit Tison. S'il n'avait pas eu de maître jusque-là, il en eut un désormais. La maison lui plut, il y reconnut un ami et l'adopta.

3

Epifania alla jusqu'à la porte de l'atelier, s'exposant à la pluie fine qui ne cessait pas : on ne voyait même pas le ciel. Elle se plaignit :

— J'ai un poids sur la poitrine, je m' sens mal fichue. On dirait qu'on m'a jeté un sort. Ça s' pourrait.

Tison se leva, il voulait tirer au clair une idée qui le tracassait depuis quelques jours :

— Tu fais une drôle de tête. T'as...

Matinée sans soleil, sans un rayon de lumière, sans la moindre chaleur. Epifania lui coupa la parole, peut-être intentionnellement :

— J'ai jamais vu un bled pareil, sans rien ; on fait même pas la Saint-Jean, merde !

Mais lui reprit, et finit sa phrase :

— T'as envie d' te tirer, c'est ça ?

Epifania alla vers Castor, avec des ondulations de tout le corps, la gorge et les seins humectés de gouttelettes de pluie. Arrivée devant le nègre, elle posa ses mains sur ses larges épaules et lui lança, d'un ton de reproche et de défi :

— Tu t'en foutrais pas mal, hein ?

Roublarde, elle approcha encore, connaissant ses pouvoirs et les faiblesses de son homme. Il réfléchit avant de répliquer :

— Ce que tu veux savoir, c'est si j' vais m' fout' en rogne et faire la gueule, pour t' payer ma tronche. Tu peux faire ce qui t' plaît. On est pas mariés, et y a rien qui dure toute la vie, tu m' l'as dit et répété. T'as pas oublié ? Mais dis pas que j' m'en fous.

— Tu t'en fous, oui. Tu m'aimes pas, ni moi ni une autre. Mais un jour ça t'arrivera pour de bon, alors là tu comprendras. Tu vas en baver, tu sauras ce qui était bon.

Elle l'entoura de ses bras.

— Comment que tu peux parler comme ça ? Que j'ai pas l' béguin pour toi ? Tu vois pas, tu sens pas ?

Elle sentait contre ses cuisses le gourdin dressé :

— Pour baiser, ça oui. Moi, Zuleica, Bernarda, Dalila, même Coroca, avec toutes, ça t' plaît. Aussi connes les unes que les autres, dingues de Tison, à commencer par moi. Et paraît qu'à Taquaras c'est pareil. Tu sais c' que t'es ?

Le corps du nègre contre le sien, de plus en plus dur, à qui les pouvoirs, à qui les faiblesses ? Elle ferma les yeux : fine et rusée, à quoi bon ? Tourneboulée, chavirée, elle finissait toujours par déposer les armes au plus fort de l'affrontement.

— Y a des fois, j' pense que t'es rien d' plus qu'un grand gosse sans cervelle, qui sait pas c' qu'il veut. Tu fais semblant. Mais t'es l' diable.

— T'as pas encore répondu : t'as envie d' te tirer ?

Epifania s'écarta un peu, sans rompre l'étreinte :

— Tu veux vraiment savoir ? J'ai encore jamais passé

une Saint-Jean sans sauter par-dessus le feu, sans griller du maïs et manger de la *canjica*[1], sans danser le quadrille.

Elle regarda au-dehors, le rideau de pluie s'épaississait encore sous le ciel plombé : — Le mois de juin arrive. Pour moi, y a aucune fête de comparable à la Saint-Jean.

Ayant vidé son cœur, elle se sentit sotte et triste ; elle se blottit de nouveau contre lui ; même mouillée comme elle l'était, elle réchauffait plus encore que la forge, sa chaleur brûlait — et peu importait de savoir lequel des deux se rendrait le premier :

— J' pensais pas rester ici si longtemps, tu m'as mis les fers aux pieds. Mais tu m'as jamais d'mandé d' rester.

— Y avait b'soin de d'mander ?

— T'as réponse à tout, hein ? T'es bien l' diable en personne. J'avais d'jà combiné avec Cotinha mais pour toi j' suis encore bien capable d'oublier la Saint-Jean.

— Ça t' plaît tant que ça, la Saint-Jean ?

— Tu peux pas savoir !

Ce qu'elle voulait, c'étaient les feux qu'on allume, les patates douces, le maïs frais, les platées de canjica, les *pamonhas*[2], les *manuês,* la liqueur de génipa, les figures du quadrille... et elle y avait bien droit. Toutes les autres aussi, d'ailleurs. Tison fit glisser sa main sur le fessier orgueilleux d'Epifania. La négresse Epifania, tyrannique, roublarde, les hommes venaient lui manger dans la main, se traîner à ses pieds, se laissaient mener par le bout du nez, à coups d'étrivière, et elle fondait dans les bras de Tison, sans force et sans volonté : qui l'aurait cru ?

— Si ça t' chante, tu peux aller fêter Saint-Jean ailleurs, un endroit plus important, plus animé. Mais de toute façon, faut que tu l' saches, cette année y aura la fête à Tocaia Grande. La veille et le jour même.

1. Plat traditionnel de la Saint-Jean, fait de maïs frais, lait de coco et cannelle.

2. Gâteau de la Saint-Jean, analogue à la *canjica,* cuit et présenté dans une feuille de maïs ou de bananier. *Manuê:* autre gâteau à base de farine de maïs et de mélasse de canne.

— Qui c'est qui va s'en occuper? Toi?
— Moi aussi, j'aime bien, et ça m' manque.
— Tu vas faire ça pour ta p'tit' négresse?
— Pour toi et pour tout l' monde.
— Grand vaurien d' nèg', va! On va voir ça...
— Eh ben! Tu verras.

Epifania roucoula, gémit, vaincue, s'offrit avec de petits cris de bébé:

— J' me sens toute chose: c'est toi qui m'as entortillée, tu m'as jeté un sort. T'es l' diab', t'es Exu Elegbá.

— Mon nom, c'est Castor Abduim, les p'tites m'appellent Tison, un bon gars, ou si c'est pas ton avis?

Le cabot les accompagna du regard quand elle et lui, le nègre et la négresse venus tous deux du même rivage, s'en furent dans la chambre derrière l'atelier: en entendant grincer le hamac, Ame-en-peine cacha son museau entre ses pattes et s'endormit.

4

Riant aux larmes à la porte de l'atelier, Epifania tenait à deux mains la grosse pierre pesante:

— J' l'ai trouvée à la rivière, elle est belle, non? J' l'ai apportée pour toi.

Femme faite, déjà usée par la vie, marquée dans sa chair et dans son cœur, elle avait encore des manières d'enfant, débordant d'entrain, de grâce naturelle. Un caillou, un fruit, une fleur, un petit lézard vert apeuré: c'était un présent chaque jour, avec elle-même, le plus beau des dons, à tout instant. Noir, rond et lisse, le galet roula par terre, le rire malicieux s'épanouit encore sur les lèvres charnues de la fille:

— On dirait pas une couille?

La ressemblance y était bien: une énorme couille noire, celle d'Oxalá, à coup sûr. Tison se mit à rire avec l'effrontée. Son arrogance la rendait agressive, insolente; mais, en dehors de cela, comment ne pas céder à son charme?

— La couille d'Oxalá! J' vas l' mettre au peji.

Les orixás vivaient dans le peji, divinités puissantes et miséreuses. Pour qu'elle pût en faire l'offrande à Oxum, Castor martela au feu un abebê de tôle étamée avec un petit miroir embouti au centre; le fer-blanc brillait comme de l'or, resplendissant: une merveille. Placé dans le sanctuaire à l'intention et pour l'usage de la mère des eaux douces, il pouvait aussi en être retiré par Epifania quand elle voulait s'éventer et se mirer. Laquelle des deux la plus coquette? Oxum ou sa fille?

Epifania possédait un collier africain de grains jaunes, son trésor le plus précieux, et un jeu de coquillages magiques, qui lui servait à la divination. Certaines filles avaient peur d'elle, se tenaient à l'écart; elle inquiétait un peu, on la disait sorcière.

Elle était arrivée à Tocaia Grande à la morte-saison, la période des chemins sûrs et faciles, du soleil d'été régnant sur la vie et toute la création. La beauté sans égale du paysage environnant faisait oublier la pauvreté du hameau. Comme il n'y avait pas de cacao à transporter, le mouvement des convois et des muletiers diminuait dans l'intervalle entre deux récoltes. Les filles publiques ne s'attardaient guère, comme si elles avaient eu des fourmis quelque part, gagnaient rapidement les localités populeuses, à clientèle stable. Face à une concurrence aussi médiocre en quantité qu'en qualité, Epifania fut reine presque sans rivale à la combe aux Crapauds et à l'atelier de Castor Abduim. Durant la saison chaude, il n'y eut pas de paillasse plus recherchée, de fille de joie plus en vogue — Bernarda exceptée. Mais Bernarda ne comptait pas: jeunette comme elle l'était, exerçant en lit de camp, dans une maison en bois, elle pouvait se permettre de faire la difficile.

Epifania trouva belle prestance à Fadul, coucha avec lui le soir de son arrivée, renouvela l'expérience à plusieurs reprises, apprécia les dimensions et le savoir-faire de l'organe, mais ne se laissa point envoûter car elle avait tout de suite éprouvé un penchant pour Tison en le voyant de loin à la forge, faisant jaillir des étincelles, jouant avec les flammèches. Les aventures amoureuses, il faut n'en vivre qu'une à la fois, sinon ce n'est pas le vrai béguin, c'est tromperie et trahison, qui finit en injures et en pleurs quand ce n'est pas à coups de revolver ou de couteau. Epifania tenait une histoire de cœur pour une affaire sérieuse et compliquée : bonheur et souffrance, harmonie et discorde, dispute et réconciliation. La réconciliation ranime et excite l'appétit.

Fille consacrée d'Oxum, personnifiant donc la lasciveté et la coquetterie, d'humeur capricieuse, elle avait pourtant, à de certains moments, quelque chose d'une fille d'Iansan déployant l'étendard de la guerre pour imposer souverainement sa loi. Les caprices, Tison les tolérait en souriant, y trouvait de la drôlerie, lui faisait ses quatre volontés. Mais quant à le commander, lui, personne n'était son maître.

Le jour même de la rencontre à la rivière, en s'installant dans le hamac, à l'atelier, pour y poursuivre la partie de jambes en l'air, Epifania avertit, bien disposée à occuper le trône et dicter sa loi :

— Va pas t'imaginer que tu peux m' faire tourner en bourrique rien que parce que j'ai l' béguin. On est pas mariés, tous les deux, et y a rien qui dure toute la vie. Aujourd'hui me v'là ici avec toi, demain j' vais chercher fortune ailleurs.

— J'aime pas commander... répondit Castor en se mettant sur elle..., ni être commandé.

Noire comme l'ébène, malheureuse va-nu-pieds dénuée de tout, elle avait l'insolence d'une gringa, blanche et fortunée ; pute professionnelle, elle se donnait des airs de grande dame honnêtement mariée. Elle se mettait facilement en colère, retroussait sa jupe, s'en allait brusquement, arrogante :

— Si tu veux une femme, trouves-en une autre, avec moi c'est fini.

La colère passée, elle revenait, contrite, pour faire la paix et rattraper le retard. Plus d'une fois, elle ne le trouva pas seul : tu m'as dit d'en trouver une autre...

Elle devenait furieuse, hors d'elle, menaçait de toutes les violences possibles, des pires maléfices. Certaines filles soupiraient pour Tison, le beau nègre, mais rebroussaient chemin aussitôt pour ne pas s'exposer à des pratiques de sorcellerie. Il y en avait quand même qui acceptaient de courir le risque : l'intrépide Dalila, par exemple. Ayant le corps « fermé » au mal, rien ne prenait sur elle, ni venin de serpent, ni variole, ni maléfice jeté par une bonne femme cocufiée et rageant de l'être. Elle se disait fille d'Obaluaiê-le-Vieux.

Malgré tous les embarras et les sautes d'humeur, c'était quelqu'un. Voir Epifania traverser fièrement le terrain vague en plein soleil, c'était un spectacle : Castor voyait des reflets bleutés sur la peau de jais comme il découvrait jadis des tonalités d'or sur la carnation de neige de Madame la baronne. Voilà exactement à qui ressemblait Epifania : Madame. Toutes deux pareilles : de vraies jumelles.

A la table de la salle à manger, là-bas sur la plantation, la grande dame avait glissé dans le décolleté de sa robe de Paris une fleur rare, cueillie au jardin. A peine le baron était-il sorti pour aller fumer sur la terrasse ce cigare qui la gênait tant, que l'impudente, d'un signe du doigt, appelait le laquais et lui disait :

— *C'est à toi, mon amour*[1]. — Et elle ouvrait le décolleté, mettant les seins à nu. — *Viens chercher...* — voix défaillante.

Epifania arrivait avec une fleur sauvage piquée dans un accroc de sa blouse bahianaise, se penchait pour qu'il pût la retirer et voir les mamelons dressés :

— J' l'ai trouvée jolie, j' l'ai apportée pour toi... — voix d'agonisante.

1. En français dans le texte.

Toutes deux pareilles : même impudeur, même coquetterie, même sensualité, mêmes caprices ; deux iyabás tout aussi tyranniques. L'une et l'autre mues par la même intention : le plier à leur volonté, le briser, l'asservir, le faire marcher à la cravache.

5

L'été s'écoula, plaisant, sans histoire. Enfant enjouée, espiègle, rieuse, femme mûre, fougueuse, saine ; compagne agréable au lit, à la partie de gambille, à la ronde du coco, au déjeuner du dimanche, pour une simple causette. Partout où elle allait elle était bien accueillie, saluée avec enthousiasme. Avec elle, le lavage du linge à la rivière devenait un moment de fête ; elle connaissait des histoires, disait des choses amusantes. Admirée et crainte à la fois, Epifania s'imposa, se gobergea sans retenue.

Crainte à cause de la sorcellerie, des trucs bizarres qu'elle faisait. Elle lançait les cauris, découvrait ce qui permettait d'accrocher un bonhomme au jupon de n'importe quelle nana, ou l'inverse, de mettre fin à la liaison la plus solide, de réunir ou de séparer des couples : sortilèges infaillibles. C'était ce qu'il semblait et ce qui se disait. La preuve qu'il ne s'agissait pas d'inventions et de racontars, on l'avait sous les yeux : il suffisait de voir ce qui s'était passé avec Cotinha, Zé Luiz et Merencia. Voilà qui avait fait marcher les langues, donné matière à s'épater et à se gausser. A part le maléfice, qu'est-ce qui aurait bien pu justifier le dérangement de Zé Luiz ?

A son arrivée à Tocaia Grande, avant d'avoir sa propre paillote — laquelle avait d'ailleurs été montée en un clin d'œil, moins d'une demi-journée de travail effectué par divers volontaires, tous bien contents de faire plaisir à la nouvelle venue, à qui Fadul avait fourni à crédit paillasse, savon, aiguille, bobine de fil et autres bricoles — Epifania, donc, avait trouvé asile dans la cahute de Cotinha, avec qui elle lia amitié. Quelque temps après, à la demande de la nabote, voilà qu'elle fabriqua une préparation avec différentes espèces de feuilles et un cœur de tinamou, produit d'une chasse de Tison, et plaça le tout sur le chemin de l'atelier de poterie. Effet garanti : ce tordu de Zé Luiz commença à tourner autour de Cotinha, se mit à la colle avec elle, et tout et le reste y passa, en avant les briques et les tuiles! Aussi piqués l'un que l'autre, ces deux-là : une belle paire de zozos.

Quelqu'un qui ne trouva pas de son goût la réussite de l'ensorcellement, ce fut Merencia, quand elle s'aperçut du gâchis. Gnôle et dévergondage sont vices incurables de la gent masculine : une bonne épouse ne peut les empêcher, mais doit les limiter; ainsi faisait-elle, en allouant à sa chère moitié, en fin de semaine, une petite somme destinée à ce genre d'écarts — insuffisante pour qui, sous l'effet de la passion, avait des largesses de colonel. Quand elle le prit en flagrant délit de tentative de détournement d'économies faites au prix d'énormes sacrifices, elle lui administra le remède miracle, d'efficacité précédemment éprouvée : une bonne raclée à vous tanner le cuir. Le bonhomme, guéri de sa passion, en revint à des habitudes décentes : un honnête petit verre et un coup de zizi-panpan à l'extérieur le dimanche seulement. Estime-toi heureux, encore.

Epifania allait et venait, de la rivière à la brousse, de la cabane de Cotinha au logement de Coroca et Bernarda, de l'entrepôt de cacao au magasin du Turc, tout d'un coup on la voyait à la forge, où elle restait un moment tranquille, regardant Castor travailler le fer et la tôle, s'assurant qu'il n'y avait pas de pétasse à lui tourner autour, à offrir ses fesses à un gars pourvu d'une femme et tenu à un certain respect.

Elle ne l'avouait pas, cherchait même à ne rien laisser voir, mais elle se rongeait, dévorée de jalousie, lorsqu'elle le soupçonnait d'avoir couché ou d'être prêt à coucher avec une autre : s'envoyer en l'air avec Tison, toutes ces putasses ne pensaient qu'à ça, bande de salopes. Epifania avait bien failli perdre la tête à cause de Dalila, une merdeuse qui ne savait pas se tenir.

Tant que dura l'été, le beau temps lumineux, elle rit de tout, prit tout du bon côté. Mais l'hiver arriva, sombre, froid et morose. Davantage de mouvement, c'est vrai, l'argent courait. Mais il devenait quand même difficile de supporter la boue, l'atmosphère lugubre, et plus encore la morgue de Castor Abduim, ferreur de bourricots, tendeur impénitent, nègre hypocrite et menteur.

Quand cette demi-portion de Cotinha eut refusé le recours à un nouveau maléfice — un type qui encaisse des coups d'une bonne femme, ça m'écœure ! — et décidé de passer les fêtes de juin, Saint-Antoine, Saint-Jean et Saint-Pierre (trois saints qu'elle vénérait particulièrement) dans un pays un peu plus développé, Epifania n'hésita pas :

— J' vais avec toi.

— T'en as marre de Tison ?

Elle allait dire oui, se reprit :

— C'est lui, qu'en a marre. — Elle réfléchit, tout en regardant tomber la pluie. — S'il a eu quelque chose pour moi, il m' l'a jamais dit.

On le sait, elle revint sur sa décision, ne se mit pas en route. Cotinha non plus, d'ailleurs, ne changea pas de coin et resta elle aussi, finalement. A l'annonce de la Saint-Jean que préparait le nègre, elle courut se proposer pour fabriquer l'indispensable liqueur de génipa : les fruits tombaient justement des arbres, pourrissaient par terre.

— Et tu sais faire ça ?

Elle avait appris avec les religieuses à la cuisine du couvent de São Cristovão, la ville du Sergipe où elle était née.

— T'as été bonne sœur ? s'étonna Castor.

— J'aurais voulu, j'ai pas réussi. — Il y avait une pointe de regret dans la voix chantante. — J' faisais la bonne en échange de la bouffe, pour servir l' bon Dieu. Après, le frère Nuno, un Portugais qui venait tous les jours dire la messe, m'a sautée derrière la grande cloche. — Et, non sans nostalgie : — Un sacré bourrin, Seigneur Dieu ! Tout juste si j' lui arrivais au nombril. I' relevait sa soutane, retroussait ma jupe, et vas-y que j' te...

Elle soupira en évoquant cette bienheureuse époque où elle menait une vie d'abbesse : vin de messe et zizi bénit :

— Mais les petites sœurs ont tout découvert, elles m'ont foutue dehors.

6

La boue et le cafard. L'hiver durait de la fin du mois d'avril au début d'octobre, tout le temps de la cueillette précoce et, en partie, l'époque de la grande récolte : les mois les plus actifs, où le mouvement battait son plein. Tout le monde souffrait du froid, la pluie ruinait les chemins, mais Tocaia Grande, du milieu de l'après-midi au milieu de la nuit, vivait de grandes heures : ni l'argent ni les émotions ne manquaient.

A la forge allumée, que ce fût à la lumière du jour ou à celle des lanternes, le nègre Castor Abduim, le dos nu, examinait des fers, en posait, réparait des harnais, affûtait des machettes, vérifiait et aiguisait des lames de poignard, remettait en état des armes à feu. Toujours prêt à rendre service aux muletiers dans l'embarras, qui voyaient dans la forge de Tison et le magasin de M'sieu Fadul des succursales terrestres de la divine providence. Pour le reste des besoins, ça regardait les putes.

L'incessante et fiévreuse activité de la saison hivernale lui semblait fort peu de chose encore quand il songeait à l'ambition qui lui avait fait monter ici une entreprise destinée à bien autre chose. Ferrer des mulets, parfait ! voilà qui assurait son ordinaire ; mais c'était la fabrication rustique de marmites, de seaux et de bouilloires, de couteaux et de poignards, qui lui permettait de rembourser peu à peu l'emprunt consenti par le colonel Robustiano de

Auraujo. Chaque fois que le nègre se présentait au fazendeiro pour amortir sa dette, celui-ci lui tenait le même discours amical : il ne réclamait rien, si seulement tous les autres se montraient aussi honnêtes et pleins de bonne volonté que le forgeron, tout irait bien mieux sur les confins de la rivière aux Serpents.

Tison ne se tourmentait pas : il savait que le moment n'était pas encore venu de tirer de gros rapports de son atelier. Mais il savait aussi que ce moment n'était plus si lointain. De la fazenda Santa Mariana, vers les sources de la rivière, jusqu'à ce restant de forêt qui subsistait autour de Tocaia Grande, s'étendait un territoire illimité de nouvelles cacaoyères, plantées depuis peu, durant les années qui avaient suivi la conquête sanglante, les embuscades et les enregistrements frauduleux. Ces plantations ne tarderaient pas à fleurir et donner des fruits. C'est alors que les gains et les profits dépasseraient toute mesure. Tocaia Grande ne dépendrait plus du passage des convois et des muletiers.

Il forgeait des parures, des balangandãs, des anneaux, en faisait cadeau aux filles : dans le Recôncavo il avait pris l'habitude de payer les femmes avec de belles paroles et des gentillesses. Il offrit à Fadul un coup de poing adapté à la grosseur peu commune des doigts du Turc, une arme formidable — dans tous les sens du mot ; et donna de même au capitaine Natario da Fonseca un long poignard ciselé, avec les initiales entrelacées du capitaine gravées au feu. Bien commode pour saigner un salopard, et Natario l'avait à la ceinture en permanence : on ne sait jamais ce qui peut arriver.

A l'aller comme au retour de Boa Vista, le capitaine ne manquait jamais de bavarder un peu avec Fadul et avec Castor. Parfois ils se retrouvaient tous les trois au magasin ou à l'atelier pour causer du volume de la récolte et du prix de l'arrobe de cacao, des querelles et des meurtres, de ce qui se passait à Ilhéus et Itabuna, des changements survenus chez les femmes. Tout en buvant à petites gorgées, sans hâte, une rasade de tafia.

— Qu'est-ce que c'est que cette nouveauté ? demanda le capitaine en remarquant le chien aux pieds du nègre. Un cadeau, ou tu l'as acheté à quelqu'un ?

— Ni l'un ni l'autre. Il est venu comme ça, tout seul.

— Vaut mieux pas trop en savoir, capitaine, conseilla Fadul en riant, sans arrière-pensée. Ce négro-là est copain avec le diable.

— Je l'ai entendu dire..., reconnut Natario avec un léger sourire. Mais un bon chien, ça vaut le coup. J'en ai eu un qui me suivait partout, il est mort d'une morsure de serpent. A la maison, y en a une tripotée, ça amuse les gosses. Pas un de bon à quoi que ce soit.

Il lui fit signe en claquant des doigts, Ame-en-peine répondit en remuant la queue mais resta couché aux pieds du nègre. Le capitaine changea de sujet :

— Paraîtrait que tu prépares quelque chose pour fêter la Saint-Jean ?

— J'y pense, ouais. Pour qu'on rigole un peu, ça s'ra une distraction pour les frangines, et pis moi j'aime bien la fête. Qu'est-ce que vous en dites, capitaine ?

— C'est pas vrai qu'il est copain avec le diable ? — Et le Turc, riant toujours, se plaignit : — Il m'a déjà embobiné, je vais fournir le sucre et le sel, de l'argent pour acheter le maïs frais et les noix de coco sèches, et en plus de ça il veut encore des pétards et un accordéoniste.

— Râle pas, compère, toi aussi tu ferais n'importe quoi pour une partie de plaisir. J't'ai déjà vu faire des lieues avec ta malle sur le dos pour aller à une fête.

— Bon, ça c'est bien vrai, ça m'est arrivé.

Tout en hachant une carotte de tabac pour rouler une cigarette, le capitaine Natario da Fonseca se retourna vers le nègre :

— Je trouve que tu fais bien. Tocaia Grande se développe, ça sera bientôt un bourg. Il est temps que ça devienne un peu civilisé.

— Un bourg, c'est pas encore pour tout de suite.

Fadul avait repris son sérieux.

Pour arriver à Tocaia Grande en allant du sud au nord ou vice versa, le capitaine Natario da Fonseca traversait une bonne partie de la zone de la rivière aux Serpents, et connaissait comme sa poche les récentes plantations des Colonels, qui s'étendaient à perte de vue, ainsi que les terres moins vastes des petits planteurs comme lui; chaque arbre lui était familier. En allumant sa cigarette de paille de maïs, il ouvrait les portes de l'avenir:

— Ça fait plaisir de voir les plantations grandir si vite. L'an prochain, bien possible qu'il y ait déjà des fleurs et des bourgeons; j'ai hâte de voir ça!

Tout le monde en était là. Les regards s'allumaient de convoitise et d'espérance, le cœur battait plus vite dans la poitrine. Qu'un ange vous inspire, capitaine! L'Arabe joignit les mains et les dressa vers le ciel:

— L'an prochain, capitaine? Faut pas cinq ans, pour qu'elles commencent à donner, les petites chattes? — Ils disaient — « les petites chattes » pour les cacaoyères, d'une voix douce et tendre, comme s'il parlait de jeunes filles à la veille de la nuit de noces.

— D'après moi, l'an prochain, oui. Tant et si bien que je me suis déjà entendu avec Bastião et Lupiscinio pour la construction de l'auge et des barcasses à Boa Vista. — L'auge pour la fermentation des fèves de cacao vert après la cueillette, les barcasses où on les mettait à sécher au soleil. — On n'attendra pas plus d'un an pour avoir du cacao, s'il plaît à Dieu; à condition que la maladie ne s'y mette pas. -Tout dépendait de la pluie et du soleil, pour la résistance des bourgeons fruitiers à la maladie et à la pourriture.

De bonnes nouvelles pour les charpentiers et les maçons, pour Merencia et son mari Zé Luiz: c'était le début des contrats et des mises en chantier. En attendant, il fallait fêter la Saint-Jean, pour que la vie ne fût pas seulement le travail et la chasse, les potins et les histoires de femmes, la boue et le cafard.

Le moment est venu de parler de Zuleica qui, installée à Tocaia Grande depuis l'hiver précédent, n'a encore eu droit qu'à une mention rapide : d'après elle, les oiseaux faisaient silence pour écouter chanter Castor Abduim da Assunção ; elle avait le teint basané, un tempérament rêveur. Au milieu de l'essaim bourdonnant qui tournait autour de l'atelier de Tison, Zuleica se singularisait par sa discrétion et sa modestie. Présence quasiment furtive, physionomie candide, manières réservées : si elle n'avait pas été là pour faire le métier qu'on sait, elle aurait pu passer pour une jeune fille de bonne famille.

D'autres pouvaient être plus jolies, plus pimpantes, plus à la page, plus bouillantes au lit, mais aucune n'était sollicitée plus qu'elle, car en fait de savoir-vivre personne ne pouvait lui être comparée. Gentille et timide, pleine d'attentions. Néanmoins, Coroca disait volontiers que toute cette retenue n'était que de l'orgueil, un orgueil inflexible :

— Zu, elle sait ce qu'elle veut. Elle a son amour-propre, et elle fait pas de simagrées.

De fait, quand elle avait pris une décision, soudaine et imprévue, personne n'aurait pu la faire revenir en arrière. Elle ne sortait pas de son coin pour autant, ne changeait rien à son attitude, tranquille et songeuse. Ceux qui croient que toutes les putes sont pareilles, une bande de roulures indécentes, dépourvues de sentiments et de pudeur, ceux-là se trompent bien. Jacinta ajoutait :

— A chacune sa figure et son masque, et sa façon de montrer ses fesses.

Avant l'arrivée d'Epifania, avec sa superbe, sa truculence et ses éclats, il y avait eu entre Tison et Zuleica une longue et paisible liaison, que n'avaient jamais troublée brouilles, échanges de mots désagréables ni fâcheries. D'aucuns avaient pu assurer que l'aventure, sereine et durable, finirait par un collage lorsque le forgeron, une fois terminés les travaux de l'atelier, aurait sa maison à lui. Mais, coureur et putassier, il ne lui fit aucune proposition ; elle, restant fièrement sur son quant-à-soi, n'insinua rien de son côté, demeurant toujours la même, satisfaite de garder simplement la préférence auprès du joyeux drille. Tout tranquillement, la liaison et la vie continuèrent.

Je l'avais bien dit, rappela Coroca le jour où, devant l'arrogance et les emballements d'Epifania, et l'intérêt de Castor pour la nouvelle venue, Zuleica se retira silencieusement. Sans dispute, sans scandale. Nul n'entendit le moindre quolibet, le moindre sarcasme. Elle cessa de venir à l'atelier, de nettoyer et cuisiner le gibier, de prendre ses repas avec lui. Mais elle ne se transforma pas en ennemie, ne se mit pas mal pour se remettre bien à la première occasion ; elle était en bons termes avec Epifania. Elle s'écarta, circonspecte, mais non point résignée, selon le diagnostic de Coroca : s'y laisse prendre qui voudra.

Si elle cessa ses visites à l'atelier, elle ne se retira pourtant pas du cercle de la causette et des chansons, et continua à marquer le rythme quand on dansait le coco : le regard perdu dans le lointain quand le nègre donnait de la voix et faisait taire les petits oiseaux. Au début, Tison ne fit pas cas du retrait de Zuleica. Suffit que je claque des doigts et Zu revient au pas de course.

Effectivement, elle ne refusa pas quand, à l'occasion d'une des sautes d'humeur d'Epifania, le forgeron alla l'inviter à partager son hamac. Mais quelle ne fut pas la surprise du nègre lorsqu'il la vit, à la fin du premier envoi de fleurs, se lever et remettre sa robe, prête à partir. Pis encore : elle tendit la main pour recevoir son petit cadeau. Elle était venue en tant que fille publique, voulait qu'il s'en rendît bien compte, marquait la différence : elle ne restait pas pour la nuit, à poursuivre le jeu, ne s'était pas donnée gratis, pour le sentiment.

Pris par surprise, Castor la regarda pantois, sans savoir que dire. Gêné, il lui remit quelques pièces, qu'elle prit, mais fit tomber par terre en passant la porte de l'atelier.

Tout gentiment elle était venue, tout gentiment elle repartit, la tête haute.

Tison ne rit pas, ne railla point, ne prit pas le geste de Zu pour une insulte ou une manifestation d'agressivité. Une leçon, peut-être? C'est alors seulement qu'il comprit combien il l'avait peinée — non en couchant avec une autre mais parce que, faisant de cette autre sa favorite, il avait renvoyé Zuleica dans le troupeau sans la moindre explication. Comme si ç'avait été une esclave. Dans son hamac, pensif, le nègre passa la nuit en proie à un doute qui lui tenaillait le cœur: quand elle l'avait étreint, haletante, à l'instant suprême de l'abandon, Zu l'accompagnait-elle au septième ciel ou avait-elle simulé le plaisir pour accomplir consciencieusement son devoir de professionnelle?

Il se mit à lui témoigner les plus grands égards, à la traiter d'une façon toute particulière autant que faire se pouvait, mais se garda de l'inviter à nouveau dans son hamac. Elle demeurait à l'écart et, de l'avis général, la liaison avait pris fin pour de bon, appartenait au passé. On avait du mal à croire Coroca quand elle continuait d'affirmer tranquillement:

— Zu est folle de Tison, elle l'a toujours dans la peau.

Seule à lui donner raison, Epifania renchérissait avec un argument de poids: pour quelle raison cette petite traînée ne s'était pas encore trouvé un amant de cœur? A-t-on jamais vu une pute sans son homme, surtout dans une pareille cambrousse, avec rien d'autre pour s'occuper?

Un dimanche, après le déjeuner en commun, qui était de plus en plus fréquenté, alors que tout le monde riait et s'amusait, Merencia — une romantique, au fond — pria Castor de donner à la compagnie le plaisir d'entendre quelques chansonnettes: il en savait tant! Le nègre annonça qu'il allait commencer par l'une des préférées de Zuleica:

— Une que tu m' demandais toujours de chanter, tu t' rappelles, Zu?

— Laquelle ? Ah ! oui : « Maria tu vas te marier » ? — et elle battit des mains, tout enjouée.

Tison attaqua, les yeux fixés sur Zuleica comme s'il n'y avait eu personne d'autre :

Maria tu vas te marier,
Et je vais te faire compliment.
Je m'en vais te faire présent, hé hé !
D'une jupe de dentelle, hé hé !
De deux petits sous...

Il n'en fallut pas davantage pour qu'Epifania, assise à côté du nègre, se retirât d'un mouvement brusque, pleine de rage. Elle cherchait déjà noise aux autres, alors cette espèce d'hypocrite... Elle cracha par terre et frotta avec le pied.

8

Le bal dont Pedro Cigano avait eu l'idée pour égayer la nuit de la Saint-Antoine finit en castagne, coups de feu et sang versé. Il faut toutefois remarquer qu'il n'y eut point d'intention mesquine, de bas intérêt pécuniaire dans l'alléchante proposition du traîne-patins. Si le pince-fesses pouvait rapporter quelques sous, fort bien, sans doute ; mais ce n'était pas à cela qu'il avait pensé en empoignant son accordéon ; il avait simplement voulu honorer selon ses mérites un saint particulièrement digne d'hommage. Son argumentation convainquit ; il n'y a pas lieu de lui faire porter la responsabilité de ce qui vint à se produire, et d'ailleurs personne n'y songea.

A la vérité, en arrivant au village par ce jour pluvieux et froid, il ne pensait pas rester plus d'une nuit, en partageant si possible la natte d'une fille susceptible de lui réchauffer la carcasse. Sa destination était Taquaras, à moins que ce ne fût Ferradas, Agua Preta, Rio do Braço ou

Itabuna, lui-même ne le savait pas au juste. Il avait dans l'idée de passer les fêtes de juin dans un endroit où il pût s'amuser comme il faut et sans payer, manger, boire et danser à volonté. Mais, tombant sur les préparatifs de la Saint-Jean à Tocaia Grande, il fut conquis.

Ces préparatifs furent déjà une fête par eux-mêmes. Ils occupèrent plus d'une semaine durant tout le temps libre de la petite population qui semblait se multiplier pour faire face à tant d'activités diverses. A leur retour vers les fazendas, les muletiers utilisèrent les bâts et les sacs vides pour transporter ce qu'on ne trouvait pas au foutoir de Fadul : les épis de maïs vert, les noix de coco sèches, les pétards et feux d'artifice : bombes, serpenteaux, fusées à baguette, gerbes d'étoiles et autres joujoux propres à plaire aux filles. Sans parler du ballon, car c'était là un secret entre Tison et Coroca, personne d'autre n'étant au courant de son existence.

A voir Bastião da Rosa, Lupiscinio, Zé Luiz, Guido, Balbino, s'affairer à transformer le vieil abri élevé dans le temps par les premiers à faire étape de nuit dans le coin en un spacieux hangar de chaume — charpente rustique de perches, poteaux et béquilles, solidement enfoncée, sol de terre battue aplani et résistant —, Pedro Cigano renonça à poursuivre sa route. Ce qui tomba à point, car Fadul venait de recevoir une réponse de Lulu Sanfona[1] qui regrettait de ne pouvoir accepter l'invitation à venir jouer à Tocaia Grande pour la Saint-Jean : fameux dans toute la région, on se disputait sa présence.

Prêt à apporter son concours mais peu enclin à faire beaucoup d'efforts, Pedro Cigano orienta et dirigea les travaux. Infatigable, toujours en mouvement, il se tua à donner des avis et des conseils, à transmettre des instructions aux hommes et aux femmes.

Les femmes participaient à tout, ne reculaient devant aucune tâche. Elles aidaient à construire le hangar, por-

1. « Accordéon. »

taient le bois que les hommes coupaient dans la forêt pour faire les feux, ramassaient des fagots, improvisaient des foyers de pierres où l'on ferait cuire la canjica et autres gourmandises typiques du mois de juin. Aidée par Epifania, la diligente Cotinha préparait les génipas, les pelait, retirait les graines amères, pressait les fruits pour transformer ensuite le jus en liqueur. Elle s'appliquait, se remémorant le goût — délectable ! — du vin de messe et les vertus — sans nombre ! — de frère Nuno. Galant Lusitain, il lui disait, dans son drôle de parler : viens voir un peu, mon petit bouchon. Elle obéissait, il bouchonnait. Pedro Cigano s'offrait à goûter le sirop au moment de la cuisson : il pourrait apprécier très exactement le point de perfection. Fin gourmet, connaisseur averti en matière de mets et de boissons, bon instrumentiste, pitre sans rival dans tous les alentours.

On avait prévu un feu monumental sur la friche, devant le hangar ; deux, en fait, c'est-à-dire un pour chaque nuit. Mais comme il restait beaucoup de bois on décida, sur proposition de Merencia, appuyée par Tison, de donner ce qu'il y avait en trop à tous ceux qui voudraient dresser devant leur bicoque un petit bûcher pour faire griller des patates douces et du maïs. Chacun à son gré pourrait emporter chez lui un peu de canjica, une bouteille de génipa, pour inviter ses voisins, avant le rassemblement général qui constituerait le début de la grande fête, la joyeuse fête de la Saint-Jean : c'est alors qu'on mangerait pamonha, canjica et manuê, qu'on boirait du génipa, qu'on sauterait par-dessus le feu entre compères et commères, qu'on danserait le quadrille.

Tous ces jours durant, la boutique de Fadul connut une animation peu commune ; le Turc fit de bonnes affaires mais, en échange, apporta sa contribution en nature et, parcimonieusement, en espèces. Tison avait multiplié les pièges posés en forêt pour qu'on ne manquât pas de gibier, et donné aussi un peu d'argent pour le maïs, les noix de coco et le feu d'artifice. On ne peut passer sous silence le concours du capitaine Natario da Fonseca, inspiré par des mobiles parfaitement connus. Il regrettait de ne pouvoir assister à la fête, mais desserra les cordons de sa bourse et contribua en son nom propre et au nom de Bernarda et de Coroca. Ce qui n'empêcha pas les deux femmes — ainsi que presque toutes les autres — d'offrir bien volontiers quelques piécettes gagnées à coups de popotin et mises soigneusement de côté en dépit de leur dénuement.

Le maïs et les noix de coco, le sucre et le sel avaient été distribués parmi les femmes ; les fruits de génipa en excédent se desséchaient au pied des arbres. Chacun se chargeait de telle ou telle besogne, en général de plus d'une. Pour en venir à bout, on se réunissait en groupes pleins d'entrain : on bavardait, plaisantait, discutait, protestait, riait, on s'offrait une lampée de gnôle pour tuer le ver — les vers pernicieux de la mauvaise saison : la pluie déplaisante, le froid pénétrant ; on n'était pas de fer, tout de même.

Il n'y avait ni contrainte ni horaire de travail. Ni intendant ni contremaître, aucun patron. Sans doute Fadul et Tison donnaient-ils des orientations et des directives, mais ils le faisaient discrètement, sans avoir l'air d'y toucher, et mettaient eux-mêmes la main à la pâte. Personne ne commandait personne. Ainsi en était-il depuis que, lors du repas dominical, Castor avait proposé que l'on fêtât la Saint-Jean.

Trouvant le poste de commandement vacant, Pedro Cigano l'occupa, et ses avis contribuèrent à l'élargissement du programme des festivités en mettant en évidence une lacune, en réparant une injustice. Fêter la Saint-Jean, très bonne idée. Mais pourquoi laisser de côté les autres saints du mois de juin, alors qu'ils étaient tous trois objets de la même dévotion, tous trois mêmement miraculeux. Pourquoi ne pas commencer par fêter saint Antoine, qui favorisait les mariages, saint protecteur des fiancées, et rendre hommage, pour finir, à saint Pierre, patron des veuves ? Qu'il n'y eût encore à Tocaia Grande ni demoiselle candidate à l'état matrimonial ni veuve éplorée ne voulait rien dire : un jour viendrait où, avec la grâce de Dieu, il y en aurait à profusion, de l'une et l'autre espèce. Lui, Pedro Cigano, offrait ses services pour animer gratuitement un bon petit bal avec son accordéon pour la nuit de Saint-Antoine. On allumerait un petit bûcher, on goûterait un morceau de canjica, une gorgée de liqueur de génipa, on danserait le coco-à-petits-pas, la polka et la mazurka, ce serait une sorte de répétition générale de la grande nuit, celle de la veille de Saint-Jean. On garderait pour la seconde les feux d'artifice et le quadrille.

Il ne fut pas difficile de convaincre les gens. Dans ce bled isolé, démuni, rien ne soulevait l'enthousiasme comme une bonne gambille. Les occasions étaient rares ; c'était quand Pedro Cigano venait à passer par là, ou qu'un accordéoniste, un guitariste, un violoneux, par hasard, s'arrêtaient pour la nuit à Tocaia Grande.

Tison se demandait comment pareille idée ne lui était pas venue, alors que dans le Recôncavo les fêtes du mois de juin commençaient dès le premier jour, avec les treizaines de Saint-Antoine, et ne s'achevaient que dans la nuit du 29 au 30 avec les bals populaires de Saint-Pierre.

9

Rébecca entre putes, c'est ça : un feu de paille, beaucoup d'étincelles et peu de braise ; ça commence d'un coup, ça finit d'un coup, ça n'a pas duré longtemps. Ça part sans qu'on s'y attende, ça prend de l'extension, monte au maximum, s'essouffle, se dégonfle, cesse. Il n'en reste même pas de fumée.

Le crêpage de chignons provoqué par Epifania et Dalila au début de la fête, pour la nuit de Saint-Antoine, n'atteignit pas des proportions considérables, mais enfin, il mit de l'animation. Comme il le fut prouvé par la suite, c'est ce qui stimula Misael, un mulâtre plutôt foncé, d'assez belle allure et, à ce qu'on pouvait déduire des grands airs qu'il se donnait, avec du bien au soleil. En compagnie de deux gardiens de troupeau, un vieux et un jeune, il revenait d'Itabuna où il avait laissé un lot important de bétail sur pied amené du sertão de Conquista. Ils étaient en gilet de cuir, montaient de bons chevaux, avaient armes et argent. Ils s'arrêtèrent à Tocaia Grande en fin d'après-midi. Fête de Saint-Antoine, bamboula ? Bonne affaire.

Quelques rares couples dansaient au son de l'accordéon de Pedro Cigano quand Epifania quitta brusquement les bras de maître Guido et menaça de casser la figure à Dalila qui tournoyait en compagnie du Misael en question. Se dégageant à son tour, Dalila repartit :

— Amène-toi, si t'es pas une dégonflée !

Guido et Misael s'écartèrent pour être aux premières loges : qui donc n'aime pas assister à une rixe de femmes, apprécier l'un après l'autre chaque épisode, chaque sarcasme, chaque torgnole ?

Epifania attaqua avec un crachat. Elle visa l'œil gauche de Dalila et tapa dans le mille. Les insultes fusèrent :

— Espèce de négresse pouilleuse ! Merdeuse !

— Pute vérolée ! Salingue !

Négresses et putes l'une et l'autre, pouilleuses, vérolées, oui, mais deux négresses de première, deux putes à succès, deux princesses de l'endroit. A Tocaia Grande, pour avoir de la classe et du succès, pour occuper le rang de princesse ou celui de reine — le trône de Bernarda — il ne fallait pas grand-chose, beauté sublime ni éducation raffinée, compte tenu de ce qui venait échouer dans ce trou perdu au milieu des broussailles. En tout cas, elles se détachaient du lot, suscitant l'envie et la jalousie.

Dalila s'essuya l'œil de la main et, du même mouvement, gifla Epifania à toute volée. Elles s'attrapèrent par les cheveux, échangèrent quelques baffes, s'empoignèrent en s'insultant et en se griffant mutuellement. Autour d'elles, se forma un cercle intéressé et goguenard, disposé à stimuler les combattantes.

— Je parie pour celle au gros cul, proposa Misael, en hommage à sa dame.

— Je mets dix ronds. — Guido, tout aussi galant homme, releva le défi.

Sans cesser de jouer, Pedro Cigano se leva du long banc de bois fabriqué par Lupiscinio, où il était assis en compagnie de Zuleica, et rejoignit le cercle. Il est à noter qu'à aucun moment, même quand la bagarre faillit bien devenir générale, il n'arrêta de pianoter sur son accordéon, faisant une sorte d'accompagnement musical en sourdine. Et, bien qu'il fût à sec, il risqua vingt sous sur Epifania, tant il était sûr du résultat. Bastião da Rosa tint le pari par pur esprit sportif, pour animer la compétition, sans la moindre illusion sur la possibilité de toucher ces vingt sous : Pedro Cigano devait de l'argent à la moitié de la terre.

Ainsi qu'en jugea Guido, les paris se trouvèrent naturellement annulés par l'entrée en lice de Zuleica, qui surprit toute l'assistance sauf Coroca. Dalila semblait au bord de la déroute ; en l'agrippant, Epifania lui avait arraché sa jupe d'indienne — la vieille, car elle avait gardé la neuve pour la Saint-Jean —, la laissant ainsi le derrière à l'air pour la plus grande joie du public. Sans savoir comment réagir, Dalila se vit sur le point de devoir abandonner le champ de bataille. C'est alors que, se levant du banc d'où elle avait suivi les péripéties de l'empoignade, Zuleica attaqua Epifania à coups de pied — avec l'avantage d'être chaussée de galoches. Se sentant soutenue, Dalila, tout en trémoussant son valseur nu, se rua de nouveau sur sa rivale. Le cercle manifesta son intérêt : quolibets, applaudissements, sifflets.

— Deux contre une, bande de minables ! J' fous la raclée aux deux.

Mais Epifania ne les affronta pas seule : la petite Cotinha, solidaire, entra dans la danse et révéla une vaillance inattendue. Les quatre roulèrent par terre, enchevêtrées ; outre le cul de Dalila, on voyait les nénés d'Epifania : sa blouse bahianaise s'était ouverte.

L'intervention de Zuleica mit en évidence le véritable motif du ramdam, juste motif de l'avis de la gent féminine, pour ne pas dire noble motif : le nègre Castor Abduim da Assunção, qui était là bien tranquille, flegmatique comme personne.

C'était pour lui qu'elles soupiraient, s'insultaient et se battaient : elles lui mangeaient dans la main. Vérité banale, et tout aussitôt démontrée : s'approchant des bagarreuses souillées de terre et de crachats, griffées, à moitié nues, Tison — sacré rigolo de nègre ! — ordonna sans élever le ton :

— Suffit pour aujourd'hui, les mômes, on va s'amuser gentiment.

Le son de l'accordéon reprit force, la cadence se fit plus rapide, enlevée, irrésistible. Tournant le dos aux enragées, l'ingrat maréchal-ferrant offrit le bras à Merencia, honnête femme mariée qui réprouvait cette chienlit, et la fit danser. Dalila remit sa jupe, retourna dans les bras de Misael, Epifania dans ceux de Guido. Fadul invita Cotinha : le Turc était encore plus grand que frère Nuno de Santa Maria, mais ce n'était pas la taille qui pouvait faire peur à qui avait appris à vivre en servant le bon Dieu du Ciel. L'air toujours aussi serein que d'habitude, comme si de rien n'était, sans manifester la moindre émotion, Zuleica accepta l'invitation de Bastião da Rosa, barbe d'or, ôta ses galoches. Sur le sol de terre battue, pieds nus elles tournaient, légères, ondoyantes, luisant de sueur, dans l'odeur lourde des peaux noires.

Les doigts courant sur les touches, battant du pied par terre pour marquer la mesure, Pedro Cigano dansait au milieu des couples, au centre du hangar. Personne ne regretta l'absence de Lulu Sanfona. La fête de Saint-Antoine prenait bonne tournure.

Et même un peu trop, hélas ! Le désordre ne se limita pas à un échange de coups et d'injures entre les filles : il y eut plus, et bien pis ; malheur et fatalité. Les esprits s'échauffèrent et tout se gâta ; au moment où les choses atteignaient leur paroxysme on entendit énoncer une affirmation imprévue. La déclaration fut le fait de Fadul Abdala, mais le sentiment qui l'avait dictée était celui de tous les gens présents, à l'exception des trois éleveurs bouffis d'impertinence dans leurs gilets de cuir. Des mots tout simples — on saura lesquels en temps utile — qui s'inscrivirent dans le sang.

Les complications commencèrent par une prise de bec entre Guido et Misael. Encore à propos du pari pris pendant la bagarre des femmes, les dix sous risqués sur le derrière de Dalila et les nichons d'Epifania. Pour un quelconque motif resté obscur, ou sans aucun motif, Misael, après quelques rasades, proclama Dalila gagnante et réclama le paiement immédiat.

La dispute commença pendant une pause de la musique, tandis qu'ils buvaient du génipa de Cotinha, fort et parfumé. Ils en arrivèrent aux mots vifs et aux menaces, mais pas aux voies de fait car le Turc Fadul décida d'intervenir. Il avait pris l'habitude de le faire en chaque occasion analogue : le nombre réduit de filles amenait constamment des chamailleries, provoquait des rivalités, des bagarres sauvages. Fadul séparait les combattants et il lui suffisait presque toujours d'user de son autorité morale bien établie : patron du magasin, créancier de la plupart des gens. En cas de nécessité, toutefois, il avait recours à la force brute.

Sans s'occuper de la présence silencieuse et hostile des deux autres éleveurs, le Turc, mains de géant, doigts comme des tenailles, attrapa par le bras chacun des deux matamores en se plaçant entre eux :

— Ici d'dans, y a que les femmes qui s' bagarrent. Les hommes, si ça leur chante, c'est dehors, vous pouvez vous massacrer si ça vous fait plaisir. Mais ici, c'est une salle de bal.

Il desserra ses mains, libéra les hommes, regarda en face les aides de Misael, le vieux et le petit jeune, et s'adressa à Pedro Cigano :

— Musique, mon pote !

Tout en grommelant au sujet de l'emploi que Guido pouvait faire des dix sous — tu peux les garder, j'en n'ai pas b'soin, mets-toi-les dans l' cul —, Misael s'éloigna suivi de ses deux subalternes. Heureusement que Guido n'entendit pas le blablabla : il n'avait pas l'habitude de provoquer mais, si on le provoquait, il ne canait pas, et faisait face. En terre grapiuna, un trouillard ne fait pas de vieux os ; il meurt, encore au berceau, au premier signe de pétoche.

Il devint évident que Misael avait envie de chercher la bagarre : plus il buvait, plus il fanfaronnait. Il exigea qu'on jouât ses airs préférés, faisant offense à Pedro Cigano en lui lançant des pièces comme un pourboire, que l'accordéoniste ramassait sans se tenir pour offensé ; se disputa avec un des gardes du dépôt de cacao à cause de Dalila, qu'il voulait comme cavalière exclusive ; vanta les perfections de son cheval Pirapora, se proclama irrésistible, riche et intrépide. Du vent, des mots en l'air, commenta le vieux Gerino, qui le connaissait d'autres occasions. Défis et vantardises se perdaient dans la musique, les pas de danse, la rumeur de la fête, les relents de tafia.

La nuit et le bal étaient déjà bien avancés quand une nouvelle discussion éclata dans un coin plutôt tranquille. D'un côté, les trois gardiens de troupeau : le chef Misael, le vieux Totonho et le jeune Aprigio ; de l'autre, trois femmes : Bernarda, Dalila et Margarida Cotó[1] avec son bras amputé et ses taches de rousseur. Ce qui semblait d'abord n'être qu'un simple différend à propos de couples pour danser était en fait bien autre chose : il s'agissait d'une exigence abusive des trois hommes. Comme ils devaient se remettre en route avant le lever du jour, pour gagner du temps, ils voulaient à toute force obliger les trois filles à quitter immédiatement le bal, refusant de partir de Tocaia Grande sans avoir tiré leur coup. Ils

1. « Moignon. »

étaient pressés, ne pouvaient attendre la fin du pince-fesses qui, selon toute apparence, allait se prolonger jusqu'au matin. Allez, bande de conasses, et que ça saute!

Or les putes avaient décidé, durant les festivités de juin, de fermer boutique et donc de ne pas prendre de clients les soirs de bal: la fête, c'est la fête. Elles avaient l'intention de s'amuser, de danser, de se reposer, de boire et de rire, de flirter le cas échéant. Ce n'était pas une nuit comme les autres — ces nuits de labeur où il fallait suer dans les bras d'un inconnu, gémir sans envie, faire semblant de jouir — toutes trois refusèrent de concert les propositions du convoyeur de bétail plein aux as et de ses deux auxiliaires: pas aujourd'hui, faites excuse, une autre fois. Aujourd'hui, pas pour tout l'or du monde.

Misael avait choisi Dalila, laissant Bernarda pour le vieux, Margarida pour le gamin. Il avait hésité entre Bernarda et Dalila, mais il avait gardé au fond des yeux la vision du baba de la négresse, un popotin à se mettre à genoux. Le vieux se léchait les babines, tout excité, et le jeune gars ne réclama pas pour les taches de rousseur et le moignon de la Cotó, défauts de naissance: à dix-huit ans, on prend ce qui vient et on en redemande.

Rien n'y fit, ni les explications de Dalila, qui savait causer, ni la rebuffade de Margarida — justement quand Balbino, un métis négro-indien bien déluré, commençait à lui faire du gringue — ni davantage le refus clair et net de Bernarda: la boutique est fermée, pépé. On va l'ouvrir, grogna le vieux.

Les éleveurs étaient pas mal éméchés et le ton montait. « Dégage », dit Bernarda quand le vieux Totonho essaya de l'entraîner dehors. La poussée et la liqueur de génipa firent vaciller l'effronté. Misael, qui maintenait Dalila par un poignet, perdit patience et se mit à gueuler:

— Si vous voulez pas venir de bon gré, vous viendrez par force, bande de putasses!

La musique s'était interrompue pour permettre à Pedro Cigano d'étancher sa soif d'une lampée de tafia, et la menace retentit sous le hangar ; des filles s'approchèrent, curieuses ; Misael, irrésistible, riche et intrépide, crut qu'elles venaient s'offrir pour disputer leur place aux mijaurées :

— On a déjà choisi celles-là, y a pas b'soin d' vous.

Il se tourna vers les trois élues, poussa Dalila :

— On y va !

Epifania avança d'un pas, la sueur coulait sur sa peau noire ; elle fit face aux hommes et, d'une voix enrouée, chargée de génipa :

— Ni elles ni nous, aucune qui a quelque chose dans le ventre va baiser aujourd'hui avec vous. Savez pas qu'on a fermé la boutique ? Allez enculer les vaches, si ça vous dit.

Pour ne pas perdre l'habitude et parce qu'elle avait elle aussi abusé du génipa de Cotinha, elle cracha par terre et écrasa avec le pied.

Un homme qui se respecte n'encaisse pas sans rien dire quand l'affront vient d'un autre homme ; à plus forte raison quand il vient d'une espèce de grognasse. Misael annonça avant de passer aux actes :

— Ces trois-là vont s' faire sauter en levrette, qu'elles veuillent ou pas, et toi tu vas en prendre plein la gueule, espèce de grognasse de merde !

La gifle claqua aux quatre coins de la salle : la salle, oui, ainsi l'avait dit le Turc — endroit où l'on danse, décor de bal, non de bagarre. La négresse perdit l'équilibre ; la deuxième baffe, encore plus forte, l'envoya par terre, un filet de sang coula des lèvres épaisses.

— Enfant d' putain ! hurla Dalila, louve déchaînée.

11

— Enfant d' putain ! répéta Bernarda, avançant à son tour, menaçante.

Le temps de comprendre, les trois hommes se virent encerclés, attaqués par des furies sorties de l'enfer. S'élançant au secours d'Epifania, Dalila s'était jetée sur Misael en essayant de l'agripper à la gorge. La rivalité, la jalousie, les avaient tout à l'heure amenées à se taper dessus et se cracher à la figure ? Et après ? On l'a dit, bagarre de putes, c'est querelle de commères, ça ne laisse pas de trace.

Elles se retrouvèrent ensemble, sans exception, pour faire face aux convoyeurs, refuser leur diktat : si elles n'avaient pas le droit de fermer boutique quand ça leur chantait, si elles n'étaient pas maîtresses de leur propre minou, qu'est-ce qui leur resterait dans cette vie de misère ? Toutes celles qui, à l'époque, faisaient le métier à Tocaia Grande, Dalila, Epifania, Bernarda, Zuleica, Margarida Cotó, Marieta Quinze-Arrobas, Cotinha, Dorita, Teté et Silvia Pernambuco, échevelées, soûles, toutes solidaires. Si cette liste ne comporte pas le nom de Jacinta Coroca, ce n'est pas par suite d'un oubli mais bien pour marquer les égards particuliers qui lui sont dus : à elle seule, elle valait plus que toutes les autres réunies. Quand Aprigio, tombé de la dernière pluie, fit mine de tirer son revolver en croyant que c'était la solution pour une histoire de becs et ongles, Coroca lui expédia un coup de pied dans les parties. Le cri du petit gars s'entendit à trois lieues et demie de là, à la gare de Taquaras, selon le rapport véridique de Pedro Cigano, témoin oculaire et auriculaire.

Le vieux Totonho, pauvre hère digne de pitié, était le plus révolté des trois. Il avait espéré s'envoyer Bernarda par une nuit à triquer une petite génisse et il voyait le rêve s'envoler sans pouvoir se résigner. L'agrippant par la taille, il finit par la renverser ; il cherchait à lui palper les seins, à remonter sa jupe et peut-être, Dieu seul le sait, à la sauter aussi sec dans le hangar, au milieu du rififi, sous les yeux de l'assistance. Complètement déboussolé, tremblant comme s'il avait une crise de paludisme. La voix douce pour supplier : allons-y... Grinçant des dents pour ordonner : allons-y ! Il arracha son gilet de cuir pour être plus libre de ses mouvements. Ce fut l'erreur capitale : fini du respect que le gilet imposait encore. Bernarda en profita pour s'éclipser et, avant que Totonho ne réussît à se relever, Marieta Quinze-Arrobas, opulente, sans hâte, maternelle, laissa tomber tout son poids sur l'infortuné : les articulations craquèrent. Pleurnichant sur ses derniers espoirs, le vieux, encore à terre, implora, en voyant Bernarda se jeter sur Misael :

— Aprigio, tiens-la, j'arrive.

Comment le gars aurait-il pu tenir Bernarda alors que, plié en deux, il cherchait à éviter les coups de galoche de Coroca ? Quant au pétard, Coroca l'avait glissé dans son décolleté entre ses seins flasques : laisser une arme à la portée d'un gamin, c'est risquer la mort.

Tout se passait en même temps, en l'espace de quelques minutes seulement. Misael cherchait à échapper à l'encerclement d'adversaires de plus en plus agressives ; griffé, couvert de crachats, il distribuait des gifles, plaça un coup de poing sur la figure de Dalila, avait du mal à rester debout. Acculé, il vit le moment où il devrait repartir pour Conquista en emmenant en croupe de son Pirapora l'affront impuni de la fille grosses-miches avec, pour faire bon poids, les insultes des autres. Pour se lancer dans une bagarre avec des putes, il faut avoir un grain, pas grand-chose dans le crâne.

12

Malgré le visage fermé de Fadul, Misael, voyant les hommes venir vers lui, attendit avec confiance, en souriant. Certain de trouver chez eux compréhension et appui, certain qu'ils aideraient à mettre au pas ces furies, à obliger ces révoltées à remplir leurs devoirs professionnels de putes : ouvrir la craquette à qui l'ordonne et paie pour ça, sans s'occuper des circonstances et des préférences. Là-dessus, il ne transigeait pas. A-t-on jamais vu fille publique avoir des goûts, des horaires de travail, des jours de repos ?

L'Arabe approchait, furieux : sans rime ni raison, les unes à la suite des autres, les filles avaient abandonné la danse, laissant leurs cavaliers le bec en l'air, comme si la fête avait fini au moment où elle battait son plein. Il cria à l'intention de ces bonnes femmes impossibles :

— Qu'est-ce que vous fichez-là ?

Mais, se rendant compte du barouf, il s'adressa à Misael :

— Alors, l'ami, on n'arrête pas de faire des histoires ? Vous êtes venus pour quoi, au juste ? Ça suffit, maintenant.

Il y eut une trêve dans les échanges de coups ; les griffures et les torgnoles laissèrent place à la discussion. Le convoyeur de bétail commença par se montrer raisonnable et accommodant :

— On veut pas d'histoires, nous autres. Tout ce qu'on veut, c'est que des putes qui font les marioles viennent avec nous, pour la chose de nous soulager les burettes.

— Ils veulent nous obliger à toute force, et nous on a fermé la boutique, intervint Epifania, dont la bouche saignait.

— J'y vais pas, même morte, réaffirma Bernarda.

— Une putain n'a pas à vouloir ou pas ! répliqua le vieux Totonho en s'approchant de la belle qu'il s'était promise.

Coroca avait interrompu la dégelée de coups de galoche au jeune gars :

— On est des putes, d'accord, on n'est pas des esclaves, dit-elle, regardant Fadul en face comme pour le défier. C'est pas vrai, m'sieu Fadul ? Ou c'est-i' qu' vous pensez comme eux aut' ?

Convaincu de l'appui des hommes, se jugeant dans son bon droit, disposé à payer une tournée de tafia avant de partir avec ses gars et les trois élues, Misael resta frappé de stupeur en entendant le nègre Castor Abduim demander et assurer :

— Savez pas que l'esclavage est fini ça fait plus de vingt ans ? Elles iront si elles veulent bien, si elles veulent pas elles iront pas.

Misael promena son regard autour de lui, de Tison à Zé Luiz, du métis Balbino à Bastião da Rosa qui avait une tête de Blanc, de Guido à Lupiscinio, de Gerino à Fadul, des gardes du dépôt aux muletiers et autres voyageurs, de Pedro Cigano avec son accordéon à la grande Merencia, l'air important, et pour finir fixa droit dans les yeux le maréchal-ferrant :

— L'esclavage, il aurait pas dû finir, pour qu'on ait pas des nègres culottés comme toi. J' sais pas ce qui me retient d' te casser la gueule. — Et, se tournant alors vers les autres : — Si vous voulez pas d'emmerde, vous en mêlez pas.

Sur quoi, il mit la main à son ceinturon ; le vieux et l'adolescent se rapprochèrent, ce qui accrut encore la tension. Avant qu'il ne tirât son revolver, Fadul, après un sourire à Coroca, parla d'un ton parfaitement calme, comme s'il bavardait gentiment, au lieu de donner des ordres :

— Laissez votre arme tranquille, m'sieu Misael. C'est bien ça vot' nom ? Et occupez-vous plutôt d' vous tirer, avant qu'il soit trop tard.

Il retint, de l'autre côté, le nègre récalcitrant :

— Bouge pas, Tison !

La main toujours sur l'étui du revolver, Misael se demandait encore ce qu'il en était :

— Vous allez pas vous battre pour défendre ces trous-du-cul ?

— Ecoutez, l'ami : si vous voulez les forcer, on se battra. Faut que vous sachiez que'que chose : ici, c'est comme ça. On touche à un, c'est comme si on touchait à tous les autres.

— C'est ça tout juste. Si ça vous plaît pas, allez-y, pour voir. C'était Merencia qui intervenait, Merencia si à cheval sur sa condition de femme mariée qu'elle n'avait pas voulu, voyez-vous ça, habiter dans le voisinage des prostituées, pour garder ses distances, imposer le respect. Les poings sur les hanches, elle prenait l'affaire à son compte exactement comme si ces filles perdues avaient été de la famille, des cousines, des nièces ou des sœurs.

Fadul résuma :

— C'est la règle, dans l' coin.

Ce ne l'avait peut-être pas été jusqu'alors, mais ce l'était désormais. Irrésistible, riche et intrépide, Misael ne pouvait pas reculer :

— Vot' règle, j' l'emmerde, et vous avec.

Il ne put empoigner son feu, Tison lui tomba dessus. Accompagné par Ame-en-peine qui, ayant quitté le banc sous lequel il s'était caché pour dormir au son de l'accordéon, surveillait l'ami et l'ennemi.

C'est alors seulement que le ramdam commença pour de bon. Fadul attrapa le vieux Totonho par sa chemise et par la ceinture de son pantalon, le souleva en l'air et le projeta au loin. Les femmes s'amusaient à arracher ses vêtements à Aprigio. Avec tant d'hommes pour vouloir s'en mêler, ce n'était plus de jeu, pour ainsi dire. Guido avait du mal à se refréner : il priait Castor de lui laisser Misael, avec qui il avait un compte à régler. Mais Tison tenait à en finir une bonne fois, tout seul, avec le charme irrésistible, la richesse et l'intrépidité du matamore, pour lui montrer ce que valait un nègre culotté. Ame-en-peine sautait tout autour, grognant et mordant.

En s'enfuyant à toutes jambes, le vieux Totonho, pour se couvrir, tira au hasard : personne n'avait pensé à lui enlever son arme, un vieux pistolet à rouet. La balle frappa Cotinha en plein front.

13

Sur le hamac où elle avait dormi et gagné sa vie, cadeau de Zé Luiz au temps de la grande vie, on plaça le cadavre de Cotinha, petit corps de gosse rachitique, et on le transporta jusqu'au cimetière primitif où poussaient des papayers et des bouquets de bananiers, où mûrissaient des *pitangas* couleur de sang. Il avait plu sans arrêt durant la nuit, pendant la fête et la rixe, mais au matin la pluie cessa et le soleil brilla pour l'enterrement.

Au petit jour, quelques hommes creusèrent la terre à côté d'un anacardier en fleur. Fosse profonde, la première à être ouverte depuis que l'endroit était connu sous le nom de Tocaia Grande. Ils se mirent aux pelles et aux houes après le départ de Misael et d'Aprigio, ce dernier aux prises avec la selle de Totonho.

Quand les hommes s'élancèrent à sa poursuite, le vieux avait enfourché à cru le cheval Pirapora — rapide comme le vent, à en croire Misael — et disparu au grand galop. Ainsi arrivent les malheurs, des morts avec un trou dans la tête, une plaie béante à la poitrine ; une balle perdue : la plupart du temps, c'est la peur qui a fait presser la détente, non la volonté de tuer.

Les choses en étant là, ils s'estimèrent satisfaits avec la raclée infligée à Misael et au jeune Aprigio. Les deux types s'aplatirent — terme propre à tous égards. Du vent, des mots en l'air, avait dit Gerino qui l'avait déjà vu à l'œuvre : à genoux, Misael demanda pardon pour avoir la vie sauve.

Castor et Lupiscinio équilibrèrent sur leurs épaules les extrémités du long bambou enfilé entre les attaches du hamac et se mirent en marche. Dans le cortège, larmes et rires se mêlèrent ; on parla de la morte avec bienveillance, sans ressentiment pour ses accès de mauvaise humeur, son acrimonie ; on loua sa vaillance, sa franchise, les friandises faites avec les jaques, les bananes en rondelles, et la liqueur de génipa. Dans le silence du parcours vers le cimetière, Tison rappela des détails de conversations, le couvent à São Cristovão, le vin de messe, la grosse cloche et le bon frère Nuno qui bouchonnait. Le souvenir l'égaya et, au moment de la mise en terre, il demanda :

— Qui est-ce qui sait dire une prière ? Elle avait été dans un couvent, c'était presque une bonne sœur. Ça vaudrait le coup de prier pour elle.

Il y eut plusieurs tentatives de faites, mais personne ne

savait une prière complète, du commencement à la fin ; pas même un court *Ave.* Merencia avait pardonné à la pécheresse, comme la charité y incite et y oblige, mais pas au point d'accompagner l'enterrement. Malgré tout, l'âme de Cotinha ne monta pas au ciel — si tant est qu'il y ait un ciel des putes — sans la clef d'une oraison pour lui ouvrir les portes. Couvrant les bribes de *Pater* et de *Salve Regina,* la voix puissante de Fadul Abdala se fit entendre. Dans son enfance il avait servi la messe pour son oncle curé d'un village libanais. Il récita en arabe avec onction et sentiment, c'était un plaisir de l'entendre, on avait envie de pleurer. Epifania ne put se retenir, éclata en sanglots.

A peine furent-ils de retour que le soleil disparut, l'hiver revint.

14

Epifania n'attendit pas la fin de la mauvaise saison pour changer de pays. Elle avait fêté la Saint-Jean et la Saint-Pierre, dit à qui voulut l'entendre qu'elle ne s'était jamais tant amusée.

Le soir de la Saint-Jean on alluma des feux devant les bicoques, en grand nombre ; les voisins se rendirent mutuellement visite. Le terrain vague fut illuminé par les fusées, les serpenteaux, les chandelles, les comètes, les gerbes, les feux de couleur, bleus, verts, rouges, sulfureux, si jolis. On mangea et on but à gogo, et les filles avouèrent, extasiées, qu'il n'y avait personne comme Castor Abduim pour mener le quadrille : comme si le nègre n'avait pas été orfèvre en matière d'exotisme ! Epifania sauta par-dessus le brasier en compagnie de Zuleica, elles devinrent commères.

Le moment suprême fut celui du lâcher de ballons, surprise pour tout le monde sauf Tison et Coroca. Il pleuviotait à peine : ils l'emplirent de fumée au feu le plus grand, sur le terrain vague où tous se rassemblèrent. On alluma la mèche, le ballon monta dans le ciel et s'y perdit. Avant de disparaître, il se confondit avec les rares étoiles, toutes ternes : c'était cette étoile pour rire qui était la plus belle.

On fêta, encore, la nuit de Saint-Pierre, pour terminer la liqueur de génipa de Cotinha et profiter de la présence de Pedro Cigano avec son instrument.

Quelques jours plus tard, le matin de bonne heure, Castor venait de s'occuper des sabots de Roseda, la marraine de la troupe d'Elisio — après les avoir passés au rogne-pied il les avait ferrés de neuf tous les quatre — Lorsqu'il vit Epifania qui attendait, prête à partir : ils avaient passé la nuit ensemble et elle n'avait absolument rien dit. Son balluchon sur la tête, un petit paquet de chiffons, ses savates, tout son bien.

— J' m'en vais, Tison. — Elle allait profiter du convoi d'Elisio pour ne pas faire la route toute seule. — J' peux emmener l'abebê que t'as fait pour moi ? — Dans le regard et la voix, la résolution, une pointe de tristesse et le rude orgueil.

Tison lui remit le petit miroir de fer-blanc qui représentait Oxum sur l'autel des orixás. Il ne lui demanda pas de rester, dit simplement :

— J' t'oublierai jamais.

Epifania tendit la pointe des doigts : pieds nus, le balluchon sur sa chevelure crêpue, l'abebê à la main, elle s'en fut avec le convoi, vers Taquaras. Ame-en-Peine l'accompagna un bon bout de temps, mais quand il comprit que la négresse s'en allait pour de bon il rebroussa chemin et revint se coucher à la chaleur de la forge. Il était toujours maigre et laid. Mais il s'était révélé courageux et bon chasseur. Il gardait l'atelier et veillait sur les pas de Tison.

Le capitaine Natario da Fonseca croise sur son chemin une famille du Sergipe et la dirige sur Tocaia Grande

1

Pour un peu, on aurait bien dit un groupe de pénitents ambulants — il ne manquait que les litanies et les chiens : c'est ce que pensa le capitaine Natario da Fonseca en apercevant la caravane.

Au cours de son adolescence aventureuse, Natario n'avait pas manqué une fête de saint miraculeux sur les berges du São Francisco qui l'avaient vu naître. Il avait été guide d'aveugle, amant de cœur de prostituée, servant d'un « béat ». Chevauchant la Bête de l'Apocalypse, le béat Deoscorodes avançait impavide vers le jour du Jugement, appelant à lui les repentants à la veille de la fin du monde. A ses côtés, l'archange annonciateur, en guise de trompette, avait un vieux fusil de chasse et s'entraînait à viser juste.

Figurant du chemin de croix, messager de la démence, voué au bon Jésus et à la Vierge Marie, le héraut imberbe avait touché le fond de l'horreur, dansé à la fête des moribonds, reçu les cendres du carême, brûlé Judas en effigie pour l'alléluia. Lors des « testaments de Judas », il restait au peuple la vénération des prodiges et l'acquittement des promesses — ah ! terre de dénuement et d'iniquité ! Aux confins du cacao n'existaient ni pèlerinages ni miracles.

2

Les cortèges de gens du Sergipe se succédaient sur les chemins de la rivière aux Serpents, s'enfonçaient dans les forêts ; les nouvelles fazendas avaient besoin de travailleurs. Au passage, ils s'approvisionnaient chez Fadul, se baignaient à la rivière, ramassaient des informations. De l'argent compté et recompté, quelques-uns, tenaillés par le besoin, arrivaient à soustraire une piécette pour étancher leur soif de femme. Un joli coin, par là.

Au pays, dans ce Sergipe misérable, on entendait dire merveilles sur les terres du sud de Bahia et la culture du cacao, des récits fantastiques. Terres fertiles, dont beaucoup étaient encore libres — il n'y avait qu'à arriver et prendre possession —, culture sans égale, une mine d'or. Du travail autant qu'on en voulait, à la faucille, à la houe, à la machette, pour conduire les bourricots, pour tenir un fusil. Celui qui avait de l'ambition, du cœur à l'ouvrage, et qui saurait profiter de la chance, celui-là pourrait devenir riche.

Sur les foires, on déclamait des histoires, des récits de faits bien établis, authentiques. L'aventure, mise en vers, du colonel Henrique Barreto, le roi du cacao, courait de bouche en bouche, d'oreille en oreille, au son des petites guitares : « Mourant de faim, partit de Simão Dias... » Tout jeune il s'en était allé, « son capital, un vieux bout de machette ». Pour commencer, ouvrier agricole, puis muletier, « jour et nuit conduisant ses bêtes ». Il avait monté une boutique dans un hameau « pour vendre gnôle et munitions », avait amassé ce qu'il fallait pour acheter un petit arpent, « y avait planté une cacaoyère » et le voilà bientôt « devenu grand potentat ». Roi du cacao, le colonel Henrique Barreto, qui était né et avait grandi dans la misère à Simão Dias : pour les fêtes de fin d'année il envoyait un peu d'argent pour la famille, qui continuait à mener là-bas sa pitoyable existence de Sergipanos apathiques. Lui, le colonel, était devenu un Grapiuna.

Sur les routes et les pistes se croisaient des troupes d'hommes jeunes ou dans la force de l'âge, mariés ou célibataires. Ils prenaient la route du sud de Bahia, abandonnant les campagnes féodales, les petites villes mortes, à peine avaient-ils atteint l'âge de raison, ou quand ils avaient perdu l'ultime espoir de trouver travail et salaire.

Adieu mon père, adieu ma mère, bénissez-moi, je vais à Itabuna faire fortune. Adieu femme, adieu mes petits, je m'en vais devant, gagner des sous à Ilhéus pour vous payer le voyage. Dans leurs besaces et dans leurs cœurs ils emportaient prières contre les fièvres et les morsures de serpents, souvenirs et conseils, les visages chéris, larmes et sanglots. Père et mère, femme et enfants restaient au Sergipe avec les promesses, dans l'attente, et les fallacieuses raisons de vivre s'éteignaient lentement chez les vieux dans la quiétude de la folie douce. Les vieilles filles aigries, elles, s'enfermaient avec les plaies du Christ dans la solitude hystérique des grandes bâtisses, hurlant et blasphémant. Les garçons attendaient l'âge de l'adieu et du départ.

Sur les chemins, peu de couples, surtout avec de jeunes enfants. Bien rare une famille nombreuse avec jeunes et vieux des deux sexes, grands-parents, parents, petits-enfants. Cela se trouvait parfois : ensemble ils avaient décidé d'entreprendre l'aventure, ensemble prétendaient rester. Clan ancestral, racines vigoureuses, liens profonds de sang et de chair. Ils finissaient par se disperser dans la grande lutte du cacao : les plantations, les cuisines des grandes maisons de colonels, les embuscades, les bordels. Les bases détruites, de nouvelles valeurs s'imposaient.

Rencontres d'habitudes différentes, de façons de faire la fête et de pleurer. Mélanges de gens du Sergipe et de gens du sertão, de Levantins, de langues et d'accents, d'odeurs et de préparations culinaires, de prières, de jurons et de mélodies. Rien n'échappait à la mutation aux carrefours où se rencontraient et s'appariaient misères et ambitions venues de foyers si divers. C'est pourquoi l'on employait le mot « grapiuna » pour désigner le nouveau pays et le peuple qui l'habitait et le construisait.

Actifs et obstinés, les Sergipanos peuplèrent le territoire du cacao. Le travail ne manquait pas ; faire fortune, cela pouvait arriver : de quoi faire des chansons et des rêves, inciter à chausser ses sandales et partir. Ils maintenaient entre eux une certaine solidarité, s'aidaient mutuellement dans la mesure du possible.

Certains, en débarquant à Ilhéus, avaient dans la poche une adresse précise : la fazenda d'un pays, un colonel dont le renom de richesse alimentait les conversations et inspirait des couplets au fil des jours sans joie des cités vides d'hommes.

Quand Natario avait quitté Propriá, il avait une recommandation d'un parent, vague cousin éloigné pour le colonel Boaventura Andrade. Dans les circonstances hasardeuses, il est plus sûr de se fier à un compatriote.

3

Le capitaine Natario da Fonseca arrêta sa monture à l'approche de la procession pour mieux répondre à la salutation du vieillard, reprise en écho par des voix lasses : « 'soir ». Le vieux ôta son chapeau pour demander le renseignement. Il voulait savoir s'ils étaient sur la bonne route pour les fazendas établies dans les forêts de la rivière aux Serpents et s'il était vrai que de ce côté-là on embauchait des ouvriers. Exact : les récoltes allaient commencer, les rameaux bourgeonnants grossissaient, ça faisait plaisir à voir.

Inutile de demander d'où venaient ces gens mais, pour prolonger l'entretien, Natario interrogea :

— Sergipanos ?

— Oui, m'sieu, c'est ça.

— Une seule famille ?

Il comptait du regard : outre les trois couples, un grand

gars robuste, une fillette avec des nattes, un gosse qui avait à la main un piège à oiseaux. La femme au fichu noué sur la tête portait un bébé de quelques mois ; l'autre, plus jeune, était enceinte. Dix créatures, bientôt onze. Impossible de mieux tomber.

— Oui, m'sieu. Tous parents.

— Vous venez d'où ?

Le vieux hésita un instant avant de répondre — et si la nouvelle était arrivée jusqu'ici ? Il se décida quand même :

— On vient d'à côté de Maroïm. Connaissez ?

— J'y suis passé, quand j'suis venu par ici, ça fait un bout d' temps. Je suis de Propriá.

Immobiles, attentifs, les autres suivaient le dialogue. S'appuyant sur une canne rustique faite d'une branche d'arbre, la vieille femme maigre, desséchée, la tignasse grise, de poussière plutôt qu'à cause de l'âge, fit un pas vers l'homme à cheval et celle qui avait l'enfant au bras l'accompagna. Un pays, c'est presque un parent, pas comme un étranger en tout cas. Savoir si ce monsieur de Propriá, bien mis, qui montait une belle mule bien harnachée, ça ne serait pas la possibilité d'une aide, une planche de salut ? Il fallait bien qu'il ait une raison, pour prolonger la conversation en plein soleil, au bord de la route. Une grande famille comme celle-là, comment faire pour ne pas se séparer les uns des autres, surtout après ce qui s'était passé ? La vieille ne se risquait pas à demander. Elle souhaitait la paix pour son petit monde, mais maintenant elle manquait d'assurance.

— Ce qu'on voit le plus par ici, c'est des Sergipanos. Mais ils arrivent presque tous sans personne, une famille c'est rare, surtout grande comme vous autres. Pourquoi vous êtes venus tous ensemble, si c'est pas indiscret ?

L'un des hommes devança le vieux :

— Là-bas y a pas d' travail ; à ce qu'i' paraît que par ici on en trouve facile. C'est pour ça, rien d'autre.

Il ne regarda pas le capitaine, mais les autres : la question avait reçu une réponse, personne d'entre eux n'avait rien à ajouter. Réponse brusque, qui n'expliquait pas grand-chose, mais toutefois sans insolence ni défi ; de la réserve seulement, de la crainte, peut-être. Le vieillard avait baissé la tête quand son fils l'avait bousculé, lui avait coupé la parole — déférence et respect étaient restés dans l'enfer de Maroïm.

Natario ne fit semblant de rien, ne se formalisa pas. Il connaissait par cœur tous les récits, dont le point de départ était toujours identique. Combien en avait-il vu arriver, l'arme à feu encore fumante? Il fit courir son regard de l'un à l'autre, pesant et mesurant les quatre hommes : lequel avait tiré ? Il n'écarta pas l'adolescent : les années comptent pour deux, au calendrier de l'humiliation.

— Pour ça et rien d'autre, c'est bien répondu. Gardez pour vous ce qui vous regarde, je n' suis pas confesseur. En arrivant par ici, on vient au monde une deuxième fois, on n'a de comptes à rendre à personne. On peut même changer de nom, si ça vous dit.

C'est alors que l'homme le plus jeune lâcha la main de sa femme et s'avança vers Natario :

— On a été chassés, foutus dehors. Si on est venus, c'est pas qu'on avait envie nous. On était forcés.

— Ferme-la ! ordonna le plus âgé, celui qui avait pris la parole antérieurement.

Le vieux esquissa un geste, ne l'acheva pas. Le capitaine laissa glisser son regard sur le fusil à répétition à l'épaule du gars mais ne posa pas de question, ne fit pas de commentaire. L'autre, le plus jeune, sans s'occuper du geste du père, de l'injonction du frère aîné, ouvrit son cœur, se libéra du tourment qui lui pesait :

— C'est pas ce que vous croyez, m'sieu. Elles, elles m'ont pas laissé faire... — Il désignait la vieille femme et la femme enceinte, sa mère et son épouse. — Moi, j' voulais liquider ce salaud. — Il regarda la paume de sa main. — Elles m'ont lié les mains! Elles m'ont empêché!

Impulsif, il avait voulu décrocher son arme et faire un

malheur. Jeune mariée, jolie fille, attendant un bébé, elle s'était accrochée à son cou : pense à moi, pense au petit ! La mère lui avait arraché le fusil, préférant mourir plutôt que d'avoir un fils criminel, en prison ou en cavale.

— J'ai pas élevé un fils pour qu'i' d'vienne un assassin ou qu'i' soit descendu par un tueur !

C'était ainsi qu'étaient morts autrefois son père et son frère, tués froidement, même conséquence du même défi inutile.

Pris entre les deux femmes, il avait senti faiblir sa détermination ; n'étaient restées que les menaces à tous les échos. Pour le sénateur, il n'y avait pas grande différence entre menace et tentative de meurtre, meurtre dont tous ensemble et chacun pour sa part portaient la responsabilité. Justice de Salomon, code édicté dans le parc à bestiaux.

4

Dans l'éclat éblouissant du soleil à plomb, sur le chemin des forêts, ils dégorgèrent le récit, chacun des acteurs déclamant son rôle avec l'intonation juste ; dans la fosse du vécu renouvelé ils enterrèrent le passé, douloureux martyre, charge inutile. Ils redevinrent presque comme ils étaient avant que la rigueur impitoyable eût établi fin et moyens, raison et tort. Presque, mais non pas tout à fait : même fermées, les plaies laissent des cicatrices indélébiles.

Une fois de plus, le capitaine entendit la chronique routinière des émigrés du sertão. Hommes et femmes, du vieux grand-père au petit gamin, grattaient quelques malheureux journaux de terre, de compte à demi avec le maître et propriétaire, fazendeiro éleveur, dirigeant politique local, sénateur de l'Etat de Sergipe. La vie s'écoulait paisiblement, ils plantaient et récoltaient, amenaient la part qui leur revenait à la foire de Maroïm, vendaient, troquaient. Le dimanche, les femmes allaient à l'église, les hommes au bistrot.

Un jour, sans raison ni explication, le contrat fut dénoncé. L'accord verbal, la parole donnée ne valurent plus rien. Il fallut abandonner la terre labourée, la maison, la basse-cour, le puits, la sécurité et la joie de vivre pour une indemnisation de misère.

Convoqué au bureau de la fazenda, le vieux en revint avec la somme fixée par le sénateur — inutile de discuter, c'est à prendre ou à laisser — et le délai de grâce accordé pour plier bagage et chercher refuge ailleurs, avec les yeux qui brûlaient, un nœud dans la gorge. Se plaindre à qui? Au pape?

Pour les femmes, folles d'angoisse, il y eut, c'est vrai, le réconfort de M. le curé, affecté lui-même par cette mesure inopinée qui allait le priver des chapons gras, des fruits sélectionnés, des tubercules bien tendres de manioc doux, présents hebdomadaires de ces braves gens dévots. Il conseilla résignation et obéissance. D'une certaine façon — opina-t-il, les yeux mi-clos, les doigts entrelacés sur sa bedaine — ils devaient s'estimer chanceux, et reconnaître la bonté naturelle du sénateur. Propriétaire du fonds — ou la terre leur appartenait-elle, par hasard? — il aurait pu, s'il l'avait voulu, les mettre dehors sans la moindre indemnisation, sans leur laisser de délai, sans leur serrer la main. Il avait besoin de cette glèbe pour en faire des pâturages, y mettre du fourrage au lieu de manioc et de haricots. Le bétail passait avant, rien de plus juste. Le sénateur avait été doublement généreux : d'abord, en leur permettant de cultiver et de récolter pendant si longtemps, ensuite en leur payant ce qu'il ne leur devait pas. Il rappela encore le délai accordé, suffisant pour qu'ils pussent aller à la foire du samedi vendre leurs derniers produits avant de partir. Il n'y avait qu'à dire merci. Il leur donna sa bénédiction, Dieu est grand.

Sans le mouvement de révolte et les menaces, l'incident eût été clos, et l'affaire réglée. Mais, informé par des voies détournées de l'accès de colère et des vaines paroles, le sénateur fut profondément choqué : il ne tolérait pas l'ingratitude. Il annula le délai, décréta l'expulsion immédiate : si l'un quelconque des membres de la famille était trouvé à rôder sur les terres, il n'y aurait aucune indulgence.

Quant à l'effronté, au bandit qui avait pu songer à l'assassiner, celui-là avait besoin d'une leçon. On s'empara de lui et on l'attacha à un pieu de dressage du corral, sans eau, sans nourriture, pour le laisser cuire en plein soleil.

Il fallut traîner la future mère qui s'était accrochée aux jambes de son mari, prête à mourir en l'embrassant. La grand-mère se planta devant la sacristie de Maroïm pour ne pas bouger de là avant d'être reçue par le curé. Modeste brebis du troupeau du Seigneur, la voilà devenue tout à coup folle furieuse, qu'on eût dit plutôt possédée du démon. Mon père, s'ils ne le remettent pas en liberté, on reviendra et il faudra qu'ils nous descendent tous, un par un, à commencer par moi, ça va faire un massacre. Tant et si bien que M. le curé, qui était d'un naturel contemplatif et patient, s'affola, prit peur, se sentit un frisson dans la tripe.

— Que Dieu te pardonne, femme. Je vais voir ce que je peux faire.

Faisant preuve à nouveau d'un généreux élan, le sénateur accéda à la demande du curé, fit relâcher le misérable à temps pour lui permettre de se joindre au reste de la sale engeance. Non toutefois sans que lui eût été administrée auparavant une douzaine de coups de férule avec le vieux et bien utile instrument qui servait naguère pour les nègres.

M. le sénateur ne tolérait pas des gens de mauvaise foi sur l'étendue de ses domaines. Ses domaines : l'Etat de Sergipe, terres et eaux, arbres, bêtes, chemins, justice. Il avait quelques partenaires de moindre rang, riches planteurs. Le reste, ses serfs.

5

— On a été chassés...

A quoi bon le fusil à l'épaule ? Trop tard, l'heure était passée. Mieux valait suivre le conseil maternel et oublier : enfouir tout au fond de soi l'enflure et la brûlure de la férule.

— Ça aurait pu être pire, conclut la vieille. Ce qui est passé est passé. Not' malheur est fini et on est vivants. Le bon Dieu nous aidera bien à rester ensemble.

Le capitaine ne fit aucun commentaire sur ce qui était arrivé, ne dit ni oui ni non, ne prit parti ni pour ni contre, n'approuva ni ne blâma. Histoire tout ordinaire, sans grande portée, la vieille n'avait pas tort : ce qui est passé est passé ; en restant tous ensemble, ils pourraient transformer leur infortune en aisance. Famille nombreuse, de gens réglés, durs à la tâche, habitués à cultiver le manioc, le haricot, le maïs, à élever des poules et des chèvres. C'était exactement de familles comme celle-là que Tocaia Grande avait besoin pour asseoir ses fondations et aller de l'avant. Une fois installée la première, d'autres ne tarderaient pas.

— C'est vrai que vous voulez rester tous ensemble ?

— C'est bien ce qu'on voudrait, oui, mais paraît que c'est pas facile. — Le vieux reprit la parole, et l'autorité du chef.

— Comment c'est, votre nom ?

— Ambrosio, pour vous servir.

— Et vous, grand-mère, comment vous vous appelez ?

— Evangelina, mais on m' dit Vanjé. C'est-i' qu'y aurait pas moyen..

— Y a toujours moyen de faire quelque chose, sauf pour la mort.

Il commença par déclarer son nom et son titre — dans ce coin au bout du monde on me connaît partout. Puis il se mit à parler de Tocaia Grande, petit village à moins d'une lieue de là, qui se développait dans un site particulièrement beau. Et dit qu'il y avait le long de la rivière des arpents et des arpents de terre où planter haricots, maïs, manioc, terres libres à la propriété, qui seraient au premier arrivé. Dans les plantations de cacao, il faudrait aller chacun de son côté, sans possibilité d'éviter la dispersion.

— Des terres sans maître? Pour de vrai?

— Et bonnes à cultiver?

— Et si par la suite...

Par deux fois la vieille avait vu ce qui pouvait se passer, comme témoin et comme personnage du drame.

— Ici c'est le commencement du monde, m'ame Vanjé. Pas comme dans le Sergipe, où tout a déjà un maître et seigneur. Même les miracles des saints.

Vanjé comprit que l'homme de Propriá était un messager du destin, se sentit délivrée des craintes et de l'incertitude. Le vieil Ambrosio, cependant, fit observer:

— L'argent qu'on a est pas suffisant, même pour commencer.

— Pas besoin. En arrivant là-bas, allez voir un Turc appelé Fadul, dites que vous venez de ma part. Tout ce qu'il vous faudra, il pourra vous arranger ça.

Il expliqua enfin le pourquoi de toutes ces faveurs:

— Je ne connais pas d'endroit plus beau à voir que Tocaia Grande, mais il ne va prospérer que le jour où il y aura des familles qui habitent, des mioches, des animaux domestiques.

Le frère aîné, celui qui avait répondu abruptement, et qui s'était tu jusque-là, voulut encore savoir:

— Vous êtes de là, vous?

— Je suis né à Propriá, comme je l'ai dit. Mais c'est à Tocaia Grande que je mourrai, quand ce sera mon heure.

6

La troupe de réfugiés avait disparu dans la poussière du chemin. La pensée du capitaine Natario da Fonseca se reporta aux berges du São Francisco, aux herbages de l'indigence et de l'arbitraire. Dans le silence de la forêt il entendit des plaintes et une clameur de souffrance angoissée. Un bref instant il chevaucha de nouveau, côte à côte, avec le béat Deoscoredes prêt à décréter la fin du monde et la libération des hommes. Mais la bête de l'Apocalypse était un âne bien paisible de crèche alors que, pour affronter l'empire de l'abomination, le prophète aurait dû monter pour le moins le loup-garou ou la mule-sans-tête. La vie des gens ne valait toujours pas un pet. La férule des nègres elle-même n'avait pas été abolie, le reste n'en parlons pas.

Mais pourquoi s'attarder sur ces gâchis séculaires et s'en tracasser? Les liens de la naissance et du berceau s'étaient rompus une fois pour toutes en des temps lointains. Des obligations pressantes, actuelles, exigeaient maintenant ses soins. Au lieu d'un vieux fusil de chasse, il portait un poignard et un parabellum : garanties d'accords verbaux, gages de rectitude.

Un sourire affleura aux lèvres de Natario : le Turc, en se trouvant nez à nez avec les Sergipanos qui se présenteraient de sa part, allait en rester baba. Ce matin même, tout à fait par hasard, les deux hommes avaient bavardé et Natario avait émis un diagnostic et proposé le remède :

— C'est comme je te le dis, compère Fadul : tant qu'il n'y aura pas de famille pour résider ici en permanence, rien que des muletiers et des filles, les choses ne bougeront guère. Mais faut pas mollir. Je trouverai bien des Sergipanos à installer dans le coin. Ça devient une nécessité : les nouvelles cacaoyères vont commencer à donner, l'argent à courir.

— Dieu vous entende, capitaine Natario. L'argent, c'est bien ce qui manque.

— T'y crois pas, le Turc ? Tu sais combien de propriétés nouvelles y a par-là ?

— Si j'y avais pas cru, j'aurais pas planté ma tente ici. Mais je croyais que ça irait plus vite, et je vois que ça dure.

— Tout vient à son heure, Fadul ; rien ne sert de courir. Jusqu'ici ça ne marchait pas parce que les plantations commençaient juste. Tu y as pensé, compère, à tous ces cacaoyers chargés ? Un monde sans bornes. Tocaia Grande ne sera bientôt plus un trou, un petit village. D'ici peu, ça va dépasser Taquaras. Tu peux l'écrire sur un bout de papier, si tu l' crois pas.

— Dieu peut tout, capitaine. Quand est-ce que vous allez installer ces gens du Sergipe ?

— Un de ces jours, Fadul. Quand on s'y attendra le moins.

Ainsi avait-il dit le matin à son passage par Tocaia Grande alors qu'il venait de l'Atalaia. Quand on s'y attendra le moins : on aurait dit un fait exprès, une affaire combinée d'avance. Dommage de n'être pas là pour voir la tête que ferait le Turc à l'arrivée de la petite troupe : la stupeur, la gesticulation, les éclats de voix. Le dialogue avec Dieu sur cette extraordinaire coïncidence. Le Dieu de Fadul Abdala était un être proche, presque un membre de la famille, un ami puissant mais intime, un associé en affaires.

Le capitaine avait de l'estime pour Fadul, Turc malin, bon compagnon en toute circonstance, habile commerçant, bourreau de travail : colporteur de renom dans les plantations et les grandes fazendas, où l'on continuait à le regretter. Parce qu'il voyait loin, il s'était établi à Tocaia Grande dans l'enthousiasme du mouvement croissant de convois muletiers et de voyageurs. Il avait traversé sans un mot de plainte le temps des vaches maigres, avait enduré les sept plaies sans rebrousser chemin, joyeux camarade, brave bougre.

La famille du Sergipe arrive à Tocaia Grande et le capitaine Natario da Fonseca met en chantier sa maison d'habitation

1

La matinée était déjà avancée, la vieille Jacinta Coroca et la petite Bernarda se chauffaient au soleil d'été sur le seuil de la maison de bois qu'avait fait construire pour elles le capitaine Natario da Fonseca. Jacinta raccommodait des nippes ; Bernarda peignait son épaisse chevelure noire : elle avait de beaux cheveux et le savait. Elle les examinait minutieusement, à la recherche des lentes.

Interrompant pour un instant la tâche délicate d'enfiler une nouvelle aiguillée, elle regarda de biais sa compagne, rompit le silence et la quiétude :

— Une fille publique qui se laisse mettre en cloque, elle connaît pas son métier. Valait mieux rester aux champs à ouvrir des cabosses de cacao.

Elle avait parlé à voix basse, à peine audible. Et c'est à voix basse qu'elle continua à parler par allusions, marmonnant lentement, le regard sur sa couture, comme si elle ne s'adressait qu'à elle-même et personne d'autre. De la même façon, Bernarda l'écoutait comme sans rien entendre, comme si durait encore la tranquillité parfaite de cette matinée.

— Qu'est-ce qu'elle avait besoin d'attraper le ballon ? Si ça se trouve, elle sait même pas qui c'est le père, à ce malheureux. Elle en sait rien du tout, ouais !

La caresse de la brise sur l'eau de la rivière, dans les frondaisons, dans les cheveux de Bernarda. Coroca discourait :

— Quand on n'a pas de jugeote, on choisit pas le métier d' pute, que c'est pas si simple, comme métier, faut savoir. S'imagine qu'i'suffit de chercher les poux, de rigoler jusqu'aux oreilles, de s' mettre du parfum où j' pense, tu parles ! La pute, c'est comme la bonne sœur : quand elle entre au couvent, elle laisse tout tomber. Père et mère, frère et sœur, son vrai nom, et le droit de tomber enceinte et de faire des enfants. Toute la différence, c'est que la bonne sœur elle devient sainte et va au ciel s'asseoir à la droite de Dieu, et nous on reste des putes, condamnées sans salut possible.

Elle fixa l'horizon au-delà du fleuve et des collines, l'intense lumière lui fit mal aux yeux :

— Je m' suis abîmé la vue à voir tant d' mômes chassieux avec la merde au cul et la morve au nez, à brailler dans tous les coins des bordels. Gosse de pute, c'est ce qu'y a de plus paumé sur cette terre. Faut être zinzin autant qu'elle, pour croire qu'une pute peut s' payer le luxe d'avoir un gosse, mettre un p'tit au monde. Y a rien d' plus triste qu'une bonne femme qui fait l' métier avec un loupiot accroché au pan d' sa jupe.

Sans interrompre la litanie, elle s'arrêta de coudre pour examiner les reprises faites aux déchirures du corsage décoloré :

— Si elle savait pas comment faire pour pas en avoir, pourquoi qu'elle a pas demandé à des anciennes ? Comment ça s' fait que j'en ai jamais eu, moi, et qu' je fais ça depuis j' sais pas combien d' temps : les doigts des deux mains et des deux pieds ça s'rait pas assez pour compter les années qu' je fais ce boulot. C'est pas d'aujourd'hui qu'on m'appelle la Vioque.

Elle se tut un instant, indécise. Les souvenirs de ce qu'elle avait passé étaient son bien propre, n'appartenaient qu'à elle. Mais si elle n'allait pas au secours de

Bernarda, la petite sotte traînerait toute sa vie la croix d'un enfant. Bernarda aurait pu être sa petite-fille.

— J'étais toute jeunette quand la mère m'a appris comment pas tomber enceinte du colonel Ilidio. J'étais la bonne amie du colonel, dans mes meubles. C'est lui qui m'a aidée quand Olavo, après avoir pris mon pucelage, est mort en crachant le sang, il avait les poumons fragiles. Le colonel m'a monté une maison, avec tout ce que j' pouvais d'mander et encore plus. Suffisait que j' veuille quelque chose, il m'en donnait le double : toquade de vieux bouc. J'avais la belle vie, mère arrêtait pas de l' dire. Y avait qu'à pas attraper un gosse, que ça dona Marcolina aurait pas admis. Pendant plus de sept ans, que j'ai été une madame, ou si elle croit par hasard que j' suis une pute de naissance ? J'ai commencé la vie d' pute que quand l' colonel a passé et que dona Marcolina m'a fait dérouiller et fout' dehors de Macuco. C'est le premier ordre qu'elle a donné aux gorilles, après avoir mis la robe de grand deuil et pris la fazenda en main.

Elle leva les yeux de son ouvrage :

— 'l'aurait mieux valu qu'elle dise de m' tuer.

Au travers de ses cheveux répandus sur son visage, Bernarda suivit le regard de Jacinta, qui ne se fixait nulle part. A contre-jour, les yeux paraissaient vides, comme ceux d'un aveugle. Coroca revint à sa couture, la litanie reprit :

— Elle aurait d'mandé, j'y aurais dit. Suffisait d' dire comme ça : Jacinta, comment qu'on fait pour pas attraper un gosse ? Mais va t' faire voir ! Elle a rien d'mandé. Elle s'rait pas là avec le gros ventre, sans savoir qui c'est l' père.

Elle s'était mise à rapiécer un jupon, jeta encore un coup d'œil en biais sur le ventre arrondi de la fille, sa voix s'adoucit :

— C'est quand même pas une raison pour s'en faire de trop. J' connais une recette, une potion qui s' fait avec des feuilles qu'on ramasse par-là, ça loupe pas. La bonne femme boit ça et l' jour même, au bout de quelques heures, tout s'en va, avec le sang et tout, reste même pas d' trace. Faut l' prendre quand on est dans l'eau, au moment du bain. J'ai appris avec la pauv' Cremilda, qu'en attrapait comme qui rigole, c'est pas qu'elle voulait, mais elle était comme ça, elle tombait grosse rien qu'un homme lui soufflait d'ssus. Eh ben ! autant que ça arrivait, autant elle s'en débarrassait.

Elle regarda la petite en face : compagne de chambre et de travail, si jeunette, et sans un brin de cervelle. Coroca ne pouvait admettre pareille sottise :

— C'est à toi qu' je cause, j'ai l'âge d'être ta grand-mère. J' prépare la bouteille aujourd'hui, c'est mauvais à boire, mais ça nettoie l' bazar. Tu prends ça dans l'après-midi, demain tu t' réveilles le tiroir vide. T' entends ?

Bernarda releva la tête, rejeta ses cheveux en arrière et finit par regarder en face la vieille bavarde :

— Excusez-moi, mais j' vais rien boire du tout pour m' nettoyer le ventre, pas la peine d'aller ramasser des feuilles dans la brousse. J' sais qu' vous m' voulez pas d' mal, qu' vous parlez pour essayer de m'aider. Seulement, si j'ai attrapé un p'tit, c'est que j' l'ai voulu, c'est pas par ignorance. J'en ai-t'i' attrapé tout l' temps qu' le père a couché avec moi ? J' voulais pas un gosse de lui, c'est tout : quand il m'ouvrait les cuisses, moi j' fermais tout l' reste du corps.

— Tu sentais rien avec lui ?

— Vous l' croirez p't'êt' pas, vous pouvez penser que j' mens, mais les premières fois ça m'mettait en rogne, j' faisait qu' pleurer. Après, même pas ça. — Elle haussa les épaules comme pour chasser le souvenir de ces mauvais moments. — J' veux même pas m' rappeler, maintenant tout ce qui m'intéresse c'est le p'tit que j'ai dans l' ventre. Je l'ai parce que j' l'ai voulu, j' vais l' mettre au monde, et personne va l'empêcher. Personne au monde.

Elle s'étira, posa ses mains sur son ventre pour mieux le mettre en vue ; puis elle prit la main de Jacinta et la baisa.

Il n'y avait rien à faire, aucune potion ne pouvait rien y

changer. Coroca fit de la tête un signe d'assentiment. La charade déchiffrée, il n'y avait plus lieu de parler par allusions — le vinaigre devint miel pour une conversation franche :

— Je vois. C'est de lui, non ?

Il n'y avait pas besoin de prononcer le nom pour que Bernarda sût de qui parlait Jacinta et que ses lèvres s'ouvrissent en un sourire comblé :

— De parrain, oui, vous avez deviné.

Elle releva la face, l'expression farouche et combative avait disparu, les cheveux, volant au gré de la brise, tombèrent sur les épaules ; Coroca la vit face au soleil, rayonnante de fierté :

— Qu'est-ce que j' peux vouloir de plus au monde, qu'est-ce que j' peux demander d'autre au bon Dieu ? Que ça soit un garçon, et qu'il lui ressemble.

— Tous ses gosses, c'est le portrait du père. Ceux de Zilda et les autres.

— Le mien ça sera tout pareil, les traits et le caractère.

Tout être, si misérable et démuni soit-il, seul et pitoyable, a droit à sa part de bonheur ; il n'est pas de destinée qui soit tout entière malheureuse. Peu importe ce qu'il en coûte, peu importe le prix à payer. Jacinta même avait payé un prix exorbitant pour une foucade, la flamme d'un désir. Jamais elle ne l'avait regretté, pas même quand la solitude, couleur de cendre et goût amer, avait remplacé l'allégresse et l'exaltation devenues fleurs fanées. En fin de compte, que reste-t-il d'une vie, si ce n'est chagrin et ferveur, détresse et félicité d'un amour ? Le risque vaut d'être couru : si élevé qu'en soit le prix, ce ne sera jamais trop cher.

— Dans ce monde, y a rien pour rien : tout se paie. On peut payer de sa vie, j'ai déjà vu ça. Si t'as attrapé un p'tit pasque tu l'as voulu de bon cœur, personne a l' droit d' s'en mêler et d' dire que'que chose. Seulement, après, tu pourras pas t'plaindre, faudra accepter sans rien dire.

— Me plaindre ? De quoi ? Vous pouvez m' le dire ?

Voyez donc pas que j' suis comme une folle, qui rit toute seule pour rien?

Cœur fier, rire franc, tête de moineau.

— Tête de moineau, faut t' préparer pour l'accouchement. Même les animaux sauvages, ils s' laissent pas prendre par surprise.

— J'attendais que ça soit plus près pour vous en parler.

— Vaut mieux régler ça une bonne fois. Où c'est que tu vas l' faire? A Taquaras? A Itabuna?

— Ici.

— Ici? T'es folle? Y a même pas d' sage-femme pour faire sortir le p'tit quand ça sera l' moment.

Bernarda sourit de nouveau:

— Comment, y en a pas? Et vous?

— Moi? — Prise de court, Coroca sursauta, ébahie. — J'ai déjà fait des tas d' trucs en ce bas monde, tu peux pas savoir, j'ai même soigné des varioleux. Mais un accouchement, ça jamais.

— Eh ben! Préparez-vous pour vous occuper du mien.

La vieille resta muette. Elle avait assisté à plus d'un accouchement, il lui était arrivé d'aider la sage-femme au moment du miracle en apportant la bassine, l'eau, le linge. Les sages-femmes, des reines, compétentes, conscientes de leurs responsabilités, le pas assuré, le geste mesuré, le jugement sans appel, autorités suprêmes dans les bourgades, les pouvoirs de Dieu entre les mains. Quand elle reprit la parole, ce fut d'une voix étranglée, rauque tout à coup, venue du tréfonds de son être:

— C'est bien vrai, tu veux que je fasse venir ton p'tit au monde? Tu crois que j' suis capable de faire un accouchement? — Elle avait mis de côté le fil et l'aiguille, tout ce qu'il y avait à ravauder.

— Vous êtes capable de faire tout ce que vous voulez, si c'est dans votre idée.

— Faire sortir un môme, l'aider à v'nir au monde, ah la la! Seigneur mon Dieu! — Elle regarda ses mains maigres, osseuses.

— P't-êt' ben qu'oui!

— Après ça, on va être commères.

— On l'est déjà depuis la Saint-Jean, t'as oublié? Maintenant, on le s'ra de vie et d' mort.

Elle hocha la tête, se faisant des reproches à elle-même :

— Et dire que j' voulais tuer le p'tit sagouin avant même qu'il soit né! Vieille cloche, bourrique!

Elles rirent toutes deux gentiment, deux putes qui prenaient le soleil sur le seuil d'une masure de bois dans le hameau de Tocaia Grande, au début de l'été. Rire gratuit, celui de la vieille, celui de la jeune, semblable à la brise qui faisait frissonner les frondaisons, frémir la surface du cours d'eau, rire de bien-être pur.

2

—Ça peut être qu'ici, affirma Ambrósio, suspendant la marche.

La plaine s'étendait de part et d'autre de la rivière, au milieu d'un cirque de collines abruptes. Formant une sorte de savane rase, une épaisse végétation basse recouvrait la rive gauche, totalement inhabitée. Sur la rive droite, on apercevait au loin des cahutes dispersées ça et là, plus près, une file de bicoques alignées au bord du chemin. Quelques rares maisons couvertes de tuiles ressortaient de l'ensemble, avec des constructions de bois et une de chaume, vaste hangar au milieu d'un terrain découvert.

— Il l'a bien dit, le type, que c'était beau, comme coin, murmura le vieux.

— Le capitaine, corrigea la vieille Vanjé. Il a dit qu'il était capitaine. Capitaine Natario.

Le vieil Ambrósio, la vieille Evangelina, qu'on appelait Vanjé. Rabougris, émaciés, décharnés. Lui n'avait pas plus de la cinquantaine, elle moins encore. Deux vieux paysans chassés de leurs champs, en quête de quelques arpents où semer et récolter pour leur propre compte. Ils regardaient avec attention la forêt vierge qui se dressait en face d'eux, primitive, vigoureuse. Terres disponibles, il suffisait d'arriver et de prendre possession. Est-ce que ce ne serait pas un autre traquenard, une abominable imposture ? Mais pourquoi l'homme, un capitaine, aurait-il menti ? L'infamie, c'était là-bas dans le Sergipe, les terres de servage. Le temps jadis.

Dinorá restait auprès de Vanjé, son enfant sur les bras. Elle se tourna et sourit à son mari, João José, dit Jãozé. L'odyssée prenait fin, ils allaient pouvoir déposer leurs pauvres affaires, bâtir enfin une maison. Elle avait cru que jamais ils n'atteindraient un endroit où s'arrêter, un lieu où cultiver le sol, planter, élever des cochons et des poules. Elever l'enfant, en avoir d'autres. Elle avait eu peur que le bébé ne mourût dans ses bras en cours de route : malingre, il gémissait faiblement, doucement, trop chétif pour pleurer.

Le mari fit un pas en avant, se plaça entre sa mère et sa femme ; il répondit au sourire en effleurant de ses doigts le visage las de sa compagne. Lui, João José, ne savait plus sourire. Avant les événements de Maroïm — était-ce hier, ou s'était-il écoulé des années ? —, la maison, avec Dinorá, était pleine de chansons ; Dinorá, son visage gracieux, ses yeux vifs, sa séduction, sa bonne humeur. La nuit, il la prenait dans ses bras, ils riaient et soupiraient ensemble.

Doigts rudes, mains calleuses et sales : la caresse inattendue ne toucha pas seulement le visage de Dinorá, élargissant son sourire timide sur les lèvres desséchées. Onguent miraculeux, elle s'étendit sur les plaies, en surface et à l'intérieur, plaies visibles et plaies cachées. Les extrémités des doigts touchèrent chacune des fibres de son être : baume suave, flamme dévorante. Dinorá se sentit redevenir femme, pour le labeur et pour le plaisir.

La beauté du paysage ne dissimulait pas la pauvreté du lieu. Jãozé, bougon, maugréa :

— J'imaginais un bourg, c'est rien d' plus qu'un hameau. Tout juste si ça commence à vivre.

— C'est comme nous aut'. On dirait que c'est d' la bonne terre, repartit Ambrósio d'une voix forte, pour faire partager sa confiance.

Les retardataires rejoignirent les vieux. Arrêtés sous le soleil au tournant de la route, ils contemplaient la terre promise, le regard attaché aux reliefs et aux paillotes, le cœur battant la chamade. Ils hésitaient entre l'incrédulité et la certitude, avaient peur, doutaient, mais essayaient de reléguer dans l'oubli les épreuves et la souffrance. Ils s'accrochaient aux paroles du capitaine : terre fertile, prodigue.

— Avec de la bonne terre, on aura ce qu'i' nous faut.

— Fameuse, sûrement : y a qu'à voir la taille des arbres. Dieu soit béni !

— Va nous falloir du cran, pour abattre cette forêt.

— J' pense que l'homme...

— Le capitaine ! — Vanjé corrigea encore.

—... Il parlait des terres de l'autre côté d' la rivière. — Agnaldo, celui qu'on avait battu, désignait la savane sur la rive opposée. — Suffit d'essarter et de planter.

— Espérons. Ça s'rait encore mieux.

Malgré tout, Jãozé restait plutôt méfiant :

— La question, c'est qu'y a personne à qui vendre.

— Le capitaine a dit que ça tarderait pas trop.

— Dieu l'entende.

— Sûr.

Ils se remirent en marche, Ambrósio en tête, le bâton à la main, toute son autorité rétablie, avec le respect dû à l'ancien. Vanjé se chargea de l'enfant pour que sa belle-fille pût marcher main dans la main avec son mari. Agnaldo offrit son bras à celle qui était enceinte, exténuée, le souffle court.

— On arrive, Lia. Ça y est presque. — Pourvu qu'elle n'accouche pas avant terme. — Pourquoi qu' tu pleures ?

— C'est de contentement.

— Où c'est qu'i' va s' trouver habiter, le gringo ?

Diva, la petite aux nattes, répondit à l'interrogation de son frère :

— Ça doit être là. — Elle montrait du doigt l'atelier, de belle apparence, en maçonnerie.

— Allons-y !

En route, pauvres émigrés du Sergipe, épuisés, partagés entre la crainte et l'espoir, l'adversité et l'attente de jours meilleurs. Le gamin et le jeune gars s'élancèrent en avant du groupe dans la direction du cours d'eau.

— Où c'est que vous allez comme ça ?

— Laisse-les, mère. J' voudrais bien en faire autant, intervint Diva : les cheveux raides de poussière, le visage crasseux, l'odeur forte de corps qui avaient bien besoin d'un bain.

— Moi aussi, dit celle qui était enceinte.

— Plus tard. Pour l'heure, on va voir le Turc.

3

Maigriot pour ses douze ans, le gamin posa le piège au bord de l'eau, à l'endroit où le courant formait une petite cascade. Il se débarrassa de ses guenilles, plongea.

Aurélio, son frère, regarda derrière lui, ne vit que le reste de la famille qui soulevait la poussière sur le chemin. Il tira sa chemise, commençait à déboutonner son pantalon quand il entendit des rires qui fusaient. Il regarda en aval, découvrit un groupe animé de femmes au milieu d'un bassin de pierres. Aurélio resta figé, retenant son pantalon. Les filles, tout à fait à l'aise, les unes à demi nues, d'autres en costume d'Eve, frottaient des nippes, se baignaient, caquetaient librement. L'adolescent, tout gêné, ne sut que faire, ni comment empêcher le zizi de grandir tout seul dans sa braguette. Ah ! terre prodigue et opulente : une profusion de cuisses et de nénés, de derches et de foufounettes. Aurélio allait sur ses dix-sept ans.

Le gamin, en nageant, prenait possession de la rivière, conquête initiale. Ensuite viendraient les arbres, les ouistitis, les petits oiseaux.

4

On reconnaît facilement un Turc à son nez busqué, ses cheveux frisés, son accent impossible. A la belle maison en pierre ils tombèrent sur un nègre du plus beau noir en train de marteler du fer rouge, ceint d'une peau graisseuse de pécari. Un Turc de cette couleur, voilà qui ne s'était jamais vu : Diva ne put s'empêcher d'éclater de rire.

Tison interrompit son travail ; il ne savait pas pourquoi la gamine riait sous ses nattes mais il se mit à rire aussi, détendu. Tout aussitôt il vit les vieux et le reste de la famille. Dans le lointain, venant de la rivière, Bernarda traversait la friche. Diva se sentit confiante, apaisée. Un corps fluet d'enfant, un air de jeune fille qui a déjà été éprouvée par l'existence.

— La maison du Turc, c'est cette grande, là, en bois. Sur le devant c'est la boutique, derrière il y habite. A c't' heure de l'après-midi, Fadul, ou bien il dort ou bien il fait ses comptes. J' vas avec vous.

Curieux, il accompagna le groupe jusqu'à l'épicerie-buvette. Accoudé au comptoir, Fadul Abdala étudiait une liste de noms et de dates inscrits sur un cahier : dettes et prêts, jours d'échéance.

— C'est le capitaine Natario qui a dit qu'on vienne là. Il a dit comme ça que c'est d' la bonne terre de culture et que vous alliez fournir ce qui s'ra b'soin.

Le Turc jeta un regard sur chacun d'eux l'un après l'autre :

— V'nez du Sergipe ?

— C'est ça, m'sieu.

Quelque chose alors se passa, que les réfugiés ne purent comprendre : l'espèce de géant se mit à genoux, éleva ses mains vers les cieux, s'exclama en arabe ; il parlait à une personne de confiance, à Dieu. Visage rayonnant, phrases d'action de grâces : le compère Natario ne manquait jamais à sa parole. Le matin il avait promis de faire bientôt venir des familles du Sergipe pour peupler Tocaia

Grande. L'après-midi n'était pas terminé que le premier contingent arrivait ce même jour, Dieu soit loué!

Il se leva et, pour démontrer la satisfaction qui l'étreignait, il commença par offrir une tournée de tafia aux hommes. Considérant, ensuite, la vieille, la jeune mère, la femme enceinte et la petite, il alla chercher à la réserve une bouteille de génipa qui restait de la fabrication de la pauvre Cotinha pour les fêtes de juin, l'hiver précédent. Il servit la maman et la demoiselle, celle qui était grosse demanda de l'eau pour étancher sa soif, et la vieille préféra un coup de gnôle. En comptant le bébé au bras ça faisait huit personnes, mais on lui dit qu'il manquait les deux plus jeunes gars, qui s'étaient échappés pour aller prendre un bain.

— Les Sergipanos! clama le Turc, pour le plaisir.

Il se mit à leur disposition. La terre était là, plus qu'il n'en fallait, il suffisait de traverser le cours d'eau. Pas de pont, ni de barque, on passait à gué sur les pierres là où il y avait du courant, en hiver c'était plus difficile à cause des pluies. De la terre de première qualité, qui ne demandait qu'à être cultivée.

— Et elle appartient à personne? C'est ben vrai?

— Maintenant, oui, elle est à vous, les amis, vous avez qu'à choisir ce qui vous convient. C'est pas ce que vous a dit l' capitaine?

— Et il est du cadastre, ou notaire?

— C'est tout comme.

João José avait toujours quelque chose qui le tracassait:

— Et à qui c'est qu'on va vendre?

Le Turc écarta ses bras démesurés:

— De l'autre côté de la forêt, c'est rien que des cacaoyères qui commencent à produire. C'est pas les clients qui manqueront.

Ainsi avait dit compère Natario le matin même et seul un fou se permettrait de douter du capitaine Natario da Fonseca.

Pour leur éviter de coucher à la belle étoile les premiers

temps, il conseilla le hangar qui servait d'abri aux muletiers et autres gens de passage, malgré l'inconvénient du remue-ménage nocturne et le fait que, certains soirs, il servait de salle de bal et de distraction. Tison, toujours souriant, suggéra que les femmes pourraient, si elles le souhaitaient, s'installer dans une paillote abandonnée, celle qui avait appartenu à Epifania ; celle de Cotinha était occupée par une nouvelle venue. Surtout pour la femme enceinte et l'autre avec le bébé, ce serait mieux que le hangar. L'ennui, c'est que c'était dans la combe aux Crapauds, comme qui dirait le quartier réservé.

— Et après ? dit Vanjé.

Coroca arriva pour acheter du pétrole, s'étonna qu'il eût du monde à pareille heure.

— C'est les Sergipanos que l' capitaine a fait venir. Ils vont faire du manioc de l'autre côté de la rivière. Et planter du haricot et du maïs.

— Y en avait bien b'soin.

Du chemin des Mulets, de la combe aux Crapauds, hommes et femmes accoururent, mis en effervescence. Ils offrirent leurs services, apportèrent à manger. Le bébé passa de bras en bras.

5

En descendant du char à bœufs, Zilda, la femme de Natario, ne vit pas son arrivée saluée par une salve de pétards uniquement parce que le capitaine avait oublié de prévenir Fadul assez à l'avance. Mais l'événement fut tout de même fêté comme l'avait été l'arrivée des Sergipanos deux mois plus tôt. La nouvelle avait fait sensation, quand on avait su que le capitaine Natario da Fonseca avait enfin décidé de commencer à construire sa maison d'habitation : c'était une nouvelle étape dans la vie de Tocaia Grande. Les jeunes cacaoyers fleurissaient dans les plantations voisines, à la veille de la première récolte.

Quelques jours auparavant, Balbino et Lupiscinio ouvrirent une sente et grimpèrent sur le morne pour étudier l'emplacement de la maison ; Bastião da Rosa et Guido s'occupaient de l'auge et des barcasses à la fazenda de Boa Vista. Zilda était venue s'entendre avec maçons et charpentiers pour arrêter le plan d'ensemble et les détails de la construction. Gros chantier, car le propriétaire n'était pas n'importe qui et il était à la tête d'une famille nombreuse, une femme et huit enfants, cinq légitimes, trois d'adoption. Curieusement, tous les huit se ressemblaient de façon frappante. Zilda ne faisait aucune différence entre les uns et les autres, comme si elle les avait tous mis au monde elle-même.

Quand on entendit grincer le char à bœufs encore au loin, plusieurs personnes se précipitèrent tout en émoi vers la friche pour l'accueillir. Mais Natario, devant l'attelage, au petit trot de sa mule noire, guida le cortège vers la maison de bois qu'habitaient Coroca et Bernarda. Elles attendaient ensemble sur le seuil.

Zilda avait amené deux de ses fils avec elle : Edu, l'aîné, un solide gamin de treize ans, le portrait craché du père, et le petit dernier, qui était né vers la fin des luttes, peu après que Natario eut reçu les parcelles où il avait planté ses cacaoyères ; c'était le filleul du colonel Boaventura et de dona Ernestina, sa digne et sainte épouse. En l'honneur de la marraine il avait reçu sur les fonts baptismaux le nom d'Ernesto.

De complexion gracieuse, fragile en apparence mais pleine de santé et d'allant, Zilda descendit en relevant l'ourlet de sa jupe. Sa filleule vint lui baiser la main :

— Bénissez-moi, marraine.

— Dieu te bénisse, mon petit. Bonjour, Coroca, toujours solide !

— Ça peut aller, grâce à Dieu.

Natario avait mis pied à terre et desserrait la sangle de sa mule. Il comptait se remettre en route dès qu'il aurait montré à Zilda la colline où s'élèverait leur maison, près du mulungu. Ernesto descendit du chariot en traînant un petit chien attaché à une corde. L'animal, effrayé, résistait, montrait les dents. Effleurant de ses doigts la main tendue de Castor Abduim, présent à la réception, Zilda lui dit :

— Voilà une petite chienne que j'ai amenée pour vous, m'sieu Tison. Elle a un mois ; Noiraude a eu une portée de six. Il paraît que vous avez un chien : ça sera sa fiancée.

Elle eut un petit rire, charmant. Ceux qui la connaissaient appréciaient sa façon de s'occuper de la maison et d'élever les enfants, les siens propres et ceux qui avaient été recueillis. Une femme comme il fallait à un tel mari : dévouée, discrète et résolue.

— Faudra attendre qu'elle ait grandi..., avertit le Noir, s'adressant à Ame-en-Peine qui folâtrait tout autour.

Tison caressa le museau de la petite chienne, lui gratta le ventre et la posa par terre. Ame-en-Peine la toucha de sa patte, grogna pour s'amuser. « Offerte », dit Tison, l'appelant ainsi pour l'avoir reçue en cadeau et pour la voir, minuscule et audacieuse, sautiller en provoquant le cabot.

Tirant Edu par l'oreille, Natario à son tour s'adressa à Castor :

— Pour faire l'appoint, te voilà ce petit garnement, Eduardo, mon aîné. Il va rester avec toi pour apprendre le métier. Fais-en un bon forgeron comme toi.

— Pouvez compter sur moi.

— Entrons, invita Coroca.

Sur le feu, le café qu'on venait juste de passer, dans une vieille boîte de conserve. De quoi manger sur la table improvisée avec un bidon de pétrole : du fruit d'arbre à pain bouilli, de la viande sèche grillée, de la farine de manioc, igname, jaque fraîche et mangues cœur-de-bœuf à peau verte, bien mûres, grosses, incomparables. A peine purent-ils profiter du festin, car Natario pressait son monde :

— Allons-y, je veux aller jusqu'à la cacaoyère. Vous aurez tout le temps de bavarder plus tard.

Avant de partir avec son mari et le cortège de voisins en direction du morne, Zilda remit à Coroca une paire de chaussons à pompon rouge, luxueux présent acheté à Ilhéus, et à Bernarda un petit paquet qui contenait un trousseau de nouveau-né : brassière, chaussons au crochet, bonnet bleu à ruban blanc, tout fait par elle, adroite comme personne.

Le ventre de Bernarda était énorme. Si ça se trouve, ça sera des jumeaux, plaisanta Zilda en passant sa main sur le ventre de sa filleule. Dans cet état, avec les jambes enflées, Bernarda ne put accompagner sa marraine pour gravir la pente. Avec leurs machettes, Lupiscínio et Balbino élargissaient la piste qui venait d'être ouverte.

Natario n'était pas revenu au sommet de la colline depuis le jour où il y était monté avec Venturinha intéressé par les détails de l'affaire, il y avait des années de cela. Peu de temps après la nuit d'orage, la nuit de l'embuscade, de la grande embuscade.

La bourgade

La vieille Jacinta Coroca fait ses débuts dans l'honorable profession de sage-femme

1

Ce que c'était et ce que c'est devenu ! Regardez un peu le monde qu'il y a, dona Coroca... Dieu de Dieu ! — le charpentier Lupiscinio faisait allusion aux changements survenus à Tocaia Grande.

Ils allaient vers la friche, Jacinta Coroca et lui. Le dimanche matin, les cultivateurs venaient proposer, en face du hangar de chaume, les produits de la terre et de leurs petits élevages, qu'ils amenaient dans la barque fabriquée par Bastião da Rosa et lui-même, Lupiscinio, dans un tronc d'arbre qu' Ambrósio et ses fils avaient abattu à la hache. En ce commencement du monde, les maîtres artisans, maçons ou charpentiers, hommes à tout faire, ne refusaient aucune sorte de travail ; mais, depuis le dernier hiver, personne ne pouvait se plaindre de manquer de commandes. Accords verbaux, paiements à terme le plus souvent, retards fréquents de règlement, mais la parole donnée dispensait de tout aval. La plupart du temps, on pouvait compter sur une aide collective : l'échange de services était monnaie courante dans la localité.

A la suite des Sergipanos de Maroïm, deux autres familles s'étaient installées sur l'autre rive pour cultiver la terre, élever de la volaille, des chèvres et des porcs. En raison de l'abondance de serpents venimeux, ils construisaient leurs habitations sur pilotis, aménageaient les porcheries par-dessous. Grâce à leur couche de lard, les animaux ne craignaient pas la morsure des reptiles, qu'ils tuaient et mangeaient. A la demande des nouveaux habitants, Guido et Lupiscinio projetaient la construction d'un petit pont à l'endroit où le cours d'eau était le plus étroit. Le colonel Robustiano de Araujo, qui avait perdu plus d'une tête de bétail lors des crues, se montrait intéressé par l'idée. Le capitaine également.

La famille de José dos Santos, qui venait de Buquim, comptait cinq personnes : lui, sa femme, un garçon et trois jeunes filles. Celle d'Altamirando, composée du couple et d'une fille, était arrivée du sertão poussée par la sécheresse ; Ção, la fille, était née idiote ; elle avait treize ans. Tous les quinze jours, Altamirando achetait un bœuf à crédit au parc du colonel Robustiano — à payer la quinzaine suivante — et l'abattait pour vendre la viande fraîche le dimanche et saler le restant. En association avec Ambrósio, José dos Santos avait l'intention de construire un pressoir à farine : les plantations de manioc prospéraient magnifiquement.

— Y a pas bien longtemps, continua Lupiscinio, à part les oiseaux, les serpents et les mulets des convois, on voyait pas un animal, par ici. Vous vous rappelez, dona Coroca ? Et aujourd'hui...

Il montrait toute une nichée de poulets qui fuyaient en désordre. La poule sans queue, qui appartenait à Merência, picorait au milieu d'une nombreuse couvée de poussins au cou pelé. Sous le jaquier, non loin du magasin de Fadul, une truie se repaissait de fruits pourris, suivie de toute une file de cochonnets.

— Si j' me rappelle... Des travailleurs, toute cette famille de M'sieu Ambrósio, sans vouloir dire du mal des autres. Des braves gens. Encore aujourd'hui, m'ame Vanjé est venue m' voir de bonne heure pour m'apporter un beau chapon dodu. Comme si elle me d'vait que'que chose.

— C'est bien l' cas, dona Coroca, dites donc!

— C'est plutôt moi, qui leur dois, et j' sais pas comment les r'mercier. — Elle regarda ses mains fripées aux longs doigts maigres. — Dieu sait!

Ils firent les éloges des gens du Sergipe et du sertão, parlèrent de choses et d'autres, échangèrent des idées sur la cuisine, bavardant à loisir en cette matinée dominicale. Pour Lupiscinio, il n'y avait pas de volaille comparable à la poule de cette race qui n'a pas de queue. Coroca n'était pas de cet avis: la pintade, selon elle, était supérieure à tout. Zilda, la femme du capitaine Natario, faisait un plat qui s'appelait « sauté de poule d'Angola »: quand on y a goûté, on ne l'oublie plus! « Poule d'Angola », un des noms de la pintade, qui en avait bien une vingtaine, et qui était plutôt sauvage: elle préférait courir en liberté, ne s'habituait pas à la basse-cour.

— M'ame Vanjé a dit qu'elle allait en élever, de cette espèce. A l'Atalaia y en a plein; Natario a promis de lui porter des œufs, pour faire couver par une poule.

— La maison du capitaine Natario est déjà prête, avec les meubles et tout. Quand c'est-i' qu'il vient y habiter?

— Si c'était que Zilda, ça s'rait déjà fait. Mais c'est Natario qui décide, c'est lui qui sait, et il fait rien au hasard. S'ils sont pas encore venus, doit y avoir une raison.

— Sûr.

Les raisons du capitaine, on n'avait pas à les discuter. Ni eux ni Zilda. Personne.

2

Les changements avaient commencé avec l'arrivée des Sergipanos l'été précédent. Mais, en fait, ils devinrent plus considérables et plus rapides après la morte-saison, au moment où les premiers cacaoyers fleurirent et fructifièrent dans les fazendas plantées aux alentours une fois la lutte terminée, durant le déboisage, par le colonel Boaventura Andrade et tous ceux qui constituaient sa clientèle.

Sans le début des cueillettes, l'évolution de Tocaia Grande serait restée à peu près insignifiante, en dépit de l'expérience et de l'ardeur des émigrés du Sergipe, aussi bien pour la culture que pour le petit élevage. Mais la venue d' Ambrósio et de Vanjé avait fini par marquer un repère dans le déroulement du temps : avant et après ce jour de chaleur et de soleil où Diva avait confondu le nègre Castor Abduim et le Turc Fadul Abdala, et avait éclaté de rire.

Au mois de mai suivant, on vit déjà entrer à Tocaia Grande, alors petit village bien calme, quelques mulets qui venaient de la fazenda Boa Vista. Le capitaine Natario da Fonseca en personne, sur sa mule noire, menait la petite troupe chargée du premier cacao cueilli sur ses terres : Grand moment, qui ne manqua pas d'être fêté comme il convenait.

Quelques arrobes seulement, bien peu de chose sans doute en regard de la production d'autres fazendas, mais tout l'or du monde n'aurait pu payer l'émotion de l'ancien jagunço : sur sa face impassible les petits yeux brillaient, et l'ombre d'un sourire se fit jour sur ses lèvres. Un bal particulièrement animé célébra l'événement, avec tafia gratuit à volonté. Bernarda rayonnait de satisfaction. Malgré son gros ventre, elle avait passé toute la nuit à tournoyer dans les bras du parrain.

3

Autrefois le temps s'écoulait lentement, le présent restait stationnaire durant des mois et des mois. Mais, avec les cacaoyères en pleine production, ce qui avait eu lieu la semaine précédente appartenait tout de suite au passé. Les jours se bousculaient, hier était déjà loin, avant-hier n'en parlons pas, perdu dans la distance.

Il était donc bien lointain, ce dimanche où, dans la barque toute neuve creusée dans un tronc d'arbre, le jeune Aurélio et la petite Diva traversèrent le cours d'eau pour apporter un lot de produits et les offrir à qui voudrait les acheter. Les tout premiers habitants de Tocaia Grande virent, sur des sacs de grosse toile, ce que jamais encore ils n'avaient vu en vente dans la localité : haricots verts, chayotes, gombos, machiches, gilos et citrouilles, tout en petite quantité. Certains refusèrent d'en croire leurs yeux.

De semaine en semaine, la variété et la quantité des marchandises ne cessaient de croître ; le Turc Fadul avait salué avec enthousiasme l'apparition des premiers piments : les doux, parfumés, ronds et jaunes, et ceux de Cayenne, allongés, tachetés de vert et de rouge. Nando vendait des petits oiseaux. Avec Edu, son compagnon de polissonneries, ils tendaient des pièges dans la forêt où abondaient toutes sortes de passereaux, colliers-noirs, merles *sabiá*, bintivis, lavandières, oryzobores, *curiós ;* ils fabriquaient des cages rustiques. A l'atelier de Tison, un troupiale chantait et sifflait, gonflant son jabot, le plumage ébouriffé.

Lia seule avait tardé à venir se mettre à croupetons devant le hangar pour aider les autres au marché. Quand on la vit auprès de son mari, de ses beaux-parents et de ses beaux-frères — était-ce tout juste hier, ou Dieu sait quand ? —, elle avait au bras un gros bébé braillard, qu'elle faisait téter au milieu de la foire.

Bientôt les familles de José dos Santos et d'Altamirando se joignirent à celle d' Ambrósio pour venir proposer la cueillette de la semaine. Ção courait derrière les gorets, berçait des cochonnets comme si ç'avaient été des bébés : dans les déchirures de sa robe ses seins se formaient. En compagnie d'Edu et de Nando elle courait partout dans le val. Jambes maigres, cheveux tout bouclés, riant aux éclats, le regard vague, des gros mots à la bouche. Sauvage et effrontée.

Cet embryon de foire attirait, outre les habitants, bûcherons et journaliers des propriétés voisines. Ils venaient là acheter fruits et légumes frais inexistants dans les fazendas, où la moindre parcelle de terre était réservée à la culture exclusive du cacao. Un morceau de citrouille pour faire cuire avec les haricots noirs ; chayotes, gilos et machiches à préparer en ragoût avec la viande sèche. Mais ils venaient aussi en promenade au village, pour se distraire, faire la fête, voir une femme. Certains apportaient une guitare ; Lico Carapeba jouait de l'harmonica, un don de Dieu. A l'atelier, le troupiale reprenait la mélodie.

Le contingent de filles augmentait, les bicoques se multipliaient ; naguère dispersées, elles commençaient à former des venelles, des passages, fréquentés et bruyants. Les bals, très animés, débutaient dans le courant de l'après-midi. Fini le temps où seul le déjeuner en commun de Tison marquait l'existence du dimanche.

Seuls ou par groupes, les journaliers qui croisaient Coroca et Lupiscinio sur le chemin de la foire soulevaient leurs chapeaux de paille usés et saluaient respectueusement, d'une voix chantante et mesurée :

— Bonjour, m'sieu Lupiscinio. Bonjour, dona Coroca.

Jadis, seul le charpentier et son fils lui disaient « dona » à cause de son âge, qui la rendait respectable, même si c'était une prostituée. Cela aussi, c'était le passé. Les nouveaux habitants, en s'adressant à Jacinta, l'appelaient dona Coroca, avec déférence, et les enfants des journaliers et des bûcherons, même, venaient lui demander la bénédiction. Si une pute n'est pas « madame » et encore moins « dona », n'est jamais qu'une fille perdue, méprisée, il en va tout autrement d'une sage-femme, personne respectable, qui mérite égards et considération.

4

Le premier bébé que Coroca mit au monde, faisant aussi ses débuts de sage-femme au bout de cinquante-quatre années d'existence et de lutte, ne fut pas celui de Bernarda, contrairement à ce qui était prévu et escompté.

Elle dormait à poings fermés aux côtés de Zé Raimundo, un vieux client avec qui elle pouvait bavarder et rire avant et après la partie de jambes en l'air — un zizi-panpan toujours de premier choix, Coroca soignait sa réputation et veillait à en rester digne — quand quelqu'un se mit à l'appeler en criant et en frappant la porte à coups de poing.

— C'est pour vous, avisa Bernarda, qui s'était éveillée dans la chambre contiguë.

— J'y vais.

A la porte, trempé jusqu'aux os, Agnaldo, sans même dire bonsoir, la réquisitionna :

— C'est vous, la sage-femme ? La mère m'a envoyé vous chercher. Faut faire vite, Lia est dans les douleurs. — Il répéta :

— Vite !

Ordre soudain, imprévu : encore que réveillée en sursaut, Coroca ne réfléchit pas à deux fois :

— Tout d' suite.

Le temps d'enfiler une guenille. Dans la chambre, Zé Raimundo ouvrit un œil, voulut savoir le pourquoi de tout ce raffut.

— C'est rien. Je r'viens tout d' suite.

A l'époque, la barque était en cours de fabrication ; Agnaldo traversa à la nage, Coroca à gué, en équilibre sur les pierres — elle avait l'habitude. C'est alors seulement, en prenant garde à ne pas tomber dans l'eau en glissant sur les algues, qu'elle prit vraiment conscience du motif qui la conduisait à l'étourdie sur l'autre rive : trop tard pour revenir sur ses pas. Cet appel, cette bévue, c'était la faute de Barnarda. Quand on lui demandait où elle devait aller pondre, avec quelle accoucheuse à Taquaras ou à Itabuna, l'écervelée répétait toujours la même chanson : ni à Itabuna ni à Taquaras, ce serait ici même, à Tocaia Grande, avec l'assistance de la commère Jacinta :

— Et Coroca sait faire un accouchement ?

— Ben tiens... Qu'est-ce que c'est qu'elle sait pas faire ?

Et Coroca se retrouva connue comme sage-femme confirmée avant d'avoir jamais fait, ni seulement commencé, le moindre accouchement. Au fait de ce qui se disait, c'est à elle qu'avait pensé la vieille Vanjé quand le besoin se fit sentir, que sa belle-fille se plaignit des premières contractions. Vanjé elle-même n'était pas sans expérience de ce genre d'affaires, puisqu'elle avait eu neuf enfants, en comptant les quatre qui n'avaient pas vécu. Dans les campagnes de Maroïm, elle avait maintes fois aidé la commère Desidéria dans ces circonstances délicates, y compris pour l'accouchement de son autre bru, Dinorá. Mais elle n'osait pas pour autant assister toute seule la pauvre Lia, si jeunette et mal remise des épreuves subies ; la nuit, elle rêvait de son mari attaché au pieu à côté du corral, se réveillait en sursaut : elle avait gardé l'enfant par miracle.

Vanjé appréhendait un accouchement difficile, des complications, exigeant, pour ne pas tourner mal, la main ferme et adroite d'une sage-femme experte, capable et expéditive. S'étant informée, elle apprit qu'il y avait Coroca, personne compétente.

5

Allongée sur les planches du grabat, les yeux exorbités, Lia n'arrêtait pas de gémir et de réclamer la présence de son mari. Ambrósio et Jãozé, inquiets, faisaient les cent pas ; Diva ne savait que faire ; Dinorá berçait son bébé, plus ou moins hébétée. Vanjé se vit toute seule, sans pouvoir dominer les mauvais pressentiments qui la tourmentaient. Et cette commère qui n'arrivait pas ! Seul Nando, dans la pièce voisine, dormait sans se préoccuper de ce qui se passait.

Agnaldo entra, ruisselant, courut vers Lia, lui prit la main, s'assit à côté d'elle. Lia, en le voyant, se détendit un peu, sans cesser de pleurer et de gémir ; Vanjé demanda à son fils :

— Et la commère?

— J' suis là, m'ame Vanjé. Bonsoir, tout le monde.

Coroca s'approcha du grabat, ordonna à Agnaldo:

— Vous, mon gars, dégagez, tirez-vous d' là, laissez la pauvre tranquille. Si tu restes à côté, elle va jamais pouvoir accoucher.

Le même ordre s'appliqua aussi au vieil Ambrósio et à Jãozé:

— Vous deux, pareil; j' veux pas d'homme à croasser dans cette pièce.

Comme une sentinelle, elle resta debout à côté du lit jusqu'à ce qu'elle les eût vus sortir. Alors seulement elle se tourna vers Diva et commanda:

— Petite, apporte la lumière, éclaire ici.

Elle prit la place laissée par Agnaldo, sourit à Lia, lui palpa le ventre, évalua l'importance des contractions:

— Maintenant, ma fille, on va s'y mettre, pour faire v'nir ce sacré drôle. Faut pas avoir peur, un accouchement c'est pas une maladie. — Elle lui caressa le visage. — Le nom est d'jà choisi?

— Pas encore, m'ame.

Coroca prit la direction des opérations comme si elle n'avait jamais fait toute sa vie que de mettre des enfants au monde, tâche banale et courante. Vanjé ne se sentit plus seule, reprit confiance, se mit la disposition de la commère. Coroca demanda la bouteille. Diva en apporta une vide, qui sentait encore le tafia.

— Souffle dedans, fort, recommanda-t-elle en mettant la bouteille dans les mains de Lia, pour la reprendre aussitôt. — C'est pas une seule fois, c'est sans arrêter. J' vais t' montrer.

Et de lui faire voir comment il fallait faire:

— Regarde. Tu prends ta respiration bien profond, comme moi, et tu souffles autant que tu peux. — Elle avait inspiré, puis expiré dans le goulot. — Après, tu r'commences, sans t'arrêter d' souffler.

Elle demanda de faire bouillir de l'eau dans une grande

marmite de terre pour le bain de siège indispensable pour accélérer le travail et hâter la délivrance :

— Y a rien d' mieux.

Elle tarabustait Dinorá, plantée là, son bébé au bras, inutile :

— Et alors, voyez-moi cette empotée ! Mettez le gosse au dodo, venez aider. Am'nez la bassine, mettez-la là tout près.

Coroca n'avait jamais fait d'accouchement mais, dans les pensions de filles publiques, avait assisté à des quantités, tantôt faciles, tantôt difficiles. Elle avait aidé les respectables commères à préparer la délivrance, admirant les connaissances et la pratique de ces dames expertes. Mais elle avait également vu des enfants mort-nés, ou qui mouraient en naissant aux mains de fantaisistes incompétentes, par manque de soin ou de savoir. Elles se prétendaient accoucheuses et n'étaient que des faiseuses d'anges, ce qui ne les empêchait pas de demander et de recevoir un paiement. Coroca disait souvent, pour rire, que personne n'avait vu autant qu'elle naître des enfants de putains. Mais, assumer elle-même la responsabilité de sage-femme, amener à la vie ou condamner à une mort prématurée, c'était bien la première fois. Et il fallait que ce fût avec une femme mariée !

Elle sentait comme un froid qui montait de ses entrailles à sa poitrine, mais n'en faisait pas montre, ne laissait rien voir. Tranquille en apparence, l'air sûre d'elle-même, elle bavardait comme si de rien n'était, parlait des cultures et des basses-cours, des poules pondeuses et de la truie qui était pleine. Elle interrompait le caquetage pour exiger de Lia qu'elle continuât à souffler avec force et sans répit dans le goulot de la bouteille. Les contractions se faisaient plus fréquentes, plus longues, la jeune femme avait la sensation d'être déchirée au-dedans : aïe ! je vais mourir !

Malgré tout, Coroca réussit à la faire rire au milieu des douleurs :

— Pour le faire, ça t'a quand même bien plus, pas vrai ?

Elle pressait Dinorá et Diva qui faisaient chauffer l'eau :

— Allons, dépêchons ! Rajoutez du bois au feu !

Dans la pièce voisine, le bébé se réveilla en pleurant, appelant sa mère ; Dinorá voulut aller voir, Coroca s'opposa :

— Que l' papa y aille. Vanjé est occupée.

— Regarde voir, Jãozé. Qu'est-ce qu'il a ?

João José répondit :

— Il est plein d' caca.

— Eh bien ! Nettoyez-le. — Coroca intervint avant que Dinorá n'abandonnât la marmite sur le feu pour aller s'occuper de son fils.

Elles versèrent l'eau bouillante dans la bassine en fer-blanc achetée à crédit au magasin du Turc comme presque tous les ustensiles de la maison. Elles aidèrent Lia à se lever du grabat et s'installer sur la bassine, la jupe remontée jusqu'au milieu du ventre :

— Aïe ! J' peux pas endurer, ça m' brûle.

— Plus c'est chaud, mieux c'est.

Vanjé et Dinorá la soutenaient par les bras, Coroca lui maintenait les jambes écartées pour que la chaleur montât à l'intérieur du corps. La vapeur brûlante aidait à la dilatation, les douleurs s'intensifiaient, les contractions se rapprochaient de plus en plus. Lia tantôt gémissait, tantôt criait : Agnaldo observait depuis la porte, dans l'angoisse. Diva, inquiète, se rongeait les ongles.

Quand l'eau commença à refroidir, on ramena Lia sur la couche.

6

Rassemblées autour du lit, dans l'émotion des gémissements, les femmes, tout au long de la nuit, attendirent l'éclosion de la vie. Le petit être arriva aux premières lueurs de l'aube, les hommes étaient déjà partis au travail : ils commençaient à biner la terre avant le lever du jour.

Avec la permission de Coroca, Diva les accompagna avec la besace du déjeuner : viande sèche, farine de manioc, cassonade, un régime de bananes. Agnaldo partit à contre-cœur, mais Coroca ne consentit pas qu'il restât là :

— Le père, tout ce qu'il sait faire c'est gêner.

L'attention en éveil, elle vit tout de suite quand, lors d'une contraction plus forte, d'une poussée si violente que Lia en eut le souffle coupé au milieu d'un cri, le petit crâne couvert de duvet noir apparut dans la vulve dilatée et demeura là, immobile.

— Voilà, ça vient, constata Coroca en un murmure.

— Il est coincé. Ah ! Mon Dieu ! — Dinorá, alarmée, se tordait les mains.

— La ferme ! enjoignit Vanjé.

Heureusement que la commère avait expédié Diva et Agnaldo aux champs. S'ils avaient été là, c'était la panique. Elle se pencha pour voir.

S'accroupissant devant Lia, Coroca avança ses deux mains, une de chaque côté de la porte du monde de la parturiente, enfila ses doigts pour agrandir le passage. Avec une délicatesse infinie, elle toucha la petite tête fragile, l'amena adroitement, sûrement, à la lumière de l'aurore dans le creux de ses mains. Puis elle tira le corps plein de sang. En une dernière contraction, Lia expulsa le placenta.

Violacé, le nouveau-né ne pleura pas : était-il mort ou vivant ? En le soulevant, Coroca se rendit compte immédiatement que le cordon ombilical était enroulé autour du cou de l'enfant et menaçait de l'étouffer. Elle avait vu plus d'une fois surgir pareil incident, savait y remédier. Très vite, elle détortilla le cordon, permettant au bébé de respirer.

Elle prit le lacet que Vanjé, soulagée, lui tendait, mesura quatre doigts de longueur sur le cordon et l'attacha. Sans attendre les ciseaux — dans tout ce branle-bas personne ne savait où ils étaient —, elle le coupa avec les dents, le noua au ras du ventre.

Petit paquet de viande sanguinolente, le nouveau-né fut placé sous la bassine, que les femmes frappèrent de la paume de leurs mains jusqu'au moment où elles entendirent les pleurs, le vagissement qui proclamait la vie.

— Félicitations, commère, dit Coroca qui, retournant la bassine, prit le bébé dans ses mains pour le montrer à sa mère. C'est un p'tit homme.

L'accouchement était terminé, le premier accouchement fait par Coroca. Si on lui avait demandé qui venait d'accoucher, elle ou Lia, elle n'aurait pas su répondre. Délivrées, la mère et la grand-mère souriaient. Dinorá cessa enfin de ressembler à une volaille affolée, se précipita en courant porter la nouvelle aux champs : c'est un gars, un beau p'tit gars.

Vanjé faisait tiédir de l'eau dans la bassine pour baigner son petit-fils :

— J'en ai vu, des accoucheuses, mettre des enfants au monde, mais aucune qu'on puisse vous comparer, avec vos mains de fée. Des mains bénies, commère Jacinta.

Mains de fée, mains bénies. Sans trouver de réponse adéquate, et ne voulant pas provoquer une gêne, Coroca se détourna et se réfugia dans l'autre chambre : elle pleurait doucement, les larmes coulaient sur ses joues. Si jamais quelqu'un allait raconter dans Tocaia Grande ou n'importe où au monde qu'il l'avait aperçue en train de pleurer à chaudes larmes, celui-là passerait pour le plus fieffé menteur.

Le colonel Boaventura Andrade lève son verre de tafia pour trinquer

1

Il avait suffi de quelques mulets seulement, un petit convoi, pour transporter cette année-là la première cueillette précoce de la fazenda Boa Vista. Il en fallut beaucoup au contraire, un gros convoi, pour la première récolte de la même époque provenant des nouvelles plantations du colonel Boaventura Andrade. A la fin des luttes, la fazenda da Atalaia avait le double de superficie et ne tarderait pas à multiplier par deux sa production, peut-être par trois.

Comme administrateur des propriétés rurales du colonel, Natario, avec l'assentiment de celui-ci, avait décidé que les cueillettes commenceraient simultanément sur le bout de forêt qu'il avait obtenu comme récompense et sur les vastes étendues enregistrées par droit de conquête au cadastre d'Itabuna au nom de son compère et patron.

Si Boa Vista était un joyau, que dire des riches parcelles incorporées à l'Atalaia? Même les fazendas du colonel Henrique Barreto, le soi-disant roi du cacao, n'offraient pas le spectacle de plantations si bien soignées, n'obtenaient pas de tels rendements, malgré la présence permanente d'un agronome diplômé et d'élagueurs spécialisés, recrutés pendant la morte-saison. Bûcherons et journaliers travaillaient dur, impossible de s'amuser sous les ordres du capitaine Natario da Fonseca. En échange, la paie n'était jamais en retard et il n'y avait jamais d'erreur dans les comptes de la semaine.

De tentative de vol au préjudice des ouvriers, il y en eut une, une seule et unique fois. Le filou de Perivaldo, un employé responsable du paiement du personnel, espèce de comptable, fut dénoncé à Natario par quelques hommes plus résolus que les autres : il retranchait dans les additions et rajoutait dans les soustractions sur les comptes de crédits et débits des ouvriers. Le bien-fondé de l'accusation dûment établi, il fut renvoyé, mais n'alla pas loin. A peine eut-il franchi les limites de l'Atalaia qu'il servit de pâture aux urubus : un seul coup de feu ; ça ne valait pas davantage.

— C'était bien nécessaire ? demanda le colonel Boaventura à Natario, alors que, seul à seul, ils parlaient de l'affaire. Une bonne raclée n'aurait pas suffi ?

— Pour le vol, oui ; pour l'offense, non.

— L'offense ? Qu'est-ce que tu me racontes ?

— Comme excuse, ce salaud bavassait que c'était vous qui lui aviez donné des ordres. Calomniateur, en plus de voleur.

— L'enfant de putain ! Gruger ces pauvres gens, Dieu me préserve ! Un planteur de cacao n'a pas à voler les ouvriers. T'as bien fait, mon compère.

— Avec votre permission, colonel.

Combien de fois avait-il entendu cette phrase ? Natario agissait avec sa permission, avec une droiture totale. Jamais il n'avait abusé, jamais ne s'était prévalu de sa position. Le colonel fit un signe de tête approbateur et ajouta :

— Tu t'occupes de mes terres et tu fais respecter mon nom.

Administrateur compétent et responsable. Natario fit si bien que le colonel Boaventura Andrade obtint une récolte de cacao de qualité supérieure — pas une seule arrobe de « good » ou de « moyen » — et en quantité qui dépassait de loin les estimations des experts : informé des chiffres, le

Dr Clovis Bandeira, ce fameux ingénieur agronome, en était resté bouche bée, avait félicité le fazendeiro.

Propriétaire, planteur de cacao, officier de la garde nationale avec le grade de capitaine, Natario ne négligeait pas pour autant les intérêts du patron : comme si la fazenda da Atalaia lui avait appartenu, fonds et installations. Cela sans laisser de côté ses propres cacaoyères, traitées avec le même zèle, petite fazenda par le nombre d'arpents, mais petite fazenda en d'autres mains que les siennes. Avec lui, capitaine Natario da Fonseca, la fazenda Boa Vista.

2

Dans la salle à manger de la maison de maître, à la fazenda da Atalaia, le colonel Boaventura Andrade, trônant au haut bout de la longue table, parcourut du regard l'honorable assistance, convives triés sur le volet, et haussa le ton pour s'adresser à Natario. En interrompant sans façon l'éloquence de M. le procureur d'Itabuna, qui vantait l'excellence des mets : un âne, le procureur !

— Compère Natario, déclara-t-il, tu es un type bien.

Le Dr Flavio Rodrigues de Souza, accusateur public de talent aux assises, se tut en plein milieu d'une phrase au moment où, au nom de la justice, il qualifiait le *sarapatel*[1], avec un claquement de langue, de régal des dieux. Tout le monde fit silence. Le colonel dit et redit, pour que ce fût bien clair :

— Un type correct comme il y en a peu.

Tous les invités — le dessus du panier d'Ilhéus et d'Itabuna, de Sequeiro de Espinho et d'Agua Preta — devaient absolument savoir en quelle estime il tenait un homme qui méritait sa confiance pour plus de vingt années de loyauté et de dévouement.

1. Préparation culinaire à base de sang et d'abats de porc hachés, très aromatisée.

— Combien au juste, compère?

— Ça fait plus de vingt, colonel.

— T'étais encore qu'un gamin, mais j'ai tout de suite vu qu'on pouvait te faire confiance. T'as jamais démérité pendant tout ce temps.

Affirmation péremptoire, mais le colonel n'avait pas encore fini de parler et d'écouter:

— On m'a dit que tu t'es construit une maison en dehors de l'Atalaia, pour y habiter avec la commère et les gosses. Tu aurais l'intention de me quitter?

— Aussi longtemps que vous vivrez, colonel, et que vous serez satisfait de mes services, je reste votre homme, entièrement. Mais c'est vrai que je vais habiter à mi-chemin entre l'Atalaia et la Boa Vista. Un endroit que je vous ai montré une fois, vous vous rappelez?

Aussi longtemps que vous serez satisfait de mes services, je reste à vous. Ayant entendu ce qu'il souhaitait entendre, le colonel respira, soulagé. Il avait éprouvé une certaine appréhension à la nouvelle de la construction de cette maison de Natario.

— Je me rappelle, compère. Je me rappelle parfaitement, comment aurais-je pu oublier? Bon, si j'ai parlé de ça, c'était pour dire que je ne connais pas d'homme plus régulier que toi, compère Natario. Je veux que tout le monde sache que j'ai toujours pu compter sur toi.

Il présidait le déjeuner d'anniversaire de dona Ernestina, sa noble épouse. Il remplit à nouveau son verre du lourd vin rouge portugais, dont il avait fait venir deux tonnelets d'Ilhéus pour ce déjeuner qu'il avait voulu non seulement copieux et savoureux, mais aussi fastueux. Il désirait ainsi fêter également la présence de son fils, qui venait de revenir de Rio de Janeiro.

Alors qu'il était plus que riche, millionnaire, un véritable nabab du cacao, le colonel Boaventura Andrade se montrait ces derniers temps plutôt morose, taciturne et renfrogné. On murmurait que l'humeur chagrine du colonel était due à l'absence de son fils unique, le docteur, qui s'attardait dans la capitale du pays depuis la fin de ses études, cinq ans déjà, cinq longues années pénibles. A fréquenter des cours et encore des cours, collectionner des diplômes, se spécialiser. En quoi, c'est ce que le colonel ne parvenait pas à savoir : en gaspillage d'argent, à coup sûr.

Le colonel leva son verre dans la direction de Natario pour porter un toast à son compère, jagunço et contremaître. Son bras droit, comme il l'avait écrit certaine fois au juge d'Itabuna, à la fin des luttes pour la possession des forêts de la rivière aux Serpents. Il répéta :

— J'ai toujours pu compter sur toi.

Son regard chargé de souvenirs fit le tour des invités :

— A deux reprises tu m'as sauvé la vie. A ta santé !

Physionomie impassible, Natario, assis à l'autre bout de la table, se mit debout, leva son verre — à la vôtre, colonel ! — et le vida aussitôt. Le silence persista, car les convives ne savaient pas si l'amphitryon avait ou non terminé sa harangue.

Les convives, du beau monde, on l'a dit, tous autant qu'ils étaient : le président du tribunal civil d'Ilhéus et le juge d'instance d'Itabuna, ce dernier accompagné du procureur et du maire ; le Dr João Mangabeira, député à l'Assemblée législative de Bahia, encore jeune mais réputé pour son intelligence ; le colonel Robustiano de Araujo, de la fazenda Santa Mariana, le colonel Brigido Barbuda, de la fazenda Santa Olaia, le colonel João de Faria, de la fazenda Piauitinga, qui s'était battu aux côtés de Basilio de Oliveira à Sequeiro de Espinho, le colonel Prudencio de Aguiar, de la fazenda Linda Vista, le colonel Emilio Medauar, un Arabe qui, outre la fazenda Nova Damasco, possédait une maison de commerce à Agua Preta. Un de ses fils, Jorge, camarade d'études de Venturinha, et qui faisait aussi le joli cœur à Rio de Janeiro, écrivait des articles de journaux, avait publié une plaquette de vers que son père exhibait dans les cercles d'amis, pétant et rotant d'orgueil. Et, pour compléter la liste, deux avocats spécialisés en combines d'enregistrement, plus le vieux père Afonso, glouton et soiffard reconnu, dont la goinfrerie ne se calmait pas avec l'âge.

Politiciens, magistrats, membres du barreau, ainsi que l'ecclésiastique, mangeaient au râtelier du colonel, approuvaient chaleureusement l'éloge de l'ancien homme de main. Mais seuls les fazendeiros, les colonels, étaient ses pairs : ils savaient, eux, le pourquoi des choses, connaissaient la valeur exacte de la loyauté, le prix de la vie et de la mort, et percevaient les motifs de tous ces compliments.

3

Déjeuner de gala à un double titre, tout le monde en avait bien conscience. Pour fêter à la fois l'anniversaire de sa sainte et corpulente épouse et la présence à table du fils unique du couple, Me Boaventura da Costa Andrade junior — Andrade fils pour l'obstiné colonel —, plus connu à la faculté de droit et dans les lupanars de Bahia sous le nom de Venturinha le Veinard. Il était revenu de Rio de Janeiro, où il était allé pour un rapide voyage d'agrément après sa collation de grade et où il s'était installé depuis plus de cinq ans en ne faisant que de rares et brèves visites à Ilhéus. Une plaie, cette manie de vivre à Rio : les jeunes gens du sud de Bahia perdaient la tête, quittaient le pays et la famille comme s'ils n'avaient pas eu d'obligations à assumer, ni d'affection pour leurs parents.

Le jeune Medauar, du moins, signait des articles et des poèmes dans les journaux, activité d'un rapport douteux mais qui n'allait pas sans valoir prestige et crédit. « Poèmes de l'amour amant », ainsi s'intitulait la brochure que le gringo Emilio portait sous l'aisselle pour la produire fièrement chez les amis, dans les fazendas, à son magasin, dans les bars et les bordels. Le licencié Andrade, junior ou fils, n'avait pas publié de livre, n'écrivait pas dans les gazettes ; il amassait des séries de cours : le colonel avait fini par être saturé de certificats, accrochés, sans la moindre utilité, aux murs du cabinet d'Itabuna qui restait fermé, inviolé, frustré jusque-là de toutes les connaissances infiniment vastes et infiniment coûteuses de l'avocat.

Le colonel n'avait même plus le cœur d'annoncer à Ilhéus et à Itabuna l'obtention de nouveaux titres par l'éternel étudiant. Eternel ou chronique ? Lequel des deux adjectifs avait été employé par le malicieux Fuad Karan pour définir l'état de Venturinha ? Ou l'avait-il qualifié d'étudiant à vie ? En face du colonel, éloges sans restriction pour la passion des études qui animait le jeune homme ; par-derrière, la raillerie, le persiflage.

Il avait renoncé à se battre pour l'avoir auprès de lui, lui permettre de réaliser enfin de vieux plans, des ambitions maintenant au rancart, pour suivre le destin brillant qu'il avait rêvé et décidé pour lui. Mais il ne perdait pas l'espoir que, lors d'une de ces visites hâtives, le gandin, par un miracle du ciel, finirait un jour par acquérir du plomb dans la tête, se mettre au travail pour de bon et prendre en main son cabinet d'avocat. Dona Ernestina, dont les yeux s'étaient ouverts, multipliait les promesses à ses saints de prédilection pour le retour du cher petit à la maison paternelle. Le colonel ne voulait pas mourir sans avoir pu admirer son fils plaidant à la barre, faisant acquitter des inculpés, maître de l'éloquence et du sarcasme capable d'anéantir les avocats généraux.

Venturinha à son tour leva son verre à l'adresse de Natario. Il avait quelque peu engraissé, ressemblait à sa mère, mais il imitait les gestes de son père, ses attitudes, sa morgue. Le verre en main, il regarda le colonel et l'ancien garde du corps, et voulut lui aussi mettre son grain de sel dans les sous-entendus :

— Et pour viser, Natario, toujours champion ?

Sur la face immobile du métis passa ce bref sourire en biais qui lui appartenait :

— A l'occasion, Venturinha ; ça peut encore aller.

Dans le silence qui s'ensuivit, le procureur d'Itabuna, Dr Flavio Rodrigues de Souza, reprit la parole sur le thème du sarapatel, régal des dieux.

4

— C'est à vendre, compère? J' suis amateur.

Le colonel Boaventura Andrade plaisantait ; il venait de parcourir de bout en bout la fazenda Boa Vista, admirant les plantations, les parcelles qui venaient d'être mises en culture, les cacaoyers en pleine croissance. Il n'y avait qu'à la fazenda da Atalaia qu'on pouvait voir une exploitation semblable, aussi bien menée.

Le colonel venait précisément d'inspecter ses propriétés, immense latifundium. Le fonds initial qu'il avait défriché et planté bien des années plus tôt lorsqu'il avait débarqué dans ce pays du sud de Bahia, avec l'allant de la jeunesse, en provenance du Sergipe : une fois devenu premier commis de la firme Lopes Machado & Compagnie, à Estância, il ne lui restait qu'à piétiner sur place. Il lâcha tout et s'en alla. Deux autres fazendas, limitrophes de la première, se joignirent à celle-ci ; il les avait achetées dans de bonnes conditions lors des premiers conflits, quand Itabuna était encore Tabocas et que le chemin de fer restait un songe.

Avec les luttes qui marquèrent la conquête des terres encore libres de la rivière aux Serpents, il avait pu doubler la superficie de son domaine. C'est là que se trouvaient les cacaoyères où venaient d'avoir lieu la première floraison et la première cueillette. De quoi réjouir l'œil.

A peine Venturinha avait-il repris le chemin de Rio de Janeiro — toujours le même refrain : ce cours terminé, je reviens pour de bon, je ne reste là-bas que pour me perfectionner, je ne perds ni temps ni argent pour rien, ne vous en faites pas — que le colonel avait décidé d'effectuer avec Natario la tournée habituelle et indispensable : qui ne veille pas personnellement sur ce qui est à lui ne mérite pas de l'avoir et n'a pas le droit de se plaindre. La longue promenade à cheval, commencée avant le lever de soleil, interrompue de cacaoyère en cacaoyère, lui avait réchauffé le cœur et fait oublier l'absence de son fils, cette épine empoisonnée qui lui altérait le sang. Elle lui avait aussi permis de constater une fois de plus la compétence et la probité du gérant. Les éloges ne suffisaient pas, Natario méritait estime et gratitude. Aussi le colonel annonça-t-il, au lieu de retourner directement chez lui :

— Je veux voir aussi tes plantations à toi, et la maison que tu as faite pour la commère et toi, dans ce fameux coin, là : comment ça s'appelle, au juste ?

— Tocaia Grande, colonel.

Le colonel Boaventura Andrade étendit son regard sur les cacaoyères, se remémorant d'autres temps, d'autres randonnées en compagnie de Natario :

— J'en ai entendu causer. De temps en temps, un muletier en parle. Bien vilain nom pour un endroit aussi beau.

— C'est vrai, colonel. Mais c'est trop tard pour changer.

— Dans la vie, y a un motif pour tout, Natario, et personne n'a le droit de faire des changements. C'est comme les surnoms : quand ça prend, y a plus rien à faire.

Pénétrant à l'intérieur de la cacaoyère, le fazendeiro, transporté à la vue des plants vigoureux qui croissaient à l'ombre des arbres gigantesques de la forêt primitive, déclara :

— Il n'y a rien de plus beau au monde qu'un cacaoyer chargé comme celui-ci, Natario. — Il montra celui qui était sous ses yeux, dont toutes les branches étaient couvertes de fruits qui mûrissaient, dans toutes les nuances de jaune, taches de lumière dans l'ombre.

— Tout ce qu'il y a de comparable, c'est une belle fille jeune. Deux choses qui font du bien à un vieux comme moi.

Belle fille jeune, par exemple la fille du défunt Tiburcinho et de m'ame Efigênia, pensa tout de suite le capitaine, accompagnant le regard errant du colonel. Il dit tout haut le nom, dans cette lumière dorée qui baignait la fraîcheur de la forêt :

— Pour parler de belle fille, colonel, vous avez remarqué Sacramento, la p'tite de ce pauvre Tiburcinho ?

Le colonel sursauta : le métis lisait dans ses pensées, il l'avait déjà fait, et plus d'une fois ; ces gens d'ascendance indienne ont partie liée avec le diable.

— Je l'ai remarquée, oui. Ce que tu ne sais pas, Natario, tu le devines.

5

Pour se consoler, oublier l'absence de son fils, le colonel avait besoin de quelque chose qui ne fût pas seulement la visite de la fazenda, l'inspection des plantations et des installations auges, étuves, barcasses.

Aux moments d'abandon, avec le père Afonso, à la sacristie de l'église paroissiale, ou avec le médium Zoravia, au centre spirite Foi et Charité, dona Ernestina, en pleurs, parlait de l'ingratitude de son fils : quelque esprit inférieur était venu en lui. Le colonel ne disait pas « ingratitude », il avait toujours été prudent dans le choix des mots employés : quand on disait « embuscade », lui parlait d'un « coup » ; et la lutte sanglante pour la possession de la terre, les escarmouches et les combats, les fusillades entre jagunços, les morts — et il y en avait ! — tout cela se ramenait dans son langage à du tohu-bohu politique. Lorsqu'un ami, parmi les intimes et les fidèles, faisait allusion au séjour prolongé de Venturinha à Rio de Janeiro, le colonel expliquait, en haussant les épaules comme qui n'accorde pas grande importance à pareille chose : jeunesse ! Il valait encore mieux mettre cela sur le compte de l'irresponsabilité ou de l'insouciance. Il ne se plaignait pas, évitait le sujet, enfermait son amertume au fond de son cœur. Mais Natario le connaissait comme sa poche et savait ce que lui coûtaient aussi bien le silence que l'explication : jeunesse !

Dona Ernestina, s'abandonnant totalement à la piété et l'apathie — pour compenser l'absence du joyeux fumiste elle se gavait de sucreries et de chocolats —, devenait avec l'âge obèse et pudibonde. Les dévergondages au lit auxquels elle s'était livrée jadis avec son mari, elle ne voulait même pas s'en souvenir — dévergondages à ses yeux, car jamais les époux n'étaient allés plus loin que le papa-maman procréateur. Elle avait rempli son devoir conjugal, avait conçu et mis au monde un fils. Dans l'espoir d'avoir une fille pour compléter le choix du roi, elle avait encore accepté quelques années les visites du colonel, d'ailleurs de plus en plus rares. Mais c'était pour la fille, qui ne vint pas, et pour ce seul et unique motif : comme la grande majorité des dames mariées, connaissances et amies, jamais elle n'avait su, fût-ce par ouï-dire, ce que pouvait signifier le mot orgasme, ce que c'était que gémir de plaisir dans les bras de son partenaire. Quelques rares effrontées, c'est vrai, se comportaient dans le lit conjugal comme des putains dans une alcôve de bordel, ne se faisaient pas respecter, souillaient la noblesse de l'état matrimonial et la sublime condition de mère de famille. Bien peu ; indignes. Pour les viles nécessités des hommes, il y avait bien assez de catins, publiques et privées. Dona Ernestina était au courant de l'existence d'Adriana, maîtresse du colonel depuis plus de dix ans : elle n'en avait cure. Et l'indifférence de son mari à son égard ne la gênait pas davantage : il y avait bien un siècle qu'il ne l'approchait pas, la laissait en paix. Merci, mon Dieu.

Une chance que la bonne dame vît les choses de cette façon ! Car, entre la religion et la gourmandise — les saints, les esprits, les friandises en chocolat, les laits de poule, les crèmes caramel, les pâtes de coco —, dona Ernestina s'était transformée en crapaud-buffle tandis que le colonel, avec les années, devenait exigeant. Adriana même lui paraissait désormais peu appétissante, un goût de réchauffé, de pain rassis. La liaison était vieille de onze ans, Adriana avait perdu son piquant, son romantisme. Elle se plaignait des intestins, souffrait de ballonnements, de migraines, était souvent de mauvaise humeur, fréquentait de jour comme de nuit les séances de spiritisme, c'était une deuxième épouse, copie de la première, simplement moins grosse et plus jeune. Plus jeune, théoriquement: mais elle avait déjà dépassé la trentaine, n'avait conservé ni la fraîcheur ni ce charme de toute jeune fille qu'elle avait au temps où le colonel l'avait connue et s'en était amouraché. A vieille bête, il faut pré d'herbe tendre.

6

Or, dans la foule des femmes qui, avec de vieux coutelas, ouvraient les cabosses de cacao dans les plantations, Sacramento se distinguait des autres au point que personne, des journaliers, bûcherons et muletiers, n'avait jamais osé lui faire des avances.

Non qu'elle se montrât hautaine et prétentieuse, mais elle était sérieuse et réservée ; bien qu'elle eût déjà quinze ans, elle ne semblait pas pressée de quitter la bicoque de terre battue qu'elle habitait avec sa mère pour aller vivre avec un homme. Jeter sur elle des regards de convoitise, qui ne l'avait fait, en la voyant passer, modeste mais attrayante, soignée, dans sa robe d'indienne qui ne cachait pas ses formes? Depuis Espiridião, le nègre à toison blanche, fidèle garde du corps qui n'avait pour fonction que d'accompagner le colonel sur les routes et de coucher à la maison de maître avec son fusil à portée de main, jusqu'aux garnements aides-muletiers, assidus auprès des ânesses et des mules, des juments à la croupe fière. La croupe fière de Sacramento, Dieu! la belle pouliche!

Venturinha lui-même l'avait remarquée durant les quelques jours qu'il avait passés à la fazenda et il l'avait montrée à Natario tandis que, près des barcasses, ils bavardaient avec entrain à propos des aventures amoureuses du jeune homme : il aimait les raconter et Natario aimait les entendre. A l'auge, Sacramento dansait sur le cacao frais la danse du suc, pour nettoyer les fèves qu'on mettait ensuite à sécher dans les barcasses et les étuves. Le suc s'égouttait par les claies de l'auge. La robe retroussée de Sacramento, le bord noué à sa ceinture, laissait voir ses cuisses, et ses hanches se balançaient au rythme vif et rapide des pas :

J'ai la couleur du cacao sec,
Je suis le miel du cacao frais...

— La belle petite métisse ! Regarde ça, Natario. Ça vaut le coup...

— Pas question, Venturinha. Touche pas, elle est en main.

— Tu t'envoies cette poulette ? Compliments.

— J'voudrais bien. — D'un geste de la tête, il montra la maison de maître.

— Le vieux ?

Venturinha se mit à rire : debout, sur la terrasse, le colonel observait l'auge où travaillaient les deux femmes, mère et fille, Efigênia et Sacramento. Natario changea de sujet :

— Laisse tomber. Raconte-moi plutôt à qui tu as fini par donner le cadeau que t'avais acheté au Turc Fadul.

— Je l'ai offert à une petite Allemande, une danseuse qui s'appelait Kath. Un sacré morceau, mon vieux, du piment de Cayenne. Et mariée, par-dessus le marché.

Lors d'un précédent voyage, Venturinha avait raconté comment, en arrivant à Rio après l'achat du médaillon, il avait trouvé la sublime Adela, la danseuse de tangos argentine, « folle de moi, Natario », au lit avec un croupier de la boîte de nuit — par-derrière fonctionnait une salle de jeux —, un certain Aristides Pif-Paf. Si bien occupés à la gaudriole qu'ils ne l'avaient même pas vu entrer dans la chambre. Natario se souvenait de cette belle cravache qu'il lui avait offerte? Elle lui avait été très utile: c'est avec ça qu'il avait entaillé la figure du fils de putain et mis en sang le valseur de la salope...

— Alors comme ça t'es avec une Allemande. T'aimes bien les gringas...

L'Allemande, c'était déjà le passé ; ça n'avait pas duré, elle était repartie vers d'autres cieux, d'autres scènes, avec le mari. En ce moment, Venturinha était avec une autre danseuse, une Espagnole, mais une de ces beautés, Natario...

— Tu as déjà entendu parler d'une danse qu'on appelle flamenco? Avec accompagnement de castagnettes?

Ce nom étranger ne disait rien à Natario. Mais il avait eu l'occasion de voir dans un cirque à Itabuna une bonne femme qui jouait des castagnettes et qui dansait. Elle avait un corsage serré et des jupes larges: on aurait dit une gitane, c'était peut-être une Espagnole. Pour tirer la chose au clair, Venturinha fit tournoyer comme dans le fandango sa grosse masse de chair, en imitant avec la bouche et les mains le son et l'accompagnement des castagnettes.

— Ça ressemblait..., reconnut Natario.

Venturinha arrêta la démonstration pour faire des confidences.

— Mortellement jalouse, à faire peur. Je ne peux pas regarder une autre femme, on dirait une tigresse, elle menace de me tuer, elle a déjà fait des scandales. Une Espagnole, quand elle est amoureuse, elle est capable de tout.

Epanoui, satisfait, gonflé de vanité, toujours ce même rire de contentement du gamin qui fréquentait les poufiasses de Taquaras et d'Itabuna, toujours prêt à se vanter d'une conquête.

— Tu sais comment elle s'appelle? Tu croirais pas: Remédios.

— Remédios? Où tu vas chercher ça? Remédios! C'est pas un nom!

Et Venturinha était reparti pour Rio de Janeiro auprès de sa gringa, laissant le colonel chagrin, abattu, parcourir ses cacaoyères pour garder malgré tout la tête haute.

— Ce qu'il vous faut, colonel, c'est mettre quelqu'un chez vous pour aider la mère Pequena au ménage et à la cuisine. Elle est trop vieille pour faire le boulot toute seule.

Il n'en dit pas davantage, ce n'était pas nécessaire.

— Tu as toujours été de bon conseil, Natario.

A la fazenda Boa Vista, le colonel Boaventura Andrade lui avait demandé en plaisantant s'il ne voulait pas vendre la propriété. Il n'avait pas été surpris de la façon dont les plantations étaient traitées : c'était exactement la même chose qu'à la fazenda da Atalaia. Mais il fut surpris en arrivant à Tocaia Grande : par la taille qu'avait prise le bourg, et par le mouvement qui y régnait.

7

Avant de mettre pied à terre devant le pieu planté à côté du magasin de Fadul Abdala, le colonel Boaventura Andrade demanda à Natario :

— Combien d'années ça fait, Natario ?

— Déjà sept, colonel.

— C'était complètement désert, je m'en souviens bien. Je me souviens aussi de ce que tu m'as dit : un jour, ici, ça sera une vraie ville. C'est pas encore ça, mais c'est pas loin.

Exagération de visiteur. Simplement une bourgade qui se développait rapidement après avoir végété des années durant. Les dures années de vaches maigres où Fadul avait été soumis à tant d'épreuves, à de si grandes tentations. Le Turc se précipita à l'extérieur pour aider le colonel à descendre de cheval.

— Mais quel plaisir, colonel, de vous voir ici, au bout du monde !

— Bonjour, Fadul, laissez-moi vous dire une chose, mon vieux Turc : j'en suis baba. Je n'aurais jamais pensé que le village était devenu grand comme ça. On m'en avait parlé, mais j'en suis quand même abasourdi. Vous avez été rudement bien inspiré, d'arrêter de courir les routes pour vous installer ici. On a raison de dire que les Arabes ont du flair, là où ils mettent les pieds les affaires marchent. Dans pas longtemps vous serez riche et vous vous ferez planteur de cacao.

— C'est Dieu qui m'a amené, colonel, il m'a conduit par la main. Mais, si je suis resté, si je suis pas parti dans les débuts, quand tout était difficile, c'est à cause du capitaine ici présent. Parce que sans lui, ma foi...

Immobile devant les portes du magasin, le colonel examina les alentours. De l'autre côté de la rivière, les champs à perte de vue.

— Une belle plantation de manioc. Des Sergipanos ?

Natario répondit :

— Pour la plupart. Mais y a aussi des gens du sertão.

— Il y a quelques jours, il est arrivé une famille qui venait du côté de Buquim, raconta le Turc. Cinq personnes.

— De Buquim ? Je suis de pas loin, d'Estância : un beau coin pour attendre la mort. — Combien d'années qu'il n'était pas retourné dans cette ville qui l'avait vu naître et où il avait commencé à travailler ? Depuis la mort de son père, le vieux José Andrade, un monsieur qui ne se laissait pas marcher sur les pieds et qui jouait du trombone à « La Lyre estanciana ».

— Les gens d'Estância sont bien braves, tranquilles, travailleurs. Pas comme ceux de plus au nord, des bords du São Francisco. — Il provoquait Natario, pour s'amuser : — Des bagarreurs, des fanfarons, pas vrai, Natario ?

Le capitaine ne s'offusqua pas de la plaisanterie, sourit presque :

— La différence, colonel, c'est qu'à Estância il n'y a que de la pauvreté. Sur le São Francisco, la pauvreté, c'est un privilège ; ce qui domine, c'est la misère.

Un âne se mit à braire près du cours d'eau. Avant

d'entrer dans le magasin à l'invitation de Fadul, le colonel s'attarda à considérer les maisons neuves bâties au long du chemin des Mulets, un bon peu. Il regarda, par-delà la friche, l'entassement des cahutes, et il y en avait une quantité.

— Et là, qu'est-ce que c'est?

— La combe aux Crapauds, le quartier des filles. Dans le temps, elles étaient cinq ou six, maintenant on ne les compte plus.

Le colonel resta un certain temps à observer le mouvement. A la porte de l'entrepôt du colonel Robustiano de Araujo, un important convoi de mulets déchargeait du cacao sec. Au corral, des hommes en gilet de cuir s'occupaient d'un troupeau de gros bétail. Des porcs, des poules, des dindons, un peu partout, cherchaient leur nourriture. Des pintades effarées passèrent en bande précipitée. Une vieille femme traversait la rivière à gué.

— Et ta maison, Natario? C'est celle qui est là? — Le colonel désignait la construction de pierre du nègre Tison Abduim.

— Non, colonel. La mienne est au sommet du morne, là. On peut voir d'ici. A moins que vous ne vouliez monter.

Le colonel leva les yeux vers la construction neuve, bien digne du maître de la fazenda Boa Vista: elle dominait la bourgade.

— Pas la peine. Je vois d'ici. Rudement bien, dis donc.

Il sourit avec amitié à son ex-jagunço, son compère: il voulait lui faire un cadeau pour décorer le logement nouvellement construit:

— Et le mobilier, Natario, déjà acheté?

— C'est fait, colonel. J'ai fait fabriquer la plupart des meubles ici même, par Lupiscinio, le reste je l'ai amené d'Itabuna.

Le colonel réfléchit, le regard fixé sur la maison de Natario:

— J'ai remarqué que la commère aime bien la musique. Elle adore la romance, non?

— Elle en raffole, oui.

— Eh bien! Je vais lui donner un gramophone comme celui que j'ai : avec ça chez elle, elle pourra écouter de la musique quand elle voudra.

A l'Atalaia, dans ses moments de loisir, le colonel se distrayait à écouter des mélodies sur le phonographe, extraordinaire nouveauté, appareil de grand luxe que les gens du haut de l'échelle ne pouvaient se dispenser d'avoir chez eux.

— Je vous remercie, colonel. Zilda va être folle de joie.

Fadul renouvela l'invitation :

— Entrez, colonel, vous êtes chez vous.

Le fazendeiro franchit le seuil, posa sa cravache sur le comptoir, jeta un coup d'œil sur les étagères, évaluant le stock de marchandises. L'Arabe vendait un peu de tout et son établissement était à la fois débit de boissons, magasin d'alimentation, boutique de confection et d'étoffes bon marché — calicot, indienne, coutil — et bazar d'articles de fantaisie.

— Si vous voulez vous reposer, colonel, j'ai un hamac à l'intérieur. Bicoque de pauvre, mais vous êtes chez vous.

— Non, non, Fadul, c'est très bien, je ne reste pas longtemps.

Un bruit de pas dehors, quelqu'un qui courait. C'était une femme dépeignée, les cheveux au vent, l'air pressé et tout excité. Comme une folle, elle cria, hors d'haleine, avant même de s'arrêter à la porte :

— Capitaine Natario! Capitaine Natario!

Mulâtresse à peau claire, encore jeune et relativement fraîche, baignée de sueur, ses gros seins en pointe sautant du corsage déchiré, les yeux hors de la tête comme quelqu'un qui vient d'assister à un événement sensationnel, elle haletait d'avoir tant couru. Natario s'avança d'un pas.

— Qu'est-ce que c'est, Ressu ? — Elle se nommait Maria da Ressurreição.

— Dona Coroca m'envoie dire que Bernarda a eu un

petit. Juste à l'instant. – Elle respira, ses lèvres couleur de grenade s'ouvrirent en un sourire sur ses dents blanches. – Paraît que tout c'est bien passé, faut pas vous en faire.

Le sourire s'élargit, s'étendit à tout le visage :

– J' l'ai vu naître !

Sur la face de Natario, pas un muscle ne bougea. Il fallait le connaître à fond, sous tous ses aspects, pour deviner un signe d'émotion, la marque de la satisfaction sur la physionomie et dans le cœur du métis. Mais le colonel Boaventura Andrade, lui aussi, se risquait parfois à lire dans les pensées d'autrui :

– Va-t'en donner la bénédiction à ton fils, Natario.

Il posa la main sur l'épaule de son compère : – Mais avant tout, on va boire à sa santé.

– J'ai une bouteille d'arak, un anis excellent qui vient d'Itabuna, fait par les sœurs Farhat. Je vais chercher ça là-bas dedans, proposa Fadul.

– Garde ça pour une autre fois, Turc. Liqueur d'anis, un truc étranger, c'est pas ce qu'il nous faut. Pour boire à la santé du môme, tu nous sers une rasade de tafia. Et n'oublie pas cette jeune personne.

Des sons pleins d'allégresse se firent entendre sur le chemin des Mulets : un convoi se mettait en route. Au frontail et au collier de la marraine, en tête, des breloques étaient accrochées, des grelots tintaient.

Heurs et malheurs sentimentaux, pressoir à manioc et petit pont

1

Un Turc se reconnaît facilement à son apparence, qu'il soit syrien, arabe ou libanais. C'est tout la même race, tous des Turcs, reconnaissables à leur nez busqué et leurs cheveux frisés, en plus d'un accent épouvantable. Ils mangent de la viande crue pilée dans un mortier en pierre. C'est ce que Diva avait en tête alors qu'elle allait avec le reste de la famille vers le bâtiment de maçonnerie l'après-midi où les premiers Sergipanos arrivèrent à Tocaia Grande, en proie à la crainte et à l'incertitude.

Au lieu d'un Turc, ils tombèrent sur un nègre du plus beau noir qui martelait du fer, torse nu, avec une peau graisseuse de pécari à la ceinture pour cacher ce qui doit l'être. La surprise avait déclenché un véritable fou rire chez la gamine, aussitôt partagé par le forgeron qui éclata à son tour d'un grand rire sonore et cordial. C'est en se gondolant qu'il souhaita la bienvenue et se présenta aux étrangers :

– Mon nom, c'est Castor Abduim, mais on m'appelle Tison. Je gagne ma vie à ferrer les mulets.

Diva, en l'entendant, se contint. Elle reprit son sérieux, se sentit en confiance et en paix. Elle se tourna vers Vanjé et discerna dans les yeux assombris de la mère une petite lueur d'espérance qui ranimait son courage. Le visage d'Ambrósio s'éclairait. D'où venaient cette paix qui marquait le terme de l'errance et de l'injustice, cette confiance en l'avenir ? Des étincelles jaillissaient de la forge, le feu qui brûlait faisait monter des langues de flamme. Campé devant l'enclume, avec son rire joyeux, de bon augure, le nègre ressemblait à un animal puissant et fier, à un arbre majestueux, symbolisant la force et la douceur : créature radieuse et transparente. Diva se remit à rire, mais ce n'était plus un fou rire d'enfant, c'était un sourire timide de jeune fille, presque furtif.

Castor voulut deviner son âge, demeura dans le doute. Frêle, des jambes fines comme des baguettes, les tresses raides de poussière, le rire sans retenue, une petite fille encore. Mais, sous la robe, les seins pointaient hardiment et, dans le visage, les yeux étaient rêveurs, le regard insaisissable, le sourire dissimulé, l'expression pensive : tout à coup on la voyait bien plus âgée, jeune fille déjà. Elle pouvait aussi bien avoir treize ans que seize ou dix-sept.

Le Noir les accompagna jusque chez Fadul, à la fois logement et magasin. Diva marchait à côté de lui, les yeux baissés. Tison regardait droit devant lui, avec une expression franche et communicative. Remuant la queue, Ame-en-peine se joignit au petit groupe.

2

Elle avait eu ses quatorze ans sur la route, et sans Vanjé personne n'y aurait fait attention. Chez eux, au bon temps de Maroïm, on fêtait les anniversaires, on améliorait le menu au repas du soir, il y avait une galette de manioc ou un gâteau de tapioca, et si c'était par hasard un dimanche ou jour férié, on invitait voisins et amis intimes à un grand déjeuner. Qui sait si, pour ses quinze ans, on ne ferait pas la fête, à nouveau, une fois installés dans cet endroit où ils se rendaient sur les conseils de cet homme à cheval, bien armé, qui s'était présenté comme capitaine.

Dans la poussière et la fatigue de la marche, seule Vanjé

s'était souvenue. Parce que c'était la mère et parce qu'elle était préoccupée par la croissance de sa benjamine. Rachitique, maigrichonne, elle ne prenait pas de formes, comme si son développement s'était interrompu : elle tardait trop à s'épanouir. Vanjé mettait sur le compte de leurs tribulations — la frayeur, la perte de la maison et des champs, le spectacle de son frère Agnoldo pieds et poings liés, battu à coups de férule, la brutalité et l'indifférence — le corps chétif de la petite, son allure incohérente, tantôt morose, tantôt toute folle. Elle était parvenue à l'âge de quatorze ans sans suivre encore les lunes, sans avoir vu le sang, qui fait les filles bonnes à avoir mari et enfants. Resterait-elle à jamais sèche ?

En cet après-midi déjà lointain de leur arrivée à Tocaia Grande, après avoir reçu ce que les habitants du lieu leur offraient pour manger, pris les provisions vendues à crédit par le Turc, ils allumèrent un feu sur la friche pour préparer leur pitance. Avant ce maigre repas, pourtant, les femmes allèrent se laver à la rivière, elles en avaient bien besoin. Le nègre Tison leur montra le Bidet des dames, nom qu'il avait donné à une petite piscine naturelle au milieu du courant. Dinorá baigna son bébé et Diva dénoua ses nattes. Quand le nègre la vit à son retour, il regretta qu'elle ne fût encore qu'une fillette.

Serviable et complaisant, Castor était allé chercher à l'atelier un morceau de viande sèche pour améliorer le menu. Ensuite il conduisit les femmes à la cahute construite naguère pour Epifania, qui était restée inoccupée depuis lors. Peut-être justement parce qu'elle était mieux tenue que les autres, ou parce qu'on escomptait le retour d'Epifania, un jour ou l'autre, Epifania la sauvage, bagarreuse et sorcière. La vieille Vanjé préféra rester sur la friche avec son mari et ses fils : de toute façon, la cabane ne pouvait contenir autant de monde. De sorte que Castor y amena les trois autres : Dinorá et son bébé, Lia avec son gros ventre, Diva. Agnaldo alla aussi avec eux, pour voir Lia installée. Ame-en-peine aboyait à la lune qui montait, énorme, au-dessus du cours d'eau.

Couvert d'une natte, le grabat de paille, large comme il convenait aux besoins du métier — joutes, dévergondages, bacchanales —, était maintenant en piteux état. Dinorá coucha le bébé sur la natte, Lia s'allongea à côté. Agnaldo ramassa des brindilles, Diva alluma le feu, qui dégagea une fumée lourde. Comme un drap épais, la chaleur enveloppa l'enfant et la future mère, les punaises se réveillèrent.

Le nègre avait disparu, sans même dire bonne nuit : Lia s'en étonna. Mais ils le virent bientôt revenir : il était allé chercher dans la maison de pierre où il vivait et travaillait un grand beau hamac, sali par l'usage. Le hamac où Tison accueillait les filles, se blottissait avec ses conquêtes, le hamac de Zuleica et d'Epifania, pour ne citer que ces deux-là. Il l'accrocha lui-même aux pieux fourchus enfoncés en terre à chaque bout de la cahute :

— Pouvez vous y mettre toutes les deux, il est fait pour, dit-il, s'adressant à Diva et Dinorá.

Alors seulement il souhaita la bonne nuit, après s'être mis à leur disposition. Au cas où ils auraient besoin de quelque chose, il ne fallait pas hésiter, on pouvait aller l'appeler à la forge à n'importe quelle heure. Et il s'en fut en compagnie d'Agnaldo ; Ame-en-peine marchait devant eux. De la porte, un panneau mal recouvert d'une palme de cocotier, Diva les vit s'en aller : le chien, le frère et le forgeron. Elle resta un moment à contempler la pleine lune, accrochée au-dessus de la rivière. Finalement, ils étaient arrivés au port.

3

Dinorá ne voulut pas du hamac, préférant s'allonger sur la paillasse à côté de Lia : entre elles deux, le bébé. Avec la chaleur des corps le marmot pleurnicheur s'endormit et sa mère, morte de fatigue, se mit aussitôt à ronfler. De même, l'énervement de Lia dans son premier sommeil finit par faire place au calme et elle put oublier le poids et le volume de son ventre lourd et gonflé.

Toute seule dans le hamac, jambes et bras recroquevillés, Diva resta éveillée, écoutant les bruits qui se succédaient dans la combe aux Crapauds ou venaient en échos de la friche. Elle entendit des pas, des mots isolés, des rires qui s'éteignaient : la rumeur augmentait à mesure que la nuit avançait dans la vallée de Tocaia Grande. Diva perçut des piétinements de sabots au loin, entendit des noms de bêtes de somme criés par des muletiers et leurs aides : Dame-jeanne, Fleur-des-bois, Cabochard, Diamant, Chat-sauvage, foutue bourrique ! D'une baraque voisine vinrent des bribes de dialogue :

— Aujourd'hui ça s' peut pas, j'ai mes affaires..., s'excusait la fille.

— Putain de merde, quel manque de pot ! — L'homme qui râlait.

Tout à coup elle entendit quelqu'un, au milieu d'un silence, appeler le nègre par son surnom :

— Tison ! Oh ! Tison !

Sans doute un muletier qui avait besoin des services du maréchal-ferrant, et celui-ci avait dû répondre tout de suite à l'appel, qui en effet ne se répéta point.

Du hamac se dégageait une odeur forte, celle du nègre probablement ; elle en était imprégnée. C'est là qu'il avait transpiré par les nuits chaudes, dans les bras des femmes, et la sueur avait laissé dans le tissu son odeur d'homme, ses relents de mâle, son parfum. Enivrant, l'arôme épais la soûlait ; Diva se sentait comme lors de la dernière nuit de la Saint-Jean, quand elle avait abusé du génipa. La tête lourde, qui lui tournait, au bord du vertige.

Elle ne parvenait pas à sombrer dans le sommeil, à échapper aux souvenirs de cet après-midi. Et pourtant elle n'était pas vraiment éveillée, flottait dans le balancement du hamac, prisonnière du venin de cette odeur qu'elle avait déjà sentie à l'atelier quand le forgeron avait pouffé de rire, campé devant son enclume. Dans le hamac, envahissante, persistante, l'odeur pénétrait ses narines, entrait par tous ses pores, se répandait sous sa peau, faisait dresser les pointes de ses petits seins, coulait par ses hanches et son ventre et venait brûler les lèvres vierges du Jésus-Marie. Elle sentait le corps de Tison flotter sur le hamac, avec la peau de pécari qui couvrait et découvrait ses organes. Il la serrait dans ses bras puissants et l'écrasait contre sa poitrine.

Le sommeil finit par l'emporter, mais Diva ne put dormir détendue : elle dormit avec le nègre jusqu'au petit matin. Simplement, il n'était pas noir. Ni noir, ni blanc, ni mulâtre, ni métis d'aucune sorte : il était lumineux et un brasier flamboyait dans son entrejambe. Pendant une bonne partie du parcours, qui fut long et accidenté, Castor fut une sorte de pécari géant : un sanglier, si Diva avait su ce qu'est un sanglier. Il l'emmenait à travers le val, survola les collines et la rivière, s'arrêta sur la pleine lune. La traquant dans un coin de la forge, sous un ouragan d'étincelles, il la couvrit. Diva sentit qu'elle se déchirait, se fondait en lave.

Quand elle fut réveillée par les pleurs de son neveu et le bruit des convois qui se mettaient en route, elle vit le sang épais, rouge foncé, qui s'écoulait d'elle-même au long de ses cuisses. Par l'effet et la grâce de cette odeur qui l'avait pénétrée et avait fait d'elle une femme.

La tache rouge inscrivit sur l'étoffe sale du hamac le haut fait du nègre Castor Abduim da Assunção, dit Tison, lequel, après avoir ferré deux pattes au mulet Ruban, avait dormi toute la nuit à poings fermés. Seul, ce qui lui arrivait rarement.

4

Quand Offerte — nom donné par Castor parce qu'il l'avait reçue en cadeau et que, toute petite, la chienne était déjà hardie et provocante —, quand Offerte venait l'aguicher en sautillant autour de lui, en lui mordillant les pattes, en bondissant à son museau, Ame-en-peine se prêtait au jeu, s'élançait comme un fou à sa poursuite, la renversait et lui mettait une patte sur le ventre pour la contraindre à l'immobilité : jamais il n'avait manifesté autre chose que cet instinct joyeux de fausses colères et de feintes menaces, d'amusement et de leurre.

A mesure qu'elle grandissait, Offerte devenait moins joueuse : elle passait des heures à dormir dans la chaleur de la forge, près d'Ame-en-peine, pelotonnée contre lui. Mais elle continuait à l'inciter à des poursuites sur la friche, en l'agaçant, en le défiant à des batailles qui n'étaient qu'un innocent badinage. Castor s'amusait à les voir rouler dans la poussière en grognant et en aboyant comme s'ils avaient voulu s'entre-dévorer. Après quoi, épuisés, langues pendantes, ils se couchaient à ses pieds, avides d'une caresse affectueuse. Ame-en-peine ne se montrait mécontent que si Offerte, prenant avantage de sa jeunesse et de sa petite taille, sautait sur les genoux de Tison pour qu'il la grattât derrière les oreilles et sous le ventre. Jaloux, le chien se dressait sur ses pattes postérieures et, prenant appui sur les jambes du forgeron, chassait l'intruse pour poser à sa place sa grosse tête sans beauté.

Mais un jour tout changea et, sans motif apparent, Offerte repoussa son compagnon. Il semblait que ce fût la veille, et pourtant plus de six mois avaient passé depuis la première visite de Zilda à Tocaia Grande : la femme du capitaine avait sorti la petite bête du char à bœufs et l'avait déposée par terre, devant la maison de Bernarda. Aussitôt elle s'était mise à provoquer Ame-en-peine, qui de son côté avait commencé à harceler de taquineries celle qui s'offrait ainsi. « Offerte », dit Tison, qui lui donna ce nom.

C'est justement à l'époque où le calendrier avait pris un rythme accéléré qu'un beau jour Offerte montra les dents en voyant Ame-en-peine s'approcher pour mettre en train la séance quotidienne de jeux. Elle aboya hargneusement et le mordit quand il insista pour reprendre les courses innocentes et les culbutes sur le terrain vague.

Pendant quelques instants, Ame-en-peine se trouva désorienté, sans comprendre ce qui se passait. Mais voici que lui aussi se transforma, cessa d'être tout fou. Leurs rapports se modifièrent du tout au tout. Elle se mit à fuir comme si elle avait peur de lui, à l'éviter comme si elle le méprisait, le repoussait lorsqu'il approchait. Mais elle ne fuyait pas bien loin, ne l'évitait que pour quelques secondes et, si elle le repoussait, c'était pour l'attirer davantage, en le regardant en biais, en exhibant son arrière-train.

Abandonnant des habitudes bien établies et bien agréables, Ame-en-peine en oubliait d'aboyer après les convois, de sauter autour des mulets, avait perdu l'appétit — l'appétit vorace d'Ame-en-peine que rien ne rassasiait —, en arrivait à cette chose insensée de laisser Castor partir seul à la chasse au lever du jour. Complètement détraqué devant la chienne, prisonnier de l'odeur qui se dégageait des lèvres de la vulve tuméfiée d'où suintait le sang.

Pendant quelques jours, Ame-en-peine tourna autour d'Offerte, se soumettant avec une obstination patiente aux esquives, au mépris, aux refus, à la violence des coups de dents. Bien disposé à la conquérir, il la conquit en effet. Mais n'était-ce pas exactement ce que voulait la chienne ? Offerte cessa de grogner, de s'enfuir, de montrer les crocs, lui permit d'approcher son museau, de flairer son sexe gonflé, d'y passer sa langue avide et de lécher le sang qui s'en écoulait.

Un après-midi, sur le terre-plein qui s'étendait devant l'atelier, sous les yeux allumés de Nando et d'Edu qui l'excitaient de la voix, en présence du nègre Castor, du Turc Fadul et de Coroca en grande conversation à bâtons rompus, Ame-en-peine réussit à planter son clou — un zizi de chien c'est comme un clou à grosse tête, expliquait Edu qui s'y connaissait en élevage de cabots — dans les entrailles fécondes d'Offerte. La cérémonie terminée, les deux animaux restèrent collés l'un à l'autre ; Nando voulut leur jeter de l'eau pour défaire le nœud, mais Castor ne permit pas : laisse, la nature se charge du reste.

5

Si l'on peut se permettre cette comparaison, c'est exactement la même méprise, le même malentendu, qui survint entre le forgeron Castor Abduim da Assunção et la Sergipana Diva, du moins quant à la façon dont il la vit et la traita de longs mois durant, plus d'un semestre, et la surprise qu'il eut quand, un jour tout pareil aux autres, il s'aperçut soudain du changement. Surprise est peu dire pour un tel choc : une révélation.

Un jour tout pareil aux autres pour les gens de la localité, mais non pour le chausseur de mulets, sidéré. Pas davantage pour la jeune fille, aussi farouche et fougueuse que la petite chienne Offerte lorsqu'elle commença d'être en chaleur et de saigner des lèvres gonflées de son sexe. Toutes ces choses et bien d'autres singularités que nous réserve la vie — énigmes, prodiges et merveilles —, c'est la nature qui se charge de les expliquer et de les résoudre. Ainsi l'avait enseigné Castor Abduim lui-même au bouillant Nando : il n'est pas inutile de rappeler une assertion aussi chargée que celle-ci de sens et de raison.

6

Et, cependant, le premier à se rendre compte de la transformation de Diva, ce fut Bastião da Rosa, maçon réputé, bel homme, un Blanc aux yeux bleus n'étant point chose courante dans ces parages, hautement coté auprès de la gent féminine, amant de cœur disputé parmi les filles publiques.

Des maisons de brique à couverture de tuile, encore peu nombreuses, construites sur le chemin des Mulets avec les matériaux provenant de la fabrique de Merência et Zé Luiz, celle de Bastião da Rosa — José Sebastião da Rosa —, était de loin la plus belle et la plus confortable, ce qui s'explique facilement : travaillant pour lui-même, il avait mis tous ses soins à la solidité des fondations et à la perfection des finitions. Murs peints en bleu, fenêtres roses à balustrade de bois, rigole d'écoulement des eaux de pluie. Et le luxe d'un cabinet d'aisances dans le jardin : un trou profond avec, au-dessus, une caisse de bois pour servir de siège au patient. Comme dans les maisons de Taquaras et d'Itabuna. La première latrine de Tocaia Grande, un confort bientôt adopté de même par Castor et par Fadul. C'est à ce dernier, cependant, que revenait l'initiative d'avoir fait creuser un puits derrière son magasin, avant même celui qui servait au corral et aux muletiers, construction plus importante due au colonel Robustiano de Araujo.

Trop grande pour un homme seul, cette maison, et l'on murmura à Tocaia Grande que Bastião da Rosa avait l'intention de se marier, de fonder une famille ; des bruits coururent à propos d'une fiancée à Itabuna, ville d'où il venait lui-même. Il y avait laissé une réputation de don Juan, danseur infatigable, qui avait brisé bien des cœurs parmi les filles à marier. Tocaia Grande était encore un simple gîte d'étape de muletiers quand il y était venu à la suite de l'accord passé avec le Turc Fadul Abdala, décidé à abandonner le commerce ambulant, pour lui construire sa maison de bois, en association d'entreprise avec Lupiscinio. S'en étant bien trouvé, il s'était fixé là : l'endroit lui plaisait. Séjournant constamment dans les fazendas des environs, où il était appelé à effectuer des travaux de construction d'auges, de barcasses et d'étuves, il s'était laissé pousser barbe et moustache et aurait pu passer pour un gringo s'il l'avait voulu, il ne lui manquait que l'accent. A Tocaia Grande il était à égalité avec Tison dans les faveurs des putes.

Le temps passait, cependant, et Bastião da Rosa restait célibataire, n'avait pas même pensé à se mettre en ménage, alors qu'il ne manquait pas de candidates. Y compris Maria Beatriz Morgado, cousine pauvre de dona Carmen Morgado de Assis Godinho et parente par alliance du colonel Enoch de Assis Godinho — pauvre mais de bonne famille, donc Bastião avait séjourné à la fazenda Godinho comme maître d'œuvre chargé de la restauration de la propriété du fazendeiro et, pour se distraire, s'était offert dona Maria Beatriz : la demoiselle avait déjà perdu sa fleur, cueillie par le riche cousin également pour se distraire. Sans quoi, la cousine pauvre, ayant atteint la trentaine et pourvue d'une respectable moustache, aurait conservé son intégrité pour les vers de terre. Fort éprise, dona Maria Beatriz voulut abandonner le gîte et le couvert que les cousins lui assuraient par charité — en échange elle s'occupait du ménage, surveillait le travail des domestiques et prenait soin des enfants — pour aller vivre avec Bastião sans même exiger de formalités officielles, sans se soucier des préjugés, de l'outrecuidance et autres foutaises des Morgado et des Godinho. Bastião da Rosa préféra parler d'autre chose et se débina, n'ayant nulle envie de laisser ses os à un carrefour à la suite d'une embuscade, ce à cause d'une femme.

A la demande du vieil Ambrósio et de José dos Santos, il avait traversé la rivière en compagnie de Guido pour discuter la construction d'un pressoir à manioc ; il ne reconnut pas Diva qui, une houe en main, était en train de retourner la terre. Il crut que c'était l'une des filles de José dos Santos. Elles étaient trois, dont chacune valait un homme pour l'ardeur au travail : deux encore jeunettes, une plus âgée, qui était borgne, Ricardina. Ce qui ne l'empêchait pas de trouver des soupirants : on l'avait vue courir le guilledou avec Dodô Peroba, un gars un peu dérangé qui avait échoué dans le coin Dieu sait comment et pourquoi. Uniquement à cause des petits oiseaux, sûrement pas. Il avait commandé à Lupiscinio un fauteuil de barbier, à crédit, qu'il paierait dès que possible : il s'était mis à couper les cheveux et raser les joues. Selon le capitaine Natario da Fonseca, qui était devenu son client, le fauteuil de barbier de Dodô Peroba constituait un signe supplémentaire de bon augure : Tocaia Grande accédait au rang d'agglomération en plein essor.

Fréquemment sollicité pour des chantiers, ainsi que les autres artisans maçons et charpentiers, dans les fazendas qui s'équipaient de diverses installations, Bastião da Rosa restait peu à Tocaia Grande, et il n'avait pas vu la fille d'Ambrósio depuis des mois. Il avait le souvenir d'une gamine maigriotte et taciturne qui jouait à colin-maillard avec les gosses et vendait au marché à côté de ses parents et de ses frères. Ce ne pouvait être la même qu'il voyait maintenant devant lui, le buste dressé, la jupe retroussée, en train de biner, la sueur coulant à son front : celle-ci était une magnifique créature. Jeune, solide, jolie comme tout, à quoi donc faisait-elle penser? Aux verdoyantes pousses de manioc.

Auparavant, c'était la brousse décharnée qui poussait là, sur ce sol couvert d'épineux et de serpents. Avec l'arrivée des gens du Sergipe s'étaient mis à fleurir des cultures de haricots, des champs de maïs et de manioc, des rangées de machiches et de chayotes. Tout avait changé. Pas seulement la terre mais aussi les gens. Jãozé, Dinorá et leur petit qui avait failli mourir en route. Le ténébreux Agnaldo et sa femme Lia : elle était arrivée enceinte, dans un état de complet épuisement. Aurélio et Nando, sans parler du couple de vieux, abattus et humiliés. Les émigrés chassés de Maroïm étaient devenus des Grapiunas, travailleurs hors pair. Le bébé que Lia avait mis au monde entre les mains de Coroca, le premier à être né à Tocaia Grande, était un gaillard.

Ambrósio et José dos Santos expliquaient en détail leur plan pour la construction du pressoir, Lupiscinio écoutait et discutait. Bastião da Rosa donnait son avis, les yeux sur la jeune fille penchée au-dessus de la terre, illuminée de soleil, le visage d'une sainte, le corps d'une reine : avec celle-là, dame oui, ça valait la peine de se mettre en ménage.

7

Avec Castor Abduim, les choses ne se passèrent pas ainsi, de façon soudaine, mais la surprise et le choc ne furent pas moindres. La révélation eut lieu quelques jours après l'emménagement de la famille du capitaine Natario da Fonseca dans leur nouvelle résidence au sommet de la colline : la maison la plus importante de Tocaia Grande par ses dimensions, par son confort et par sa situation. Une corbeille en équilibre sur la tête, Diva grimpait la pente, raide mais convenablement empierrée de cailloutis afin de permettre aux bêtes de monter même pendant la saison des pluies. En contrepartie, il serait facile de bloquer l'accès le cas échéant, puisqu'il suffisait de poster un homme armé d'une carabine à l'un quelconque des virages de cette rampe en lacets. Tout à fait par hasard, alors qu'il allait vers la rivière, il la vit escalader et s'arrêta, éberlué: ce ne pouvait absolument pas être Diva, il se refusait à en croire ses propres yeux. Mais c'était pourtant bien elle, eh oui! pas une autre: ayant fait halte pour remettre sa corbeille en place, elle l'avait aperçu là en bas qui regardait bouche bée: sous la jupe se laissaient entrevoir les cuisses nues. Elle sourit et lui fit signe de la main.

Les gens avaient déjà baptisé le morne, qu'ils appelaient la colline du Capitaine car, de là-haut, comme d'un observatoire, le capitaine pouvait embrasser du regard la bourgade tout entière, de la combe aux Crapauds avec les bicoques des prostituées et la maisonnette de Bernarda, jusqu'à la file de maisons qui se dressaient le long du chemin des Mulets; de la friche où se tenait le marché, avec le hangar de chaume qui servait d'abri aux muletiers et de salle de bal, jusqu'à l'entrepôt de cacao et le parc à bestiaux du colonel Robustiano de Araujo, l'atelier de Tison où Edu, son fils aîné, apprenait le métier, et le magasin du Turc, non loin du jaquier. Il apercevait également sur l'autre rive les plantations des Sergipanos et des gens du sertão, les champs cultivés et les rangées d'échalas, les plumeaux de fleurs de maïs, les porcs, la volaille.

Tout cela, et les allées et venues des gens, c'est ce que le capitaine Natario da Fonseca avait sous les yeux de la terrasse de sa résidence. Mieux encore au pied du mulungu, quelques pas en avant, d'où il avait en certaine occasion montré le site alors désertique au colonel Boaventura Andrade et avait prophétisé ce qu'il deviendrait: il y aura ici une ville. Ce n'était plus bien loin, le colonel en était convenu en passant par là sept ans plus tard. Façon de parler du colonel: petite bourgade encore, à laquelle manquait presque tout pour être une vraie ville. Mais quand lui, Natario, fuyant l'indigence du Sergipe, était arrivé, adolescent, à l'opulence du cacao, Taquaras n'était rien d'autre qu'un gîte d'étape, la gare n'existait pas, ni même la voie ferrée, et la cité d'Itabuna, maintenant énorme, n'était qu'un bourg appelé Tabocas.

C'est bien pourquoi le capitaine restait attentif à ce qui se disait et se passait, donnant son avis et intervenant le cas échéant. Il avait avancé de l'argent pour la construction du pressoir que Lupiscinio et Bastião da Rosa avaient entrepris pour le compte d'Ambrósio et José dos Santos et s'était associé au colonel Robustiano de Araujo pour financer l'abattage du bois en vue de réaliser le projet de pont. Il avait mis dans ces travaux presque tout le bénéfice de la récolte mais, en conquérant autorité et pouvoir de commander, on contracte du même coup des obligations. Tel était son point de vue, et c'est ainsi qu'il se comportait déjà bien avant de récolter le cacao, dès qu'il avait commencé ses plantations dans les forêts de la Boa Vista et avait retrouvé Bernarda réfugiée là comme fille publique.

8

La chose n'était pas arrivée brusquement, à l'improviste, comme dans le cas de Bastião da Rosa qui avait passé un siècle sans la voir. Le nègre, lui, la voyait et lui parlait constamment ; s'il ne s'était aperçu de rien, c'était sa faute, à lui seul. Il resta en relation permanente avec Diva à partir de cette fin d'après-midi où il avait accompagné la famille du Sergipe au magasin de Fadul et lui avait prêté son hamac dans la cahute d'Epifania : c'était la petite Diva, malingre et fofolle. Jusqu'au moment où il la vit gravir le morne, portant en équilibre sur sa tête une corbeille chargée de chayotes, gombos, machiches et gilos, patates douces, produits des cultures familiales que Vanjé désirait offrir à la table de Zilda. Il put alors admirer les cuisses nues et le fessier à peine caché par la petite culotte, cuisses et fessier de femme. Pour revoir son visage, qu'il avait toujours trouvé joli et mignon, et apprécier son buste, il resta à tourner par là en attendant qu'elle redescendit. Il la vit alors en pied, en perdit l'esprit, et ne l'appela jamais plus la petite Diva. Mais il continua de la trouver écervelée, avec un petit grain dans le ciboulot.

Avant, elle traversait la friche en courant avec Ção et Nando pour venir chercher Edu, l'enlever à son travail, et tous les quatre allaient attraper des lézards dans les bois, tendre des pièges à oiseaux et jouer à la toupie — à ses moments perdus Balbino s'amusait à fabriquer des toupies qu'il fournissait à un revendeur de la foire de Taquaras — ou encore faire partir des cerfs-volants faits par Merência également pendant ses loisirs, tous plus colorés et mieux faits les uns que les autres.

Nando et Ção entraient dans l'atelier, Diva jamais. Elle restait à la porte, regarder de l'extérieur. Tison admirait son visage angélique, posait sa masse, invitait :

— Tu veux pas entrer, petite Diva ?

Elle faisait non de la tête et, sans attendre les autres, s'en allait en courant comme si elle le fuyait, craintive : craignant quoi, grand Dieu ? Il trouva drôle, au début, puis ne fit plus attention : rare le jour où elle ne se montrait pas aux abords de l'atelier, se cachant derrière les troncs d'arbres, furtive, effarouchée. Les bras et les jambes salis par le travail aux champs.

Un matin de bonne heure, alors qu'il allait en forêt relever le gibier comme il le faisait tous les jours, Castor la surprit à suivre ses pas en se faufilant entre les arbres. De même à la rivière : il était en train de nager, en fin d'après-midi, en eau profonde, à bonne distance du bassin où les femmes lavaient le linge et se baignaient, quand Diva fit surface devant lui, presque contre son corps nu : une guenille toute mouillée soulignait ses formes plus qu'elle ne les cachait. Si elle n'avait pas été si jeune, il n'aurait pas résisté. Il cria : attention, petite Diva ! Pour la mettre en garde contre la force du courant et pour rompre le sortilège, cette rivière était habitée par des divinités. Cela dura moins d'une minute, elle avait à nouveau plongé et disparu : elle nageait aussi vite qu'un poisson. Ou qu'une sirène.

Très souvent, Castor la rencontrait et lui parlait. Diva souriait, baissait la tête, partait en courant, mais n'allait pas loin. Fruste et aveugle, Castor ne comprenait rien aux bizarreries, aux façons inquiètes de cette drôle de petite bonne femme, ne perçut pas davantage le changement qui avait transformé les fines gambettes en jambes faites au tour, les seins naissants en buste orgueilleux : pour lui, elle demeura la petite Diva aux nattes pendantes, courant à travers la friche. Il ne vit rien quand elle abandonna le jeu de colin-maillard et la compagnie des garçonnets, de la petite demeurée et des galopins, pour se mettre à se promener toute seule ou avec sa mère et ses belles-sœurs. Toute seule, c'était pour venir l'espionner aux alentours de l'atelier. Il ne la vit pas prendre des formes et devenir femme.

Il ne se rendit compte de la transformation et n'en prit vraiment conscience qu'en la voyant grimper le sentier pour aller chez le capitaine Natario. Ce fut alors un choc, et il sentit son cœur s'affoler. Il décida d'attendre pour avoir confirmation du miracle. Diva le remarqua certainement, cloué là, mais fit comme si elle ne l'avait pas vu, ne regarda pas dans sa direction, ne ralentit pas. Néanmoins, elle s'arrêta un peu plus loin, tourna la tête en arrière et rit comme si elle se moquait de lui. Comprenne qui voudra !

Il ne parvenait pas à déchiffrer la cause ni le but, la raison d'être de ce comportement insensé qu'elle avait adopté : les éclats de rire et les yeux baissés, les feintes et les dérobades, les railleries et les esquives, les hardiesses et les mouvements de repli. L'allure s'était modifiée mais les manières restaient les mêmes, tout aussi absurdes. Castor se cassait la tête, sans trouver les astuces de la charade. S'il ne s'était agi de bêtises, de niaiseries de gosse, on aurait pu croire à des manigances de qui fait la bête pour avoir du foin, des simagrées de coquette, du gringue de petite pute.

Dès l'instant où il la vit tourner la tête pour le regarder et se mettre à rire, il n'eut plus d'autre idée en tête, plus d'autre désir au cœur : sans Diva, la vie ne valait pas la peine d'être vécue, ce n'était plus la vie. Il perdit tout espoir cependant, quand il s'aperçut — et ce ne fut pas difficile — que Bastião da Rosa lui aussi la convoitait. Barbe et moustache blondes, épaisse chevelure ondulée, teint rouge de gringo : et de gringo d'Europe, non de Turc basané, presque aussi basané que n'importe quel métis grapiuna ; le maçon avait nettement l'avantage. Comme ce n'était pas une Française mais une Sergipana à peau bien brune, elle préférerait forcément le Blanc aux yeux bleus, non le bois d'ébène. Il n'y a que les Françaises, il le savait et en avait la preuve, pour apprécier la race noire à sa juste valeur. Il ne renonça pas pour autant : se résigner, tourner le dos au combat, ce n'était pas dans sa nature, à plus forte raison en pareille circonstance, quand l'enjeu de la lutte était sa propre vie.

9

En voyant Durvalino tirer de l'eau au puits pour la cuisine, Fadul se souvint avec nostalgie de Zezinha do Butiá et poussa un soupir : le puits comme le commis la lui rappelaient. Il était satisfait : le puits était fort utile et Durvalino, qui travaillait depuis plus d'un an au magasin, rendait les plus grands services. Et s'était montré honnête, si incroyable que ce pût paraître. Zezinha ne pouvait se targuer d'une poitrine avantageuse et d'une large croupe, préférences bien connues du Turc en matière de femme — gros nénés et miches bien rondes, à vous remplir les mains —, mais à aucune autre il ne s'était autant attaché. Elle avait la fascination du cacao ; son visage, un médaillon ; son corps, une figurine ; sa chatte, un abîme ; et le cœur sentimental. Il poussa un autre soupir, affligé.

Il se rendit compte qu'il pensait à elle au passé, comme si elle était partie les pieds devant, qu'elle fût morte et enterrée au cimetière de Lagarto, ce qui, heureusement, n'était pas prouvé. Mais pratiquement, ça ne faisait pas grande différence : enterrée au cimetière ou vivotant chez elle, elle n'existait plus pour lui qu'en songe ou en pensée, seul moyen de la revoir, de réentendre sa voix douce, son accent chantant quand elle le conviait aux plus plaisants ébats : viens là, mon Turc, fais voir la colombe, j'ai oublié à quoi elle ressemble. Elle le traitait de tous les noms, lui prenait ses sous, le roulait dans la farine, un ange du ciel, une bénédiction de Dieu. Elle chantait de vieilles berceuses : colombe, colombine, petite colombe d'amour. Que de mélancoliques regrets !

Une seule fois Fadul avait reçu de ses nouvelles depuis son départ précipité pour le Sergipe : une lettre apportée en main propre par son neveu Durvalino, un grand échalas d'adolescent, le pantalon à mi-jambes, la figure couverte de boutons et de verrues. Lettre de gribouillis et de barbouillages, sans ponctuation, avec une écriture large et irrégulière qui montait et descendait sur le papier selon les caprices de la main maladroite ; Fadul la déchiffra et la relut tant de fois qu'il la sut presque par cœur. Il pouvait la réciter comme si ç'avait été une poésie ou un verset de la Bible : « ... ces lignes mal écrites pour te dire Fadul mon chéri que je toublie pas et je toublierai jamais pasque la nuit je rêve que je suis au lit serrée contre toi et quand je me réveille j'ai les yeux mouillés et aussi là où tu sais en bas mais un jour je vais revenir si Dieu veut ». Au bas de la page, sous la signature « à toi pour toujours Maria José Batista » elle avait mis toute une série de virgules, de points, de points d'exclamation et d'interrogation à répartir comme il le jugerait bon.

Elle parlait de son bref séjour à Tocaia Grande, avant son départ : « Quand j'étais là-bas j'ai vu que tu avais une vie de sacrifié à travailler comme une bête de somme. » Aussi lui envoyait-elle son neveu Durvalino, fils de sa sœur aînée veuve et tuberculeuse, avec déjà un pied dans la tombe, pour qu'il le prît comme employé. Tout salaire, si peu que ce fût, ce serait une charité qu'il ferait : « Toujours plus mieux que de mourir de faim ici. » Ce qui ne l'empêchait pas de se payer sa tête en le prenant pour un imbécile, selon sa bonne habitude : « Je m'en fais pas, je sais que tu es pas radin et pour le petit j'en mets ma main au feu. » Ange du ciel, bénédiction de Dieu.

Il avait déjà pensé à prendre un commis pour l'aider au comptoir, mais où trouver quelqu'un de confiance ? Durant les années de vaches maigres, il lui restait du moins la journée entière pour dormir, s'il en avait l'envie. Les muletiers et les putes constituaient le gros de sa clientèle, avec de temps à autre quelques gens de passage. Le coup de feu, c'était à partir de la fin de l'après-midi et le matin très tôt ; le matin surtout, qui représentait la tâche la plus lourde. Mais, avec la mise en culture des cacaoyères, le mouvement avait augmenté considérablement. Il devait non seulement se réveiller avant le point du jour et ne se coucher qu'à une heure avancée de la nuit, mais laisser le magasin ouvert toute la journée, car des clients pouvaient venir à n'importe quelle heure. S'il voulait vraiment gagner de l'argent, il ne pouvait se relâcher et rester à dormir l'estomac plein — il y avait encore beaucoup à faire pour se remplir la bedaine.

C'est ainsi qu'il reçut Durvalino avec une bienveillance évidente et une secrète satisfaction : Zezinha do Butiá — providence divine — résolvait une fois de plus l'un de ses problèmes. Mais il ne fit pas montre de son enthousiasme à l'échalas, car ce n'est pas seulement avec les gitans qu'un bonhomme doit être prudent en affaires : avec les gens du Sergipe, c'est la même chose. Fuad Karan ne se lassait pas de dire que les Sergipanos sont les Arabes du Brésil, et Fuad n'avait pas l'avait pas l'habitude de parler pour ne rien dire.

— Besoin de quelqu'un, c'est pas vraiment ça, je m' débrouille bien tout seul. Mais si c'est Zezinha qui l' demande, j' peux pas refuser.

Il vérifia exactement les capacités du gars : il savait lire, écrire, faire les quatre opérations, et se disait prêt à faire n'importe quoi, pire que de couper de la canne à sucre du lever au coucher du soleil pouvait pas y avoir.

— Bon, on verra ça. Mets ton fourbi dans la resserre, prends une natte pour dormir, et au boulot. Question de paie, on en causera après. C'est de toi que ça dépendra, pas d' moi. Si tu m' donnes satisfaction, t'auras pas à l' regretter.

Pour finir, il laissa échapper la question qui lui tenait à cœur :

— Et Zezinha, comment qu'elle va?

A la grâce de Dieu, répondit le neveu. Elle n'habitait ni à Butiá ni à Lagarto mais à Aracaju, mise dans ses meubles par le Dr Panfilo Freire : médecin diplômé, celui-ci n'exerçait pourtant pas, il fabriquait du sucre brut et raffiné au vieux moulin de Funil, distillait de l'eau-de-vie, faisait de la cassonade, était plein aux as et avait plus de soixante-dix ans : Maîtresse d'un richard, parfait. Fadul ne voulut pas d'autres détails : avec le tempérament qu'elle avait, Zezinha ne devait sûrement pas se contenter du petit oiseau d'un vieux ramolli, septuagénaire.

10

Fadul avait fait creuser le puits derrière sa maison sur le conseil de Zezinha do Butià. Conseil donné gratuitement à l'occasion, à la fois heureuse et mélancolique, de sa visite à Tocaia Grande pour tenir une promesse faite et refaite et pour lui porter un coup de couteau à vider un chrétien de son sang. Un de ces jours, quand tu t'y attendras le moins, tu me verras arriver — jurait-elle chez Xandu, à Itabuna. Le Turc ne se faisait pas d'illusion : à la Saint-Trou-du-cul. Mais le père de Zezinha était parti les pieds devant, à Lagarto, victime du paludisme ou du tafia, à quoi bon tirer la chose au clair?

A Lagarto, les vieilles, les cinglées, les gosses, personne ne savait que faire ; tout le monde avait besoin d'elle pour prendre les orphelins sous sa coupe : on réclamait sa présence, la petite somme envoyée toutes les fins de mois, religieusement, n'était pas une solution. Avant d'embarquer, elle était venue faire ses adieux, en profitant du convoi de Zé Raimundo pour faire la route bien installée en croupe d'un mulet au pas léger. Elle arriva à l'improviste ; Fadul était occupé au magasin quand il entendit les cris du muletier qui annonçait :

— M'sieu Fadu ! M'sieu Fadu ! Dépêchez-vous de venir voir un peu ce cadeau que j' vous amène !

Pleine de vivacité et d'enjouement, Zezinha lui sauta au cou :

— J'avais pas dit que j' viendrais un d' ces jours, Turc à la noix ?

Ensuite, elle versa quelques larmes sincères en racontant la mort du papa, un brave homme qui n'avait pas eu de veine. Tant qu'il avait été costaud, il avait travaillé la terre pour des patrons et avait fini dans le tafia quand le paludisme lui avait sauté sur le poil. Toute la famille travaillait à la journée sur des plantations, les hommes coupaient la canne à sucre pour le vieux moulin. Sans l'aide de Zezinha, ils auraient souffert de la faim. Elle avait été la seule à s'en sortir, à être à son aise, grâce au bon Dieu qui l'avait protégée. Elle était allée faire la pute à Itabuna.

Le moment n'était pas propice à de plus longs bavardages les convois arrivaient, les muletiers et leurs aides envahissaient le foutoir pour acheter de quoi manger, les filles venaient chasser le client et le coup à boire. Zezinha, après avoir déposé dans la chambre sa malle en fer-blanc, vint aider le Turc au comptoir, ce qui fit monter la consommation de tafia, tout le monde voulant trinquer avec elle et ce filou de Turc : qui n'était au courant de cette vieille et durable liaison ?

Beaucoup plus tard, elle l'accompagna jusqu'à la rivière, où Fadul allait remplir un bidon pour les besoins domestiques, plus importants ce jour-là que d'habitude : Zezinha, par peur des sales maladies, avait la manie de la propreté. Le feu allumé sur la friche, les lumignons, quelques rares étoiles, éclairaient la nuit d'encre. Ils marchaient en se tenant par la main : Zezinha se montrait si réservée qu'on eût dit une demoiselle en promenade avec son amoureux en cachette de la famille.

— Pourquoi tu fais pas creuser un puits pour avoir l'eau chez toi ?

— Ça coûte...

— Ça coûte encore plus de t' fatiguer comme ça. C'est pas Dieu possible.

Il emplit le bidon, voulut repartir, pressé qu'il était de la mettre au lit : tant de fois il lui avait couru après en s'efforçant de l'attraper ! Cruelle et perverse, elle s'offrait mais ne se donnait pas, s'échappait de ses bras, lui riait au nez. Le jour de la revanche était venu, il allait se payer avec usure.

— Allons-y...

— Pas tout d' suite.

Il la prit par le bras, ils s'assirent au bord de l'eau, tout près du Bidet des dames, les pieds dans le courant, à écouter les croassements des crapauds. Zezinha posa sa tête sur la large épaule du Turc, glissa une main dans l'ouverture de la chemise pour caresser sa poitrine velue.

— Je voulais pas m'en aller sans revoir mon grand Turc.

— Et sans me piquer du fric, pas vrai ? — Il disait cela sur le ton de la plaisanterie, sans arrière-pensée de récrimination ni reproche sous-entendu.

— C'est vrai que j' suis venue te d'mander une aide, j' vais pas dire le contraire. Mais c'était pas seulement pour ça, Dieu m'est témoin. T'es une sale brute de couillon d' Turc, tu crois que j'ai pas d' sentiment.

Fadul l'entoura de ses bras et la regarda dans les yeux : les larmes n'étaient plus pour la mort de son père. C'étaient des larmes de tendresse et de regret, versées dans la nuit de retrouvailles et d'adieux.

11

Zezinha do Butiá se leva en même temps que Fadul Abdala, quand hennissements et braiements commencèrent à réveiller le val et que les muletiers se mirent à rassembler leurs bêtes. Nuit à rêver plutôt qu'à dormir, nuit de rires et de soupirs, de gémissements de langueur, de cris étouffés, de paroles douces à prononcer et à entendre. Fadul lui proposa de rester au lit ; elle refusa, déjà debout :

— J' m'en vais t'aider.

Elle considéra les dimensions du lit, grandiose, et sa voix chantante se nuança d'un ton de reproche :

— C'est là que t'as enfilé Jussa, non ? Tout l'après-midi... L'ordure !

Si longtemps après, elle s'en souvenait encore avec tristesse, avec rancune. Le Turc caressa son corps nu de sa main énorme :

— De femme comme toi, y en a pas. Y en aura jamais.

Zezinha retirait des robes de la malle, choisissait ce qu'elle allait mettre. Pour servir le tafia au comptoir à cette heure matinale, elle s'habillait comme pour une fête. Elle avait fait des préparatifs de voyage comme pour aller à Ilhéus, et non dans ce trou perdu.

Quand ce fut l'accalmie, après le bain à la rivière, la viande sèche passée au gril et une belle mangue mûre, ils sortirent faire un tour dans le village. Les filles, à l'entrée des cahutes, les regardaient passer, disaient des plaisanteries. Coroca, les rencontrant dans la combe aux Crapauds, les taquina :

— En ménage, m'sieu Fadu ? Mes compliments, vous avez su choisir. — Elle se tourna vers sa compagne. — C'est vous Zezinha, non ? Moi, c'est Jacinta, quand m'sieu Fadu s'en va vous voir, c'est moi qui reste ici pour m'occuper d' son foutoir.

— J' suis juste venue dire au revoir, j' suis sur l' départ pour le Sergipe. Fadul me cause souvent d' vous, il a dit que vous valiez bien dix hommes.

— Il est bien bon.

Ils parcoururent Tocaia Grande de bout en bout, elle fit connaissance du vieux Gerino, de Merência et de Lupiscinio ; Castor, elle le connaissait déjà, et pas seulement de vue ou par ouï-dire : autrement aussi. De retour au comptoir de l'établissement, Zezinha résuma l'opinion qu'elle s'était faite :

— Aussi pauvre que Butiá, l'endroit où je suis née. Ce qu'y a, c'est qu'au lieu d'aller de l'avant, Butiá, ça reste à la traîne comme la queue d'un cheval. Si je pouvais, je resterais ici avec toi.

Le lendemain matin, après une nuit blanche, Fadul servit les muletiers, aidé par Zezinha, dans une ambiance de rires et de blagues. Quand le dernier convoi eut pris la route, le Turc remit la clef et le revolver à Coroca, bâta ses deux mulets et accompagna la fille au train, à la gare de Taquaras.

Ils firent les quelques lieues en silence. Tristes comme pour des adieux définitifs. En montant en voiture, Zezinha, pointant le doigt sur sa poitrine, lui rappela :

— Fais faire le puits, oublie pas.

Elle ne se soucia pas de cacher ses larmes :

— Et merci pour l' coup d' main. — Elle fit un effort pour sourire. — Et pour tout le reste. — Elle ne put s'empêcher d'éclater en gros sanglots de vraie peine.

Le Turc fouilla dans sa poche, en retira un grand mouchoir à ramages, aux couleurs passées et le donna à Zezinha qui, debout à la porte du wagon, y enfouit son visage.

Fadul voulut parler, en fut incapable. Le train siffla, se mit en marche. Zezinha do Butiá agitait en signe d'adieu le mouchoir à ramages aux couleurs passées.

12

Durvalino s'était révélé un véritable bœuf de labour, infatigable et indiscutablement honnête : s'il subtilisait de temps en temps une petite pièce pour pouvoir aller aux filles, c'était une somme si insignifiante que Fadul feignait de ne pas s'en apercevoir. Cela mis à part, c'était un grand dadais qui fourrait son nez partout et faisait son malin. Roi du surnom, en raison de sa haute taille et de sa langue bien pendue : Mât-de-Cocagne, Canne-à-Pêche, Fouinard, Sûr-et-Certain, Vous-Savez-Pas ? avec un point d'interrogation dans le ton. C'étaient là les principaux ; mais il y en avait d'autres, d'usage moins courant, plus poétiques : Parasite-de-Turc, Surplus-de-Pute, Pou-du-Diable.

Aucun individu raisonnable n'aurait jamais tenté de disputer à Pedro Cigano le rang de premier crieur public pour la divulgation de toutes les nouvelles dans ces cantons sauvages, l'immense territoire tumultueux de la rivière aux Serpents avec ses innombrables propriétés, gîtes d'étape, hameaux, villages et bourgs. Offrant à vil prix la musique de son accordéon, signe de fête et d'allégresse, Pedro Cigano, chaussé de bottes de sept lieues, arpentait les chemins, portant de place en place les dernières informations, les nouvelles de dernière minute : qui était mort, qui avait mis au monde, ouverture ou fermeture d'un bistrot, bagarres, désordres, liaisons, rodomontades de jagunços, attaques de propriétés, massacre d'Indiens, ventes de terrains de culture et de plantations, haltes de putes, aussi nomades que lui. Il méritait crédit, car il n'était pas homme à inventer des histoires ; il suffisait de retrancher un peu sur l'extension et le volume du récit : c'était seulement dans la manière de raconter qu'il en rajoutait, donnait de l'ampleur, avec un cheveu tressait un chignon.

Mais, dans le périmètre même de Tocaia Grande, la palme revenait sans conteste à Durvalino, au courant du moindre incident, de toutes les altercations entre putes, d'un différend momentané entre muletiers au cours de parties de cartes, dans les bonnes grâces des filles : rien ne se passait à Tocaia Grande sans que Durvalino en fût informé et en fît mention. On l'appelait Fouinard, mais à cette habitude de fouiner partout et d'exagérer — en quoi il ressemblait à Pedro Cigano —, il faut encore ajouter la manie de prévoir le développement de chaque affaire, en annonçant ce qui allait se passer : vous allez voir. En plus de Fouinard, on le surnomma aussi Sûr-et-Certain.

Personnage familier dans la combe aux Crapauds, il se

mettait constamment dans de sales draps à la suite de ses « à ce qu'i' paraît », « à ce qu'on raconte par-là », des ragots et des cancans, mais surtout en raison de ses pronostics et de ses présages. Il lui arrivait de se faire houspiller et même courir après par des pétasses hargneuses qui se jugeaient insultées ou calomniées par Canne-à-Pêche ; mais, en général, il était reçu plutôt gentiment et avec un intérêt de curiosité quand il pointait son nez au quartier des putes avec son air mystérieux et l'éternelle question : vous savez pas la nouvelle ? C'était sous le nom de « Vous-Savez-Pas ? » qu'on l'accueillait, grande perche à jambes d'échassier, avec des yeux comme des billes.

Grâce à Durvalino, Fadul avait la vie belle : il n'avait plus besoin de se lever avant le soleil pour servir les muletiers en partance, lui avait confié cette tâche pénible. Il arrivait au comptoir après s'être soulagé la tripe, avoir pris son bain à la rivière et bu son café en déjeunant de manioc, viande sèche et cassonade. Prêt à entendre, avec le cordial « bonjour, patron », les nouvelles, les commentaires et les prévisions de son employé, qui n'allait aux cabinets, à la rivière et au fourneau qu'après avoir vidé son sac :

— Vous savez pas ce qui se passe entre Tison et Bastião da Rosa, rapport à Diva ? Tout l' monde est au courant...

Fadul aussi était au courant ; Durvalino lui-même avait attiré son attention sur l'intérêt que les deux personnages en question manifestaient pour la fille d'Ambrosio et Vanjé en lui tournant autour au vu de tous. Avec ce penchant pour le jeu qui caractérisait la population de Tocaia Grande — la population fixe et celle qui n'était qu'en transit — on pariait déjà sur celui qui l'emporterait dans cette joute d'attentions et d'amabilités pour la conquête du pucelage de la mignonne Sergipana. Que Diva eût sa fleur, nul n'en doutait, pas même Vous-Savez-Pas ? qui, langue de vipère qu'il était, n'avait tout de même laissé voir aucune suspicion sur ce point : vierge, donc, jusqu'au moment où l'un des deux, Castor ou Bastião, lui ferait sa petite affaire. L'opinion publique était évidemment partagée par moitié quant au résultat de l'affrontement, mais Durvalino avait déjà tranché pour sa part, n'admettait pas de discussion et affirmait catégoriquement :

— Vous trouvez pas que Bastião va l'emporter, et de loin ? C'est bien de la prétention, de M'sieu Tison, de croire que Diva irait préférer un nègre, vilain comme il est, vachement moche, entre nous, faudrait pas qu'i' m'entende, plutôt qu'un Blanc qu'on dirait qu'il est fils d'Allemands. M'sieu Tison va s' faire baiser, sûr et certain.

— Tu trouves que Tison est moche parce qu'il est nègre, mais toi pour être aussi nègre que lui il en manque pas beaucoup. — Durvalino était encore plus foncé que sa tante, mulâtresse de la couleur du cacao sec. — C'est pas la couleur qui fait qu'on est beau ou vilain, n'importe qui peut être beau, qu'il soit blanc ou noir. — Et, baissant la voix, comme s'il se parlait à lui-même : — Zezinha, si elle était blanche, elle serait pas si jolie...

Un bref instant, il la revit au comptoir, en train de servir le tafia aux muletiers. Tout de suite, il compléta, embarrassant davantage encore le jaseur :

— Tiens, je parie bien l'argent que tu m' voles que c'est Tison qui va gagner...

Durvalino avala sa salive :

— Que j' vole, moi ? Faut pas parler comme ça, même pour rigoler. Dieu me pardonne ! — Ayant ainsi pris Dieu à témoin, il revint au sujet qui lui tenait à cœur :

— Si c'est vous qui dites que M'sieu Tison va gagner, c'est pas moi qui vas dire le contraire. Ressu pense comme vous, elle est dingue de lui. Y a d' ces trucs... Mais vous verrez, sûr et certain : cette histoire, ça finira mal, ça finira qu'y aura du vilain... Sûr et certain !

13

Du vilain, des histoires, des bagarres — il y en avait toujours, la plupart du temps à cause des cartes ou pour un désaccord à propos de femme. En général, du rébecca sans grande conséquence, qui n'allait pas jusqu'à faire vraiment peur, ne suffisait pas à faire beaucoup parler. Deux types qui se fâchaient à l'occasion de paris ou des faveurs d'une fille : ils s'injuriaient et se défiaient, mais le plus souvent cela n'allait pas plus loin, des tiers intervenaient pour ramener le calme. Toutefois, il y eut à noter quelques situations délicates, des incidents graves.

Le plus grave de tous survint à l'occasion de cette fameuse fête de Saint-Antoine, quand Cotinha reçut une balle en plein front et mourut sur le coup. D'autres décès firent augmenter le nombre de croix au cimetière, mais deux seulement à la suite d'une rixe au village : deux bûcherons en vinrent aux mains à cause de Sebá, petite poufiasse sans intérêt, une minable. N'empêche, à cause de cette merdeuse, l'un des deux, lardé de coups de couteau, dut être enterré en vitesse, sans escorte, tandis que l'autre cloche disparaissait dans la brousse et l'on n'entendit plus jamais parler de lui. C'est impunément encore — faut-il le répéter? — qu'un jagunço tua un aide-muletier qui avait tenté de l'avoir au moment de retourner une carte : jeu ou femme, on le voit, constituaient les seuls motifs. A part ces deux tombes, le cimetière se remplit à cause des serpents et de la fièvre qui prospérait allégrement dans toute la zone du cacao.

Une malade qui souffrait d'hydropisie vint à rendre le dernier soupir en route, près du village, alors qu'on l'emmenait à Itabuna ; tout un cortège de parents, qui se relayaient pour porter le hamac. On l'enterra sur place, après une veillée émouvante sous le hangar, copieusement arrosée de tafia et, grâce à la présence des muletiers et des putes, pleins de sympathie, l'animation ne cessa pas de la nuit. En l'absence de curé, Fadul Abdala, homme à tout faire, officia avec onction et piété, psalmodiant en arabe, et le fit gratuitement : il ne faisait pas payer les services religieux, que le bon Dieu prendrait en compte au jour du Jugement.

D'autres rixes d'une certaine importance eurent encore lieu, qui faillirent dégénérer. Ainsi, par exemple, quand

Valério Cachorrão, aide-muletier fort en gueule mais qui tenait mal la gnôle, voulut, étant éméché, prendre des libertés avec la femme de Chico Espinheira : le couple, qui se rendait à Taquaras, faisait halte pour la nuit sur le terrain vague. Chico Espinheira, celui-là même qui était passé aux Assises à Ilhéus à la fin des grandes luttes, accusé d'avoir assassiné le colonel Justino Maciel et deux gardes du corps. Le Turc et le muletier Maninho intervinrent à temps pour éviter le pire : Chico Espinheira, d'une main, tenait Valério Cachorrão par la gorge, et de l'autre opérait doucement avec la pointe du poignard. Valério Cachorrão saignait comme un bœuf, mais il eut la vie sauve.

Alors que Tocaia Grande en était encore à ses débuts, deux bûcherons qui, d'ailleurs, étaient venus ensemble pour la chose, se battirent au couteau et se blessèrent mutuellement pour décider lequel des deux passerait la nuit avec Bernarda. Ils l'avaient vue au magasin, mais ne lui avaient pas même parlé : l'eussent-ils consulté d'abord, il n'y aurait eu ni bagarre ni coups de couteau, car elle avait ses affaires et la boutique était donc fermée. Prenant le risque de récolter lui-même quelques restes, Fadul réussit à séparer les rivaux frénétiques — pourquoi rivaux, puisque Bernarda n'avait pas témoigné du moindre intérêt pour aucun des deux ? Ils finirent réconciliés une fois qu'ils eurent renoncé à la mignonne. Coroca lava leurs blessures à l'alcool et consola l'un des deux hommes, l'autre embarqua Dalila, qui était également très appréciée pour les belles proportions de son pétoulet.

Bernarda, dès son arrivée à Tocaia Grande, avait été cause de disputes successives, réglées aux poings ou par le sort, à la plus haute carte tirée du jeu. Mais, une fois connue de tous la protection que lui dispensait le capitaine Natario da Fonseca, la belle cessa d'être enjeu de paris ou de défis. Elle pouvait abuser de ses privilèges, en recevant seulement qui elle voulait bien et aux jours qu'elle choisissait elle-même de réserver au gagne-pain. Elle gardait trois jours pour son parrain quand celui-ci annonçait son prochain passage : la veille de l'arrivée, pour préparer l'accueil à loisir, tout tranquillement, le jour du suprême bonheur, et le lendemain. Celui-ci pour pouvoir se rappeler en paix l'essentiel et tous les détails, chaque mot, chaque geste, le sourire furtif, le gros câlin, le souffle précipité, le vertige. Sa vie se résumait à ces heures de félicité, en compagnie à la fois dure et tendre.

Telle est la relation des conflits les plus graves, des accidents les plus violents, des morts et des blessés : il n'y en eut pas tellement, en fait plus de brouhaha que de sang. Les petites prises de bec, les altercations minimes, Fadul ne cessait d'y mettre fin à coups de gueule, en imposant son ascendant de commerçant, sinon de créancier. Ou alors, en dernier recours, par une intervention directe comme ce fut parfois le cas. Dans ce monde sauvage du cacao, si Tocaia Grande avait mauvaise réputation, ce n'était pas mérité. Localité pacifique, gîte d'étape sûr : site agréable, un peu d'argent, distractions faciles.

14

Durvalino ne se contenta pas de prévoir des complications inévitables comme conséquence de l'énergie que mettaient Bastião da Rosa et Castor Abduim à conquérir les bonnes grâces de la petite pucelle : il fixa lieu et date de l'affrontement. La chose aurait certainement lieu le dimanche, au cours du bal prévu pour fêter la présence à Tocaia Grande de la femme de Lupiscinio, personnage fort sympathique. Son épouse, dona Ester, terne, revêche, toujours fatiguée, n'avait aucun goût pour les fêtes, ne voulait même pas danser. Sa principale distraction consistait à bavarder avec les gens du voisinage pour parler de maladies et discuter l'efficacité d'incroyables remèdes de bonne femme et de prières infaillibles.

Pendant des années dona Ester s'était refusée à venir habiter Tocaia Grande, préférant rester à Taquaras cependant que son mari et son fils se tuaient au travail au fin fond du monde. Finalement, remarquant que Lupiscinio venait la voir de moins en moins et se contentait de lui faire parvenir par les muletiers le strict minimum indispensable, elle s'était résolue à s'en aller passer quelques jours avec l'ingrat, pour donner sa bénédiction au fils — encore tout gamin quand il était venu avec son père pour apprendre avec lui le métier de charpentier. Adroit et appliqué, Zinho comptait bien devenir menuisier, et corriger à l'occasion, comme le faisait Guido :

— Charpentier, attention, hein ! Je suis maître menuisier, faut pas confondre.

Dona Ester n'était pas pour les bals, mais ce n'est pas ce qui allait empêcher de lui faire fête. L'idée, d'ailleurs, était venue du nègre Tison, très porté quant à lui, on le sait parfaitement, sur les parties de plaisir, quelles qu'en fussent la nature et l'objet. Tout particulièrement en cette circonstance : il profiterait de l'occasion pour tirer au clair ce qui était pour lui de plus en plus obscur — auquel des deux postulants allait la préférence de Diva, si préférence il y avait. Bien difficile à savoir avec une créature si changeante, si capricieuse : tantôt tout sourire, tantôt le sourcil froncé, le visage fermé, l'air fâché. Il prit seul la décision d'organiser ce petit bal, sans consulter personne d'autre, en voyant arriver par le chemin des Mulets le toujours bienvenu Pedro Cigano. Faire la fête, qui donc serait contre ?

Il y avait longtemps que Pedro Cigano avait cessé d'être le seul accordéoniste en faveur à animer les bals de la bourgade. Le dimanche, on en voyait paraître d'autres, accompagnés de guitaristes et de fifres. Mais on continuait à le tenir pour le meilleur, sans conteste. Et, de surcroît, il se contentait de peu, sans exiger des sommes exorbitantes pour se saisir de son instrument et en tirer de ses doigts habiles ce présent qu'était la musique.

Appelé le Gitan en raison de son nomadisme, aujourd'hui ici, ailleurs demain, l'accordéon à l'épaule, se partageant entre tant de trous perdus, le traîne-patins témoignait d'une préférence évidente pour Tocaia Grande, lieu charmant et reposant, qu'il avait connu au temps jadis, bien avant l'arrivée de Fadul le Turc. On n'y voyait que Coroca, dans une case faite de quatre palmes sèches tombées d'un cocotier, qui recevait les muletiers. Les convois commençaient tout juste à ouvrir la piste forestière pour gagner du temps et diminuer la longueur du trajet.

A l'occasion de ses allées et venues, Pedro Cigano avait vu grandir la localité : les bicoques de la combe aux Crapauds, la file de maisons sur le chemin des Mulets, l'entrepôt de cacao, le magasin du Turc, le hangar de chaume, le parc à bestiaux et la forge. Mais il n'avait jamais imaginé qu'il verrait des champs en culture sur l'autre rive, une fabrique de tuiles et de briques, un pressoir à manioc, des animaux de basse-cour qui se multipliaient, lâchés sur la friche. La maison du capitaine, du moins, ne le surprit pas, car il l'avait toujours entendu affirmer qu'un jour ou l'autre, il viendrait habiter là avec sa famille. A en croire ce qu'on murmurait de bouche à oreille — personne n'était fou au point d'aller parler de certaines choses à haute voix — le capitaine était arrivé avant tout le monde, avant même d'avoir le titre et la plantation, quand il n'était encore qu'un jagunço à la tête d'autres jagunços, avec la mort pour métier et pour compagne.

En ces temps lointains, lors d'une conversation avec Coroca, Bernarda avait inscrit Pedro Cigano sur la liste des beaux gars de Tocaia Grande ; lui, Fadul, Bastião da Rosa, le capitaine. Le nom de Castor Abduim n'y figurait pas, puisque le forgeron n'avait pas encore fait son apparition dans le coin. Sa réputation de beau mec, Pedro Cigano ne la devait pas seulement à ce qu'avait dit Bernarda ; bien d'autres filles étaient du même avis : l'accordéoniste avait un beau tableau de chasse, avec des bonnes amies dispersées sur le vaste territoire de la rivière aux Serpents, partout où l'on pouvait trouver une demi-douzaine de cabanes, des filles exerçant leur métier, soif de caresses, solitude.

15

Au comptoir du Turc, Pedro Cigano fut immédiatement informé par le commis Durvalino de la rivalité acharnée qui opposait le nègre Tison au blond Bastião da Rosa — Bastião da Rosa, il s'en souvint, qui figurait sur la liste de Bernarda — et du dénouement probablement tragique prévu par Sûr-et-Certain.

Pedro Cigano n'était pas venu à Tocaia Grande depuis une éternité, s'étant employé à animer des bals populaires à l'occasion d'une sainte mission à Lagoa Seca, Corta-Mão et Itapira : il y avait un moine allemand formidable pour la description des peines de l'enfer et pour la goinfrerie, il n'était jamais rassasié : capable de lui tenir tête, seul le père Afonso, tu te souviens de lui ? Il montra du doigt la construction de l'autre côté de la rivière, presque achevée :

— Et ça, là-bas, qu'est-ce que c'est ?

— Le pressoir à manioc d'Ambrosio et Zé dos Santos, répondit Fadul. Va y avoir de la farine à gogo.

— C'est M'sieu Bastião qui fait la construction, ajouta Durvalino. Il passe toute la journée là-bas, pas loin d'elle, de Diva... Pour moi, M'sieu Tison a déjà vidé les étriers, il est fichu...

Pedro Cigano ne prit point parti, intéressé qu'il était à mesurer la croissance de la bourgade :

— Nom de Dieu, qui est-ce qui aurait pu croire... — Il tendit son verre vide dans l'espoir d'une nouvelle ration, en fin de compte ça faisait un sacré bout de temps qu'il n'avait pas eu une petite conversation avec l'ami Fadul.

— Le cacao a commencé à donner..., dit le Turc en versant de mauvais gré une rasade supplémentaire à l'œil et en expliquant ce que l'un comme l'autre savaient depuis longtemps.

— Dieu soit loué ! dit le traîne-patins en levant son verre.

Une troupe de garnements passa devant la porte en courant et en soulevant la poussière ; à leur tête, une gamine qui criait des insultes : enfants d' putain, branleurs, enfoirés... Le musicien la désigna pour savoir qui c'était.

— La fille d'Altamirando, Ção. Elle a une case vide. Elle vagabonde tout le temps avec les mômes, ça tardera pas qu'elle attrape le ballon, prédit Fadul.

Pedro Cigano suivit le regard de Durvalino qui accompagnait la fuite des polissons. Il sourit, amusé, en pensant que le commis ne se contentait pas de faire des commentaires sur la vie des uns et des autres. La gamine revint et, pour échapper à ses poursuivants, s'engouffra dans le magasin et s'arrêta près du Turc, hors d'haleine. Par les déchirures de la guenille qu'elle portait on voyait son corps d'adolescente en pleine croissance.

— Laissez pas qu'ils m'attrapent, M'sieu Fadu. Ils veulent abuser d' moi, à c't' heure.

Dehors, haletants, Nando, Edu et son frère Peba, âgé de onze ans, fils du capitaine mais non de Zilda, qui l'élevait seulement, restaient là à attendre. Bien sûrs qu'elle reviendrait les provoquer après avoir bu l'eau de puits que Parasite-de-Turc lui servait dans un verre encore sale de tafia. Mais en voyant Pedro Cigano, Ção dédaigna les jeux de cache-cache et de colin-maillard, et regarda d'un air méprisant les galopins qui l'attendaient dehors. Au magasin, elle se trouvait avec des hommes, l'un jeune encore, les deux autres tannés par la vie. Elle s'assit par terre, sans souci de pudeur, tira la langue aux gamins, leur fit un bras d'honneur vigoureux et les oublia. Jambes allongées, riant la bouche entrouverte, heureuse de vivre :

— Va y avoir bal ? C'est ce que j'aime le mieux, danser.

16

Incorrigible bavard, Durvalino n'arrêtait pas un moment de faire des commentaires sur la rivalité qui opposait Tison à Bastião da Rosa, discutait les perspectives des prétendants, énonçait ses prévisions, s'abstenait de parier par manque de liquide. Mais il se taisait, sourd et muet, lorsqu'il entendait par hasard une allusion quelconque sur le point de savoir qui s'offrirait, et dans pas longtemps, la craquette exposée aux regards de la petite demeurée. Etant lui-même candidat, non déclaré mais partant tout de même, il aimait mieux ne pas aborder la question. En matière de femme, toujours hasardeuse, il laissait tintamarre et jacasserie aux autres, qui se complaisaient dans les vantardises. Bouche cousue, sans se glorifier d'exploits, il faisait ses petites affaires avec les putes les plus appréciées, une aujourd'hui, une autre demain. Dans le cas de Ção, pucelle et simple d'esprit, les concurrents abondaient, impatients et crâneurs. Au coin du bois, Durvalino.

Ção ne faisait aucun cas d'Edu et Nando, encore moins de Peba, tous incompétents. Dans la fatigue des jeux de poursuite, les choses n'allaient pas bien loin : ils la pressaient un peu, tentaient quelques touchers, quelques frottements ; quand ils voulaient soulever sa jupe, elle s'enfuyait. Le fait d'agir ensemble empêchait d'aller au-delà et les garnements, au fond, préféraient encore les juments et les mules, celles qui étaient viciées : il y en avait toujours dans la plupart des convois qui faisaient étape à Tocaia Grande. Edu et Nando les connaissaient toutes et, s'il se présentait un nouveau convoi, ils découvraient bien vite celles qui étaient déjà habituées aux hommes. Ils avaient du flair, ne se trompaient jamais.

Les vrais concurrents, ce n'étaient pas eux, mais les gars qui arrivaient à l'âge adulte, fréquentaient déjà les filles et n'avaient recours aux mules qu'en dernière extrémité. Deux d'entre eux surtout préoccupaient Durvalino et intéressaient Ção, qui les encourageait tout autant que le commis. Le Sergipano Aurélio, un grand escogriffe qui, depuis peu, s'était mis à apprendre la petite guitare à quatre cordes. Et Zinho, plus ancien dans le pays, toujours propre et bien tenu, gentil, discret, peu enclin aux polissonneries. Qui serait le veinard ?

Dieu seul, qui l'avait faite comme elle était, un peu dingue, aurait pu dire si Ção éprouvait réellement une attirance pour l'un quelconque d'entre eux. En fait, elle n'en dédaignait aucun, pas même les gamins. Sots, ignorants, peu développés — ils n'arrivaient à la vaincre à la course que quand elle le voulait bien — ils aidaient quand même à passer le temps, et attisaient le feu. Quant aux trois zigotos qui lui tournaient autour et cherchaient à la culbuter dans un coin de forêt ou quelque cachette vers la rivière, Zinho, Aurélio et Durvalino, elle leur laissait tirer la langue, l'eau à la bouche et la queue sous le bras. Elle se laissait toucher tantôt par l'un tantôt par l'autre, leur permettait de lui mettre le zizi entre les cuisses ou dans la raie des fesses, de descendre la main de la poitrine aux poils frisés du pubis, mais, lorsqu'ils tentaient de lui ouvrir les jambes, elle trouvait toujours le moyen de s'enfuir.

Si quelqu'un avait pu deviner ce qu'il y avait en elle, il aurait su que l'attirance, le vrai désir violent, c'était quelque chose qu'elle ressentait non pour un homme unique mais l'espèce singulière des bourrins. Ni les mômes ni les jeunots : des hommes faits, des mâles, des étalons. Cachée derrière les arbres, il lui arrivait de voir Fadul et Castor en train de pisser, et de jauger leurs instruments. Une fois, elle put faire la comparaison : ils étaient ensemble et bavardaient. Celui de M'sieu Fadu — doux Jésus ! — phénoménal, on aurait dit celui d'un âne. Celui de Castor — Sainte Mère de Dieu ! — une grosse bûche noircie, d'où le nom de Tison, sûrement. Pour ces hommes-là, oui, elle était prête à écarter les cuisses, quand ils voudraient. Et aussi pour l'accordéoniste, qui était beau comme Satan.

17

Le royaume d'Iemanjá est l'océan, les eaux salées et sauvages, monde sans frontières : comparée à la mer, la terre est peu de chose. Castor Abduim, fuyant la condamnation à mort, était monté à bord d'un voilier dans le port de Bahia. Pendant la nuit, il vit la main de Janaïna, dans la clarté de la lune, effacer les traces de ses pas derrière lui. La chevelure d'écume dans le va-et-vient des ondes, les yeux miroitants dans le ciel étoilé et, sur le ventre d'argent, le cortège des noyés. Fiancés qu'elle avait élus parmi les marins, les pêcheurs, les plus vaillants loups de mer. Ils partaient pour leurs noces avec elle sur la couche des grands fonds, le pays d'Aioçá. Iemanjá a deux visages, avers et revers, la face de la naissance et le profil de la mort. Castor vogua vers la liberté sur les eaux qui sourdaient de ses seins : celui qui était condamné à mourir eut par elle la vie sauve. Mère et épouse.

Quand il arriva à Ilhéus, père Arolu lui indiqua la plage où était la demeure d'Iemanjá, une grotte au-dessus des rochers, où s'engouffraient les vagues. Il lui porta une offrande fort galante : flacon de parfum, savonnette, foulard bleu pour ses cheveux.

Dame de la mer, maîtresse des tempêtes, qu'était-elle venue faire dans les bornes étroites de cette rivière aux eaux paisibles ? Le nègre Castor Abduim da Assunção, fils de Xangô, par un côté Oxalá, par l'autre Oxossi, gravait au feu sur le métal blanc, avec des instruments primitifs, donnait forme et vie à la sirène au centre de l'abebê. L'éventail d'Iemanjá est d'argent, d'or celui d'Oxum, faute d'or et d'argent l'un est façonné en métal jaune, l'autre en métal blanc. Les belles les utilisent pour la fête des divinités, quand elles viennent danser au milieu de la foule. Tison voulait placer l'abebê avec les fétiches du peji : qui sait si, faisant halte à l'atelier, elle ne quitterait pas cachettes et secrets refuges pour prendre en sa main l'éventail incomparable et allumer dans la forge l'aurore et l'allégresse ?

Venue de la rivière, affluent de son royaume, Oxum ici s'était proclamée et avait été souveraine, avait occupé le hamac du sommeil et du rêve. Mais Oxum, comme nous le savons nous autres initiés, ekedes ou ogans, est l'élégance et la séduction, le caprice et l'orgueil, cœur frivole. Elle ne se donne pas comme compagne, mais comme amante : le temps des amants est tumultueux et bref. Epifania était partie en emportant l'abebê doré. Ame-en-peine lui avait fait un bout de conduite. Maintenant, le chien s'approchait de

Diva quand elle se montrait et quand elle se cachait derrière les arbres. Il lui faisait des fêtes, en agitant la queue, et elle lui donnait des restes de nourriture enroulés dans des feuilles de manioc.

Iemanjá de Sergipe, dame des plages de cocotiers et de la blancheur des salines, la douce Inaê. Mère et épouse, faite pour concevoir et mettre au monde, Iemanjá signifie fécondation et permanence. C'est elle qui donna naissance aux divinités quand elle se donna à Aganju au commencement des commencements, à l'origine du monde. Lui, Castor Abduim da Assunção, était né fils d'esclaves et s'était fait nègre affranchi et indépendant, homme libre, sans maître ni patron ; protégé d'Oxalá, il voulait un fils, au moins un : Ame-en-peine, ce n'était pas assez.

Il n'avait pas appris ce qu'est la peur, même quand les sbires le recherchaient pour le tuer sur l'ordre de Monsieur le baron. Il ne savait ce que peut être la timidité, se montrait comme se montre le soleil, impulsif et ardent. Ainsi le proclamaient les femmes, qui le mettaient en vedette dans leurs papotages et leurs cancans : Castor Abduim, sacré coquin.

Tout au contraire, avec Diva il semblait un autre homme, ce n'était plus le même Tison, ferreur de mulets rigolard, maître forgeron adroit de ses mains, séducteur de filles, nobles dames et suivantes, dont l'audace subjuguait les divinités, prêtes à se rendre. Victime d'un sortilège, le Prince d'ébène tant chéri, le tison enflammé tant disputé, n'avait plus sa tête à lui. Déprimé, il avait perdu son aisance et son entrain.

Iemanjà était venue de la mer pour le métamorphoser, le rendre craintif et timide, faire de lui un poltron. Où trouver le courage d'aller la chercher, de l'enlever et de la ramener captive ? Où étaient passés son rire franc, son langage direct, le soleil de sa large face, au nez épaté, aux lèvres épaisses, aux yeux malicieux ? Qu'arrive-t-il donc au nègre Castor Abduim da Assunção, atteint de dépression, qui se traîne aux pieds d'une Blanche ? Blanche ? Elle avait de longs cheveux, la peau claire; là-bas à la plantation, à Santo Amaro, ce serait une mulâtresse blanche.

La sirène nageait dans les flots sous un ciel étoilé. Castor burina encore — son burin était un gros clou de charpentier — le croissant de lune, car la lune règne sur la mer en l'absence de Janaïna. Voici qu'était prêt l'abebê pour qu'elle s'y mirât et s'y reconnût.

Non, il ne pouvait demeurer dans cette apathie, mollasson, vraie chiffe, amoureux transi, perdant son temps en soupirs de benêt, regards en coin et devinettes. Il fallait redevenir le nègre volontaire, insolent et superbe et le plus tôt serait le mieux. Ce n'était pas pour s'abandonner ainsi à la mélancolie qu'il avait cocufié le baron, seigneur de plantation, nobliau disposant du droit de vie ou de mort, qu'il avait pris sa place dans le lit de Madame et sur la paillasse de la favorite et pour finir lui avait cassé la figure. Ce n'était pas pour ramper maintenant devant une pâlichonne, une poulette décolorée, devant celle qu'il voulait pour mère de ses enfants, grand-mère de ses petits-enfants, maîtresse de son logis. Il faut faire un sacrifice à Omulu le Vieux, connu aussi sous le nom d'Obaluaiê, père de la mélancolie et de la variole, de la malaria et de la fièvre sans nom, pour qu'il lui rende force et santé. Il en profitera pour faire les offrandes rituelles à ses protecteurs sacrés, Xangô son père, Oxossi et Oxalá. Pour se guérir de la mélancolie, du maléfice, de l'abattement. Rien d'autre.

Bastião da Rosa dirigeait la construction du pressoir, se trouvait toute la journée auprès de Diva. A ce qu'on disait, et qui semblait bien être vrai, il était devenu intime de la famille, entourait les vieux de prévenances, fraternisait avec Jãozé, Agnaldo et Aurélio, on les voyait ensemble au bistrot de Fadul. Rivalité difficile, situation embarrassante qui faisait les frais des parlotes: Tison était au fait des paris et des pronostics. Simplement, dans son orgueil farouche, il ne voulait pas entrer en compétition, manœuvrer, flatter le reste de la famille. Il voulait l'avoir à lui, certes, et pour toujours. Mais seulement si elle voulait venir à lui de son propre mouvement, si tel était le désir de son cœur. Il n'allait pas recourir aux esprits pour qu'elle se décidât à l'aimer et à se donner à lui sous l'emprise d'un sortilège, de la magie. C'était là son affaire à lui, Castor Abduim da Assunção, et non celle des orixás.

Sur l'abebê, Iemanjá resplendissait : la croupe de la sirène, c'était la chute de reins de la Sergipana.

18

Les muletiers expédiés, Tison, en pleine nuit, s'en fut réveiller l'oiseleur Dodô Peroba au chemin des Mulets, il ne s'en tirerait pas seul. Ame-en-peine ouvrait la marche vers la forêt mais Offerte était restée près de la forge, pleine pour la deuxième fois. La première, elle avait eu une portée de sept chiots. En bonne mère, elle se désespérait d'être privée de ses petits, qui se trouvèrent dispersés aux quatre coins de la bourgade. Un couple chez Merencia et Zé Luiz, un autre avec Altamirando, les trois restants offerts au vacher Lirio, responsable du parc à bestiaux, à Zinho et à Edu. Comme si n'avait pas suffi à ce dernier toute la meute de chiens et de chats que Zilda avait amenée. Avec le déménagement de la famille, Edu, tout en continuant à travailler à l'atelier, était retourné habiter avec ses parents, à Tocaia Grande.

Le soleil n'avait pas encore donné signe de vie que Tison et Dodô avaient déjà déchargé chez le nègre le butin de la chasse : un *paca*[1] de belle taille, il devait bien peser ses dix kilos, deux agoutis et un tupinambis, abattus alors qu'ils fouillaient la brousse en quête d'une tortue pour Xangô. Ils rapportèrent également une demi-douzaine d'escargots, les igbins, bœufs d'Oxalá. Dodô Peroba retourna chercher les petits oiseaux : il avait laissé les pièges armés dans les branches d'arbre et s'il ne se pressait pas, Edu et Nando feraient la fête à ses dépens.

1. Rongeur de la même famille que le lapin.

En l'absence de Tison, Ressu, iya-bassé, cuisinière des orixás, avait commencé les préparatifs en mettant à bouillir dans des marmites en terre l'igname et le maïs blanc, en coupant les gombos pour l'amalá ; au-dessus du feu, sur un bout de fer-blanc, crépitaient les grains de maïs sec, les doburus d'obaluaiê. La veille, Castor était allé taper dans ses mains devant la cahute de Ressu et, quand celle-ci vint ouvrir, espérant voir un client, il la salua en invoquant le saint : Eparrei ! Et fit appel à ses services : Ressu était cheval d'Iansan et, encore toute jeune, à Bahia, avait été initiée avec un groupe de iaôs au candomblé de Casa Branca. Elle mit au cou son collier de grains rouge foncé et prit l'alfange et l'erukerê de queue de cheval.

Le gibier déposé, le nègre traversa la rivière pour aller voir Altamirando : le porc était indispensable, comme nourriture préférée d'Omulu. Le sertanejo venait de se réveiller et se montra surpris : Tison chassait des pécaris, des tayassus, des porcs-épics, pourquoi diable lui fallait-il une bête d'élevage ? Il me le faut vivant, expliqua Tison. Il avait passé la nuit à faire le tour des pièges, inutilement. En dehors du paca, seul un souroucoucou s'était fait prendre ; pas trace de cochon sauvage.

— Un cochon de lait, ça fera l'affaire ? De plus grand, j'en ai pas, j'ai saigné le dernier samedi passé.

Très bien : même jeune, le petit cochon de lait est toujours de la même race. Altamirando refusa de se faire payer : et tous les morceaux de viande salée que Ção ramenait à la maison, offerts par le nègre ? Sans oublier qu'il lui devait encore un peu d'argent sur les sabres d'abattis fabriqués à la main par le forgeron, et vendus à crédit.

— Prenez le goret, on s'arrangera après.

Vers la rivière, le ciel rouge annonçait le lever du soleil. Les muletiers dormaient encore.

19

Pour éviter pagaille et méprises, ils commencèrent par servir le tafia à Exu. Il était là au peji, petit Exu en fer, l'homme des croisées de chemins, le malin compère, avec son phallus plus long que les jambes. Ensuite, pour avancer la préparation des mets, ils coupèrent la tête à la tortue — pas d'animal plus difficile à tuer : dans la marmite, les morceaux bougeaient et sautaient encore comme si la vie y demeurait. Tout en activant le feu, Ressu demanda sans se retourner :

— Sacrifice de sympathie ? J'en ai jamais vu d'aussi grand.

— De santé.

— Toi t'es malade ? Depuis quand ?

— L'amour aussi, c'est une maladie, même si ça s' voit pas. Ça vous ramollit le corps, pire que le *banzo*[1], plus goût à rien, tu sais c' que c'est ?

— Tu parles ! J'ai connu ça, et comme i' faut. On dirait qu'on vous a jeté un sort, mais c'est encore plus moche : tu perds l'envie de vivre.

Malgré tout, sa curiosité n'était pas satisfaite :

— Le cochon, c'est pour Omulu, d'accord. Mais pourquoi tout ce tas d'animaux différents ?

— Des sacrifices en retard, que j' dois depuis un bout d' temps. J' crois que c'est pour ça que j' suis si ramollo...

— Ramollo, toi ? — Elle rit d'un air canaille.

Tison la pressa :

— Allez, avant qu'i' fasse jour.

Elle attisa le feu sous les récipients en fer et en terre : la viande de tortue est longue à cuire. Avec Tison, elle alla tout au fond du logis, lui avait un grand couteau pointu et une calebasse. Ressu tint le porcelet par les pattes, Tison l'égorgea. Quand le sang jaillit, rouge et chaud, le nègre approcha sa bouche du cou de l'animal et aspira la vie. Goulûment, avidement. Puis ce fut le tour de Ressu. Pour finir, ils emplirent la calebasse pour le sacrifice.

Ils chantèrent les incantations d'Omulu. Frappant dans leurs mains sur le rythme de l'opanijé, ils dansèrent les danses de l'orixá : celles du malade, courbé, cassé en deux,

1. Etat dépressif très grave caractéristique des anciens esclaves africains.

dévoré par la variole noire ; celles du guérisseur, sauvant les gens de la peste et de la paralysie, mettant la mort en fuite. Tison, touchant le sol de son front, salua et offrit le sacrifice, l'ebó de sang, suppliant Obaluaiê de lui donner des forces pour vaincre l'abattement et le sortilège qui fermaient sa bouche et liaient ses bras, qui l'asphyxiaient.

Les mets furent servis dans des boîtes et des assiettes de fer-blanc : à chaque orixá sa nourriture propre, encore fumante. Atotô Omulu ! Pour le médiateur de la maladie et de la santé, le cochon et le maïs grillé. Okê Oxossi ! — roi de Ketu, seigneur de la forêt, chasseur : on lui servit du paca, du tupinambis et des agoutis. Pour Xangô, seigneur de l'éclair et du tonnerre, la tortue et l'amalá de gombos : kwô-kabiessi ! Et pour Oxalá, orixá-nia, orixá suprême, le père de tous, la demi-douzaine d'escargots, les igbins de la brousse locale, outre l'igname et le maïs, le tout sans sel comme il convient et comme il l'exige. Les plats odorants dans le sanctuaire, devant les fétiches de paille, de bois, de fer ou d'autre métal : le xaxará d'Omulu, l'arc et la flèche d'Oxossi, le marteau à deux têtes de Xangô, le paxorô d'Oxalá.

On entendit alors le claquement de la foudre et le grondement du tonnerre, le rugissement du jaguar et du puma. Les étoiles éteintes se rallumèrent dans un ciel rouge, couleur de sang. Iansan arriva sur un nuage noir, monta son cheval, empoigna l'épée et l'erukerê, lança son cri de guerre, dansa la danse du combat et de la victoire, serra Tison contre son sein, expulsa les âmes mortes qui rôdaient autour de lui, purgea son corps des maléfices. L'espace d'une seconde, pas davantage : et Ressu remit ses galoches.

Voici que Castor Abduim était maintenant défendu des sept côtés, que tous les chemins étaient maintenant ouverts devant lui.

20

Couverts de sang de la tête aux pieds, ils allèrent se baigner à la rivière, un morceau de savon à la main. En chemin, Ressu raconta :

— On cause par là que Bastião s'est mis à chauler sa maison pour la fête.

— Quelle fête ?

— Ben, c'est-à-dire, pour le jour qu'elle se mettra en ménage avec lui. Mais à mon idée, moi, j' crois pas qu'elle va être pour lui. Surtout maintenant... — Elle croyait au pouvoir des dieux, à la force des sacrifices.

Ils se lavèrent au savon, nettoyèrent la carapace de la tortue et, reconnaissant de l'aide apportée, Tison promit :

— J' vais en faire une coupe, pour que t'y mettes tes perles.

Ils s'aspergèrent mutuellement, plongèrent ensemble, leurs corps se touchèrent et, au lever du soleil, jouèrent à la bête à deux dos : on n'est pas de marbre et toute étincelle peut allumer un bûcher. Lui avait Diva en tête, ne pensait qu'à elle ; pour Ressu, pas d'arrière-pensée, c'était seulement pour le plaisir. Ce n'était pas la première fois, la chose s'était déjà produite, mais dans le hamac et non ici dans le cours d'eau.

— Faudrait qu'elle soit idiote..., murmura Ressu.

Ils retournèrent à l'atelier pour saler la viande, mirent des morceaux de côté pour les amis : le Turc, Coroca, Altamirando, le vieux Gerino et quelques autres ; Tison était l'homme des cadeaux.

— Tu vas en porter à m'ame Vanjé ? demanda Ressu, par provocation.

— Vas-y toi, si tu veux. Moi pas. Y a des choses qu'on peut pas acheter, pas plus avec des cadeaux qu'avec des sous. L'amour c'est pas une marchandise.

De la porte de l'atelier, quand Ressu se retira, le nègre Castor Abduim, qui avait retrouvé sa vraie mesure, projeta son regard vers l'autre rive, où vivait l'écervelée. Il était décidé : il irait à sa rencontre sans détour et, de gré ou de force, la prendrait dans ses bras pour la renverser dans le hamac et lui faire voir ce que vaut un nègre épris. L'heure était venue de mettre un point final à cette histoire de fleur bleue sans queue ni tête. Avant que le Blanc à l'œil bleu ne prît les devants et n'emportât la partie. Atotô, Omulu, père du banzo et de la petite vérole, de la force et de la santé, atotô mon père Obaluaiê !

21

Castor Abduim traversa le cours d'eau : d'ici peu il n'aurait plus besoin de passer sur les pierres en mouillant ses pieds dans le courant. Engagés par le colonel Robustiano de Araujo, des bûcherons abattaient des arbres, sciaient des troncs que Guido, Lupiscinio et les apprentis transformeraient en madriers et en planches pour le petit pont projeté. Le colonel avait douté que les deux maîtres artisans fussent capables d'exécuter un ouvrage de cette importance, avait suggéré de faire venir des spécialistes d'Itabuna. Lupiscinio, l'un des constructeurs de l'entrepôt de cacao et du corral, fut chagriné de cette proposition : en fin de compte, le colonel savait parfaitement qu'il avait la compétence voulue.

— Mettez les sous, colonel, et laissez-nous faire.

Le colonel avait mis les sous, le capitaine Natario da Fonseca avait également donné quelque chose, et bientôt on traverserait en toute sécurité, bien tranquillement. Un an plus tôt, quand les Sergipanos avaient fait leur apparition, qui aurait pu songer à ces progrès que représentaient le pressoir à manioc et le ponceau ?

Pour le pressoir, la construction touchait à sa fin. Bastião da Rosa avait deux aides sous ses ordres pour finir les murs ; Lupiscinio et son fils, Arturzinho, tournaient la vis, presque achevée. Il y avait tout un remue-ménage de femmes autour du chantier : Vanjé et ses brus, m'ame Clara, la femme de Zé dos Santos, avec ses filles — le bâtiment s'élevait sur les bornes des pièces de terre cultivées par les deux familles. Le terrain d'Altamirando, avec son petit élevage, se trouvait un peu plus loin. Mais Ção et sa mère, Das Dores, venaient elles aussi apporter leur aide. Ção voulait que Zinho lui apprît à manier le rabot, Zinho espérait lui enseigner le maniement d'un autre outil, plus facile. Les femmes portaient des pierres, préparaient de quoi manger, échangeaient bons mots et sourires avec les hommes. Castor n'aperçut pas Diva au milieu de tout ce monde, où pouvait-elle bien être ? Aux champs, certainement. Le nègre s'assit par terre, salua la compagnie :

— Bien l' bonjour, tout l' monde.

La vieille Vanjé s'approcha :

— Dieu vous l' rende, m'sieu Tison. Ressu nous a porté un quartier de paca, paraît que c'est vous qui l'avez chassé. Dieu vous bénisse. — Elle montra la construction. — Voyez ? ça tardera p'us qu'on fasse la farine et qu'on n'aura p'us b'soin d'en acheter. A la première fournée, j' vous enverrai des galettes de tapioca.

Bastião da Rosa, le torse et les mains blancs de chaux, vint aussi bavarder :

— La première maison de pierre que j'ai faite ici c'était la tienne, tu t' rappelles ? J'en ai fait en brique, en bois, en terre battue, même en chaume. J'ai fait des barcasses, des étuves, un parc à bestiaux, tout le diable et son train. Dans des coins comme ça, faut savoir tout faire, son propre boulot ça suffit pas. Après ce chantier, j' vais m' faire charpentier, pour aider à construire le pont.

Il parlait avec aisance et, homme ou femme, quiconque avait affaire à lui prenait plaisir à son entretien :

— Une fois qu'on aura fini le petit pont, j' voudrais bien faire la maison neuve de dona Vanjé. Qu'elle puisse quitter ce taudis qu'elle habite. Pas vrai, grand-mère ?

Ils rirent tous deux, la vieille et le maître maçon, à l'annonce du projet. Bastião da Rosa attira Vanjé contre lui et la serra dans ses bras :

— Des braves gens qu'y a là, Tison.

Un malin, Bastião da Rosa, finaud comme pas un. Les yeux bleus, les cheveux blonds, pareil qu'un gringo. Et après ? Tison n'allait pas renoncer pour autant, se sauver la queue entre les jambes.

Il était sur le point de s'enquérir de Diva quand il la vit

soudain devant lui, qui portait une pierre sur la tête en l'assurant avec ses mains. En sueur, le visage rouge, encore plus belle ! En voyant Castor, elle ralentit le pas et sourit. Tison se leva dans l'intention de l'aider.

— Pas la peine.

Elle déchargea son fardeau sur le chantier, s'essuya le visage du revers de la main, s'approcha de l'endroit où était le nègre :

— Vous v'là dans l' coin ? C'est nouveau. — Elle se blottit sur elle-même, près de lui.

— J' suis venu vous voir. J'ai fait un abebê pour vous l' donner.

— C'est quoi ?

— C'est l'éventail d'Iemanjá. Jamais entendu causer ?

Jamais. Elle entendait le mot pour la première fois et ne savait pas de quoi il s'agissait. Elle avait d'autres saints, ceux de l'Eglise, arrivés d'Europe à la proue des caravelles. Dans le Sergipe, ils se mêlaient dans les plantations de canne à sucre aux dieux de Tison, venus d'Afrique dans la cale des négriers. Mais Diva ne savait pas grand-chose de ces trafics et de ces mystères.

— Un éventail... J'en ai jamais eu.

Un véritable éventail, comme ceux que les dames agenouillées sur leur prie-Dieu exhibaient avec une gracieuse élégance aux messes dominicales de Maroïm ? Elle en avait eu plusieurs, grossièrement faits, en paille, ceux qui servaient à se rafraîchir le visage et à activer le feu.

— Où qu'il est ?

— A l'atelier. Vous pouvez venir l' chercher quand vous voudrez.

Diva leva les yeux sur le nègre, songeuse. Elle n'était pas sans avoir noté — à moins d'être tout à fait stupide comment eût-elle pu ne rien voir ? — l'intérêt de Tison et de Bastião da Rosa à son égard : l'un et l'autre à tourner autour d'elle, à rester constamment sur ses talons, à lui prodiguer œillades et sourires. Bastião, sans répit, se montrait empressé auprès de Vanjé et d'Ambrosio, déjeunait tous les jours sur le chantier, faisait l'éloge de la cuisine et de la façon dont elle était préparée, allait avec les hommes, en soirée, parler de tout et de rien au foutoir de Fadul et boire le tafia avec eux, tout comme s'il était déjà de la famille. Tison regardait de loin, engageait la conversation quand il la voyait jouer avec Ame-en-peine aux abords de l'atelier, se montrait à la rivière à l'heure où elle prenait son bain.

— Vous voulez que j'aille le chercher là-bas?

— Savez bien que vous y êtes entrée le jour de votre arrivée, et plus jamais depuis. On dirait que vous avez peur.

— Peur de quoi? — Elle se mit à rire, le même rire éperdu du jour où elle avait confondu le nègre Castor Abduim avec le Turc Fadul. — J'irai l' chercher, pas plus tard qu'aujourd'hui.

22

Diva tint sa promesse en fin d'après-midi. Elle s'arrêta à la porte de l'atelier, regarda à l'intérieur, la forge était allumée, mais pas trace de Castor. Elle avança d'un pas, entra, regarda autour d'elle, vit le sanctuaire. En ce jour lointain à l'arrivée de Tocaia Grande, elle n'avait rien remarqué sinon le nègre torse nu, la dépouille graisseuse du cochon sauvage accrochée à sa ceinture.

Quatre assiettes de nourriture, des objets de fer, de bois, de paille, de métal, de la sorcellerie. Elle regardait, fascinée. Tout d'un coup, elle sentit cette même odeur forte et pénétrante qui l'avait enveloppée dans le hamac en cette nuit unique, incomparable, où elle avait embarqué avec la lune, où son corps avait saigné. Elle sut, avant de l'avoir vu, qu'il venait d'arriver. Elle se retourna lentement; Castor, épanoui, sourit:

— T'es chez toi.

Que voulait-il dire par-là? Diva ne le demanda pas: et le courage? Tison alla vers le coin de mur où se trouvaient ces étranges objets envoûtants. Il s'inclina avec respect, toucha le sol du bout de ses doigts de la main droite avant de s'étendre à plat ventre pour baiser la pierre selon la cérémonie de l'ika.

Puis il se redressa et, prenant l'un des objets, tout neuf, étincelant, il se tourna vers Diva. Elle se sentait à la fois anxieuse et effrayée, prise dans une atmosphère de mystère et de magie. Elle tendit la main, avec crainte, et Castor lui remit l'abebê: dans les yeux du forgeron brillait une vive lumière rouge, lumière ou flamme, braise ardente. Sa voix était un souffle sourd et grave:

— La sirène est Iemanjá, ça veut dire: c'est toi.

Diva regarda son visage reflété par le miroir du métal. En détaillant l'image qui y était gravée, elle se reconnut, ou plutôt se devina: les cheveux, le buste, la croupe. Elle sourit, baissa les yeux, attendit qu'il continuât et prononçât enfin les mots tant attendus.

Dans le silence, les bras l'emprisonnèrent et la serrèrent violemment, sauvagement, à l'improviste. Au lieu de s'ouvrir sur les mots tendres qu'elle attendait et souhaitait entendre, la bouche de Castor, retroussant babines, langue et dents, couvrit ses lèvres, se referma sur elles, avide et féroce, les écrasa. Elle éprouva une sorte de répulsion, de peur atroce, demeura froide, insensible, morte à l'intérieur. Au lieu de tendresse et d'affection, la brutalité, la puissance dominatrice. D'un effort démesuré, elle s'écarta de lui et, avant que la brute pût tenter de la reprendre dans ses bras, hors d'elle-même, elle lui envoya sa main à travers la figure:

— T'es malade, ou quoi? dit-elle, et elle s'enfuit à toutes jambes.

Tison se retrouva si perplexe, si ahuri, qu'il la laissa partir sans dire un mot, sans un geste pour essayer de la retenir. Il ne remarqua même pas, dans sa stupeur déconfite, qu'après avoir franchi la porte, elle suspendit presque aussitôt sa fuite et pour un instant, long comme l'éternité, elle l'attendit: l'odeur de Castor emplissait ses narines, imprégnait tout son corps, circulait dans ses veines. Mais il ne la vit pas: fou de rage, paralysé par le dépit, sa main noire sur la joue qui saignait.

Ce fut seulement en arrivant chez elle, tremblante et désemparée, que Diva s'aperçut qu'elle avait toujours à la main l'éventail de métal que Castor avait façonné et ciselé pour le lui offrir. Arme qu'elle avait utilisée au moment fatal du rendez-vous manqué : l'abebê d'Iemanjá. Iemanjá a deux visages, disent les marins du port de Bahia : la douce face de la bonace, l'aigre profil de la tempête.

23

Bien que dona Ester n'eût pas paru au bal donné en l'honneur de son aimable présence à Tocaia Grande, cette heureuse initiative fut couronnée d'un total succès. Vétéran de la localité, Pedro Cigano, le roi de l'accordéon, n'avait pas souvenir d'une fête aussi animée et aussi paisible. Pour commencer, la confrontation violente prévue et annoncée par Durvalino Sûr-et-Certain, entre Castor Abduim et Bastião da Rosa, n'eut pas lieu. Non seulement Castor et Bastião bavardèrent amicalement, mais ils burent ensemble et trinquèrent avec Lupiscinio, époux de celle qu'on honorait.

En compensation, le commis vit confirmer son autre prévision : il devint parfaitement évident, aux yeux de qui voulait bien observer et conclure, que Diva la Sergipana avait fait son choix entre les deux prétendants. Sémillante, avec toute la grâce de ses quinze ans juste achevés, elle avait défait ses nattes et noué ses cheveux d'un large ruban rose, de même largeur et de même teinte que celui qui soulignait la taille de sa robe d'indienne, avec jupe à volants et corsage à jabot, faite par dona Natalina. Un ravissement.

Qui est donc cette dona Natalina, dont le nom n'avait pas encore paru dans la chronique de Tocaia Grande, et qui surgit maintenant au beau milieu de la fête ? De qui s'agit-il, d'où vient-elle ? C'est tout simplement la veuve de João Medeiros, originaire d'Alagoas, un taciturne, qui avait été gérant de la fazenda do Bom Retiro et avait été tué dans une embuscade récente dressée on ne sait par qui ni pour quelle raison. Trop âgée pour vivre de son corps, sachant coudre, propriétaire d'une machine Singer à main, elle vint s'installer à Tocaia Grande et y choisit d'exercer le métier de couturière. Tant de nouveautés se sont produites dans la bourgade que certaines sont passées inaperçues : dans le cas de dona Natalina, l'oubli était non seulement une erreur mais une injustice.

Pour le nègre Tison, la préférence de Diva n'était plus cette obscure énigme de ses cogitations antérieures, quand il cherchait à s'expliquer les motifs et les attitudes de la jeune fille de Maroïm. Pour lui, tout devint clair à l'instant où il avait tenté de l'embrasser et qu'elle, témoignant de sa répulsion et de son dégoût, l'avait frappé avec l'abebê et atteint au visage. La cicatrice au visage — qu'est-ce qui t'est arrivé, Tison, une blessure d'épine envenimée ? — n'était rien comparée à la plaie ouverte dans son cœur, qui saignait et faisait mal, le faisait souffrir comme un chien enragé. Une plaie qu'il ne voulait laisser deviner à aucun prix : à le voir, nul n'aurait soupçonné à quel point il souffrait, car il feignait d'être toujours le même nègre rigolard et fumiste, débordant de la même allégresse, cœur volage et sans souci.

Au petit bal de dona Ester — j'ai une sainte horreur de ces distractions, expliqua dona Ester quand Pedro Cigano lui transmit la nouvelle et l'invitation, et je n'y mettrai pas les pieds, faudrait me traîner — nul ne montra plus d'entrain que le forgeron Castor Abduim. C'était de lui qu'était venu l'idée, et il voulait que ce fût endiablé. Il dansa sans relâche toute la nuit durant, ne perdit pas une polka, une mazurka, un coco, un *xote*[1], et lança, en apothéose, un quadrille. C'était l'autre qui avait le physique d'un gringo, mais pour crier « balancé » et « enavantout » dans le charabia des étrangers, c'était bien lui, et à pleine bouche. Il avait appris à parler européen et à faire des manières sur le matelas de plumes, dans les draps de satin de Madame la baronne, celle-là, oui, une Blanche de la couleur du lait, une blonde de la couleur du miel.

1. Prononcez « chote ». Danse populaire, peut-être dérivée de la scottish.

Il commença par inviter Zilda pour un xote. Elle était venue avec ses huit enfants, les cinq qu'elle avait mis au monde et les trois d'adoption. Le dernier, filleul du colonel Boaventura de Andrade et de dona Ernestina, courait en liberté dans le hangar, mais les petites filles, deux de dix ans — on les aurait crues jumelles, tant elles se ressemblaient, bien qu'une seule fût à elle — et une autre dans sa neuvième année, ne refusaient pas les cavaliers. Le capitaine était à l'Atalaia : la récolte avait commencé et il dirigeait les travaux de cueillette. Aussi Zilda ne resta-t-elle pas jusqu'à la fin. Elle rassembla les fillettes et les plus petits — Edu et Peba refusèrent de l'accompagner — et quitta la fête.

Tison ouvrit le bal avec Zilda, mais il ne négligea aucune des jeunes filles ou prostituées présentes. Il tournoya dans la salle, superbe et infatigable, avec Merencia et avec Ressu, avec les trois filles de Zé dos Santos, avec Ção et Bernarda, qui ne lâchait pas son bébé même pour la polka, avec Dinorá et Lia, honnêtement mariées, avec toutes les putes sans exception aucune. La seule qu'il ne fit pas danser, ce fut Diva, cavalière constante de Bastião da Rosa, et qu'on vit rarement dans d'autres bras à faire tournoyer sa robe à volants, avec ses rubans roses à la ceinture et dans les cheveux. Pour la contredanse du quadrille seulement, « enavantout », « enarrié », Castor effleura du bout des doigts la main de Diva, sans la regarder.

L'âge n'empêchait pas Coroca d'être fort sollicitée comme cavalière, très souvent retenue d'avance : gardez-moi la prochaine. Pour le coco à petits pas, il n'était personne qui la valût. Tison ne réussit que tardivement à la faire danser dans la salle de bal — salle de bal avait dit le Turc Fadul Abdala à cette espèce de brute de Misael, le convoyeur de bétail, lors de la fameuse fête de Saint-Antoine. A ce moment-là, le hangar était tout neuf ; avec le temps, il s'était bien détérioré, et l'on projetait de construire à sa place un grand bâtiment en dur pour recevoir les muletiers et abriter le marché — mais Fadul n'en démordait pas : c'était toujours la salle de bal. A propos de Fadul, lui non plus n'en perdait pas une, en imbattable boute-en-train qu'il était. Il n'avait plus à tant se soucier de la vente du tafia, c'était Durvalino qui s'en occupait.

Castor débordait d'allant, riait, plaisantait, invitait à boire le coup, comme doit le faire l'animateur d'une fête :

— On va rigoler, Jacinta, qu'on vivra pas tout l' temps !

Coroca voulut bien jouer le jeu, mais se refusa à croire à l'exubérance qu'affichait le nègre :

— T'as l'air ben aise, Dieu me pardonne ! Pourquoi c'est-i' que quand on a l' vrai béguin on d' vient aveugle et bête à manger du foin ? On voit p' us rien et on fait pas marcher sa tête.

Elle n'en dit pas plus, et lui ne demanda pas d'explication.

La fête était un vrai triomphe, comme le voulait Tison. Fête en l'honneur de dona Ester, laquelle brillait par son absence. Mais Zinho et Lupiscinio, le fils et le mari, étaient là pour compenser et s'amusaient sans retenue. Zinho sur les talons de Ção, Lupiscinio accroché à Nininha, avec ses taches de rousseur, une antique liaison, aussi vieille et rancie qu'un mariage. Zinho disputait les attentions de la gamine avec Aurélio et Durvalino, qui interrompait le service du tafia dès que l'occasion se présentait. Ce que j'aime le mieux, c'est de danser, avait révélé Ção au bistrot de Fadul, et c'était bien vrai. Elle ne restait pas longtemps assise, allait de cavalier en cavalier et choisissait elle-même, invitant les uns et les autres sans façon : faites-moi danser, allons-y, quand elle voyait l'un de ses préférés — Fadul, Castor, Bastião da Rosa, Guido — faire la pause pour boire un coup, c'était elle qui prenait l'initiative. Elle fit le tour de la salle serrée contre Pedro Cigano : d'une main l'accordéoniste faisait jouer son instrument, de l'autre il lui tenait la taille. M'sieu Pedro Cigano, beau comme Satan !

Ayant laissé Coroca pirouetter avec Balbino, Castor se rendit au comptoir improvisé où Fouinard, à son approche, emplit un verre et le lui offrit avant même qu'il eût commandé :

— J' vous ai jamais vu si en forme, m'sieu Tison...

Il y avait dans sa voix de l'étonnement et de l'admiration : le forgeron ne mollissait pas, il devait se ronger dans son for intérieur mais n'en laissait rien voir, faisait comme si toute l'histoire le laissait parfaitement indifférent.

Qu'il eût entendu ou non, Castor Abduim ne répondit pas, ne fit aucun commentaire. Il avala sa rasade, en demanda une autre. Durvalino servit, encaissa en toute hâte : il se précipita du côté de Ção qui se trouvait libre, par extraordinaire, en l'attente d'une invitation :

— Attendez, je r'viens...

Tison le suivit du regard et le vit partir danser avec Ção, plein d'entrain, sans embarras. Bastião da Rosa dansait avec Vanjé, le futé. C'est alors qu'il eut conscience d'une ombre et leva les yeux sur la silhouette debout devant lui. Le regard en coulisse avec un sourire narquois, éblouissante dans sa robe à volants, Diva roucoula, d'un ton de reproche :

— Vous allez pas m' faire danser ?

24

Le pressoir achevé et mis à la disposition de ses propriétaires, le manioc râpé et pressuré, cuite la première fournée de farine, Bastião da Rosa continuait à se montrer à l'heure du déjeuner et à se faire inviter, ou à rejoindre les hommes quand, au coucher du soleil, ils revenaient des champs et allaient se baigner à la rivière. Il finissait par gonfler les oreilles de Vanjé et d'Ambrosio, ne lâchait pas Diva, s'informant de ses goûts et de ses préférences, surtout pour tout ce qui touche aux besoins d'un ménage. En attendant de se joindre aux charpentiers pour la mise en chantier du ponceau, il s'occupait de sa propre maison pour la rendre encore plus confortable : il l'avait entièrement blanchie à la chaux, avait creusé un puits, construit un four à bois comme seule Merência en avait un, et ce n'était pas peu dire. Vanjé fut invitée à donner son avis.

Par un après-midi gris de pluie fine, persistante, Vanjé

revenait avec Diva du Bidet des dames où elles étaient allées laver du linge et prendre un bain, et dit, sans avoir l'air d'y toucher :

— La maison de M'sieu Bastião est finie. J'y ai été voir, c'est drôlement bien.

— J'en ai entendu causer.

Elles continuèrent à marcher en silence, le sujet semblait épuisé. Mais, surmontant gênes et contraintes, Vanjé poursuivit :

— M'sieu Bastião, c'est un gars correct. Il m'a causé, à moi et Ambrosio.

— De quoi, mère ?

Elle tarda à répondre, comme si la réponse lui coûtait :

— J' vais te l' dire.

Elles s'arrêtèrent devant la case montée sur pilotis, l'étable à cochons par-dessous, où les bêtes se repaissaient de restes de jaques et de fruits d'arbre à pain. Vanjé regardait sans rien dire, comme si elle se remémorait et réfléchissait, sans se souvenir de la question posée. En haut, on entendit pleurer le bébé de Lia et Agnaldo. Elle se décida :

— Ici, on peut pas faire les choses de la même façon que si on habitait encore à Maroïm. Là-bas, tous les dimanches on était à la messe à l'église, avec le sermon du curé. Si un vaurien était venu m' parler de vivre avec ma fille sans la marier, sans les alliances, j' sais pas bien c' que j'y aurais répondu, sûrement pas des gentillesses en tout cas. T'imagines un peu ? Jãozé et Agnaldo sont mariés, alors toi que t'es une fille, hein ?

Elle écarta les bras comme pour renforcer sa façon de voir :

— Mais ici qui c'est qui s' marie ? Y a même pas d' curé, pas d' chapelle pour aller prier. A la place, y a d' la terre à suffisance, on vit bien. Pas comme là-bas qu'on s'échinait sur la terre d'un autre. On s'est bien trouvé d'êt' là, c'est la cambrousse, mais ça vaut ben mieux que là-bas, sûr.

Elle cherchait à voir les choses avec objectivité, comme elles étaient réellement. Résignée, elle considéra sa fille, jeune fille de quinze ans, femme, en âge de se marier ou de se mettre en ménage. Si les choses tardaient, elle finirait fille publique, à faire la vie des créatures. A Maroïm, elle serait allée prévenir le curé, marquer la date. Mais on était à Tocaia Grande, nib de curé, nib d'église, nib de nib. Encore mieux être en ménage que de chasser l'homme dans la combe aux Crapauds, la pauvre gosse.

— Bastião veut s' mettre avec toi. I' m'a donné sa parole que quand y aura une mission à Taquaras vous vous marierez, que j'ai pas à m'en faire. Chez lui, y a tout et l' reste, y manque rien. Un lit en fer, un grand, pour deux, il l'a acheté à Itabuna. Une glace au mur. — Elle répéta, pour la convaincre et se convaincre : — C'est un gars correct.

Diva baissa les yeux, sourit en coin :

— M' marier ? C'est pas b'soin, mère.

Vanjé soupira : surprise ou soulagée ? Le regard sur la bicoque où ils vivaient entassés les uns sur les autres, comme les animaux dans la porcherie. Elle n'avait pas fini de raconter : Bastião avait promis que, sitôt terminé le pont, il bâtirait une maison neuve pour eux : un bon gars, M'sieu Bastião da Rosa.

Misère ! Pourquoi Dieu n'envoyait pas une sainte mission à Taquaras ? Dans l'instant même : Dieu tout-puissant, ça ne lui coûtait rien, suffisait de vouloir. Mais Dieu avait autre chose à faire, occupé qu'il était avec le royaume des cieux et les grands de ce monde, il n'avait sûrement pas de temps à perdre avec les sottises d'une pauvre vieille gaga. Contrairement au Dieu de Fadul, le brave Seigneur des maronites, un pays, un familier, serviable, le Dieu de Vanjé était le Père éternel, l'Etre suprême, le roi des rois, tout là-haut, bien loin. Allez savoir quand on verrait débarquer à la gare de Taquaras des révérends pères, brandissant la croix, pour combattre le péché, distribuer des pénitences, baptiser les petits enfants et marier les couples irréguliers ! Vanja soupira de nouveau.

En ménage : vilain mot. Mais que faire ? Demander à

Bastião d'attendre ? Jusqu'à quand ? Diva n'était pas la seule en âge d'homme à se montrer dans le pays. L'aînée de Zé dos Santos, la Ricardina, qui était borgne, passait son temps à exhiber ses parties aux uns et aux autres, si elle n'était pas encore établie dans la combe aux Crapauds ; c'était par peur de son père qui avait besoin d'elle pour aider aux champs. Les cadettes, Isaura et Abigaïl, mignonnettes, avaient toutes deux l'œil sur le maître maçon, plus effrontées l'une que l'autre. Tout le monde savait à Tocaia Grande que Bastião da Rosa avait passé à la chaux la salle et la chambre, qu'il avait creusé un puits et bâti un four pour mettre une femme chez lui et vivre avec elle. Des prétendantes, il y en avait treize à la douzaine : il lui suffirait de claquer des doigts pour les voir accourir, jeunes filles et filles publiques, pleines d'impatience. On n'était pas à Maroïm. A Tocaia Grande, ni église ni curé, comment penser au mariage ?

Perdue dans ses pensées mélancoliques, quand Vanjé reprit conscience, Diva avait disparu. Pas besoin de mariage, avait-elle dit sans protester, lui ôtant un poids sur le cœur : et si elle n'avait pas voulu, voyez un peu ! Bastião da Rosa, plein d'égards, avait demandé leur consentement à Ambrosio et Vanjé pour amener Diva chez lui, au chemin des Mulets, dimanche après la foire. Si on était à Maroïm... Mais on n'y était pas. A la volonté de Dieu. Elle soupira une fois de plus.

Les ombres du crépuscule s'épaissirent, obscurcissant la rivière et les plantations : dans le val, la nuit tombait d'un coup. Diva descendit les marches rustiques, un paquet à la main, vint jusqu'à Vanjé immobile à la même place où elle l'avait laissée :

— Bénissez-moi, mère.

— Où que tu vas ? — Chez Bastião, sûr.

— J' m'en vais, mère.

— Bastião a dit comme ça dimanche, après la foire. Y a pas l' feu.

— J' vais chez Tison. J' vais vivre avec lui.

25

Les premières étoiles, pâles dans le ciel gris. Sur la friche, les premiers convois, les hommes qui couvraient leurs têtes et les chargements avec des sacs de jute. Sous la bruine, son balluchon d'affaires personnelles à la main, Diva traversa la rivière, prit le chemin de la maison du forgeron, atelier et logement. De four à bois, il n'y en avait sûrement pas, il y avait la forge, et un brasero pour faire la cuisine. Miroir, elle ne savait pas. Dans le paquet elle emportait l'éventail de tôle, elle pouvait s'y regarder, c'était à la fois un miroir et un portrait, invention de nègre sorcier. Elle sourit en y pensant.

C'était lui qu'elle avait voulu et désiré dès le jour où, arrivant à Tocaia Grande, dégoûtante de poussière et de boue, morte de fatigue, elle avait posé son regard sur lui : la large face riante, le torse nu, la peau de porc à la ceinture pour cacher les organes. Elle avait cru trouver un Turc, elle avait rencontré son homme. Dans le hamac, la nuit, l'odeur puissante — relent, arôme, fétidité, parfum — l'avait envahie, corps et âme, et l'avait faite femme : elle avait été à lui avant de connaître la force et le goût de son outil.

Bastião da Rosa était quelqu'un de bien, un blond aux yeux bleus, un superbe gringo, avec une maison magnifiquement installée. Mais son homme, celui qui lui échauffait le sang et lui apparaissait en songe, c'était le nègre Castor Abduim, ferreur de mulets, surnommé Tison. Elle allait à lui de sa propre volonté, portant son balluchon à la main droite, à la gauche son cœur.

A genoux, Tison, maintenant immobile la patte de la mule Lami-ré, lui mettait un fer neuf, le marteau en l'air. Edu, qui était auprès de lui en apprentissage, lui faisait passer les clous, et le gamin Trabuco, aide-muletier, admirait son adresse. Diva s'arrêta devant lui et lui sourit. Castor sourit aussi, et s'il éprouva de la surprise il n'en fit pas montre. Ils n'échangèrent pas un mot : il laissa tomber le marteau sur le clou, la mule ne le sentit même pas. Fêtée par Ame-en-peine et Offerte, Diva franchit la porte, entra dans la maison, sa maison.

Le feu s'élevait à la forge, Diva prit le lumignon allumé, éclaira la chambre où elle n'était jamais venue : la natte par terre, le hamac accroché, dans une caisse les effets. Avec les pantalons et les chemises, le peu de vêtements de Tison, elle rangea ses deux jupes, quelques jupons et corsages, la robe d'indienne, les savates. Elle éteignit le quinquet, grimpa dans le hamac et se coucha. Dorénavant, aucune autre, qui que ce fût, ne l'occuperait. C'était le sien.

Elle se laissa envelopper par l'odeur de son homme, rit tout bas du fou rire de la première rencontre et se sentit en paix : demain il y aurait deux taches de sang, de son sang, sur le tissu sale et fleuri du grand hamac fait pour un couple.

Le bourg

Les ventres s'arrondissent, la population, hommes et bêtes, ne cesse de croître

1

Ventres en avant, les femmes enceintes déambulaient fièrement à l'intérieur de Tocaia Grande : elles auraient leurs bébés au début de l'été, quand s'achèverait la récolte. Au commencement, il n'y avait que Diva et Abigaïl, la plus jeune fille de José dos Santos ; ensuite Isaura, de onze mois plus âgée que sa sœur, et Dinorá, mariée à Jãozé. Avec l'arrivée des Estancianos, le cortège allait quasiment doubler, car trois femmes du clan étaient grosses ; elles aussi devaient confier leur délivrance aux mains diligentes de Jacinta Coroca.

Dinorá avait commencé à renaître le jour où ils étaient arrivés en vue de Tocaia Grande et que Jãozé avait effleuré d'une caresse d'espoir son visage las et couvert de poussière. Morte-vivante, elle continuait par miracle à maintenir en survie le corps rachitique de l'enfant chétif qui pleurnichait dans ses bras, persuadée que pour eux tout avait fini en ce jour du jugement dernier où ils avaient été chassés de la métairie à Maroïm. Mais en découvrant cette belle vallée fertile, en recevant de la main calleuse et tendre de l'homme cette caresse inattendue, elle pensa que peut-être, dans cet endroit écarté, il y aurait moyen de recommencer à travailler la terre, élever des animaux, qu'elle pourrait à nouveau éprouver du désir, ressentir une chaleur dans le bas-ventre, porter un enfant dans son sein : redevenir bonne au travail et à l'amour.

Il en fut bien ainsi ; la grossesse ne survint cependant pas aussi vite. Le pressoir à manioc une fois inauguré, alors seulement Jãozé construisit, avec l'aide de son père et de ses frères, une bicoque de terre battue pour y loger avec sa femme et son fils. Dans la maison où habitait toute la famille, deux malheureuses pièces, ils ne pensaient même pas à l'amusement. Aussi bien eux que Lia et Agnaldo, quand le désir se faisait impérieux, ils allaient se réfugier dans la forêt, derrière les arbres, ou dans les recoins de la rive, pour gémir et soupirer en cachette, dans la précipitation.

La bicoque leur fit retrouver finalement la paix de la nuit, une intimité préservée, et ils se souriaient tandis que l'enfant, ressuscité, dormait à poings fermés. Dinorá, alors, se trouva de nouveau enceinte.

2

Diva, Isaura et Abigaïl devinrent grosses l'une après l'autre, presque à la suite. La première à montrer son ventre arrondi fut Abigaïl, la plus jeune des trois, qui s'était mise en ménage avec Bastião da Rosa et profitait ainsi des perfectionnements apportés à la demeure du maître-artisan. Après avoir blanchi le pavillon à la chaux — ainsi Fadul avait-il baptisé le logis du maçon pour le distinguer des bicoques voisines —, passé une couche de peinture sur la façade bleue et les fenêtres roses, creusé le puits, mis en service le four à bois, acheté à Itabuna lit et matelas pour deux personnes, lit en fer et matelas de crin, luxe digne d'un colonel, le tout dans l'idée de vivre avec Diva, José Sebastião da Rosa ne cultiva pas le mal d'amour. Il s'en débarrassa bien vite : imprécations rageuses et crues, brèves considérations pessimistes sur les sentiments féminins, mais sans démonstrations de désespoir ni serments de vengeance.

Celle qu'il avait eue en vue, qui avait occupé ses pensées, à qui il avait fait les yeux doux des mois durant, avait préféré porter ses frusques chez le forgeron, laissant ébaubis Durvalino et la plupart des habitants de Tocaia Grande : fort bien ! Ce n'était pas la seule ni peut-être même la plus jolie fille pucelle de l'endroit. Quand il la revit au marché, toute fière au bras de Tison, il lui offrit ses vœux de bonheur et passa son chemin.

Laissons d'ailleurs à leur ébahissement les prophètes amateurs, occupés à se mettre quelque part leurs prédictions et leurs mauvais présages, pour proclamer une fois de plus les mérites de Coroca. Cependant que les clabaudeurs faisaient des gorges chaudes — ...elle a laissé Bastião le bec dans l'eau pour choisir le nègre, on voit de ces choses... —, elle, tout en aidant Bernarda à s'occuper du bébé, lui dit simplement :

— J' l'avais bien dit... Fallait être aveugle pour pas l' voir.

— Commère, faut pas vous moquer des gens qui voient rien qu'avec leurs yeux. Vous, vous voyez avec les yeux et avec la caboche.

Coroca sut également prévoir la réaction du laissé-pour-compte :

— Il mettra pas longtemps à en trouver une autre.

De fait, Bastião da Rosa n'hésita pas. Il n'allait pas perdre temps, peine et argent à pleurer sur son sort. Il avait mis la maison en état pour y recevoir une femme à demeure, fonder une famille, et n'allait pas la laisser vide, abandonnée aux serpents et aux punaises. Diva mise à part, il y en avait d'autres à Tocaia Grande, jeunes et attrayantes, capables de s'occuper du four à bois et des enfants le jour où ils arriveraient. Inutile d'aller bien loin : au pressoir, tout en raclant le manioc ou en touillant la fécule, les filles de Zé dos Santos se montraient plutôt bien disposées. Eliminant Ricardina, la plus âgée, qui était borgne et n'avait plus son pucelage, il pouvait choisir entre Isaura et Abigaïl, jeunettes toutes deux, bien faites et encore intactes. Ce fut Abigaïl, la plus brune.

De type indien métissé, cheveux plats, grand et fort, peu bavard et dur à la tâche, Zé dos Santos laissait aux soins de sa femme Clara le destin de leurs filles, les soucis de la culture suffisant à l'occuper. Il savait bien que les jeunes filles, un jour ou l'autre, devraient vivre leur vie : il s'inquiétait surtout en pensant qu'elles lui feraient défaut aux champs. M'ame Clara, en dépit de son nom, était de couleur assez foncée. Les cheveux frisés, replète, affable, visage rond, vieilli mais encore agréable à voir ; les façons assez provocantes de ses filles ne lui échappaient pas, mais ne la tourmentaient pas trop.

Elle était venue du Sergipe avec ces mêmes préjugés qui causaient à Vanjé tant d'affliction, mais sans scrupules excessifs s'adaptait à la réalité du pays grapiuna, pays neuf, terre d'abondance, où d'autres valeurs prédominaient, où la vie avait un autre prix. Ce qui la tracassait véritablement, et constituait sa grande crainte pour les filles, c'était la peur de les voir tomber au ruisseau, finir comme putes installées dans la combe aux Crapauds. Cela, oui, la chagrinerait. Le concubinage, dans cette cambrousse, c'était une bénédiction du ciel, qui valait mieux que le mariage à l'église de Buquim, d'où ils venaient. Les choses sont ce qu'elles sont, et pas ce qu'on voudrait, non ? Ici ou là-bas, bénédiction du curé et crotte de bique, c'est pareil, ça ne vaut pas tripette.

Les trois filles de José dos Santos et Clara se ressemblaient si peu, dans les traits et les manières, qu'elles n'avaient même pas l'air de vraies sœurs. Isaura tenait de sa mère pour la spontanéité de ses rapports avec autrui, mais avait hérité de son père sa chevelure lisse et un teint cuivré de métisse brune, élancée, marquée par le sang indigène. Abigaïl, peu causante comme Zé dos Santos, était du reste le portrait de Clara : grassouillette, la peau foncée, les cheveux laineux, de grands yeux allongés ; en elle, la race noire avait prévalu. A quel ancêtre blanc la borgne Ricarda, un beau brin de fille, devait-elle ses cheveux blonds et son teint clair, ses yeux bleus et sa haute taille ? Dans les familles du Sergipe, issues de tant de croisements, apparaissent de temps à autre chez un nouveau-né les yeux bleus et les cheveux blonds, la stature et la peau blanche de quelque aïeul hollandais ou, peut-être, juif converti, venu à Recife avec le prince Maurice de Nassau. Réfugié, après la défaite, dans la capitainerie de Sergipe del Rei, où il avait pu trouver asile, se fixer une fois pour toutes, faire des enfants à des négresses et des mulâtresses. Ricardina constituait un bon exemple, toute borgne qu'elle était : personne n'est parfait.

Entre Isaura et Abigaïl, Bastião avait hésité, les cornes étant exclues, mais son embarras fut de courte durée : la gentillesse d'Abigaïl fit pencher la balance. Sur ce point, elle l'emportait sur Diva, arrogante et parfois insolente. Pour ne pas se fourvoyer de nouveau, avant de prendre langue avec M'ame Clara et Zé dos Santos, d'évoquer mission et bénédiction de prêtre, il aborda le sujet avec l'intéressée et obtint son consentement :

— Si c'est ton idée, ça m' va aussi. — Une petite poulette sans malice.

Avant d'avoir atteint ses dix-sept ans, Abigaïl avait le gros ventre, Bastião ne chômait pas. Tison pas davantage et, si Diva avait mis un peu plus de temps à se trouver dans la même situation, il faut bien dire que c'était affaire de lunaison et non de compétence ; toutes deux étaient du même âge. Quant à Isaura, le jeune Aurélio lui avait fait son affaire, avant de vivre avec elle, derrière le pressoir à manioc. Avec l'appoint des trois Estancianas, à tout moment et en tout lieu, quiconque passait par Tocaia Grande pouvait rencontrer une femme enceinte, le ventre arrondi, signe d'une prochaine augmentation du nombre de Tocaianos de naissance.

3

Tocaianos ? Pour rehausser d'un petit morceau d'érudition la relation des événements, l'exposé des problèmes de Tocaia Grande, il convient de mentionner, ne serait-ce qu'en passant, les savantes discussions engagées sur l'appellation correcte à donner aux natifs de ce bled perdu, le nom propre aux enfants nés à Tocaia Grande. Comment fallait-il désigner ses habitants ? Tocaianos, Tocaienses, Tocaia-Grandenses, ou simplement Tocaios ? Fadul mit le sujet sur le tapis, au cabaret d'Itabuna, à la table de Fuad Karan ; à Ilhéus, dans un bar du port, en prenant un verre avec Alvaro Faria. Il s'entendit répondre par les deux lettrés de façon, sinon analogue dans la forme, du moins identique pour le fond.

— Aucun doute possible, dit Fuad Karan d'une voix humide d'arak, parfumée d'anis. L'individu né à Tocaia Grande est un Jagunço, Grand Turc. Et des plus impitoyables, à coup sûr.

Alvaro Faria, tout en dégustant le whisky des Anglais, ne fut pas moins catégorique et objectif :

— Un enfant de Tocaia Grande ne peut être qu'un Clavinoteiro[1], mon cher Fadul.

Imputation diffamatoire, injustifiée, inique, réprouva le Turc. S'il y avait dans l'immense territoire du cacao, sur toute l'étendue grapiuna, un endroit véritablement paisible, où la violence restait mesurée, c'était bien Tocaia Grande, qui vivait dans la paix du Seigneur. Ce qui s'y était passé au temps jadis, qui était à l'origine du nom et du renom, c'était avant le commencement, avant qu'aucun être ne vécût en ce lieu. Et, cependant, quiconque maintenant y voyait le jour portait à l'épaule en naissant la marque du sang versé, la mémoire de la mort et des défunts.

4

Il est bien certain que personne ne prenait au sérieux le ventre rebondi de Ção, petite femme-enfant. Ce n'était motif qu'à rires moqueurs et commentaires obscènes. Hantée par le désir d'être mère, la pauvre petiote bourrait

1. Professionnel de l'escopette *(clavinote).*

sous sa robe des brassées de fourrage sec pour qu'on la crût enceinte, en attente d'un bébé.

Un dimanche, on la vit exhiber à la foire un ventre énorme animé d'étranges soubresauts. Elle s'assit par terre au milieu de la foule et, sous les ricanements et les quolibets des spectateurs, accoucha d'un porcelet, puis, sans plus attendre, devant tout le monde, ouvrit son corsage en lambeaux et s'efforça de lui donner le sein à téter, tout heureuse.

5

A son arrivée à Tocaia Grande, gaillard fringant dans sa dix-huitième année, candide et appétissant, Aurélio avait fait tourner la tête à bon nombre de filles : nattes et hamacs se mirent à sa disposition, gratis pro Deo.

Ravi, il s'en donna à cœur joie avec les putes jusqu'au jour où, ayant réuni les fonds nécessaires, il se paya une passe avec Bernarda. Il avait projeté de l'avoir pour toute une nuit, mais la délicate, depuis qu'elle s'était remise à exercer après la naissance de son enfant, avait limité les obligations professionnelles à un horaire strict : dans l'intervalle des tétées, et jamais après minuit. Malgré tout, la brève prestation suffit à laisser Aurélio en proie à l'amour fou. Les autres filles cessèrent d'avoir pour lui le moindre intérêt. Ção, qui devrait par la suite ranimer son ardeur, n'habitait pas encore Tocaia Grande.

Il empoisonna l'existence de Bernarda, ne la lâchait pas d'une semelle, aurait volé, pour un peu, afin de disposer de ce qu'il fallait pour accéder au lit de camp, fût-ce pour un coup rapide. Il apprit, au cours d'un entracte, qu'elle aimait le son de la petite guitare, et il n'en fallut pas davantage pour qu'il se mît à apprendre à jouer de cet instrument avec l'un des vigiles du dépôt de cacao, artiste réputé. Il consacrait toutes ses heures de loisir à Bernarda, ne cessait de venir la voir, l'aidait même à s'occuper du petit Bernardo : l'enfant avait le nom de sa mère, puisqu'il ne pouvait porter celui du père.

Quand Bernarda, sans y prêter attention, allaitait le bébé devant la porte de la maisonnette de bois pour la dernière tétée du soir — les quatre heures suivantes étaient pour le gagne-pain —, Aurélio se montrait si peu sage qu'elle dut renoncer à le faire en sa présence. Moins de deux mois après l'arrivée au village des Sergipanos, Aurélio lui proposait de vivre ensemble et alla même plus loin : si elle voulait, ils pourraient quitter Tocaia Grande et aller habiter dans un endroit plus évolué, où il y aurait un prêtre. Il était prêt à l'épouser à la première église qu'ils trouveraient, à l'aider à élever son enfant. Comme si ç'avait été le sien.

Bernarda écouta le discours enflammé de l'adolescent, essaya de le dissuader de pareilles folies, projets absurdes. Mais le fit sans se payer sa tête, le remercia même de ces attentions :

— Tout le monde te dira pourquoi j' veux même pas entendre parler d' ce genre de choses...

— Et pourquoi tu m' le dis pas toi-même ?

— Eh bien, j' te l' dis : j'ai un homme, et j'ai le béguin pour lui. C'est pour ça.

Aurélio voulut des détails, mais Bernarda n'en dit pas plus. Le reste, il l'apprit par des tiers : laisse tomber, petit, fiche la paix à la môme, tu risques d'avoir des ennuis, de te faire remettre en place salement. Le capitaine Natario da Fonseca ? Un terrible ? Moins par peur que par reconnaissance, Aurélio rengaina ses projets, avala sa déception : c'était grâce au capitaine et sous son égide que la famille des Sergipanos était venue s'installer à Tocaia Grande. Tourments de la jeunesse, folies, extravagances : c'est ainsi qu'on mûrit, par la souffrance et la passion.

Il retourna, convalescent, aux faveurs des putes. Puis Ção apparut à l'horizon, pour achever la cure. On vit le jeune Aurélio tourner autour de la demeurée avec la constance qui lui était propre, décidé à vivre avec elle sans se soucier de sa cervelle dérangée. Ção se laissait lutiner, facile, impudique, permettait presque tout, mais, à l'instant décisif, s'esquivait. Aurélio se mettait dans une telle excitation qu'il en venait à lui proposer de se mettre en ménage pour en finir une bonne fois. Il attribuait la fermeté du refus à la crainte de la petite de se voir sautée et abandonnée, dans une situation sans remède : il ne lui donnait pas tort.

Un jour, quand il s'y attendait le moins, Ção se laissa faire. L'enthousiasme du triomphe se mua en déconvenue quand il constata qu'elle n'était plus vierge. Furieux, Aurélio essaya de lui faire avouer qui, de Zinho ou Durvalino, avait atteint le but qu'il avait poursuivi avec tant d'acharnement : lui prendre son pucelage. Il n'eut pas de réponse : Ção n'arrêtait pas de rire et d'en redemander. Par des voies détournées il en vint à savoir que l'aide-menuisier et le commis d'épicerie avaient été pareillement désappointés et avaient tout aussi vainement posé la même question — lequel des deux ? — sans obtenir de réponse. En vertu de quoi, sans se consulter, tous trois continuèrent chacun de son côté à la culbuter dans les bois : elle les satisfaisait tous trois et, riant toujours, en redemandait.

Quant à Isaura, il ne lui avait jamais prêté attention. Les terres de Zé dos Santos commençaient où finissaient celles d'Ambrosio, le pressoir se trouvait à la démarcation, Aurélio voyait Isaura tous les jours et c'était comme s'il ne la voyait pas. A l'âge de dix-huit ans, en dépit de sa fougue, Aurélio n'en était pas encore à songer sérieusement à fonder une famille. A seize ans, Isaura passait bientôt le cap normal.

A l'occasion du raclage du manioc, du pressurage, de la cuisson, inopinément ils se reconnurent quand leurs regards se croisèrent. Diva et Abigaïl avaient trouvé chacune leur voie, Isaura à son tour voulait accomplir la destinée que le ciel lui avait réservée. Au pressoir, dans les champs, au bord de la rivière, ils échangèrent des sourires, se parlèrent, et voilà qu'un beau matin Isaura était enceinte, qu'Aurélio allait être père. Autre pucelage perdu, non sans quelque difficulté : elle était étroite, un plaisir. Derrière le pressoir, dans l'odeur du manioc râpé, enivrante.

Quand les deux familles se réunirent en conseil, le plus délicat fut de décider où ils allaient vivre. Chez lui ou chez elle ? On tomba d'accord pour que ce fût chez Isaura, où il y avait un peu plus de place, mais qu'Aurélio continuerait à aider ses parents : une moitié de la semaine aux champs avec Ambrosio, l'autre avec José dos Santos.

Ção s'étonna de ne plus voir Aurélio, dont la disparition réduisait ses possibilités de choix pour le soir. Le fait qu'il se fût mis en ménage n'était pas une explication. Pour elle, célibataire ou marié, ou concubin, c'était sans importance, ils étaient tous les bienvenus, indépendamment de toute condition d'âge et d'état civil. Elle préférait cependant les hommes faits, moins bêtes, plus experts, et qui ne perdaient pas de temps en questions oiseuses. Jeune ou déjà mûr, pressé ou raffiné, l'un d'eux, peu importe qui, déposerait dans son ventre la semence d'un enfant. Un enfant à bercer dans ses bras. Où donc pouvait bien être Pedro Cigano, qui était beau comme le diable ?

La population grandissait à mesure que se fixaient au bourg des gens attirés par tout ce qui se disait des progrès de Tocaia Grande dans la région de la rivière aux Serpents et plus loin encore : à Ferradas, Rio do Braço, Sequeiro de Espinho, Agua Preta, Itapira, en ville à Itabuna. Muletiers, bûcherons, journaliers — et plus que personne Pedro Cigano le nomade — colportaient, en forçant la note, des nouvelles sur le monde qu'il y avait, l'entrain, les filles faciles. Les informations arrivaient jusqu'à Ilhéus, apportées même par de riches fazendeiros, des colonels de la classe des maîtres de l'Atalaia et de Santa Mariana. Toute une chronique d'événements divulguée en particulier par le Turc Fadul quand il venait en ville acheter et payer des marchandises, respirer un air de civilisation et s'en imbiber à satiété — à Ilhéus, aussi hautement compétentes qu'onéreuses, des Françaises et des Polonaises faisaient tout ce qu'il est possible d'imaginer et davantage encore — et aussi contempler la mer.

Avec l'afflux de toute cette population, le chemin des Mulets devenait une longue rue irrégulière qui suivait le cours d'eau. Quelques maisons de brique et de tuile, une quantité de baraques, un va-et-vient incessant d'hommes et de bêtes. Il n'y eut plus désormais ces heures d'oisiveté pendant lesquelles, après le départ des muletiers, l'Arabe, le nègre et les filles se délassaient des fatigues de la nuit et du petit jour et se réunissaient pour bavarder, écouter des histoires et chanter de vieux airs populaires. Non qu'on eût complètement abandonné les vieilles habitudes du temps où Tocaia Grande n'était qu'un nouveau gîte d'étape ou un hameau insignifiant qui végétait dans l'engourdissement et l'abandon. On se retrouvait encore pour paresser dans les endroits traditionnels, mais c'était moins fréquemment, encore qu'avec un plus large concours de participants. Des groupes animés se rassemblaient le dimanche à la foire, au Bidet des dames, devant l'atelier du forgeron, à la boutique de coiffeur de Dodô Peroba et, comme toujours, chez Fadul.

Les petits bals se succédaient, au son des guitares et des accordéons. Combien de cahutes y avait-il exactement dans la combe aux Crapauds, Dieu seul le savait. Dieu et Durvalino, le populaire commis Fouinard.

7

Les animaux domestiques se multiplièrent également, élevés sur les propriétés de l'autre rive ou laissés en liberté dans l'agglomération. Le matin et en soirée, c'était toujours le transit des convois ; pendant le reste de la journée, les passants tombaient sur des troupeaux de cochons qui fouissaient dans la boue, des poules qui picoraient dans les herbes, des pintades qui couraient partout. Le capitaine Natario da Fonseca, lors de l'arrivée des Sergipanos, avait apporté de l'Atalaia une douzaine d'œufs que Zilda avait envoyée à Vanjé. Mis à couver par une poule rustique, ces œufs donnèrent naissance à dix poussins, d'où provint tout un troupeau impossible à domestiquer, éparpillé sur les deux rives ; propriété, en principe, de la paysanne, mais en fait bien commun de tous les habitants. Poules d'Angola à chair noire, faites pour la marmite, mets succulent.

Outre les descendants des transports d'Ame-en-peine et Offerte, d'autres chiens arrivèrent avec les nouveaux venus et engendrèrent une population vorace de cabots efflanqués. Avec l'installation de Zilda à Tocaia Grande, ce fut tout un assortiment d'animaux qui apparut. Chiens et chats, bien sûr, oiseaux de basse-cour — poules, pintades, canards et dindons — mais aussi, dans le jardin derrière la maison, et sur le terre-plein par-devant, des hoccos et des pénélopes apprivoisés, le nandou de Peba, le couple de grues crêtées au cri rauque, qui tuaient les serpents, le coendou de Lucia, la fille aînée. Sans parler des perruches et des perroquets, des petits oiseaux dont les cages étaient accrochées dans la galerie et sous l'auvent.

Les perroquets étaient au nombre de trois, à plumage éclatant et sachant parler ; deux étaient relégués à la cuisine et au jardin, mais le troisième, une maracanan volubile qui ne tenait pas en place et possédait un vaste vocabulaire pornographique, vivait en liberté dans la galerie où il avait son perchoir ; il n'y restait pas souvent. C'était le favori du maître de maison. Il répondait au nom de Va-t' faire-empaffer, expression qu'il aimait tout particulièrement et répétait à tout propos, ou hors de propos. Il se promenait d'un côté à l'autre sur la balustrade de la galerie en lançant des gros mots, sifflant pour appeler les chiens, poussant un rire aigu de moquerie quand il les voyait accourir à l'appel. Il clamait avec orgueil le titre et le nom de son maître et seigneur bien-aimé : capitaine Natario da Fonseca.

Le capitaine le couchait sur le dos dans la paume de sa main et lui grattait la tête et le ventre ; Va-t' faire-empaffer fermait les yeux, ravi, confiant. Ce devait être une femelle pour s'abandonner ainsi aux caresses, assurait Zilda. Femelle et fidèle, car Natario seul avait droit à de tels privilèges ; pour tout autre, c'étaient des coups de bec féroces et des insultes : Voleur ! Fils de pute ! Va t' faire empaffer ! Tout juste s'il n'avait pas arraché le doigt au nègre Tison qui avait tenté de faire amitié : donne la patte, mon beau.

Le vocabulaire agressif de la maracanan lui venait d'un long séjour dans la salle de jeux enfumée d'un bobinard de la traverse de la Mule, à Itabuna, la populaire pension des Nuées. A la fois taverne où l'on servait tafia, cognac et vermouth, bordel où des filles officiaient dans des galetas mansardés et surtout tripot, ce complexe récréatif était exploité par Luiz Preto, un paladin parfois incompris et décrié de la diversion dans la dignité. Le capitaine lui avait sauvé la vie à l'occasion d'un rébecca de flambeurs.

Il se trouvait par hasard dans les lieux sur l'invitation d'une nana qu'il avait connue dans le temps : un bout qu'on s'est pas vus, Natario, avait dit la gagneuse en le rencontrant dans la rue. De souvenir en souvenir, ils finirent dans les combles de la pension des Nuées pour célébrer la rencontre et soigner la nostalgie à coups de queue.

Natario reboutonnait son pantalon, pour prendre congé, quand son attention fut attirée par un vacarme de tables et de chaises renversées et les cris exaltés d'un perroquet — Voleur de mes deux ! Enfifré ! La dame, encore déshabillée, ne se troubla point, insultes et bagarres étaient chose courante dans ce déambulatoire très fréquenté. Mais, comme le rififi continuait, avec menaces de mort — j' vas t'arracher les tripes, ordure ! — et que le capitaine avait reconnu la voix de Lalau, un jagunço qui avait servi sous ses ordres, homme de parole et de cœur, il se précipita à temps pour empêcher l'envoi au cimetière de Luiz Preto :

le poignard de Lalau lançait des éclairs au milieu de la tabagie. L'ordre une fois rétabli, tables et chaises redressées, le flambe remis en train, Natario s'attarda à provoquer le perroquet et alla jusqu'à éclater de rire — ce qui était bien rare chez lui — en entendant l'oiseau lui enjoindre : va t' faire empaffer ! tout en clignant de l'œil et en agitant joyeusement ses ailes vert et rouge. Reconnaissant, Luiz Preto fit porter le volatile à la pension de la mère Senhorinha, où le capitaine descendait à Itabuna : cadeau d'un ressuscité.

A la fazenda da Atalaia, Va-t' faire-empaffer avait appris à siffler les chiens, à faire « petit, petit, petit » aux poules, à imiter la voix du nègre Espiridião: paix et santé, commè'e Zilda ! A Tocaia Grande, le Turc Fadul lui avait appris des gros mots en arabe : *manhouk, ru-h intâk, ibam, charmouta :* le perroquet les répétait avec un bel accent des montagnes du Liban.

Chez le capitaine, à la table bien servie du déjeuner, Fadul, commensal coutumier, crevait de rire à entendre les insultes de Va-t'faire-empaffer, en portugais et en arabe. Mais il ne réussit jamais, en dépit de toutes les tentatives, à lui gratter la tête et encore moins le ventre. Prérogatives du capitaine Natario da Fonseca.

8

Va-t' faire-empaffer devenait polyglotte. Non content de répéter des grossièretés en arabe, il chantait en italien des airs d'opéra — « Ridi, pagliaccio », « La donna è mobile » — que jouait le phonographe. Sa renommée courait le pays, véhiculée par les convois muletiers :

— Le capitaine Natario a un perroquet fantastique. Il parle en turc, il chante en langue de gringo, marrant comme pas possible.

Le phonographe, cadeau du colonel Boaventura Andrade, était la grande attraction, le luxe suprême de l'habitation du capitaine Natario da Fonseca. Zilda y tenait tellement que même Edu, le fils aîné, n'avait pas le droit de le mettre en marche ; elle seule et Natario pouvaient le faire. En de très rares occasions, le capitaine tournait la manivelle pour remonter le mécanisme et montrer l'appareil, avec une pointe de vanité, à des hôtes de marque : le colonel Robustiano de Araujo, le compère Lourenço, chef de gare de Taquaras, Cicero Moura, acheteur de cacao pour le compte de Koifman & Cie, exportateurs.

Dans ses moments de loisir, généralement en fin d'après-midi, avant le repas du soir, Zilda faisait marcher le gramophone et restait à écouter, le menton appuyé sur sa main, les yeux mi-clos elle ne comprenait pas la langue en laquelle on chantait, mais les graves et les aigus — les aigus surtout — l'enchantaient. Parfois, Coroca venait lui tenir compagnie, parler de ce qui se passait au bourg, écouter de la musique. Il y avait seulement trois cylindres, qui étaient venus avec l'appareil. Vanjé venait aussi de temps à autre, apportant quelques présents pour la cuisine du capitaine — patates, citrouilles, manioc doux — et s'extasiait devant le gramophone :

— J'en crois pas mes yeux...

Vanjé était devenue amie intime de Zilda et gardait pour le capitaine une déférence toute particulière : jamais elle ne pourrait oublier la rencontre sur la route. Elle avait entendu raconter des choses sur son compte, qui entraient par une oreille, sortaient par l'autre ; pour elle, le bon Dieu mis à part, il n'était personne de comparable au capitaine Natario da Fonseca. Elle lui avait demandé d'être le parrain du bébé de Lia et Agnaldo le jour où on le baptiserait. La marraine — faites excuse, dona Zilda — ne pouvait être que Jacinta Coroca, qui l'avait mis au monde.

Au début, les gamins, amenés par Edu et Peba, se rassemblaient devant le phonographe. Attentifs, stupéfaits, voulant savoir où se cachaient la bonne femme et le type qui chantaient ces airs de l'autre monde. Mais ils se lassèrent vite, les chansons étant toujours les mêmes ; ils préféraient la forêt, avec les oiseaux et les petits singes, montaient des trébuchets, dressaient des pièges.

Bernarda arrivait, le bébé à califourchon à sa ceinture. Elle demandait la bénédiction à sa marraine, aidait aux travaux domestiques ; sans rien dire, souriante, elle écoutait la musique tout en débarrassant Zilda des lentes. Elle venait toujours en l'absence du capitaine et si par hasard, revenant d'un déplacement, il la trouvait là, elle lui demandait la bénédiction et se retirait aussitôt, pour rester chez elle, sans bouger, dans l'attente de sa visite à tout moment qui lui conviendrait.

Zilda offrait de la liqueur de génipa, de pitanga, de grenadille, qu'elle faisait elle-même : comment avait-elle assez de temps pour tout ? Les travaux du ménage, la cuisine, les liqueurs, la confiture de banane, les cajous secs, la couture et le point de croix ? Pour élever ses enfants avec amour, avec zèle : les siens propres et ceux d'adoption ? Et tout cela sans élever la voix, sans courir, sans se plaindre. Se plaindre de quoi ? Quand Natario l'avait emmenée avec lui, orpheline et mendiante, jamais elle n'aurait imaginé arriver si haut : mariée, épouse d'un fazendeiro capitaine de la garde nationale, maîtresse de maison — et quelle maison ! — de beaux enfants, la basse-cour garnie, table ouverte et bonne chère. Se plaindre ? Il eût fallu être bien ingrate.

Bonne chère et table ouverte, à laquelle pouvait s'asseoir quiconque survenait à l'improviste. Peu de monde quand le capitaine était absent : Coroca, Merencia, Bernarda, une amie ou une autre ; d'homme, en aucun cas si le chef de famille n'était pas à la maison. Natario passait la plus grande partie de son temps sur les fazendas, l'Atalaia et la Boa Vista, et davantage encore à l'époque des récoltes, précoce ou de saison, à s'occuper de la cueillette et du séchage du cacao. Mais quand il s'arrêtait à Tocaia Grande, la maison était toujours pleine de visiteurs. Plus de place vacante à table, et bien souvent certains hôtes mangeaient sur la galerie ou à la cuisine, avec les enfants. Amis, compères, simples connaissances, relations d'affaires, étrangers de passage qui venaient le saluer, sans compter les habitants du bourg. Lorsqu'il passait, à pied ou à cheval, par la friche, le chemin aux Mulets, la combe aux Crapauds, tout le monde le saluait cordialement, joyeusement, avec un respect mêlé d'affection. Les hommes ôtaient leur chapeau avec déférence, les femmes lui souriaient avec considération : dans la déférence de certains hommes un vestige de crainte, dans la considération de certaines femmes un soupçon d'invite. Les enfants couraient lui baiser la main :

— Bénissez-moi, capitaine !

9

Le colonel Boaventura Andrade en personne, grand manitou de ces contrées, patron et compère, goûta à l'excellente table de Zilda, se resservit des mets et en fit l'éloge, se lécha les lèvres : la poule au sang, le tupinambis au gril, le poisson à l'huile de palme, le sauté de pintade, les confitures de banane et de cajou, la crème d'avocat. Zilda s'excusait du manque de variété du menu, quatre plats seulement, un pauvre déjeuner comparé à ceux des grandes maisons de fazendas. Ses filles aidaient à la cuisine, apprenaient à assaisonner, à doser les sauces, à apprécier le point exact de cuisson.

Venant de l'Atalaia, le colonel avait coupé par la piste et était passé par Tocaia Grande afin d'étudier avec Natario l'installation d'un groupe de Sergipanos attendus à Ilhéus en provenance d'Estância, pays natal du fazendeiro, et qui lui étaient apparentés — à ce qu'on apprit plus tard. Il profita de l'occasion pour parcourir le val : il était déjà venu lors de la récolte précédente, plus d'un an auparavant. Le progrès de Tocaia Grande l'avait impressionné alors : que dire maintenant ?

Il visita les champs de culture d'Ambrosio, de José dos Santos et d'Altamirando — ce dernier avait commencé un élevage de chèvres — hochant la tête d'un geste d'approbation. Vit le pressoir, où l'on était en train de râper le manioc. Les Estancianos allaient se trouver en bonne compagnie.

Mais la grande surprise, qui provoqua des exclamations enthousiastes, ce fut le chantier du ponceau, presque terminé. L'envergure de l'entreprise, la qualité du travail, la finition, l'émerveillèrent. Lupiscinio et Guido, maîtres charpentiers, reçurent avec satisfaction et en toute modestie les félicitations du colonel. Lupiscinio révéla, sans aigreur :

— Le colonel Robustiano croyait qu'on s'en sortirait pas.

Ils racontèrent que beaucoup de gens avaient collaboré au succès de l'entreprise. Le colonel Robustiano, précisément, et le capitaine Natario, ici présent, avaient fourni l'argent ; les maçons, Balbino et Bastião da Rosa, Merência et Zé Luiz, les briquetiers, le forgeron Tison Abduim s'étaient faits charpentiers et aides-menuisiers, et même les filles publiques avaient prêté leur concours.

Ils s'arrêtèrent chez Bernarda, le colonel voulant voir le petit qui était né lors de sa visite précédente. C'était en son honneur qu'il avait levé son verre de tafia au bistrot de Fadul. Coroca fit du café. Bernarda se rengorgeait en faisant admirer le bébé, tout le portrait du père.

— La marque déposée de Natario..., plaisanta le colonel.

Il alla également à l'atelier de Castor et salua Diva. Tocaia Grande n'était déjà plus un simple caravansérail de filles publiques, des familles se formaient : sur son chemin il avait rencontré Dinorá et Isaura, avait vu Abigaïl dans la rue, faisait maintenant connaissance avec Diva, toutes quatre en situation intéressante. Le colonel se ressouvint de la prédiction de Natario. Du haut de la butte où s'élevait maintenant sa maison, embrassant du regard la vallée inhabitée, la forêt encore vierge, la savane inhospitalière, Natario avait déjà vu les jours à venir. Le colonel n'avait jamais réussi à s'expliquer le don qui permettait au métis de lire dans les pensées, de pressentir le futur. Le sang indien, ce ne pouvait être autre chose.

Pour finir, ils s'en furent prendre un verre chez Fadul, avant le déjeuner.

— Qu'est-ce que vous en pensez, colonel ?

— D'ici à quelques années, ce sera mieux que Taquaras. Il ne manque plus que de voir arriver la voie de chemin de fer jusqu'ici.

Repu, il quitta la table pour aller faire sa sieste dans le hamac sous l'auvent de la galerie. Mais, avant de s'endormir, il fit un brin de causette avec sa commère Zilda et lui donna des nouvelles de l'Atalaia. M'ame Pequena avait maintenant une aide, la fille du défunt Tiburcinho : vous vous en souvenez ?

— Sacramento ? Et comment, que j' m'en souviens ! Une bien belle petite...

Sur le visage du colonel, marqué par le temps et la vie, par les chagrins, apparut un léger sourire, presque timide :

— M'ame Pequena arrive à peine à marcher. Elle a eu de la chance, avec cette petite, travailleuse comme pas une. Une gentille fille, ma bonne commère. La maison est tenue à la perfection et, même de moi, elle prend soin. — Parlait-il de la servante, ou de la maîtresse ? — Entre nous, ma bonne, je peux vous dire que maintenant je passe plus de temps à l'Atalaia qu'à Ilhéus.

— Et Venturinha, compère ? Vous avez des nouvelles ?

Le sourire s'éteignit sur la face du colonel :

— Toujours à Rio, je crois bien qu'il va y rester.

— Toujours dans les études ? C'est bien de la conscience, j'ai jamais vu personne aimer autant l'étude. — Eloges sincères, mots pleins d'innocence, sans malice.

— C'est bien vrai, ma commère, il serait temps d'arrêter. A trop en faire, un docteur finit moins que rien.

Le cri nasillard du perroquet interrompit le dialogue :

— Enfant d' putain ! Va t' faire empaffer !

Le colonel ferma les yeux, essayant de ne plus penser à Venturinha faisant le joli cœur à Rio de Janeiro, à quoi bon se lamenter ? Mais il se lamentait, quoi qu'il en eût : ce fumiste était son fils, son fils unique. Pour lui il avait travaillé sans relâche, jour et nuit. Il avait abattu la forêt, défriché, planté des acres et des acres de cacao. Il avait vécu les armes à la main, s'était battu, avait risqué sa vie, fait tuer, tué lui-même. Sans cette petite Sacramento, il aurait déjà perdu complètement le goût de vivre — l'argent et la puissance ne sont pas tout.

Le voyant les yeux fermés, Zilda se retira sur la pointe des pieds, en évitant de faire du bruit. Le colonel ne la retint pas, la laissa partir sans reprendre le fil de la conversation : il n'aimait pas parler de l'absence de son fils. Le chagrin que lui causait cette absence faisait peut-être qu'il s'attachait davantage encore à ses vieux serviteurs, des gens simples. M'ame Pequena qui avait vieilli dans la maison de maître, sans un seul jour de repos. Le nègre Espiridião, avec sa toison toute blanche. Quand il était venu avec son escopette c'était un gaillard dans la force de l'âge et depuis ce temps il veillait sur le sommeil du colonel. La commère Zilda et le compère Natario. Natario était devenu pour finir compère et capitaine, car il n'était pas seulement, comme Espiridião, courageux et fidèle, mais il savait lire et écrire, et surtout il savait commander.

Des gens simples et droits, comme aussi la petite Sacramento, qui ne le tutoyait jamais. Elle disait « vous » ou « colonel », mais sa voix et ses façons le consolaient du chagrin et du dépit, lui redonnaient la force et le désir de vivre. Elle lui massait doucement le cuir chevelu, lui dans le hamac, elle assise par terre, elle sentait la feuille de pitanga, au lit elle se pelotonnait sur sa poitrine, riait et soupirait. Un conseil de Natario, que le colonel avait suivi. Il s'en était bien trouvé, comme toujours, à la vérité.

10

Lorsqu'ils se virent dans une situation sans issue, réduits à ce que valait le cheptel mort avec un petit supplément dû à la charité de Leovigildo Calasans, propriétaire du vieux moulin à sucre, alors la vieille Leocadia, octogénaire, veuve, mère et belle-mère, tante et grand-mère, pensa au lointain parent. En cette heure de difficultés, qui pourrait leur venir en aide, sinon le cousin? Cousin au troisième ou quatrième degré, mais non moins digne d'égards pour autant.

Le colonel Boaventura Andrade, la dernière fois qu'il était venu à Estância, et ce n'était pas d'hier, les avait reconnus et leur avait dit bonjour à la foire où ils offraient à la vente ce qu'ils produisaient en abondance comme métayers. Le millionnaire qui ne savait où mettre son argent n'avait cependant pas été méprisant vis-à-vis des parents pauvres. Assis sur une caisse à côté de la cousine Leocadia, il s'était attardé à bavarder, à parler des gens et des événements passés, drôles les uns, tristes les autres. La cousine avait aussi été un béguin du trombone José de Andrade, père du colonel. Combien de mazurkas et de xotes n'avaient-ils pas dansés ensemble aux fêtes de La Lyre estanciana, inoubliables!

Attendri, le grand seigneur grapiuna ouvrit son portefeuille et donna quelques billets pour les gosses. Quelques petits billets? Une belle somme que Leocadia mit de côté en cas de besoin, de maladie qui obligerait à voir le docteur. En prenant congé, le colonel offrit ses services s'ils venaient un jour à devoir y faire appel. A Ilhéus, à votre disposition, pour n'importe quoi, il suffira d'écrire. Mettez sur l'enveloppe « Colonel Boaventura Andrade, Ilhéus, Etat de Bahia », ça arrivera, pas besoin de nom de rue, là-bas tout le monde me connaît.

L'histoire n'était pas différente des autres, c'était toujours la même avec de petites différences de détail. Ils avaient cultivé la terre en régime de métayage, avaient connu des périodes de prospérité. Ensuite, ce fut comme d'habitude : le fonds revint au propriétaire, la canne à sucre remplaça le maïs et le manioc. A Estância, il n'y avait pas de quoi gagner sa vie : ni terres à cultiver ni emplois dans le commerce, rien à faire sinon dans les équipes de travailleurs des vieilles plantations de canne.

Jadis, Estância avait pu être un centre important dans la vie de l'Etat de Sergipe. Les marchandises transportées par voie maritime, déchargées à l'embouchure du Real, s'entassaient dans le port de Crasto. D'Estância elles étaient acheminées vers le sertão en un trafic intense de convois et de voyageurs. Mais les voies de chemin de fer qui reliaient Bahia et le Sergipe passèrent loin de la ville qui fut ainsi condamnée sinon à la mort du moins au déclin. Il ne resta aux Estancianos d'autre alternative que le départ vers le sud : la renommée du cacao attirait les déshérités. D'autant plus lorsqu'ils avaient perdu la terre, le travail, l'espoir.

C'est alors que Leocadia se souvint du parent lointain et millionnaire. Elle réunit le clan, proposa l'exode. Ils étaient vingt-trois personnes, parents et frères et sœurs, oncles, cousins, tous du même sang : sept femmes, six hommes, dix enfants, d'âges divers. La jeune Neneca refusa de partir, à cause d'une amourette bien en train avec Osiris, brillant orateur officiel et médiocre flûtiste de La Lyre estanciana, vaguement commis au magasin de tissus de son père, M'sieu Américo, bref, un mort en sursis. Neneca profita de l'occasion pour quitter la maison et se mettre en ménage avec le soupirant : un poids de plus sur les épaules du pauvre Américo. Gabriel, le père de Neneca, menaça de faire un malheur, elle s'en moqua totalement, et Leocadia lui dit de laisser courir et de se taire : si la dévergondée voulait rester là à mourir de faim pour finir par faire commerce de son corps, c'était son affaire à elle, ils avaient bien assez de soucis.

Grand-mère Leocadia écrivit une lettre au colonel, lui rappelant leur rencontre et ses offres de service. Il n'aurait pas des fois passé l'arme à gauche ? avait demandé Vavá, le fils aîné de Leocadia, un homme d'une cinquantaine d'années. S'il avait défunté, la nouvelle du décès serait bien arrivée jusqu'à Estância, que les mauvaises nouvelles vont vite et ne se perdent pas en route. Il ne répondra pas, prédit le gendre Amancio, incorrigible rabat-joie.

Non seulement il répondit, mais encore ce fut par télégramme, ce qui causa sensation. Ils rassemblèrent leurs affaires, montèrent en troisième classe du train de Salvador, où ils devaient prendre le bateau pour Ilhéus, après avoir fait leurs maigres comptes. A Ilhéus, le cousin s'occuperait d'eux.

Le travail ne manquait pas, surtout à l'époque des cueillettes, mais le colonel ne souhaitait pas voir ses parents se tuer à la tâche dans la condition précaire de journaliers. Il pensa à Tocaia Grande et décida d'aller personnellement se rendre compte de la situation. Avec le concours de Natario, il choisit l'emplacement, mitoyen avec le champ et le petit élevage d'Altamirando. Ils pourraient s'installer là, le colonel leur avancerait de quoi commencer, ils ne courraient pas le risque de voir quelqu'un leur prendre la terre pour y planter de la canne à sucre. Même le colonel ne viendrait pas y mettre des cacaoyers : il n'y avait pas de propriétaire. Terres disponibles, qu'il suffisait d'occuper.

Le colonel demanda à Natario d'aller accueillir les Estancianos à la gare de Taquaras quand ils arriveraient. Ce n'étaient pas seulement des compatriotes mais des parents, la vieille allait avoir bientôt quatre-vingts ans, ils méritaient plus que de la simple compassion. Natario emmena donc un mulet de selle, qui était la douceur même, et, pour plus de sûreté, un hamac et un jeu de perches : si l'ancêtre n'était pas capable de monter, on la porterait à dos d'hommes. Il les attendit à la gare et les accompagna jusqu'à Tocaia Grande.

Grand-mère Leocadia n'avait rien d'un vieillard. La peau sur les os, droite comme un I, elle n'avait pas d'âge.

Vive et pleine d'entrain, l'esprit alerte, elle fit marcher son mulet de conserve avec la mule fringante que montait l'envoyé du cousin et demanda des renseignements :

— C'est une localité développée ? Y a une fanfare ? L'église est consacrée à qui ? Le saint patron ?

Un mince sourire affleura aux lèvres de Natario :

— De fanfare, pas encore, mais ça manque pas d'accordéon et de guitare. Y a pas non plus d'église, en dehors de ça, c'est développé je vous dis que ça, vous allez voir. Le saint patron, j' vais vous dire : si y en a un, c'est votre serviteur, capitaine Natario da Fonseca.

Trois des femmes étaient enceintes : Fausta, Hilda et Zeferina.

11

Les cages accrochées aux murs de pisé, à la boutique du barbier, n'étaient jamais plus d'une demi-douzaine. Sans compter celle de la corneille cancan, presque toujours vide car l'oiseau circulait librement dans la bicoque, attrapant des insectes avec son long bec. Ni la cage de la tourterelle écaillée. On pouvait voir de merveilleux oiseaux, choisis avec amour par Dodô Peroba. Comment se faisait-il qu'il y en eût si peu, alors que l'oiseleur en rapportait en quantité de la forêt, chaque fois qu'il plaçait ses trébuchets aux points stratégiques ?

Edu et Nando, ses associés pour le commerce des oiseaux et autres bestioles, offraient un large choix aux acheteurs des alentours à la foire dominicale. Un petit oiseau égaie la maison, et même le foyer le plus pauvre, le plus désolé, s'enrichit et s'embellit du chant et du plumage d'un troupiale ou d'un merle sabiá, d'un cardinal, d'un curió ou d'un cacique noir, d'un canari à tête de feu ou d'un tarin des bois : la liste est vaste. Quant aux perroquets et aux perruches, ce sont des compagnons familiers qui n'ont pas de prix.

En plus des oiseaux, d'autres bêtes encore. La veuve Natalina possédait un sapajou couleur de miel brûlé qui dormait dans la boîte de sa machine à coudre, enroulé dans sa longue queue. Selon la croyance populaire, les sapajous, appelés aussi singes de minuit, étaient planteurs de cacao : ils dormaient toute la journée, se livraient la nuit à toutes sortes de diableries. Merencia et Zé Luiz élevaient chez eux un boa : il avait déjà plus de deux mètres, et sa croissance n'était pas achevée. Il nettoyait l'endroit des animaux nuisibles et faisait fuir les serpents venimeux. Les filles de joie et les gosses avaient une prédilection pour les sajous libidineux.

Dodô Peroba ne chassait pas les oiseaux pour les vendre au marché, ni pour les garder simplement enfermés dans des cages qui décoraient le salon de coiffure — appeler salon de coiffure la pièce exiguë où avait été installée la chaise fabriquée par Lupiscinio, c'était une plaisanterie, comme de baptiser salle de bal le terre-plein du hangar, mais c'étaient là les façons de dire des habitants.

De tout ce qu'il attrapait au piège, l'oiseleur ne conservait parfois absolument rien. Après avoir étudié ses prises avec une attention minutieuse, les avoir soumises à de curieux essais et d'étranges expériences, il sélectionnait un tout petit nombre de spécimens, comme suite à de mystérieuses conclusions de lui seul connues. Il remettait en liberté l'immense majorité des oiseaux, sinon la totalité, et à les voir s'envoler tout heureux de la surprise il témoignait d'une telle satisfaction qu'on aurait pu imaginer cette chose absurde : qu'il ne les avait capturés que pour le plaisir de les libérer.

Ceux qui avaient été choisis — pour leur beauté, leur chant, leur vivacité ? allez donc savoir — vivaient alors dans les cages suspendues dans la boutique et occupaient la plus grande partie du temps de l'oiseleur. Dodô les apprivoisait et, avec une patience infinie, une habileté fantastique, leur apprenait à faire des choses absolument extraordinaires. Avec leur bec, ils actionnaient dans leurs cages des mécanismes de ficelles tressées qui permettaient de faire descendre et remonter un dé pour le remplir aux abreuvoirs en fer-blanc, comme qui tire l'eau au puits. Ils ouvraient les couvercles des tiroirs de bois pour manger leur mouron, ouvraient et refermaient leurs cages, et ainsi de suite, tout un tas de tours habiles. Dodô les commandait en claquant des doigts.

Gamin, Fleur-des-champs, Mignonnette, Ebouriffé, Bouboule, chacun avait son nom ; ils venaient en voletant à l'appel câlin de l'oiseleur. Le barbier les avait habitués à voler librement hors de la cage, à l'intérieur et à l'extérieur de la maison, à s'en aller au loin et à revenir ensuite se poser au sommet de la volière ou à la porte faite de petites baguettes de bambou, qui restait ouverte en l'attente de leur retour. Ils chantaient alors de plus belle et laissaient Dodô leur faire fête. Les gamins, bouche bée, passaient des heures à le regarder en silence enseigner aux oiseaux ces choses inimaginables.

Siffleur hors de pair, Dodô sifflait des chansonnettes, les troupiales reprenaient la mélodie et apprenaient à imiter à la perfection le gazouillis de leurs voisins de cage. Les oiseaux de Dodô Peroba n'étaient pas seulement apprivoisés et dressés comme tant d'autres : c'étaient des artistes dignes de faire figure dans un cirque. Ainsi l'avait dit le colonel Boaventura Andrade qui lui avait acheté un concriz — l'un des multiples noms donnés au troupiale de la Jamaïque — pour en faire cadeau à Sacramento : il l'avait entendue parler de son chant avec une certaine nostalgie, selon elle il n'était rien de plus émouvant.

Les oiseaux que Dodô Peroba élevait et apprivoisait ne suffisaient pas à répondre à la demande : il était sollicité dans les fazendas, à la gare de Taquaras, à Itabuna même. Mais l'oiseleur s'en défaisait de mauvais gré, non sans tristesse, au terme de négociations prolongées. Il ne vendait pas au premier venu, à n'importe qui. Il voulait d'abord être bien sûr que l'acheteur aimait réellement les animaux, n'était pas l'un de ces cruels propriétaires de coqs et autres volatiles qui ne les élevaient que pour les combats et les paris.

Il y avait aussi, vivant en liberté dans la boutique, une tourterelle *carijó,* qu'il n'aurait pas vendue pour tout l'or du monde, celle-là : elle lui mordillait les doigts de pied, se posait sur son épaule ou sur sa tignasse hirsute, découvrait et tirait avec le bec ses premiers cheveux blancs. Les offres d'achat ne manquaient point, il en avait déjà reçu et refusé des quantités, et se mettait en colère quand on insistait, au point de perdre sa sérénité habituelle. Comment aurait-il pu vivre sans entendre à tout moment la sonore et amusante onomatopée : fogo-pagou, fogo-pagou[1] ! On les voyait sur le seuil de sa porte, assis sur un tabouret de bois, l'oiseau perché sur sa tête becquetant sa chevelure emmêlée.

Or il arriva qu'une nuit, quand le silence se fit sur la friche, après le brouhaha des muletiers, Dodô Peroba, qui avait le sommeil léger, s'éveilla surpris d'entendre la tourterelle émettre son joyeux avis : à cette heure elle aurait dû dormir dans la cage, les toutes premières lueurs du jour ne s'étaient pas encore annoncées. Il se leva de sa natte et écouta dans le noir : les oiseaux dormaient, et ce n'était pas de la salle que provenait le cri qui continuait à se faire entendre comme un appel têtu. Il venait de l'extérieur ; un oiseau égaré, affolé, en détresse ? Avec peut-être une aile blessée, incapable de voler, appelant à l'aide ?

Se déplaçant sans faire de bruit pour ne pas déranger ses oiseaux, Dodô Peroba se faufila jusqu'à la porte. Il ne fit pas même deux pas : il distingua aussitôt la petite demeurée qui était accroupie là, sous la pluie fine. En l'apercevant dans l'obscurité, Ção sourit, se mit debout et lui tendit les bras.

1. Littéralement : « il a payé son feu » ; prononcer *fogopagô.*

Les eaux de la rivière en crue manquent détruire Tocaia Grande

1

Sous l'averse torrentielle, ruisselant, son manteau trempé, le colonel Robustiano de Araujo mit pied à terre devant l'atelier du maréchal-ferrant. Il donna la bride au garde du corps qui l'accompagnait. Nazareno, le plus jeune frère de Gerino, l'un et l'autre de confiance absolue :

— Attends-moi au dépôt.

A la porte, Castor Abduim salua le fazendeiro avec allégresse :

— Entrez, compère, vous êtes chez vous. Ça y est, vot' filleul est né venez voir un peu ce costaud d' mulâtre.

Le colonel aussi était plutôt mulâtre. Mais, dans le pays, c'était entre riches et pauvres que se faisait la différence : pour qu'un fazendeiro ne fût pas considéré comme blanc, il fallait qu'il fût vraiment très noir, comme le colonel José Nique, et affichât lui-même sa race. Nègre Zé Nique, beau et millionnaire ! se proclamait-il du haut de son cheval pie en faisant claquer sa cravache de cuir tressé à poignée d'argent. A l'entrée de la morte-saison, le colonel Robustiano remettait au père Mariano Bastos, prieur de la cathédrale Saint-Georges, un don pour l'autel du saint guerrier, et une obole, également généreuse, à Père Arolu pour le peji d'Oxossi, seigneur de la nature. A eux deux, le saint et la divinité, ils maintiendraient bien les pluies dans des limites raisonnables pour que la floraison et la fructification des cacaoyers fussent à l'abri du danger et que la récolte fût encore plus belle. Promesse urgente et nécessaire : aux sources de la rivière aux Serpents c'était le déluge.

Le colonel déboutonna son manteau et le posa sur le roc proche de la forge pour le laisser sécher : putain de temps, bon Dieu !

— On m'a fait la commission, pour la bonne nouvelle, je suis venu voir la petite commère. Comment elle va ?

— Heureuse comme un p'tit oiseau, elle arrête pas de rigoler.

L'engagement du parrainage avait été pris depuis longtemps. Au moment de rembourser ce qu'il devait encore au colonel pour les frais d'installation de l'atelier, paiement échelonné à son gré, comme l'y avait autorisé son généreux créancier — pas la peine de se presser, Tison, il n'y a pas urgence, lui répétait-il chaque fois —, Tison avait annoncé :

— Le jour que j' me marierai, j' vous demanderai avec dona Isabel d'êt' les parrains d' mon premier.

— Avec le plus grand plaisir, Tison.

Le nègre avait tenu sa promesse. Se marier, il ne s'était pas marié, mais il s'était mis en ménage, ce qui pratiquement revenait au même. Quand Diva commença à prendre de l'embonpoint, Tison, apercevant le colonel à Tocaia Grande, lui avait dit :

— Je m' suis mis la corde, colonel, et vot' filleul est d'jà commandé. — Toujours le même nègre farceur et rigolard, il ajouta : — Et du sur mesure !

Sur mesure, dans le balancement et le grincement du hamac. Devenus amants, Diva et lui avaient plutôt l'air d'amoureux : de fâcherie ou bouderie, pas l'ombre ; se tenant par la main, souriants, ils étaient constamment ensemble, échangeant des secrets et des petits baisers, et l'on disait qu'ils étaient nés l'un pour l'autre. Il l'appelait « ma p'tite Noire » et elle « mon Blanc chéri ». Elle appuyait sa tête sur la vaste poitrine noire et il caressait son ventre de la main pour mesurer sa croissance. Ils attendaient impatients.

Finalement, ce fut le grand émoi au petit matin chez le forgeron. Avec le début de la morte-saison, le va-et-vient des convois de cacao sec avait ralenti. Quand, dans le courant de la nuit, les premières douleurs se firent sentir, Tison était allé chercher le coq, attaché au goyavier du jardin en prévision de l'événement, et l'avait sacrifié aux orixás. Après seulement, il était allé avertir Coroca.

Sur les talons de l'accoucheuse, les proches ne tardèrent pas à envahir la maison : Vanjé, Lia et Dinorá. Celle-ci avec un ventre énorme, à croire que les ibejis avaient oint l'instrument de Jãozé, et qu'elle allait avoir des jumeaux Côme et Damien. Castor eut beau faire la tête, tenter d'imposer sa présence à côté de la natte où Diva était en travail et lui souriait courageusement quand elle cessait de gémir, comme si elle avait déjà une longue expérience :

— Hors d'ici ! enjoignit Coroca, poussant le nègre. Va-t-en t'arranger avec les saints. — Autorité de sage-femme la plus haute qui existe.

Assis auprès du peji, Tison attendit, réprimant son impatience. Ame-en-peine et Offerte se couchèrent à ses pieds, inquiets eux aussi, museaux dressés pour flairer, oreilles à l'écoute, fixant leur ami du regard. Quelque chose était sur le point d'arriver, ils le savaient.

En entendant le vagissement, Castor se releva d'un bond et se précipita dans la chambre : Coroca tenait le nouveau-né dans ses mains et montra le corps souillé de sang dans la lumière blafarde du petit jour afin que tout le monde pût le voir. Tison et Diva, Vanjé, Lia et Dinorá avec son gros ventre. Dans la poitrine du nègre le cœur se dilata et il se sentit les yeux humides. Du plus loin qu'il se souvenait, jamais il n'avait versé une larme. Pas même quand, à la fin de l'hiver, il avait reçu, avec bien du retard, la nouvelle de la mort de son oncle Cristovão Abduim, forgeron et alabê. Il avait dit à Diva : si c'est un garçon, il s'appellera Cristovão comme mon oncle, qui m'a élevé ; si c'est une fille, c'est toi qui choisiras le nom.

2

Le jour même, il fit faire la commission par le muletier Romeu da Luz, pour le colonel Robustiano de Araujo, à la fazenda Santa Mariana :

— Oublie pas de dire au colonel que son filleul est arrivé.

Romeu da Luz avait accompagné Gerino chez le forgeron pour rendre visite à Diva et faire connaissance du fils de Tison. Un pèlerinage ininterrompu, personne ne manqua. Zilda apporta une brassière et des chaussons au crochet qu'elle avait faits. Fadul retira dans ce qu'il gardait en sûreté, pour l'attacher au cou de Cristovão, une chaînette avec une « figue[1] » en or, minuscule, qui le protégerait contre le mauvais œil. Parmi les premiers à comparaître, Bastião da Rosa et Abigaïl, elle toute ronde, comme un tonneau, elle devait accoucher trois jours après Diva, bien qu'elle se fût trouvée enceinte la première.

— Si c'est une fille, décida le maître maçon, quand ils auront grandi, ils se mettront ensemble. C'est convenu, dès maintenant.

Dans les fazendas, les cueillettes étaient finies, on arrivait à la fin du séchage du cacao. Une récolte qui dépassait toutes les prévisions, toutes les espérances qui représentait le double de la précédente, grâce à la production magnifique des nouvelles cacaoyères. Chez les colonels, on ne savait plus quoi faire de l'argent, le crédit était illimité dans les agences de la Banque du Brésil à Ilhéus et à Itabuna, sur les comptes courants des firmes exportatrices. Dans les boîtes de nuit, les fazendeiros sablaient le champagne, offraient à leurs maîtresses des bagues de brillants, des bracelets en or, des colliers de perles. Pour qu'un colonel fût véritablement respecté, il devait avoir maison civile et maison militaire : dans la première,

1. Amulette représentant une main fermée dont le pouce fait saillie entre l'index et le majeur repliés (symbole de la copulation).

l'épouse austère et dévote, reine du foyer, tout entière aux soins de la famille, à ses devoirs de mère ; dans l'autre, l'amante chic et voyante, dans ses plus beaux atours, bonne affaire au lit, de joyeuse compagnie, pour le plaisir de l'œil et les délices du corps, et pour exciter l'envie.

Pour donner une idée de ce qu'il en était, on disait de bouche à oreille par les rues des villes et sur les chemins des plantations que les colonels allumaient leurs cigares avec des billets de cinq cents milréis. De fait, il semble bien qu'une nuit de bamboche mémorable, pour fêter la fin de la récolte dans une boîte d'Ilhéus, le colonel Damasio de Castro ou son fils Zéquinha, licencié en droit (les versions ne concordent pas), ait effectivement mis le feu à un billet de cinq cents pour allumer la cigarette de Wanda Miou-Miou, hommage suprême. Et, après avoir allumé la cigarette de la rutilante Polonaise, il avait profité du feu pour son cigare Suerdieck roulé à la main à l'usine São Félix.

Tout aussi heureuse et abondante la cueillette de Jacinta Coroca : celle des bébés. Elle n'en avait perdu aucun, et au lieu de sept il y en avait eu neuf, l'un derrière l'autre. Comment cela, puisqu'il y avait sept femmes enceintes à déambuler à Tocaia Grande, sur les deux rives du fleuve, au cours de l'hiver, sous la pluie fine ? Dinorá, conformément aux prévisions des gros malins, accoucha de deux jumelles à moins d'une demi-heure d'intervalle, deux petites poupées selon l'expression admirative de la sage-femme, Marta et Maria, le premier coup double de Coroca. Quant au neuvième, qui fut d'ailleurs le premier à venir au monde, il devait le jour à Guaraciaba, femme d'Eloi Coutinho, un couple venu du Recôncavo. C'est par eux que Castor avait appris le décès de son oncle Cristovão et le pieux comportement de Madame la baronne, qui s'occupait avec zèle des affaires de l'église paroissiale. Plus que les années, le soleil des tropiques l'avait vieillie sans toutefois lui faire perdre de son *élan,* car elle était toujours active et agissante : sans préjudice de la ferveur qu'elle mettait aux *Ora pro nobis*, elle déniaisait de juvéniles enfants de chœur, sans distinction de couleur, en gardant cependant un faible, venu du passé, pour les plus foncés, servants chéris de Dieu.

Sabotiers de profession, Guaraciaba et Eloi construisirent une bicoque et se mirent à travailler le cuir et le bois, avec application et beaucoup d'adresse. Guaraciaba faillit bien pondre en chemin, tant sa grossesse était avancée. Ce fut elle la pionnière ; l'une des Estançianas, Zeferina, boucla la boucle, elle eut son bébé la nuit où commença la crue.

Cinq filles, quatre garçons, par les mains de Jacinta Coroca, mains bénies comme le disait la vieille Vanjé qui ne tarissait pas d'éloges : éloges répétés partout de bouche en bouche ; on la faisait appeler des fazendas proches. Elle sauva la vie — celle de la mère et celle de l'enfant — à l'épouse du colonel Setembrino Arruda, transformant en heureuse réussite un accouchement difficile, prématuré, de sept mois. Dona Beatriz se reposait tranquillement à la fazenda, entre Taquaras et Tocaia Grande, en attendant la date prévue pour accoucher à Ilhéus, assistée par l'éminent Dr Ismael Alves, obstétricien idéal tant en raison d'une capacité scientifique reconnue que du fait de son âge respectable. Et soudain ce fut la panique, le branle-bas éperdu : tambour battant, on dépêcha un messager monté, avec ordre de ramener Coroca à tire-d'aile, à toute vapeur. Elle arriva à temps, fit ce qu'il fallait, lutta contre la mort, pied à pied, n'eut pas peur. Enfin, qui sait ?

3

Le colonel Robustiano de Araujo fit ses compliments à sa commère Diva, compliments dignes de quelqu'un qui récoltait plus de cinq mille arrobes de cacao et marquait à son fer tant de bétail, un nombre incalculable de bœufs, vaches, veaux et génisses du sertão, ainsi que deux taureaux de race guzerati, achetés à prix d'or dans le Minas Gerais, produits d'un champion importé par le fameux éleveur Alvaro Machado. Compliments sous forme d'un billet de cinq cents craquant de neuf.

— De la part d'Isabel, pour acheter quelques petites bricoles à son filleul.

Visite de félicitations, joyeuse par conséquent. Néanmoins, Tison perçut dans les manières du fazendeiro, habituellement loquace et aimant à plaisanter, une appréhension latente. Il ne se risqua pas à l'interroger, mais le colonel lui-même, en prenant congé à la porte de l'atelier, révéla :

— Je suis très préoccupé, Tison. Vraiment en souci.

— Et pourquoi ça, si c'est pas indiscret, colonel ?

— Il pleut sans répit vers les sources, un vrai déluge, de plus en plus fort. La rivière gonfle dangereusement, je ne sais pas ce qui va se passer. Dieu veuille qu'il n'arrive rien. Dans le doute, j'ai pris mes dispositions pour faire retirer le bétail sur ces terres plus à l'intérieur, où on élève les veaux, tu sais où je veux dire.

A Tocaia Grande aussi la pluie inondait la vallée, faisait monter la rivière. Le fazendeiro et le ferreur de mulets restèrent un moment à regarder avec attention le ciel couvert de lourds nuages noirs, à écouter le sifflement du vent qui traversait la forêt. Le colonel Robustiano de Araujo ajouta, avant de partir sous l'ondée :

— Je crains surtout pour les cacaoyères qui sont en fleur : ça peut ruiner la récolte. Prions Dieu que la pluie cesse.

4

M. Cicero Moura, connu dans les bordels sous le nom de Dr Permanganate, un petit homme aimable, représentant de Koifman & Cie, l'un des principaux exportateurs de cacao, parcourait en tous sens le territoire de la rivière aux

Serpents sur le dos d'un mulet au pas lent et prudent, Enveloppe, qui allait en toute tranquillité son petit bonhomme de chemin : avec ces bourbiers, ces gorges, ces ravins, la sécurité du cavalier dépendait de la qualité de la monture.

Même sur les pistes ouvertes à travers la forêt, même dans les misérables hameaux où il s'arrêtait pour la nuit, M. Cicero Moura ne renonçait jamais à son nœud papillon, son faux col et ses poignets amidonnés, sa pochette soigneusement pliée, sa chaîne de montre en travers du gilet ; le cheveu luisant de brillantine, la raie au milieu, à la dernière mode. On aurait dit qu'il se rendait à une soirée de gala. D'une certaine façon, c'était bien cela, car dans les fazendas où il faisait halte chaque fois que c'était possible, son arrivée mettait en mouvement cuisinières et femmes de chambre, porté qu'il était sur la bonne table et les jeunes servantes. De petite taille, maigriot, il mangeait à chaque repas l'équivalent de son poids. Quant aux servantes, il avait les meilleures raisons du monde pour leur accorder sa préférence.

Les bons clients de M. Cicero Moura se trouvaient parmi les petits fazendeiros. Ayant en général besoin de numéraire pour faire face aux dépenses de la morte-saison, ils ne pouvaient, contrairement aux grands propriétaires, attendre le moment des récoltes, où l'arrobe de cacao atteignait des sommets. Cicero Moura achetait par anticipation, à prix convenable, une partie de la récolte à venir, et avançait la somme. Dans ces propriétés de moindre importance, il discutait et faisait affaire, buvait un petit café ou un verre de génipa, mais, pour être reçu à dîner et passer la nuit, il préférait les grandes fazendas ou la chère était de première qualité et les petites servantes d'aimables mignonnes.

Des mignonnes, qui l'enchantaient par leur jeunesse et leur propreté. En couchant avec elles il se jugeait en sûreté, à l'abri du danger d'attraper une vilaine maladie. Les maladies vénériennes, blennorragie, adénites et chancres, prospéraient dans tous les bobinards de la région et se soignaient avec des remèdes de bonne femme et des potions miraculeuses. Dès le début de ses pérégrinations dans ces bleds perdus, Cicero Moura avait attrapé à Taquaras, dans une maison de passe, une blennorragie qui était devenue chronique et dont la gravité lui avait causé bien des tourments. Depuis lors, il ne se déplaçait plus sans une provision de permanganate en poudre ; s'il se trouvait dans la nécessité de tirer son coup avec une fille publique, il exigeait que la bonne femme commençât par se laver le bon endroit avec une solution de permanganate, condition *sine qua non* pour le zizi-panpan et le paiement — il n'était pas chiche si l'on satisfaisait à ses exigences. Mais ce n'était qu'en dernière extrémité qu'il avait recours aux putes. Dans les bras des servantes de maisons de maître il se sentait tranquille car, le plus souvent déflorées et lutinées par les colonels, elles devaient normalement et logiquement être propres et saines. Il ne dédaignait pas non plus les maîtresses en titre, et faisait grand cas d'une jeunesse dépucelée depuis peu. Un rase-mottes chaud lapin, le sieur Cicero Moura, grand coureur de jupons.

C'était devenu une figure populaire dans toute la contrée. Dans son imposante serviette de cuir, outre le cahier de notes où étaient inscrits les chiffres correspondant aux achats et aux crédits, il transportait des liasses de petites images de saints, en couleurs, qu'il distribuait avec la même piété aux dames des colonels, aux servantes dans les fazendas et aux filles dans les bordels : présents toujours reçus avec plaisir.

De temps à autre, on voyait M. Cicero Moura sauter à bas du mulet Enveloppe devant le magasin de l'Arabe Fadul Abdala, s'offrir une double dose de cognac et s'informer de la gent féminine :

— Il y a du cheptel neuf par ici, ami Fadul ? Une petite vêle juste sevrée ?

En début de tournée, à l'entrée de la morte-saison et des pluies d'été, l'acheteur de cacao passa par Tocaia Grande et posa la question habituelle. Le Turc montra du doigt la toquée arrêtée sur le ponceau, abritée sous un sac de grosse toile :

— Y a quelqu'un qui l'a dépucelée, et depuis les gamins se l'envoient. Ce grand couillon-là aussi. — Il désignait Durvalino occupé à laver des bouteilles près du puits.

M. Cicero Moura se fit encore préciser quelques détails sur l'âge et les circonstances : quand s'était passée la chose, approximativement ? Toute jeunette comme elle était, le minou en fleur, sans avoir eu le temps d'attraper une maladie, ouvrant les cuisses par plaisir et non pour de l'argent, exactement ce qu'il aimait. Il avala le restant de cognac et s'en fut vers le ponceau, l'œil allumé.

5

Tout en servant quelques petits verres de gnôle à de rares clients de passage, Fadul Abdala digérait des nouvelles alarmantes, les yeux fixés sur le ciel plombé. Conjectures, prédictions, exclamations inquiètes se déversaient sur le comptoir crasseux. Et le cœur du Turc, lui aussi, se serrait.

Avant de repartir pour Taquaras sous la pluie battante — on aurait dit que c'était toujours la même averse sous laquelle il était arrivé tant les ondées se succédaient sans répit — le colonel Robustiano de Araujo s'arrêta au bistrot de l'Arabe pour lui donner le bonjour, prit un verre préventif contre les symptômes du rhume, et dit à nouveau l'appréhension qui le tracassait :

— Je vais à Ilhéus mais je reviendrai aussi vite. Voilà plus de quinze ans que je n'avais pas vu autant d'eau. Ça n'est pas de la rigolade.

Tout aussi pressé de retourner aux cacaoyères menacées, le capitaine Natario da Fonseca revint d'une absence prolongée des fazendas de Boa Vista et d'Atalaia porteur de tristes nouvelles reçues d'Itabuna. Le Cachoeira avait débordé, inondant des fazendas, détruisant des plantations, transformées en immense bourbier, chassant les ouvriers vers le bourg de Ferradas. Les préjudices étaient énormes : les fleurs précoces n'avaient pas résisté au déluge.

Le colonel Boaventura Andrade, non moins préoccupé, en avait profité pour renvoyer dona Ernestina au confort de leur résidence d'Ilhéus, non sans qu'auparavant la bonne dame eût allumé dans la chapelle des dizaines de cierges aux pieds de saint Joseph, aidée par la petite Sacramento, un amour de gamine, dévouée à ses maîtres, sérieuse et diligente. Douce et affectueuse, ajoutait le colonel dans sa barbe, en cherchant refuge sur le sein accueillant pour supporter ces nouveaux tracas qui s'ajoutaient à de vieux et lourds chagrins. Si saint Joseph n'était pas ému par les cierges et les promesses, si le déluge persistait aux sources de la rivière aux Serpents, ici aussi, comme dans la vallée du Cachoeira, la primeur serait perdue et la récolte en grand péril.

Le colonel Robustiano et le capitaine Natario, propriétaire et planteurs, ne furent pas les seuls à sonner le tocsin. Bûcherons et journaliers, voyageurs en route vers la station de chemin de fer et les villes, putes battant en retraite, tous répétaient aussi la même litanie désolée : les eaux montaient et menaçaient le cacao. Fouetté par la pluie, Pedro Cigano vint à son tour se réfugier à Tocaia Grande :

— Y a p'us d' chemin, c'est rien que d' la boue, les convois ne passent plus. J' m'en vais rester par ici jusqu'à ce que l' bon Dieu nous envoie une accalmie.

Au comptoir de son commerce prospère, Fadul Abdala écoutait les informations alarmistes, les présages de mauvais augure. Tous, fazendeiros, ouvriers agricoles, filles publiques, l'accordéoniste même, se préoccupaient de la floraison, des bourgeons naissants sur les cacaoyers, des fruits précoces et de la récolte.

A les écouter, il constatait que personne ne faisait allusion au sort des créatures humaines. On calculait le montant des préjudices causés par la crue du Cachoeira, mais, quant aux réfugiés sans abri et sans ressources qui s'entassaient à Ferradas, personne ne s'en souciait ni ne s'apitoyait sur eux. Ayant demandé ce qu'il en était de ces malheureux, il apprit, de façon assez vague, que la variole se manifestait. Des cas isolés ne représentaient pas un motif d'alarme, mais quand la maladie devenait épidémique la mort commençait à faucher et la facture atteignait des sommets.

Plus de vingt ans s'étaient écoulés depuis que Fadul avait débarqué sur la terre du cacao et s'était transformé en Grapiuna, d'abord de corps et âme, puis officiellement. Il conservait au fond de son coffre, enveloppé de papier d'emballage, le certificat établi par-devant notaire à Itabuna, où étaient inscrits lieu et date de naissance d'un enfant du sexe masculin, de race blanche, etc., qui avait reçu sur les fonts baptismaux le nom de Fadul. Il avait vu le jour à la fazenda Araruama, juridiction de Madureira, selon l'attestation du greffier, compagnon de bamboche des maisons de passe. Hommes et femmes, enfants des deux sexes surtout, venus de l'autre côté de la terre, renaissaient bons Brésiliens par la vertu des pattes de mouche du clerc. Le tabellion Marcio Costa do Amaral, licencié en droit, apposait timbre et signature, qui garantissaient l'authenticité, et empochait une bonne part du bakchich.

Bons Brésiliens, il faut bien le dire et le répéter. Fadul avait pratiquement oublié le jour et les circonstances de son arrivée dans le port d'Ilhéus, adolescent recommandé à son compatriote Emilio Calim, propriétaire du bazar d'Alexandrie, où il avait sué et fait son apprentissage sur le tas. Mais il ne s'était pas encore vraiment intégré : avant les hommes et les femmes, dans sa bien-aimée patrie grapiuna, venaient les pieds de cacao, qui comptaient davantage.

A l'improviste, M. Cicero Moura, qui aurait dû être en train d'acheter du cacao de fazenda en fazenda pour le compte de Koifman & Cie, vint attacher le mulet Enveloppe au pieu du magasin et s'accouda au comptoir en faisant attention à ne pas salir les manches de sa veste, trempée mais impeccable malgré ce déluge de boue. Fadul éprouva quelque surprise, car le courtier ne demanda pas de nouvelles des femmes, ne chercha pas à se renseigner sur le cheptel neuf. Le visage assombri, il ne cachait pas son inquiétude :

— Les choses vont mal, mon vieux Fadul, personne ne veut conclure d'affaires. Je vais attendre ici que les pluies cessent.

Fadul s'étonna : attendre à Tocaia Grande ? Le Dr Permanganate s'arrêtait habituellement à Taquaras, où habitaient d'ailleurs des parents éloignés. Le Turc ne demanda pas la raison : au comptoir de son établissement, il finissait bien par savoir un jour ou l'autre le pourquoi des choses sans avoir besoin de se montrer curieux ou intéressé, sans passer pour un questionneur.

6

En compagnie de Tarcisio, Coroca se dirigea vers l'abri des Estancianos, de l'autre côté de la rivière. En traversant le ponceau, elle constata l'augmentation de volume des eaux : à grand fracas, la rivière pleine descendait en fureur bouillonnante. Elle remarqua les amoncellements de nénuphars entraînés par la violence du courant. Une fleur bleue, restée intacte entre deux feuilles vertes, se maintenait tête dressée au milieu de l'eau tumultueuse, fragile et souveraine. La rivière amie : elle leur donnait poissons et grosses crevettes d'eau douce, comblait tous leurs besoins ; ils s'y baignaient, y lavaient le linge, tuaient le temps en causettes enjouées et, par les nuits claires de pleine lune, par les nuits sombres de nouvelle lune, des couples amoureux s'y livraient à leurs jeux plus ou moins innocents, se plongeaient enlacés dans les eaux tièdes, gémissaient de plaisir dans les bassins naturels, s'abritaient dans les cachettes des jonchères. Sans rime ni raison elle s'était transformée en ennemie, lançait des défis, grognait des menaces. Ainsi pensa Coroca, mais elle ne dit rien, pour ne pas ajouter à l'inquiétude de celui qui l'avait appelée.

Le jeune homme allait à grands pas nerveux, c'était bien naturel : sa femme, Zeferina, s'était plainte des premières douleurs, encore légères et espacées. En hâte, il se jeta sous l'ondée en direction de la maisonnette de bois à la combe aux Crapauds. Il n'allait pas attendre que les contractions devinssent plus fortes ou que la patiente commençât à perdre les eaux pour se précipiter alors à la recherche de la sage-femme.

— C'est le moment, dona Coroca. Allons-y !

Allons-y ! Combien de fois Coroca avait-elle entendu cet appel impérieux, avait-elle obéi à l'ordre péremptoire, s'était-elle mise en route, tout aussi angoissée elle-même ? Elle contrôlait sa nervosité et sa peur, n'arrivait à retrouver le calme nécessaire qu'en arrivant sur les lieux pour assumer la direction de l'affaire : elle dans un camp, la mort dans l'autre. Cette fois-là, l'appréhension, le serrement de cœur étaient encore plus vifs que d'habitude car, à trois heures de l'après-midi seulement, on avait l'impression qu'un long crépuscule, triste et laid, s'était abattu sur Tocaia Grande.

Allons, reprit-elle en souriant pour calmer Tarcisio. Elle se couvrit la tête d'un sac et s'en fut donc accoucher Zeferina. Le huitième de la moisson commencée avec Guaraciaba, la sabotière : le neuvième en se rappelant que pour Dinorá ç'avaient été deux jumeaux par une nuit de prodige et de merveille !

Les rafales de vent menaçaient d'emporter le corps rabougri de Coroca et sur le petit pont elle dut s'appuyer au bras de son compagnon. Sous une telle pluie personne ne mettait le nez dehors, mais la femme en couches ne choisit pas la date de sa délivrance. Quand elle était allée prêter ses bons offices à Hilda, M'ame Leocadia, qui s'entendait aux choses de la religion, avait expliqué que le jour et l'heure sont inscrits au calendrier du ciel, à l'avance. La sage-femme plaisantait des croyances de la vieille : ça veut dire que quand le bébé arrive avant terme c'est parce que le saint s'est trompé dans le compte des lunes entre le jour de la galipette et celui des douleurs, dites-moi voir un peu ? M'ame Leocadia riait des blagues que disait Coroca, non seulement pécheresse mais hérétique : l'atmosphère se détendait, le travail se faisait facilement, avec la bénédiction du Seigneur.

Les Estancianas enfantaient sans difficulté, du moins avait-ce été le cas de Hilda et de Fausta, et ce serait sans doute la même chose avec Zeferina. Les maris, en revanche, étaient des anxieux, accouraient chez l'accoucheuse dès le premier signal. Tout en donnant ses instructions pour les préparatifs initiaux, Coroca s'informait des initiatives et des projets de cette famille de travailleurs, unie, pleine de bon sens, semblable à celle d'Ambrosio. Et d'humeur allègre, à en juger d'après le peu de temps qu'on les connaissait là : tout prétexte était bon à mettre en train un petit bal ; si possible, en accord avec les autres Sergipanos et les gens du bourg, sinon de leur propre chef au besoin ; ils ne laissaient pas passer un dimanche sans distraction. La musique ne soulevait pas de problème, les quatre hommes formaient un ensemble plus ou moins accordé, peu importe : Vavá et Tarcisio à la guitare à six cordes, Gabriel à la petite, et à la flûte Jardelino se débrouillait suffisamment. Deux des jeunes gens, Zelito et Jaïr, grattaient aussi la guitare et ne faisaient pas mauvaise figure. Mémé Leocadia prenait la tête du cortège, et mettait de l'entrain.

En face de l'élevage d'Altamirando — Les chèvres, sur le coteau pierreux, se reproduisaient vite, en liberté, des cabris que Ção menait brouter — les Estancianos avaient délimité plusieurs arpents de terre et commençaient à les défricher et à les mettre en culture : champs de manioc, de haricots et de maïs, de patates et de manioc doux. Les femmes se chargeaient du potager, cultivaient les légumes les plus appréciés dans le pays : chayotes, gombos, gilos, machiches, citrouilles. Mémé Leocadia expliquait :

— J'aime bien une bonne potée qui tient au corps... — Coutumes du Sergipe, qui exerçaient leur influence sur la table grapiuna, dénotaient goût et préférence.

Ils projetaient de planter un verger pour avoir des oranges — des navelles, douces comme le miel, incomparables, d'autres variétés plus ou moins juteuses, et celles du pays, amères comme le fiel, mais dont l'écorce fait des confitures savoureuses — des citrons, des mandarines ; et tous les fruits qui venaient tout seuls, en si grand nombre, merveilleux : jaque : mangue, avocat, papaye, cajou, mangaba, pitanga, mombin, jaque-du-pauvre, anones diverses, groseille, jambose et carambole, goyave et araçá, tant et tant d'autres, la liste est bien loin d'être épuisée. Il y avait aussi des bouquets de bananiers, d'espèces variées, qui donnaient de grandes bananes à cuire et des naines, des bananes-argent et des bananes-or, la banane-pomme et la são-tomé, les violettes ou celles à chair jaune, bonnes pour rendre leurs forces aux malades. Plus encore qu'en religion, mémé Leocadia s'entendait en confitures et pâtes de fruit, qu'à Estancia elle confectionnait pour une clientèle nombreuse. Le jour où ils auraient fini de défricher les parcelles qu'ils avaient délimitées, la foire de Tocaia Grande ne suffirait pas à écouler la production. Leocadia projetait de vendre le surplus à la foire de Taquaras. Ils habitaient une vaste paillote, avec pièces séparées pour les divers couples et pour tous les enfants, mais prévoyaient pour bientôt la construction de plusieurs maisons, au moins quatre.

Couches faciles que celles de Zeferina, comme l'avaient été celles de Hilda et de Fausta. A l'opposé de celles d'Isaura, qui avaient donné du mal, ou de Dinorá, avec ses jumelles. Il y avait au bourg une certaine expectative quant au sexe du bébé que Zeferina mettrait au monde, et l'on avait ouvert des paris. A Tocaia Grande, tout était prétexte à jeux et tombolas ; on mettait en loterie des chiens et des chats, des oiseaux chanteurs, des cages ouvragées, une montre qui ne marchait pas, un vieux pistolet, n'importe quoi. Dans le courant de la saison, il était né quatre garçons et quatre filles. C'était donc à Zeferina de départager — les connaisseurs mettaient de l'argent sur la forme du ventre, la façon dont elle portait l'enfant.

Ce fut une fille, qui naquit à neuf heures passées, et mémé Leocadia annonça le nom choisi : Jacinta. Jacinta ! non, sans blague ? Parfaitement, le nom de la commère responsable des couches des trois Estancianas, qui donc le méritait mieux ? Je ne mérite rien du tout, voyons, je ne sais pas quoi dire, c'est pas sérieux ! Prise de court, Coroca en fut toute retournée, on la vit finalement gênée.

L'affaire réglée, Coroca se lava les mains avec un morceau de savon de coco, autre apport des Estancianos, prit la gorgée de café que venait de faire Fausta et par-dessus la rasade d'eau-de-vie que servit Gabriel. Elle refusa de se faire accompagner pour le retour — mais non, pas la peine. En passant le petit pont, elle eut peur : les eaux, à grand bruit, rapides et rebelles, le recouvraient, coulaient sur le tablier, incontrôlables. Elle n'était pas arrivée à la porte de chez elle qu'elle entendit le fracas épouvantable.

7

Alimentée par les pluies diluviennes, la crue se forma aux sources de la rivière aux Serpents, la masse d'eau s'éleva comme une montagne, explosa. La rivière descendit alors en rugissant, balayant tout sur son passage. Comprimée entre ses rives immémoriales, elle les rompit, furieusement, et l'inondation atteignit Tocaia Grande. Ce fut l'horreur, dirait ensuite le Turc Fadul.

Dans la forêt envahie, les bêtes fuyaient en panique grimpant aux arbres, s'enfonçant dans la terre, un exode où se mêlaient serpents et jaguars, singes et oiseaux, cochons sauvages, tatous et cabiais, paresseux qui passaient lentement de branche en branche. Ceux qui n'avaient pas échappé à temps luttaient, impuissants, contre le courant, bientôt d'innombrables cadavres de toutes espèces flottèrent à la dérive, de bêtes sauvages et d'animaux domestiques.

Le fracas réveilla ceux qui dormaient, fit lever ceux qui veillaient dans l'attente du pire, et tout le monde se retrouva dehors. La rivière en folie se précipitait, le volume d'eau augmentait d'instant en instant et s'étalait en détruisant ce qui se trouvait là. A la rivière se joignit le vent, tournoyant rageusement, comme s'ils voulaient ensemble en finir avec le bourg. On apercevait des silhouettes dans le noir, quelques-uns avec des lumignons qui s'éteignaient aussitôt, d'autres criaient des recommandations, des appels au secours, des ordres, qui sait quoi : l'ouragan emportait les paroles et la lumière des chandelles. On n'entendait que le grondement effroyable de la tempête et le brame lugubre du typhon.

Un homme passa en courant, c'était le charpentier Lupiscinio, qui alla se poster contre le ponceau. Croyait-il le soutenir de ses mains, le défendre de son corps ? Des femmes accouraient en masse de la combe aux Crapauds, affolées ; des gens venaient du chemin des Mulets ; tout le monde se rassemblait sur la friche dans l'effroi et la confusion, dans les cris et les pleurs. Personne ne savait ni où aller ni quoi faire.

Plus forte que la terreur et le désespoir, la voix tonitruante de l'Arabe Fadul Abdala couvrit le hurlement du vent et le vacarme des eaux. Poings dressés, il défiait les cieux.

8

Première construction à s'écrouler pour être engloutie par les eaux, le vieux hangar de chaume, pourri par le temps, entraîna dans ses débris le souvenir de joies et de tristesses. Quand on dansait sur le sol de terre battue, aussi solide que du ciment, le Turc Fadul, utilisant le vocabulaire des boîtes de nuit, le dénommait pompeusement salle de bal. Mais il avait servi aussi avantageusement de dortoir pour les muletiers et les voyageurs qui allumaient là des feux où griller leur viande sèche et faire chauffer leur café. On s'y rassemblait pour jouer aux cartes, et c'était une salle de jeu, un casino où se faisaient des paris, un antre de filouteries et de rixes, où brillait souvent l'acier des poignards. Un cénacle de causeries et de chansons : histoires, intrigues, mensonges, vieux airs, notes de guitares, sons d'accordéon. Infirmerie où s'étaient reposés des malades en transit pour Itabuna où ils allaient chercher médecin et pharmacie. Chapelle mortuaire où parents et étrangers avaient veillé des défunts en rappelant leurs hauts faits et leurs vertus dans l'entrain du tafia. Territoire de chasse au client et de flirt, des regards s'y étaient croisés, des galanteries s'y étaient dites, des couples s'y étaient connus et désirés, brouillés et séparés, des rêves y étaient nés et s'y étaient envolés. Arène de combat, de colère et d'affrontements, la violence s'y était déchaînée, le sang avait coulé, des morts avaient eu lieu.

En des temps lointains, il y avait eu là un petit abri construit par les vaillants pionniers qui avaient ouvert la piste pour raccourcir le trajet des convois de cacao et qui, se trouvant arriver à un si bel endroit, si accueillant, avaient évoqué le souvenir encore récent de la grande embuscade qui y avait eu lieu et avaient ainsi baptisé le site. Avec le développement du passage des muletiers et l'augmentation du nombre d'habitants, l'intense mouvement de putes, de défricheurs et d'ouvriers agricoles, l'installation d'un bistrot de Turc et d'un atelier de maréchal-ferrant, le besoin d'un local plus spacieux se fit sentir.

Pour édifier le hangar, tous ceux qui habitaient là joignirent leurs efforts : deux douzaines de déportés, tout au plus, en comptant hommes et femmes. Enthousiastes et unanimes pour répondre à l'appel de Castor Abduim, de tempérament novateur, quand le forgeron, à la demande de la négresse Epifania, décida de célébrer la Saint-Jean. A dire vrai la fête commença à l'instant où l'on résolut de bâtir le hangar et qu'on distribua les tâches. Plus qu'un travail, ce fut une distraction : couper les palmes aux arbres, mesurer les perches de bambou, lier les attaches de lianes, faire les fondations et la couverture.

Une vraie fête, comme le confirma Pedro Cigano qui, de passage par Tocaia Grande, s'y arrêta pour participer à tout le joyeux remue-ménage et diriger le cycle des festivités. Il commença par proposer d'avancer la date de l'inauguration à la nuit de la Saint-Antoine, proposition accueillie dans l'enthousiasme.

Combien de fêtes l'accordéoniste avait-il animées dans la pauvre et féerique salle de bal de Tocaia Grande ? Ni lui ni personne n'en savait le nombre exact, tant il y en avait eu, toutes plus réussies les unes que les autres. Mais ceux qui avaient participé à la première ne devaient jamais l'oublier, pour diverses raisons liées à la présence inattendue de la mort et à la proclamation de la vie.

Tout avait commencé dans une bruyante animation par une tumultueuse bagarre de putes où s'étaient exhibées Dalila et Epifania, Cotinha et Zuleica, un rébecca réellement plaisant et passionnant. Pour donner de la vie à une fête, rien comme une bonne empoignade de nanas. Là-dessus, le bal avait continué à la satisfaction générale jusqu'au moment du conflit, quand les conducteurs de bétail avaient voulu entraîner les femmes de force. Comme on le sait, l'affaire s'acheva dans la tristesse et le deuil.

Une balle perdue tua la petite Cotinha, surprenante créature : un corps chétif, une âme compatissante, un grand courage. Elle savait des recettes de friandises et de liqueurs et les préparait, des délices conventuelles. Elle avait grandi dans un couvent de religieuses où, pour mieux servir Dieu, elle avait servi de consolation et de passe-temps au frère Nuno de Santa Maria, vigoureux bouchonneur portugais. Quand le nom de Cotinha venait à être évoqué, toujours avec nostalgie, Coroca la comparait à un petit oiseau.

Mais avant de recevoir le coup de feu, elle et tous les autres qui se trouvaient là, ceux du coin et ceux d'ailleurs, les pacifiques et les matamores, entendirent la proclamation énoncée à haute et intelligible voix par Fadul Abdala au nom de la petite communauté qui vivait et peinait en ce lieu : à Tocaia Grande, c'était tous pour un et un pour tous, telle la devise de l'endroit. Il n'est pas inutile de la rappeler à l'heure fatale de l'inondation, au moment de voir le bourg menacé de disparaître dans les eaux, quand le Turc, une fois de plus, se dressa pour parler au nom de la communauté alors bien plus nombreuse. Pour affirmer à nouveau la devise inscrite la nuit de Saint-Antoine sur le blason que Tocaia Grande ne parvint pas à posséder, le pacte de vie triomphant de la mort.

9

Parmi les détritus de palmes emportés par les eaux, on reconnut les objets appartenant à M. Cicero Moura : les poignets de celluloïd, le faux col dur, le nœud papillon, la chemise et les pantalons. Où pouvaient être le manteau et les bottes, objets de valeur ? Et le négociant en cacao lui-même, citoyen distingué, représentant de Koifman & Cie ? S'il avait dormi sous le hangar, sans doute avait-il enfilé en hâte le manteau et les bottes pour aller voir la catastrophe.

10

Immédiatement après le hangar, les eaux troubles de la rivière engloutirent les paillotes des filles, les masures de pisé, logis misérables. Et du même coup le peu que possédaient les vagabondes : paillasses et nattes, les couvertures de cotonnades sales et déchirées, les ustensiles de terre cuite, les boîtes de fer-blanc à usages divers, un bric-à-brac de pénurie.

Ne resta debout que la maisonnette de bois que le capitaine Natario da Fonseca avait fait construire au temps jadis pour abriter Coroca et Bernarda, la vieille et la gamine. Envahie par les eaux, toutefois, les guenilles et les objets usuels perdus dans la débâcle. Le bidon de pétrole, transformé en berceau du bébé, avait été fracassé contre un arbre par la furie du courant.

Démolie également la baraque construite pour Epifania quand la négresse était apparue dans le coin avec son indolence voluptueuse et que les hommes de l'endroit avaient rivalisé d'ardeur pour faire le torchis et monter les armatures. Elle résista un peu plus longtemps mais finit par basculer et se désagréger. En un rien de temps, c'en fut fini du quartier des putes : de la combe aux Crapauds ne subsista que le nom.

11

En entendant le fracas, Coroca, s'était précipitée chez elle et, sitôt entrée, appela Bernarda en criant. Sans attendre qu'elle en eût fini avec son client, elle se saisit du bébé et s'enfuit en courant, ruisselante et courbée par la bourrasque. Au moment de partir, elle avertit :

— Je m'en vais chez le capitaine, j'emmène Nadinho. Fais vite. Bernarda la rejoignit, essoufflée, au pied des escaliers de pierre :

— Quelle pluie ! J'ai jamais vu ça...

Coroca lui rendit l'enfant :

— Si c'était que la pluie... C'est l'inondation, tu t'es donc aperçue de rien ?

— J'étais occupée. Où c'est que vous allez ?

Coroca avait fait demi-tour. Bernarda la prit par le bras ; la boue coulait entre les jambes des deux femmes, le vent les secouait :

— Zeferina vient juste d'accoucher, j'vais r'tourner la voir, avec sa p'tite. Faire c' que j' pourrai pour aider.

Au pied de la colline, des silhouettes s'agitaient. Il ne vint pas à l'idée de Bernarda de retenir la vieille femme, au contraire elle lâcha son bras, serra l'enfant contre sa poitrine et, avant de se remettre à monter, lui dit :

— Je laisse Nadinho à marraine Zilda et j' vais vous r'joindre.

— Vaut mieux rester par ici. Va y avoir de quoi faire.

— Bien possible.

Coroca descendit en s'efforçant de ne pas glisser sur les marches, Bernarda continua de monter, Edu vint à sa rencontre :

— J' vous aide ? Donnez-moi le p'tit. Mère vous attend.

— Pas la peine. Et toi ? Tu vas où ?

— J' vais prendre un mulet pour aller prévenir père, qu'est à l'Atalaia sans rien savoir.

Ils entendirent le bruit du hangar qui s'écroulait. Immobiles, ils tentèrent de distinguer quelque chose dans l'obscurité ; le vent coupait comme un rasoir. Edu dégringola la pente.

— Cours, vite !

Bernarda reprit l'ascension, l'enfant pleurnichait. De la galerie, la silhouette de Zilda se détacha ; elle vint rapidement au-devant de Bernarda, tendit les bras pour prendre le petit :

— Donne-moi mon fils.

C'est alors seulement, en se réfugiant chez ses parrains, que Bernarda frissonna de peur : non à cause des dangers de la crue, ce n'était pas la peur de mourir. Bien pis : elle eut peur de la bonté, des abnégations de l'existence. Coroca l'avait bien prévenue : quand une prostituée met un enfant au monde, l'un des deux doit se préparer à souffrir. Ou bien l'enfant, dans la honte et la misère des maisons de putes, ou la mère, le cœur brisé, écartelée.

12

Les événements, grands et petits, non moins importants ceux-ci que ceux-là, survinrent, parfois simultanément, tout aussi incroyablement vite que les eaux se répandirent et s'élevèrent, recouvrant entièrement le val et le pied des collines. Une véritable mer, comme qui dirait — Selon le vieux Gerino, qui n'avait jamais vu la mer mais savait qu'elle était immense.

En abandonnant leurs habitations sous le choc de la rivière qui rompait tous les obstacles, les habitants se rendirent compte qu'ils avaient de l'eau à mi-mollet mais n'eurent même pas le loisir de s'étonner car l'eau continua à monter jusqu'aux cuisses, dépassa le ventre, arriva au buste des plus grands, au cou des plus petits. Le niveau le plus élevé se mesura le lendemain matin dans une clarté diffuse, comme si la nuit cherchait à durer encore : la crue atteignait le menton de Fadul. Les gens étaient montés sur les hauteurs, se comprimaient sur les marches de la montée empierrée qui menait à la maison du capitaine.

Nuit de cauchemar. Il y eut un début de panique, qui faillit s'étendre. Une fois réprimée non sans mal, il fut possible de prendre des dispositions, tant que la crue n'avait pas dépassé la taille moyenne des adultes. Fourmilière affolée, les filles allaient de la forge au magasin, appelaient à grands cris Castor et Fadul ; de quelques-unes particulièrement dérangées partit l'annonce hystérique de la fin du monde. Le reste de la population s'était jeté sur le terrain vague en voyant, de ces mêmes yeux que la terre dévorerait un jour, l'ensemble des maisons du chemin des Mulets réduit à moins de la moitié en l'espace de quelques minutes. Les cahutes et les baraques s'écroulaient dans le torrent comme des fruits pourris tombant des arbres. Masures bâties en hâte, abris provisoires de gens qui, venus sans intention de se fixer, croyant ne rester que le temps d'un travail à exécuter, avaient cependant planté là leurs racines définitives. Ne résistèrent que les constructions les plus solidement maçonnées, de brique et de pierre ; occupées par les eaux qui entraient et ressortaient par les portes et les fenêtres, leurs habitants expulsés.

Des hommes qui ignoraient la peur, fiers-à-bras et matamores, habitués à rencontrer de féroces *jaguatiricas*[1] et des

1. Félins d'Amérique du Sud, plus petits que les jaguars.

serpents venimeux, à affronter la mort dans les embuscades, jagunços et clavinoteiros, se voyaient tout à coup menacés par des forces supérieures — les eaux en révolte qui renversaient les maisons, engloutissaient les animaux, l'ouragan qui déracinait des arbres, les soulevait en l'air — et ne savaient comment leur faire face, se sentaient désarmés, impuissants. Les armes à feu — revolvers, fusils, à répétition, pétoires —, les armes blanches — couteaux, poignards — ne servaient à rien : c'était une autre sorte de bravoure qu'il fallait.

Frappés de stupeur, hésitants, acculés, ils entouraient Fadul sans savoir quoi faire. Et il y avait à faire, justement, s'ils voulaient affronter la situation et limiter les conséquences : il suffisait de regarder autour de soi, en suivant le geste de commandement du Turc, bras tendus. Fadul ne vacilla pas : il venait de dire à Dieu ses quatre vérités, il était prêt à tout.

Il commença par récupérer son commis Durvalino, en le remettant en selle : l'échalas avait perdu la tête et failli faire du vilain. En voyant les vêtements de M'sieur Cicero Moura flotter sur les eaux, le Fouinard était devenu blême, s'était mis à trembler. Les yeux hors de la tête, montrant du doigt la chemise et le pantalon, il s'était mis à vagir comme un nouveau-né, à menacer de tomber évanoui, comme si les putes n'avaient pas suffi. Il était urgent d'en finir avec ce mauvais exemple avant que d'autres en fissent autant et que tout le monde tournât de l'œil. Fadul ne perdit pas de temps en discours et conseils, il eut recours à un remède éprouvé : il flanqua sa main à travers la figure de Vous-Savez-Pas ? — une seule gifle :

— Accroche-toi, 'spèce de trouillard.

Résultat immédiat : Durvalino se reprit. S'il ne retrouva pas un calme absolu, du moins domina-t-il sa pétoche, et il se mit immédiatement à l'ouvrage. Pétoche, trouille ne sont pas les mots qui conviennent pour définir l'état d'esprit de l'employé du magasin : une intuition, un mauvais pressentiment. Il avait de temps à autre un frisson, ouvrait la bouche comme pour dire quelque chose, mais se retenait, gardait pour lui appréhensions et préoccupations. A voir l'humeur du patron, ce n'était sûrement pas le moment de discuter ses ordres.

Pour remettre en place les esprits égarés et empêcher la panique de se développer, Fadul attribua à chacun — ou plutôt imposa sans discussion — dans l'immédiat, des responsabilités concrètes à affronter et assumer. Quant à la population de l'autre rive, ce furent Tison Abduim et Bastião de Rosa qui s'en chargèrent, comme parents par alliance des Sergipanos en vertu du concubinage.

13

La maison du capitaine ne tarda pas à se remplir et, au matin, elle était bondée. Les plus découragés se sentaient là en sûreté, à l'abri de tout et de tous, y compris des forces incontrôlables de la nature, protégés contre la fureur et le châtiment de Dieu. Parce que la maison était située au sommet de la colline et parce que c'était la maison du capitaine Natario da Fonseca.

C'est là que furent transportés les nouveau-nés et les jeunes accouchées, ainsi qu'une fille nommée Alzira, qui brûlait de fièvre, incapable de tenir debout, que Balbino chargea sur son dos. Dans la salle comble, Nadinho, le bébé de Bernarda, faisait ses premiers pas encore mal assurés, les autres enfants du capitaine se précipitaient pour l'empêcher de tomber, éclataient de rire. Bernarda était redescendue aider, avec dans les yeux la vision menaçante de cette joie de vivre insouciante.

Diva, de même, ayant laissé son enfant aux soins de Zilda, dévala la pente sous la pluie et le vent, traversa la friche avec de l'eau jusqu'à la taille pour avoir des nouvelles de sa famille sur l'autre rive. Il fallait arriver là-bas à tout prix. En affrontant la crue, en désobéissant aux instructions de Tison : reste avec le petit, je m'occupe du reste.

Les plus petits dans le grand lit du couple, la malade dans le hamac d'Edu, les femmes en pleurs, les hommes muets, sombres au milieu de ce tohu-bohu, Zilda réfléchit à ce qu'elle pourrait faire pour apaiser les craintes et rendre un peu de courage à ceux qui, faibles et pusillanimes, étaient réfugiés là. Se mettre en prières, comme le voulait dona Natalina, n'avançait pas à grand-chose, car la morne litanie ne pouvait qu'alourdir encore l'atmosphère lugubre. Zilda alla au gramophone, fit tourner la manivelle, mit le cylindre en place, la musique se fit entendre, monta, se répandit, couvrant les jérémiades, la crue des eaux et la tempête.

14

Le premier sursaut d'effroi vaincu, la population fit preuve de courage, répondit aux appels, apporta une aide efficace. Au magasin, pour sauver les marchandises en aidant Fadul et Durvalino à ranger le stock sur les plus hautes étagères, juste sous le toit. Au corral, en conduisant le bétail sur les collines pour empêcher le tourbillon de les entraîner — un travail de forçat. Par chance, il y avait peu de bêtes : la vache laitière, une génisse et un bœuf destiné à l'abattoir. Le colonel Robustiano, en homme avisé, avait avancé l'envoi à Itabuna du gros du troupeau qui se refaisait là avant d'être livré. A l'entrepôt de cacao, pour sauver le chargement entassé en attente des convois en retard de Koifman & Cie.

Des dizaines d'arrobes de fèves de cacao sec amoncelées sur le plancher : ce fut la fièvre. Aidés par des volontaires, hommes et femmes — les femmes cessaient de pleurer, commençaient à s'amuser — Gerino et les gardes du dépôt réussirent à dresser une sorte d'estrade, avec les planches qui étaient restées de la construction du ponceau, pour y déposer, hors d'atteinte de l'eau, le cacao qu'ils s'efforçaient de mettre en sac le plus rapidement possible. Malgré cela, une partie du lot fut mouillée, perdant ainsi la possibilité d'obtenir la mention « supérieur » pour passer à « good » ou « moyen ». Restait à discuter qui subirait le préjudice : le colonel ou les exportateurs ? A Ilhéus, le fazendeiro avait alerté Kurt Koifman, le grand patron de la firme : il fallait faire vite, car tout pouvait arriver dans la vallée de Tocaia Grande. Les pluies menaçaient la floraison des cacaoyères, mais le cacao sec n'était pas à l'abri du danger au cas où la rivière aux Serpents, comme le Cachoeira, viendrait à déborder.

Avec un dévouement étonnant, Pedro Cigano se chargea personnellement de récupérer la barque, si nécessaire en pareille circonstance. Puisqu'elle était amarrée sur l'autre rive, il eût été naturel que les Sergipanos s'en occupent. Mais l'accordéoniste ne voulut rien entendre et s'en fut. Pour la seconde fois, le commis Durvalino se comporta de façon bizarre et faillit bien recevoir une autre baffe. Il avait essayé d'accompagner Pedro Cigano, montrant lui aussi un intérêt singulier pour l'embarcation. Mais Fadul le stoppa net et le garda sous les yeux, à recevoir et exécuter ses ordres.

Sur l'ordre du Turc ou de sa propre initiative, Durvalino imbiba de brai des vieux chiffons qu'il attacha à des perches de bambou et put fabriquer ainsi quelques torches capables de brûler en dépit du vent pour permettre d'y voir dans cette obscurité. On put, de cette façon, récupérer à temps une partie des animaux menacés d'extermination et des objets considérés comme perdus. On aidait les poules à se percher sur les goyaviers et les acajous à fruits, on emmenait les porcs et les cochons de lait sur les pentes des collines. On sauvait des bêtes, on mettait de côté des ustensiles divers sans se soucier de savoir à qui ils appartenaient : leurs propriétaires se presseraient bien de les réclamer quand les eaux baisseraient. Si pareil miracle se produisait un jour.

Ce ne serait pas faute de prières et de promesses : la couturière Natalina qui, pour s'abriter chez le capitaine, avait gravi les marches glissantes de la montée, affrontant le torrent périlleux avec sur la tête sa machine Singer, son gagne-pain, avait promis monts et merveilles à Sainte Marie Mère des Affligés et commencé la récitation des litanies, sans grand succès il est vrai. De même, Merência avait recouru aux saints du paradis en implorant clémence et miséricorde. Sans parler des prières des putes : vu le poids de leurs péchés, elles n'atteignaient pas les cieux et se dissolvaient dans les eaux de la crue avec les palmes pourries des paillotes.

Dévote bien vue là-haut, Merência obtint la grâce d'une réponse immédiate. Dans le flamboiement d'une torche tenue au poing par Zé Luiz, elle vit passer au milieu des décombres, enroulé autour d'un tronc d'arbre, le boa qu'elle avait chez elle. En le reconnaissant, Merência se précipita, parvint à le sauver et à le déposer dans les branches du jaquier. Elle avait traversé les eaux tourbillonnantes avec le serpent enroulé à son buste avantageux : spectacle extravagant, digne d'être vu, qui provoquait l'effarement et le rire. En cette nuit d'épouvante, à Tocaia Grande, on put voir de tout et il y eut motif à l'ahurissement et au rire, aux pleurs et au désespoir.

15

Au meilleur de la fête, Dodô Peroba se retint, chercha à se dégager de Ricardina en entendant déferler la rivière, un véritable coup de canon, assourdissant, un effroyable fracas annonciateur de mort. Le flot renversa la porte du pressoir, recouvrit les corps enlacés et les roula sur le sol. Dodô réussit à se mettre debout, aida Ricardina terrorisée, sortit voir. L'eau avait envahi les champs, dévorait la plantation de maïs.

La borgne tenta encore de le retenir sur place, en sûreté. Mais il la repoussa, déchaîné, avec une violence qui contrastait avec ses façons habituellement douces et délicates. Il affronta l'ouragan, se moqua de la crue, tout son esprit tendu vers ses oiseaux prisonniers dans leurs cages :

— Lâche-moi !

Il arriva trop tard, le salon de coiffure avait cessé d'exister, les cages enfermant les oiseaux avaient été emportées. Pour que tout ne fût pas tristesse et désolation, pour étancher les larmes du dresseur de troupiales et de curiós, Guido avait sauvé des eaux le fauteuil des clients et y avait déposé la tourterelle. Dodô recueillit l'oiseau, les yeux embués, et le mit sous sa chemise, contre sa poitrine, pour le réchauffer. Alors seulement il s'intéressa au fauteuil, unique bien qui lui restât, car pour ce qui est de la corneille cancan, il n'en retrouva point trace, en dépit de tout le temps qu'il passa à la chercher.

16

Tison Abduim et Bastião da Rosa descendirent ensemble de chez le capitaine après avoir laissé là leurs femmes et leurs enfants, Cristovão et Otilia, en compagnie de Maria Rosa, la fille des sabotiers, qui avait ouvert la série des naissances à la fin de l'hiver. Les sabots emportés au gré du courant ressemblaient à de petits bateaux affrontant les tempêtes.

Au ponceau, le charpentier Lupiscinio montait la garde. Zinho avait essayé de l'en dissuader, sans résultat, et avait alors décidé de lui tenir compagnie. Bastião da Rosa, qui avait travaillé avec Guido et Lupiscinio à cette entreprise laborieuse, exprima sa fierté :

— Ça, c'est du travail ! Chapeau ! Vive nous, mon vieux Lupiscinio ! — Le petit pont était l'un des orgueils de Tocaia Grande.

— I' tient l' coup, pour l'instant. On va voir. Où c'est que vous allez, là ?

— On va voir comment ils se débrouillent, de c' côté.

— On va emmener les gosses chez l' capitaine, précisa le nègre. Pourquoi qu' tu viens pas avec nous ? Ça pourrait être utile.

— Allons-y, père, insista le garçon. A quoi ça sert, d' rester ici ?

— Ça sert à rien, je l' sais. Mais un truc comme ça, qu'on

en a bavé pour le faire et qu'on a été content du résultat, c'est pareil qu'un fils : s'il est en danger, on veut être auprès. Vas-y, toi, avec eux.

— Alors, non. J' reste avec vous.

La première personne qu'ils aperçurent au pressoir, ce fut Coroca. Dans ses bras décharnés, le bébé qu'elle avait mis au monde quelques heures plus tôt, à qui on avait donné le nom de Jacinta. Dans la grande cuve à manioc étaient couchés les autres nouveau-nés : les jumelles de Dinorá, les petits garçons d'Hilda et de Fausta. Celui d'Isaura était occupé à téter au sein de sa mère, sombre et gonflé : lait riche et abondant. Peu d'hommes : la plupart étaient à la recherche de la barque.

Des mioches des deux sexes, qu'on avait bien du mal à faire tenir tranquilles. Tout un monde de femmes, silencieuses. Atmosphère chargée de tristesse. Bastião da Rosa plaisanta, pour tenter de l'égayer :

— Une belle bassine de beignets !

A part deux ou trois gosses, seule M'ame Leocadia, assise sur la vis du pressoir, les jambes dans l'eau, rit de la facétie du maître artisan. Ambrosio n'y trouva rien de drôle, maugréa :

— C'est pas d'main qu'on va pouvoir en manger, des beignets, et faire griller la farine. Le manioc est foutu, la rivière a emporté tout c' qui était planté. On a tout perdu, tout.

M'ame Vanjé fit un pas vers son mari et, sans le contredire, mit fin aux lamentations. A quoi bon se plaindre ?

— C'est vrai, mon pauv' vieux, la rivière a emporté un tas d' choses : les champs, la bicoque, les bêtes. Mais elle a quand même pas tout enlevé. La terre est toujours là, on r'commencera à planter, si Dieu l' veut.

Amâncio, l'un des Estancianos, riposta :

— On dirait que Dieu veut ça. Si ça dépend d' lui...

De son siège improvisé, M'ame Leocadia reprit le râleur et appuya Vanjé :

— Ferme ça, tu sais pas c' que tu dis. Moi j' dis comme

vous, m'ame Vanjé. On est vivants, et personne nous a pris not' terre. Tout c' que j' demande à Dieu, c'est qu'il nous donne la santé.

— La santé et un p'tit peu d' soleil..., blagua de nouveau Bastião. Vous vous rappelez la promesse que j' vous ai faite, mémé Vanjé ? La première maison que j' vais bâtir quand tout ça s'ra fini, ça s'ra la vôtre. Croyez pas que j'ai oublié.

Ils avaient à peine la place de bouger dans l'enceinte étroite du pressoir. Tison demanda des nouvelles d'Altamirando, de sa femme et de sa fille. Il apprit par les Estancianos que le couple restait sur le terrain, occupé à sauver leur élevage de porcs ; la crue avait détruit la bicoque et l'étable. On n'avait pas vu la folle : toujours par monts et par vaux, elle ne sortait ni ne rentrait à heure fixe. A moins qu'elle ne fût avec les chèvres, cachée au fond d'une grotte des collines. La conversation tourna court, car les hommes qui étaient allés chercher la barque revenaient, porteurs de mauvaises nouvelles.

Comme prévu, pas trace de la barque. Ils avaient l'habitude de la laisser retournée au milieu des racines d'un grand spondias, en aval, dans un endroit où la rivière, en sortant de l'étroit passage caillouteux, s'élargissait et devenait plus profonde. Comment imaginer que l'embarcation resterait là, à la disposition de ses propriétaires ? Le cours d'eau était maintenant le maître et seigneur unique et incontesté, souverain. Pas la peine d'aller voir, avait dit Ambrosio. Avec les cultivateurs arriva Pedro Cigano, qu'ils avaient trouvé au pied du spondias : l'air sombre, fermé, parlant tout seul.

Le nègre Castor ne les laissa même pas commencer à discuter de ce qu'avait pu devenir la barque :

— Fichons l' camp tant que le pont est encore debout, avant que tout s'écroule.

Coroca avança, montra le bébé au maçon et au maréchal ferrant :

— Y'a pas plus beau qu'ça.

Elle ôta son corsage pour en envelopper le tout-petit, filet de vie, gage d'espérance.

Immobiles sur les crêtes du coteau, les chèvres étaient des pierres sculptées. Soudain, sans motif, l'une d'elles s'enfuyait en courant comme une folle ; les autres suivaient. Dans le paysage dévasté, les chèvres affirmaient l'éternité.

A eux deux, Das Dores et Altamirando transportaient là-haut les porcs à l'engrais, les truies pleines et celle qui venait de mettre bas, les cochons de lait, plus de dix lourdes bêtes : chaque pas coûtait un rude effort. Ils avaient perdu trois des huit porcelets. A propos, où donc était Ção, disparue au moment de donner un coup de main ? Elle aimait bercer les cochonnets, leur chanter de vieilles rengaines.

De jour ni de nuit, nul ne savait jamais où se trouvait Ção ; sa vie était une croix que son père et sa mère portaient avec résignation. Avec son esprit dérangé, pauvre simplette du bon Dieu, privée de jugement, impossible de la tenir en bride, de contrôler ses allées et venues. Ils avaient bien essayé, ça oui, mais sans succès. Das Dores avait dit et répété à Altamirando, qu'elle voyait bien souvent tracassé au sujet de leur fille :

— Laisse tomber. C'est Dieu qui l'a faite comme ça, faut s'en remettre à lui. Nous aut' on'y peut rien.

Elle craignait que son mari, s'il venait à tout savoir, ne battît la malheureuse à mort, dans un accès de rage.

C'est vrai, ils ne pouvaient rien y faire. Altamirando essayait de suivre le conseil de sa femme, de laisser courir, s'efforçait de ne pas se monter la tête. Mais quand Ção arrivait pour mener paître les chèvres, bercer les cochonnets ou aller vendre au marché, quand elle venait en courant se pendre à son cou, le sertanejo, sans rien montrer, se sentait autre, l'esprit léger, content. Une bonne petite, sa fille, ce n'était pas sa faute si elle avait la cervelle faible, elle était née comme ça, s'il y avait un coupable c'était Dieu, qui n'avait pas eu pitié d'eux. Jolie comme elle était, la tête vide, sans défense dans cette cambrousse, c'est vrai qu'il valait mieux ne pas penser aux malheurs qui pouvaient arriver facilement.

Epuisés, au bout de leurs forces, Das Dores incapable de reprendre son souffle, ils terminèrent la corvée des porcs. Ils n'avaient rien pu faire pour sauver les cultures. Das Dores s'assit sur un rocher ; Altamirando annonça :

— J' vais aller voir par là.

— Quoi faire ?

— Je vais la chercher. Faudra bien que j' la trouve.

— J' vais avec toi.

— A quoi bon ? Tu restes ici, à surveiller. Un tout seul ou deux ensemble, c'est pareil. Je r'viens avec elle, ou savoir que'que chose.

Qu'est-ce qu'il y avait à savoir ? Dieu qui donne la vie donne aussi la mort, pensa Das Dores. Altamirando descendit le coteau, entra dans l'eau qui atteignait sa ceinture, se pencha en avant sous la tornade et partit à la recherche de sa fille. Das Dores se couvrit la figure de ses mains et se mit à pleurer.

18

La vision d'Altamirando en plein désarroi, courant de tous côtés, au milieu des eaux qui montaient, en cherchant à s'informer de sa fille — si on l'avait vue, où, avec qui, à quoi faire —, fit une telle impression sur Durvalino qu'il finit par affronter de nouveau la colère de Fadul Abdala, son patron qu'il aimait, respectait et craignait :

— M'sieu Fadu, m'en veuillez pas, mais faut que j'y aille...

— Aller où, pour l'amour de Dieu ? C'est pas assez que...

— J'ai vu, de mes yeux vu...

— Mais, sacré malheureux ! Tu vois pas que c'est pas l' moment d' raconter des histoires ?

— Je l' jure sur la tête de ma pauvre mère. J' les ai vu,

Ção et M'sieu Cicero, là où on mettait la barque. M'sieu Pedro Cigano a vu aussi.

— Pourquoi tu l'as pas dit plus tôt ?

— J'ai ben essayé, vous m'avez pas laissé.

Ils n'allèrent pas jusqu'au spondias où on retournait la barque, n'obtinrent pas non plus des nouvelles récentes de Ção et de Cicero Moura, d'autres tâches difficiles et urgentes mobilisèrent le patron et l'employé. De la disparition de la barque, ils furent informés par les Sergipanos, tandis que Pedro Cigano confirma qu'il avait vu à la tombée de la nuit la petite idiote et le représentant de Koifman & Cie se diriger vers l'abri du spondias. Ce qui avait pu leur arriver par la suite, il n'en avait pas idée. En entendant le fracas de la crue, savoir s'ils avaient fui ou s'ils avaient été emportés ?

A mi-chemin entre le ponceau et le pressoir, Fadul et Durvalino tombèrent sur le groupe nombreux des Sergipanos. Malgré la hâte, ils avançaient lentement, avec des précautions et des mises en garde, à cause de Zeferina, qui venait d'accoucher, et des enfants. Vieux et jeunes, hommes et femmes, les gosses turbulents, et ceux qui étaient venus du bourg : Coroca, Castor, Bastião, Pedro Cigano. Surgie du fond de sa mémoire, une réminiscence vint importuner l'Arabe : enfant, il avait vu des caravanes arriver du désert, chargées de misère et d'infortune. C'était à la fois bien différent et bien semblable.

En se trouvant en face de ces malheureux en fuite, et à ce moment-là seulement, Fadul put mesurer l'étendue complète de la catastrophe. Jusque-là, il n'avait pas eu le temps de s'occuper des cultivateurs : en plus des maisons, la crue avait englouti les cultures, avait rasé, anéanti Tocaia Grande. De part et d'autre du fleuve, la misère et l'infortune. Juste au moment où tout allait si bien, ou lui, Fadul, commençait à recueillir les fruits de son obstination. Le bon Dieu des maronites, une fois de plus, le mettait à l'épreuve. Le bon Dieu ! Putain de sort ! Dieu de méchanceté et de désolation, impitoyable, sauvage, tortionnaire ! *la-râra-dinak ! Râra ! Râra !*

19

Il n'aurait servi à rien de continuer à chercher la piste de Ção et de Cicero Moura : la barque ne constituait plus un point de référence. Tison suggéra d'organiser une battue générale dans les alentours pour retrouver les disparus, une fois qu'on aurait laissé les femmes et les enfants chez le capitaine. Ces deux-là n'étaient d'ailleurs peut-être pas les seuls : avec tant de nouveaux habitants à Tocaia Grande, comment affirmer que tous étaient sains et saufs ? On rassemblerait les hommes disponibles — je ne suis pas un homme, mais tu peux me mettre sur la liste, réclama Coroca. Bastião douta que l'idée fût réalisable :

— Tant que les eaux continueront à monter, on ne pourra rien faire. D'ici peu on ne pourra même plus marcher. Et ça va aller de mal en pis.

Comme s'il avait deviné : Zinho surgit comme une ombre, à appeler au secours. La rivière avait arraché les planches du tablier. Hors de lui, Lupiscinio parlait de se tuer si la crue venait à détruire la merveille fabriquée par les artisans au prix de leur sueur, avec amour et compétence.

Le volume et la violence de la crue augmentaient. Tison partit en avant avec l'apprenti pour évaluer les dégâts. Fadul, de ses mains énormes, souleva de terre la vénérable mémé Leocadia, qui n'avait que la peau et les os mais une indomptable volonté de vivre, et la mit sur ses épaules, les jambes autour de son cou :

— Ça ira, grand-mère? — Il s'adressa d'abord à la vieille femme, puis à tous : — On va traverser, d'une façon ou d'une autre. Personne peut rester ici, c'est la mort garantie.

Ce ne fut pas facile, mais tout le monde put passer. Le nègre avait plongé sous le pont et constaté que le courant n'avait emporté que les planches du haut. Les poutres qui soutenaient le tablier, de gros madriers bien attachés, résistaient ; les bases étaient indemnes, n'avaient en rien souffert. Lupiscinio, rasséréné, fut d'avis qu'on pouvait traverser de cette manière, en utilisant les solives.

Ils organisèrent une espèce de pont humain : sur chacune des douze poutrelles de bois un homme se plaça debout en équilibre. Ainsi, passant de main en main, les bébés furent transportés de l'autre côté. A l'exception de la petite Jacinta, que Coroca ne voulut pas confier à d'autres mains : elle traversa elle-même en enjambant pas à pas, avec précaution, d'une solive à l'autre. Après elle, ce fut le tour des hommes et des femmes. Fausta et Isaura glissèrent, plongèrent, avalèrent de l'eau, mais ne se trouvèrent pas en danger. Quelques rares fanfarons préférèrent affronter le courant et passèrent à la nage. Vavá faillit se noyer.

A l'initiative des gamins, la porte du pressoir fut utilisée comme embarcation. Armé d'une perche, ce fut Nando qui la pilota ; ils s'employèrent à récupérer des animaux et un peu de bric-à-brac. Au milieu de toute cette confusion marquée par la peur et la tristesse, les gamins riaient allégrement. L'inondation, pour eux, n'était pas une calamité mais une formidable distraction, une passionnante aventure. Heureux, sur le bateau des pirates, capitaine et matelots.

Descendue des épaules de Fadul, mémé Leocadia, avant de gravir en compagnie des jeunes accouchées les marches de la montée vers la maison du capitaine, s'enquit de Das Dores. Elle l'avait vue transporter des porcs sur le coteau, mais quand Altamirando était passé devant le pressoir en quête de sa fille, il était seul. On ne pouvait abandonner la malheureuse ainsi, sans recours, à la merci du retour de son mari.

Fadul et Tison échangèrent un coup d'œil et, sans dire un mot, se dirigèrent vers l'autre rive, d'où ils venaient juste de revenir.

20

Ils étaient si tendus que le Turc et le nègre n'entendirent pas les cris de Diva, perdus dans la rumeur de l'inondation. De grands cris, des sanglots étouffés : elle portait dans ses bras le corps de la chienne Offerte qui s'était noyée en tentant de l'accompagner.

Diva s'était jetée à l'eau pour traverser la rivière et aller aider sa famille de l'autre côté, elle n'arrivait plus à demeurer là sans nouvelles. Elle ne remarqua pas que la chienne l'avait suivie depuis la maison du capitaine. Ce ne fut qu'en parvenant sur l'autre rive et en balayant du regard les alentours qu'elle s'en rendit compte, trop tard. Le courant avait entraîné Offerte au fond et l'avait jetée contre les pierres submergées. Diva vit bouillonner le sang avant d'apercevoir le corps qui flottait un peu plus bas avec un dernier sursaut.

Elle parvint à l'atteindre. Diva nageait comme un poisson : n'était-elle pas une sirène ? Le coup avait fracassé la tête d'Offerte. Diva ne laissa pas la rivière l'emporter en la roulant avec les volailles. Au retour de Tison, ils creusèrent un trou sur la colline où se trouvait le cimetière et l'enterrèrent là, en présence d'un cortège de gamins. Ame-en-peine geignit des heures durant, posté au pied des pierres qui marquèrent l'emplacement de la tombe.

21

Les corps de Ção et de M'sieu Cicero Moura furent localisés beaucoup plus bas sur le cours d'eau, pris dans des amoncellements de nénuphars. C'est le capitaine Natario da Fonseca qui les avait aperçus, dans l'après-midi, alors qu'il accourait à l'appel de Zilda à bride abattue.

A la fazenda da Atalaia, Edu avait dû battre les cacaoyères à la recherche de Natario qui accompagnait le colonel Boaventura Andrade pour inspecter les plantations : la floraison souffrait grandement des pluies, et le péril demeurait. L'air morose, le colonel et le capitaine pestaient contre le mauvais temps, se lamentaient sur les préjudices subis.

— Vot' bénédiction, colonel. Vot' bénédiction, père.

Mère m'envoie vous dire que l'inondation est en train de détruire Tocaia Grande. C'est à faire peur.

— Vous permettez, colonel? j' m'en vais voir ça là-bas. Demain, au plus tard après-demain, je s'rai de retour.

C'était à faire peur, comme l'avait annoncé Edu, et à briser le cœur. Les pluies ayant diminué, les eaux avaient cessé de monter, mais le courant restait impétueux et la rivière débordait jusque dans la forêt. Avant de rejoindre sa résidence sur la colline, le capitaine parcourut le val de bout en bout, sa mule pataugeait dans l'eau. Il fit un long tour sur les pentes des collines où la plupart de la population s'était réfugiée, s'arrêtant pour parler aux uns et aux autres, recueillir des informations, entendre des lamentations, s'adressant à chacun en l'appelant par son nom, donnant la bénédiction aux gamins. Il ne dit pas que l'inondation était une bagatelle ni que c'était la fin du monde. Il préféra demander des suggestions pour ce qu'il y aurait à faire dès que la crue serait terminée : le pire était passé. Attentif aux avis et aux opinions, il discutait bientôt des projets de reconstruction et de remise en culture :

— Vous avez déjà pensé où mettre la saboterie, ami Eloi? Et vous, m'sieu Ambrosio, vous allez défricher davantage de terrain? — Ils mettaient des détails au point, prenaient des décisions. — Le moment est venu d'avoir une pension de filles à Tocaia Grande, tu ne trouves pas, Ressu? — Ressu était d'accord.

Il fit appel à des volontaires pour ramener les cadavres de Ção et de Cicero Moura et s'informa de l'endroit où se trouvait Altamirando. On lui dit que le sertanejo était retourné sur l'autre rive, au coteau où il avait laissé ses bêtes. Il avait emporté de la cassonade, un morceau de viande sèche, une bouteille de tafia. Das Dores, ramenée pendant la nuit par Tison et Fadul, avait remercié mais était repartie avec son mari, n'ayant absolument pas voulu rester trop longtemps loin de son homme. Au magasin, le capitaine dit à Fadul :

— Je vais leur donner la nouvelle.

— Je vous accompagne, capitaine? proposa Fadul. Ça va être dur. Altamirando n'est pas prêt à l'accepter.

— Il vaut mieux rester ici, compère, et t'occuper de l'enterrement.

Au soir, finalement, Natario arriva chez lui et salua la compagnie, tout un monde: de la mémé Leocadia, octogénaire, à Jacinta, petit bébé qui n'avait pas encore vingt-quatre heures d'existence. On l'entoura de tous côtés. Zilda avait au bras le fils de Bernarda:

— Je vais le garder pour l'élever.

Le capitaine fit un signe d'assentiment. La maison était pleine d'enfants mis au monde ou adoptés par Zilda, qui faisaient les quatre cents coups; tous avec le même physique de métis, fortement marqué par l'ascendance indienne: vot' bénédiction, père.

22

Placés sur des hamacs, éclairés par les torches, les corps furent amenés directement au cimetière quand le jour commença à baisser. Il n'y avait pas de local convenable pour une veillée funèbre de sympathie qui eût permis, entre deux rasades de tafia, de remémorer les qualités des défunts. Ção, jolie et simple d'esprit, avait été la joie du bourg, qui n'avait eu de l'amitié pour elle?

Les gamins couraient après elle, à grand tapage. Les gars la culbutaient derrière la barque au sec, sur des lits de verdure dans les hautes herbes, dans les clairières de la forêt sous les yeux des lézards. Non seulement les jeunes gars, mais des hommes faits, d'âge mûr, qui jouirent de son corps, et c'étaient ceux qu'elle préférait. On aurait eu une veillée de sympathie et aussi de cancans indiscrets, fertile en interrogations: qui sait si, au fil des souvenirs et des bavardages, on n'aurait pas fini par découvrir le secret qui enveloppait encore le dépucelage de Ção. Qui avait eu sa fleur, sans souci de la colère divine? Aucun des trois escogriffes aussi niais qu'obstinés, Aurélio, Zinho et Durvalino, voilà du moins qui était bien sûr. Alors, qui ? Pedro Cigano, l'accordéoniste ? Dodô Peroba qui apprivoisait des oiseaux ? Guido ? Balbino ? M. Cicero Moura, avec son col et son nœud papillon ?

M. Cicero Moura, non. Quand il avait pris son plaisir avec elle, elle n'était déjà plus vierge. Il y avait beaucoup à dire aussi sur M'sieu Cicero : à commencer par l'explication du surnom de Dr Permanganate, sa manie de la propreté, son goût des femmes de chambre, le parfum de brillantine, la raie dans les cheveux. Un monsieur important sur les pistes de la rivière aux Serpents, acheteur de cacao, mandataire d'une firme exportatrice. Celui qui le remplacerait, de fazenda en fazenda, avec la serviette de documents et le livre de comptes, continuerait-il ou non à offrir les petites images de saints, pieux cadeaux tant appréciés ? De toute façon, il ne serait jamais aussi empesé et aussi drôle que M'sieu Cicero Moura. Si les putes satisfaisaient ses exigences, il ne discutait pas le prix, payait sans marchander.

Apparemment, selon les gens compétents, et il y en avait beaucoup, Ção s'était noyée en tentant de sauver Cicero Moura, qui ne savait pas nager ; il se baignait au Bidet des dames, où il avait pied. A l'instant fatal, il avait dû s'accrocher à la malheureuse, gênant ses mouvements ; passer son bras autour de son cou et serrer. Personne ne voulut faire de commentaires sur ce qui s'était passé : puisqu'on n'en parlait pas dans la chaleur d'une veillée, le mieux était d'oublier.

Altamirando et Das Dores portèrent le hamac avec la dépouille de leur fille. Le capitaine et Fadul se chargèrent du corps fluet de M. Cicero Moura, chaussé de ses bottes, vêtu de son manteau, les yeux ouverts, vitreux. Presque personne ne manqua au cortège funèbre. Zé dos Santos et M'ame Clara, la famille d'Ambrosio, le clan des Estancianos, à l'exception de M'ame Leocadia qui n'aimait pas les cimetières. Des collines où ils s'étaient réfugiés descendirent les habitants du chemin des Mulets et l'essaim des putes. Merência fit le signe de la croix et récita un *Pater*. Autre devinette à résoudre : qui avait réussi à cueillir, au milieu des nénuphars amoncelés, une fleur intacte, bleu ciel, et l'avait placée entre les doigts de Ção ?

Situé à flanc de colline, le cimetière n'avait pas été atteint par la crue et demeurait en état. Au milieu des tombes prospéraient des papayers, des bananiers, des acajous à pommes, des pitanguiers, verger rustique, allégrement coloré, qui embaumait. En allant de tombe en tombe, on pouvait conter toute l'histoire de Tocaia Grande, depuis le lointain et nébuleux commencement entré dans la légende et la fable jusqu'à l'actuelle disgrâce de l'inondation.

23

La crue dura plus de trente heures d'angoisse, jusqu'à la seconde nuit où les pluies devinrent intermittentes et les eaux commencèrent à baisser, à refluer lentement dans le lit de la rivière. Un pâle soleil éclaira le vaste bourbier et l'étendue du désastre apparut dans sa totalité et sa nudité sale.

Sur l'une et l'autre rive, la ruine et l'abandon : les champs inondés, les cultures détruites, les élevages décimés. Dans l'agglomération, subsistaient les quelques maisons en brique et en pierre et mortier, une demi-douzaine de baraques de torchis, le dépôt de cacao, le corral, le four à brique, l'atelier du forgeron, le magasin du Turc, la résidence du capitaine au sommet de la colline. Dans la combe aux Crapauds, seule la maisonnette de bois de Coroca et Bernarda.

Dans les fazendas, les cacaoyères avaient souffert de la crue, surtout celles qui étaient le plus proches de la rivière, mais les dégâts qu'il y eut à déplorer ne furent pas aussi importants qu'on l'avait prévu et redouté. Comme si la rivière, fidèle à la tradition établie du continent grapiuna, avait préféré violer et détruire l'habitat humain plutôt que de porter tort à la culture du cacao.

Quelques jours plus tard, alors qu'il se rendait à Ilhéus où dona Ernestina prodiguait messes et promesses, consultait les esprits de lumière sur la météorologie, le colonel Boaventura Andrade, accompagné du capitaine Natario da Fonseca et du nègre Espiridião, passa par Tocaia Grande, glèbe de marécages, de décombres et de déchets où les gens ramassaient encore ce qu'ils pouvaient retrouver de leurs biens. Hochant la tête, le colonel déplora, chagriné :

— La pauvre commère l'a bien dit : c'est la fin. Ça ne sera plus jamais ce que c'était.

Il disait cela au capitaine, à Fadul et à Castor, qui étaient là tous les trois, ainsi que Pedro Cigano, à prendre un verre au comptoir. Sur les lèvres de Natario passa l'ombre fugace de son sourire ; à peine s'il éleva la voix, comme s'il était inutile de souligner les mots :

— Si vous permettez, colonel, je vais vous dire une bonne chose : vous verrez un jour Tocaia Grande deux fois ce que ç'a été.

Il regarda les autres, aurait aimé que tous fussent là : le vieux Gerino et Coroca, Lupiscinio et Bastião, Balbino et Guido, Merência et Zé Luiz, Dodô Peroba et les familles de l'autre rive :

— Et je ne suis pas seul à le dire. Demandez à Fadul et à Tison, à tous ceux que vous rencontrerez qui vivent par ici dans les collines.

Il regarda par-delà la porte le paysage redevenu beau sous le lumineux soleil d'été :

— A ma connaissance, personne n'est parti d'ici à cause de l'inondation. Pas même les filles, qui ne sont jamais fixées nulle part. On ne parle que de construire, et cette fois des maisons que l'eau ne puisse pas démolir. Vous reviendrez ici avec moi un de ces jours, je vous le dis : vous verrez Tocaia Grande et vous serez surpris.

[illegible]

[illegible] la [illegible] du [illegible]

Quelques jours plus tard alors qu'il se [illegible]

[illegible] de [illegible]

[illegible] Lorca [illegible] de [illegible]

[illegible]

— La [illegible] a bien [illegible]

[illegible]

Il [illegible] que Pedro García [illegible]

[illegible]

[illegible] de la [illegible]

[illegible]

[illegible] la [illegible]

[illegible]

Le jour de la fête du hangar, la fièvre apparaît et s'installe

1

Pedro Cigano eût-il été un authentique gitan, de race et de sang, la conviction de certaines filles, qui attribuaient un caractère surnaturel à ses apparitions périodiques, se serait transformée en article de foi. Mais comme le traîne-patins n'était gitan que de nom, on mettait la coïncidence de dates et de faits au compte de la sagacité reconnue de l'accordéoniste. Le hasard, en tout cas, personne n'y croyait.

— Les fêtes, tu sens ça de loin, pas vrai, mon gros? s'exclama la plaintive Analia en le voyant franchir le seuil de la pension de Nora Pão-de-Ló. Comment que t'as su?

— Un petit oiseau s'est posé sur mon épaule et me l'a soufflé à l'oreille. Tu sais donc pas que les petits oiseaux sont mes messagers personnels? Ils me racontent tout ce qui s' passe.

Il y avait des mois et des mois qu'on ne l'avait vu. Les nouvelles rapportées par les muletiers avaient juste permis de ne pas le tenir pour mort et enterré: il animait des bals populaires au fin fond du monde et s'informait de Tocaia Grande auprès des uns et des autres. Pour expliquer une absence si prolongée, d'aucuns affirmaient que Pedro Cigano avait pris en grippe la localité. Ou qu'il y avait éprouvé une déconvenue. Ce ne pouvait être que cela.

Peut-être était-ce lié à la mort de Ção dans les bras de M. Cicero Moura, un nabot, un pygmée. La véracité d'élucubrations de ce genre ne peut jamais être prouvée, mais si notre ami Pedro avait pensé que, pour avoir été le premier, il devait aussi être le seul à la culbuter sous la barque renversée, c'est qu'il se montrait totalement ignorant de la nature des simples d'esprit, autre espèce bien particulière. Dans la chronique aléatoire colportée au long des chemins, les racontars se nourrissaient de ouï-dire ; jamais Pedro Cigano ne s'était vanté d'avoir eu la primeur du pucelage de Ção, au contraire, si quelqu'un abordait le sujet, il détournait la conversation.

Quoi qu'il en soit, flair ou sagacité, chagrin surmonté ou nostalgie insupportable, à peine fixée la date des festivités pour l'inauguration du hangar que le voilà installé au comptoir du bistrot, savourant la rasade de tafia gracieusement offerte par Fadul Abdala dans la chaleur des souhaits de bienvenue :

— Est-ce que j' pouvais manquer ça ? Qui c'est-i' qui a inauguré les deux autres ? Même mort, ça m'aurait pas empêché : je sortais de la tombe pour venir.

L'inauguration avait été fixée au dimanche 7 septembre, c'est-à-dire, par une heureuse coïncidence, au jour de commémoration de la proclamation d'Indépendance du Brésil, comme le fit observer le Turc, citoyen bien informé et bon patriote, seul de son espèce à Tocaia Grande. Pour les autres, cette histoire d'indépendance n'était que du baratin, vague et abstrait, minable, sans portée et sans envergure. Pour Tison, c'était plus ou moins en rapport avec le 2 juillet[1] et le défilé des groupes scolaires dans les villes du Recôncavo, les enfants qui portaient des drapeaux et des dais de procession avec les images de l'Indien et de l'Indienne du Brésil. Le 2 juillet, armés d'arcs et de flèches contre les baïonnettes, les

1. Capitulation des troupes portugaises à Bahia (1823), dix mois après la proclamation de l'indépendance (7 septembre 1822).

Indiens avaient expulsé les Portugais. Ou ça ou quelque chose de ce genre.

— Il n' manquait que toi, c'est vrai, reconnut Fadul.

Comment aurait-il pu n'être pas là ? Le ton amer révélait la juste indignation de l'accordéoniste. Qui donc, sinon lui, avait coopéré à la construction des hangars précédents ? Celui de paille, vous vous rappelez, m'sieu Fadul ? Un vrai palace, comparé au carbet précaire situé au centre de la friche, entre la rivière et les collines : quatre pieux fichés en terre, et quatre palmes d'éléis pour couverture. Monté par une nuit de froid et de pluie, par les muletiers qui avaient ouvert à coups de machette la sente primitive que traçaient les sabots de leurs bêtes pour gagner quelques lieues sur le long trajet. Lui, Pedro Cigano, avait aidé à dresser cet abri rustique. Il n'y avait pas de quoi rire et se gausser. Son concours était loin d'être négligeable, dame oui : il avait donné son avis, des conseils, proposé des solutions. Pour construire, suffit pas des bras, rien ne se fait sans se servir de la caboche. En plus, il avait suggéré de marquer l'événement et de se défendre du froid en agitant un peu les gambettes, et c'est ce qu'on avait fait. Danse jusqu'au petit matin, huit bougres au total en comptant muletiers, auxiliaires, putes, et lui, Pedro Cigano, l'accordéon en main.

— Y a qu'à demander à Lazaro si c'est pas vrai !

Histoires du temps jadis, que le Turc même ignorait. Mais Lazaro était toujours là, bien vivant, à mener des convois de la fazenda du Malhado à Itabuna, pour confirmer ou démentir le luxe de détails cités par le traîne-patins : les putes étaient au nombre de trois, Coroca s'en souvient sûrement. Il rappelait les noms des deux autres : Maria Grelão, aujourd'hui défunte, et Do Carmo qui, s'étant mise avec le vacher Oséias, avait quitté le métier. Pedro Cigano pérorait au milieu de la parlote de chez Fadul — le foutoir comme on disait quand le Turc avait ouvert son établissement pour vendre tafia, viande sèche et cassonade.

Ne pas venir, lui ? Aucun événement d'importance, heureux ou malheureux, n'était survenu à Tocaia Grande sans qu'y participât l'accordéoniste. Avec son instrument, avec la musique divine qu'il en tirait, il avait été l'animateur de fêtes sensationnelles, de bamboulas mémorables. Joyeux compagnon de table, fameux compère quand il s'agissait de lever le coude, beau gosse qui faisait tourner la tête aux filles, il avait été témoin des infortunes et des misères qui avaient accablé la localité et sa population, il les avait vécues lui-même, et toujours avec le même cran, la même fermeté. Depuis l'invasion des jagunços, alors que Tocaia Grande n'était encore qu'un trou avec quatre putes et une buvette, comme l'avait dit Gerino en cette lointaine circonstance, jusqu'à la crue de la rivière, qui avait bien failli anéantir Tocaia Grande.

— Vous savez pas, m'sieur Pedro? On raconte par là que même le colonel Boaventura va venir pour la fête, annonça Durvalino le bien-informé.

— Dieu veuille ! Dans l' temps, le colonel aimait bien un pince-fesses et une p'tite jeunesse. Il était plus allant et moins riche.

— Les jeunesses, il les aime toujours.

A propos de femmes, le Turc voulut savoir si l'ami Pedro Cigano était déjà allé à la pension de Nora Pão-de-Ló :

— Y a une nouvelle, une qu'on appelle Céci... — Des doigts joints de sa main droite il cueillit un baiser sur ses lèvres et le lança en l'air pour compléter l'appréciation élogieuse de la fille.

Pedro Cigano n'était pas encore allé là-bas, il venait tout juste d'arriver, mais il ne manquerait pas d'aller voir, sûr. Pour faire connaissance de la frangine et du bobinard :

— Question de hangar, ça va être le troisième que j' fais l'inauguration ici. Mais une maison d' passes à Tocaia Grande, jamais j'aurais cru voir ça. On m' l'avait dit, j'avais cru à une blague.

Et Pedro Cigano s'en fut vers la pension de Nora Pão-de-Ló. Ebahi, n'en croyant pas ses yeux, il parcourut la bourgade dans tous les sens, s'arrêtant à chaque instant pour faire la causette, ne cessant de pousser des exclamations de surprise. A la pension, faisant fi du savoir-faire de la patronne, ces airs dolents d'Analia, des appas tant vantés de Céci, il préféra Paulinha Marisca, sur qui il avait l'œil depuis un bon bout de temps.

2

Pays grapiuna, prodigue de richesses et d'exagérations: d'une goutte d'eau on faisait un océan. Dans le va-et-vient des pistes et des routes, des sentiers et des chemins, muletiers, journaliers, prostituées en transit, jagunços, colonels mêmes, ne faisaient que parler avec emphase des progrès de Tocaia Grande. Victime d'une inondation catastrophique — la crue elle aussi augmentait de volume et de violence —, la population engloutie dans un immense marécage avait refait surface: ce n'était déjà plus seulement le village animé d'autrefois, mais une bourgade en plein essor, au futur prometteur ; un grand bond en avant avait été fait, il fallait le voir pour y croire.

Au lieu de déserter, les gens s'étaient unis dans un mouvement de solidarité. Ils étaient devenus comme une seule famille, expliqua à Ilhéus le colonel Robustiano de Araujo, témoin irrécusable. En peu de temps on vit resurgir les cultures et les constructions. Pour conter point par point toute l'histoire de la renaissance de Tocaia Grande, il faudrait du temps et de la salive; certains détails, particulièrement piquants ou émouvants, mériteraient sans doute d'être rapportés, mais dans l'ensemble ce ne serait qu'une répétition verbeuse de faits de routine et d'actions toutes simples, fastidieux inventaire.

Gens du Sergipe et du sertão se remirent à cultiver la terre, à élever porcs et chèvres. Aidés par les maçons et les charpentiers, ils bâtirent des maisons plus solides, plus vastes et plus nombreuses. La nécessité faisait d'apprentis de véritables artisans, des maîtres d'œuvre improvisés. Bastião da Rosa n'oublia pas sa promesse : avant même de s'occuper de la maison de José dos Santos et M'ame Clara, les grands-parents de sa fille, il se consacra à celle de M'ame Vanjé et Ambrosio. Chose promise, chose due : de pareille dette, personne ne s'acquitte, mais Bastião, un gars comme il faut, lui, paya sa dette, tint sa promesse. Des choses qui arrivent.

Travaillant jour et nuit, ils formèrent spontanément une véritable coopérative basée sur l'échange de services, payés en produits de la terre et de l'élevage quand c'était possible, en espèces un jour ou l'autre, à la grâce de Dieu. Et les habitants refirent ainsi la topographie de Tocaia Grande. Topographie, un bien grand mot, qui n'est guère de mise ici : ils modifièrent l'aspect de la bourgade.

Avant la crue, il n'y avait que le chemin des Mulets comme artère unique, qui suivait le cours de la rivière, le grand terrain vague formant esplanade au centre et, éparpillés plus loin, le magasin de Fadul, l'atelier du maréchal-ferrant, l'entrepôt de cacao et le parc à bestiaux où s'arrêtaient les convois. Plus bas, la combe aux Crapauds, avec les paillotes et la cahute en bois où vivaient Bernarda et Coroca. En un si beau site, un minable village : c'était là Tocaia Grande. Les eaux en avaient emporté le souvenir même.

Le chemin des Mulets était devenu la Grand-Rue, aux façades gaiement colorées. La rue du Fond lui était parallèle : certains préférèrent habiter plus loin du cours d'eau. Dans le passage du Milieu qui reliait les deux venelles — les deux rues, disait-on fièrement — vivaient et travaillaient les fabriquants de galoches. C'était là aussi que dona Natalina s'était installée avec sa machine à coudre, et elle ne suffisait pas à la demande. Tout récemment, une commande lui avait été passée par le capitaine Natario da Fonseca : robe de fête pour Sacramento, la mignonne dont s'était épris le colonel Boaventura.

Dans la combe aux Crapauds, de nouvelles paillotes

remplacèrent celles que la rivière avait emportées, c'est-à-dire toutes, en fait. Les filles publiques avaient besoin, d'urgence, d'un coin pour leurs paillasses. D'autres, moins pressées, qui s'étaient fixées à Tocaia Grande — Nininha, la bonne amie de Lupiscinio, pour n'en citer qu'une — profitaient cependant de l'occasion pour se construire des maisons en dur. Ainsi naquit et prospéra toute une ruelle de bicoques de torchis ; au coin, peinte en jaune, la pension de Nora Pão-de-Ló : sobriquet bien trouvé quand elle avait débuté à quinze ans, à Aracaju, petit pain brioché tendre et savoureux ; à quarante ans maintenant, une pétasse bonne pour les charognards. Pension de Nora, et non de Ressu. La pauvre Ressu, incapable d'administrer ne serait-ce que son propre minou, avait transmis l'idée à Nora pour le même prix qu'elle l'avait reçue du capitaine : à l'œil.

On peut mentionner un fait curieux, qui montre bien la frénésie de construction qui s'était emparée de la bourgade : des propriétaires de bicoques qui avaient résisté à l'inondation finirent par les abattre pour en bâtir à la place de plus confortables. La fabrique de tuiles et de briques n'arrivait pas à fournir en suffisance. S'ils ne s'enrichirent pas, Zé Luiz et Merência devinrent du moins les créanciers de la plupart des habitants. Le plus étonnant est qu'ils espéraient rentrer dans leurs fonds : si la première cueillette avait souffert des pluies et donné peu de chose, la grande récolte avait largement compensé les préjudices.

Le tablier du petit pont avait été refait dès que les eaux avaient reflué. Lupiscinio était allé en personne à Taquaras acheter ce qu'il fallait, clous de charpentier et outillage.

— Maintenant, il peut en venir une autre quand elle voudra, dit le charpentier au colonel Robustiano de Araujo, en faisant comme s'ils avaient parié. Vous avez cru qu'on n'était pas capables de faire du solide. A part les planches du d'ssus, rien n'a bougé. Si on avait parié comme vous l'aviez proposé...

Même sans avoir réellement perdu de pari, le colonel ne contribua pas moins généreusement à la réalisation de certains travaux. Sans son aide financière, le grand hangar n'aurait jamais été ce monument qu'il montrait un jour, avec l'orgueil d'un Tocaia-grandense honoraire, au nouveau mandataire de Koifman & Cie, M. Carlinhos Silva :

— Des obstinés comme on n'en voit pas, ces braves gens. Pas de ceux qui lâchent pied pour un oui ou pour un non.

3

Pendant quelques jours, après l'enterrement de Ção, Altamirando était resté en plein désarroi, sans dire un mot, comme absent. Das Dores se tuait au travail pour essayer de remettre sur pied la culture et l'élevage. Altamirando demeurait prostré, assis par terre, hachant son tabac et lissant la paille de maïs avec la pointe de son poignard. Il passait tout son temps à fumer, sans rien faire d'autre.

Il changea le jour où, le soleil étant au zénith, il vit au sommet du coteau, assise sur les pierres à son habitude, l'image de Ção : elle était venue faire brouter les chèvres et lui souriait. Il appela Das Dores pour qu'elle la vît aussi, mais quand sa mère arriva, Ção disparut. Altamirando comprit que lui seul et les chèvres pouvaient la voir.

Elle n'apparaissait pas tous les jours, mais seulement de temps à autre. Das Dores se refusait à y croire : normal, puisque c'était un secret entre le père et la fille. Altamirando retourna au travail avec un redoublement de courage et d'énergie. Les gardiens de troupeaux à qui il avait affaire au corral, pour le choix des bêtes de boucherie dont il revendait la viande au détail, disaient qu'il lui manquait une case : ce qui ne l'empêchait pas de faire face à ses obligations et à ses engagements. Une case de moins, soit ; il lui en restait assez pour vivre et trimer.

4

En dépit de l'insistance de Lupiscinio, des demandes pressantes de ses compères Castor et Diva, le colonel Robustiano ne put rester pour la fête du hangar. L'annonce même, confirmée par le capitaine Natario da Fonseca, de la présence du colonel Boáventura Andrade, ne le fit pas fléchir : le propriétaire de l'Atalaia avait en effet promis qu'il viendrait.

En compensation, M. Carlinhos Silva, le nouveau représentant de Koifman & Cie, principale firme exportatrice de cacao, ne continua pas directement sur Taquaras après la tournée habituelle des fazendas, mais s'arrêta à Tocaia Grande pour assister au bal, et logea à la Pension centrale.

Qu'est-ce donc encore que cette nouveauté ? Dans ce bref compte rendu de la renaissance de Tocaia Grande, il a déjà été fait plus d'une allusion à la pension de Nora Pão-de-Ló, non sans détails sur la couleur de la façade et l'emplacement exact, au coin de la ruelle de bicoques dans la combe aux Crapauds. Le numéro de la porte n'a pas été donné, pour la bonne raison qu'il n'y en avait pas ; mais, par la bouche libertine du Turc Fadul, on a vanté les qualités des créatures qui occupaient les chambres de l'établissement. Voilà qui démontre une fois de plus le caractère subversif et dépravé d'informations et de renseignements qui se voudraient sérieux et corrects. Hôtel de putes, destiné au dévergondage, la pension de Nora a eu l'honneur d'être citée en bonne place, et avec un commentaire élogieux, tandis que la Pension centrale, en raison sans doute de sa qualité de pension de famille, s'est trouvée reléguée aux oubliettes.

Rigoureusement familiale, proclamait la pancarte apposée sur la façade : il s'agissait d'offrir, à prix modiques, gîte et couvert aux éventuels visiteurs de la bourgade. Deux chambres, meublées chacune de trois lits de camp et d'une cuvette en fer-blanc, de petite dimension ; au fond du jardin, la grande cuve pleine d'eau. Que mettre de plus au crédit de la Pension centrale, propriété de dona Valentina et M. Juca das Neves ? Dire que dona Valentina, à la fois propriétaire, cuisinière et bonne à tout faire, se laissait volontiers aller si l'hôte de passage tombait dans ses bonnes grâces ou acceptait de payer un petit supplément sur le prix de pension ? Jolie, elle ne l'était sans doute pas, laide non plus, mais le fait d'être mariée lui donnait de la classe, éveillait l'envie. Ce genre de détails, toutefois, comme ceux qui concernent la voracité des punaises, c'est aux clients qu'il appartenait de les découvrir.

Cette affaire des pensions une fois mise au clair, il convient de revenir à M. Carlinhos Silva, hôte de marque : l'opposé, pour le physique et le comportement, de son prédécesseur. Autant M. Cicero Moura était fluet et réservé, autant M. Carlinhos était massif et direct.

Avec son faciès de mulâtre blond aux yeux clairs, son teint délavé, les mauvaises langues le disaient fils naturel de Klaus Koifman, fondateur de la firme. Sinon, pourquoi le gringo l'aurait-il envoyé faire des études en Allemagne, quand il était encore gamin, et l'y aurait-il entretenu pendant plusieurs années ? A la mort de Klaus, la direction de la société passa au frère cadet, Kurt, qui s'empressa de faire rentrer au Brésil le protégé du grand patron défunt — son fils naturel ? Douteux. Fils de putain, en tout cas. Le jeune Carlinhos revint à Ilhéus et retrouva sa condition d'orphelin de Benedita Silva, une splendide négresse qui avait servi à table et réchauffé la couche germanique de Klaus. D'étudiant à Weimar il devint commis aux écritures à la maison d'exportation. Et y fit carrière.

Pour la fête du hangar, il révéla un aspect inattendu de sa personnalité : il savait faire des tours de magie et se plaisait à en faire spectacle. Il cachait encore d'autres surprises dans ses manches, comme on le vit plus tard, au moment crucial.

5

D'excellentes raisons justifiaient l'opinion enthousiaste partagée par tous : la plus grande et la plus belle fête jamais vue à Tocaia Grande. Qu'on imagine : la salle de bal — et cette fois, c'était bien le mot propre — était illuminée par des lampes de verre. Dans quelques maisons particulières, bougies et quinquets étaient maintenant remplacés par des appliques, articles de luxe qu'on trouvait sur les rayons du magasin, grande nouveauté qui faisait désormais partie des ustensiles en vogue dans la bourgade.

Sans vouloir déprécier le moins du monde la présence de Pedro Cigano avec son accordéon, il faut quand même commencer par dire qu'il ne fut pas le seul musicien à faire danser l'assistance. Les Estancianos vinrent avec leurs instruments : les grandes guitares, la petite, le flutiau ; et jouèrent tout un répertoire d'airs à danser, à la mode dans les bals sergipanos. L'aveugle Tiago et son fils Lucas, tous deux à la guitare, montrèrent également leur talent. Ils faisaient partie d'un groupe venu de Taquaras, constitué par d'éminentes personnalités de la localité voisine, invitées par le capitaine, Lupiscinio, Fadul ou Bastião da Rosa : le chef de gare, M. Lourenço Batista ; le télégraphiste, le fonctionnaire du Trésor, deux ou trois commerçants, quelques resquilleurs, et Mara, mère abbesse d'une pension de filles publiques, accompagnée de quatre gaies luronnes.

Des fazendas des alentours nombre d'ouvriers agricoles qui, dès le matin, déambulaient à travers la foire et faisaient la queue chez Nora Pão-de-Ló ou à la porte des cabanes et des masures de la combe aux Crapauds : le soir, en raison de la fête, les frangines fermeraient la boutique. Ce dimanche-là, d'ailleurs, le contingent de putes doubla : elles accouraient de tous les environs, certaines même de très loin, attirées par l'annonce de la grande fiesta qui s'était répandue jusqu'au fin fond de la contrée.

Il n'y pas de mot pour décrire le succès des numéros de prestidigitation que M'sieur Carlinhos Silva présenta au public. Ce n'étaient qu'éclats de rire mêlés à des exclamations incrédules dans l'assistance ébahie, déchaînements d'enthousiasme et manifestations de stupeur chez les gamins. Un tabac fantastique, et le mot n'est pas trop fort : les spectateurs, à de très rares exceptions près, n'avaient jamais assisté à une représentation théâtrale quelle qu'elle fût, ignoraient tout de l'illusionnisme, des trucs de magiciens, des tours de cartes. Les femmes se signaient — Dieu garde ! — et les hommes, bouche bée, ne savaient plus que penser.

M. Carlinhos Silva releva les manches de sa veste et de sa chemise, et les prodiges commencèrent, tout le monde put voir, ce n'était pas du bobard de halte de muletiers. Sans faire usage des mains, par la seule force de la pensée, l'employé de chez Koifman & Cie fit passer des pièces de deux sous de la poche de Guido à l'oreille d'Edu ; des trous de nez de Zé Luiz, il retira cinq grains de cacao sec. Tout en répétant des formules cabalistiques, hokus pokus, sinsalabin, presto, abracadabra, et autres adjurations effroyables, il saisit du bout des doigts, dans le décolleté de madame Valentina, le mouchoir de poche qu'il avait enfermé, sous les yeux de tous, dans la sacoche d'Aurélio, et qui en avait disparu sans que personne y eût touché. Il fit des choses impossibles avec un paquet de cartes à jouer qui passaient entre ses doigts, apparaissaient, disparaissaient, réapparaissaient, l'as de cœur devenait le roi de trèfle, le deux de pique se transformait en dix de carreau et, quant à la dame de cœur, il alla la chercher dans les cheveux dénoués de Bernarda. Il manipulait les jeux devant un public stupéfié, qui s'écrasait devant lui, voulait voir de près, et n'arrivait pas à croire à ce qu'il voyait.

— Jouer avec vous, m'sieur? Dieu m' préserve! Plutôt jouer avec le diable! affirma le muletier Zé Raimundo, pourtant habitué aux tricheurs.

Fadul Abdala battait des mains le premier, toute l'assistance suivait. Beaucoup voulaient des explications – c'est-i' qu'il nous aveugle complètement, ou quoi ? – d'autres juraient que M'sieu Carlinhos avait un pacte avec le Démon. Ce fut la petite Sacramento qui s'extasia et applaudit le plus. Jusque-là, elle était restée les yeux baissés, fixés vers le sol, assise sans rien dire à côté de Zilda sur un banc de bois. Même le colonel Boaventura Andrade applaudit et ne marchanda pas ses éloges à M. Carlinhos Silva : toutes mes félicitations, bravo ! Si vous vouliez, je vous assure que vous pourriez gagner votre vie en faisant ces tours dans les théâtres de la capitale.

Les musiciens, l'illusionniste amateur, la foule de gens venus de partout et, plus encore, la présence du fazendeiro firent de la fête du hangar l'apothéose qu'elle fut. On avait apporté et placé à l'un des bouts de la salle le fauteuil de barbier de Dodô Peroba pour le colonel. Non loin du bar improvisé où Durvalino servait tafia, cognac, liqueur de génipa, sous la surveillance discrète de Fadul.

Personne ne s'était permis d'inviter Sacramento à danser mais, au moment du quadrille, en voyant Castor organiser la distribution des couples, M. Carlinhos Silva qui, n'étant pas du pays, ignorait certaines particularités, s'adressa à la petite paysanne qui l'avait tant acclamé, et dont il avait remarqué le visage et l'air modeste, pour la prier de danser avec lui les lanciers. Toute seule sur son banc, car Zilda était déjà partie au bras du capitaine pour se mettre en place, Sacramento, confuse, balbutiant, le regard baissé, se vit en plein désarroi. Immobile, la main tendue, M. Carlinhos Silva attendait. Alors le colonel Boaventura, qui avait suivi la scène avec intérêt, en souriant, se leva de son fauteuil :

– Excusez, mon cher Carlinhos, mais cette dame est déjà retenue : elle a votre serviteur pour cavalier.

N'en croyant pas ses oreilles, Sacramento releva les yeux, sourit timidement au colonel qui, debout, l'attendait. Les jambes tremblantes, elle l'accompagna sous les regards en biais des indiscrets pour rejoindre les couples déjà formés. Carlinhos Silva comprit, et partit en quête de Bernarda : trop tard, elle avait déjà un cavalier. Il se contenta de Madame Valentina, c'était mieux que rien. Le nègre Tison frappa dans ses mains pour appeler l'attention, le quadrille des lanciers allait débuter. Sa voix se fit entendre, en franciou.

6

Diva tournoyait en cadence, toute fière de la belle prestance de Tison, qui avait aussi quelque chose à voir avec le diable. Mais lui, qui la connaissait et la devinait, la savait inquiète, préoccupée malgré tous les efforts qu'elle faisait pour n'en rien laisser voir. Sa pensée fuyait le bal pour s'envoler de l'autre côté de la rivière, vers la maison de ses parents.

Vanjé et Ambrosio n'étaient pas là. Le matin, à la foire, alors qu'ils vendaient les produits de leurs champs, Ambrosio était brûlant de fièvre. Zilda, qui s'était arrêtée pour faire des achats et bavarder, eut un mauvais pressentiment à le voir en si piteux état. Elle conseilla à Vanjé de ramener son mari chez eux et de lui faire prendre au plus tôt un sudorifique. Peut-être bien que ça suffirait à lui nettoyer le sang, à le purger des humeurs malignes.

Dans le brouhaha de la table de banquet, où se pressaient les convives venus pour la fête, Zilda, dit au capitaine qu'Ambrosio, selon toute apparence, avait attrapé la mauvaise fièvre :

— Dieu veuille que ça n' se répande pas !

7

Ambrosio mourut trois jours plus tard ; à son enterrement, ne purent assister ni le vieux Gerino ni le jeune Tancredo, fils de Vavá, d'Estância : terrassés par la fièvre.

La fièvre qui n'avait pas de nom, la peste, celle qui, au dire des gens, tuait même les singes. On en parlait à voix basse, avec une crainte révérencielle, comme d'une divinité monstrueuse, vieux fléau endémique des terres du cacao, villes et campagnes, ramassant en tous lieux le tribut qui lui était dû en sacrifice. On évitait d'y faire allusion, on essayait de l'oublier dans l'espoir qu'elle aussi oublierait le pauvre monde et le laisserait en paix.

Tant que la mauvaise tuait avec parcimonie, sans hâte, sans acharnement, on lui livrait son contingent de morts, on se résignait à vivre en sa compagnie. Mais quand, ayant pris ses quartiers quelque part, elle se transformait en épidémie et fauchait à tout vent, la peur se faisait panique et au lieu des pleurs silencieux d'un père et d'une mère, d'une femme, d'un mari ou d'un fils, c'était une clameur de malédiction qui s'élevait vers les cieux.

Elle venait à bout d'un vivant en quelques jours à peine. Brûlait son corps, en faisant une loque ; le crâne explosant sous la douleur, la tête qui s'égare, la puanteur des vesses, les entrailles qui se liquéfient, putrescentes. La male mort, sans remède.

D'autres fièvres avaient un nom : la tierce, la palustre, l'aphteuse qui attaque hommes et bêtes, la fièvre jaune, la bubonique, toutes plus dangereuses les unes que les autres. Mais il y avait des traitements et des remèdes pour toutes, y compris pour la petite vérole : la bouse de vache, séchée, appliquée sur les pustules. Pas de remède au contraire pour la fièvre sans nom, la fièvre tout court, sans qualificatif, sans diagnostic, sans ordonnance : le patient entre les mains de Dieu, l'implacable Dieu de la peste. On avait recours aux sudorifiques, aux révulsifs, remèdes de bonne femme, potions en tisanes, breuvages faits de racines et de feuilles selon des recettes transmises de génération en génération. Miraculeuses pour la guérison de nombreux maux : les sales maladies, par exemple, vérole, chancre, chaude-pisse. Mais sans effet sur la fièvre, la fièvre sans nom qui tuait jusqu'aux singes. Restaient les prières, les oraisons, les formules de bénédiction, les incantations et les promesses.

Elle arrivait d'un coup, sans se faire annoncer. Terrassait, écorchait et embrasait, vidait tripes et cervelle, réduisait le plus costaud à l'état de guenille, avant de le tuer. Rien d'autre à espérer que de la voir, une fois rassasiée, s'en aller aussi soudainement qu'elle était venue pour aller creuser des tombes ailleurs. Y avait-il un cycle, ou bien était-ce pur accident aléatoire ? S'en allait-elle parce qu'elle était gavée, ou parce que Dieu avait entendu les supplications ? Tout était possible. Si dans les villes d'Ilhéus et d'Itabuna des docteurs en médecine dûment diplômés ne savaient ni la diagnostiquer ni la combattre, les populations décimées aux confins du diable n'avaient qu'à fuir ou attendre que la fièvre se décidât à partir, changer de garnison, en emportant dans sa gibecière les sentences de mort sans appel. Mort douloureuse, sale et puante, atroce.

8

Elle dura deux semaines. Arrivée le dimanche de la fête, elle s'exhiba à la foire avec Ambrosio et, deux dimanches plus tard, profita d'un coup de vent, l'enfourcha, reprit la route pour aller tuer plus loin. Elle laissa au florissant cimetière de Tocaia Grande neuf nouvelles croix en souvenir.

Ce que n'avait pu obtenir l'inondation — mettre en fuite les habitants, vider la bourgade —, la fièvre faillit bien l'exécuter, sans éclat et sans remue-ménage, tout en douceur. Si elle avait duré une semaine de plus, qui aurait été assez fou pour rester là à attendre la mort ?

L'exode commença le mercredi de l'enterrement des premières victimes, le vieux Ambrosio et Clementina, une fille publique. Il continua et s'accentua les jours suivants avec la succession de décès. C'est dona Ester, la femme de

Lupiscinio, compétente en matière de maladies et de médecines, qui sonna le tocsin : la fièvre s'était installée à Tocaia Grande. Opinion d'expert : inutile de gaspiller de l'argent pour des remèdes, de perdre du temps avec des promesses. De pharmacie, il n'y en avait point à Tocaia Grande ; tout juste quatre bouteilles de sirop chez le Turc. D'église où faire des prières, encore moins. Rien d'autre à faire, donc, que de quitter ce misérable trou perdu, dénué de tout et, par-dessus le marché, empesté.

Dona Ester fit son devoir en propageant l'alarme d'un voisin à l'autre, et le fit avec une certaine satisfaction en raison de l'antipathie qu'elle éprouvait à l'égard de la localité, du regret qu'elle avait d'habiter un endroit si primitif. Entre autres sujets de petits tracas, il y avait le fait que son mari menait une vie dissolue avec une petite traînée. Si encore ç'avait été une maîtresse en titre, dans ses meubles, comme il faut, soit, à la rigueur ! Mais une putain offerte à tout venant ! Dona Ester tenta d'entraîner son fils, mais Zinho refusa de l'accompagner. Elle haussa les épaules, résignée. Plutôt vivre abandonnée à Taquaras que de mourir au sein de la famille dans la puanteur. Elle ramassa ses hardes, partit sans un regard en arrière donna l'exemple.

Avec un redoublement d'exagération dû aux funèbres circonstances circulaient des nouvelles à donner le frisson ; dans les fazendas, les agglomérations, aux gîtes d'étape, par les chemins, on racontait des épisodes terrifiants. Tocaia Grande n'était pas loin d'être victime de la même horreur qui avait frappé un hameau anonyme du côté d'Agua Preta : tous ses habitants étaient partis dans l'autre monde. Du côté d'Agua Preta, de Sequeiro de Espinho ou de Rio do Braço, la géographie variait selon le narrateur, l'importance de l'endroit augmentait, le nombre de morts s'élevait, mais un point demeurait : personne n'avait survécu pour porter témoignage. Quant à Tocaia Grande, le capitaine Natario da Fonseca lui-même fut donné pour mort ; victime de la fièvre, il avait passé l'arme à gauche et devait être en enfer pour la punition de ses péchés. D'aucuns burent un coup, en cachette, pour célébrer l'événement.

Les putes, nomades par nature, s'envolèrent. Après avoir commencé la cueillette sur les champs des Sergipanos, la fièvre traversa le petit pont et balaya les cahutes de la combe aux Crapauds : en deux jours, trois femmes furent emportées. Ce fut la débandade quasiment générale : isolément ou en profitant d'un passage de convoi, leur balluchon à la main ou sur la tête, les filles gagnèrent le large. L'une d'elles, Gloria Maria, partit souffrant déjà de vomissements et de vertiges, la fièvre à ses trousses. Elle fit la route en ne cessant de se souiller dans la brousse et mourut en arrivant à Taquaras, où elle fut enterrée, évitant ainsi de porter à dix le nombre de sépultures ouvertes au cimetière de Tocaia Grande.

Quelques muletiers détournèrent leurs convois, évitant pour quelque temps d'emprunter le raccourci, et les allées et venues diminuèrent au hangar. La semaine suivante, l'exode s'amplifia, la bourgade passa sous l'empire de l'idée de fuite. Après avoir tenté, sans succès, d'obtenir l'adhésion de Zé dos Santos et M'ame Clara — à qui laisser les champs et les bêtes ? —, Bastião da Rosa emmena sa femme et sa fille chercher un abri sûr, à Taquaras. A le voir verrouiller sa porte, les indécis cessèrent d'hésiter.

9

Sept jours écoulés, cinq morts, depuis le dimanche où Zilda avait fait part de ses craintes au capitaine ; à cette même heure du déjeuner, devant la table silencieuse, sans invités, elle reprit sa phrase là où elle l'avait laissée :

— Ça s'est répandu.

La semaine avait été triste et difficile. Natario, sombre, avait l'air d'une bête sauvage acculée. Les gens venaient à lui, anxieux, en plein désarroi, comme si le capitaine avait été médecin ou guérisseur, attendant de lui qu'il fît quelque chose, trouvât une solution, et lui n'avait rien à proposer, ne pouvait rien faire, rien dire d'encourageant : les mots, vagues et vides de sens, sonnaient faux. Ce n'étaient pas des condoléances que l'on voulait, mais un moyen de salut pour les survivants. Zé Luiz s'était assis sur un banc, sur la terrasse, et pleurait à chaudes larmes : rien de plus gênant, de plus difficile à supporter qu'un homme en pleurs, l'amour-propre et l'orgueil brisés, dépouillé de sa fierté d'homme.

Zilda répéta, haussant le ton pour être entendue et obtenir une réponse :

— Ça gagne.

Le capitaine modelait de ses doigts une boulette de haricots et de manioc :

— Paraît qu'y en a un autre d'atteint chez M'ame Leocadia. Homme ou femme ? T'es au courant ? — Le vendredi, les Estancianos avaient enterré le jeune Tancredo.

— Un p'tit, Mariozinho, qui va sur ses dix ans, y en avait pas d'autre. Il était tout l' temps ici, cul et ch'mise avec Peba.

— Tu dis ça comme s'il avait déjà passé.

— Dieu m' pardonne ! J' veux pas porter malheur à personne, mais t'as déjà vu quelqu'un en réchapper ? J'ai jamais entendu dire que quelqu'un s'en tire.

Elle baissa les yeux sur son assiette de fer-blanc, remua avec la cuiller :

— Je m' fais du souci pour les gosses. Qu'est-ce que tu penses ? Vaudrait pas mieux les emmener à la fazenda ? En attendant que ça passe.

Le capitaine laissa courir son regard sur les enfants qui, étrangers à la conversation, mangeaient avec appétit, les uns à table, les autres assis par terre. Puis il fixa sa femme :

— T'as vu combien y a d' maisons fermées, combien y en a qui sont partis ? Si nous on s'en va, si tu pars à la fazenda avec les grosses, le lend'main y a p'us personne à Tocaia Grande. On peut pas faire ça.

Zilda posa sa cuiller, leva les yeux sur lui :

— J'ai des enfants d'autres femmes, que j'élève.

— Ici c'est leur maison, et on la quitte pas. Personne. — Il essuya l'une contre l'autre ses mains salies. — Que pour aller au cimetière.

Zilda hocha la tête, d'un signe d'assentiment. Ce n'était pas une discussion, mais une simple conversation. Elle connaissait son mari et sa façon de penser : qui a l'autorité et le pouvoir de commander a des devoirs. Il ne servirait à rien d'argumenter, encore moins de se heurter. Elle avait fait ce qu'elle avait à faire, exprimé ses craintes : à lui de décider, à elle d'obéir.

10

Plus tard, au lit avec Bernarda, le capitaine dit à celle-ci :

— Y a pas mal de gens qui s'en vont. Tu devrais faire pareil. Ici, c'est risqué.

Il regardait le plafond de bois, le ton neutre, calme : il ne donnait pas un ordre, mais un conseil.

— M'en aller ? Où ça ?

— Y a un endroit à Taquaras où tu peux rester.

— Parrain y va aussi ?

— Moi j' peux pas partir.

— Et la marraine ?

— Elle reste ici, avec moi. Elle et les gosses.

— Ni vous, ni la marraine, ni les gosses. Pourquoi que moi j' partirais ? Pourquoi qu' vous voulez m'éloigner ? Pourquoi qu' vous m' renvoyez ? J'ai rien fait pour mériter ni une faveur ni un affront. Ici, si j' dois mourir, j' suis près de vous et de Nadinho.

Elle reposa sa tête sur la poitrine de son parrain comme elle le faisait depuis qu'elle était toute petite, mais ses bras et ses jambes le serrèrent contre son corps nu :

— Tu veux plus d' moi ?

— J'ai pas dit qu' tu partes, c'était une idée seulement.
Il faisait ce qu'il devait faire, comme Zilda à la table du déjeuner. Le capitaine Natario da Fonseca effleura du bout des doigts le visage de sa filleule, un amour de tant d'années. En disant ce qu'il avait dit, il connaissait déjà la réponse.

11

Une mort qui fit de la peine, ce fut celle de Merência. Eût-elle succombé à quelque autre maladie, ou à la morsure d'un serpent, elle aurait eu, et à juste raison, une veillée funèbre sensationnelle, qu'elle méritait plus encore que la simple d'esprit et le courtier en cacao. Tant d'événements à évoquer, d'épisodes plaisants, de moments d'émotion !

Comme femme mariée, elle gardait ses distances vis-à-vis des filles de joie, mais cela ne l'avait pas empêchée de prendre leur défense le jour où les conducteurs de bétail avaient voulu imposer leur loi par la force. De ses mains calleuses, elle avait aidé, infatigable, à monter des murs et refaire des toits pour faire oublier la désolation de Tocaia Grande après l'inondation. De ses mains d'artiste, aux heures de loisir, elle confectionnait des cerfs-volants avec du papier et des petites baguettes et les offrait aux gamins qui les faisaient monter dans le ciel du bourg. Elle venait apprécier l'adresse de ses petits protégés et applaudissait la hauteur du vol et les évolutions. Elle avait désiré un enfant, ah ! comme elle l'avait désiré ! Mais elle avait la matrice retournée, les entrailles sèches. A défaut d'enfant à elle, elle gâtait les autres gosses, élevait des animaux. Qui ne la revoyait, le matin de la crue, dans l'eau jusqu'à la ceinture, le boa enroulé autour de son torse ?

Si Zé Luiz dépassait la mesure, dans la gnôle ou la putasserie, quand il était ivre ou toqué d'une fille, Merência se mettait en colère et lui flanquait une raclée sans qu'il réagît. Elle allait le chercher, complètement rond, dans la combe aux Crapauds, et le ramenait à la maison avec des injures et des claques. Pour les enterrements, c'était elle qui récitait la prière d'adieu. Ah oui ! C'eût été une veillée de rigolade et d'émotion.

Mais il avait fallu l'enterrer dans la précipitation, comme les autres victimes de la fièvre. Pour que les miasmes ne se répandissent pas dans les airs, infectant le sang des vivants. Dévote, savante en catéchisme et en oraisons, Merência aurait aimé un accompagnement de litanies et de grâces. Tant elle le méritait, et à l'heure suprême tout lui manqua : veillée, pleureuses, prières. Pas même le chœur des putes pour dire amen. La fièvre allait vite pour tuer, plus vite encore le mort était conduit au cimetière dans la hâte qu'inspirait la peur. Dans la précipitation affolée, à peine Fadul eut-il le temps d'expédier un *Pater* en arabe.

12

Trois jours s'étaient écoulés après l'enterrement de Merência sans qu'on eût connaissance de nouveaux arrêts de mort dans le bourg frappé de léthargie et d'affliction, et voilà que Pedro Cigano apparut à l'atelier de Castor Abduim en mission de vie et d'allégresse. Pour suggérer l'idée d'un petit bal : il fallait oublier les jours noirs, ravaler les larmes, effacer le souvenir de la fièvre, mettre un point final aux commémorations de la mort ; les défunts ne ressuscitent qu'au jour du Jugement.

Immédiatement après la fête du hangar, Pedro Cigano avait disparu de Tocaia Grande et certains minables à la langue bien pendue en profitèrent pour lui tomber dessus. Il s'était éclipsé avec une telle hâte et une telle peur de passer l'arme à gauche qu'il avait abandonné son instrument chez le Turc : au moment de la ribouldingue, présence assurée, la main tendue pour encaisser la paie en échange de la musique, le coude levé pour se rincer la dalle aux frais des gogos. Accusations de gens qui enviaient ses dons de ménestrel, sa liberté de mouvements et ses succès de joli-cœur, misérables propos aussitôt démentis : Pedro Cigano revint aussi sec, chargé de quinine et autres produits pharmaceutiques qu'il avait obtenus à Taquaras, dans les réserves de la gare, et qui étaient destinés à combattre le paludisme ; sans effet contre la fièvre sans nom et sans remède. Non seulement il revint, mais il resta, distribuant des doses préventives de quinine aux habitants, ce qui colora en bleu la pisse de Tocaia Grande.

Convaincu que la malédiction avait pris fin, il s'était mis en quête de soutiens pour sa proposition d'une bonne bamboula, capable de chasser le cafard et de faire renaître le sourire. A la forge, il modéra son enthousiasme en entendant rappeler que le vieux Ambrósio, père de Diva, avait ouvert le banquet de la maligne. Mais Diva ne s'offensa pas et fut d'accord avec l'accordéoniste : rien de mieux qu'un pince-fesses pour éparpiller les cendres et redonner le goût de vivre. Ça gaze — dit Tison. Et Pedro Cigano s'en fut chercher d'autres adhésions.

13

Diva mourut à l'aube, propre, sereine, allongée dans le hamac, sentant contre son corps brûlant la fraîcheur du corps de Tison, serrée contre lui, l'entendant murmurer : ô iya, ma toute noire, petite négresse à moi, ô iya. Clapotement d'eaux paisibles, ondes sur la plage, son lointain de conque marine. Elle dit : — Mon grand gosse blanc — et passa.

Elle avait attrapé la fièvre alors qu'on pensait déjà fêter la fin de l'épreuve et qu'on prenait date pour le bal. Le lendemain matin de la visite de Pedro Cigano, Diva se plaignit de se sentir les jambes molles, le visage brûlant, le ventre douloureux. Tout se passa en un jour et une nuit.

Lia et Vanjé étaient venues tenir compagnie et apporter leur aide. Le bébé avait été emmené auprès de Dinorá, loin du danger de contagion. Tison restait accroupi à côté de la natte où Diva s'affaiblissait de minute en minute : caresses tendres, mots sans suite, il essayait de sourire, n'y parvenait pas. Il avait sacrifié un porc à Omulu tout en sachant que ce serait inutile comme l'avaient été les deux sacrifices de la semaine précédente. La fièvre avait barré la route aux esprits, ouvert le passage aux anges de la mort et toute créature sur laquelle elle posait la main lui appartenait. Tison le savait de science sûre mais avait décidé que la maudite n'emporterait pas Diva toute seule. Si elle ne le terrassait pas sur cette même natte souillée de vomissements et de diarrhée, Tison savait ce qu'il ferait. A croupetons, là, il avait réfléchi et décidé.

Diva gémit tout bas et, une fois de plus, sa mère et sa belle-sœur la nettoyèrent tandis que Tison la soutenait contre sa poitrine. Mais les chiffons ne servaient pas à grand-chose, elle se sentait sale et empuantie. Elle demanda qu'on lui fît chauffer de l'eau pour un bain. Lia et Vanjé résistèrent : prendre un bain avec le corps bouillant de fièvre, une folie, due au délire. Pour l'amour de Dieu, supplia Diva, défaillante. Tison ordonna de lui obéir : folie, délire, divagation d'agonisante, elle avait droit à tout ce qu'elle pouvait désirer. Il alla chercher la bassine.

On lui ôta sa combinaison salie, on l'assit dans l'eau tiède. Vanjé et Lia n'avaient qu'à se retirer dans l'atelier, la laisser en compagnie de Tison. Nue, propre, sentant le savon, elle lui dit de venir avec elle dans le hamac, se coucher auprès d'elle.

Sous le hamac, immobile, le museau entre les pattes, Ame-en-peine.

14

Hurlement de mort, le cri de Tison déchira le petit jour blême, dépassa la peur et le deuil, éveilla la population : la même chose était arrivée pendant l'été, quand la trombe d'eau avait explosé vers les sources et que la rivière avait tout dévasté. Quelle autre calamité s'annonçait encore ? N'était-ce pas assez d'infortune et de souffrance ?

L'aurore s'illuminait et ceux qui accoururent virent la fièvre, déchaînée, s'envoler avec l'ouragan : plût à Dieu qu'elle fût lasse de tuer ! Neuf morts, dix en comptant Gloria Maria, ce n'était pas si mal : une bonne part de la population de ce trou-du-cul de Judas. Additions et soustractions faites, une fois retranchés défunts et disparus, bien peu restaient de ceux qui habitaient là en permanence. Ils ne perdraient rien pour attendre. La fièvre sans nom, celle qui tuait jusqu'aux singes, quadrillait la capitainerie du cacao, allait et venait sans trêve d'un point à un autre, s'absentait un moment, mais ne disait jamais adieu une bonne fois pour toutes.

Lia sortit la première, courant comme une folle, criant au secours, demandant une aide à Fadul. Aussitôt se forma un groupe composé de muletiers, de putes, d'habitants, qui voulaient savoir. A pas lents, zombi venu de l'autre monde, Tison traversait la friche en direction de la rivière, suivi du chien Ame-en-peine. Sur ses bras tendus il portait le cadavre de Diva, vêtu des premières lueurs de l'aube. Qu'elle s'en allât toute seule, il n'allait pas le permettre : au fond des eaux, dans le lit de la rivière s'étendent les terres d'Aiocá. Sacrilège ! Les morts s'enterrent au cimetière et le devoir des vivants est de pleurer et se souvenir.

Vanjé trébucha dans la tourmente et tomba dans la boue avant de rejoindre Castor et de le supplier de respecter la morte et les circonstances. Bernarda apparut et l'aida à se relever. Chaussée des sandales du diable. Coroca courait dans le tourbillon. Au ciel, des fantômes s'évanouissaient en lambeaux de nuages. Après le malheur, l'abomination.

Fadul eut à peine le temps d'enfiler sa culotte. Il se précipita au-devant du ferreur de mulets pour lui barrer la route et ne cessait de crier :

— Tison, qu'est-ce qui s' passe, Tison, t'es dingues ?

Castor Abduim ne s'arrêta pas, n'alla pas plus vite non plus, continua de marcher. Ce n'était pas le forgeron Tison, brave gars, aimé de tous, c'était une âme de l'autre monde. Il grogna d'une voix sans timbre, affreuse à entendre :

— Dégage !

Autour de lui un cercle se resserra, de gens prêts à empêcher le sacrilège. Le Turc arriva plus près, le cercle se ferma.

— On va l'habiller, la mettre dans le hamac, faire l'enterrement.

— Dégage !

Dans ses yeux, le vide de la mort. Tison tenta de traverser, se heurta à Fadul. Tout autour, les gens, prêts à intervenir : impuissants contre la fièvre, ils n'allaient pas tolérer l'outrage.

Fadul dressa son énorme main, ferma le poing et frappa, avant que les autres n'eussent avancé et qu'il ne fût trop tard. Vanjé, Bernarda et Lia soulevèrent le corps. Tison se releva, disposé à tuer et à mourir. Mais, dressée devant lui, ce fut Coroca qu'il trouva, la mère de la vie :

— Pauv' malheureux, t'oublies que t'as un enfant à élever ?

Le cortège des Rois de M'ame Leocadia demande au peuple de Tocaia Grande permission de danser: Brilleri! Brillera!

1

Castor Abduim était en train de ferrer la jument Impératrice, l'une des montures favorites du colonel Robustiano de Araujo; travail délicat, car non seulement l'animal était plutôt ombrageux, mais il avait les sabots fragiles; tout à coup, les aboiements d'Ame-en-peine, aussi joyeux qu'inattendus, attirèrent son attention. Le chien avait dressé ses oreilles, s'était mis debout en remuant la queue et s'était élancé à la rencontre d'un passant. Ame-en-peine n'était pas de naturel expansif. Attaché à son maître, c'était à lui qu'il réservait ses effusions et ne passait pas son temps à courir et sauter autour des étrangers. En cette fin d'après-midi d'été, une fulguration de rouges et de jaunes incendiait le ciel embrasé de Tocaia Grande.

Laissant à Edu le soin de parachever le travail en passant le rogne-pied, Tison, accommodant son regard, distingua la silhouette d'un être humain qui se détachait en contre-jour sur le soleil couchant. Dans l'esprit du maréchal-ferrant passa fugitivement une idée absurde: il allait finalement tirer au clair le mystère qui entourait l'apparition d'Ame-en-peine à Tocaia Grande. Au bout de tant d'années, quelqu'un venait le retrouver et, peut-être, le reprendre.

Vague profil de femme entouré de lumière et de poussière, la forme se baissa, posa à terre son balluchon pour recevoir et rendre plus à l'aise les manifestations amicales du chien. A ce moment précis, sans voir ses traits ni même les contours de la personne, le nègre sut de qui il s'agissait : ce ne pouvait être qu'elle et personne d'autre. Depuis son départ, jamais elle n'avait donné de nouvelles. Tison resta immobile, en attente, sans manifester la moindre réaction : mort intérieurement, vivant en apparence seulement. Du moins était-ce ce qui se disait dans le bourg : la véritable âme en peine, à la forge, c'était le forgeron, non le chien.

Démarche souple, corps flexible, hanches ondoyantes, Epifania approcha, le visage grave. Avec retenue, sans esbroufe, sans montrer les dents, sans provocation sensuelle. On n'aurait plus dit la poseuse effrontée, vaniteuse, qui tournait la tête aux hommes et semait la perturbation. Elle s'arrêta devant Tison, son paquet sous le bras, tandis que le chien sautillait autour d'elle :

— J' suis venue m'occuper du p'tit. J'étais au diable, j'avais quelqu'un. Y a trois jours, j'ai rencontré Cosme, i' m'a raconté. Ça m'a fait peine.

Voix calme et ferme :

— Où qu'il est, mon p'tit drôle ? J' m'en irai pas, que tu veuilles ou non.

Sans attendre de réponse, elle avança jusqu'à la porte de l'atelier, suivie d'Ame-en-peine, pénétra à l'intérieur. Baigné de sang, le soleil s'enfonçait dans la rivière.

2

En compagnie de sa petite-fille Aracati, dont on n'avait pas fêté les quinze ans en raison de la fièvre qui avait régné pendant l'hiver, mémé Leocadia parcourut la demi-lieue qui séparait les plantations des Estancianos et celles de la famille de Vanjé. Bonne marcheuse malgré le poids des ans qui lui courbait le dos ; la petite devait presser le pas pour rester à sa hauteur.

Elles causaient toutes deux, de sujets insolites dans cette

cambrousse. Elles parlaient toilettes de bergères, bergères d'étoiles à ce qu'il semblait, et faisaient allusion à des personnages dont les noms et les titres avaient un charme bien étrange : Dame Déesse, la Bête, Indien coquin. Avec encore d'autres êtres fantastiques et de belles bergères de crèche, ils défileraient bientôt dans la brousse de Tocaia Grande, sous l'autorité de mémé Leocadia. L'été avait commencé, de brèves ondées nettoyaient le ciel, rinçaient le soleil, belles journées chaudes, haut les cœurs ! Mémé Leocadia savait les bonnes manières : elle allait demander aux voisins ce qu'ils en pensaient, mais sa résolution était prise et personne ne lui ferait renoncer. Ainsi avait-elle dit chez elle :

— On va pas passer un an d' plus sans faire défiler dans les rues le cortège de la fête des Rois.

De ses yeux enfoncés, deux trous dans son visage creusé, elle avait scruté parents et amis pour observer la réaction de chacun. Doninha, la femme de Vavá, baissa les yeux ; Sinhá détourna son regard. Mais personne ne leva la voix pour s'opposer. Amâncio, le gendre, ne pouvait manquer de mettre son grain de sel. Il se croyait drôle, fit observer d'un ton moqueur :

— Où c'est-i' que vous avez vu une rue, pour défiler ?

— On dansera de l'aut' côté.

« De l'aut' côté » désignait également l'une ou l'autre rive, celle des maisons ou celle des plantations, selon la position de celui qui parlait. Amâncio continua à railler :

— Et de l'aut' côté y a une rue ? Vous vous figurez qu'on est encore à Estância ?

— On vivait aux champs, près d'Estância, maint'nant on vit près de Tocaia Grande. J' sais bien que c'est pas la même chose, t'as pas b'soin de l' dire. Y a une chose qui est meilleure, une autre qui est pire : la rue c'est le pire, la terre c'est le meilleur. Quand on est v'nus, on n'est pas v'nus rien qu'avec le corps. Quand on est v'nus, la fête des Rois est v'nue avec nous aut', j' l'ai portée sur mon dos. Et maint'nant les gens d'ici vont danser avec, que ça t' plaise ou non. Elle s'adressait à son gendre, ou à tous ceux qui étaient là? — Si t'es contre, y a rien qui t'oblige, j' trouverai quelqu'un d'autre pour Jaraguá. Personne est forcé, viendra qui voudra.

— Bon, ça va. Mettons que j'aie rien dit. C'est vous qui décidez.

C'était elle qui décidait, c'était elle le chef. On ne discutait pas ses décisions et, quant à Amâncio, nul plus que lui n'était attaché à la fête des Rois. Pour représenter Jaraguá, la Bête qui sème le désordre et la panique, il n'y en avait pas deux comme lui. Il parlait pour le plaisir de parler, propos en l'air, rien de sérieux : et c'est très bien ainsi. Mémé Leocadia mit le point final avant que l'une des femmes, Doninha, Sinhá ou quelque autre sotte ne fît penser aux morts :

— Les gens d'ici vont en être fous. Tu vois ça d'ici?

L'année précédente, nouveaux venus qu'ils étaient à Tocaia Grande, il n'avait pu être question de la fête. A Estância, plus de quarante ans durant, le cortège des Rois de M'ame Leocadia, venu de la campagne, s'était disputé avec ceux de la ville les applaudissements de la population. Ce n'était pas le plus riche ni le plus grand, mais c'était bien le plus joyeux et le plus animé. Pour le faste et l'éclat, aucun n'aurait osé se comparer au cortège de la famille Alencar qui, en plus de la fortune, avait pour elle l'instruction et les têtes pensantes. Dona Aglaé et M'sieu Alencarzinho répétaient durant l'année entière et allaient jusqu'à étudier dans des livres tous les pas et tous les couplets pour suivre à la lettre le scénario et les danses. Malgré cela, tout en ayant à affronter la richesse et le savoir, le cortège de M'ame Leocadia faisait bonne figure : quand il se présentait à l'entrée de la ville, on allumait les lampions des bergères, la Dame Déesse empoignait l'étendard, et tout le monde accourait pour lui faire fête et, au milieu des vivats et des applaudissements, l'accompagnait jusqu'à la place de la Cathédrale. M'ame Leocadia avait des chaussures aux pieds et un peigne piqué sur son chignon de cheveux blancs.

La grand-mère et la petite-fille bavardaient tout en marchant à propos de l'organisation du cortège. A Tocaia Grande, ce ne pourrait être comme à Estância : tout manquait, à commencer par la grosse caisse, indispensable ; il faudrait se contenter de l'accordéon et de la petite guitare à quatre cordes. Point de places, de larges rues illuminées par des lampadaires à pétrole, de grandes villas et de maisons avec leurs deux salons en façade : la crèche installée dans l'un, l'autre ouvert pour y danser, les tables dressées et bien garnies pour accueillir les bergères et tous les figurants. A Estância, les festivités commençaient avec la messe de minuit le soir de Noël et duraient jusqu'au jour des rois mages : la Lyre, sur l'estrade, jouait des marches, des pas redoublés, des xotes, et il y avait un bal à chaque coin de rue. Mais Estância était le bout du monde depuis que les verdoyantes plantations de canne à sucre avaient remplacé les petites cultures qui donnaient bien du mal. A Tocaia Grande, pas de lampadaires à pétrole, pas de vieilles maisons coloniales avec leurs deux salons en façade et la crèche installée : trois douzaines d'habitants, les putes à demi nomades, les muletiers qui faisaient halte sous le hangar, des journaliers venus des fazendas pour faire leurs provisions et tirer leur coup. Mais le cortège de M'ame Leocadia serait quand même parfaitement mis au point, et tout aussi animé.

Quand elles passèrent devant l'élevage d'Altamirando, la petite-fille demanda :

— Vous allez point voir M'ame Clara, mémé ?

— On va d'abord voir Vanjé, les autres après. Si elle veut bien, ça s'ra à la fois son cortège et l' nôt'.

3

Un an et demi ne s'était pas encore écoulé depuis l'arrivée des Estancianos à Tocaia Grande, mais si rempli qu'on eût dit un siècle. Leocadia résumait tout en disant avec beaucoup de pertinence qu'ils y avaient connu le meilleur et le pire. Terre vierge et fertile à leur disposition — à Estância, la terre, épuisée, avait un maître —, protection d'un parent riche, aide de bons voisins, compatriotes du Sergipe, facilités de toutes sortes. Mais ils avaient aussi, bien vite, dû affronter le malheur et la mort.

Le malheur de l'inondation. Elle avait totalement anéanti ce qu'ils avaient conquis au prix d'efforts insensés, au moment où ils se préparaient à en cueillir les premiers fruits : ils s'étaient retrouvés sans abri, et les belles plantations s'étaient transformées en marécage boueux. A peine se refaisaient-ils que la fièvre, c'est-à-dire la mort, avait élu domicile à Tocaia Grande.

Elle avait attaqué de préférence les gens du Sergipe. Les Grapiunas se révélaient plus résistants à la contagion, et certains se vantaient d'avoir le corps fermé au mal : ça pouvait bien être vrai. Des dix victimes de la fièvre, neuf enterrés à Tocaia Grande, un au cimetière de Taquaras, six étaient du Sergipe et Clementina venait de la même région, d'Alagoas, sur l'autre rive du São Francisco. Deux de la famille de Vanjé, son mari Ambrosio et sa fille Diva, qui était avec Tison ; deux du clan de Leocadia, le gamin Tancredo et le petit Mariozinho ; des quatre filles publiques qui étaient parties les pieds devant, une seule, Dinaïr, était originaire des plantations de cacao ; Caetana venait de Buquim, Gloria Maria d'Itaporanga.

M'ame Leocadia avait l'habitude de la mort. Fils et filles, gendres et brus, petits-enfants et arrière-petits-enfants, elle en avait déjà vu partir quatorze : avec les deux qui étaient morts à Tocaia Grande, cela faisait seize. Morts affreuses que ces deux-là, dans un endroit démuni de tout, et cette fièvre dont on ne savait même pas le nom, dont on disait seulement qu'elle tuait même les singes. Le jeune gars et le gosse qui se vidaient, Seigneur Dieu ! dont la vie s'échappait par le haut et par le bas, une chose épouvantable à voir.

Le cortège, on l'avait organisé et il avait défilé et dansé dans les rues même l'année où était mort le pauvre Fortunato, le mari de M'ame Leocadia, chef de la famille, qui avait rendu l'âme alors qu'il travaillait aux champs, sans dire ouf, sans avoir donné signe qu'il était malade. Pendant des années et des années, c'est lui qui avait fait l'Indien coquin, et, selon les gens d'Estância, M'sieu Leonardo lui-même, du cortège des Alencar, ne pouvait se comparer à lui dans la scène de la distribution des morceaux de viande :

Mon pauvre bœuf est mort,
On lui a j'té un sort...

Après le décès de Fortunato, le personnage de l'Indien coquin avait cessé d'appartenir en propre à tel ou tel. Chaque année, Leocadia choisissait l'un des hommes du groupe familial pour se charger du rôle et jouer la scène.

Au moment d'arriver près de chez Vanjé, Aracati se hasarda à demander :

— A qui vous pensez, mémé, pour faire l'Indien, cette fois ?

Drôle : Leocadia pensait justement à ce problème.

— J' vais tout faire pour que ce soit M'sieu Tison. Ma parole, on dirait qu'il est descendu au tombeau avec sa femme.

— C'est beau, j' trouve, d'avoir du sentiment comme ça. Vous croyez pas, mémé ?

— Un gars jeune comme ça, en deuil pire qu'une vieille veuve, j' trouve pas, dame non.

En deuil, façon de parler. Se mettre en noir de la tête aux pieds, c'était un privilège de riches dans les villes et les grandes maisons des fazendas. Le deuil du pauvre, c'était la tristesse et l'abattement qui serrent le cœur ; il ne s'exhibait pas dans la manière de s'habiller, on l'appelait chagrin, et il durait peu. Au dur labeur de l'existence, y a-t-il temps et repos pour la mélancolie et les pleurs ?

4

M. Carlinhos Silva modifia l'aspect de l'entrepôt de cacao, à l'extérieur comme à l'intérieur, en l'agrandissant de deux nouvelles constructions. Une pour lui servir de logement et de bureau, l'autre pour les vigiles : auparavant ils dormaient sur des nattes à côté du stock de cacao, se lavaient à la rivière et allaient faire leurs besoins dans la nature. Ils eurent désormais des lits de sangles et des chiottes. On disait bien que M'sieu Carlinhos avait du sang de gringo, d'où les manières. Pour les cabinets, il en avait fait faire deux d'un coup : celui des gars et le sien, réservé à son usage exclusif, fermé à clef.

Certains s'étaient étonnés de le voir un jour à l'entrepôt, avec Lupiscinio et Zinho, à tracer des plans, négocier le contrat, donner des instructions. Mais la nouvelle se répandit bientôt : le colonel Robustiano de Araujo avait cédé le dépôt à la firme Koifman & Cie. Le motif de cette décision du colonel, on le rattachait à la mort de Gerino, emporté par la fièvre qui avait fait fi de sa condition de Grapiuna.

Avec tant d'enterrements en si peu de temps, rien n'a été dit à propos quant à la veillée funèbre de Gerino, pourtant bien capable de surpasser celles de Ção et de Cicero Moura et de soutenir la comparaison avec celle de Merência : mais toutes les quatre inexistantes. Perverse, la fièvre tuait et par-dessus le marché coupait court aux rites du souvenir et des éloges.

Le colonel avait fait construire le dépôt quand, s'étant brouillé avec les Suisses de Weltman & Scherman à qui il vendait ses récoltes, il était passé chez les Allemands de Koifman & Cie qui, pour lui être agréables, proposèrent de prendre livraison du cacao sec à Tocaia Grande, à mi-chemin entre la fazenda Santa Mariana et la station de chemin de fer de Taquaras. Il avait alors confié le dépôt à la garde de Gerino, un type sûr, sérieux et loyal, qui avait été à ses côtés pendant les luttes ; bon fusil, mais qui ne valait pas grand-chose à la culture ni à l'élevage.

Les maisons d'exportation, presque toutes allemandes et suisses — une seule brésilienne, la plus petite et la plus voleuse, à en croire les médisants — se livraient un combat d'adresse et de prestige dans les diverses zones de la région cacaoyère pour conquérir et conserver la clientèle des fazendeiros. Des petits en leur procurant des avances sur le cacao à livrer, des grands en leur offrant des facilités et des avantages. Grâce à Cicero Moura et surtout à Carlinhos Silva, Koifman & Cie avait étendu ses affaires aux confins de la rivière aux Serpents et accaparé une bonne partie de la production dans cette zone. En vue de faciliter la vie des producteurs, notamment des plus petits, en les libérant de la contrainte de livrer le cacao à la maison mère d'Ilhéus ou à la succursale d'Itabuna, ce qui diminuait le trajet des convois et les frais, M. Carlinhos proposa à Kurt Koifman, son patron et ex-parent, de monter un dépôt à Tocaia Grande, localité d'avenir, bien située, pour y recevoir et stocker le cacao, à l'instar de ce qui se faisait déjà avec les récoltes du colonel Robustiano de Araujo.

Le fazendeiro, encore bouleversé par la mort de l'irremplaçable Gerino — d'homme de confiance comme lui, il n'y avait vraiment que son frère Nazareno, et celui-là suivait le colonel comme son ombre, Dieu merci ! —, proposa, quand il eut vent du projet, de céder son propre dépôt à la firme ; affaire avantageuse pour les deux parties. Ainsi fut fait et, en conséquence, M. Carlinhos Silva s'installa à Tocaia Grande avec armes et bagages, solution commode et pratique : il allait à Ilhéus une fois par semaine présenter son rapport.

En plus d'un lit à deux places, il apporta de la ville une table bureau et une étagère avec des livres, la plupart en langue de gringo. A ceux qui s'étonnaient de voir un lit à deux places chez un célibataire, il répondait, aimablement et crûment : le célibat, d'accord, mais la veuve Poignet, très peu pour moi. Ouvert, cordial par nature, il aimait, quand il n'était pas en déplacement d'affaires, bavarder avec les gens, et s'intéressait à toutes sortes de bêtises : remèdes de bonne femme et recettes de potions, philtres pour guérir de l'asthme et de la phtisie, histoires de croyances, dictons et proverbes, petits faits insignifiants. Avec un bout de crayon, il prenait des notes dans un carnet : on voit de tout en ce monde. Tout cela faisait que Braulio, l'un des gardes de l'entrepôt, disait que M'sieu Carlinhos était quelqu'un de remarquable. Braulio avait entendu ce mot dans un bordel d'Itabuna et l'avait incorporé à son vocabulaire réduit, pour s'en servir avec parcimonie, quand il avait à expliquer l'inexplicable.

Après avoir entendu la mémé Leocadia développer le projet du cortège, M. Carlinhos Silva applaudit chaleureusement et se mit à sa disposition : en quoi pouvait-il être utile ? M'ame Leocadia profita de l'offre pour évoquer le grave problème de la grosse caisse : sans grosse caisse, ce n'était pas la même chose. M. Carlinhos s'engagea à obtenir de Koifman & Cie le don de l'instrument : ne vous en faites pas, ce n'est pas une affaire de grosse caisse qui empêchera la réalisation du cortège. En échange, il fit une demande : il désirait assister aux répétitions, est-ce que ce serait permis ? Bien sûr, il n'aurait qu'à venir au hangar, où elles auraient lieu trois fois par semaine. A Estância, chaque répétition était une fête, où l'on contait fleurette, chantait et dansait. Parfois, ça finissait par un mariage.

5

Le capitaine Natario da Fonseca rendit à Espiridião le tabac et la paille de maïs, remit son poignard à la ceinture, et transmit au colonel Boaventura Andrade le message de M'ame Leocadia :

— M'ame Leocadia fait dire qu'elle compte absolument sur vous pour le cortège des Rois, colonel. C'est urgent, capitaine : n'oubliez pas d'en parler au cousin.

Le colonel sourit, revoyant le passé :

— La vieille enragée ! Je me souviens encore de son cortège. Jamais vu personne d'aussi amateur de fêtes que les gens d'Estância.

— Elle a dit que votre père faisait le personnage du Matthieu, et que c'était un fameux danseur.

— Le vieux Zé Andrade, c'était un sacré gaillard. Les

cortèges des Rois, le trombone, tout le diable et son train. Et jusqu'à sa mort.

Jusqu'à sa mort. Le colonel Boaventura Andrade, sur la terrasse de la fazenda, considéra les deux hommes, Natario, son bras droit, Espiridião, son chien de garde. L'un comme l'autre avaient risqué leur vie à son service. Sans eux, il ne serait pas là à bavarder. Natario par deux fois, Espiridião une au moins, avaient tiré avant de laisser les jagunços envoyés par ses ennemis mener à bien le travail pour lequel ils avaient reçu la grosse somme. On l'avait condamné à mort au cours de la décennie des luttes acharnées qui avaient permis aux colonels et aux jagunços de conquérir et d'asseoir la fortune le doigt sur la détente. A Estância, le vieux José Andrade, trombone à La Lyre estanciana, avait mené joyeuse vie jusqu'à la fin. Sur la terrasse de sa fazenda, le colonel Boaventura Andrade, millionnaire et tout-puissant, réfléchissait sur le destin des créatures.

A Ilhéus et Itabuna pullulaient les hommes de loi, engeance douteuse de filous; il y avait des loges maçonniques et des associations commerciales; le collège des ursulines formait des maîtresses d'école; on éditait des journaux, certains mis en circulation toutes les semaines, qui se mêlaient de politique, occupation malpropre et nécessaire; des danseuses s'exhibaient dans les boîtes de nuit, on créait des hôpitaux; toutes les semaines, descendaient des bateaux de la *Babiana* des conférenciers en quête de cachet, ceux qui étaient amusants racontaient des blagues, les enquiquineurs récitaient de la poésie; et on avait même fondé un cercle littéraire à Agua Preta à l'occasion d'une récente visite du fils du colonel Emilio Medauar, le type qui écrivait des vers et avait été condisciple de Venturinha à la faculté de droit. Tous deux à mener une vie de bâtons de chaise à Rio de Janeiro, jetant l'argent par les fenêtres. Du moins l'écrivaillon donnait-il à ses parents des motifs d'orgueilleuse satisfaction et venait-il les embrasser pour la Saint-Jean ou le nouvel an, mettant Agua Preta sens dessus dessous: les intellectuels et les jeunes filles. Un bon fils, dévoué à ses parents. Le sien, même pas cela. Dévoués à sa personne, Natario et Espiridião.

Toute cette prospérité dans les villes, ce luxe et ce faste des belles villas et des hôtels particuliers, les discours, les articles de fond, les récitals, les conférences, la danse des sept voiles et mille autres magnificences, toute cette vanité des vanités, une chose et une seule avait rendu tout cela possible : c'était parce que Natario, Espiridião, tout ce gibier de potence qu'étaient les jagunços, parce que Boaventura Andrade, Emilio Medauar, toute cette noble caste qu'étaient les colonels, avaient empoigné les escopettes et s'étaient lancés à la conquête de la forêt : chaque empan de plantation, pour ainsi dire, avait coûté une vie. Les notables péroraient et écrivaient, parlaient de civilisation, de progrès, de libéralisme, d'élections, de livres et autres foutaises, blablabla et attrape-couillon. Si eux, colonels et jagunços, n'avaient pas défriché les forêts et ensemencé la lettre, l'eldorado du cacao, thème des panégyriques et des dithyrambes, n'existerait pas même en songe.

En écoutant Natario parler des Estancianos, le colonel posa sur les deux hommes un regard affectueux et sentit en son cœur estime et gratitude. Il avait vieilli, n'était plus le chaud lapin qu'il avait été ni le grand manitou autoritaire, le seigneur féodal qui avait droit de vie et de mort, dirigeait la politique et la justice, commandait à la mairie et dans les études notariales d'Itabuna. S'il gardait encore en main les rênes du pouvoir, et les tenait courtes pour éviter les coups fourrés, c'est qu'en dépit de tout il conservait encore l'espoir de voir revenir son fils pour assumer le commandement et lui permettre de se reposer en paix.

Le vieux Zé Andrade, un homme pauvre, musicien amateur, s'était amusé jusqu'à sa mort, n'avait renoncé à rien de ce que lui offrait l'existence, tant et tant.

— Dis à Leocadia que je suis bien vieux pour danser à la fête des Rois.

— Elle a dit qu'au moins vous pourriez venir voir. Vous distraire un peu.

6

Pour égayer la vieillesse du colonel, la vie lui offrait b[illegible] peu. Deux choses, du moins, lui étaient une consolation et un baume : le cacao et la petite Sacramento.

Regarder les plantations de cacao, s'en occuper, sublime spectacle, belle et plaisante tâche. Il venait de terminer, en compagnie de Natario, l'inspection périodique des cacaoyères une par une, les anciennes et les nouvelles, plus fleuries et prometteuses les unes que les autres en ce magnifique été où les pluies et la chaleur étaient exactement telles qu'il le fallait. Pour compenser les pertes dues aux inondations l'année précédente. Une floraison exceptionnelle, un bourgeonnement particulièrement vigoureux, de quoi réchauffer le cœur.

Il avait aussi parcouru les plantations de la Boa Vista, qui n'avaient rien à envier à celles de l'Atalaia : mêmes soins, même épanouissement qui faisait plaisir à voir. Natario avait eu la récompense méritée : même si c'était encore peu de chose alors qu'il lui avait par deux fois sauvé la vie, du moins possédait-il son bout de terre plantée de cacaoyers : travailleur et malin, il finirait riche. Espiridião, lui, n'avait rien à lui ; il gardait son fourbi dans une pièce sans fenêtre dans l'appentis du fond de la maison de maître. Le sommeil léger, l'oreille fine, il dormait dans la grande salle, surveillant la chambre et le repos du patron.

Jamais il n'avait ouvert la bouche pour réclamer, n'avait jamais rien désiré ni demandé. Il était arrivé à la fazenda da Atalaia tout au début des luttes, en compagnie d'une fille en bas âge : la mère était morte de tuberculose, crachant le sang, pendant la grande sécheresse du sertão de Conquista. Par décision du colonel, et non à la demande de son père, la petite Antonia, élevée dans la maison de maître, avait fait ses études au collège des ursulines d'Ilhéus : seule petite négresse bon teint au milieu des élèves plus ou moins blanches. Institutrice diplômée, elle s'efforçait d'alphabétiser les enfants à la petite école de Taquaras. Elle portait des lunettes, ne s'était pas mariée, élevait des oiseaux. Le nègre Espiridião avait pour sa fille une véritable vénération, la traitait avec déférence ; pour un peu, il l'aurait appelée « madame » et, quand il parlait d'elle, il ne manquait pas de lui donner son titre : ma fille dona Antônia, professeur.

Espiridião assis sur la marche de la terrasse, Natario au bout du banc, entre ses deux hommes le colonel songeait à la vie, à la vieillesse, aux quelques joies qui lui restaient. De la cuisine venait la voix de Sacramento qui entonnait une chansonnette aux paroles malicieuses :

Tiatan bleu comme la nuit,
Rossignol couleur de cannelle,
Qui voit son amour près de lui
Passe ses jours en sentinelle.

Venturinha s'amusait à Rio, dépensait sans compter. Dona Ernestina, sa sainte épouse, priait et faisait des promesses à Ilhéus ; Adriana, sa maîtresse, tombait aussi dans la dévotion, passait son temps dans les cercles de spiritisme ; épouse et maîtresse, à chacune ses indispositions et ses bigoteries : c'était son monde, la face noble. A la fazenda, où il s'attardait toujours davantage, Natario, Espiridião, Sacramento : son monde aussi, l'autre face. Pour qu'il ne mourût pas dans la solitude, l'existence lui avait donné la petite Sacramento. Bien tard, malheureusement.

Sacramento cessa de chanter, apparut sur la terrasse avec le café qu'elle venait de faire, chaud et odorant. Tout en le dégustant à petites gorgées, en soufflant sur la tasse, le colonel se racla la gorge et dit :

— Espiridião ne va pas refuser une petite gnôle...

— Que lui ? demanda la jeune fille par plaisanterie, connaissant les habitudes du fazendeiro.

— Je crois que Natario ne dirait pas non. Qu'est-ce que tu en dis, mon compère ?

— Si c'est pour vous tenir compagnie, avec plaisir.

Le colonel rit, réconforté ; il se sentait avec les siens. La seule présence de la jeune fille, de même que la vision des cacaoyères, lui réchauffait le cœur. Sacramento ramassa les tasses, revint avec la bouteille et les verres. Des verres à pied, fins et fragiles, qui ne contenaient pas plus d'une larme. Quand elle se pencha pour servir, le colonel aperçut, dans l'échancrure du corsage, la courbe et la rondeur des seins et les sentit contre le dos de sa main, qu'il avait soulevée tout exprès. Le désir lui embua les yeux, lui brûla la poitrine en même temps que la gorgée d'eau-de-vie.

Sur la terrasse de sa fazenda, le colonel songeait à la vie, à la vieillesse, aux rares allégresses, aux nombreuses misères qui sont le lot d'un homme : avec les années, l'écart ne cesse d'augmenter, entre le désir et la vigueur, entre la pensée ardente tournée vers le plaisir et la tige flétrie, triste pendeloque qui ne veut plus se redresser. Natario et Espiridião respectaient ses silences, entre eux il n'avait jamais été besoin de gaspiller des mots pour se comprendre : le capitaine devinait, même.

Fête des Rois, distraction pour la jeunesse, qu'avaient-ils donc à voir, Leocadia et lui, avec Indiens et bergères ? Elle, un pied dans la tombe, lui au bord de la débandade : au bord ? Vieille enragée, qui voulait mourir dans la rigolade. Race de forts, qui ne se laissaient pas abattre : ils en avaient perdu deux, un adolescent et un enfant, du fait de l'épidémie. Le vieux Zé Andrade lui aussi s'était amusé jusqu'à sa mort.

Les cacaoyères, sa fête des Rois. La petite Sacramento, sa Bergère, sa mignonne Dame Déesse. Tout ce qui lui restait. Il vida son verre de tafia, ordonna, d'un air faussement sévère :

— Laisse la bouteille ici, espèce de petite radine. C'est une ration pour Espiridião, ça ?

Il se tourna vers Natario, la voix lasse :

— Dis à Leocadia que je ne promets rien, le plus probable c'est que je n'irai pas. J'aimerais bien. Mais si ce n'est pas Ernestina qui vient ici, c'est moi qui irai passer les fêtes à Ilhéus. Promettre et ne pas tenir, ça n'est pas de mon goût.

Le soir tombait sur les cacaoyères. Près du ruisseau, le

coassement d'un crapaud agonisant dans la gueule d'un serpent. Dans la grande salle, Sacramento, la petite du colonel, allumait le candélabre à pétrole.

7

Baigné de sang, le soleil se noyait dans la rivière. Fils de Xangô, un côté Oxossi l'autre Oxalá, le nègre Castor Abduim était resté figé, sans réaction, près de la porte par où la négresse Epifania avait disparu en quête du petit. Mon petit. Mon petit, avait-elle dit. Des nuées rouges couraient dans le ciel, ombre et lumière se confondaient en une atmosphère d'embuscade, indice de menace, danger qui s'annonçait. Que faire? se demandait Castor. Comment lui dire non en face?

Et voici tout à coup qu'un vent brûlant souffla de l'orient, agita les eaux de la rivière, traversa la forêt et s'abattit au centre de la friche, entre le hangar et le magasin du Turc, épais manteau de poussière, et coupa le monde en deux moitiés, celle d'en haut et celle d'en bas: dans l'une, la lumière du jour, la chaleur de la vie; dans l'autre les ombres de la nuit, le froid de la mort. Et à la suite de ce manteau de clarté et de ténèbres séparées ce n'était plus un tourbillon de poussière mais une apparition gigantesque et effrayante. La partie inférieure plongée dans la nuit, vêtue de guenilles souillées de vomissure et de chiasse, les jambes et les bras pris dans des chaînes toutes rouillées, la partie supérieure resplendissante de lumière, couronnée de flammes.

La vision complète, avec sa chevelure d'or pur, sa cape d'étoiles et son diadème de coquillages bleus, n'apparut qu'un peu plus tard, quand l'horizon se vêtit de pourpre et que l'egum, enfin libéré, s'y plongea et s'en fut à jamais. Quelque chose qui n'était pas de ce monde.

Le nègre Tison Abduim le vit surgir du néant, figure d'épouvante, grandir dans les airs, tournoyer dans le vent, s'élever en spirale qui touchait au ciel. Il se recroquevilla de peur, s'inclina de respect, ferma les yeux pour éviter d'être aveuglé et prononça la salutation des morts : epa babá ! Marmonnant des phrases en nagô, l'egum lui ordonna d'ouvrir les yeux et de s'approcher pour entendre ce qu'il avait à lui dire. Rassemblant ses forces, le nègre alla vers lui.

Epifania d'Ogum, servante habilitée à recevoir les divinités puisqu'elle avait accompli ses quatorze années de consécration, aurait pu le voir de ses yeux mortels faits pour voir et saisir les choses, mais elle n'était pas là, avait disparu à l'intérieur pour chercher Tovo sans que Tison, pris par surprise, eût pu l'en empêcher. Edu, occupé à limer avec le rogne-pied les sabots de la jument Impératrice ferrée à neuf, et le vacher qui avait amené l'animal sur l'ordre du colonel Robustiano de Araujo, virent seulement, de leurs yeux faits pour voir sans comprendre, le nuage de poussière soulevé par la brusque rafale, se surprirent de la hauteur et de la force du tourbillon.

Tison s'avança vers le père, en se traînant : il avait perdu le contrôle de ses propres mouvements et, à mesure qu'il approchait, il sentait peser un poids sur sa nuque, une lassitude sur ses reins, une mollesse comme s'il allait mourir là même, en cet instant. C'était l'egum de Diva qui se manifestait, un motif impérieux lui avait fait enfourcher le vent de feu du désert : il venait de l'au-delà pour le chercher. Il était grand temps.

La tête perdue dans le brouillard du vertige, les jambes défaillantes, il réussit à grand-peine à aller jusqu'à une grosse pierre et à s'y asseoir sur l'ordre du père. Il se trouva devant le portail de la nuit, encore fermé, en face de l'egum d'Iemanjá, mais il ne le voyait que du bas à la ceinture. D'immondes loques le couvraient, qui exhalaient l'odeur fétide de la fièvre, laissaient à nu son ordure écœurante, et ses pieds étaient attachés par des chaînes semblables à celles qu'il avait vues, étant enfant dans le quartier des esclaves : celles qui avaient servi, à la plantation de canne à sucre, à lier les pieds des esclaves et à les empêcher de s'enfuir vers la liberté.

Tison ne parvenait pas à distinguer son visage perdu dans les hauteurs, mais il reconnut la voix roucoulante de Diva qui lui murmurait à l'oreille les mots familiers de tendresse et de passion : mon grand gosse blanc, je suis ta petite Noire, je suis là. Voix plaintive, coupée de sanglots, baignée de larmes, chargée de peine et de souffrance, d'amers regrets. Pourquoi si profonde douleur? Tu veux savoir? Je vais te dire, écoute! L'accusation commença. Pourquoi, demanda-t-elle, Tison ne la libérait-il pas, ne lui donnait-il pas la piécette de l'axexê pour payer la barque de la mort, pourquoi la gardait-il prisonnière dans un monde qui n'était plus le sien, la maintenait-il enfermée dans des cachots de tristesse et de révolte? Moi qui suis morte emportée par la marée de la peste, me voici obligée à vivre et toi, qui es vivant, tu sembles mort, tout est à l'envers et au contraire et ne ressemble à rien. Ah! mon amour, ta toute petite subit sa peine, c'est toi qui m'as condamnée, je ne connais pas la paix. Pourquoi me veux-tu comme un poids sur tes épaules?

Rends la liberté à ma mort et garde en ton cœur mon souvenir vivant. Pourquoi gardes-tu mes vêtements avec les tiens dans le vieux bidon, et par-dessus l'abebê qu'un jour tu ciselas pour moi avec un clou de charpentier, avec ton adresse? Ouvre-moi le cachot : prends mes vêtements et porte-les à Lia et Dinorá, ils peuvent encore servir. Mets l'abebê sur l'autel des orixás, car je suis maintenant un esprit, un egum d'Iemanjá. Fais venir Epifania d'Oxum et Ressu d'Iansan et danse avec elles mon axexê : tu n'as plus dansé jusqu'à ce jour. Libère ma mort, prisonnière au fond de ta poitrine, et revis comme tu vivais avant de me connaître. Je veux entendre ton rire éclatant et joyeux. Je ne veux ni de tes pleurs ni de ton désespoir. Redeviens Tison, redeviens un homme.

Les sanglots cessèrent, les plaintes, les reproches, ce qui avait été chagrin fut à nouveau douce tendresse : mon grand, mon amour, écoute ce que je vais te dire. Elle dit et par trois fois répéta pour faire entrer ses paroles dites et répétées dans la dure caboche entêtée : c'était elle, Diva, sa petite négresse, sa petite morte, la mère de Tovo, qui avait guidé les pas d'Epifania, l'avait ramenée à la forge pour qu'elle vînt se charger de l'enfant. Jamais un homme seul n'a su élever des enfants. Tovo n'avait pas même appris à rire, il ressemblait plus à une bête sauvage qu'à un bébé d'homme. C'était elle, Diva, qui avait envoyé Epifania pour s'occuper de Tovo et aussi de lui, Castor Abduim da Assunção, jadis tison enflammé, maintenant vieille bûche inutile. Quand je suis morte, je ne t'ai pas châtré, mon amour. Toi aussi tu es devenu une bête, un fantôme, un loup-garou. Pourquoi pleures-tu, si je veux t'entendre rire?

Alors seulement il vit le visage lumineux, distingua la figure entière de l'egum: libéré des chaînes, des guenilles, vêtu de lumière. Diva, les nattes de petite fille, Iemanjá, la longue chevelure, c'étaient elles toutes les deux et elles étaient une seule, ce ne sont pas des choses à expliquer, mais à comprendre. Diva survola la rivière et la friche. Des lèvres elle effleura la face du nègre, lui insuffla la vie par la bouche, fit revivre son membre, et s'évanouit dans le néant, en paix avec la mort.

Ceux qui virent le nègre Tison Abduim assis sur une pierre, les yeux dans la réverbération de lumière qui se défaisait en poussière, content qu'il se leva encore absent et exécuta des pas rituels de danse, des sorcelleries de macumba. Mis au fait par des tiers, Fadul Abdala accourut du magasin:

— Quelque chose qui ne va pas, Tison?

— C'est rien, t'en fais pas. J' dormais et je m' suis réveillé.

Il s'était réveillé souriant, heureuse nouvelle.

8

Pour Epifania d'Oxum, Tison avait conçu un abebê doré en des jours de solitude et de cafard: la solitude, lourd fardeau; le cafard, asphyxiant. Oxum était venue lui tenir compagnie et l'avait aidé à rassembler ceux qui jusqu'alors vivaient dans l'indifférence, éloignés les uns des autres, chacun de son côté, comme si le voisin n'avait pas existé. Ensemble, les deux compagnons de voyage avaient brisé la solitude et préparé la fête, en des temps d'heurs et de malheurs.

Pour Diva d'Iemanjá, Castor Abduim avait forgé un abebê argenté en des jours d'incertitude et de maléfice : l'incertitude, plaie ouverte ; le maléfice qui ronge. Iemanjá était venue du lointain Sergipe à bord du bateau de la lune et avait jeté l'ancre dans son hamac. Mon Blanc chéri, ma p'tite négresse, ah ! Le hamac, où le monde commençait, où finissait le monde.

Avec la mort de Diva, la solitude était revenue, une autre solitude, bien différente. Elle ne provenait plus du dénuement, de l'abandon du pays : elle était dans le cœur de Tison, non plus autour de lui. Il n'avait pas voulu remettre l'enfant à la grand-mère, aux tantes, avait refusé l'offre de Zilda : je m'en charge, je l'élèverai avec les miens. Mais la présence de son fils ne compensait pas l'absence de Diva, ne consolait pas : bien au contraire, elle aiguisait le souvenir.

Enfant privé de mère, élevé n'importe comment. Parfois Tison se sentait coupable de le garder auprès de lui, mais comment s'en séparer ? Le cri de Coroca, dans la nuit de l'horreur, résonnait encore à ses oreilles : malheureux, tu oublies que tu as un fils ! Pour satisfaire à l'obligation que Diva lui avait laissée en héritage, le nègre Castor Abduim ne s'était pas tué. Dans la solitude, dans l'abandon, trois bêtes dans la maison de pierre : Tovo, Tison et Ame-en-peine. Dans les eaux de la rivière, dans les bras de Tison, Tovo apprenait à nager ; dans l'atelier, il apprenait à marcher, trébuchant, roulant à terre avec le chien. Il avait un beau grelot, donné par un muletier, et le Turc Fadul lui avait rapporté d'Ilhéus un petit cygne en celluloïd que Tovo mordillait de ses dents naissantes. Enfant sans mère.

Tison s'arrêta à la porte de l'atelier en entendant un rire d'enfant, aussitôt répété, venu de l'intérieur. Il s'immobilisa, attentif au rire de son fils. Tovo ne sait pas rire, lui avait reproché Diva, on dirait une petite bête sauvage et lui, Tison, un fantôme. C'était vrai. Les pleurs du petit, il n'y répondait que pour lui donner à manger et le nettoyer. Pour le reste, le chien s'en occupait. Lui, Tison était devenu un loup-garou.

Sur la natte, ils étaient tous les trois à jouer: Tovo, Ame-en-peine, Epifania. Tison s'accroupit à côté d'eux. Epifania avait entendu dire que le maréchal-ferrant n'était plus celui qu'elle connaissait, qu'il avait désappris à rire, qu'il vivait parce qu'il faut bien vivre. Qui avait inventé cette blague? Il était là, il riait, le Tison de toujours. Personne ne savait rire d'un aussi bon rire que lui.

— T'es v'nue pour rester? Pour de bon?

— Tu m'as pas entendue causer? J' m'en irais pas, même si tu m' le disais.

Elle ne dit pas cela d'un ton de défi, elle le dit pour qu'il le sût et approuvât. Elle leva les yeux sur Castor Abduim qui un jour avait été son amoureux. Elle s'était juré à elle-même, orgueilleuse et indomptable, de ne jamais plus le revoir. Mais, à peine l'avait-elle su dans le malheur et la peine, chien maudit, que ses pieds avaient cessé de lui obéir: elle était là. Elle conservait pourtant sa fierté:

— J' suis pas v'nue pour grimper dans ton hamac, tu peux avoir toutes les femmes que tu veux, ça m'est égal. S'il faut que j' dorme ici à cause du p'tit, j' dormirai avec lui sur la natte. J' suis pas v'nue pour me mettre avec toi et être sa marâtre, je l' jure devant Dieu. Tout c' que j' veux, c'est que tu m' laisses jouer avec lui, m'en occuper. Tous les gosses ont besoin d'une mère, et toutes les femmes ont besoin d'un gosse, même que ce s'rait une poupée de chiffon ou un mec. Tu sais que j'ai eu un p'tit, dans l' temps? J' l'ai jamais dit, à quoi bon? Il avait son âge, quand il est mort. Moi aussi, une fois, j'ai voulu mourir, Tison.

— T'as bien fait de v'ni'. C'est elle qui t'a amenée.

— Elle? Ça s' pourrait. J'ai appris par Cosme, en route. J'allais à Itabuna, j'ai continué. J'avais pas fait une demi-lieue, je m' suis retrouvée sur le ch'min de Tocaia Grande.

Le bébé se traînait à quatre pattes, cherchait à grimper sur les genoux d'Epifania.

— Tu lui plais, à Tovo. — Et c'était une manière pour le nègre de lui souhaiter la bienvenue.

— C'est son vrai nom, ou un p'tit mot?

— Son nom, c'est Cristovão, à cause de mon oncle. Tovo, c'est le p'tit nom qu'elle lui avait donné.

L'enfant tendit les bras vers son père. Ame-en-peine cacha son museau entre ses pattes. Le nègre Castor Abduim da Assunção venait de rentrer chez lui, de retour du fin fond de l'enfer.

9

Dieu tout-puissant, Suprême Sagesse, Lui seul savait peut-être si le cortège des Rois de M'me Leocadia deviendrait un jour une tradition de Tocaia Grande, comme cela s'était passé à Estância. M. Carlinhos Silva prédit qu'il en serait de même: assertion de simple mortel, ce n'était qu'une conjecture hasardeuse. Dans les rues d'Estância le cortège avait défilé pendant plus de quarante ans: la fabuleuse représentation du Bœuf et du Croquant, les deux camps de Bergères, le rouge et le bleu, l'orchestre d'accordéon et guitares, la grosse caisse pour marquer la cadence. La grosse caisse entraînait derrière elle tous les gamins, ouvrait le passage, enthousiasmait la foule. Ce qu'il adviendrait du cortège de M'ame Leocadia à Tocaia Grande, après cette année de gloire triomphale, Dieu seul le savait, et encore.

Ce qu'il y a de sûr et de bien plaisant, c'est qu'il y eut flonflon, pince-fesses, galanterie, amourette, bref, qu'on s'amusa bien durant toute la période des répétitions, de la mi-décembre à l'avant-veille des Rois. La veille et le jour des fêtes des Rois mages restèrent pour toute leur existence dans la mémoire des privilégiés qui purent voir la mémé Leocadia, le soir du 5 et du 6 janvier, franchir le portail du hangar, chaussures aux pieds, son chignon de cheveux blancs orné d'un grand peigne. A sa suite venaient le groupe des Bergères et tous les autres personnages, pour danser sur l'esplanade où les attendait la foule rassemblée, et dans les maisons particulières, à commencer par la résidence du capitaine Natario da Fonseca, où Zilda avait préparé de quoi rassasier les plus gourmands.

Mais, avant ces magnifiques journées du mois de janvier, il y avait eu les préparatifs, vingt soirées de travail et de franche rigolade, au cours desquelles furent tracés les plans et mis au point tous les détails concernant la réalisation du cortège. Les discussions furent publiques — dans une certaine mesure, car les jeunes filles maintenaient un secret relatif quant aux costumes des Bergères. Les décisions furent prises, pourrait-on dire, par acclamation : M'ame Leocadia décidait à l'unanimité, les autres applaudissaient.

De deux en deux jours, la fièvre montait, avec les répétitions de la musique et des pas de danse, des parties chantées et des dialogues appris par cœur. Comme l'avait dit Leocadia à ce cher M. Carlinhos Silva — à qui l'on devait le don de la grosse caisse —, la fête commençait avec la première répétition et s'étendait sur près d'un mois.

Ceux qui assistaient au choix des figurants usèrent et abusèrent du droit d'applaudir aux indications données par Leocadia : maîtresse du jeu, la vieille dirigeait tout d'une main de fer, sans admettre de contestations. Le capitaine Natario da Fonseca fit remarquer au Turc Fadul la similitude avec la désignation des candidats aux élections municipales d'Itabuna : l'assemblée des notables acclamant les noms proposés par le colonel Boaventura Andrade. La vieille et le fazendeiro n'étaient-ils pas vaguement parents, en fin de compte ?

Les intéressés et les curieux rassemblés sous le hangar, c'est-à-dire en fait toute la population, M'ame Leocadia distribua les rôles. Dame Déesse serait sa petite-fille Aracati : en raison de la fièvre, son quinzième anniversaire avait été escamoté. Habillé en clown, c'est Vavá qui, une fois de plus, triompherait dans le rôle de Matthieu, que les soudards traînent en prison. Amancio serait mort de chagrin s'il avait été donné à quelqu'un d'autre de jouer la terrible Bête, également connue sous le nom de Jaraguá ou l'Abominable. Aurélio serait caché sous la peau du Bœuf, de façon que la famille de Vanjé ait aussi sa part dans la figuration. Zinho, Edu, Durvalino, Balbino, Zelito et Jaïr constituaient l'escouade de soldats qui arrêteraient Matthieu, accusé d'avoir tué le Bœuf. Quant au Croquant coquin, le protagoniste masculin, qui donne la réplique à la Dame Déesse, Leocadia était allée dans la matinée à l'officine du forgeron pour inviter Castor Abduim à accepter le rôle. A son idée, le Croquant coquin, au défilé du cortège des Rois de Tocaia Grande, ne pouvait être que le nègre : il avait la stature, la pétulance, le fier maintien du personnage. Il était en proie à la tristesse, mais qui sait si une telle occasion, justement, ne lui ferait pas reprendre le dessus ?

Une semaine avant, elle aurait à coup sûr essuyé un refus. M'ame Leocadia profita de la visite pour offrir à la négresse Epifania un rôle de bergère, mais celle-ci remercia de la gentillesse et déclina l'invitation à cause du bébé.

10

Dès la première répétition, ou pour mieux dire de la première réunion destinée à régler quelques points importants, le cortège de M'ame Leocadia qui se préparait à défiler à Tocaia Grande ne fut pas exactement celui qui avait diverti la population d'Estância durant huit lustres. Grande cité populeuse, pour le Sergipe, Estância avait été riche et prospère, avait reçu l'empereur Pedro II, et sa décadence avait conservé des raffinements de civilisation. Tocaia Grande, par comparaison, n'était jamais qu'un misérable village de putes et de muletiers, avec quelques dizaines d'habitants. Comment le défilé des Bergères eût-il pu être le même ? Tout juste s'il y ressemblait un peu de loin. Mais pour Tocaia Grande, malgré tout, le cortège des Rois de M'ame Leocadia fut quand même quelque chose de prodigieux, le fin du fin, un 2-Juillet, la merveille des merveilles !

Il ne faut pas raconter d'histoires en prétendant que jamais fille de mauvaise réputation n'avait participé au cortège : quelques anciens du bon vieux temps se rappelaient Dolores virevoltant dans le groupe des rouges. Fille de M'sieu Romero, le tailleur, elle couchait pour de l'argent avec les patrons de la fabrique de tissus, mais ce n'était pas une prostituée établie et, par-dessus le marché, M'sieu Romero confectionnait gracieusement le costume de Matthieu, ce qui n'était pas une mince affaire. Or, étant allée exercer ses talents à Aracaju, dans la maison de Ninita, Dolores, de retour à Estância à l'occasion des fêtes, tout exprès pour prendre sa place dans le groupe, se vit remplacée, mise à l'écart. On ne donna pas de raison, ce n'était pas nécessaire.

A Tocaia Grande, comment organiser les groupes sans la participation des putes ? Pour commencer, il n'y avait pas dans la localité un nombre suffisant de vraies jeunes filles pour constituer les deux séries de huit bergères et, d'une façon générale, les femmes mariées ou en ménage se faisaient excuser, à cause des enfants, du mari ou du compagnon. Il fallait donc recourir aux filles publiques et d'ailleurs, à Tocaia Grande, il n'était guère possible de fixer la frontière entre elles et les bonnes familles. Quelle était la condition de Jacinta Coroca, on vous le demande, et bien malin qui le dira : sage-femme ou femme de mauvaise vie ? Réputée dans l'une et l'autre profession, mains de fée, la plus chouette des chattes, gagnant son pain quotidien sur le lit de camp, et n'ayant jamais accepté un sou pour les accouchements. Elle avait mis au monde tous les enfants qui étaient nés là, y compris ceux d'Hilda, Fausta et Zeferina, et la fille de cette dernière, arrivée la nuit de la crue, avait même reçu le nom de Jacinta en l'honneur de la commère, témoignage de gratitude. Qui eût voulu interdire la présence des putes à la fête pastorale de Tocaia Grande eût rendu impossible la sortie du cortège en échange de cet affront.

Dieu, les belles bergères ! Les beaux costumes, la belle prestance, le bel enthousiasme ! Il fallut même en augmenter le nombre car, en additionnant filles publiques et demoiselles, il y avait au total vingt-trois candidates pour former les deux groupes, de huit chacun. Mémé Leocadia, magnanime, décida que pareilles conventions, avec un unique cortège à Tocaia Grande, ne se justifiaient plus : pourquoi huit seulement ? Elle éleva à douze le camp des bleus et celui des rouges et, pour maintenir la symétrie, convia la vieille Vanjé, qui ne se fit pas prier : une bergère de son âge, il n'y avait que là qu'on pouvait voir pareille chose, dans ce trou-du-cul du bout du monde !

A Estância, chaque bergère avait un nom, de tradition : pour les bleues, Borboleta, Andorinha, Papagaio, Belaninha, Marialva, Veludinho, Juriti et Açucena ; pour les rouges, Magnolia, Cuiubinha, Pintassilgo, Gracinha, Ribeirinha, Pitanga, Cordeirinha et Bem-te-vi. On ajouta à Tocaia Grande huit nouveaux petits noms, choisis par les intéressées avec l'accord de Leocadia. La vieille Vanjé fut Sergipana, Ressu devint Itabunense et Bernarda Ciganinha, et ainsi de suite. Pour qui tiendrait à connaître les cinq autres, de façon à ne rien laisser dans l'ombre de cette chronique détaillée du cortège des Rois de M'ame Leocadia à Tocaia Grande, les voici donc : Graciosa, Baianinha, Atrevida, Florzinha, Girassol.

Il y eut de tout pendant les répétitions : rires et pleurs, intrigues amoureuses, discussions et disputes. A cause de Ricardina la borgne, qui était la bergère Girassol, Dodô Peroba et le muletier Levindo se fâchèrent, échangèrent insultes et provocations, mais n'en vinrent pas aux mains : mémé Leocadia exigeait de l'ordre et de la tenue au cours des répétitions.

Elle était toute fière de dire qu'à Estância chaque sortie du cortège était marquée par un mariage. Si à Tocaia Grande il n'y eut pas vraiment mariage, mais tout comme, c'est tout simplement parce qu'il n'y avait pas de prêtre pour célébrer la cérémonie et donner sa bénédiction aux fiancés. Zinho, charpentier établi à son compte, aussi compétent que maître Lupiscinio – c'est lui qui avait fabriqué les armatures des mannequins de la Bête et du Bœuf, mieux faites que celles d'Estância au dire de Leocadia : plus légères et plus solides —, Zinho, donc, se mit en ménage, dès la fin des festivités, avec Cléïde, la bergère Ribeirinha, impatiente et pleine de feu ; c'était la fille cadette de Gabriel et de Sinhá, sœur du défunt Tancredo et de Neneca, une autre impatiente, qui était restée au Sergipe, où elle vivait avec Osiris, aux frais de M'sieu Américo : les pères sont faits pour ça.

Tout un régiment de femmes se chargea des costumes de bergères. La couturière Natalina prit à son compte le déguisement de Matthieu, un pierrot de cotonnade orné de pompons, la culotte chamarrée du Bœuf et l'étendard. Pour le personnage du Croquant, les gens du corral prêtèrent le pourpoint et le chapeau de cuir. Comme il n'y avait pas d'uniformes pour les soldats, ceux-ci se transformèrent à Tocaia Grande en jagunços armés jusqu'aux dents d'espingoles, de vieux pistolets et de poignards. M'ame Leocadia s'occupa elle-même d'habiller la Dame Déesse — moitié azur moitié rose —, sa petite-fille Aracati : jupe, corsage, cape et multiples fanfreluches. Puisqu'on n'avait pu fêter les quinze ans d'Aracati du fait de la fièvre qui avait dévasté Tocaia Grande pendant l'hiver, mémé Leocadia prenait sa revanche en été.

L'été avait transformé la boue en poussière et la lumière du soleil avait nourri les cacaoyers, dont la vigueur éclatait en fleurs et en bourgeons à fruits, donnant aux plantations une beauté incomparable. Les gens étaient heureux, oubliaient l'année maudite de l'inondation et de la peste : le passé est le passé.

11

Natario, chevauchant aux côtés du colonel Boaventura Andrade, le trouvait bien bas. D'un jour à l'autre, la vieillesse s'était abattue sur le fazendeiro, creusant ses rides, blanchissant davantage encore sa tête, le rendant plus taciturne.

Accompagnés d'Espiridião et du muletier Joël, ils allaient à la gare de Taquaras attendre dona Ernestina qui venait passer les vacances à la fazenda avec son mari. Le mulet Himalaya, ainsi appelé à cause de sa corpulence, accompagnait la bête du muletier, équipé d'une large selle d'amazone faite sur mesure pour le bel embonpoint de la digne épouse du colonel.

En le voyant jour après jour à l'Atalaia, Natario ne s'était pas rendu compte de la façon dont le colonel avait ainsi vieilli. Mais ce matin-là, marchant à côté de lui au pas égal de leurs montures, le métis put mesurer les ravages sur le visage flasque et entendre le souffle court : il eut peur.

Faisant signe à Natario de le suivre, le colonel éperonna sa jument et prit un peu de distance. Le garde du corps et le muletier se maintinrent convenablement en arrière.

— Dis à Leocadia que je ne pourrai pas aller au cortège des Rois, avec Ernestina à la fazenda. Je regrette, ça aurait plu à Sacramento. Je lui ai bien dit d'y aller, elle aurait été avec la commère Zilda. Tu sais ce qu'elle m'a répondu ? Tu croirais pas : elle a dit qu'elle n'irait pas, parce qu'autrement y aurait personne pour aider Ernestina. C'est une bonne fille.

Il garda le silence un instant comme s'il songeait au refus de Sacramento, puis, d'une voix plus basse :

— Ecoute, Natario, je veux te demander quelque chose.

— A vos ordres, colonel.

— J'ai toujours pu compter sur toi, toute ma vie. Je voudrais que ça soit la même chose quand je serai mort.

Intrigué, Natario fut tout à coup sur ses gardes : qu'allait lui demander le colonel ? A coup sûr, il voudrait lui arracher la promesse de continuer à servir son fils comme il l'avait servi lui-même, en conservant le titre et la pleine charge de gérant de l'Atalaia. Il n'avait pas l'intention de prendre un tel engagement. Lui seul savait le préjudice que représentait pour la Boa Vista le fait d'avoir à s'occuper des terres du colonel : plantations, récoltes, installations, ouvriers, tâche lourde et malaisée, énorme responsabilité. Un autre patron, au grand jamais. Le colonel Boaventura Andrade avait été le premier et le seul, ce serait le dernier. Après lui, personne d'autre ne lui donnerait des ordres. Inquiet, il attendit la suite.

— Ecoute, Natario. Tu vas me promettre qu'après ma mort tu veilleras sur Sacramento. — Il répéta : — C'est une bonne petite.

Soulagé de ses appréhensions, Natario promit :

— Si des fois vous partez avant moi, vous pouvez être tranquille pour la petite. Pour vous, je ferai comme si c'était ma fille. J' m'occuperai d'elle.

Ils allèrent un bon moment sans rien dire. Le souci s'était effacé sur le visage du colonel, las mais serein ; sa voix, comme chaque fois qu'il avait pris une décision, redevint tranquille :

— Supporter un vieil emmerdeur sans rien y gagner ! Tu sais une chose, Natario ? Je vais acheter une maison à Itabuna et la mettre à son nom.

— Sauf vot' respect, colonel, j' trouve que vous faites rudement bien.

12

Les lampions des bergères se balançaient en ondoyant comme un vol de lucioles dans la montée qui menait chez le capitaine Natario da Fonseca au sommet de la colline, où le cortège des Rois de M'ame Leocadia allait inaugurer son spectacle au soir du 5 janvier, veille de la fête. A sa suite, la population au complet. Une seule personne n'était pas sortie voir évoluer la pastorale : le Sertanejo Altamirando. Il n'y avait plus d'autre fête pour lui que chaque apparition de Ção sur le coteau des chèvres. Il n'avait besoin de rien d'autre pour continuer à vivre.

Les deux files de bergères, entourant l'ensemble des autres personnages, se mettaient en place devant la terrasse, sur l'espace libre qui s'étendait jusqu'au pied du mulungu. A un signe de M'ame Leocadia, ils entonnèrent le « Chant de requête pour l'entrée », adressé aux maîtres de maison, M'ame Zilda et le capitaine, qui attendaient, endimanchés, devant leur porte.

Les voici, les voilà,
Voyez les jolies bergères,
Le beau cortège qui vient là,
Il n'est danse plus légère!

Le salon n'était pas assez spacieux pour tous les mouvements de la compagnie: les incartades du Bœuf, les évolutions de Dame Déesse et du Croquant coquin, les cabrioles du clown Matthieu, les galopades de la Bête, l'entrée des soldats, ou des jagunços en l'occurrence. Ni chez le capitaine ni, à plus forte raison, chez les autres personnes qui recevraient ensuite le cortège. Aussi, après la Requête, ne présenta-t-on partout qu'une seule scène lyrique, les louanges chantées à la gloire de l'Enfant Jésus:

Béni soit-il, loué soit-il
Béni soit-il, loué soit-il
Le divin Enfant qui est né.

D'abord les deux groupes dansèrent ensemble, puis séparément le rouge et le bleu, marquant le début de la joute de l'étendard et la division de l'assistance en parti rouge et parti bleu. Ce fut alors le numéro individuel des bergères, chacune à son tour au centre de la salle: et, sans vouloir déprécier aucune d'elles, car toutes étaient jolies et gracieuses, y compris la mémé Vanjé, le pied toujours gaillard, la vérité oblige à dire que Bernarda se distingua tout particulièrement. Après avoir mérité de chaleureux applaudissements en tournoyant au son des trilles de l'orchestre, tenant à bout de bras la tige de bambou à laquelle était accrochée la lanterne de papier de soie transparente, la belle bergère Ciganinha amena dans la ronde un bambin de deux ans, ou guère plus, qu'elle conduisait de l'autre main : fils adoptif de Zilda, né du ventre de Bernarda. On vit danser la mère et le fils, autre innovation du cortège des Rois sur les terres de Tocaia Grande.

L'accordéon et les guitares à quatre cordes donnaient la ligne mélodique, toute simple ; la grosse caisse, flambant neuve, marquait la cadence. En robe de percale imprimée à fleurs bariolées, ornée de dentelles, de rubans et de fronces, chapeaux de paille à feuilles et fleurs de tissu, agrémentés de faveurs bleues et roses — le bleu de la Vierge Immaculée, le rouge de la Passion —, les pastourelles de Tocaia Grande chantèrent et dansèrent pour l'Enfant Jésus né dans la crèche de Bethléem et, allez savoir pourquoi, trouvé à Rome :

Le petit Enfant Jésus
A été trouvé à Rome,
A été trouvé à Rome
Dans ses beaux atours sur l'autel.

Après les louanges, il y eut une pause dans le spectacle pour les rafraîchissements, et une bonne collation. Les bouteilles de tafia passaient de main en main, on buvait au goulot : les verres, réservés à la liqueur de génipa qu'on offrait aux bergères. S'étant essuyé la bouche du revers de la main, les acteurs entonnèrent le « Chant de congé » pour aller donner leur représentation ailleurs :

Bien le bonsoir
Aux dames et aux demoiselles,
Mais mon départ
Fera couler bien des larmes.

Réveillé par les chants et les flonflons, le perroquet Va-t'faire-empaffer s'agita sur son perchoir : il battait des ailes et criait des grossièretés pendant que toute la compagnie se rassemblait pour chanter les strophes finales :

Je m'en vais, je repars,
Je retourne en mon pays,
Je vais revoir mes amis.

Un dernier tour dans la salle, et le cortège prenait congé:

Brilleri, brillera,
Brille l'étoile du Berger,
Ne brille qu'en mer tout là-bas.

Lueur vacillante de lucioles, les lanternes des bergères descendaient la colline, suivies de la population de Tocaia Grande, à laquelle s'étaient joints maintenant le capitaine Natario da Fonseca, sa femme Zilda et leurs enfants, de sang et d'adoption.

13

Ils dansèrent et chantèrent, burent et mangèrent, s'amusèrent joyeusement un peu partout, honorant tous ceux qui avaient apporté leur concours pour la réalisation du cortège: les sabotiers Guaraciaba et Eloi Coutinho, Guido, Lupiscinio, Fadul le Turc, Natalina, dona Valentina et Juca Neves, propriétaires de la Pension centrale, sans oublier Coroca: la maisonnette de bois dans la combe aux Crapauds. Le parcours de l'amitié s'acheva à l'entrepôt de cacao sec où, au son de la grosse caisse offerte par Koifman & Cie, la pastorale remercia M'sieu Carlinhos Silva pour son aide et l'intérêt qu'il avait montré: le négociant en cacao n'avait pas manqué une seule répétition, prenant note de tout quand il ne se dégourdissait pas les jambes en se lançant à l'improviste dans un petit tour de danse.

L'apothéose, cependant, le jamais vu, ce qu'il faut absolument relater, eut lieu sur la friche, devant le hangar, là où se tenait la foire, alors que la nuit était déjà bien avancée. Il ne manquait personne, à l'exception d'Altamirando, comme on l'a dit. Das Dores, sa femme, était là au début, mais ne resta pas très longtemps ; depuis qu'elle avait quitté le sertão, elle n'avait plus revu un défilé de Bergères, alors qu'elle aimait tant cela. Des deux côtés de la rivière, tous les habitants étaient venus, ceux de la bourgade et ceux des champs : les vieux, les adultes, les jeunes, les gosses, les tout-petits de la dernière couvée à califourchon sur les hanches de leurs mères.

A voir toute cette foule rassemblée sur la friche, on aurait pu croire que Tocaia Grande était un centre populeux, car des fazendas étaient arrivés des groupes entiers d'ouvriers agricoles et de bûcherons, et le mouvement des convois muletiers s'était intensifié à cette occasion. Quant aux putes, n'en parlons pas. Les habitants de la localité qui ne participaient pas au cortège ne se montraient pas moins fiers pour autant. Mêlés à la foule des étrangers, il se gonflaient d'importance et d'orgueil en faisant l'éloge du cortège des Rois de M'ame Leocadia, la gloire de Tocaia Grande. A Taquaras, un *bumba-meu-boi* avait défilé dans les rues pour les fêtes des Rois mages. Triste et misérable, une demi-douzaine de bergères loqueteuses, des personnages merdiques : de vieux sacs de jute pour le cuir du Bœuf, le Vacher déguenillé, la Caapora habillée de feuillage de la brousse, point final. A côté du cortège de Tocaia Grande, de la gnognote.

Quand ils arrivèrent sur la friche, les personnages de la pastorale étaient déjà au comble de l'excitation provoquée par toutes les danses et toutes les rasades : la sueur coulait sur les visages et ils étaient pieds nus, noirs de poussière, exhalant une odeur forte, enivrante.

Juchée sur ses souliers achetés chez M. Américo, à Estância, son grand peigne piqué au sommet du chignon — incontestable couronne royale —, mémé Leocadia grimpa sur un vieux bidon de pétrole vide, apporté du magasin du Turc. Elle battit des mains, ses mains osseuses d'octogénaire, pour réclamer le silence : le cortège des Rois allait entrer en scène, chanter et danser. Vacarme, tohu-bohu, criailleries, grands éclats de rire, quolibets, gros mots, diableries des galopins complètement déchaînés, un charivari infernal : la mémé Leocadia, pauvre petite vieille ratatinée qui demandait le silence, ce n'était pas grotesque, c'était du temps perdu, de la folie pure et simple.

Fort bien : à peine eut-elle tapé ses mains et annoncé le début du spectacle que tout le remue-ménage cessa ; silence total, absolu. Pas la plus légère rumeur, uniquement les souffles anxieux, les cœurs palpitants.

14

La représentation commença par le « Chant de requête » et les louanges, les danses des Bergères en deux groupes et individuellement, scènes déjà vues et entendues chez les particuliers, mais non moins applaudies pour autant :

Le beau cortège que voilà,
Il n'est danse plus légère.

A partir de là, tout fut nouveauté, charme et fantaisie. Entre les rangées de spectateurs, surgit tout à coup le Bœuf pour faire son entrée. Il commença par semer la panique parmi les gamins en menaçant d'encorner les plus audacieux, cependant que l'acteur chantait le « Chant de l'entrée du Bœuf » :

Ton bœuf est à toi,
Tiens-le dans l'enclos,
Mon champ n'est pas fait
Pour les bœufs errants.

Sans quitter leur place, les Bergères se balançaient en cadence, leurs pieds bougeant au rythme de la musique jouée par l'orchestre. La Dame Déesse évoluait avec l'étendard, bleu d'un côté, rose de l'autre. Sur la face bleue, le nom du cortège en lettres roses ; sur la face rose, les lettres étaient bleues, faites les unes comme les autres de morceaux d'étoffe découpés : CORTÈGE DES ROIS DE LEOCADIA BENVINDA DE ANDRADE.

Ton bœuf est à toi,
Tiens-le à l'attache,
Mon champ n'est pas fait
Pour les maraudeurs.

Les spectateurs partageaient leurs sympathies entre les deux partis qui se disputaient l'étendard : Dame Déesse le remettrait, en finale, à celui qui aurait reçu, en pièces d'un sou et de deux sous, le plus de témoignages de la préférence du public. Certains dépensèrent tout ce qui leur restait en mettant leur dernière piécette dans le tablier rouge ou bleu de telle ou telle bergère. Zinho et Balbino se battirent sou à sou jusqu'à n'avoir plus rien. Zinho, en faveur de Cleïde, la bergère Ribeirinha du parti bleu, tandis que Balbino était pour le rouge en la personne de Chica, fille d'Amâncio, dans le rôle de l'Abominable, Chica la mignonne bergère Juriti, une adolescente qui avait déjà des regards et des manèges de femme.

Le Croquant coquin s'en fut chercher le Bœuf et le ramena au centre des rangées après l'avoir conduit, pour les saluer, devant le capitaine et Fadul, Coroca et M'sieu Carlinhos Silva, M'ame Natalina, José dos Santos et M'ame Clara. Le clown Matthieu fit son entrée, jouant avec les enfants, plaisantant avec les femmes, faisant force culbutes, la face peinte au blanc de céruse. Il s'adressa au Croquant et lui proposa de lui acheter le Bœuf pour trois sous :

J'ai un petit sou,
Jaci m'en donne deux
Pour acheter le bœuf
J'y passe un licou.

Le chœur des Bergères répondait :

Prends-y garde, aïe! hou là!
Prends garde aux cornes qu'il a!

Cependant que Matthieu chantait son couplet, de l'obscurité surgit le Jaraguá, dans le costume effrayant de la Bête, le corps dissimulé sous une armature de bambou recouverte de cotonnade, surmontée d'un squelette de tête d'âne. Il chargeait, à grand renfort de cris et de pétarades, sur la foule qui courait en tous sens, épouvantée. Les Bergères clamaient :

Voici venir l'Abominable,
Oh! l'horrible monstre!

Horrible et méchant. Il sauta le Bœuf, se battit avec lui — le Bœuf se servait de ses cornes, Jaraguá de ses pouvoirs diaboliques — en un combat terrifiant, comme le souligna Matthieu, s'adressant à l'assistance. Maintenant le Bœuf par les cornes, l'Abominable le renversa au sol et le tua sans pitié. Riant de toutes les dents du squelette d'âne, il se passa du suif sur les mollets, demanda son aide au Démon et disparut de la surface de la terre.

Avertie par le Croquant coquin, Dame Déesse entra en scène et, voyant Matthieu, désemparé, à côté du Bœuf, le fit arrêter, le croyant responsable de la mort. Mais les Bergères, qui avaient tout vu, proclamèrent l'innocence de Matthieu et réclamèrent sa mise en liberté :

Dame Déesse,
Je vous en prie,
Matthieu est un bon ami,
Rendez-lui sa liberté.

Evoluant au milieu d'elles, brandissant avec orgueil l'étendard invincible du cortège, Dame Déesse fit la sourde oreille à la requête des Bergères qui, loin de renoncer, employèrent de nouveaux arguments et parlèrent alors d'amour :

Dame Déesse,
Je vous en prie,
C'est Matthieu celui que j'aime,
Rendez-lui sa liberté.

Les yeux de Cleïde posés sur Zinho ; ceux de Chica, sur Balbino ; Ricardina la borgne cherchait du regard Dodô Peroba l'oiseleur. Dame Déesse, touchée par l'amour, céda finalement à la prière des Bergères et fit relâcher Matthieu :

Le voici libre, libre, libre,
Je l'ai fait mettre en liberté.

15

Le cri de douleur du Croquant coquin s'envola au-dessus des collines et de la rivière, se répercuta dans le val de Tocaia Grande, et les Bergères lui firent écho en plaintive cantilène :

Mon beau Bœuf est mort,
On lui a j'té un sort.

C'était le signe qui marquait le début de la distribution des quartiers de viande, la partie la plus amusante du spectacle, et la foule s'approcha en rangs serrés devant le personnage. Le Croquant commença par offrir au capitaine Natario da Fonseca la tête de l'animal :

La tête du Bœuf
Pour le capitaine...

A chaque morceau indiqué répondait le chœur des Bergères :

Prends-y garde, aïe! hou là!
Prends garde aux cornes qu'il a!

Ce fut le tour de Dame Déesse de faire hommage à M. Carlinhos Silva :

Le bout du museau
C'est pour M'sieu Carlinhos...

Ainsi, morceau par morceau, le Croquant coquin et la Dame Déesse firent le partage du Bœuf. Dona Sinhá reçut le paleron, José dos Santos le gîte ; la plus grosse tripe échut à dona Coroca, le reste des intestins, comme toujours, aux filles sans mari ; l'os à moelle fut offert à Lupiscinio et, pour faire le beau parleur, le Croquant coquin employa le franciou de Tison Abduim pour mettre fin à la séance du partage :

La tripe du cul
C'est pour M'sieu Fadu.

Jamais on ne rit autant et d'un tel cœur à Tocaia Grande. Pour mettre le comble à la joie de tous, le chœur des figurants se mit à chanter pour demander la résurrection du Bœuf. Le plus enthousiaste était la Bête, l'Abominable, le Jaraguá :

Lève-toi, Janvier, eh! Bœuf,
Et danse au salon, eh! Bœuf,
Pour tous les brav' gens, eh! Bœuf.

Et le Bœuf ressuscita, se releva et se mit à chalouper, gredin de Bœuf dévergondé. Il encensa devant les uns et les autres, chargea les gamins, les mit en fuite. Au Bœuf se joignirent le Croquant coquin, le clown Matthieu, la Bête, les Bergères et les Soldats venus d'Estância et transformés en jagunços à Tocaia Grande ; en tête, Dame Déesse qui arborait avec une juste fierté l'étendard du cortège Grapiuna de

M'ame Leocadia Benvinda de Andrade. Ils se rassemblèrent tous pour chanter la scène du Congé.

16

Les meilleures choses ont une fin : lieu commun, sans doute, mais c'est pourtant vrai. Le cortège se prépara à partir, les Bergères comptèrent leurs pièces de monnaie pour savoir lequel des deux partis allait recevoir l'étendard des mains de Dame Déesse, la petite-fille de Leocadia. Dodô Peroba, barbier et dresseur d'oiseaux, vint déposer un gros patard de nickel, soit dix sous, dans le tablier de Ricardina : la passion des paris conduit à de telles folies. A un geste de M'ame Leocadia, la partie finale débuta :

Je m'en vais, je repars,
Je retourne en mon pays,
Je vais revoir mes amis.

Heureusement, tous devait recommencer le lendemain ; c'était seulement la partie finale de la veille des Rois, mais la dernière, pour de bon, ce serait le jour où les mages, Gaspard, Melchior et Balthazar, apportèrent à l'Enfant-Dieu venu au monde les offrandes d'or, d'encens et de myrrhe. Et en cette veille des Rois, quand se serait tu le chant des Bergères et éteintes les lanternes, quand on aurait rangé les mannequins du Bœuf et de la Bête avec l'étendard, la grosse caisse en sûreté à l'entrepôt de cacao, alors l'accordéon et les guitares allaient à coup sûr appeler les habitants et les visiteurs du bourg au bal donné en l'honneur du cortège qui prenait congé :

Brilleri, brillera,
Le jour de ma mort
Le monde finira.

Le cortège dansait au milieu de la foule, la foule dansait

mêlée aux acteurs et aux musiciens. A la grosse caisse, qui marquait la mesure, Jãozé, de Maroïm, à la guitare trois Estancianos : Gabriel, Tarcisio et Jardelino. Et à l'accordéon, qui ? Devinette bien facile, et voici une piste : c'était quelqu'un qui avait toujours été présent pour partager les joies et les tristesses de Tocaia Grande. Ce n'était, ni ne pouvait être, nul autre : jouant et dansant en même temps, au milieu du groupe des Bergères, heureux de vivre, Pedro Cigano, le beau gars, entonnait le « Chant du congé » :

Brilleri, brillera,
Brille l'étoile du Berger,
Ne brille qu'en mer tout là-bas.

Les lampions du cortège s'éloignaient, un cavalier les croisa, qui surgissait des ténèbres : montant à cru, hors de lui, il arrivait au grand galop, appelant le capitaine à grands cris. En arrivant devant lui, il sauta d'un bond à bas de son cheval et parla. C'était le nègre Espiridião :

— Natario ! Le colonel vient de passer ! Il est mort sous mes yeux, sans faire ouf ! Il a fait des yeux comme ça, une grimace, sa bouche s'est tordue et il est tombé raide sur le plancher.

Il avait tout dit d'un trait, voulant peut-être échapper à la vision qu'il avait encore dans les yeux et dans le cœur.

Le colonel Boaventura Andrade était tombé mort devant Espiridião qui gardait la porte de la chambre de son patron, de son chef, pour le défendre d'un quelconque bandit payé par un ennemi qui eût voulu l'abattre. Espiridião n'avait rien pu faire avec sa carabine contre la congestion qui était en embuscade, attendant son heure. Au loin, le cortège pastoral chantait la chanson d'adieu :

Brilleri, brillera,
Le jour de ma mort

Le monde finira,
Brilleri brillera.

Zilda éclata en sanglots. Le capitaine Natario da Fonseca, visage figé, une statue de pierre ou de bois : sauf vot' respect, colonel, quel malheur ! Brillera, brilleri, tout est bien fini.

La citadelle du péché
Le repaire des bandits

Visite du Saint-Office à Tocaia Grande, réquisitoire, condamnation et réjouissances populaires

1

Avec deux coffres de fer-blanc pour transporter les objets sacrés, les vêtements sacerdotaux, l'encens, l'eau bénite, le vin de messe et la parole de Dieu, la sainte mission arriva à Tocaia Grande alors que tout y était soumis à l'accablement écrasant de l'hiver : pluie fine, déprimante, chemins embourbés, périlleux, la clarté des jours qui diminuait, les nuits noires de plus en plus longues. Deux frères mendiants, en mission de catéchèse, descendaient des hautes vallées de la rivière aux Serpents. Sur toute l'étendue du bassin, au rythme du développement des plantations de cacao, des hameaux surgissaient, des villages se formaient, moins misérables certains que d'autres, mais tous, sans exception, vivaient dans l'iniquité et le péché.

Le frère Zygmunt von Gotteshammer et le frère Theun de la Sainte-Eucharistie venaient de parcourir, en deux mois de pénible et difficile apostolat, cette vaste province de paganisme et d'hérésie ; et, en approchant de Tocaia Grande, montés sur des mulets au pas lent et précautionneux, ils avaient le cœur empli de pitié et de colère. De pitié, le cœur du jeune frère Theun, Hollandais de naissance, novice ordonné à Rome et envoyé par l'ordre comme missionnaire au Brésil. De colère, le cœur de frère Zygmunt, maigre et sec, l'air d'un ascète, le doigt pointé vers le haut, improbateur, l'anathème et la condamnation à la bouche. Gottes-hammer : le marteau de Dieu.

Le visage rond de frère Theun, prêtre depuis peu et dont c'était la première mission, accusait la fatigue de cet interminable trajet dans des cantons désolés, privés de confort matériel, dénués d'assistance spirituelle. Dépourvus de tout, même s'ils produisaient en abondance du cacao, richesse incomparable : l'or seul pouvait valoir davantage. De vingt ans plus âgé que son compagnon de prédication, dont dix années d'expérience de l'irréligion grapiuna, frère Zygmunt, s'il était las, n'en laissait rien paraître et poursuivait hardiment l'entreprise qui visait à démasquer et écraser Belzébuth.

Dans la vallée de la rivière aux Serpents, le mépris de la morale était aussi total et absolu que l'absence de l'ordre. La mission d'instaurer ordre et morale, d'implanter la crainte de Dieu, frère Zygmunt ne l'avait pas reçue seulement du supérieur de la congrégation qui l'avait envoyé prêcher et convertir dans ces confins de la terre. Il l'avait reçue directement et irrévocablement de Jésus-Christ Notre Seigneur. Dans sa cellule solitaire, durant ses nuits blanches consacrées à la prière et au cilice, il se flagellait de verges pour dompter son corps, le libérer des attraits du monde, de l'idolâtrie et de la luxure. Unique ornement sur le mur nu, l'image du Cœur de Jésus, avec le sang qui coulait du Cœur sacré à cause des péchés commis contre la gloire de Dieu, cette image prenait vie et le sang se répandait, éclaboussant cuisses et ventre, fesses et buste du moine tourmenté. Jésus lui ordonnait de partir combattre le péché par le fer et par le feu, jusqu'à en extirper le moindre vestige.

Aux yeux de frère Zygmunt, notre sainte mère l'Eglise n'avait point de saint de plus grande vertu, digne de plus d'honneur et de plus grande dévotion que Torquemada, le grand inquisiteur d'Espagne et de Portugal : s'il n'avait pas été canonisé, cette injustice ne le rendait pas moins vénérable. Capitaine des cohortes de la vertu et de la doctrine, de l'armée de Dieu, c'est tous sa bannière que s'était enrôlé frère Zygmunt et qu'il partit en lutte sans merci contre les hérétiques, les dépravés et les anarchistes. La fureur des illuminés le soutenait. Le feu de l'enfer l'illuminait.

Au long de l'épuisante traversée, de hameau en hameau, les deux religieux avaient eu connaissance du renom de Tocaia Grande. Noir, sinistre renom. La localité la plus prospère de la vallée, et c'étaient l'impiété et le désordre qui régnaient là. A ce qu'on entendait conter, au milieu des gentils sans foi ni loi, sans dogmes et sans codes — païens, concubins, assassins, catins —, il y avait aussi des nègres fétichistes et des Arabes mahométans. Le nom de l'endroit était déjà tout un programme. Traduit en termes bibliques, Tocaia Grande signifiait Sodome et Gomorrhe unies dans la damnation des sept péchés mortels.

2

Sur les talons des frères, leur faisant à la fois compagnie et concurrence, se dirigeait vers Tocaia Grande, par les chemins boueux, le populaire accordéoniste et trimardeur Pedro Cigano. Partout où s'annonçait la présence de moines et de curés en sainte mission apostolique — prédications, baptêmes, mariages, confessions, conjuration et expiation — arrivait du même coup, partie intégrante et négation tout à la fois du grandiose événement, l'accordéon de Pedro Cigano. Pour rehausser l'éclat des festivités qui allaient permettre à la population de l'endroit de célébrer baptêmes et mariages.

A tant fréquenter les missions, Pedro Cigano aurait pu faire office de sacristain et servir la messe. Nonobstant, frère Zygmunt, à le voir au premier rang des dévots, attentif aux paroles enflammées du sermon, sentait ses tripes se retourner dans ses fanatiques entrailles : il voyait la figure de Satan, en chair et en os, son rire sardonique sur le visage candide. Il n'est pas de souffrance que n'endure un missionnaire en un temps de dépravation et de décadence des mœurs, le Sain-Office aujourd'hui en sommeil, le saint esclavage aboli.

3

Depuis qu'il avait vendu l'entrepôt de cacao à Koifman & Cie, le colonel Robustiano de Araujo avait espacé ses voyages à Tocaia Grande. De temps à autre, cependant, il prenait par la piste et venait jeter un coup d'œil au corral, faire un brin de causette avec l'Arabe Fadul et le capitaine Natario, rendre visite au compère Castor Abduim et donner sa bénédiction à son filleul.

Il tenait le nègre en grande estime, et l'avait aidé à s'établir à son compte. Il s'était fait du souci à le voir si abattu, en plein désarroi, indifférent à tout après la mort de Diva. Plus l'ombre du joyeux drille plein d'entrain qui faisait preuve de tant d'astuce pour raconter des blagues et inventer des combines, dont le tempérament enjoué avait égayé la fazenda Santa Mariana et qui avait su trouver le moyen de transformer les modes de vie du hameau.

La soudaine résurrection du maréchal-ferrant avait réjoui le colonel. En confidence, il avait raconté à son compère l'épisode de l'egum se manifestant sur la friche pour lui ordonner de mettre fin au deuil et rendre le goût de vivre au corps vide et suicidaire. Il avait touché son front, son cœur, son outil. Pour qu'Epifania vînt s'occuper de lui et de l'enfant, il avait détourné la fille de son itinéraire, avait guidé ses pas. L'egum de Diva, étoile allumée au-dessus des flots de l'océan, au lointain royaume d'Aiocá.

Contrairement à tant d'autres, le colonel Robustiano de Araujo ne cherchait pas à cacher le sang nègre qui coulait dans ses veines, abondant et puissant. Blanc pur puisque riche, planteur de cacao produisant plus de six mille arrobes par récolte, éleveur possédant un cheptel de bovins considérable, pilier de l'Eglise, beau-père de Franciou — sa plus jeune fille avait épousé un Laffitte, de la compagnie de l'Eclairage au gaz — il ne reniait pas pour autant les orixás.

Sa mère, la mulâtresse Rosalia, belle et de peau foncée, avait été initiée avec d'autres iaôs sans savoir qu'elle était enceinte de son patron, Silvio de Araujo, un maître d'école pauvre et beau garçon, aux poumons fragiles. Oxaguian, en prenant possession de la tête de Rosalia, devint du même coup maître et seigneur de l'enfant qu'elle portait. Pour lui racheter le droit à la vie, Rosalia dut s'acquitter de lourdes obligations auprès de l'orixá, paya le prix fort pour son émancipation, mais elle mena l'entreprise à bonne fin, libéra l'esclave et lui conféra la dignité de fils d'Oxaguian. L'enfant grandit, sain et robuste, partit encore jeune pour la guerre du cacao, en revint en vainqueur.

Avant de mourir, son père l'avait reconnu ; il n'avait rien d'autre à lui laisser que son nom. Le jeune Robustiano se joignit à Basilio de Oliveira dans la lutte légendaire contre les Badaró : il s'enfonça en forêt, délimita des terres, affronta des jagunços. Le corps fermé, comme protégé d'Oxaguian, il ne souffrit pas la moindre égratignure. Il planta du cacao, éleva du bétail, épousa une jeune fille fortunée, d'ailleurs parente des Badaró, la petite Isabel, qui ne lui donna pas de fils mâle. Il mit ses filles au collège de la Pitié, chez les sœurs ursulines. Elles deviendraient institutrices, à l'instar de leur grand-mère, mais n'auraient pas besoin d'enseigner — belles quarteronnes, riches héritières, elles ne devaient pas manquer de prétendants. Ainsi en fut-il : Itazil Veiga, médecin, épousa l'aînée ; la cadette, Katia, gagna à la loterie, un jour de kermesse en l'honneur de saint Georges, le gringo Jean Laffitte, ingénieur d'une grande école étrangère. Le colonel, généreux, versait sa cotisation pour les fêtes de l'église et pour celles du candomblé de père Arolu. Il portait le dais de procession du saint patron catholique. Il ne dansait pas à la ronde des orixás, mais chez lui, il faisait les offrandes de nourriture à Oxaguian.

4

En certaine occasion, l'été précédent, le colonel Robustiano de Araujo était resté à Tocaia Grande plus longtemps que la halte habituelle de quelques heures qui lui permettait d'inspecter le corral et de bavarder avec les amis. Il l'avait fait pour répondre à l'invitation du capitaine Natario da Fonseca, à qui il avait toujours témoigné une estime particulière. Il lui avait en effet promis une visite à la fazenda Boa Vista, dont la production était l'objet de commentaires admiratifs : un bout de terre insignifiant en regard de l'Atalaia ou de la Santa Mariana, mais la cueillette avait dépassé les cinq cents arrobes lors de la dernière récolte, et le capitaine prévoyait de doubler ce chiffre en peu d'années.

Ce jour-là — il parcourut la fazenda de bout en bout, vit les cacaoyères une par une, examina toutes les installations, barcasses, étuves, auge, logements des ouvriers —, le colonel voulut aussi satisfaire une curiosité : il apprit ainsi ce qui s'était passé entre Natario et Venturinha quand le fils et unique héritier du défunt colonel Boaventura Andrade avait finalement pris possession de ses propriétés. Des rumeurs circulaient sur cette affaire délicate, on parlait de brouille et d'un échange de propos assez vifs.

Lors du décès inattendu de son père, Venturinha se trouvait en Europe, au début d'une tournée prévue pour se prolonger dans les boîtes de nuit et maisons de rendez-vous des grandes capitales, Londres et Paris, Berlin et Rome. Il ne put visiter Berlin et Rome, car la nouvelle, retransmise de Londres, le joignit à Paris, en pleine aventure amoureuse et ruineuse. Avec pas mal de retard : il y avait près d'un mois que le colonel était enterré au cimetière d'Ilhéus, sur le morne de la Conquête — interminable cortège funèbre, interminables discours devant le mausolée —, et les messes du septième jour avaient été dites, celles du premier mois sur le point de l'être : messes commandées par dona Ernestina et messes commandées par Adriana. L'esprit du colonel s'était même déjà incarné pendant plus d'une heure dans le corps fluet et nerveux du médium Zoravia, au centre spirite Foi et Charité, pour solliciter d'Adriana des messes à son intention et des aumônes pour les pauvres, l'aidant ainsi à quitter les cercles inférieurs de l'au-delà où il errait présentement. Dans les rues des villes, surtout à Itabuna, les médisants, informés de ces phénomènes psychiques, traduisaient « cercles inférieurs » par « fin fond de l'enfer ». Langues vipérines, qui ne respectaient pas les morts.

On disait aussi, à tort et à travers, que la cause immédiate de la congestion qui avait foudroyé le colonel avait été la lettre reçue de Rio de Janeiro dans laquelle son fils lui annonçait son départ pour Londres à bord d'un paquebot de la Royal Mail. Voyage d'études, prévu pour une durée de trois mois. Il sollicitait une lettre de crédit dûment signée sur une banque également anglaise pour financer l'excursion. Voyage décidé sur l'heure, dont Venturinha regrettait de n'avoir pu informer ses parents antérieurement : quand ils recevraient la lettre il serait déjà en Angleterre. N'ayant pas encore d'adresse à leur communiquer, il donnait celle de la banque par laquelle devait lui parvenir, avec l'urgence qui s'imposait, une importante somme d'argent : dans sa position, il ne pouvait faire piètre figure en Europe, comme un pauvre hère sans feu ni lieu. Il réclamait donc du numéraire en abondance et rapidement : les études à Oxford et à la Sorbonne coûtaient les yeux de la tête.

La lettre était arrivée à Ilhéus et transmise de là à Taquaras. Sur l'ordre exprès du colonel, Laurenço, le chef de gare, l'avait fait parvenir par porteur spécial à la fazenda de Atalaia : lettre ou télégramme du Dr Venturinha, c'est à envoyer à la minute même, par un messager à cheval.

D'après ce que racontait le nègre Espiridião, le colonel était tout juste arrivé à lire jusqu'au bout la maudite missive. Il avait fait un pas vers dona Ernestina en lui tendant la feuille de papier mais n'était pas parvenu à la lui donner, il était tombé, agonisant, entre le vigile et sa sainte épouse, contre les pieds de Sacramento. Comment dona Ernestina avait-elle pu supporter pareil choc sans tomber morte elle-même, au même instant, à côté de son mari ?

Poussant un cri, elle se jeta sur le corps inerte et, quand Sacramento eut réussi à la relever, elles pleurèrent ensemble dans les bras l'une de l'autre. Son mari décédé, son fils au loin, seule et perdue, dona Ernestina trouva réconfort et consolation auprès de la fidèle et infatigable Sacramento. Elle l'emmena avec elle dans le train spécial qui, le lendemain matin, transporta la dépouille mortelle pour l'enterrement à Ilhéus. Arrivé en toute hâte, au milieu de la nuit, Natario s'était chargé de toutes les formalités. Son visage figé ne laissait rien transparaître de ce qu'il éprouvait ; il était enfermé dans un silence dur et impénétrable.

De ce moment et jusqu'à l'arrivée de Venturinha, Sacramento tint compagnie à dona Ernestina et pleura avec elle la mort du colonel Boaventura de Andrade, grand planteur de cacao, millionnaire, chef de jagunços, seigneur du fief de l'Atalaia, potentat d'Ilhéus et Itabuna.

5

S'il était vrai, comme on le disait partout et comme lui-même, colonel Robustiano de Araujo, avait pu le constater, que les cacaoyères de la fazenda da Atalaia étaient aussi bien traitées par Natario que celles de la Boa Vista, alors Venturinha avait mille fois raison d'être ennuyé par le refus du gérant de conserver ses fonctions. Refus catégorique : aucune proposition d'argent ni d'autres avantages divers ne purent faire revenir Natario sur sa décision. Pour quel motif ? demanda le colonel Robustiano de Araujo, dont la curiosité se manifesta au milieu des éloges qu'il fit à la prospérité des plantations et à la floraison paradisiaque : rien de plus proche de la beauté du paradis que le spectacle émouvant d'une cacaoyère chargée de fleurs et de fruits en bourgeons.

Le capitaine Natario da Fonseca écouta la question sans que bougeât un seul muscle de son visage de métis : la face cuivrée, les petits yeux, aux lèvres ce mince sourire que le licencié et poète Medauar avait un jour comparé à une estafilade de lame de rasoir. Sourire énigmatique, railleur pensaient les uns, fait, selon d'autres, pour inspirer la crainte.

— J' vais vous l' dire, colonel, si vous avez la patience de m'écouter. Quand je suis venu du Sergipe, j'étais qu'un gamin, j'avais fait une connerie par là-bas. Rien d'important, le salaud valait pas le prix de la cartouche. J'amenais un mot de présentation pour l' colonel et i' m'a donné asile.

La jument Impératrice du colonel Robustiano et la mule noire du capitaine Natario allaient de conserve, à pas lents et prudents, sur la sente qui traversait les cacaoyers. Le colonel ne fit aucun commentaire, et le capitaine continua son récit :

— Le colonel Boaventura était déjà en pleine bagarre, comme vous savez, vous étiez ensemble. I' m'a fait confiance, m'a donné un fusil à répétition et m'a emmené avec lui. J' peux dire qu'il m'a élevé, qu'il m'a toujours traité comme on doit traiter un homme, c'est à lui que j' dois c' que j' suis et c' que j'ai. Mon père, j' l'ai pas connu : i' s'est envoyé ma mère pucelle et il a foutu l' camp. Le seul père que j'aie eu ç'a été le colonel Boaventura.

— Mais je l'ai entendu dire lui-même que tu lui avais sauvé la vie plus d'une fois. Boaventura ne t'a fait aucune faveur quand il a fait mettre à ton nom la terre sur laquelle on marche en ce moment.

— Le colonel m'avait donné asile et m' payait comme jagunço pour veiller sur lui. J'ai la détente rapide, la tête aussi. J'ai fait que c' que j' devais faire. Il aurait pu aussi bien, s'il avait voulu, ne m' donner ni terre ni grade. J' vais pas vous dire que j' l'avais pas mérité, c'est vrai, mais lui y avait rien qui l'obligeait : j'avais l'asile et le salaire.

Le capitaine laissait flotter les rênes sur le pommeau de la selle et la mule allait à sa guise sur le sentier familier ; lui courait d'autres routes, celles du passé où parfois il n'existait pas même de sentier :

— Le colonel Boaventura était l'homme le plus brave et le plus droit que j'aie jamais connu, et j' s'rais mort pour lui sans hésiter. C'est pour ça, précisément, que même avec une terre à moi, planteur de cacao, j'ai pas quitté son service et j'ai continué à m'occuper de l'Atalaia. J' lui avais dit plus d'une fois : tant que vous vivrez et que vous voudrez d' moi, j' suis et j' reste à vot' service. Pour après sa mort, j'ai promis qu'une chose, et cette chose j' la fais en ce moment. Mais ça a rien à voir avec les plantations et le poste de gérant.

— On m'a dit que Venturinha avait offert de te payer ce que tu voudrais.

— Colonel, j' pense que tout homme a envie d'être maître de son sort. Quand j'ai commencé à gagner ma vie, en suivant un pèlerin là-bas sur le São Francisco, j'ai entendu les gens causer que l' destin d'un homme est écrit là-haut et qu' personne peut y changer, mais c'est pas mon idée. J' crois que chaque créature doit s' prendre en main, et j'ai toujours voulu être mon maître. J'ai servi le colonel pendant plus de vingt ans : j'en avais dix-sept quand j' suis arrivé dans l' coin, et j'ai d'jà fêté mes quarante-deux. J'ai jamais promis de servir la veuve ou le fils. Et lui m' l'a jamais demandé non plus.

Il regarda le colonel Robustiano de Araujo, et raconta :

— Pas bien longtemps avant qu'il s'en aille, un jour on causait comme on cause maintenant vous et moi, et i' m'a dit qu'il allait me d' mander quelque chose. J'ai eu peur que ça soit de continuer à l'Atalaia, il aurait fallu que j'lui dise non. Comme patron, lui et rien que lui. Heureusement, c'était aut' chose qu'i' voulait, et j'ai dit oui. Venturinha a cru que j'allais rester à m'occuper de la fazenda, il a été surpris quand j'y ai répondu qu'il en était pas question, pour tout l'or du monde. Ni pour de l'argent ni par obligation d'amitié. L'obligation, elle a fini avec la mort du colonel.

Il reprit les rênes, les montures quittaient les plantations, s'engageaient sur le chemin qui menait à la maison d'habitation que Natario venait de faire construire. Le colonel Robustiano ne la connaissait pas encore. La voix de Natario se fit plus douce :

— J'aime bien Venturinha, quand j' suis arrivé à la fazenda c'était qu'un gosse. Mais c'est pas la même chose qu'avec le colonel. Le colonel m'a tendu la main, j'étais rien d'autre qu'un gars en cavale. Maintenant, pour me commander, y a rien que moi, c'est moi qui décide de c' que j' vais faire.

— Et Venturinha a compris ton point de vue? Il est d'accord? Paraît que non.

— J'ai pas demandé, ça m'intéresse pas. I' va s' mettre à la politique, prendre la place de son père. J' lui ai dit que si un jour il a besoin d' moi contre des ennemis, il a qu'à m' faire signe, j'ai encore le coup d'œil. Mais comme employé, désolé, ni chez lui ni chez personne d'autre.

Avant de mettre pied à terre devant la maison, le colonel Robustiano de Araujo, sa curiosité satisfaite, mit fin à la conversation :

— Si ça t'intéresse de savoir ce que j'en pense, Natario, je peux te dire que tu as fait ce qu'il fallait, aussi bien en servant Boaventura qu'en refusant de servir Venturinha. Y aurait pas eu le rapport correct qu'il doit y avoir entre celui qui commande et celui qui obéit.

Et, changeant de sujet :

— Magnifique maison de fazendeiro! Mes félicitations.

— Maison de fazendeiro? Une bicoque pour Zilda et les gosses. Elle reste pas un mois sans venir sur les terres.

6

A la fazenda da Atalaia, les logements des travailleurs agricoles — cahutes de pisé ou de bois — étaient regroupées entre la maison de maître et le ruisseau, au long de la route ; quelques-unes seulement étaient à l'écart, isolées dans les cacaoyères les plus éloignées. Natario avait tenu à passer dans chacune d'elles pour communiquer la nouvelle et faire ses adieux, en offrant ses services en cas de besoin ; il avait avec les salariés et les muletiers de bonnes relations de travail et aussi de politesse ; certains étaient ses compères. La nuit était descendue sur les cacaoyers et sur la forêt et bien que ce fût l'hiver, il ne pleuvait pas ce soir-là, l'atmosphère était chaude et caressante. Le capitaine se sentait en proie à des sentiments contradictoires : de soulagement et d'orgueilleuse satisfaction à l'idée d'être enfin son propre maître ; de regret et de nostalgie à abandonner cette terre où il avait vécu et peiné plus de vingt années durant.

Au cours du périple, il remarqua une lumière de quinquet dans la baraque du défunt Tiburcinho et s'en étonna : il venait de rencontrer M'ame Efigênia qui donnait ses soins à Idalicio, un jeune employé à la cueillette qui avait été mordu par un serpent dans l'après-midi. Guérisseuse compétente, la vieille femme était allée lui porter secours. Ayant empli sa bouche édentée d'une chique de tabac, elle l'avait appliquée comme une ventouse sur la piqûre, à la cheville du blessé, suçait le venin et recrachait, tout en murmurant des prières :

Monsieur saint Benoît,
Tuez ce serpent
A coups de bâton,
Il vient du Démon,
Gardez-moi du v'nin
Et d' la tentation.

Idalicio brûlait de fièvre, mais il résistait : la vieille avait pu faire diminuer la quantité du poison, en atténuer l'effet presque toujours mortel. Le capitaine l'avait trouvée au chevet du malade, et avait bavardé avec elle avant de quitter la fazenda da Atalaia. Il fit des vœux pour qu'Idalicio en réchappât, peut-être y arriverait-il en effet, grâce aux pouvoirs de saint Benoît et au savoir populaire de la guérisseuse. Ils parlèrent de Sacramento, et le vieille Efigênia se plaignit : sa fille lui manquait, car son séjour à Ilhéus, où elle s'occupait de la veuve du colonel, empêchait la réalisation de plans élaborés depuis qu'elle la savait propriétaire d'une maison de rapport à Itabuna, présent du colonel Boaventura Andrade reconnaissant et généreux.

L'acquisition par le fazendeiro de cette maison qu'il avait mise au nom de sa maîtresse par acte notarial dûment établi et enregistré avec tous les points et virgules, Efigênia et

Sacramento en avaient eu connaissance par Natario, unique dépositaire du secret : le colonel ne souhaitait pas que l'affaire s'ébruitât. La location rapportait une somme mensuelle rondelette, qui suffisait à assurer à la mère et à la fille une vie exempte de soucis. Depuis lors, M'ame Efigênia rêvait de quitter le travail à la fazenda pour monter une épicerie à Itabuna ou Taquaras où elle vendrait bananes, fruits d'arbre à pain, piments, gilos et toutes sortes de produits alimentaires et de condiments.

Mais, comme le colonel était en bonne santé et bien épris de la petite, la bonne femme avait remis tout cela à plus tard, le jour où le fazendeiro se lasserait de Sacramento : une toquade de riche, on sait ce que c'est, ça peut se terminer du jour au lendemain, d'un coup. Le colonel n'eut pas le temps de se lasser, il disparut avant : la mort le fit tomber d'un coup de sang et il s'écroula aussi sec, la bouche tordue. A vendre machiche et chayote à l'épicerie, sur la place d'Itabune, bien achalandée, Sacramento ne mettrait pas longtemps à trouver un autre richard pour l'installer dans ses meubles et lui faire ouvrir un compte dans les magasins de tissus et de chaussures. Ainsi calculait M'ame Efigênia, pratique et ambitieuse.

Mais dona Ernestina avait hérité Sacramento en même temps que les propriétés rurales et urbaines : le latifundium, les rues de maisons de rapport à Ilhéus et Itabuna, les capitaux placés en banque, toute l'immense fortune. Les rêves d'épicerie de M'ame Efigênia se virent renvoyés au jour qu'il plairait à Dieu.

La succession du colonel Boaventura Andrade, principal sujet de conversation et de ragots au coin des rues et dans les cafés, au long des routes et dans les buvettes, ne donna pas lieu à inventaire et partage. Un jour ou l'autre, tout sera à lui — avait indiqué la veuve, faisant allusion à son fils, alors qu'elle commandait les messes au père Afonso — sitôt que Dieu me rappellera à Lui. Dans ces conditions, à quoi bon partager terrains et immeubles, biens et propriétés, capitaux et rentes ? A peine Venturinha revint-il d'Europe, après escales à Rio et à Bahia, que sa mère lui abandonna pleine et entière autorité sur la fortune. A son usage exclusif, dona Ernestina conserva un seul et unique bien : la serve Sacramento.

7

Qui pouvait bien être l'ombre que le capitaine voyait se détacher sur la flamme du lumignon, chez Tiburcio ? Que faisait ce personnage dans la cahute en l'absence de ses occupants ? Rien de bien catholique sans doute. Natario poussa la porte de la main gauche, la droite sur la crosse de son revolver. Il se trouva nez à nez avec Sacramento, couverte de poussière : la jeune fille poussa un petit cri en le voyant, non de peur mais de surprise et de contentement :

— Ah ! Capitaine ! Je suis si heureuse de vous voir. On m'avait dit que vous étiez parti.

— Mais, toi, qu'est-ce que tu fais ici ? Dona Ernestina t'a donné congé ?

Sacramento baissa les yeux à terre :

— Rapport à dona Ernestina, je s'rais jamais partie. Elle doit penser du mal de moi, la pauvre, et trouver qu' je suis une rien du tout. Je m' suis tirée sans rien dire, mais comment qu' j'aurais pu y dire que'que chose ?

— Tu t'es enfuie de chez le colonel ? Quelle mouche t'a piquée ?

— C'est l' docteur. Il a essayé de m' coincer.

Le capitaine ne parut pas surpris : sur ses lèvres s'ébaucha le sourire glacé, à peine perceptible.

— Venturinha ?

— C'est comme je vous l' dis. Il est entré d'un coup dans la chambre où j'étais, avec un drôle d'air, écumant, puant la boisson. J' l'ai repoussé, il est tombé par terre en dégueulant. A pas eu la force de s' relever. I' faisait qu' dire qu'il allait m'attraper. J'ai eu tellement peur que j'ai même pas pris mes affaires. J'ai ramassé ce que j'ai trouvé comme ça, fini par mettre la main sur un mouchoir où j'avais mis un peu d'argent, et j' suis allée attendre le train à la gare. De Taquaras, j' suis venue à pied pour voir mère et vous parler.

Le capitaine ne fit pas de commentaire, simplement ses yeux se rétrécirent encore, rappelant son sourire. Sacramento le regarda bien en face :

— I' m'a attrapée, m'a fait tomber, i' m'a battue et m'a mordue. Si vous l'croyez pas, regardez. — Et elle montra ses bras ouverts de bleus, son cou marqué de traces de dents et de suçons.

Natario était toujours silencieux. Si ça se trouve, pensa Sacramento, il ne trouve pas ça suffisant pour expliquer la fuite. Elle remonta sa jupe et montra le haut de ses cuisses : il y avait des marques noirâtres là où les genoux de Venturinha, individu corpulent et de haute taille, s'étaient enfoncés dans la chair brune, appétissante. Le regard du capitaine s'attarda, Sacramento baissa la jupe, mais non les yeux :

— Comment qu' j'aurais pu coucher avec son fils à lui ? Dieu garde ! Quand il est entré, i' m'a offert d' l'argent, il a dit qu' j'étais jolie et j' sais plus quoi encore. J'y ai demandé qu'i' m' laisse tranquille, et alors il a parlé du colonel, il a crié qu'i' savait tout et qu' lui aussi i' voulait. J'ai encore demandé, au nom d' sa mère, de l'âme du colonel. Mais il avait déjà enlevé la veste et l' pantalon, c'est là qu'i' m'a attrapée. 'l était ivre mort, c'est c' qui m'a sauvée.

Le capitaine Natario da Fonseca ne proféra pas un mot, se contenta d'effleurer du bout des doigts le visage bouleversé de la petite et essuya une larme sur sa joue. Sacramento prit la main qui la caressait et la baisa :

— Dans l' train, j' pensais à vous. A part la mère, qui peut rien du tout, j'ai qu' vous au monde.

Elle baissa de nouveau les yeux :

— L'aut' jour encore j'ai pensé à vous, si fort que j' vous ai vu près d' moi, à m' dire c' que j' devais répondre à dona Misete.

Le nom dit quelque chose au capitaine :

— J' connais une Misete, une qui tient une maison dans l'île aux Serpents.

— Elle m'a fait dire que j' pouvais aller chez elle pour faire des passes. C'est là qu' j'ai pensé à vous, et vous m' disiez que sûrement ça plairait pas au colonel de m' voir faire ça. Valait mieux rester comme bonne chez dona Ernestina. C' qu'y a, c'est qu'avec le docteur qui y habite, ça s' peut pas. J'ai pris l' train, j' suis descendue à Taquaras et venue ici. J' viens juste d'arriver, j' sais même pas où est la mère. Mais j' vous ai vu, et ça m' suffit.

A nouveau, elle le regarda en face pour affirmer, d'une voix calme et ferme :

— C'est pas pour de l'argent ni de force que personne couchera avec moi. — Souriant à travers les larmes, elle examina ses bras couverts de poussière de la route, toucha ses cheveux raides de saleté, dit tout bas :

— J'ai bien b'soin d'un bain, j' suis affreuse. Dès que mère arrive, j' vais tout d' suite à la rivière.

Natario lui dit où était sa mère et ce qu'elle faisait. A la fois gênée et hardie, Sacramento annonça :

— Bon, alors j'y vais tout d' suite, avant qu'elle arrive. J' suis dégoûtante, tellement moche que vous m' regardez même pas.

— Propre ou sale, t'es toujours belle comme tout. Si le colonel avait pas eu l'œil sur toi, c'est moi qui t'aurais faite femme, sûr.

— Ça s' pourrait. Comment qu' j'aurais pu dire non ? J' faisais qu' penser à vous.

Elle alla vers la porte, passa contre lui, ses seins dressés effleurèrent la poitrine du capitaine. Sauf vot' respect, colonel : il la suivit vers la petite rivière.

8

A la table du bar, Fuad Karan, tout en savourant l'arak parfumé, sa boisson préférée, sourit au Grand Turc, l'ami Fadul Abdala, et déclara avec emphase :

— Il s'est abattu sur Itabuna un cataclysme sexuel, mon

bon Fadul, et c'est sous son signe que nous vivons. Il répond au nom poétique et mystérieux de Ludmila Gregoriovna Cytkynbaum, un décasyllabe, comme tu vois.

Dans une attitude déclamatoire, dressant sa main ouverte, il répéta d'une voix plus forte, sonore et pompeuse :

— Venue des taïgas sibériennes : Ludmila Gregoriovna Cytkynbaum !

Il demeura un instant à écouter l'écho de la superbe prononciation du nom éclatant, appréciant visiblement le son de sa propre voix :

— Tu as déjà entendu parler de femme fatale, mon bon Fadul ? Ludmila Gregoriovna est le spécimen parfait, le prototype, le paradigme de la femme fatale, et nous voici tous enchaînés à ses attraits, devenus ses esclaves, heureux de notre esclavage.

Fuad Karan but une gorgée d'arak pour s'éclaircir la gorge. Le visage radieux d'une profonde jouissance intellectuelle, Fadul l'imita. Transporté, il était suspendu aux lèvres de l'aimable épicurien, l'un de ses deux coryphées : l'autre était Alvaro Faria, qui habitait Ilhéus.

— Une dévoreuse d'hommes, mon cher Grand Turc. De couleur foncée de préférence : plus ils sont noirs, plus son âme est ravie, et sa vulve mouillée. Elle appartient de droit, sinon de fait, à notre nouveau maître et seigneur, le Dr Boaventura Andrade junior, héritier du Royaume-Uni d'Itabuna et Ilhéus. Nous voici sous le règne de Boaventura II, le Luron, successeur de Boaventura Ier, l'Etalon.

Pour Fadul, exilé par le bon Dieu des maronites dans la cambrousse de Tocaia Grande, les visites aux artères mouvementées des centres urbains lui permettaient de reconstituer ses stocks, d'honorer ses échéances et de signer de nouvelles traites, de faire le tour des bars, cabarets et bordels, et d'aller voir la mer rouler son écume sur les plages d'Ilhéus ; mais c'était aussi l'occasion privilégiée de s'entretenir avec les deux sommités, les deux beaux esprits : Alvaro Faria, sur le port d'Ilhéus, Fuad Karan dans le sertão d'Itabuna. Ils avaient en commun leur peu de goût pour toute activité autre que la pure spéculation intellectuelle : conversation, poker, commentaire des événements locaux. Fuad Karan, aux yeux de Fadul, avait un léger avantage sur son émule en ce qu'il était arabe et parlait la langue du Prophète, de miel et de dattes, de sucre et d'anis. Informé de tout ce qui se passait et de tout ce qui se disait, Fuad relatait et analysait tout en connaissance de cause et de la façon la plus savoureuse. Fadul, en extase, écoutait.

— Jolie femme ? demanda-t-il, d'un ton avide et gourmand.

— Jolie est un qualificatif impropre pour définir Ludmila Gregoriovna ; disons plutôt : belle. J'incline à penser qu'elle pourrait être eurasienne, métisse de Slave et de Sémite : ce qui ferait d'elle notre parente éloignée, dont nous pouvons à bon droit nous enorgueillir. Non seulement elle est belle, mais aussi mystique, puisque russe, dramatique puisque juive, romantique et sensuelle en raison du sang arabe. Si ta bonne étoile de Grande Turc continue à briller, tu pourras la voir dans la journée traverser la rue pour entrer dans les boutiques et y faire fi de tout, ou bien, en compagnie de notre jeune monarque, régner la nuit au cabaret avec son long fume-cigarette de jade et ses yeux verts. — Il résuma ses sentiments par une expression en arabe : *ya hôbi !*

— Et comment elle est venue jusqu'ici ?

— Amenée par Venturinha, tiens !

— Mais pourquoi est-ce qu'elle est venue avec le petit docteur ?

— Fadul ne s'estimait pas encore assez bien informé.

— Parce que c'est une pute, c'est son métier, tout simplement. Officiellement, elle chante : des ballades russes. Elle massacre « Les Bateliers de la Volga » à la perfection. Le frère, entre parenthèses, joue rudement bien de la balalaïka : il faut le dire, par respect de la vérité.

— Le frère pour de bon ?

— J'ai fait ma petite enquête, et je suis arrivé à la conclusion que les liens qui unissent Lundmila Gregoriovna et Piotr Serguéiovitch sont réellement de sang et non de lit.

Frère et sœur par la mère. Pour ce qui est d'être une pute, on ne doit pas la condamner comme ça sans réfléchir. Pour de l'argent, elle ne se vend qu'à notre brave Venturinha ; aux autres, elle se donne gratis pour le plaisir de la fornication et nous savons bien, mon cher Fadul, qu'il n'est pas de plaisir au monde comparable à celui de forniquer.

— Aucun doute là-dessus.

Les exagérations et toute la rhétorique de Fuad étaient à la mesure de l'émoi de la cité encore sous le choc de la présence enivrante de Ludmila Gregoriovna Cytkynbaum : tant au cabaret qu'à la cathédrale, lieux particulièrement fréquentés, son apparition de neige et de feu, pendue au bras de Venturinha, faisait sensation, mettait en tumulte : tout le monde voulait la voir, se réchauffer à son sourire, mourir dans la pâmoison de ses yeux. A la boîte de nuit, le brouhaha aviné cessait brusquement, à l'église le silence dévot se trouvait rompu, là comme ici l'on entendait des ah ! et des oh ! de convoitise et d'enthousiasme, et une flamme de désir s'élevait alentour d'elle comme un halo divin, la queue éblouissante d'une comète.

9

La nouvelle du décès du colonel Boaventura Andrade avait interrompu les fascinantes études de Venturinha à la Sorbonne de la place Pigalle, l'obligeant à retourner en toute hâte au Brésil. Cette nuit-là, notre licencié noya dans la vodka le remords et le chagrin, et prit la cuite de sa vie.

Ludmila Gregoriovna, de son côté, mise au courant de la tragédie qui s'était abattue sur son « petit père », fit une crise de nerfs, s'écroula en sanglots désespérés, pas deux malheureuses petites larmes discrètes, non : sanglots à la slave, avec évanouissement, délire et oraisons en russe. Epris jusqu'aux amygdales et aux bourses, l'Européen débutant décida d'emmener Ludmila au Brésil avec lui, le meilleur moyen d'importer la culture du Vieux Monde dans ce qu'elle a de plus représentatif. Son frère, Piotr Serguéiovitch, l'accompagna, mais son amant, Konstantin Ivanovitch Surkov, demeura à Paris la queue sous le bras, selon l'expression folklorique du triomphant Venturinha.

Le comte colonel de la garde impériale Konstantin Ivanovitch Surkov, parent de la famille impériale mais brouillé avec le tsar, avait confié un secret d'Etat à Venturinha, le baron Boaventura Boaventurovitch — nom sous lequel on le connaissait dans les milieux d'émigrés slaves : à savoir que Ludmila Gregoriovna elle aussi était de sang noble bien qu'elle n'en fît pas état en raison de l'infortune qui l'obligeait à chanter de mélancoliques ballades dans les cabarets de nuit parisiens. Elle avait fui la cour à la suite d'ignobles persécutions dont l'accablait le grand-duc Nikolaï Nikolaievitch Romanov, qui voulait faire d'elle sa concubine. Oncle du tsar Nicolas II, généralissime des armées russes, il faisait de sa vie un enfer. Venturinha s'étant étonné que la belle convoitée n'eût pas cédé aux désirs d'un si grand et puissant personnage, Konstantin Ivanovitch expliqua à son cher Boaventura Boaventurovitch que la petite Ludi, fine et sensible, ne pouvait supporter l'haleine aillée du généralissime : les baisers du grand-duc lui donnaient la nausée, étayant ainsi sa vertu. Aussi avait-elle accompagné Konstantin quand le colonel dissident était parti en exil à Paris. Liaison dramatique : ils pouvaient s'épouser, car lui était marié à Moscou, à une cousine du tsar, mais ils s'étaient juré un amour éternel et restaient fidèles à leur serment. Venturinha payait les notes et le faisait avec un orgueil justifié : ce n'est pas tous les jours qu'on cocufie un membre de la famille impériale de toutes les Russies.

A « La Datcha », cabaret moscovite de la place Blanche, accompagnée par son frère Piotr, virtuose de la balalaïka — Pierre, mon petit frère ! implorait Venturinha au comble de la passion et de la muflée, joue de ta guitare pour me faire pleurer ! — Ludmila chantait des mélodies russes et dansait des danses du Caucase en exhibant la perfection de ses jambes. A une table voisine, le comte Konstantin, de vieille et noble lignée, et Boaventura junior, baron de fraîche date, applaudissaient, ingurgitant vodka et cognac. A la fin de la soirée et du spectacle, Piotr ramassait le pauvre encorné de Konstantin, laissant aux soins du Brésilien, champion continental de l'absorption d'eau-de-vie, la timide et malheureuse Ludmila : au lit, impétueuse pouliche de la cavalerie impériale, gloire de la cour du tsar. Au moment de l'orgasme, elle récitait des vers de Pouchkine et des prières orthodoxes.

La version de Ludmila, quant à ce qui s'était passé à Moscou, différait quelque peu de celle que racontait le colonel comte. Non pas au sujet du grand-duc Nicolas, le mangeur d'ail : il l'avait effectivement poursuivie comme un chien enragé, l'obligeant à partir en exil avec son frère. Mais il était faux qu'elle se fût éprise de Konstantin. Profitant de sa triste situation de fugitive, émigrée à Paris, il s'était imposé dans son lit d'artiste en obtenant des contrats pour elle et en la défendant contre les assauts cupides des habitués de « La Datcha ». Par reconnaissance, elle l'avait accepté et le tolérait, mais de là à parler d'amour il y avait aussi loin que de la place du Kremlin à Moscou à la place Pigalle à Paris.

Dans l'une et l'autre variante subsistaient des hiatus, des contradictions, des blancs, des incompatibilités, le tout en raison de la maîtrise approximative de la langue française chez les personnages en cause, encore que Ludmila se montrât douée pour la pratique de différents idiomes : avec Venturinha elle apprenait des gros mots en portugais et les répétait avec une prononciation adorable, au milieu de baisers. De toute façon, il devait bien y avoir quelque chose de vrai dans ces récits effarants, car le jour où Ludmila Gregoriovna accepta de l'accompagner au Brésil, le colonel comte fit irruption à l'hôtel du Brésilien, le menaçant d'esclandre et de mort et, dague au poing, l'invitant à se battre en duel.

On pouvait tout dire de Venturinha, sauf qu'il était peureux. Il lui était déjà arrivé, en de précédentes occasions, de se trouver aux prises avec des maris et des amants furieux et il n'avait jamais cané. Il tomba à bras raccourcis sur le parent du tsar, lui prit sa dague et la garda comme trophée. Il résolut finalement le problème de façon courtoise et généreuse, en francs français et en livres anglaises, faute de roubles. Et embarqua pour Rio de Janeiro sur un transatlantique des Chargeurs réunis, avec dans ses bagages Ludi et Piotr, la balalaïka et la dague, toute la Russie impériale.

10

Au cabaret, Fadul Abdala trouva confirmation des propos enthousiastes de Fuad Karan et répéta l'exclamation venue du fond du cœur : *ya hôbi !* Il trouva même l'occasion et le prétexte qui lui permirent de toucher la blanche main de la Russe de la pointe de ses doigts énormes, car Venturinha, en l'apercevant et en le reconnaissant, lui fit un signe d'amitié. En vertu de quoi le Turc s'aventura jusqu'à la table du licencié pour le saluer et voir de plus près la blonde incendiaire qui enflammait la cité d'Itabuna et la mer d'Ilhéus. D'après cette mauvaise langue de Fuad, elle avait du penchant pour les Noirs : morceau de choix pour Tison Abduim, nègre habitué à batifoler avec des gringas.

De retour à Tocaia Grande, il parla de tout cela avec le capitaine Natario da Fonseca et regretta que la Russe fût spécialiste de nègres et de millionnaires, et ne s'intéressât point aux Arabes épiciers. Le capitaine la connaissait et lui avait été présenté à l'occasion du retour de Venturinha. Pour lui, Venturinha était toujours le gamin qu'il avait promené plus de vingt ans auparavant, à qui il avait appris à monter à cheval et à tirer ; la première femme qu'avait connue le garnement, la Julia Saruê avec ses taches de rousseur, c'est lui qui la lui avait amenée :

— C'est une tête de moineau, il peut pas voir un jupon. Avec cette fameuse Russe, il est en train de jeter par les fenêtres un fichu tas de cacao. Et ça ne l'empêche pas de courir derrière les petites paysannes, il veut s'envoyer tout ce qui ressemble à une femme. Au fond, ce n'est qu'un grand gosse.

— Gaspiller de l'argent pour être cocu...

— Cocu par une pute ça ne compte pas, Fadul, c'est pas vraiment cocu.

Le Turc voulait encore discuter, mais il préféra s'abstenir : le capitaine pouvait bien se fâcher, car il aimait Venturinha comme si le petit docteur avait été de sa famille. Un parent proche, une sorte de neveu sans cervelle.

11

L'annonce de l'arrivée imminente de la mission, qui courut comme une traînée de poudre, fit sensation à Tocaia Grande, mettant les habitants en émoi. C'était la grande nouvelle et, d'un côté comme de l'autre de la rivière, le grand branle-bas.

La manivelle de la machine à coudre de Natalina ne connut plus de repos. Commandes passées par toutes les femmes en général et, en particulier, par les fiancées de mai : on était au milieu du mois, celui des premières pluies et, on l'apprit par les frères, celui de la Vierge Marie. Digne de porter voile et guirlande, on n'en connaissait qu'une seule et unique : la petite Chica, en grand béguin avec Balbino. Elle habitait avec ses parents, alors que les autres candidates à la bénédiction nuptiale étaient toutes en ménage avec un homme, et certaines avaient déjà des enfants.

Chica elle-même avait beau être toute jeunette et continuer à vivre au foyer paternel, qui donc aurait été prêt à mettre sa main au feu pour sa virginité ? A Tocaia Grande, comme d'ailleurs sur toute l'étendue du pays grapiuna, l'état de demoiselle durait peu ; dans les fazendas, on comptait une femme pour dix hommes, et les fleurs étaient cueillies encore en bouton.

On rencontrait Chica en compagnie de Balbino dans les coins écartés de la rivière, dans les clairières de la forêt et, si elle était encore pucelle, de deux choses l'une : ou bien Balbino n'avait rien entre les jambes, ou alors il était arrivé un miracle. En tout état de cause, M'ame Leocadia vint en personne passer commande de la robe de mariée de sa petite-fille et expliqua à dona Natalina qu'elle la voulait à la mode du Sergipe, avec tous les affûtiaux et fanfreluches de demoiselle.

Les autres n'en demandèrent pas tant et se contentaient de vêtements simples, ne voulant pas se marier couvertes de guenilles. Cleïde, petite-fille elle aussi de Leocadia, cousine de Chica, avait le ventre bien rond ; elle commanda une robe bleue, de la couleur de son groupe de bergères dans le cortège, le bleu de la Vierge Immaculée. Et, puisqu'il est question des petites-filles de la mémé Leocadia et du fameux cortège des Rois, il faut encore citer parmi les filles à marier qui attendaient la mission la jeune Aracati, qui avait joué le rôle de la Dame Déesse dans le défilé. A la surprise de toute la famille, y compris de sa grand-mère en éveil, elle se montra, sitôt après la triomphale nuit des Rois, au bras de Guido, en disant qu'elle allait vivre avec lui. Les Estancianos avaient fourni trois femmes enceintes a la saison des naissances, elles seraient maintenant trois à se marier de chez eux.

Des concubines de longue date firent aussi faire des robes par dona Natalina, ou les confectionnèrent elles-mêmes. Abigaïl apporta la sienne de Taquaras, où Bastião da Rosa et elle habitaient depuis l'inondation : les frères devaient aller aussi là-bas, mais elle voulait se marier à Tocaia Grande, en même temps que sa sœur Isaura : grande fête chez Zé dos Santos et Clara. Des fazendas vinrent quantité de couples, ce n'était pas souvent qu'apparaissait une mission dans ces parages de la rivière aux Serpents.

12

Non moins affairés, les parents des enfants qui n'avaient pas été baptisés. Près d'une dizaine étaient dans ce cas et attendaient à Tocaia Grande l'occasion de devenir catholiques romains pour échapper ainsi aux limbes au cas où ils viendraient à mourir encore enfants, à l'enfer s'ils était déjà adultes. Il y eut à ce propos bien du remue-ménage, le choix des parrains engendrant discussions et allégresse. Zilda fit dire à Bernarda d'y réfléchir, car Nado devait aussi être baptisé lors du passage de la mission.

Couchée avec Natario, Bernarda aborda le sujet :

— Vous avez déjà pensé à quelqu'un, parrain ? — Sa tête reposait sur la poitrine du capitaine, qui caressait ses cheveux dénoués.

— Si tu veux, on va faire comme ça : je choisis le parrain, toi la marraine.

— Pour moi, la marraine ne peut être que la commère Coroca. J' lui dois plus à elle qu'à ma propre mère, la pauvre.

— Comme parrain, j'ai pensé à Fadu, on s'appelle déjà compères, tous les deux. — Sa main descendit des cheveux vers les seins de sa filleule, des seins vers le ventre, se mit à jouer dans la toison du pubis.

Ainsi se fit le choix des parrains du petit Nado, fils de sang de Bernarda et du capitaine Natario da Fonseca, fils adoptif de Zilda, marraine de Bernarda, femme du capitaine.

13

— Vade retro, Satanas ! s'écria frère Zygmunt Gottesham-mer au moment culminant de la confession de Chica, la petite Chica, pas si petite puisqu'elle allait faire ses quatorze ans juste avant la Saint-Pierre : et des fiancées de mai c'était la seule qui fût en état de porter voile et guirlande à la cérémonie du mariage.

Révélant un penchant affirmé pour les détails et une absurde innocence en matière de péché véniel et péché mortel, la gamine, sans rougir — ce qui eût d'ailleurs fort bien convenu à une Bergère de ce groupe —, relata au frère Zygmunt, indigné, les épreuves savoureuses auxquelles la soumettait son promis. Balbino avait habité Ilhéus et connaissait les inventions des gringas : Chica les avait hautement appréciées.

Pour n'être pas sanglante, la lutte qui s'engagea dans le sanctuaire improvisé entre le saint inquisiteur et la petite bergère du parti rouge ne fut pas moins acharnée. Avec complaisance, elle lui narra des épisodes scabreux de doigt et de langue, de sodomie — ah ! Sodome est toujours debout ! —, en conséquence de quoi le frère lui avait interdit voile et guirlande, symboles de la virginité. Mais la promise, exigeante et têtue, avait revendiqué ses droits à la fleur d'oranger, confectionnée par les doigts habiles de dona Natalina, car là en bas dans le petit coin — je l' jure devant Dieu, m'sieu l' curé — Balbino n'était jamais entré, Chica ne l'avait jamais laissé faire. Tout ce qu'ils avaient fait d'autre, c'était justement pour empêcher qu'il lui enlevât son pucelage : où est-ce que le révérend avait vu que c'était la même chose de se faire tringler le troufignon et de se laisser trouer la craquette ? A Estância, les filles se mariaient pucelles, pour la plupart, mais pour tromper l'attente elles recevaient la chose entre les cuisses et dans le baba, après tout on n'est pas en bois, m'sieu le curé.

Frère Zygmunt la mit dehors en latin, vade retro, Belzébuth ! En d'autres temps il eût employé les verges pour l'exorciser, expulser de son corps les démons qui l'habitaient : au bon vieux temps de la sainte Inquisition. Chica s'en fut satisfaite, persuadée que le prêtre la bénissait et s'était mis d'accord avec elle sur la robe de mariée. Elle récita trois *Ave* et un *Pater*, car le bon frère avait oublié de lui donner sa pénitence.

14

Avec l'assentiment de M. Carlinhos Silva, les missionnaires avaient improvisé deux confessionnaux au dépôt de cacao sec, un à chaque bout du bâtiment. Il n'y avait pas de séparation, comme c'est l'usage, entre le confesseur et le pénitent, mais les quelques rares femmes qui allèrent recevoir le sacrement – le plus important de tous, de l'avis autorisé de frère Zygmunt von Gotteshammer – n'étaient pas gênées de regarder le religieux au moment de déverser leur sac de péchés, ignorant, les malheureuses, ce que pouvait être la pudeur.

Peu de femmes, aucun homme. Eglise et curé, c'est des trucs de bonnes femmes, disaient-ils, ces renégats. Meurtriers pour une bonne part, à commencer par ce soi-disant capitaine, dont le renom de cruauté et le passé criminel avaient fait l'objet de mainte allusion terrifiante venue à leurs oreilles au long des interminables lieues parcourues sur le territoire de la rivière aux Serpents.

Frère Theun et frère Zygmunt avaient réservé le premier jour de la mission à un bilan de la vie de Tocaia Grande : recevoir les pécheurs en confession, s'informer de la situation du paganisme et de la moralité de l'endroit. La fréquentation du confessionnal ayant été minime, comme l'intérêt pour la pénitence et l'absolution – celle-ci, dans la bouche du frère Zygmunt von Gotteshammer, le marteau de Dieu, sonnait comme un blâme et un châtiment –, les deux moines s'en furent glaner des informations de logis en logis, de personne en personne.

Ils retournèrent chez M. Carlinhos Silva, où ils étaient hébergés, Theun le cœur lourd de tristesse – ah ! les pauvres malheureux ! –, Zygmunt saisi d'indignation et d'horreur, enflammé de courroux sacré devant l'état d'abomination où vivaient ces renégats ; coupables maudits !

Enfants privés de baptême, filles et fils naturels conçus dans le péché, couples se reproduisant comme des bêtes, sans le consentement ni la bénédiction de Dieu, la dépravation, le crime, l'ignorance et l'indifférence à l'égard de notre sainte mère l'Eglise. Plus grande que l'ensemble de constructions qui constituait le noyau de la bourgade – deux ruelles et un passage –, cette immonde agglomération de masures de pisé et de cahutes de paille de la combe aux

Crapauds, la putasserie dans le langage ordurier des habitants : et ils en parlaient avec une fierté évidente, à la mesure de son importance, comme de la plus grande de toute la région.

Sur l'autre rive, où se cultivait de quoi approvisionner le marché hebdomadaire, la moralité ne valait guère mieux, non plus que la dévotion. Dans leur nouvel habitat, les pieux Sergipanos, dévotes créatures, au contact de l'impiété grapiuna, négligeaient leurs devoirs vis-à-vis du Seigneur, perdaient la crainte de Dieu et se vautraient dans la boue des mœurs abominables de la localité.

L'Arabe qui faisait commerce en cet endroit, volant les pauvres diables habitants et gens de passage, usurier de la pire espèce, un déporté, n'était pas mahométan à proprement parler mais peu s'en fallait. Loin d'être un fils exemplaire de l'Eglise de Rome, il appartenait à la secte orientale des maronites, fort sujette à caution : un musulman ou presque, en somme. En Espagne, au bon vieux temps, il n'eût pas échappé au glaive chrétien et béni de saint Jacques pourfendeur de Mores.

Quant aux nègres fétichistes, à commencer par le cynique forgeron qui n'arrêtait pas de rire, ils persistaient dans leur éternelle et perverse tentative visant à souiller la pureté et la dignité des saints canonisés par le Vatican, en les mêlant et confondant avec les démoniaques idoles des quartiers d'esclaves, auxquelles ils offraient de sanglants sacrifices d'animaux. Le centre de toute la sorcellerie était installé dans l'atelier du ferreur de mulets, un réprouvé.

Frère Zygmunt, marteau de Dieu, projetait d'élever l'âme des fidèles au cours des sermons, peut-être parviendrait-il à leur faire détruire l'autel impie dressé derrière la forge aux monstrueux diables africains que les nègres, libérés de l'esclavage grâce aux complots et aux manœuvres de la Maçonnerie, appelaient les esprits sacrés et voulaient vêtir du manteau de lumière des bienheureux. Sacrilège !

15

Tandis qu'il digérait à loisir le barbare — et délicieux ! — dîner de fruits et de gibier, à la fin de ce premier jour de mission, le frère Theun déplora, avec une compassion douloureuse, le sort de ces pauvres pécheurs victimes de l'ignorance et du retard, dont les âmes étaient condamnées à l'enfer alors qu'ils ne le méritaient peut-être pas. C'était surtout l'absence de code moral, des freins de la loi, de la contrainte imposée par les règles, qui les conduisait à la pratique de tels errements, à une existence marquée par la faute et le crime.

M. Carlinhos Silva, qui parlait couramment la langue allemande avec une prononciation de lettré — un mulâtre blond, voyez un peu ! le genre de surprise à quoi se trouvent confrontés des frères mendiants en mission —, M. Silva, sur un ton égal et plein d'amabilité, disant ce qu'il avait à dire sans avoir l'air d'y toucher, défendit la localité et les gens de la localité. On eût dit un professeur donnant son cours en chaire à Weimar et le frère Zygmunt le considéra avec suspicion. Non sans cause, car le métis innocenta complètement ces misérables. Les habitants de Tocaia Grande — dit-il — vivaient là loin de toute idée préconçue, ignorant les limitations et contraintes qui découlent des lois, libérés des préjugés moraux et sociaux imposés par les codes, que ce fût le code pénal ou le catéchisme. Des gens plus tranquilles que ceux de Tocaia Grande, en dépit de ce nom et des mauvaises mœurs, on n'en trouverait pas dans toute la région du cacao, au pays des Grapiunas. Et savez-vous pourquoi, mes révérends ? C'est parce que, ici, personne ne commande personne, que tout se fait d'un commun accord et non par peur d'être puni. Si cela pouvait dépendre de M. Carlinhos Silva, cette paix ne serait jamais perturbée, cette heureuse existence du peuple de Tocaia Grande qui, selon lui, devait sûrement être agréable au bon Dieu.

— Si vous voulez bien me permettre, mes révérends, je vous dirai que c'est ici que se retrouve enfin le paradis naturel des sages...

D'un bond, frère Zygmunt von Gotteshammer, marteau de Dieu, se dressa, renversant son assiette de fer étamé, le chapelet à la main comme un fouet levé sur le péché et les pécheurs, plus particulièrement sur l'hérétique en face de lui. A Ilhéus, on lui avait bien dit que ce métis et enfant naturel avait été éduqué en Allemagne et jouait volontiers le docteur : ennemi de l'Eglise de Rome, à coup sûr un infâme luthérien, peut-être plus pernicieux encore que les adeptes de la macumba, certainement plus dangereux que le maronite. Symbole de ce qu'il y avait de pis au monde : un héraut des idées infâmes de la Révolution française, des encyclopédistes, des ennemis de Dieu et de la monarchie, des pétroleuses et nihilistes incendiaires, la bombe au poing contre les empereurs et la noblesse, le poignard brandi pour déchirer une nouvelle fois le cœur de Jésus-Christ. Non seulement luthérien, mais anarchiste !

16

Les charpentiers, Lupiscinio, Guido et Zindo, dressèrent au centre de la friche, à égale distance de la rivière et du grand hangar une croix de bois-brésil, monumentale, d'une hauteur considérable, un ouvrage réellement admirable, auquel ne pouvait se comparer que le ponceau. Quiconque arrivait par là, venant de l'amont de la rivière aux Serpents ou de la station de Taquaras, ne pouvait manquer de voir de loin sur sa route le symbole sacré marquant le passage à Tocaia Grande de la première sainte mission venue jusqu'à ces confins de la terre prêcher la vertu et condamner le péché.

Une vaste plate-forme de lattis fut installée devant la croix et c'est là que les frères disposèrent tout ce qu'il fallait pour la messe, la bénédiction et les sacrements du baptême et du mariage. Ils revêtirent les habits sacerdotaux pour les offices divins et les sermons.

Le frère Theun prêcha le matin, pour l'eucharistie, et le

frère Zygmunt le soir, au moment de la bénédiction. Les habitants furent unanimes à considérer le sermon de frère Zygmunt en tout point supérieur à celui du frère hollandais. Sans comparaison. Le frère Theun, rondouillard et courtaud, parlant portugais presque sans accent, s'attarda sur la bonté et la miséricorde de Dieu, décrivit le paradis, parla de ses beautés et de ses privilèges.

Grand et maigre, visage émacié, mains osseuses, mêlant au portugais des termes allemands et des expressions latines, avec une prononciation de vache espagnole, l'Allemand empoigna son auditoire, petite foule plus nombreuse encore que celle de l'été passé, lors du cortège des Rois de M'ame Leocadia. Son thème fut l'enfer, Belzébuth, l'ange déchu, le péché et le feu dévorant les pécheurs. Marteau de Dieu, comme son nom l'indiquait, le frère Zygmunt obtint un succès presque égal à celui de M. Carlinhos Silva avec ses trucs de prestidigitation. Un champion, le frère Zygmunt!

17

Par coïncidence — les romans sont pleins de coïncidences, et la vie plus encore — au deuxième et dernier jour de la sainte mission arriva à Tocaia Grande, venant d'Itabuna, en route pour la fazenda da Atalaia, le Dr Boaventura Andrade junior, de moins en moins souvent appelé du diminutif familier de Venturinha. Il était accompagné de Ludmila Gregoriovna, son amante — amante était le terme employé par le licencié, car il désignait une catégorie de femelle noble et chère, de haute volée, luxueuse, placée à des hauteurs que ne pouvaient atteindre filles de joie, maîtresses, concubines, pétasses, bref, toute la vulgaire putasserie. Flamboyante chevelure flottant au vent, capiteux parfum de musc, somptueuse toilette anglaise de cheval, jupe-culotte, une pouliche de la cavalerie du tsar de Russie, ou des écuries du roi Salomon, comme le dit plus justement le Turc Fadul, lecteur de la Bible.

Au temps des grandes luttes, quand les rencontres de bandes de jagunços étaient des faits de routine et que chaque goyavier pouvait dissimuler un guet-apens, les colonels se déplaçaient sous la garde d'hommes de main, une attaque étant toujours possible. Les conflits terminés, l'escorte s'était réduite à un homme de confiance, à la détente rapide. Le colonel Boaventura Andrade, dont la vie avait été tant de fois menacée, ne se faisait accompagner, dans les dernières années, que par le seul nègre Espiridião. Parfois, Natario allait avec eux : pour bavarder avec le colonel, mettre des affaires au point, et non comme autrefois en qualité de garde du corps.

Venturinha, cependant, ne pouvait se passer, pour faire le trajet d'Itabuna à la fazenda da Atalaia, ou n'importe quel autre déplacement, d'une suite digne d'un Basilio de Oliveira, d'un Sinhô Badaró ou d'un Henrique Alves à l'époque dorée.

A la tête de la patrouille de quatre hommes armés jusqu'aux dents, un combattant qui s'était rendu célèbre dans les conflits d'autrefois, Benaia Cova Rasa[1] — surnom bien trouvé, inutile d'ajouter quoi que ce soit. Je les ai comptés jusqu'à vingt, après je me suis arrêté, disait le vaniteux Benaia en parlant de ceux qu'il avait expédiés, ceux pour qui il avait creusé une fosse plus ou moins profonde. C'était un métis afro-indien petit et maigre, aux lèvres rentrées, peu causant, bon tireur, meilleure lame encore.

Il avait comparu trois fois aux assises à la suite de la mort du colonel Josafat Peixoto. La première, il en prit pour trente ans, la deuxième pour seize et la troisième, défendu par le célèbre avocat Rui Penalva, il fut acquitté. Remis en liberté, il s'engagea dans le bataillon de police militaire, d'où l'avait tiré Venturinha pour en faire le chef de sa garde personnelle. Son dernier exploit avait été le meurtre d'une fille nommée Bira qui n'avait pas voulu le recevoir, ayant fermé la bou-

1. « Fossoyeur. »

tique à la suite d'une promesse à la Sainte Vierge. Revêtu de son uniforme de soldat et de sa triste réputation, il emmena encore en prison, où il les passa à tabac, deux malheureux employés de commerce qui faisaient leur petite affaire avec des grognasses de la maison, plus la patronne du bobinard, Maria Sacadura.

18

A la demande de Ludmila, Venturinha décida de rester à Tocaia Grande jusqu'à l'heure de la bénédiction, des baptêmes et des mariages, du sermon final de frère Zygmunt von Gotteshammer : pour rien au monde elle n'eût voulu manquer pareil spectacle.

— Dans ce cas, nous ferons le voyage de nuit, je veux coucher à la fazenda.

— *Voyager dans la forêt pendant la nuit, c'est romantique, mon amour*[1].

Mon amour acquiesça, reçut un baiser pour sa peine et, en compagnie de Piotr et de Cova Rasa, Ludmila et lui déjeunèrent chez Natario et Zilda. Joyeuse table, et bien garnie, pour célébrer le passage de la sainte mission, avec en outre la présence du compère Fadul Abdala qui avait mis, pour le baptême de Nado, son costume de sortie. Jour de fête à la colline du capitaine.

Après le café, Venturinha s'allongea sur le hamac de la terrasse, prit son cigare Suerdieck et se mit à bavarder avec le capitaine et Fadul. Il avait engagé un agronome pour remplacer Natario comme administrateur de la fazenda, et s'étendit sur la compétence du personnage, titulaire d'un doctorat : il révolutionnait les méthodes de travail, de plantation et de cueillette, promettait de tripler la production ; qu'en pensait Natario ? Natario n'en pensait rien, ne fit pas de commentaires, ne voulut pas comparer des connais-

1. En français dans le texte.

sances tirées de livres d'étude avec la science rudimentaire et précaire des colonels et des contremaîtres. Simplement, apparut à ses lèvres le fil de sourire qui traduisait le doute ou le dédain, allez savoir.

Le nom d'Espiridião vint sur le tapis et Venturinha ne comprenait pas pourquoi le nègre, à l'exemple de Natario, n'avait pas accepté le poste de chef de sa garde personnelle, maintenant confié à Benaia Cova Rasa, avait quitté la fazenda pour aller vivre avec sa fille institutrice à Taquaras. Il traita le vieux jagunço d'ingrat, ce que contesta Natario. Si quelqu'un devait avoir de la gratitude, ce n'était pas le nègre à l'égard de Venturinha, mais bien le fils du colonel, à qui il avait sauvé la vie et qui avait veillé sur son sommeil tant d'années durant. Le licencié changea de conversation ; tout enfant, il avait appris à respecter les opinions de Natario ; si ce respect lui pesait, il n'en faisait pas montre. L'ex-administrateur ne parlait d'ailleurs pas, quant à lui, sur un ton de censure ou d'exigence, il bavardait, simplement, d'un ton neutre, le visage inexpressif.

Celui qui prit une revanche sur Venturinha, par contre, ce fut Fadul, en lui rappelant qu'un jour, de passage à Tocaia Grande, le jeune docteur s'était montré pessimiste sur le futur de la localité, à laquelle il avait prédit une existence courte et étriquée. C'est sans avenir, ici, ça ne sera jamais qu'une porcherie. Fadul n'avait pas oublié les mots qui l'avaient perturbé : sans le contrat passé avec le bon Dieu des maronites, il se serait laissé envahir par le découragement. En riant, Venturinha avoua qu'il s'était trompé dans ses prévisions :

— C'est ma foi vrai, je fais amende honorable. La porcherie a pris de l'ampleur, s'est agrandie, prend des allures de ville.

Il se donna la peine d'expliquer que « ville » était une façon de dire et qu'il employait le mot pour souligner la croissance du hameau par rapport à d'autres villages de la région, car la qualification de ville proprement dite n'était vraiment juste ni pour Ilhéus ni pour Itabuna, chefs-lieux de districts, ni même pour Bahia, capitale de l'Etat — à l'extrême rigueur pouvait-on appeler ainsi Rio de Janeiro — si l'on comparait avec Paris et Londres. Ça, oui, c'étaient des villes! Et quelles femmes! Au reste, les deux amis ici présents pouvaient s'en faire une idée d'après la Russe dont il avait fait la conquête, avaient-ils jamais rien vu de comparable?

Jamais sans doute, ni le métis ni le Turc. Mais Natario rappela que les jolies femmes avaient toujours été le pain quotidien, le matelas du licencié. A l'époque, ça devait faire quelque chose comme sept ans, quand il avait ainsi calomnié Tocaia Grande, Venturinha, docteur de fraîche date et déjà porté sur les gringas et les artistes, c'était une Argentine, il s'en souvenait?

Venturinha se souvint, avec complaisance. Adela la Porteña, un sacré morceau, elle chantait des tangos, et bonne affaire au lit. Malgré tout, à côté de Ludmila Gregoriovna Cytkynbaum, ce n'était qu'un boudin, une poufiasse!

19

Benaia Cova Rasa faisant le chien de garde, Ludmila et Piotr descendirent la colline pour visiter Tocaia Grande tandis que Venturinha bavardait sur la terrasse.

La Russe adorait ce voyage à cheval à travers fazendas et bourgades. A la fazenda Carrapicho, première halte du cortège, le colonel Demostenes Berbert avait reçu Venturinha et son amante dans le grand style. Comme il était célibataire, trois sémillantes jeunesses s'occupaient de la maison et des fantaisies du gros richard, un robuste quadragénaire, dont le sang brésilien comprenait aussi celui d'un grand-père français. Parlant français couramment et correctement — il avait appris la langue avec le grand-père —, il avait présenté les trois Grâces à Ludmila: la *cunhã,* la *minhota* et la *malê,* ses trois Maria, l'Indienne, la Blanche et la Noire. Triées sur le volet par le colonel Demostinho, fin connaisseur, au goût exquis.

Dans la selve du cacao, le propriétaire de la fazenda Carrapicho était l'oiseau rare : la maison de maître avait une bibliothèque, un cellier et, outre le phonographe, un piano sur lequel il tapotait lui-même pour le plus grand plaisir des trois soubrettes accroupies à l'entour. Fuad Karan, hôte assidu, parlait d'un harem du colonel Demostinho, et Alvaro Faria, pilier des bars du port, s'en était échappé toute une semaine qu'il avait passée à la fazenda pour faire un sort aux bouteilles de vin et de cognac portugais et français. De l'avis du bel esprit d'Ilhéus, le colonel Berbert était le seul être réellement civilisé de l'univers grapiuna.

A la table du petit déjeuner — ils étaient partis d'Itabuna au petit jour pour arriver à l'Atalaia au coucher du soleil —, le colonel servit les mets délicats de la région : gâteaux de maïs et de tapioca au lait, fromage crémeux, caillebotte, bananes frites, fruit d'arbre à pain, igname, manioc doux, patates douces et le chocolat bien épais. Ludmila appréciait la bonne chère, goûtait à tout et de tout faisait compliment de sa voix chaude, lourde de mystère.

Ils visitèrent les cacaoyères où la cueillette battait son plein — les journaliers commençaient le travail à cinq heures du matin — et l'enclos des vaches laitières où, profitant d'un instant de distraction de Venturinha, intéressé par la génisse Sulamita, le colonel Demostinho avait flatté de la main le noble fessier de Ludmila Gregoriovna en lui susurrant, dans un souffle qui lui chatouillait la nuque :

— Le jour qu'il vous plaira, cette maison est à vous, ainsi qu'une autre à Ilhéus, en face de la mer.

Il l'avait dit dans son meilleur français, en un murmure de brise matinale.

Ludmila répondit par un sourire et un regard énigmatiques, comme le sont d'ordinaire sourires et regards d'héroïnes russes. Le brave colonel, avant de retirer la main qui soupesait l'élégant pétoulet, l'honora d'un délicat pinçon pour lui laisser le souvenir de la proposition et conclure le marché.

Croisière inoubliable pour les yeux de Ludmila Gregoriovna Cytkynbaum. La route longeait les cacaoyères : les cabosses jaunes resplendissaient dans la lumière du matin, il n'est pas de plus belle plantation, pas même les champs de blé mûr dans la steppe. Ils s'arrêtaient de fazenda en fazenda pour se désaltérer, acceptaient un verre d'eau, une tasse de café, savouraient une sucrerie de rondelles de banane ou d'organe lime, se délectaient d'un verre de jus fait avec le suc mielleux qui recouvre les fèves de cacao, invention des dieux.

Pour faire la connaissance de la chanteuse russe qu'elles savaient être la maîtresse du Dr Venturinha, les dames des colonels quittaient leurs cuisines et leurs préjugés et se présentaient sur leur trente et un, la robe du dimanche enfilée en toute hâte. Ludmila offrait le bout de ses doigts à baiser aux fazendeiros, souriait, modeste et belle, à mesdames les épouses, disait *merci* et *vous êtes très gentille, madame*. Un ravissement de chanteuse russe.

Ce monde ardent et délirant des tropiques, de colonels riches à millions et de journaliers miséreux, de maisons de maître opulentes et de cahutes de torchis, était à la fois l'opposé et la copie des grandes plaines de la Russie des nobles, des koulaks et des serfs. Ludmila Gregoriovna devisait là-dessus avec son frère Piotr, caressant l'espoir de recevoir un jour ou l'autre, des mains libérales du petit père Boaventura ou de quelque autre aussi riche que lui, le don d'une terre et d'un village avec des serfs noirs. Elle vivait dans l'enthousiasme de la découverte, tout lui semblait adorable et romanesque, avec une pincée de danger : les serpents et les bandits.

La sainte mission l'enchanta, et c'est elle qui établit la comparaison historique et érudite avec le saint Office, prouvant une fois de plus à Venturinha éperdu de passion qu'elle n'était pas seulement une femelle éblouissante et incontinente — incontinente au déduit, s'entend. A la beauté, elle ajoutait les dons de l'intelligence et de la culture : elle aurait pu donner des leçons aux licenciés d'Itabuna.

Conquise par Tocaia Grande, elle s'était promenée sur la

friche, dans les ruelles, avait traversé le petit pont, parcouru la combe aux Crapauds et s'était attardée à l'atelier pour voir le maréchal-ferrant — torse nu, une peau suiffeuse de pécari lui couvrant l'entrejambe — battre le fer sur l'enclume, en train de fabriquer un bracelet de métal. Elle voulut l'acheter, le nègre le lui offrit, pauvre et incomparable cadeau : il étincelait au soleil.

Au retour de la promenade, les yeux brillants, le visage emperlé de transpiration, la voix vibrant d'émotion, Ludi demanda à Venturinha, toujours allongé dans le hamac et prolongeant sa sieste :

— Ce village est à toi, petit père ? Ces indigènes, ce sont tes serfs ? — Elle se pencha au-dessus du hamac, ses seins palpitaient, troublants. — Si tu m'aimais vraiment, tu me donnerais le village et les serfs en gage d'affection pour moi.

20

Le sermon prononcé le matin, plein d'émotion et de clémence, par le frère Theun de la Sainte-Eucharistie, déplorait l'état de dégradation et de dérèglement où se complaisait le peuple de Tocaia Grande, mais en appelait à la miséricorde de Dieu, en sa toute bonté, Dieu dont le cœur saignait d'affliction pour les brebis égarées de son troupeau ; et il invitait au repentir et aux larmes.

Si les gens de Tocaia Grande n'avaient pas été les cœurs de pierre qu'ils étaient, les pleurs auraient coulé sans réserve et à grand bruit, les mains frappé les poitrines des pécheurs : pécheurs, tous l'étaient, hélas ! sans exception. Ce serait pieuse et édifiante action que de consigner dans la chronique des événements de Tocaia Grande cet auguste moment de componction et de pénitence dans la foule réduite rassemblée devant la sainte croix, qui écoutait en silence les paroles du prêcheur. Mais comment le faire, puisqu'il n'y eut ni manifestation de componction ni tentative de pénitence ? Sur un point, en tout cas, tout le monde fut d'accord : le révérend parlait bien, d'une voix chaleureuse et fervente. Lui-même était plutôt beau gars, de l'avis autorisé des putes.

Ni pleurs le matin, ni grincements de dents le soir, ni peur panique, durant le sermon de frère Zygmunt, marteau de Dieu martelant les mots avec son accent de chien de berger allemand, *gotteshammer*. Frère Theun avait eu du succès auprès des filles : tandis que, revêtu de son surplis immaculé sur la soutane élimée, il s'agitait devant l'autel improvisé et s'affligeait du destin des créatures dont le salut lui semblait si menacé, les julies échangeaient des propos d'un goût douteux et de sens grivois sur ce qu'elles feraient si elles avaient le privilège de serrer dans leurs bras le moine rondouillard à face de bébé pleurnicheur. En échange, le frère Zygmunt, avec son sermon enflammé, de menaces et d'insultes, enthousiasma surtout les hommes, un cureton du tonnerre !

Les seuls à pleurer, ce furent quelques mioches quand on les amena aux fonts baptismaux, une bassine émaillée, toute neuve, prêtée par le Turc Fadul, objet de prix venu du stock d'ustensiles en vente au magasin. Au reste, Fadul joua un rôle de premier plan dans la cérémonie du baptême collectif, avec à sa droite Coroca qui avait au bras le petit Nado et, à gauche, Bernarda, jeune maman émue, magnifique dans sa jupe en forme et son chemisier de futaine, une bougie allumée à la main.

Une fois rassemblés tous les petits païens, dont certains, venus des fazendas, étaient déjà de jeunes gaillards, frère Theun les reçut dans le sein de la sainte Eglise et fit d'eux des chrétiens. Il alla de l'un à l'autre, leur imposant le sel et l'huile, leur mouillant la tête dans la bassine emplie d'eau bénite. Il déclamait les mots du *Credo :* je crois en Dieu le Père tout-puissant. Parents et parrains répétaient en un bredouillis confus, dans un brouhaha de foire.

Fidèles à la promesse faite, le colonel Robustiano de Araujo et son épouse, dona Isabel, dormirent à Tocaia Grande pour être présents au baptême de Tovo, fils de Castor Abduim et de la pauvre Diva : ils étaient donc là en personne au moment des saintes huiles. La négresse Epifania avait brodé une serviette pour la cérémonie et en avait enveloppé le bébé remuant, se déclarant marraine de présentation, selon la coutume. Ame-en-peine grogna et tenta de mordre le religieux quand le mioche se mit à pleurer en sentant sur ses lèvres le sel de la consécration. Incident comique, qui fit rire le monde.

Sur la route de Taquaras, où ils allaient prendre le train après le baptême, le colonel et dona Isabel, qu'accompagnait le garde Nazareno, croisèrent Venturinha et sa suite et passèrent quelques minutes à échanger des politesses, au milieu du bourbier. Du haut de sa selle anglaise, sur le mulet Débonnaire, dona Isabel contempla la fameuse créature venue des terres étrangères qu'avait amenée le fils du défunt colonel Boaventura, ami regretté. Elle ne put lui refuser une certaine beauté rare, rappelant une image de la Vierge Marie lors de la fuite en Egypte, modeste et pure. Ce sont celles-là les pires, qui ressemblent à des saintes, fit observer dona Isabel à son mari, quand ils se remirent en route. Et, pour ce qui était du corpulent diplômé de l'université, ce n'était, à son avis, qu'un gommeux.

21

Les fiancées de mai, quelques-unes enceintes, d'autres accompagnées d'enfants nés dans l'abomination du concubinage, se rangèrent côte à côte sur l'estrade devant la Croix, face à l'autel. Frère Theun aida à mettre les couples en place, chacun d'eux flanqué du parrain et de la marraine.

Tison Abduim avait fabriqué pour les jeunes mariées de rustiques alliances de métal. Allègre et plein d'entrain dans la matinée, pendant le baptême, il s'était montré grave et silencieux dans l'après-midi, pour le carrousel des mariages, où il parrainait Bastião da Rosa et Abigaïl. Dans la foule, Epifania l'observait, soucieuse : elle savait que le nègre pensait à Diva, qu'il aurait épousée en ce moment même si la fièvre n'avait pas emporté la malheureuse.

Dire quelle était la plus belle et la plus heureuse serait difficile et risqué ; pour la plus jeune, en revanche, il n'y avait aucun doute, c'était la petite Chica, qui n'avait pas encore quatorze ans, avec son bijou intact. Seule en cet état, comme chacun le sait, y compris le frère Zygmunt : où le révérend avait-il vu que le troufignon c'est pareil que la craquette ? Et à la craquette, Balbino, son promis, n'avait jamais mis le pistolet, Chica avait refusé. Or ne voilà-t-il pas qu'au moment du saint sacrement du mariage le frère bomba le torse et exigea que la pauvre otât son voile, si beau, et la guirlande où dona Natalina s'était surpassée en y brodant des fleurs d'oranger, une petite merveille ? La mémé Leocadia, qui n'était pas du genre à digérer un affront sans rien dire, se révolta, voulut gueuler, partir avec tout son monde, abandonner la cérémonie, mais s'en tint aux menaces dont elle abreuva frère Zygmunt : s'il n'avait pas porté la soutane, il aurait vu ça. Elle se rendit aux appels de frère Theun et l'on en vint à un compromis — le voile demeura, la guirlande disparut. Chica se maria inondée de larmes, clamant à hauts cris son état de pucelle injustement méconnu.

Avec les mariages et la bénédiction, la sainte mission touchait à sa fin : le lendemain, de bonne heure, les deux missionnaires partiraient pour Taquaras, localité plus importante et moins abjecte. Le sermon du frère Zygmunt clôtura la partie religieuse de l'événement qui secoua et émut Tocaia Grande pendant quarante-huit heure d'animation exaltante. L'épilogue n'eut pas l'honneur de la collaboration des frères ; il se plaça sous la direction et le contrôle de Pedro Cigano, accordéoniste et citoyen de mérite reconnu. Pour célébrer en une seule manifestation tant de baptêmes et tant de mariages, la fête devait bien durer la nuit entière, comme ce fut en effet le cas. Entraînée par Venturinha, Ludmila Gregoriovna Cytkynbaum fut obligée de partir pour la fazenda da Atalaia avant la fin du bal. Non sans avoir, auparavant, dansé le quadrille français des lanciers sous le commandement de Castor Abduim, le nègre

Tison, soumis ce jour-là à tant d'émotions diverses. Un Ethiopien de la cour du Négus, dit-elle à Piotr, son frère et confident. Elle se sentit à l'aise à ce bal champêtre, aussi animé que l'étaient ceux de son adolescence paysanne et pauvre.

Le sermon du frère Zygmunt fut ce qu'on appelle la clef d'or, le fermoir de brillants de la sainte mission. Si les phrases dogmatiques et brûlantes ne s'enracinèrent point dans le terrain aride des âmes stériles de Tocaia Grande, du moins trouvèrent-elles un écho en de certaines oreilles pour engendrer une réflexion et déterminer une conduite à tenir, en accord avec les ordonnances et les bonnes mœurs.

Hommage au crime, le nom donné à la localité dit tout par lui-même : ainsi débuta le sermon du grand inquisiteur. Pour résumer, il accusa Tocaia Grande d'être une citadelle du péché, un repaire de bandits. Terre sans loi, loi de Dieu ou loi des hommes, domaine de la dépravation, de la luxure, de l'impiété, du sacrilège, des immondes pratiques du Démon, royaume damné de Satan. Sodome et Gomorrhe réunies, défiant l'ire du Seigneur. Un jour, le courroux de Dieu s'abattra en langue de feu, châtiant les infidèles, détruisant les murs de la méchanceté et de la profanation, transformant en cendres cet antre de scandale et d'iniquité. Ainsi prophétisa-t-il.

Au moment de la bénédiction, dans l'agonie du crépuscule, frère Zygmunt, marteau de Dieu, dressa sa griffe décharnée, traça dans les airs la croix de l'excommunication, maudit le lieu et ceux qui l'habitaient.

Avec l'arrivée de la loi à Tocaia Grande, ici s'interrompt à ses débuts l'histoire de la cité d'Irisopolis

1

Repaire de bandits, d'assassins sans foi ni loi, de professionnels de l'escopette et de filles publiques — l'envoyé de Dieu avait jeté l'anathème. Il était urgent de mettre un frein à la violence et à la débauche, d'en finir avec le désordre et l'infamie : ainsi en décidèrent les sages et leurs thuriféraires. La rumeur se fit de plus en plus exigeante au palais de justice, à la municipalité, à la paroisse, au cabaret.

Par tradition, c'était de la combine juridique, de l'embuscade, de l'intervention des jagunços que procédaient la propriété et la loi. A la tête de son armée, le roi enfourcha le cheval reçu en héritage et s'en fut imposer la règle et la mesure, l'autorité et l'obéissance où il n'y avait eu jusque-là que rêve et liberté.

De la condamnation de l'inquisiteur à la marche des soldats, il n'y eut pas grande distance à franchir : exactement celle qui va de l'hiver des sermons à l'été des fusillades, de la vie à la mort, de l'homme au sujet. Plus courte fut la phase de lutte : entre les messages et l'occupation, tout ce qui se passa prit à peine quelques jours.

2

Le message du colonel Robustiano de Araujo fut remis au capitaine Natario da Fonseca alors que celui-ci revenait de la fazenda Boa Vista où la cueillette venait d'être terminée ; la récolte des jeunes cacaoyères, en pleine vigueur, avait dépassé les prévisions les plus optimistes. Le capitaine avait calculé qu'il ferait un peu plus de six cents arrobes, et il allait au-delà de sept cents. De plantation aussi bien traitée, il n'y avait eu auparavant que la fazenda da Atalaia. Ensuite, même pas celle-là, malgré l'assistance du Dr Luiz César Gusmão et des théories modernes sur le Théobroma cacaoyer, arbre de la famille des sterculiacées — pour employer l'expression pédantesque de l'ingénieur agronome.

Le Dr Luiz César Gusmão, avec toute sa science agronomique, fut à deux doigts d'être congédié quand Venturinha, son patron, de retour de Rio de Janeiro où il était allé prendre un rapide bain de civilisation en compagnie de Ludmila Gregoriovna et de son frère Piotr, s'aperçut de la chute du volume de la récolte par comparaison avec l'année précédente. Il fit un esclandre, menaça le ciel et la terre, exigea des explications. L'ingénieur agronome, feuilletant des ouvrages spécialisés en la matière, expliqua qu'il ne pouvait en être autrement : les résultats positifs de l'application de méthodes scientifiques modernes exigent du temps et de la patience. Temps et patience, mon cul ! vociféra Venturinha, furieux. Mais il finit par se rendre aux arguments du Dr Gusmão, qui s'entendait comme personne à passer de la pommade, car Natario, une fois de plus, ne voulut pas entendre parler des mirifiques propositions qui lui étaient renouvelées pour qu'il reprît son poste d'administrateur.

Venturinha fut chagriné et vexé de ce refus, alors qu'il était allé jusqu'à promettre un pourcentage sur les bénéfices à un Natario, un ancien garde du corps du colonel Boaventura, ce qui ne s'était jamais vu et ne pouvait être approuvé :

tel fut l'avis, critique et raisonnable, des fazendeiros. La colère porte aux excès : Venturinha, à qui voulait l'entendre, parla de déloyauté et de trahison. Natario n'avait pas même respecté la mémoire du chef, du protecteur à qui il devait tout ; et, aussitôt après sa mort, il avait mis Sacramento dans ses meubles et financé pour elle l'installation d'un petit magasin d'alimentation — Sacramento, maîtresse du colonel qu'il avait ainsi cocufié post mortem, ignoble félonie. Il prononçait « post mortem » et « félonie » avec le même accent doctoral qu'employait l'agronome pour parler du Théobroma cacaoyer, famille des sterculiacées.

3

J'ai entendu dire des choses, ça ne m'a guère plu, prenez vos précautions — tel était le message du colonel Robustiano de Araujo, quelque peu obscur, transmis par le gars Nazareno, personne de confiance, qui ne put donner de détails complémentaires. Le capitaine crut d'abord qu'il s'agissait des ronchonnements dépités de Venturinha, il lui en était déjà parvenu aux oreilles, et Natario en riait : emportement de gamin autoritaire, quand j'irai à Itabuna je lui tirerai les oreilles, on videra un verre en parlant de femmes, et la bouderie s'arrêtera là.

Cependant, en parlant de l'affaire avec Fadul Abdala, il eut la surprise de savoir que le Turc avait reçu, pratiquement à la même date, un mot écrit par Fuad Karan, dans un langage allégorique pour ne pas dire poétique. Le fellah plante dans l'oasis un jardin de dattiers, mais c'est le zanguil qui en cueille les fruits ; prends garde, mon bon Fadul, car les fruits commencent à mûrir — tel était le message, calligraphié en arabe de la façon la plus raffinée. Le billet avait été confié au muletier Zé Raimundo, vétéran des pistes, pour être remis au commerçant en main propre.

Ils se cassèrent la tête ensemble, demandèrent son avis à Castor Abduim, mais n'arrivèrent pas à déchiffrer la devinette, à trouver la clef permettant d'ouvrir à la lumière de l'entendement le mystère des propos sibyllins du colonel, de l'allégorie du lettré.

— La semaine prochaine je vais à Itabuna, je tirerai ça au clair, dit Natario, qui avait désormais la puce à l'oreille.

Qu'avait bien pu entendre le colonel Robustiano, qui lui avait déplu ? Prendre des précautions, à quel sujet ? Que pouvaient représenter ces dattes mûres de la charade fignolée par Fuad Karan ? Mis bout à bout le message verbal et le billet écrit, et les fioritures laissées de côté, l'écheveau une fois débrouillé, tout cela n'était sûrement pas à prendre à la légère.

Pour accompagner le capitaine, devenu son compère authentique depuis le baptême de Nado, pour être avec lui à Itabuna, au bar, chez Xandu, au cabaret, Fadul décida d'avancer son habituel voyage d'affaires : rencontre des fournisseurs, mise à jour des comptes, renouvellement du stock. Chez les filles, il évoquerait avec Xandu le souvenir des charmes lascifs de Zezinha do Butiá, son bijou, ce gouffre ! Perdue dans le Sergipe, elle ne donnait de nouvelles à personne, même pas à son neveu Durvalino, le Fouinard.

S'il avait du temps de reste, il irait à Ilhéus bavarder avec Alvaro Faria et voir la mer, cette mer qu'il avait traversée sur un lougre d'émigrants, quand il n'était qu'un jeune garçon, pour venir du pays des dattes dans les terres du cacao.

4

Ils n'entreprirent même pas le voyage projeté, il n'y en eut pas le temps ; les événements se déclenchèrent sans plus tarder et se précipitèrent, au rythme de la tornade et de l'ouragan.

Le capitaine Natario venait de s'asseoir pour déjeuner quand son fils Peba fit irruption dans la maison : ce n'était pas pour manger qu'il se précipitait. Tout essoufflé, il s'adressa à son père :

— Y a deux hommes là-bas qui tirent sur les cochons, paraît que c'est des municipaux, ils ont déjà tué...

Le capitaine n'attendit pas la fin de la phrase, attrapa son ceinturon accroché au mur avec le parabellum à côté de la table, descendit la pente en courant. Il arriva à la friche au bon moment pour voir Altamirando, lui aussi appelé en hâte, aux prises avec l'un des deux inconnus. Les armes au poing, hurlant des menaces, les deux types avaient massacré des quantités de porcs, dont la plupart appartenaient au Sertanejo.

Altamirando, un poignard à la main, et l'individu en question, qui avait perdu son revolver dans sa chute, se battaient par terre. Encore éloigné, Natario ne put rien faire de plus que crier quand l'autre type visa Altamirando avec sa pétoire et tira plusieurs fois : l'éleveur de porcs s'écroula, un énorme trou dans le dos, par où jaillit le sang. Presque dans le même instant, l'assassin tomba mort, frappé d'une seule balle du parabellum du capitaine. Du monde accourait de toutes parts et Tison Abduim attrapa à bras-le-corps le gars qui, s'étant dégagé d'Altamirando, tentait de se mettre debout.

Quand il se vit cerné et reçut les premiers coups, il se mit à genoux et implora qu'on lui laissât la vie pour l'amour de Dieu, il avait une femme à nourrir et des enfants à élever. Il était venu là avec son collègue simplement pour exécuter des ordres formels. Tous deux étaient municipaux de la mairie d'Itabuna, dont la compétence juridique s'étendait sur la ville elle-même, les villages et les hameaux du canton : le bourg, ou quoi que ce fût, de Tocaia Grande, était situé dans la circonscription administrative. Ils étaient donc venus faire respecter l'arrêté qui interdisait les animaux en liberté dans les rues : les instructions reçues du sergent faisant fonction d'officier de police enjoignaient de mettre à mort tout quadrupède trouvé errant sur la voie publique, vu qu'il n'y avait pas de fourrière et, de toute façon, il fallait faire un exemple. Celui qui exécute un ordre n'est pas responsable, mon capitaine. Ayez pitié d'un malheureux sous-fifre.

On finit par le relâcher, plutôt mal en point, et on le laissa remonter sur le bourricot avec lequel il était venu. Au préalable, toutefois, il fut désarmé — outre le revolver qu'il avait lâché, il avait encore un poignard, un couteau à cran d'arrêt et tout un stock de balles — et on le déshabilla pour le laisser dans l'état où il était venu au monde. Sur la selle de l'autre bête, on attacha le cadavre du tueur de porcs et, en guise d'adieu, le capitaine recommanda au garde terrorisé :

— Dis à ceux qui t'ont envoyé qu'ici à Tocaia Grande personne de l'extérieur ne vient mettre les pieds pour fourrer son nez dans nos affaires. C'est le capitaine Natario da Fonseca qui le fait dire, et la preuve, tu l'emportes avec toi. Oublie pas la commission.

5

Ayant fini de préparer les affaires à emporter pour le séjour à la fazenda, Zilda vint s'asseoir auprès de Natario sur la terrasse. A l'exception d'Edu, qui était à la forge pour aider Tison, les enfants montaient et descendaient le chemin en pente, portaient les ballots et coffres en fer-blanc au char à bœufs qui attendait en bas. Zilda demeura un long moment sans parler, puis finit par avouer :

— Je m'en vais à contrecœur. J'aimerais mieux rester, si c'était possible.

— Je n' vois pas pourquoi. J' te croyais contente. Depuis que la maison est prête, tu ne parlais que d'aller là-bas à la plantation.

— Ça, c'était avant. Après cette histoire des municipaux, ça m' dit plus rien. Qu'est-ce que t'en penses, toi, de cette affaire ?

Du haut de la colline, assis sur le banc de la terrasse, le capitaine contemplait Tocaia Grande. Un jour, il y avait longtemps, avant même que n'existât le cimetière, il avait dit au colonel Boaventura Andrade, en lui parlant de cette vallée encore inconnue : « C'est là que je vais me construire une maison, quand la bagarre sera finie et que vous ferez comme vous avez promis. » Il se tourna vers sa femme, regarda son visage habituellement serein, mais que voilait alors une certaine inquiétude. Zilda n'avait jamais été une beauté, mais elle avait des traits fins et sa physionomie maigre conservait des traces de jeunesse : les années, les enfants, ceux qu'elle avait eus et ceux qu'elle avait adoptés, n'avaient pu venir à bout de sa résistance, de sa force d'âme, de son entrain. Emporté par Peba, le perroquet Va-t'faire-empaffer passa en criant des obscénités pour protester. Même aux pires moments de danger, pendant les conflits armés, Natario n'avait jamais caché la vérité à Zilda quand celle-ci, sortant de sa réserve coutumière, l'interrogeait sur les histoires de lutte ou de femmes.

— Possible que ça soit rien, un simple coup de tête du sergent Origenes, pour se montrer, ou du maire, le Dr Castro.

Le maire d'Itabuna était toujours ce même Ricardo Castro, licencié en droit, qui, dix ans plus tôt, après avoir été l'homme du colonel Elias Daltro, était passé au colonel Boaventura Andrade avec armes et bagages. Armes et bagages qui étaient sa servilité et son ambition : dans de telles conditions, personne n'était mieux indiqué pour occuper ces fonctions, qu'il exerçait en alternance avec Salviano Neves, un parent de dona Ernestina, praticien qui faisait office de dentiste. Elu et réélu pour ainsi dire à vie, le licencié Castro, simple homme de paille, aimait faire exhibition de force et de pouvoir, preuve d'autorité avec ostentation.

— Quand j'irai à Itabuna, je vais dire à Venturinha de passer un savon à ces jean-foutre. Du temps du colonel, ils n'auraient pas osé, ni l'un ni l'autre, ils étaient tenus en bride, mais Venturinha laisse faire.

— Tu crois que c'était dans son dos ? — Elle se hâta d'ajouter : — Je l' crois aussi, peut-être même que c'était pour créer des histoires.

Le capitaine approuva de la tête. Qui sait ? Ce pouvait bien être une idée d'Origenes : le Dr Castro était trop bête pour y penser. La conversation semblait terminée, mais Natario continua de parler. Il ne voulait pas laisser sa femme, la mère de ses enfants, au courant de la moitié seulement de ses propres pensées : il lui devait la même loyauté qu'elle avait à son égard. Parfois il ne lui parlait pas de tel ou tel sujet, mais ne lui avait jamais caché quoi que ce fût quand c'était elle qui l'interrogeait.

— Il se peut aussi que ça soit plus grave. Peut y avoir quelqu'un qui intrigue derrière le sergent ou le docteur. Tocaia Grande se développe, avant ça ne valait pas pipette, mais maintenant ça doit intéresser pas mal de monde pour la politique et pour les affaires. Des gens qui voudraient venir farfouiller dans le coin. Seulement, avec moi, pas question.

Ayant ainsi fait le point, il considéra que tout était dit :

— Allez, va avec les petits.

— J'aimerais mieux pas y aller.

Le capitaine cessa de nouveau de contempler la splendeur du paysage de ce matin d'été, pour arrêter son regard sur le visage crispé de Zilda.

— Tu t' souviens, quand y a eu ces fièvres, que tu voulais aller à la plantation avec les gosses et que j'ai dit non ? C'était pas le moment de partir d'ici, ni toi, ni moi, ni les petits. Fallait rester, même si on devait y passer. Maintenant, c'est moi qui l' dis : pars et emmène-les. Dans le cas présent, suffit que j' reste, moi.

— Ça s'rait-i' pas mieux que j' reste avec toi ?

— Ça fait combien qu'on est ensemble toi et moi ? Dis un peu. Qu'est-ce que j' faisais à ce moment-là ? T'as d'jà oublié ?

Sur un ton normal, sans colère, sans emportement, comme s'il avait parlé de banalités ; avec, au fond du cœur, sa tendresse pour la femme qu'il avait conquise l'arme à la main au milieu de la route. La vie d'un homme en avait été le prix, la vie d'un salopard. Puis il l'avait épousée religieusement, à l'occasion d'une mission, c'était avant le

Déluge ; il lui avait fait Dieu sait combien d'enfants et Zilda trouvait encore le moyen d'élever ceux des autres femmes comme si ç'avaient été les siens. C'étaient tous les siens.

— Tu t'es toujours occupée des gosses, tu as toujours fait ce qu'il fallait. Moi, j' sais ce que j'ai à faire ; toute ma vie, mon boulot, ç'a été ça, tu l' sais bien : jagunço. Allez, emmène la marmaille, arrange la maison et attends-moi là-bas.

— Ça s'ra long ?

— Ça peut être long, comme ça peut être bientôt. J'ai des tas de choses à faire à la plantation, mais d'abord faut que j'aille à Itabuna savoir de quoi il retourne.

Du bas de la colline venait le brouhaha des enfants qui installaient les affaires dans le char à bœufs. Peba vint dire que tout était prêt pour le départ. Le capitaine descendit avec Zilda pour donner sa bénédiction aux gamins. Zilda lui tendit le bout des doigts, leurs mains se touchèrent et celle de Natario, d'un geste bien à lui, effleura le visage de la femme.

Le calme de la matinée ensoleillée enveloppait Tocaia Grande d'un manteau de paix. Les bruits étaient ceux de toujours, la brise faisait frissonner l'eau de la rivière, des femmes lavaient du linge en chantant, des porcs fouissaient au milieu des fruits pourris au pied du jaquier. Fadul se tenait à la porte de son magasin, Durvalino tirait de l'eau au puits et on entendait les coups de marteau sur l'enclume à la forge de Castor Abduim. Bernarda et Coroca s'approchaient pour souhaiter bonne route à Zilda et donner un baiser à Nado.

Au cimetière, une sépulture de plus, simple tombe semblable aux autres : celle d'Altamirando, qui élevait des chèvres et des porcs. On l'avait enterré près de Ção comme, sûrement, il l'aurait souhaité.

6

A l'entrée de la nuit, ce même soir, le capitaine Natario da Fonseca et Bernarda, sa filleule, son amoureuse, étaient au lit, nus en raison de la chaleur, à faire l'amour, lorsqu'ils entendirent quelqu'un soulever la clenche et pousser la porte de la petite maison de bois. Ce devait être Coroca qui revenait de l'autre côté de la rivière où elle était allée faire une visite à Vanjé. Sans penser à autre chose, le capitaine voulut poursuivre le jeu mais Bernarda eut un soupçon et, d'un mouvement de reins, s'écarta. Elle n'était pas tranquille depuis le jour où les municipaux avaient abattu les cochons et avait un pressentiment dans la tête, un poids sur le cœur.

Dans l'ombre de la chambre une silhouette prit forme, qui venait de la petite salle en criant :

— Ton jour est v'nu d'y passer, Natario da Fonseca, capitaine de mes deux !

Il visa le capitaine, mais la balle atteignit Bernarda, qui s'était levée d'un coup, devançant son parrain. Le projectile la frappa en pleine poitrine, traversa le sein gauche, et elle tomba sur Natario.

Au même instant, un autre coup de feu, tiré de la porte, abattit le tueur. Le nègre Espiridião apparut dans la pénombre, mais il n'entra pas dans la chambre, attendit dans la petite salle de l'entrée. Bernarda mourait dans les bras de son parrain, comme le lui avait prédit la gitane en ce jour lointain où elle lui avait fait les lignes de la main.

— Mon amour..., murmura-t-elle, alors que le sang coulait de sa bouche et de la blessure à la poitrine. — Pour la première fois elle disait mon amour, au seul amour de sa vie. Elle répéta encore, avant que sa voix ne s'éteignît : — Mon amour...

Le sang de Bernarda inondait le buste de Natario, coulait sur son ventre et ses cuisses. Il la souleva dans ses bras, la coucha sur le lit et la recouvrit du drap. Le visage fixe, les mâchoires contractées, les dents serrées, les yeux embués, rétrécis comme une lame de rasoir, le capitaine resta une minute paralysé devant le corps de sa filleule. Il faisait pitié, il faisait peur.

7

— Dalvino, tu t'en rappelles? dit le nègre Espiridião en poussant le cadavre du pied.

Natario se rappelait parfaitement cet individu à peau très claire, l'un de ceux qui, comme tant d'autres, avaient juré sa mort au temps des luttes d'autrefois. Ils avaient alors combattu, lui comme garde du corps du colonel Boaventura, l'autre au service du colonel Dalton Melo, de Ferradas. Dans un bordel d'Itabuna, par-dessus le marché, ils s'étaient querellés à cause d'une femme, mais la bagarre n'était pas allée bien loin: Dalvino, qui était soûl, ne tenait pas sur ses jambes. La langue empâtée, il s'en était tenu à de vaines menaces et à des promesses de vengeance. Une des filles l'avait emmené se coucher.

Teint blafard, cheveux coupés en brosse, une balafre rougeâtre au menton, souvenir de fusillade. Bon tireur, Dalvino passait pour l'auteur d'innombrables assassinats dans des embuscades dressées pour le compte de divers commettants. Quand le colonel Dalton eut passé l'arme à gauche, victime de la fièvre — celle qui tuait jusqu'aux singes —, Dalvino se transforma en franc-tireur qui louait ses services à quiconque lui proposait travail et salaire. Par la suite, il avait disparu, et passait pour être mort dans le sertão de Jequié, d'où il était venu et où il était reparti. Voilà qu'il avait subitement ressuscité pour surgir à Tocaia Grande, décidé à liquider Natario. Suite des vieilles menaces, vengeance à ce point tardive? Difficile à croire. Ce ne pouvait être qu'un contrat, pour le compte de quelqu'un qui connaissait parfaitement la topographie du bourg et les habitudes du capitaine, ses relations et ses amours.

— A Taquaras, c'est comme ça de jagunços, il en arrive une flopée tous les jours, qui viennent d'Itabuna, continua Espiridião. Si tu veux savoir pourquoi, j' peux te l' dire: ils s' rassemblent pour attaquer Tocaia Grande.

Etonné de cet afflux soudain d'une quantité de scélérats, à la gare de Taquaras, Espiridião avait cherché à savoir le motif de cette curieuse concentration. Il y avait bien longtemps qu'on n'avait vu autant de professionnels réunis, sans raison apparente puisque la paix régnait entre les colonels, la terre une fois répartie entre les grands chefs, et que, politiquement, tout était calme, les élections encore éloignées. Sans avoir rien d'autre à faire que d'admirer les connaissances de sa fille Antonia, maîtresse d'école — la voir au tableau noir faire effectuer des calculs par les petits élèves lui mettait le cœur en émoi et lui ouvrait la bouche jusqu'aux oreilles en un sourire épanoui sur ses gencives sans dents —, il était donc parti en quête de renseignements : pourquoi cette concentration à Taquaras d'une telle quantité de tueurs, certains de sinistre réputation, bien méritée ? Tous armés de pied en cap, avec de l'argent plein les poches : dans les maisons de passe, le tafia coulait à flots.

La plupart de ces gros bras ne savaient pas grand-chose, sinon qu'on les avait fait venir de la part du sergent Origenes pour une opération qui pouvait rapporter gros, avec promesse de mise à sac et de butin, et la perspective d'un engagement dans la police militaire, selon le comportement de l'individu. Entrer dans la police militaire, avec droit à l'uniforme et à l'impunité, c'était la suprême ambition des jagunços en chômage. A Taquaras, point de rendez-vous, ils devraient recevoir leurs instructions en temps opportun.

Tel ou tel autre, pourtant, en savait un peu plus et le nom de Tocaia Grande fut cité à plusieurs reprises. Dalvino, qui s'offrait une cuite monumentale chez Mara, au passage de la Valse, et qui était aussi crâneur que soûl, se vanta d'avoir été chargé d'une mission spéciale, de première importance, qui devait précéder la mise en route des jagunços. Tâche d'ailleurs plaisante, qui lui permettrait en effet de se dédommager d'une vieille offense.

Il mentionna pour finir le nom du capitaine et, à partir de là, Espiridão ne le perdit plus de vue. Il s'accrocha à ses talons, observa de loin sa rencontre avec le brigadier Chico Roncolho[1], officier de police adjoint d'Itabuna, arrivé par le

1. « N'a qu'une couille. »

chemin de fer; et, restant à bonne distance pour n'être pas vu, il suivit les pas de Dalvino quand celui-ci se mit en route pour Tocaia Grande. La suite, l'ami Natario la connaissait.

Le nègre regrettait seulement de n'avoir pas tiré avant le salopard, ce qui aurait sauvé Bernarda. Mais, de la porte, il distinguait mal l'intérieur de la chambre, plongé dans les ténèbres nocturnes. Il avait craint de l'atteindre elle, ou Natario, et n'avait pu décharger son arme qu'à la lueur du coup tiré par Dalvino. Bien triste, la mort de Bernarda: c'était la plus jolie fille de toute la région qui s'étendait autour de la rivière aux Serpents, aucune autre ne pouvait lui être comparée: une image d'almanach.

8

Jacinta, dite Coroca depuis bien longtemps, finit par ressembler vraiment à une pauvre petite vieille usée, décrépite, comme si l'âge et la fatigue lui étaient tombés d'un seul coup, et pour toujours, sur les épaules. A croupetons devant le lit de mort de Bernarda, le regard fixé sur son visage. Lit de mort, lit de camp où la belle Bernarda avait exercé tant d'années durant le métier de pute et durant toutes ces années n'avait été la femme que d'un seul homme, son parrain.

Doublement commère: Coroca avait reçu dans ses mains le bébé qu'elle avait mis au monde, puis l'avait baptisé sur l'autel de la mission. Et plus encore, sa fille: quand elles s'étaient rencontrées à Tocaia Grande et que Coroca l'avait adoptée, Bernarda n'était qu'une enfant marquée par la souffrance: dépucelée par son père; la mère au lit, paralysée; elle et sa petite sœur n'ayant connu que la faim et les coups. Fille de son sang, conçue dans ses entrailles, elle n'eût pas été aimée davantage.

Tout au long de ces années, toutes deux dans la même bicoque qu'avait fait construire le capitaine Natario da Fonseca, jamais un mot désagréable, un geste brusque, jamais aucune espèce d'arrière-pensée, la moindre défiance n'avaient troublé la perfection des rapports entre les deux commères. Dieu! qu'allait-il advenir maintenant? Coroca hocha la tête, elle aimait mieux ne pas y penser.

Elle ne pensait à rien, ne revivait pas le passé, événements, bavardages, projets, heures tristes et joyeuses, dangers, songes et fêtes. Elle était sèche et vide comme si on lui avait arraché le cœur et les tripes à coups de poignard. Elle avait baigné le corps de Bernarda, l'avait habillé, avait peigné ses longs cheveux et accroché à ses oreilles les pendants dont le parrain lui avait fait cadeau.

Petit à petit, les gens commencèrent à arriver pour la veillée funèbre. Les filles fermèrent la boutique, en signe de deuil.

Avec les mots de mon silence, je vous le dis, mes tout bons: au temps jadis, sur cette terre grapiuna où s'épanouit la culture du cacao, la plus belle et la plus riche de toutes celles qui occupent les soins des hommes, il existait un honneur de la parole donnée, une noblesse de relations qui rendaient inutiles l'usage du papier timbré ou la présentation de documents. Riches et pauvres, colonels et jagunços, tous avaient la même grandeur, faite de loyauté et de respect mutuel, de fierté et de dignité. La trahison se payait de la mort.

Bien des choses avaient changé, au-dehors et au-dedans, depuis ces jours d'autrefois où l'on parcourait les routes le fusil à la main et où la confiance entre les grands seigneurs et les hommes d'armes était une monnaie de valeur et de bon aloi. Maintenant c'est à une autre espèce de gens que nous avons affaire. Le visage de Natario, sculpté dans le roc, ne laissait rien paraître de ses pensées amères, ne reflétait pas la douleur d'avoir perdu celle qui avait été amante et filleule, presque fille. Mais les commères et compères, fraternel compagnonnage né de l'existence commune vécue quotidiennement par des hommes libres, savaient le sens de son discours, de ce qu'il manifestait et de ce qu'il taisait.

Quoi qu'il dût arriver, il honorerait sa parole, tacite et sous-entendue, il tiendrait l'engagement pris au fil des conjonctures et des occurrences, grandes et petites, heureuses et maudites, l'alliance consacrée par la vie.

9

Espiridião avait entendu ici et là, au cours des causettes à bâtons rompus sur les bancs de la gare dans le tintamarre des débits de tafia, la joyeuse animation des bordels, force rumeurs, ragots et racontars sur le grand remue-ménage inopiné qui agitait la mairie, les études notariales, la caserne de la Glorieuse[1], la prison, les rues d'Itabuna. A en croire les bruits qui couraient, il se tramait beaucoup de choses, et de diverses sortes.

Nombreuses allusions, mais vagues, qui ne permettaient pas d'arriver à des conclusions précises. Le capitaine songea à se rendre à Itabuna pour savoir, point par point, ce qui se passait, et mettre tout cela au clair. Mais les trois autres, et bien vite Coroca à son tour, personne de bon conseil, furent d'avis que ce déplacement serait imprudent et périlleux : ce serait comme se jeter dans la gueule du loup, se livrer pieds et poings liés

Selon l'opinion sûre et équilibrée d'Espiridião, si on avait envoyé un jagunço à Tocaia Grande pour assassiner Natario, il y aurait à chaque coin de rue d'Itabuna un tueur à l'affût qui l'attendrait. Fadul Abdala et Castor Abduim partageaient cette façon de voir sans aucune espèce de réserve. Espiridião avait chargé sa fille — la maîtresse d'école était bien avec tout le monde, jouissait de la confiance et du respect dus à son savoir et aux lunettes qui l'attestaient — d'obtenir le maximum de renseignements et de les lui communiquer par un messager chargé de lui remettre en main propre un mot écrit. Pour bien expliquer la chose, et

1. Le corps de police militaire (sorte de gendarmerie) de l'Etat de Bahia.

avec une écriture soignée, il n'y en avait pas deux comme elle : la maîtresse d'école Antonio était seule dans son genre.

Malgré tout, le capitaine n'aurait pas renoncé, n'eût été l'arrivée à Tocaia Grande de Carlinho Silva. Il s'était trouvé à Ilhéus pour le rapport mensuel et rapportait des nouvelles concrètes et l'ordre formel, donné par Kurt Koifman en personne, de vider et fermer le dépôt de cacao et de retourner au siège de la firme. Une fois passée la période trouble qui s'annonçait, une décision serait prise sur la localisation du dépôt : selon la tournure que prendraient les choses, il pourrait éventuellement être maintenu à Tocaia Grande.

10

Accompagnée par ses trois fils, Jãozé, Agnaldo et Aurélio, la vieille Vanjé s'arrêta à l'entrée de la terrasse, chez le capitaine Natario da Fonseca :

— Permettez, capitaine ? J'voudrais vous dire un mot.

Assis sur l'un des bancs de bois, le capitaine, tout en nettoyant son revolver, bavardait avec Fadul et Tison. Des armes entassées dans le salon, à côté du gramophone, attirèrent l'attention de la Sergipana.

— Assoyez-vous, mémé Vanjé. — Natario montra les bancs inoccupés. — Vous autres aussi. Y a de la place pour tout le monde.

Jãozé revenait de Taquaras, les yeux écarquillés, les oreilles bourdonnantes, à la suite de ce qu'il avait vu et entendu. Il était allé à la foire en compagnie de son frère Aurélio, avec le bourricot chargé d'une cage de poules et de deux gros couffins remplis de produits maraîchers : citrouilles, chayotes, machiches, gombos, gilos, patates douces ; il était revenu bouleversé et alarmé, à toute vitesse. Il avait vu de ses yeux le mouvement insolite de jagunços, la foire en effervescence, avait entendu des rumeurs à faire dresser les cheveux sur la tête.

— Capitaine, vous savez ce que Jãozé a entendu dire à la foire de Taquaras ? Il nous a raconté, j'arrive pas à y croire.

Le capitaine s'était levé pour aller chercher des gobelets et servait le tafia aux visiteurs...

— Allez-y, grand-mère, j'écoute...

Avant de se rasseoir, il versa un doigt de plus dans les gobelets du nègre, du Turc et le sien propre. Il garda la bouteille à portée de la main.

— Eh ben, on dit comme ça qu'on est tous des criminels, qu'on occupe des terres qui sont pas à nous sans l'autorisation du propriétaire.

— C'est ça tout juste, confirma le fils. Qu'on est des voleurs de terre.

Vanjé reprit la parole :

— Qu'ils vont nous mett' dehors, que les patrons vont s'amener d'ici à pas longtemps.

— Et avec des jagunços pour les couvrir..., précisa Jãozé.

— Avec les jagunços... Les patrons de Tocaia Grande.. c'est ce qu'il a entendu. Jãozé a voulu répliquer, mais les gens ont insisté : c'est la loi qui va venir. Y en avait pas jusqu'à présent pasqu'on est dans un coin arriéré, mais maintenant va y avoir. C'est-i' vrai ? Faut m' dire, capitaine. Y a que vous que j' crois.

Le capitaine Natario da Fonseca posa son revolver sur le banc, attarda son regard sur le visage anxieux de la vieille Sergipana, puis avala sa gorgée de tafia et s'essuya la bouche du revers de la main :

— Y a des gens qui veulent que ça soit comme ça, grand-mère. Si on laisse faire, ça sera comme ça.

— J' comprends pas bien, capitaine, faut m'expliquer plus en détail.

Les trois frères, ainsi que Castor et Fadul, suivaient en silence le dialogue entre la vieille femme et le capitaine, tout en dégustant lentement leur tafia. Il y avait dans l'air une tension si forte, si concrète, qu'on aurait presque pu la toucher de la main. Jãozé cracha à l'extérieur un gros jet de salive.

— Combien d'années ça fait que vous êtes arrivée ici avec ce pauvre Ambrosio et toute la famille ? Dites-moi voir si à ce moment-là la terre avait un maître ou si elle était libre ? Quand vous vous êtes installés d'ssus, que vous avez défriché, que vous avez commencé à planter le manioc, est-ce qu'il est venu quelqu'un réclamer en disant qu'il était le propriétaire ?

— Personne.

— Et ça risquait pas, vu qu'y avait jamais eu de propriétaire. Combien d'années ça fait ? Maintenant que c'est nettoyé et planté, qu'y a le pressoir, et que vous vendez ici et à Taquaras, ils ont l'œil dessus. Vous avez pas vu le coup des municipaux ? A qui c'était, les cochons qu'ils ont tués ? C'était pas à Altamirando ? Ils l'ont tué avec. Paraît que c'est la loi, qu'on n'a qu'à obéir.

Agnaldo ouvrit la bouche, parvint à dire, avec rage : la loi ! loi d'merde, oui ! — mais sa mère ne le laissa pas continuer :

— Attends un peu, mon fils. Capitaine, vous v'nez d'dire qu'ils prennent tout si nous aut' on laisse faire, c'est pas ça ? — Elle répéta, pour avoir confirmation : — Si on laisse faire ?

— Exactement, m'ame Vanjé. Ceux d'Itabuna ont fait une combine comme quoi ils disent que ce terrain où nous on a construit Tocaia Grande il a un propriétaire, qu'il l'avait depuis le commencement. Les terres des deux côtés de la rivière, où y a les cultures que vous avez faites, avec Zé dos Santos, Altamirando et M'ame Leocadia, et les maisons que nous on a bâties. Les champs et les maisons que la crue a emportés, et qu'on a faits une aut'fois. Ces terres qu'étaient à vous et à nous, paraît qu'elles ont un propriétaire, qu'elles l'ont toujours eu. C'est écrit et enregistré au notaire. Manque plus qu'on donne notre accord.

— Notre accord pour qu'ils prennent la terre qu'est à nous ?

— Attention, mémé Vanjé, écoutez bien ce que j'vais dire. Vous aut' aussi, Jãozé, Agnaldo et Aurélio. Ou bien on dit que c'est d'accord, on bouge pas et on s'arrange comme ça : vous, vous continuez à travailler mais comme métayers et moi je paie un loyer pour la colline ; ou alors on se bat pour défendre ce qui est à nous.

— C'est-i que ça en vaut la peine ? — Jãozé cracha de nouveau. — J'ai jamais vu autant de jagunços.

— Ça s'ra moche... — Le capitaine lança un regard aux Sergipanos, de ses petits yeux, baissa la voix : — ...Bien probable qu'on n'aura pas l'dessus. Quand même, Jãozé, je suis d'avis que ça vaut la peine, et le compère Fadul avec l'ami Tison pensent comme moi. On a décidé d' se battre.

Son regard s'arrêta sur le visage de la vieille, marqué par l'existence.

— Tocaia Grande, c'est nous qu'on l'a fait, nous et vous, mémé Vanjé. Avec les défunts Ambrosio et Altamirando, la défunte Merência, et les autres qui sont au cimetière. C'est pas vrai, c' que j' dis ? Aussi longtemps que j' serai en vie, personne va nous posséder.

Agnaldo voulut interrompre, le capitaine fit un geste pour lui demander d'attendre un peu :

— Je termine, Agnaldo, après tu pourras parler. Chacun est libre de faire ce qu'il veut, grand-mère. Vous comme vos enfants. Faire un accord, partir pour de bon ou pour revenir après, ou alors décrocher les flingues.

— Pour ce qui est d' moi, je sais c' que je vais faire. Ça s'ra pas comme l'aut' fois, qu'elles m'ont pas laissé..., explosa Agnaldo, en hurlant presque.

Vanjé reprit la parole et sa voix restait calme :

— Vous vous rappelez, capitaine, quand vous nous avez trouvés sur la route, chassés du Sergipe ? Pour moi, c'était la deuxième fois, c'était déjà arrivé avec la terre de mon père. Je sais ce que pense Agnaldo, il a jamais oublié. Les autres, j' sais pas, chacun ses idées. Mais moi j' peux vous dire, capitaine Natario, que vous avez été un père pour nous aut' : ce que rapporte cette terre qui était que d' la brousse quand on est arrivés, j' m'en vais en donner à personne ni la moitié ni l' quart. A personne. Et j' sortirai d' là que les pieds d'vant. Les autres, j'en sais rien.

— On f'ra ce que vous direz, mère. — Jãozé se leva, il ne pouvait laisser les cultures à l'abandon. — Au boulot !

— Dieu vous l' rende, capitaine, dit Vanjé, et elle s'en alla suivie de ses fils.

Mais Aurélio, le plus jeune, qui pendant l'entretien n'avait pas prononcé un seul mot, resta un peu en arrière :

— Vous pouvez m' donner une arme, capitaine ? A la maison, y a qu'Agnaldo qu'en a une. Et moi j' suis pas mauvais tireur.

11

La loi, braves gens. Le canon des fusils à répétition, la détente des revolvers, la bouche des escopettes : c'était la loi qui s'annonçait. Après l'inondation et l'épidémie.

Ceux qui le souhaitent peuvent s'en aller, prendre la route, gagner le large, attendre de loin que tout soit fini, pour revenir sur la pointe des pieds, tête basse, prêt à se mettre sous le joug et à obéir aux ordres du maître. Ceux qui le désirent peuvent décamper, graisser leurs bottes, rassembler leur bazar et filer. Il n'y a plus place à Tocaia Grande pour les gros malins et les trouillards.

Ayant décidé de son attitude, et avant de prendre les dernières dispositions, le capitaine Natario da Fonseca, ancien chef de jagunços, dur à cuire, accompagné tantôt de Castor, tantôt de Fadul, parfois des deux, alla de maison en maison, sur les deux rives, et expliqua à chacun ce qui se passait et ce qui allait se passer.

A beaucoup, même, parce qu'il les connaissait bien, il conseilla la prudence et recommanda la fuite ; s'ils manquaient de bravoure, il est vrai qu'ils n'avaient pas non plus les mêmes raisons de prendre les armes et de résister. C'était plus difficile — ah oui ! bien plus, sans comparaison ! — que d'affronter la crue ; avec la loi, plus qu'avec la peste, il y avait risque de mort.

La chose n'en valait la peine que pour ceux qui avaient un pacte à honorer. Un pacte avec Dieu, le bon Dieu des maronites, et c'était le cas de Fadul. Ou avec la liberté, et c'était celui de Castor. Avec la terre, gagnée à la sueur du front, dans le cas de Vanjé. Dans celui de Coroca, un pacte scellé avec la vie. Ou bien quand, après avoir conquis le droit de commander et d'être écouté, on a du même coup contracté des obligations et qu'on doit les assumer. C'était le cas du capitaine Natario da Fonseca.

12

Durant la dernière nuit d'expectative, le bon Dieu des maronites apparut en songe à son fils Fadul Abdala, comme cela s'était déjà produit en de précédentes occasions. Ils entretenaient des relations permanentes, échangeaient leurs impressions sur les événements, l'Arabe remerciait ou réclamait, selon le cas, louant le Seigneur pour les dispositions qu'il avait prises ou le taxant d'insouciance et de légèreté.

Par sa majestueuse apparition — immense nuée qui, pour causer avec Fadul, prenait forme humaine, gigantesque patriarche barbu et chevelu — le bon Dieu interrompit une nuit dévergondée de bacchanale au cours de laquelle le Turc commença par s'offrir la veuve Jussara Ramos Rabat, d'ailleurs revenue depuis longtemps à la condition de femme mariée : elle avait pris pour époux un autre Levantin encore jeune, nouveau venu dans la région, qui avait noblement repris à son compte le « Magasin Oriental » et les cornes du regretté Kalil. Après quoi, le vigoureux Abdala s'envoya dans la foulée deux sœurs, mariées et luronnes toutes deux, à qui il avait jadis eu affaire, du temps où le diable s'employait à le tenter avec de jeunes héritières pour l'éloigner de Tocaia Grande. Elles étaient sœurs d'Adma, laide comme les sept péchés capitaux et mauvaise comme une teigne, qu'il avait bien failli épouser. Une histoire qui remontait aux origines du bourg, passée sous silence dans la chronique de Tocaia Grande car son déroulement avait eu Itabuna pour cadre ; c'eût été cependant un récit curieux et pittoresque, avec des personnages connus comme Fuad Karan et quelques nouveaux comparses : Adib Barud par exemple, l'étonnant serveur du bar — mais il est trop tard pour y revenir.

Pour compléter l'orgie débridée de cette nuit solitaire, la demoiselle Aruza elle-même, disparue du vaste lit à paillasse et à punaises depuis qu'elle avait été conduite à l'autel, déjà tringlée et cloquée, par un licencié en droit, Aruza apparut pour lui faire don de son pucelage encore intact, et ce pucelage était le bijou de Zezinha do Butiá, ce gouffre sans fond. Pendant les dernières nuits d'attente interminable, Zezinha lui avait constamment tenu compagnie.

Le bon Dieu des maronites le secouait par l'épaule, le tirait par le bras, l'arrachant aux seins et aux replis secrets des femmes pour l'avertir du péril qui approchait de Tocaia Grande. Il ouvrit les yeux et le Seigneur s'était transformé en ce grand escogriffe de Durvalino, son commis, qui, au comble de l'excitation, lui annonça :

— M'sieu Fadu ! Les salopards arrivent, m'sieu Fadu !

Il était dans tous ses états : une agitation perpétuelle étant sa caractéristique première, on imagine ce qu'il pouvait en être alors. Fadul se mit debout :

— Comment que tu l' sais ?

— C'est M'sieu Pedro Cigano qui m' l'a dit. Il est là à la boutique, il veut vous voir et voir le capitaine. Mais l' capitaine est pas chez lui.

Tout en se lavant la figure dans la cuvette en fer-blanc, le Turc demanda des détails et Durvalino raconta le peu qu'il savait :

— M'sieu Pedro est tombé d'ssus en venant par ici. I' s'est caché et il les a suivis jusque tout près d'ici.

Fouinard se frottait les mains, se grattait les parties, ne pouvait cacher sa nervosité. Fadul finissait de s'essuyer le visage :

— Tu vas partir, et aujourd'hui même.

— Moi ? Partir où ? Vous m' renvoyez ? Mais qu'est-ce que j'ai fait ?

— C'est pas ça. T' as rien fait. C'est moi qui veux pas que tu restes là. J' veux pas que d'main ta tante me fasse des reproches si des fois i' t'arrivait quelque chose.

Durvalino se mit à rire au nez du patron :

— Tante Zezinha, quand elle m'a dit de v'nir ici, elle m'a dit comme ça : Lininho, c'est comme ça qu'elle m'appelle, tu vas rester avec M'sieu Fadu, tu vas t'occuper d' lui, tu l' quitteras pas d'une semelle, que mon Turc c'est un grand gosse, il passe sa vie à s' fourrer dans des emmerdes. Une emmerde pire que maintenant, peut pas y avoir. Comment que vous voulez que j' me tire ? Ma tante, qu'est-ce qu'elle dirait ?

Il regarda son patron, l'air sérieux, se hasarda à donner son avis, son point de vue personnel sur tout ce sac de nœuds au milieu duquel ils étaient :

— Vous allez voir, m'sieu Fadu, on va tous y passer, avec ces jagunços. I' restera p'us personne, sûr et certain !

13

Appuyé au comptoir, Pedro Cigano s'était servi, de son propre chef, la rasade matinale pour se rincer la bouche. Il avait passé une bonne partie de la nuit à ramper à travers la brousse pour suivre le mouvement des jagunços, qui venaient de Taquaras à marche forcée.

Machinalement, Fadul vérifia la baisse de niveau de la bouteille de gnôle, imputable au traîne-patins. Il haussa les épaules, le moment était mal choisi pour protester. A peu près sûr que Durvalino avait raison, que personne ne s'en tirerait : avec le déclenchement des hostilités, les mesquineries du commerce étaient hors de saison. Il se contenta de dire avec une certaine rudesse :

— T'as pas choisi le bon moment pour t' montrer. Pouvait pas être pire.

— Pourquoi que l'ami Fadul dit une chose pareille ? Vous êtes fâché contre moi ?

— Pourquoi, tu le sais mieux que personne, puisque t'as vu les mecs, non ? I' viennent pour attaquer Tocaia Grande, tu l' sais pas ?

— Et je m' suis déjà défilé une fois? Dites-le, si c'est vrai. Qui c'est qu'était ici quand Manuelzinho, Chico Serra et Janjão ont tout foutu en l'air? Pour l'inondation, qui c'est qu'est allé chercher Cicero Moura et Ção, la pauvre? Pour la peste, qui c'est qu'est allé chercher les remèdes? J' suis pas le gars à m' vanter, mon vieux Fadu, et encore moins à m' tirer au moment où ça chauffe. Demandez au capitaine, que c'est pas d'aujourd'hui qu'il m' connaît.

Il posa son verre sur le comptoir crasseux, se gratta le sommet du crâne:

— Et si on mangeait une tranche de viande sèche, histoire de pas rester à jeun? Sac vide tient pas d'bout, et on a besoin d' se garnir un peu l' buffet avant que ça commence à aller mal. — Et, remettant son instrument au Turc: — Gardez-moi l'accordéon, si ça vous fait rien, qu'on puisse faire la fête après ça.

14

Leur exactitude confirmée de ce fait même, les renseignements fournis par Pedro Cigano coïncidaient avec ce qu'écrivait Mademoiselle Antonia dans un billet envoyé et remis en main propre par un de ses élèves, Lazinha, un petit garnement qui était le fils de Lourenço le chef de gare. Habitué à porter lettres et télégrammes au colonel Boaventura Andrade, à la fazenda da Atalaia, le galopin, sur un mulet qu'il montait à cru, avait précédé les jagunços, ce qui permettait donc de prendre des dispositions. Dispositions urgentes, qui n'allaient pas toujours sans mal.

Il n'avait pas été facile de convaincre le nègre Espiridião d'aller à la fazenda Boa Vista, mais il se décida à le faire par amitié pour Natario: à la prière du compagnon de tant d'années et de tant d'aventures, il y alla pour veiller sur sa femme et ses enfants, afin que son ami pût avoir l'esprit tranquille pour organiser la défense de Tocaia Grande. Quand le capitaine lui en avait parlé, le nègre avait bien failli se vexer:

— A la plantation? Tu veux rigoler ou quoi? M'en aller

d'ici, juste maintenant ? Comme un vieux froussard ? Très peu pour moi.

— Y a quelqu'un au monde qui peut te croire froussard ? — L'idée parut au capitaine si saugrenue qu'il se mit à rire, chose qui lui arrivait bien rarement. — Tire-toi ça de la caboche et écoute-moi, j' te prie. — Il posa sa main sur l'épaule du nègre, d'un geste affectueux, pour mieux le persuader. — Pourquoi t'es venu ici ? C'est pas à cause de Tocaia Grande ; t'es venu pour m'aider, pasque nous deux c'est comme si on était frères. C'est pas vrai ?

— Si, si t'as raison.

— Bon, alors ? Tu m' rends plus service en restant avec Zilda et les gosses, là-bas y a personne de confiance en cas d' besoin. Et c'est pas les salopards qui manquent dans l' coin.

Natario ne laissa pas à Espiridião le temps de réfléchir :

— Si t'en vois un rôder par là, tu tires d'abord, et après envoie Peba m'avertir.

La main toujours posée sur l'épaule du Noir, il lui confia son tourment :

— J'aurais bien voulu qu'Edu aille avec toi, mais il a pas voulu en entendre parler. Il m'a dit : Père, j' t'ai jamais désobéi, ça va être la première fois. — Natario répétait la phrase, l'air soucieux mais avec fierté, satisfait de l'indiscipline du garçon.

— C'est ton fils, pouvait pas être autrement.

Natario retira sa main de l'épaule d'Espiridião et, sortant une fois de plus de sa réserve coutumière, il le serra dans ses bras. Depuis la mort de Bernarda, le capitaine semblait un autre homme.

— Dis à Zilda qu'elle tienne le coup là-bas, qu'elle quitte la plantation pour rien au monde ; qu'elle fasse attention aux enfants et qu'elle m'attende.

15

Plus difficile encore fut de convaincre la négresse Epifania de partir pour la fazenda Santa Mariana, vers les sources de la rivière aux Serpents, en emmenant Tovo, filleul de dona Isabel et du colonel Robustiano de Araujo.

Fils de Xangô, dieu de la guerre, Tison Abduim était aussi lié à Oxossi, le chasseur, et à Oxalá, le dieu père. Epifania était d'Oxum, les eaux de la rivière et la coquetterie ; étant reine, elle ne recevait d'ordre d'aucun mortel, quel qu'il fût. Au petit jour, avant le lever du soleil sur les habitants et les jagunços, le ferreur de mulets convoqua Ressu pour qu'elle les aidât à faire l'offrande de sang : ils sacrifièrent quatre coqs et en réservèrent un à Iemanjà, à qui avait été consacrée la défunte Diva.

Ce fut d'abord Iansan qui prit possession de son cheval et Ressu dansa la danse de guerre, partit au combat, revint à la tête des morts et ouvrit la voie à l'égum pour l'axexê.

Le nègre tressaillit, couvrit ses yeux de ses mains ; harcelé, il courut d'un côté à l'autre, la bouche rouge du sang du coq offert à Iemanjà. Le vent se mit tout à coup à souffler, le nuage descendit des cieux et se transforma en une autre entité : ce n'était pas le bon Dieu des maronites, c'était la reine des eaux, la maîtresse de l'océan, dona Janaïna. Appartenant par la droite à Oxalà, le fils de Xangô et d'Oxossi reçut Iemanjà, son épouse. Elle prit l'enfant dans ses bras et le souleva dans ses mains, le montra à tous et, avant de le remettre à Oxum, chanta l'allégresse et la vie.

Puisque c'étaient les ordres de l'egum, Epifania n'avait plus qu'à obéir. Combative et déterminée, difficile à ébranler, elle n'avait jamais été femme à laisser voir dans ses yeux une trace de larme, à laisser monter à ses lèvres le murmure d'une plainte. Ce n'est que dans les moments de passion et de plaisir qu'elle gémissait et soupirait : gémissements de volupté, soupirs de bien-être. Epifania tenta de résister, en vain : l'esprit montrait le chemin de la vie de son doigt décharné. Comme il l'avait déjà fait auparavant, il lui remit l'enfant, imposa sa décision.

La négresse Epifania partit en pleurant, qui l'eût vue n'en eût pas cru ses yeux. Ame-en-peine l'accompagna un bon bout de chemin. Puis il revint vers son ami, qui se saisissait des armes.

A l'instant des adieux, Tison avait serré son fils contre sa poitrine :

— Dis au colonel qu'il en fasse un homme.

16

Aux environs de onze heures du matin, la loi se manifesta en la personne effacée et pacifique du nommé Irênio Gomes, huissier de justice au tribunal d'Itabuna, lequel ne chômait pas. Il arriva à Tocaia Grande escorté par deux soldats de la police militaire, pour affirmer ainsi, voire étaler, son autorité ; l'imposer si possible. Les soldats armés jusqu'aux dents, d'ailleurs pourries, Irênio exhibant à la ceinture un pistolet rouillé, d'un modèle désuet.

Sans descendre de sa monture, les deux troufions à ses côtés, l'officier de justice déclama en place publique, c'est-à-dire sur la friche, devant la croix érigée pour la sainte mission, l'arrêt édicté par M. le juge d'instance et, sur ses instructions, publié dans *La Semaine grapiuna* et proclamé à tous les échos.

Aux termes de ce jugement, les citoyens de Tocaia Grande devaient déposer les armes et les remettre à l'autorité susmentionnée, à laquelle devait également se livrer, pour se mettre à la disposition de la justice aux fins de répondre à une accusation d'homicide et de comparaître devant la cour, le prévenu Natario da Fonseca, contre qui avait été délivré un mandat d'arrêt.

La proclamation solennelle achevée, au milieu des quolibets et des ricanements de l'assistance, Irênio Gomes se disposa à quitter les lieux. Sans histoire ou presque, car les gens rassemblés pour écouter se contentèrent de désarmer les trois ahuris. Les citoyens les plus excités dirent que le juge pouvait aller chier, et se torcher avec la loi.

17

Les premiers coups de feu furent échangés à deux heures de l'après-midi, au pressoir à manioc, en bordure des parcelles de Zé dos Santos et de la vieille Vanjé ; les derniers après minuit, sur les hauteurs de la colline du Capitaine : la montée caillouteuse était jonchée de cadavres, comme si la maison avait servi de camp retranché à toute une garnison de braves. Ils valaient bien autant, mais ils n'étaient que deux, postés derrière le mulungu, alors tout en fleur.

Encerclement, attaque et occupation du terrain durèrent dix heures et vingt minutes, comptées, seconde par seconde, à l'oignon de nickel du nerveux sergent Origenes. Entre quinze et seize heures, c'est-à-dire entre le massacre des Sergipanos et le deuxième assaut, conduit par le brigadier Chico Roncolho, il y eut une trêve. Mise à profit par les assaillants pour compléter l'encerclement et par les gens de Tocaia Grande pour ensevelir leurs morts dans des tombes ouvertes en hâte, les dernières sépultures individuelles. Ensuite, on n'eut plus le temps d'enterrer personne et la fosse où, le lendemain, furent jetés en vrac les cadavres des deux camps, sans discrimination, ce sont des gens de l'extérieur qui la creusèrent.

Lors du recrutement des jagunços, à Itabuna, les cognes avaient promis une foire monumentale, une orgie comme on n'en avait jamais vu, un butin colossal pour la grande fête commémorative de la victoire. Faute de putes, la bamboula se réduisit à la bouffe et à la beuverie, mais qu'est-ce que manger et boire sans filles pour mettre de l'entrain ? Elles seules peuvent ramener la paix dans les cœurs et vous remonter le moral atteint par les vicissitudes du combat, avec le froid qui vous fige les burettes et vous ratatine la biroute. Avec cela, uniquement le pillage profitable du magasin ; dans les maisons particulières, ils ne trouvèrent pas grand-chose de bien intéressant. Ceux qui avaient abandonné Tocaia Grande avant et pendant l'attaque avaient emporté avec eux le maximum de choses, en se chargeant comme de véritables bêtes de somme. La machine à coudre de dona Natalina, par chance, était à manivelle et non à pédale : elle l'emporta sur sa tête. Dona Valentina et Juca Neves transpirèrent et pestèrent à transporter d'énormes ballots pour sauver linge, vaisselle et ustensiles divers de la Pension centrale.

Il est sans grand intérêt de s'attarder sur ceux qui, par poltronnerie ou par avarice, abandonnèrent le bourg en se refusant à prendre les armes. On doit dire toutefois que ni le capitaine ni Fadul ou Castor, ses lieutenants, ne forcèrent la décision de quiconque. Rien de plus risqué que de commander des froussards, Natario le savait mieux que personne.

Ceux qui s'enfuirent sauvèrent leur vie et quelques affaires et perdirent tout le reste, y compris le respect d'eux-mêmes et la considération d'autrui ; comme si cette désertion vis-à-vis des parents et des voisins leur avait valu, sur le visage et dans l'âme, les marques de la vérole ou de la lèpre. Ce sont des choses qui arrivent.

Ne sont pas inclus dans ce ramassis de trouillards ceux qui partirent pour remplir une mission ou accompagner des blessés et des enfants. Zinho, outre qu'il devait secourir son père, Lupiscinio, grièvement blessé en fin d'après-midi, était chargé de répandre la nouvelle que Natario était mort, afin de faire relâcher la vigilance de l'ennemi : mission confiée par le capitaine lui-même. Jãozé, le bras en écharpe et l'épaule déchiquetée, avait emmené vers les sources de la rivière aux Serpents une caravane de femmes enceintes et de jeunes mères avec leurs bébés. Il laissait au cimetière de Tocaia Grande sa mère, ses trois frères, sa belle-sœur et une des filles, sans compter le compère José dos Santos.

Zinho, Lupiscinio, Jãozé et les autres blessés, Eloi, Balbino, Zé Luiz et Ressu, figurent ainsi sur la liste des braves, à proclamer haut et clair pour que soit conservée la mémoire de leurs noms au cas, bien douteux, où s'en trouveraient l'occasion, le loisir et la volonté. Car, une fois au moins, les pressentiments de Durvalino se virent confirmés par les faits : ceux qui ne moururent pas restèrent invalides, Zé Luiz mutilé d'une jambe, Ressu éborgnée d'un coup de poignard par un jagunço.

En hommage à la justesse de son pronostic, le palmarès des intrépides s'ouvre sur le nom du populaire commis Durvalino, dit Fouinard, suivi, dans le désordre de l'affrontement, de ceux de Lupiscinio, Zinho, Balbino, Guido, Zé Luiz le briquetier, Eloi le sabotier, Pedro Cigano, Zé dos Santos, Jãozé, Agnaldo, Aurélio et Dodô Peroba, qui avait remis en liberté ses oiseaux apprivoisés. Treize créatures peu accoutumées aux armes à feu et aux échauffourées, à l'exception de l'accordéoniste qui en connaissait un rayon et avait plus d'une fois pris la poudre d'escampette au milieu des fusillades.

Se joignirent à eux, à partir d'un certain moment, les Estancianos Vavá et Amâncio qui, contrairement aux autres membres de la famille, ne détalèrent pas au grand galop. Le clan s'était réuni, après la visite du Capitaine, et avait décidé de rester à l'écart du conflit, au moins tant qu'ils ne seraient pas attaqués : le problème de la propriété de la terre et des conditions de la culture, on en discuterait plus tard. Mémé Leocadia y consentit de mauvais gré, en rongeant son frein. A la vue de ce qui arriva à la famille de Vanjé, les Estancianos se divisèrent, et la plupart décampèrent, pour aller se réfugier dans les fazendas des alentours.

Sous les ordres de Castor Abduim, de Fadul Abdala et du capitaine Natario da Fonseca, ceux qui restèrent devaient être dix-huit au total ; mais, au nombre de ceux qui en avaient une paire, ce serait une injustice sans bornes et sans nom que de ne pas compter les femmes sous prétexte qu'elles n'en avaient pas. Des couilles au cul, non du courage : car, pour l'intrépidité, personne ne pouvait se comparer à Jacinta Coroca. Trouvèrent également la mort, outre Coroca, M'ame Vanjé, sa belle-fille Nora, Paulinha Marisca, une révélation, et mémé Leocadia. Eborgnée, une entaille sur la face, Ressu perdit son visage de chérubin, prit l'apparence d'un fantôme.

Il serait plus injuste encore d'oublier Edu et Nando en raison de leur jeune âge. Nando, à son arrivée à Tocaia Grande, était un gamin de onze ans ; c'était devenu un adolescent coureur de jupons, la coqueluche des putes ; il était mort à côté des siens. De même, Mirinho, fils de Tarcisio, petit-fils de Leocadia, et qui, en cachette de ses parents et de ses oncles, vint mettre à la disposition de

Natario toute la débrouillardise de ses douze ans bien délurés ; il rendit de grands services à espionner les mouvements de l'ennemi. Capturé au cours de ces allées et venues, il fut assassiné de sang-froid et eut les tripes arrachées. Edu, lui, tomba en combattant aux côtés de Fadul : il avait hérité de son père le caractère impavide et la précision du tir.

Le bilan final de ces dix heures de fusillade, d'embuscades et de corps à corps, de pétoires et d'armes blanches, fit apparaître un total de quarante-huit morts : vingt-deux habitants de Tocaia Grande, vieux, jeunes et enfants, et vingt-six assaillants, entre autres le brigadier Chico Roncolho et le repris de justice Benaia Cova Rasa. Même au temps des luttes entre Basilio de Oliveira et les Badaró, jamais on n'avait vu semblable tuerie en un si court laps de temps.

18

Il ne servirait à rien de lancer des accusations, de dénoncer des responsabilités, d'incriminer tel ou tel autre ; de quelque façon qu'eussent eu lieu les choses, la disproportion des forces devait fatalement conduire à l'occupation finale de Tocaia Grande.

Le contingent de police militaire, huit hommes de l'active et plus de vingt contractuels recrutés pour assurer le succès de l'opération sous le couvert de la loi, n'intervint, sous les ordres du brigadier Chico Roncolho et du sergent Origenes, que pour effectuer l'ultime attaque après l'annonce de la mort de Natario, alors que les forces du capitaine étaient réduites à six hommes valides et une femme : Coroca, pute, sage-femme et lieutenant remplaçant Fadul et Castor, tous deux tombés au combat. Mais les affrontements antérieurs furent le fait des jagunços sans uniforme — le détachement n'avait pas le nombre de tuniques militaires qu'il aurait fallu —, encore une bonne vingtaine au moins : c'est à peu près ce qu'on en retrouva errant à l'aventure, provoquant des désordres dans les villages, menaçant le ciel et l'enfer.

La vérité, cependant, qu'il est impossible de masquer, oblige à dire que le geste démentiel d'Agnaldo à l'apparition des premiers tueurs déclencha la boucherie initiale, qui détermina le caractère sauvage de l'expédition, transformant la lutte en tuerie. Coupant à travers les fourrés, un parti de jagunços, commandé par Felipão Zureta[1], avança plus vite que les autres et occupa le bâtiment du pressoir à manioc. Natario envoya Castor traverser le ponceau à la tête de quatre volontaires, Dodô Peroba, Balbino, Zé Luiz et la négresse Ressu de Iansan, divinité guerrière, pour déloger les envahisseurs ou, tout au moins, les empêcher de progresser en direction du bourg. Sans attendre l'approche du peloton, Agnaldo prit sa carabine et se précipita vers le pressoir.

Depuis les jours lointains d'humiliation au Sergipe – l'expulsion à Maroïm, le pieu auquel il avait été attaché comme un bœuf à l'abattoir, les coups distribués avec la férule des esclaves – Agnaldo sentait la soif de vengeance lui brûler la poitrine et la gorge. Ce qu'il aurait surtout voulu, c'était tirer sur le sénateur mais, à défaut, les envoyés des autres maîtres, chargés de faire respecter une fois de plus la loi inique, paieraient à sa place.

Il avança en tiraillant avec la carabine qu'il n'avait cessé de porter à l'épaule, inutile, pendant la longue marche de l'exode. Il toucha un jagunço en pleine poitrine et tomba aussitôt après, percé de balles ; ce furent les deux premiers morts. Lia, sa femme, avait dévalé la pente sur les talons d'Agnaldo, peut-être pour le retenir : elle reçut une décharge à bout portant, s'écroula sur le corps de son mari. A sa suite, surgit Aurélio, ayant à la main l'arme que lui avait donnée le capitaine ; il n'eut pas le temps de s'en servir.

Furieux de cette attaque imprévue, Felipão ordonna une riposte violente, par représailles, et ses hommes commencèrent à s'y employer, mais ne purent la mener tout à fait à bonne fin. Non contents d'abattre ou de mettre hors de

1. « Dingue. »

combat Zé dos Santos et Jãozé qui étaient armés, ils tuèrent la vieille Vanjé qui accourait en hurlant, le petit Nando qui avait pour arme un lance-pierres, et l'une des jumelles de Dinorá : l'innocente, qui tenait à peine en équilibre sur ses petites jambes, tendait les bras vers les flingueurs.

S'ils ne liquidèrent pas complètement les deux familles du Sergipe, celle d'Ambrosio et celle de José dos Santos, c'est uniquement parce que Castor et ses hommes arrivèrent de l'autre côté et les surprirent à revers car ils avaient quitté le refuge du pressoir pour tuer plus à l'aise. Ils battirent en retraite.

19

Quand Fadul le Turc se vit seul, Edu et Durvalino à terre, l'un mort, l'autre agonisant, lui-même sans munitions ni dans son revolver ni à la ceinture, il se jeta sur l'adversaire le plus proche, qui n'était autre que Benaia Cova Rasa. De ses deux mains, ces mains énormes avec lesquelles il séparait les bagarreurs et persuadait les plus récalcitrants, deux tenailles, il serra le cou du bandit, mais ne put l'étrangler : il reçut deux balles de pistolet, l'une à l'épaule l'autre au cou, desserra les doigts et s'écroula. Ils ne le tuèrent pas tout de suite : suivant les instructions de Benaia qui, haletant et suffoquant, avait du mal à reprendre son souffle, ils attachèrent le géant et le déposèrent dans le parc à bestiaux où ils étaient retranchés. Benaia avait l'intention de s'occuper de lui quand les choses se calmeraient un peu.

Pendant quelques minutes, Fadul resta immobile, rassemblant ses forces. Son cou et son épaule saignaient, mais il parvint à remplir ses poumons et, gonflant la poitrine, rompit les cordes à attacher les bœufs avec lesquelles ils l'avaient lié. D'un brusque mouvement, il s'empara du revolver d'un des types et commença à faire feu. Il en envoya deux dans l'autre monde et, s'il ne put en faire davantage, c'est que Benaia lui expédia six projectiles dans le corps.

N'ayant pu le finir au couteau, lentement, comme il se l'était proposé, Cova Rasa se mit à jurer, rendu fou furieux par la déception.

Ainsi mourut Fadul Abdala, le Grand Turc, Fadul le Turc, M'sieu Fadu pour les journaliers et les muletiers, colporteur de réputation légendaire, débitant de boissons, éminent citoyen de Tocaia Grande, fameux pour la dimension de son instrument, respecté pour sa force physique, estimé pour ses manières affables, aimé pour son naturel franc et son esprit de solidarité : n'était-ce pas lui qui, en des temps lointains, avait décidé avec autorité qu'à Tocaia Grande c'était tous pour un et un pour tous ?

Au temps de Mathusalem, il avait conclu un pacte avec le bon Dieu des maronites qui l'avait amené par la main jusque-là. Pour ce qui le concernait, il y resta fidèle jusqu'à la fin, en dépit de tout, et, à l'instant suprême, il reprocha au Seigneur de l'avoir abandonné. Dans un nuage de brume, il vit passer devant ses yeux troubles la silhouette de Zezinha do Butiá agitant un mouchoir à ramages à la porte du wagon. Elle ouvrait la bouche mais, au lieu de balbutier un mot tendre, elle poussait le cri de Siroca au moment où il l'avait dépucelée. Avec tant de superbes créatures à qui penser, c'est à la petite mulâtresse qu'il songea quand il rendit son corps à Dieu, au bon Dieu des maronites. Bon Dieu ? Qu'on en pense ce qu'on voudra, mais avant de vomir son âme il s'indigna : Un fieffé menteur, un beau salaud, un foutu enfant de putain qui avait renié sa parole, *ya-rara-dinak !*

20

Une fois tout terminé, quand la loi, bien installée, se faisait respecter avec la rigueur qui convient, bien des histoires étaient racontées au long des routes, des chemins et des pistes de la terre grapiuna, au sujet de l'assaut et de l'occupation de Tocaia Grande. D'après les comptes rendus des journaux, il s'agissait du plus important et du plus violent combat qui se fût déroulé dans la région depuis la fin des luttes pour l'appropriation des terres ; luttes qui, par coïncidence, avaient pris fin avec la mémorable embuscade, dite la « grande embuscade », qui avait eu lieu précisément au même endroit — d'où le nom de la localité.

Dans les caatingas du sertão, dans les campagnes du Sergipe, les rhapsodes populaires prirent leur guitare pour mettre en couplets les événements terrifiants, faisant rimer vengeance et jactance, intrépidité et cupidité ; d'un côté, bassesse et couardise, de l'autre noblesse et franchise ; l'iniquité écrasant la liberté.

Si chacun des organes de presse de la capitale de l'Etat prêchait sa propre vérité, avec les arguments pour et contre, ce fut l'inverse dans les strophes composées par les maîtres de la littérature de colportage : condamnation unanime du massacre, prise de position évidente en faveur des gens de Tocaia Grande. Ils exposèrent au grand jour les causes de la razzia : l'envie, la convoitise, la volonté de coercition. Ils incriminèrent les héros glorifiés par les feuilles progouvernementales, stigmatisèrent l'indignité et la cruauté des vainqueurs, défendirent la cause des vaincus. Attitude subversive d'ignorants, exprimée en vers pauvrement rimés. Avec leurs fautes de métrique et de grammaire, ces couplets coururent le monde, parvinrent à de lointains cantons de Paraïba et de Pernambouc. Petite lueur, clignotement de lumignons éclairant la face cachée.

Certains noms furent voués à l'exécration, d'autres furent exaltés dans les complaintes populaires. Leurs vers parlaient d'injustice et d'intolérance, de perfidie et d'hypocrisie, de sang et de mort, mais évoquaient aussi la beauté et l'allégresse. Des hommes au cœur loyal, qui avaient bâti leur maison et planté leur champ de haricots :

La maison du capitaine
Bâtie avec amour et foi,
Le petit champ de haricots

De la vieille mémé Vanjé...

L'*Histoire véritable du capitaine Natario da Fonseca,* œuvre de Filomeno das Rosas Alencar, parent pauvre des érudits folkloristes Alencar, narrait les exploits de Natario. Ils n'étaient peut-être pas tous aussi authentiques que l'annonçait l'auteur du récit, mais ceux-là mêmes qui étaient inventés étaient à la mesure de l'intrépidité et de la droiture du métis :

C'était un brave capitaine
Un chef sans reproche et sans peur,
Pour les femmes parfait amant,
Pour les ennemis la terreur.

Il racontait comment le capitaine, pendant le siège de Tocaia Grande était partout à la fois, pour donner les ordres et pour se battre. A lui seul, il était venu à bout d'une quantité de scélérats et, alors qu'on le croyait mort, avait abattu des salopards tout à son aise. Grâce à son coup d'œil infaillible, sa dernière balle avait fait payer au parjure le prix fatal de la trahison :

Le coup l'atteignit en plein crâne,
Eclaboussant le sol de cervelle.

Dudu Matias, poète musicien d'Amargosa, consacra son inspiration et ses vers à Pedro Cigano et à Dodô Peroba, « deux ménestrels de la vie ». Il relata de façon talentueuse l'arrivée du « roi des accordéonistes et de l'empereur des petits oiseaux » au paradis où Pedro Cigano aussitôt, à la demande de la cour céleste,

Mit en route un bal plein d'entrain,
Jésus fit danser Madeleine,

tandis que Dodô Peroba, de sa poitrine transpercée par les balles tira un troupiale qu'il offrit au Père éternel :

Pour consoler l'Enfant-Jésus,
Pour égayer l'éternité.

Tous les poètes sans exception parlèrent de Fadul, de sa force de géant, de la puissance et des dimensions « de son oiseau plus gros que la paume de sa main énorme, plus petit que son cœur immense », évoquèrent aussi Coroca, « accoucheuse bénie du ciel, la plus chouette des chatounes, au fil des ans plus savoureuse, au combat valait bien deux hommes, ou même trois pourquoi pas ».

Jesus da Mata, originaire de Feira de Sant'Ana, sans égal pour improviser, promenant sa guitare à l'entrée du sertão, propagea des plantations de canne du Recôncavo à celles de cacao du sud un « ABC de Castor Abduim, dit Tison », où, en quatrains d'octosyllabes rimés, il retraça la saga du nègre, héros de mille aventures d'amour et d'innombrables péripéties :

... Fut le roi de la bagatelle
Et s'offrit des morceaux de choix,
Le chéri de toutes les belles,
Danseur de gigue et de polka.

Avec l'exagération propre aux poètes, il garantit que le nègre avait « rossé comtes et barons, cocufié nobles et prélats ». Décrivit avec émotion la mort du forgeron à la fusillade du ponceau :

Traîtreusement assassiné
Tomba mort le nègre Tison,
Le plus grand de tous les sorciers,
Le plus habile forgeron
Jamais vu dans cette région ;
Et mourut aussi Ame-en-peine
Son chien, fidèle compagnon.

Dudu Matias évoquait la répercussion universelle de la mort de Castor :

A la cour de France, à Bahia,
Combien de pleurs, combien de larmes!
Le chenapan, sans préjugé,
Blanche ou noire, se les envoyait
Allégrement, sans hésiter,
Car pour vaincre la solitude
Blanche ou noire, tout lui était bon.

Les vers parlaient d'éclairs et de coups de tonnerre à l'instant suprême où était mort le nègre Castor Abduim da Assunção, prince d'ébène adolescent folâtrant dans le lit de la baronne et de sa suivante, ferreur de mulets, fabricant de bijoux de laiton, fils de Xangô sous l'influence d'Oxossi d'un côté et d'Oxalá de l'autre, amant d'Oxum, passion d'Iemanjá. Dans l'embrasement des éclairs, dans le grondement du tonnerre, éclairs et tonnerre des tromblons, montèrent aux cieux Tison le nègre et son chien Ame-en-peine, dont nul ne savait d'où il était venu: un présent d'Exu, c'était la seule explication.

Ils montèrent aux cieux en un flamboiement et c'est là que peuvent les voir aujourd'hui encore négresses et mulâtresses, métisses, Blanches et grandes dames, dans le sillage de la lune, sur le champ des étoiles, survolant les plantations de Santo Amaro et la rivière aux Serpents, dans la capitainerie de São Jorge dos Ilhéus.

21

Quant aux fameux journaux de Salvador, la capitale, ils menèrent une bruyante polémique, pleine de fureur sinon de sang: elle est restée dans les annales de Bahia en raison du génie éclatant de ceux qui y prirent part, une pléiade de phénix.

Dans l'unique journal d'opposition, de sémillants plumitifs donnèrent de la gueule en articles, chroniques et communiqués vibrants d'indignation à qui mieux mieux, où s'étalaient la honte et le sang et qui parlaient d'un retour aux temps d'ignominie où le sud de l'Etat était un pays de criminels dénaturés, de monstres sans âme, de bandits sans loi. Les trois quotidiens de la majorité, non moins véhéments, rétorquèrent à leur tour qu'il s'était agi en réalité de faire régner l'ordre et la loi dans un repaire résiduel de bandits, de délinquants reconnus et condamnés, de repris de justice en fuite. Simple opération de nettoyage routinier qui avait enfin liquidé les derniers vestiges d'une ère d'infamie et de barbarie.

22

Malgré l'insistance des autorités supérieures, pressées et irréfléchies, le sergent Origenes attendit une bonne demi-heure pour donner ses ordres une fois qu'eurent cessé les tirs isolés venant de la croix et du hangar : signe que, blessés ou tués, les enragés étaient hors de combat.

La prudence du sergent lui était dictée par les pertes subies. Il n'en avait pas prévu autant dans les rangs des jagunços et des soldats. Des huit hommes du contingent régulier, il ne lui en restait que trois ; cinq avaient été abattus, sans compter le brigadier Chico Roncolho. Une quinzaine de supplétifs — il n'avait pas compté mais le calcul devait être à peu près juste — avaient rendu leur âme à Dieu ou au diable. Les types de Tocaia Grande, dont certains avaient pris les armes pour la première fois, s'étaient comportés en vrais professionnels, vendant chèrement leur vie. Pourquoi diable l'avaient-ils fait, c'est ce que le sergent ignorait ; mais, étant de la partie, comme ancien jagunço, il donnait son juste prix à l'exploit. Sa chance, ç'avait été la mort du capitaine Natario da Fonseca. Sans lui, les choses étaient devenues faciles.

L'accalmie se prolongeant, la demi-heure écoulée à sa montre, Origenes donna l'ordre à sa troupe, encore nombreuse malgré les pertes sévères, d'avancer sur le hangar avec précaution, lentement, l'arme prête à tirer. Il faut toujours se méfier d'un fou comme il y en a partout pour parader.

S'il avait parié, il aurait gagné. Ils arrivaient près de la croix quand surgit des profondeurs de la nuit une forme étrange qui agitait à bout de bras une espèce de drapeau tout en tirant, de l'autre main, avec un vieux pistolet vermoulu : tir au petit bonheur et de ce fait particulièrement dangereux.

Aussitôt, le sergent commanda le feu et fut obéi. La décharge abattit le tireur isolé ; le drapeau tournoya tout seul et s'en alla tomber au pied de la croix. En guise de drapeau, ce n'était que l'étendard du cortège des Rois, rouge et bleu. Tenu dans une main, le vieux pistolet dans l'autre, par la mémé Leocadia qui, au lieu d'accompagner sa famille dans la fuite, en attendant de voir comment les choses tourneraient, avait préféré rester à Tocaia Grande, au péril de sa vie. Avec ses quatre-vingts ans, elle avait revêtu le costume de la Dame Déesse, porté le jour des rois mages par sa petite-fille Aracati, avait empoigné l'étendard et le pistolet et était venue défiler sur la friche. C'est là que tombèrent, percés de balles, la vénérable et infatigable Estanciana — vieille cinglée, murmura le sergent — et l'invincible étendard du cortège.

Les jagunços avancèrent et occupèrent le hangar. A la suite de quoi, le sergent Origenes Brito, de la police militaire de l'Etat de Bahia, faisant fonction de commissaire de police d'Itabuna, tint pour accomplie sa mission de combat et se mit à organiser, avec ses hommes indisciplinés, la garde d'honneur qui devait recevoir en grande pompe les autorités municipales, la brillante et noble suite qui attendait encore dans la combe aux Crapauds. C'est seulement après la cérémonie triomphale que le sergent libérerait ses subordonnés pour le pillage et l'orgie.

23

Dans la splendeur du clair de lune qui, à minuit, répandait sa pleine lumière sur la terre violée, sur la rivière assassinée, sur la mort déchaînée, à la cime de la colline du Capitaine, au pied du mulungu, Jacinta Coroca et Natario da Fonseca à l'affût, elle armée d'un fusil à répétition, lui de son parabellum, jouissaient de la beauté du paysage. En bas, s'étendait Tocaia Grande occupé par les jagunços et par les hommes de la Glorieuse.

— Ce qu'il y a de plus beau, dit Coroca, c'est de mettre un enfant au monde, y a rien qui se compare. Voir ce petit paquet de viande sorti d'un ventre de femme qui se remue dans vos mains, tout vivant. Ça vous fiche envie de pleurer, tiens. Le premier que j'ai fait, je me suis mise à chialer.

Le capitaine laissa venir à ses lèvres le fil d'un sourire :

— T'en as reçu une flopée. T'es devenue une dame.

— On a changé, on a grandi avec ce bled. Toi aussi, Natario, t'es plus l' mauvais sujet que t'as été.

— Ça s' peut.

Il y eut un bref silence et, venue de la rivière, dans la nuit d'été, la brise les enveloppa d'une caresse tiède et répandit dans les airs le parfum du jasmin. Dans la voix sereine de Coroca, la chaleur douce et le vent léger :

— J'ai jamais vu personne aimer autant quelqu'un, une femme aimer autant un homme, comme Bernarda t'aimait. — Elle demeura un instant songeuse, reprit : — J' pense que c'est ça, l'amour, qu'on parle. J'ai connu ça, moi aussi, quand j'étais une p'tite jeunette. I' s'appelait Olavo, i' m'a pris mon berlingue, il était pas fort d' la poitrine, il est mort en crachant l' sang. J' m'en rappelle comme si c'était hier.

D'en bas leur parvint une rumeur de pas et de voix : c'était le cortège des notables qui arrivait de la combe aux Crapauds, dévastée : dans les cahutes abandonnées par les prostituées, les jagunços s'étaient retranchés après avoir abattu Paulinha Marisca, la seule à être restée sur place. Elle avait appris à tirer en Alagoas, avec les divers membres de sa famille dont c'était le métier. Dans la case de bois, les bicoques de torchis, le maire, le juge, le procureur, son Altesse et la joyeuse compagnie, les courtisans tapageurs, s'étaient mis à l'abri pour attendre le moment de l'entrée triomphale.

Ils apparurent dans la pleine lumière du clair de lune, magnifique spectacle de cavalcade : gros et gras, avantageux, bien mis, frais et dispos, ils venaient imposer la loi qu'ils incarnaient. Jacinta Coroca appuya son fusil contre une branche. Le capitaine Natario da Fonseca dit de nouveau :

— Le plus bel endroit qui existe pour y vivre !

— Y en a pas d'autre, approuva Coroca.

Montant une superbe jument, au centre du cortège, le maire d'un côté, la divine Ludmila Gregoriovna de l'autre, se découpait la silhouette massive du licencié en droit Boaventura Andrade junior, dirigeant politique, grand manitou. Un large sourire sur la face.

Natario ajusta, le front de Venturinha comme point de mire. En plus de vingt années, il n'avait pas une seule fois manqué sa cible. Sauf vot' respect, colonel.

24

Et c'est ici que s'interrompt à ses débuts l'histoire de la ville d'Irisopolis quand ce n'était encore que Tocaia Grande, la face cachée. Ce qui advint par la suite — le progrès, l'autonomie administrative, le changement de nom, la circonscription judiciaire, la municipalité, l'église, les pavillons et les villas, le pavement anglais, le maire, le curé, le procureur et le juge, le tribunal et la prison, la loge maçonnique, le club mondain et le cercle littéraire, la face éclairée — ne vaut pas la peine d'être raconté : c'est sans intérêt.

A un de ces jours.

Ce roman a été écrit par monts et par vaux : à São Luís do Maranhão, de mai à juin 1982, chez Jean et Eduardo Lago ; à Estoril, au Portugal, en novembre 1982, à l'hôtel Estoril-Sol ; à Itapuã, Bahia, de mars à novembre 1983, chez Rizia et João Jorge ; à Petrópolis, d'avril à septembre 1984, chez Gloria et Alfredo Machado.

Table

IMPRIMÉ EN FRANCE PAR BRODARD ET TAUPIN
Usine de La Flèche (Sarthe).
LIBRAIRIE GÉNÉRALE FRANÇAISE - 6, rue Pierre-Sarrazin - 75006 Paris.
ISBN : 2 - 253 - 05315 - 5
30/6771/7